슬픔의 파도에서
절망의 춤을

슬픔의 파도에서
절망의 춤을

에미 닛펠드 지음

이유진 옮김

정신병동에서 하버드로,
삶의 사각지대에서 살아남은
여성의 간절한 고백

위즈덤하우스

이 책이 받은 찬사

이 회고록은 압도적이다. 쉽지 않은 어린 시절을 보냈던 에미 닛펠드를 응원하면서 계속 페이지를 넘기게 할 뿐 아니라, 우리가 귀 기울이는 목소리와 그렇지 않은 목소리에 대해 생각하는 방식, 그리고 어떻게 도움을 요청해야 그 요청이 받아들여지는지에 관한 아이러니를 바라보는 방식을 돌아보게 한다.

이 책을 저장강박이자 정신적으로 불안정하고 남을 조종하는 엄마로 인해 10대 시절에 정신병동에 들어가고 위탁가정에 보내졌던, 한 명석한 소녀에 대한 이야기로 요약하는 것은 충분하지 않다. 섭식장애, 자해, 중독, 그리고 홈리스 상태를 홀로 이겨내야 하는 상황에서 닛펠드가 아이비리그에 진학하고, 더하여 자신의 트라우마를 극복하고 일어설 것이라 믿어준 어른은 아무도 없었다. 그러나 그것은 진실이었으며 교육받기 위해, 꿈을 이루기 위해, 그녀가 벌인 외로운 싸움에 관한 서술은 그만큼 적나라하고 생생하다. 이 책은 올해 내가 읽은 회고록 중에서 최고의 책이다. _앨 우드워스, 아마존 북스 편집장

열악한 환경에서 살아가는 분노를 포착하고, 불가피한 선택으로 이끌렸던 여정을 담담히 서술하는 닛펠드의 재능은 『슬픔의 파도에서 절망의 춤을』을 빼어난 회고록으로 만든다. _〈뉴욕타임스〉 북리뷰

하버드부터 빅테크에 이르기까지 성공이라 불리는 것의 밑바닥을 꺼내 보이는 꾸밈없고 통찰력 있는 회고록. _〈피플〉

이 책은 단순한 극복 서사가 아니라, 스스로의 힘으로 일어서는 복잡한 이야기를 풀어낸다. 흥미진진하고 날것 같으며 어둡지만 재미있다. _〈버즈피드〉

『슬픔의 파도에서 절망의 춤을』은 개천에서 용 나는 이야기가 아니며, 바로 이런 이유로 반드시 읽어야 하는 필독서다. 어렴풋한 희망을 설파하기를 거부하며 그릿grit의 복음을 다른 방식으로 보게 한다. _NPR

이 책은 눈을 뗄 수 없고 매혹적이고 재미있으며 생각할 거리를 준다. 닛펠드의 책과 그녀의 삶은 엄청난 성취이며 그녀는 근사한 친구이다. _〈미니애폴리스 스타 트리뷴〉

마지막까지 눈을 뗄 수 없고 영감을 주며 위악적인 유머가 있다. _〈필라델피아 인콰이어러〉 "이달의 베스트 신간 도서"

만약 『배움의 발견』이 당신의 마음을 사로잡았다면, 에미 닛펠드의 『슬픔의 파도에서 절망의 춤을』을 집어 들어야 한다. 북클럽에서 읽기에 이상적인 책이다. _아이오와 퍼블릭 라디오

사회 계층 이동을 그린 신데렐라 이야기의 전형을 깨고 놀라운 솔직함과 아름다움을 성취해낸다. _〈클리블랜드 북리뷰〉

소설의 모든 추진력을 갖춘 서사. 여러 가지 이유로 저넷 월스의 『더 글라스 캐슬』과의 비교가 불가피하다. 『슬픔의 파도에서 절망의 춤을』은 여러모로 사회 계층 이동이 어려워진 시대에 눈을 뗄 수 없는 절박한 내용을 담은 회고록이다. 닛펠드는 취약한 개인들에게 힘을 실어주지 못하는 사회의 실패를 덮어버리는 회복탄력성의 신화에 이의를 제기한다. 또한 치유를 향한 노력을 통해 아무리 어두운 순간이라도 미래가 있고 그 안에서 온전히 존재할 수 있는 능력을 가질 수 있다는 희망을 준다. _〈서던 북리뷰〉

닛펠드의 회고록은 제 기능을 잃은 그녀의 어린 시절에 대해, 그리고 그녀가 다른 세상으로의(더 좋든 나쁘든 간에) 탈출구를 찾아 어떻

게 사회적 '성공'을 이뤄냈는지에 대해 몰입감 있는 명쾌한 관점을 제공한다. _〈더 밀리언스〉

가슴을 때린다. 닛펠드의 꾸밈없는 회복탄력성과 솔직함이 마지막 페이지에 이르기까지 독자의 마음을 사로잡는다. 이 책은 강렬한 인상을 남긴다. _〈퍼블리셔스 위클리〉

(닛펠드의) 인상적인 데뷔는 생각지 못한 고난을 통해 회복탄력성을 강요하는 사회를 급진적으로 파헤친다. 이를 통해 독자는 오랫동안 유지되어온 성공의 정의에 대해 다시 생각해보게 된다. _〈북리스트〉

개인의 고통을 들여다봄으로써 절망에 대해 그리고 성취를 향한 질주가 재능이면서 동시에 병일 수도 있음에 대해 복잡한 성찰을 하게 만드는 책. 역경을 극복하는 이야기인 동시에 능력주의라는 개념에 효과적으로 의문을 던지는 강력한 회고록이다. _〈커커스리뷰〉

매력적이며 흥미진진하다. 그녀는 거의 불가능한 장애물과 싸우며 비현실적으로 보이는 목표를 실현시킨 결연한 의지를 능숙하게 서술한다. 홈리스 상태와 위탁가정 제도를 경험한 10대 소녀가 직접 들려주는 몰입감 있는 이야기는 많은 이들의 관심과, 특히 학교 상담사, 위탁 부모, 심리 전문가, 사회복지사, 그리고 어려운 상황에 처한 아이들을 위해 일하는 이들에게 특히나 큰 반향을 불러일으킬 것이다. _〈라이브러리 저널〉

위탁 보호 제도의 맹점에서부터 하버드 야드의 아이비 덩쿨 담장에 이르기까지, 이 책은 능력주의와 아메리칸 드림 신화가 허상이라는 엄혹한 현실을 내밀하고도 괄목할 만한 시선으로 드러낸다. 닛펠드는 담백한 문체로 엘리트의 조건과 물질적 성취 이외에, 역경을 뛰어넘기란 결국 우리가 선택한 삶의 이야기로 귀결된다는 사실을 알려준다. 나는 책을 내려놓을 수 없었다. _콴 줄리 왕, 〈뉴욕타임스〉 베스트셀러 『아름다운 나라Beautiful Country』 저자

고통스럽지만 흡입력 있으며 암울한 유머가 살아 숨쉬는 『슬픔의 파도에서 절망의 춤을』은 정확한 취약성의 형태—인종 차별적이고, 책임 소재를 물을 수 없으며, 어떤 아이도 실제로 피력하기 불가능한—에 대한 우리 사회의 집착을 조명한다. 성인으로서 첫 10년을 보내며, 에미 닛펠드는 자신의 목소리를 그대로 간직한 채 살아남는 10대를 찾기 어려운 지금의 상황을 날카롭게, 그리고 성공적으로 보여준다. 나는 읽으며 목이 메었다. _레이시 크로포드, 『침묵에 관한 비망록Note on a Silencing』 저자

위탁 보호, 정신병동, 약물은 모두 주인공이 틈새를 찾아 탈출하는 것을 막지 못했다. 우리는 책의 시작부터 닛펠드가 결국에는 영혼을 좀먹는 환경을 헤치고 자신의 길을 찾으리라는 것을 알게 된다. 하지만 대체 어떻게? 여기에는 조정, 컴퓨터 코딩, 하버드의 의식을 지나면서 악령 같은 고통의 근원을 탐정처럼 추적해나간다. 『슬픔의 파도에서 절망의 춤을』은 스릴러 같은 전개로 인간이 가진 회복탄력성을 확인하는 매혹적인 이야기다. _셰리 터클, MIT 교수, 『대화를 잃어버린 사람들』, 『외로워지는 사람들』 저자

닛펠드의 『슬픔의 파도에서 절망의 춤을』은 예리한 통찰과 감성적인 힘이 모두 담긴 목소리로 자신의 근원을 벗어나려는 필사의 여정을 되짚어가며, 이른바 아메리칸 드림을 좇기 위해 개인이 치르는 비용, 그리고 성공을 쟁취하는 비극적인—막대한 희생이 따르는—과정의 민낯을 보여준다. 강력하고도 설득력 있는 책. _마리아 혼바허, 〈뉴욕타임스〉 베스트셀러 『매드니스Madness』 와 『소용없는Wasted』 저자

차례

{ 들어가는 말 }

절망이 무엇인지 내게 알려준 사람 ——— 10

1장 A부터 B까지의 불가피한 경로 ——— 21

2장 내 삶이 갈 곳을 잃고 어긋나더라도 ——— 42

3장 게임을 하되 그걸 믿어서는 안 돼 ——— 59

4장 내 과거는 미래를 위해 치른 대가 ——— 76

5장 내게 공부는 믿음의 한 형태였다 ——— 87

6장 넌 특별하지 않아 ——— 103

7장 꿈을 가질 수 있다면, 살고 싶었다 ——— 146

8장 잔인하고 부질없는 질문 ——— 168

9장 여자에게 키스했어 ——— 191

10장 살아있는 한 삶은 바꿀 수 있다 ——— 210

11장 다 괜찮아질 거예요 ——— 232

12장 우리가 함께 있을 때는 불안함이 사라졌다 ——— 243

13장 세상은 그렇게 돌아가지 않아 ——— 265

14장 맥락은 없었다. 그저 인생 한복판에 있을 뿐 —— 287

15장 나는 내 슬픔을 팔고 있어 —— 314

16장 단지 살아남기만 한 것으로는 부족했다 —— 334

17장 미지의 행복이 나를 기다리고 있다 —— 360

18장 동정받을 자격도 빼앗기다 —— 372

19장 비명을 질러도 들리지 않는 곳에서 —— 396

20장 영혼 없는 우수성 —— 428

21장 아무도 내게 무언가 해줄 의무는 없었다 —— 459

22장 나는 어떤 사람인가? 누가 그것을 결정하는가? —— 477

23장 나를 위한 자리를 개척한 여자들을 위해서 —— 491

24장 새로운 세계의 지형 —— 502

25장 기쁨을 누리려면 나쁜 일들은 잊어야 한다 —— 520

{ 나가는 말 }

이것이 내 최선의 시나리오 —— 529

절망이 무엇인지 내게 알려준 사람

약혼자의 부모님에게 엄마를 소개하기 일주일 전, 그들에게 뭐라고 언질을 주어야 하나 궁리하며 거실을 서성거렸다. "제가 꼭 무슨 얘기를 해줘야 할까요?" 고등학교 시절 멘토였던 아네트에게 물었다. 나는 엄마가 샤워를 하고 나타나기를, 그리고 엄마의 미니밴 천장까지 가득 차 있는 쓰레기를 예비 시부모가 보지 못하게 차를 먼 곳에 세우기를 빌었다.

어쩌면 그들은 내가 사랑한 엄마의 일면을 발견할 수 있을지도 모른다. 내가 위탁가정에서 사는 동안 나를 몰래 빼내어 그림 수업을 듣게 해주고, 아동 거주치료소의 카운슬러에게 교재를 압수당한 나를 도서관에 데려가고, 단지 사진 전시회를 보여주려고 미니애폴리스에서 워싱턴까지 나를 차로 실어 날랐던 엄마의 모습을.

"그분들께는 뭐라고 말씀드렸는데?" 아네트가 물었다.

나는 입술을 깨물고 뉴욕 웨스트 빌리지의 내 아파트 밖으로 보이는 은행나무를 바라보았다.

"그냥 보딩스쿨(사립 기숙학교)에 다녔다고 했어요. 항상 그렇게 말하고 있죠."

"에미, 네 결혼식까지 이제 한 달 남았어."

"아직 7주 남았어요."

그것조차 너무 빠르게 느껴졌다. 나는 양가 가족들이 결혼식 리허설 식사 때 처음 만나 인사하고, 식이 끝난 후 사진을 찍은 다음, 서로 영영 만날 일이 없기를 바랐다. 예비 시부모는 내가 명문대에 진학하고 〈뉴욕타임스〉에 결혼기사를 내는 것이 자연스러운 환경에서 자라왔다고 믿었으면 했다. 하지만 사실 나는 차 안에서 먹고 자면서 대학 입학 원서를 썼다. 아마 바이런의 부모님은 내 거짓말을 눈치챘는지도 모른다. 내가 바이런과 내 본가를 방문하기로 한 바로 그 주에 함께 비행기표를 끊은 것을 보면.

"그럼 그분들이 네 가족이나 네가 어떻게 자랐는지, 뭐 그런 걸 물어본 적은 없었어?" 전화선 너머 멘토의 목소리에서 못마땅한 기색이 느껴졌다. 그녀의 굳은 표정과 짙은 머리칼에 대비되는 창백한 피부가 떠올랐다. 다시 10대 시절로 돌아간 기분이었다.

아네트는 내가 그들에게 무슨 말을 할 수 있을 거라고

생각하는 걸까? 내가 엄마의 저장강박에 대해서, 그리고 오히려 내게 약물 치료를 받게 해서 자신의 문제는 회피하고 의사들이 나를 망상장애 환자로 보게 만든 것에 대해서 분노할 때, 아네트는 말했다. "어머니는 환자잖아, 에미." 그때는 오랫동안 간절히 바랐던 배움에 대한 열정으로 가득한 삶은커녕 정상적인 성인으로 사는 것조차 어림도 없는 생각 같았다. 아네트는 나를 타일렀다. "괜히 긁어 부스럼 만들지 마."

"그냥 일단 엄마와 만나보게 해야겠어요. 각자 알아서 생각하시라고."

"아니, 그건 절대 안 돼. 바이런의 어머니한테 당장 전화해. 그분들께 마음의 준비를 할 시간을 줘야지."

그녀 말이 맞다. 최소한, 그저 보통 사람을 기대했다가 엄마를 만나면 어떻게 될까?

하지만 전화를 끊고 나서 나는 모로코풍 러그에 앉아 전화하지 않을 핑계를 이리저리 찾았다. 무슨 말이든 한다는 것이 엄마에 대한 배신처럼 느껴졌다. 미네소타에서 자란 엄마는 몇몇 의사들을 제외하면 내가 아는 이들 중 가장 똑똑한 사람이었다. 우리는 동네 멍청이들과는 대척점에 있었다. 가족에 관해 이야기할 때면 나는 대학에 다닌 적은 없어도 명석한 이부 오빠와 스탠퍼드에 들어갈 뻔했던 엄마에 대해 말했다. 만약 엄마가 스탠퍼드에 갔더라면 인생이 많이 달라졌을 텐데. 그녀는 늘 나를, 그리고 아이비리그에 가겠다는 내 꿈을 믿어주는 사람이었다. 그 믿음이 현실과 동떨어져 보일 때조차도 말이다. 바이런의 부모는 엄마의 그런 면을 볼 수 있을까?

절망이 무엇인지 나에게 알려준 사람이 엄마였다는 것을 그들이 굳이 알 필요가 있을까? 나는 늘 비극과 겨우 몇 발자국 떨어진 채로, 내가 어디에 있는지 아는 사람 하나 없이 잠을 청했던 그 모든 시간들을 잊어버리고 싶었다. 자라면서 내가 배우고 싶었던 것은 책을 읽고 공부하는 법이었지만, 실제로는 도움을 청할 때 어떻게 해야 받아들여질 가능성이 더 커지는지를 배웠다. 도움이 필요한 아이는 완벽해야 했고, 충분히 자격이 있어 보여야 했고, 딱 알맞게 상처받은 모습이어야 했다. 그래도 어른들은 그들이 해줄 수 있는 것에 제약을 두었다. 치료사부터 대학 입학사정관에 이르기까지, 사회 취약계층 아이들을 만나는 사람들은 모두 의지만 있으면 어떤 학대나 방치도 극복할 수 있다는 듯이 우리를 대했다. 나는 '회복탄력성'이 있는 척하는 데 신물이 나서 차라리 입을 다물고 있는 편을 택했다.

하지만 나는 여간해서는 아네트의 말을 거스르지 않았다. 10년 전 홀로 발버둥 치던 나에게 자진해서 손을 내밀어준 사람이니까. 그때 그 15살 여자아이는 이제 25살이 되었지만 나는 여전히 어른들을 기쁘게 하는 것에 내 생존이 달려 있다고 느낀다.

전화를 걸었다.

"여보세요?" 예비 시어머니의 명랑한 목소리를 듣자 덜컥 겁이 났다.

"크리스틴, 안녕하세요." 나는 대학에서 습득한 목소리 톤으로 가벼운 대화를 건넸다. 우리는 최근에 그녀가 한 달리기, 주말에 갔던 실내악 공연, 그리고 다가오는 우리의 메트로폴리탄 오페라 극장 데이트에 대해 이야기를 나눴다.

"저는, 음, 저희 엄마와 만나기 전에 알려드리고 싶은 게 좀 있어서요." 나는 포스트잇에 메모해둔 것을 그대로 읽었다. "저희 엄마는 강박적 구매 장애가 있는 호더예요. 그것 때문에 엄마와 갈등이 많았어요. 그래서 14살 때부터 집을 떠나 살았어요."

일단 그렇게 말하고 나니, 그녀의 아들과 4년을 사귄 것이 미친 짓처럼 느껴졌다. 네 번의 추수감사절, 아스펜에서 네 번의 크리스마스 스키 휴가, 캐비어를 곁들인 네 번의 새해 전야 만찬을 함께 보내는 동안, 그들은 포장을 모두 벗겨낸 나의 실체를 본 적이 없었다. 그러고 보면 대학 친구들도 마찬가지였다. 직장 동료들은 내가 호숫가 집에서 부유하게 자란 줄로 짐작했다. 남은 인생을 함께하기로 한 바이런조차 대략적인 사실만 알고 있었다.

과거의 삶을 나에게서 떼어내기 위해 할 수 있는 것은 무엇이든 했다. 맨해튼으로 이사했고, 버젓한 직장을 갖고, 미간에 패인 주름을 없애기 위해 레틴에이 크림을 꾸준히 발랐으며, 이를 악무는 버릇으로 두꺼워진 턱을 풀어주기 위해 뺨에 보톡스도 맞았다. 복근이 만들어질 때까지 하루에 두 번씩 운동했고, 주말에도 일찍 일어났다. 내 건강과 성실함을 즐기는 한편, 그동안 내가 극복해온 모든 것들의 망령이 나를 괴롭히지 못하게 15분 이상의 짬이 생기지 않도록 일상을 꾸려나갔다.

일주일 뒤, 우리와 만나기로 한 시각으로부터 45분 후에 엄마가 나타났다. 나는 바이런의 손을 잡았다. "안녕, 허니!" 엄마가 눈동자를 빛내며 말했다. 기름진 머리에 빗질한 자국이 아직 남아 있었지만 깨끗하게 씻은 모습이었다. 호주머니에 든 지갑이 불룩하게 튀어나오는 바람에 배 둘레로 바지가 늘어져 남성용 검정색 테니스화의 주름진 가죽 위까지 내려온 모습이었다. "차에 너희에게 줄 걸 좀 가지고 왔어."

바이런의 부모님은 잠시 후, 엄마와의 약속 시간보다 15분쯤 일찍 도착했다. 그의 어머니는 진주 스터드 귀걸이에 블라우스를 입고 립스틱을 바른 모습이었다. 그녀에게 엄마에 대해 털어놓았을 때, 그녀는 엄마의 취미와 관심사에 관한 질문을 했다. 나는 그렇게 배려심 깊은 가족과 결혼으로 인연을 맺는다는 것에 감사함을 느꼈다.

엄마는 그들과 악수하려고 손을 내밀었다. 나는 안도감에 숨을 내쉬었다. 포옹하지 않았으니 예비 시부모가 엄마의 냄새를 맡지는 못할 것이다. 자리에 앉으면서 엄마가 그들에게 혐오감을 주는 것과 그들의 호감을 사는(내가 어렸을 때 의사들에게 그랬던 것처럼) 것 중에서 무엇을 더 걱정해야 하는지 감이 잡히지 않았다.

식사 주문을 마치자, 엄마는 안경을 콧잔등 위로 밀어 올렸다. "그런데 무슨 일을 하세요?" 그녀가 바이런의 아버지에게 물었다.

"저는 소프트웨어 엔지니어입니다." 그는 미소를 띤 채 대답했고, 아내와 두 아들 모두 역시 엔지니어라고 설명했다.

엄마는 고개를 끄덕이며 말했다. "와, 똑똑한 집안이네요. 훌륭한 유전자." 그녀는 물을 한 모금 마셨다. "저는 31년간 범죄 현장 사진가로 일했어요. 사람들은 정신적으로 힘든 일일 거라고 생각하지만 막상 하다 보면 금방 익숙해져요. 죽은 사람들은 기본적으로 다 똑같아 보이거든요."

음식이 나왔을 때 엄마는 자신이 쇼핑한 해외 불우 아동들을 위한 돌봄 패키지에 관해 설명하고 있었다. "작년에 우리는 7백 개의 신발상자를 채우고도 모자라 남은 물건을 SUV 두 대에 나눠 실었답니다!" 바이런의 부모는 정중하게 미소를 지어 보였지만 그들의 시선은 벽면으로 미끄러졌다. 엄마는 어린이들에게 관대함과 온정을 가르치기 위한 자선 활동인 오퍼레이션 크리스마스 차일드Operation Christmas Child(OCC; 전 세계의 어린이들에게 후원자가 마련한 선물과 함께 복음을 전하는 어린이 전도 활동─옮긴이)를 공장형 작업으로 만들어버렸다. 엄마는 값을 얼마나 치렀는지에 대해 장황한 설명을 늘어놓았다. 엄마의 '믿을 수 없는 흥정 실력'—가위 하나를 50센트에!—에도 불구하고 물건 가격의 합계가 거의 그녀의 연금과 사회보장급여에 육박했다. 나는 바이런이 손을 놓을 때까지 그의 손을 꽉 붙잡고 있었다.

"오, 대단하네요!" 내 약혼자가 끼어들었다. 그는 엄마가 줄줄이 이어지는 의식의 흐름을 놓치고 음식을 한 입 입에 떠 넣을 때까지 이야기를 멈추지 않았다.

그러다 바이런이 식사를 하느라 말을 멈추자 엄마는 쇼핑 다음으로 자신이 좋아하는 화제로 건너뛰었다. "저는 기억력이 아주 뛰어나요. 거의 사진처럼 정확하죠." 종업원이 엄마의 버거를 가져다 놓는 와중에도 설명을 멈추지 않았다. "이미 아시겠지만 에미도 아주 똑똑해요. 그런데 가끔 실수를 하기도 해요. 글쎄, 대학 지원용 에세이에 자기가 태어났을 때의 몸무게를 잘못 적었지 뭐예요!" 내 손이 테이블 아래서 뭔가 잡을 것, 바이런의 손가락을 찾아 허우적거렸다.

엄마에게 소리를 지르고 싶었지만 예비 시부모 앞에서 그래서는 안 된다는 것을 알고 있었다. 엄마는 그저 내가 생리 전이라 예민하다고 여길 것이다. 그래서 나는 입술에 힘을 주고 애써 미소 지으며 말했다. "그게 그렇게 중요해?"

그녀는 바이런의 부모에게 동조를 구하듯 말했다. "아무렴, 중요하지! 내가 알아. 나도 그때 거기 있었어."

흔히 벌어지는 입씨름이었다. 이 외부인들은 내가 아니

라 자신의 말을 믿을 것이라는 자신감. 나는 스스로를 방어하기 위해 더는 대꾸하지 않았다. 엄마는 내 일을 그르치기 일쑤였다. 악의는 없었지만 자신이 궁지에 몰리면 딸의 사선 사고들, 주로 나쁜 사례를 들어 화제를 돌렸다. 엄마는 부모로서 인정받으려는 수단으로 나를 깔아뭉갰고 내 입장은 무시했다. 내가 할 수 있는 일은 그저 침묵하며 이 시간이 빨리 지나가길 바라는 것뿐이었다.

바이런의 부모와 헤어지고 나서 우리는 엄마와 함께 그녀의 차로 걸어갔다. 나는 어깨너머로 예비 시부모가 몰래 우리를 지켜보고 있지는 않은지 계속 살피고 있었다. 엄마는 후면 유리로 시야 확보가 되지 않는다고 경찰에게 잡혔던 이야기를 하며 불평했다. "그러니까 백미러가 있는 거 아니냐고!" 엄마가 차 문을 열자 썩은 바나나 냄새가 새어나왔다.

"너희가 미니애폴리스에서 결혼한다고 해서 놀랐어." 엄마는 비닐봉지, 버려진 신발들, 그리고 전쟁으로 피폐해진 나라의 어린이들을 위한 반려동물용 장난감 더미 사이로 몸을 들이밀면서 말했다. "왜 하버드 클럽에서 하지 않는 거니? 바이런, 너희 할아버지가 거기 회원이라고 하지 않았어?"

"맞아요." 바이런이 말했다. 나는 두 주먹을 꽉 쥐었다. 그가 내 귀에 대고 속삭였다. "그냥 무슨 말씀을 하시든 들어드리자. 듣고 흘려버리면 되잖아."

문제는 그게 아니었다. 내 삶 전체가 문제였다. 엄마가 조수석을 치우기를 기다리면서, 엄마를 대신해 나를 돌보기로 한 시설의 사람들을 기다리면서, 나는 얼마나 많은 시간을 엄마의 차 밖에 서 있어야 했던가. 그럴 때마다 엄마는 내게 뭔가를 쥐여주었다. 미첨 데오드란트 일곱 개, 수채화 팔레트 네 개, 찌그러진 슬림패스트 단백질 바 한 상자 따위를. 엄마와 내가 함께 지낸 유일한 공간이 쓰레기로 가득한 자동차라는 사실을 그런 것들이 보상해주기라도 한다는 듯이.

"우리 이제 가야 해." 내가 말했다. "결혼 준비 때문에." 그녀는 내 말을 못 들은 체했다.

바이런이 이제 정말 가야 한다고 말하자 엄마는 그제야 고개를 돌렸다. 눈에 물기가 어려 있었다. "네가 정말 자랑스러워." 그녀가 나에게 말했다.

나는 울음을 터뜨리거나 소리를 지르기 전에 그 자리를 떠나야 했다. 우리의 렌트카로 달려갔다. 안도감이 느껴질 줄 알았다. 양쪽 부모님의 만남을 무사히 마쳤고, 결혼은 여전히 진행 중이고, 엄마와 별다른 충돌도 없었으니 말이다. 다음 날, 나는 비행기를 타고 다시 뉴욕으로 돌아왔고 10년 전에는 감히 짐작조차 하지 못했던 현재의 일상으로 복귀했다.

그러나 이런 평화로운 나날은 값비싼 대가를 치르고서 얻은 것이다. 내가 무엇을 얻었든, 조금이라도 쉬웠던 것은 하나도 없었다.

1장

A부터 B까지의 불가피한 경로

유아원에 처음 등원하기 전날, 나는 침대 옆에 무릎을 꿇고 기도했다. "사랑하는 하느님, 제발 제가 읽는 법을 배울 수 있게 해주세요." 그러고는 배우고 싶은 열망과 그럴 수 없으리라는 두려움에 가득 차서 울었다. 이 일은 엄마가 다른 사람들에게 내가 얼마나 공부하기를 원했고 얼마나 진심이었는지 이야기를 할 때 단골로 등장하는 소재가 되었다.

주말에도 나는 정신없이 책을 들여다보았다. 내가 원하는 것은 오직 공부였다. 경쟁하듯이 성경 구절을 외웠고 세상에서 가장 좋은 대학교—시카고의 무디 바이블 인스티튜트—에 다니겠다는 계획을 세웠다. 신의 축복이 있다면 뭔들 못하겠는가. 나는 진화를 거부할 수 있고 의학 전도사가 될 수 있고 에이즈 치료제를 발견할 수 있으며 찬송가를 부르는 팝스타가 되어 전석 매진을 기록하는 스타디움 공연도 할 수 있었다. 그런 한편, 선생님들은 집으로 전화를 걸어 내 빗질하지 않은 머리, 더러운 양말, 구겨진 셔츠에 대해 얘기했다. 몇 달에 한 번씩 친할머니인 에드나가 집에 와서 나를 울렸는데, 잔소리를 하면서 미용학교로 끌고 가 머리를 엉망으로 자르게 했기 때문이다.

"먹고살려면 우리 중 누군가는 일을 해야 해." 엄마는 할머니가 가자마자 씩씩거렸다. 엄마는 돈을 벌었고 그녀와 내가 모든 집안일을 했다. 아빠는 잠깐 간호사로 일했으나 내가 태어나기 전에 자격을 상실했다. 그는 요리와 청소는 여자가 하는 일(브라트부르스트를 구울 만큼 따뜻한 날씨가 아니라면)이라고 생각했다.

엄마는 자신의 삶을 한탄했다. 어릴 때는 스탠퍼드를 꿈꾸기도 했다. "거의 들어갈 뻔했어." 엄마는 누구에게나 그렇게 말했다. "내가 16살이어서 떨어뜨린 것 같아." 어쨌거나 엄마는 집을 나와야 했다. 외할아버지, 외할머니는 딸들을 굶겼다. 아침에는 강아지 영양제인 뉴트리칼 한 캔씩을 먹게 했고 "우리는 반드시, 우리는 반드시, 우리는 반드시 가슴을 키워야 해!"라는 노래를 부르며 미용 체조를 하게 했다(네 자매는 모두 비만과 만성 질병에 시달리는 호더가 되었다). 엄마는 집을 탈출하고 싶은 간절함으로 미네소타대학의 지방 캠퍼스로 도망쳐 예술과 교육을 공부하고 주립 범죄 연구소에서 일자리를 구했다.

엄마가 스탠퍼드에 들어갔더라면 모든 게 달라졌을 것이다. 아빠와 특히 심한 갈등을 겪을 때 엄마는 미친 듯이 신세 한탄을 늘어놓았다. 너희 아빠와 결혼하지 않았더라면 1년에 6개월을 차 유리창에서 얼음을 긁어내느라 고생하지 않았을 테고, 야자수와 바다가 있는 캘리포니아에서 살 수도 있었을 거라고. 엄마는 잇달아 두 명의 낙오자와 결혼하는 대신 돈 잘 벌고 집안일도 잘 돕는 의과대 학생의 아내가 되었을지도 모를 일이었다.

엄마가 아빠와 어떻게 결혼하게 되었는지 들었을 때, 나는 A지점으로부터 B지점까지의 불가피한 경로가 어떻게 그렇게 단순할 수 있는지 의아하게 느껴졌다. 당시 엄마는 38살이었고 첫 번째 결혼에서 얻은 10살 난 아들이 있었으며 '허니'라는 이름의 금발을 가진 딸을 갖고 싶어 했다. 아빠는 사진 학교, 수술 실패, 수도원, 다량의 LSD, 머리 없는 닭들이 나무에서 떨어지는 환각, 그리고 국방부에 피를 채운 젖병들을 던져서 교도소 독방에 감금된 경력 등이 얽혀 있는 불분명한 배경을 가지고 있었다.

엄마가 아빠를 만났을 때, 그는 15년을 빈둥거리며 지내온 터였다. 그는 백금발의 머리카락과 물 빠진 빛깔의 눈동자를 갖고 있었지만 일정한 주소가 없었다. 한 달 후, 그녀는 그와 결혼했다. 아들 노아는 새아빠와 새로 태어날 아기가 자신의 인생을 망치리라는 두려움을 느꼈고 엄마에게 제발 이 결혼을 그만두라고 애원했지만 소용없었다. 노아의 예감은 적중했고 훗날 엄마는 웃으며 아빠가 양아들을 싫어해서 12살 난 노아를 위층으로 쫓아내 혼자 살게 했다고 말했다.

아빠는 '단연코' 아이들을 원하지 않았다. "그렇지만 나가서 콘돔을 사오기에는 너무 게을렀지!" 엄마는 낄낄거렸다. 나는 그녀가 40살을 갓 넘겼을 때 태어났다.

다행스럽게도 아빠는 나를 안은 순간 '사랑에 빠졌다'. 그는 허니라는 이름에 퇴짜를 놓고 나에게 마거릿 프랜시스라는 이름을 지어주었다. 아빠는 TV쇼〈제퍼디!〉를 보거나 컴퓨터를 조립하면서 매일 집에 있었고, 몰티즈와 코카푸가 반반 섞인 개 푸치가 그의 곁을 지켰다. 나는 매니큐어 금지(너무 섹시해서), 스포츠 금지(레즈비언들로 득실거려서), 걸스카우트 금지(레즈비언과 낙태 지지자들로 득실거려서)라는 아빠의 엄격한 규칙도 신경 쓰지 않았다. 노아를 보지 못하게 할 때조차도—아빠의 말에 따르면 그는 이부 오빠일 뿐 진짜 오빠가 아니었다. 내 부모는 두 사람 다 나를 외동딸이라고 불렀다.

그러나 시간이 지나면서 엄마는 아빠의 통제 방식에 짜증을 냈고 동네 마트의 할인 코너를 뒤지며 점심시간을 보내기 시작했다. 엄마는 몰래 쇼핑을 했다. 타깃Target 매장에서 한 개 1달러짜리 곰돌이 푸 시계를 백 개 사서 사무실에 숨겨두었다. 피아노 연주회가 끝날 때마다 엄마는 나를 데리고 맥도널드에 가서 아이스크림을 사주었다. 이것이 엄마가 가장 좋아하는 추억이 된 나들이였다.

　나는 엄마의 불평을, 자의식이 없는 것 같은 행동을 참을 수 없었다. 8살 때쯤부터 나는 엄마에게 늘 이렇게 말했다. "아빠가 그렇게 싫으면 이혼을 해."

　"오, 아가." 엄마는 세상물정 모르고 순진한 아이를 타이르는 듯한 목소리로 말했다. 아빠가 일자리를 잃은 후, 할머니는 그에게 20만 달러의 신탁 자금을 물려주었다. 소도시 의사였던 남편을 여읜 에드나 할머니에게도 그것은 큰돈이었다. 엄마는 씁쓸한 말투로 그 돈을 '우리 결혼 유지의 수단'이라고 불렀다. 90년대 호황기에 그 계좌에서 뽑아 쓴 이자가 엄마가 정규직으로 일해서 번 돈과 맞먹었다. 돈은 톡톡히 제 역할을 했다. 불화 속에서도 부모님은 함께였고, 우리는 교외에 살면서 미니애폴리스에 있는 엄마의 복층 아파트는 세를 놓았다. 우리는 중산층이었다. 그것도 거의 정확히 중간에 해당하는 중산층. 그러나 한 가지 조건이 변하면, 우리는 달라질 것이다.

　닷컴 버블이 붕괴하자 부모님은 점점 더 많이 싸우기 시작했다. 아빠가 현관문 앞에서 엄마를 막아서고, 두 사람이 주방에서 전화번호부를 집어 던지고, 엄마가 경찰에 신고를 하고, 두 사람이 순찰차에 올라타고, 내가 차고에 숨어 있는 동안 경찰이 그들에게 누가 납세 신고를 할 것인지 순순히 결정하라고 말했다.

　그해 나는 내가 있던 주州에서 열린 성경 암송대회에서

우승을 했고, 혼자 이 집 저 집을 돌아다니며 달력을 팔아 리무진 버스비를 마련했다. 부모가 아래층에서 서로에게 소리를 지르는 동안, 나는 매트리스에 누워서 어떻게 하면 아바ABBA 커버 밴드인 에이틴스A-Teens를 납치해 그들의 노래를 하나님을 찬양하는 내용으로 고치게 할 수 있을지 궁리했다. 인생에 무슨 일이 생기든 나는 내 찬란한 꿈속으로 도피할 수 있었다. 그리고 그 꿈이 가정환경이 문제되지 않는 미래로 나를 이끌어주리라는 것을 조금도 의심하지 않았다.

어느 날 아침, 엄마는 4학년 교실에 있던 나를 불러내더니 비밀을 지키겠다는 맹세를 하라고 강요했다. "싫어, 아빠한테 거짓말하기 싫어!" 나는 반항했다. "그건 나쁜 짓이야." 그러자 엄마는 디즈니 라디오를 듣게 해주겠다고 꼬드겼다. 엄마 차를 타고 내 인생 첫 번째 치료사에게 가는 동안 빗방울이 차 유리를 때렸고 라디오에선 릴 바우와우의 노래가 흘러나왔다.

우리는 어느 번듯한 건물에 도착했다. 안에서 화려한 구두를 신은 여자가 나와서 나를 장난감이 가득한 방으로 데려갔다. 그녀는 웃으면서 인형들로 가족을 만들어보라고 말했다. 단방향 투시거울이 벽을 따라 이어져 있었다.

나는 곧바로 엄마가 나를 이곳에 데려온 이유를 알아챘다. 그녀는 내가 학대받았다는 증거를 수집하고 있었다. 그러면 정당하게 아빠를 떠날 수 있고 양육권을 얻기도 쉬워질 테니까. 나는 팔짱을 끼고서 집을 그리거나 모래놀이를 해보라는 말을 무시했다. 치료사는 나를 도로 엄마에게 데려와서는 설명했다. "심리적 저항이 무너지기까지 시간이 걸릴 때도 있어요."

그 후부터 나는 심리상담사도 믿지 않고 엄마도 믿지 않았다. 엄마는 일을 쉬고 여기까지 찾아왔는데 아무 소득이 없으니 짜증이 난 것 같았다. "학교를 빼먹게 하다니 믿을 수가 없어." 나는 돌아오면서 볼멘소리를 했다. 엄마는 손을 뻗어 라디오를 꺼버렸다. '힛 미 베이비 원 모어 타임'이 와이퍼의 쉭쉭 소리에 힘없이 자리를 내주었다.

엄마는 내가 자기도 모르는 새 끔찍한 방법으로 학대라도 받았기를 바라는 것 같았다. 엄마는 도움을 받으려고 상담 치료에 데려갔던 것이라고 주장했다. 그러나 서로를 미워하는 부모를 두었고, 늘어난 옷에 바가지 머리를 한 책벌레라는 것 이외에 나에게는 별다른 문제가 없었다.

어쩌면 엄마는 내가 '아이'가 아니라서 슬펐는지도 모른다. 나는 5살 때부터 설거지와 빨래를 혼자서 도맡아 하고 있었다. 제설기보다 싼값으로 몇 시간이고 집 앞 차도의 눈을 삽으로 퍼낸 적도 있었다. 하지만 나는 그래야만 했기 때문에 그렇게 되었다. 책임감과 홀로 꾸는 꿈 안에서, 언젠가 전설 속의 위대한 스타가 되리라고 믿으며 무엇이든 혼자서 해낼 수 있는 아이로 자랐다. 그래서 나는 엄마의 계획에서 마치 꼭두각시가 된 기분을 느꼈다.

결과적으로 나는 학대를 꾸며낼 필요가 없어졌다. 그해 봄에 아빠가 이름을 미셸로 바꾸는 중이라고 선언했기 때문이다. 그 기가 막힌 발언에 엄마는 집을 나갔다. 이후 양육권 분쟁이 일어나는 동안 나는 미셸과 함께 살았다.

"기분이 어떠니?" 한 사회복지사가 나에게 물었다. 나는 종이 상자와 서류 봉투로 가득한 사무실에 앉아 있었다. 내 알레르기를 유발하는 퀴퀴한 카펫이 깔린 이 창문 없는 방의 서류 캐비닛에 분명히 나 같은 아이들의 인생이 영원히 보관되겠지, 하고 생각했다.

"괜찮아요." 조심스럽게 대답했다. 놀이 치료사와 마찬가지로 복지사들은 비밀을 캐내고 싶어 했다. 그들은 내가 한 말에서 그들이 원하는 바를 읽었다. 한마디 말실수가 내 인생을 망쳐버릴 수도 있다는 경계심이 일었다.

그들은 모두 나를 '정신적으로 큰 충격을 받은' 아이라고 불렀다. 부모가 이혼해서, 아니, 그보다 아빠가 여성으로 커밍아웃해서. 2002년이었다. 그때 사람들이 트랜스젠더에 대해 아는 지식은 〈오프라 윈프리 쇼〉에 나온 내용들뿐이었다. 아무도 내가 부모의 이혼으로 안도감을 느꼈다는 것을 믿지 않았다.

일단 여성으로 변하기 시작하자 미셸은 더 행복해지고 더 상냥해졌다. 그녀는 유니테리언(그리스도교의 정통 교의인 삼위일체론의 교리에 반하여 그리스도의 신성神性을 부정하고 하느님의 신성만을 인정하는 교파──옮긴이)이 되었고, 나는 걸스카우트 단원들을 그들의 레즈비언 애인들과 함께 지옥으로 보내는 아브라함의 하나님을 믿지 않게 되었다. 믿음을 잃은 것이 상실이라고 느껴지지 않았다. 새로 다니게 된 교외의 공립학교에서는 드럼도 연주하기 시작했다.

"나는 미셸과 살고 싶어요." 나는 사회복지사에게, 그리고 내 말을 들을 수 있는 모두에게 그렇게 말했다. 그녀는 공감한다는 듯 고개를 끄덕였지만 20살이 되기 전까지 아동의 의견은 고려되지 않는다는 사실을 상기시켜주었다. 나는 겨우 10살이었다. 그 절차에 나는 분노했다. 내가 원하는 걸 반영해주지도 않을 거라면 내 기분이 어떤지는 도대체 왜 물어보는 걸까? 내 욕망은 감정 상태와 완전히 분리되어 있기라도 하다는 건가?

사회복지사는 내게 신경을 썼는지도 모른다. 하지만 사회제도는 그렇지 않았다. 양육권 평가 절차 전부가 장난 같았다. 몇 달에 걸쳐서 엄마는 온갖 쓰레기 상자들을 창고로 사용하려고 비워둔 임대 아파트로 옮겼다. 가정방문이 있는 날이면 우리는 가장 어울리는 스웨터를 입고 우리의 바느질 작업들을 자랑했다. 그들은 우리를 사랑스러운 모녀로 보았고, 나는 엄마에게 싸움을 걸거나 사회복지사에게 위층에 올라가 보라고 말할 생각은 차마 하지 못했다.

6학년에 올라가기 전 금요일 밤, 미셸은 가정법원에서 돌아와 나에게 짐을 싸라고 말했다. "네 엄마가 오는 중이야." 엄마가 양육권을 획득한 것이다.

나는 엄마와 살게 되어 친구들과 작별 인사도 하지 못한 채 다른 학군으로 옮기게 되었다. 미셸은 엄마와 계속 왕래하고 살 수는 없다며 국토를 가로질러 멀리 이사 갈 생각이라고 했다. 그 달에 나는 그녀를 몇 번 더 보았지만 그 후로는 딱 한 번 전화통화를 한 뒤로 이야기를 나누지 못했다.

흐려진 눈으로 유희왕 카드와 도서관 책들을 검정 쓰레기봉투에 밀어 넣고 푸치에게 작별 키스를 했다. 엄마의 뷰익 자동차가 의기양양하게 헤드라이트를 번쩍이며 진입로로 미끄러져 들어왔다.

엄마와 같은 상황이면서 분별력이 있는 부모라면 누구든 가능한 한 아이를 심리 치료 센터에 데려갈 것이다. 하지만 나는 저항했다. 현재진행형이며 어차피 달라지지도 않을 일에 대해서 이야기하는 게 무슨 소용이 있단 말인가?

엄마 집으로 온 지 몇 개월이 지난 후 가족 상담 치료에 참여하면서 나는 상담에서 내 감정 따위는 중요하지 않다는 것을 알게 되었다. "증거를 수집해야 해요." 엄마는 일기장을 펴면서 정신과 의사에게 설명했다. "그가(엄마는 늘 미셸이 남자일 때 쓰던 이름을 사용했다) 양육권 결정에 불복할 경우에 대비해서요."

"미셸이야." 나는 씩씩거리며 말했다. 엄마가 미웠고 환자가 아이를 끌고 와서 당당하게 자신에게 유리한 정보를 캐

내려 하는 것을 대수롭지 않게 여기는 정신과 의사도 미웠다.

엄마의 입장에서는 자신이 나를 구해낸 것이었다. 미셸이 방해하지만 않으면 우리는 차로 열 시간을 달려 세계 제일의 놀이공원으로 가서 학교 가기 전날 밤늦도록 실컷 놀 수 있었고 보안요원에게 쫓겨날 때까지 창고 대방출 할인 행사에서 실컷 쇼핑을 할 수 있었다. 우리는 〈생일 축하합니다〉 노래를 일곱 가지 버전으로 화음을 넣어 부를 줄 알았다. 월그린의 형광등 아래에서 리얼리티 TV쇼에 나오는 사람들처럼 행동하기도 했다.

미셸은 종적을 감췄고 엄마는 내게 많은 것을 해주었지만 하나도 고맙지 않았다. 푸치가 그리웠다. 할머니의 경제적 지원이 끊긴 상태에서 우리는 법정 소송비용과 카드빚의 늪에 빠진 빈털터리였고 집 안은 쥐들이 들락거리는 소리와 쓰레기로 가득 차 있었다. 재정난에 시달리던 미니애폴리스 소재 공립학교는 쉽게 입학 허가를 내주었고 나는 끊임없이 괴롭힘을 당했다. 성경 암송 대회 우승자다운 사교 능력에 도발적인 옷차림—6학년 첫날 입은, 미셸이 사준 그물망 소매 상의와 아랫단부터 끝까지 지퍼로 이어져 있는 미니스커트를 포함하여—이 더해져, 나는 쉬운 표적이 되었다. 반 아이들은 하루에도 수백 번씩 나를 걸레나 창녀라고 불렀다. 어른들은 내게 신경을 끄라고 말했다. 자신들이 해줄 수 있는 다른 방법은 없었으니까.

열한 번째 생일 즈음에 어떤 8학년생이 버스 안에서 나를 더듬었을 때 가뜩이나 나쁘던 상황은 최악으로 치달았다. 그가 나를 위협해 강제로 자신을 만지게 해서 결국 엄마에게 이 사실을 이야기했다. 일을 마치고 집에 막 돌아온 엄마는 완전히 녹초가 된 모습이었다. "음, 선생님한텐 말했니?" 엄마가 물었다. 안 했다고 하자 학교에서 이야기할 만한 사람을 찾으라고 했다. 그 일이 벌어졌을 때 엄마는 그 자리에 없었기에 할 수 있는 일도 없었다. 그해 다른 나쁜 일들이 일어났을 때도 엄마에게 도움을 청하지 않는 편이 낫다는 것을 알게 되었다. 내 친구들도 모두 비슷한 경험이 있는 듯했지만 우리는 서로 공감할 수 있는 문화적 토대가 없었고 한밤중에 속닥거리는 것 말고는 그런 일을 나누는 방법도 몰랐다.

혼자 있기가 두려운 오후에 나는 돌봐줄 사람이 없는 다른 아이들과 함께 어슬렁거리며 시간을 보냈다. 내 침대에서 잠들 수가 없어서 밤에는 엄마의 침대 속으로 기어들어갔다.

"제가 볼 때 에미에게 ADD(Attention Deficit Disorder; 주의력 결핍증)가 있는 것 같아요." 엄마가 심리상담사에게 말했다. 엄마는 자신에게 주의력 결핍 장애가 있고, 비록 진단을 받지는 않았지만(진단을 받으려 했지만 의사가 거부했다) 내 오빠도 그렇다고 설명했다. 우리 가족 사이에서는 오빠가 대학에 가지 않고 보안요원이 되어 밤낮없이 교대 근무를 하는 이유가 바로 그 때문이라는 믿음이 있었다.

엄마는 증거를 늘어놓았다. 나는 차림새가 너저분하고

정돈을 잘 못하며 만성적으로 시간을 지키지 못한다. 가장 유력한 증거를 들자면 책을 읽을 때 '과집중' 상태가 된다.

버젓이 나를 앉혀 놓고서 없는 사람 취급하지 말라고 소리쳤다. 심리상담사는 엄마가 말한 내용을 열성적으로 받아 적었다. 그는 엄마 말을 믿지 않을 이유가 없었다. 엄마는 백인이고 달변이었으며 집이 있고 대학 학위가 있고 나에 대한 온전한 양육권이 있었다. 나는 어린애였기에 내가 제기하는 불만은 그에게 아무 의미도 없었다. 그래서 어린애답게 동물 인형을 집어 들어 그에게 던졌다. 이중초점 안경 너머로 엄마가 눈썹을 치켜 올렸다. 마치 '봤지?'라고 말하는 듯했다.

한 시간이 넘는 상담을 마치고 간단한 질문지를 작성한 후, 나는 처방을 위해 소아과 의사에게 보내졌다.

질병은 엄마에게 활력을 불어넣었다. 공무원으로서 엄마는 훌륭한 복지 혜택을 받았다. 엄마가 퇴근할 때까지 특별 수업이나 지도를 받을 만한 돈은 없었지만 언제나 병원에는 갈 수 있었다. 배가 아프거나 머리가 아프거나 혹은 기침을 할 때마다 우리는 긴급치료센터로 갔다. 보통 집을 나서면 상태가 나아졌지만 이미 병원에 왔고 별다른 일도 없었으므로 우리는 병원에 머물렀다. 나는 깨끗하고 잡지도 구비되어 있는 병원 대기실이 좋았다.

우리의 HMO 보험에는 전자 의료 기록이 있고 엄마는 모든 간호사의 이름을 알고 있었음에도 아무도 우리가 거의 매주, 어떤 때에는 일주일에도 몇 번씩 병원에 온다는 사실을 모르는 것 같았다. 병원에서 의사를 만난 다음 저녁으로 감자튀김을 먹는 것, 그것이 엄마가 내게 사랑을 표현하는 방식이었다. 나는 가급적이면 이 저녁 외출 시간을 늘리려고 애썼다. 방마다 쥐 오줌 냄새가 배어 있는 집으로 돌아가기 싫었기 때문이다.

엄마는 노아에게 ADD 치료를 받게 하지 않았던 것을 후회했다. 의사는 오빠와 단둘이 상담을 했었다. "너는 ADD를 앓고 있니?" 오빠는 아니라고 대답했다. 엄마에게 이것은 의사가 무능하다는 증거였다. "11살짜리 애한테 ADD가 있느냐고 대체 왜 묻는 거죠? 걔가 그걸 어떻게 알아요?" 하지만 무슨 이유인지 오빠를 다른 의사에게 데려가지는 않았다.

엄마는 이 일에 죄책감을 느끼는 듯했다. 엄마는 미셸이 노아를 좋아하게 만들 수 없었다. 너무 바빠서 그가 숙제를 했는지 챙기지 못했고 학교에 갔는지 확인하지도 못했다. 노아가 대학 진학을 고민할 때에는 그녀 스스로 떠안고 있는 문제가 너무 많아서 경제적 지원에 관한 조언을 해주지도 못했다. 엄마가 노아를 위해 해줄 수 없었던 일은 정말 많고도 많았다. 최소한 의사는 리탈린(ADHD 치료제로 흔히 쓰이는 정신흥분제)을 처방해줄 수 있었을 텐데.

엄마는 나에게는 같은 실수를 반복하지 않으려 했다. 그래서 나에게는 아무도 ADD가 있는지 묻지 않았고 학교에서 전부 A를 맞았으며, 수업에서 집중을 하지 않은 것은 이미 다 알고 있는 내용이기 때문이라고 항변해도 아무도 내 말을 듣지 않았다.

소아과 의사는 내게 콘서타(ADHD 치료제)를 처방했다. 내가 흥분했을 때는 재낵스(신경 안정제)를 주었다. 몇 주간 웰부트린(항우울제)을 복용하고 나니 엄마는 시험 삼아 자신이 갖고 있던 애더럴(ADHD 치료제이며 암페타민이 주성분이다)을 나에게 먹였다. 내게 처방전을 써준, 나를 진료하던 의사의 조수는 이를 대수롭지 않게 여겼다. 암페타민으로 신경과민이 되어 땀을 흘리고 신경질적으로 울자 그는 이것을 내가 우울증에 걸렸다는 증거로 받아들였다.

"집에 한번 와보세요." 어른들에게 애원했다. 누구라도 우리가 사는 모습을 보면 내가 왜 점점 더 불행해지는지 이해하리라고 확신했기 때문이다.

"에미는 과장하고 있어요." 엄마는 말했다. "응석이 심해요." 가족 치료사는 내게 청소를 하면 되지 않냐며 집안일을 분배해주었다. "설거지하는 것부터 시작해봐요."

"저희 집은 온수가 안 나와요." 나는 그렇게 받아쳤다. 엄마도 인정했다. 겨울이라서 우리는 샤워를 할 수 없었다. 상담사는 엄마에게 수리를 하라고 한 번 말하고 다시는 그 얘기를 꺼내지 않았다. 그 후로 몇 년간, 많은 전문가들이 내 생활환경에 대해 알게 되었다. 나는 마른기침을 하게 되었다. "집이 너무 더러워서 그래요." 소아과 의사에게 말했다. "사방에 쥐들이 돌아다녀요." 의사는 내게 흡입기를 처방했다. 엄마는 공공연하게 내 편두통이 기질 탓이라고 단언했다. 나는 항경련제를 투여받았다. 7월에 부엌에 가다가 크리스마스 장식을 밟는 바람에 발에서 납땜 유리 조각을 빼내는 수술을 받아야 했다. 의사는 별로 동요하지 않았다.

아무도 내 말을 듣지 않았다. 아무도 나를 믿지 않았다. 아무도 오지 않았다.

"이제 못 참겠어." 나는 엄마에게 소리 질렀다. "이제 더는 여기서 살고 싶지 않아." 내가 '신경질적인' 상태가 되면 엄마는 나를 진정시키기 위해 간호사 상담 전화를 연결했다.

13살이 되고 나서 얼마 지나지 않아 한 친절한 간호사가 내게 보호소를 추천했다.

"추행을 당해도 좋다면 그렇게 해." 엄마가 말했다. 나는 얼굴을 구겼다. "네 생각에는 엄마와 사는 것보다 나을 것 같겠지만 그렇지 않을 거야." 우리는 이런 대화를 수도 없이 했다. 다른 여자애들은 엄마의 애인과 함께 살아야 하는데 그 남자들은 분명 그 아이들을 강간할 거라고.

그런 나날들 속에서 나는 새로운 대처 방법을 찾아냈고 이것은 점점 더 내 삶 깊숙이 파고들어왔다. 먹은 것을 게워내거나 옷핀으로 팔을 긁은 후에 찾아오는 평온함, 체중을 줄여서 조금씩 죽음에 가까워지는 데서 오는 쾌감이 유일한 탈출구처럼 느껴지기 시작했다.

간호사가 보호소를 추천한 지 얼마 안 있어 나는 처음으로 정신병동에 입원했다. 그곳이 좋았다. 깨끗한 공기 덕에 기침이 멎었고 하루 종일 뜨거운 물을 사용하는 사치를 누렸으며 접시에 담긴 음식을 먹었다. 집에 돌아오자마자 다시 돌아가고 싶었다. 의사가 처방하는 약은 점점 더 강해져서 이제 항정신병약물을 복용하게 되었다.

엄마는 나에게 변증법적 행동 치료를 받게 했다. 거기서는 탁자에 둘러앉은 한 무리의 10대들이 워크시트에 적힌 것을 큰 소리로 읽었다. 복사 용지 하나에 코믹산스체로 적힌 "고통을 수용하지 않는 것=고난"이라는 문구는 우리의 불행은 우리의 선택이라는 점을 명시하고 있었다. 어른들은 우리의 문제가 감정 조절에 있다고 보았고 우리는 나쁜 습관을 고치는 법을 배우기 위해 거기에 모였다. 정신과 의사들은 근본적 수용radical acceptance의 원칙을 가르쳤는데 내 상황에 들어맞는다는 생각은 들지 않았다.

내가 알고 싶은 것은 왜 아무도 엄마를 변화시키려고는 하지 않느냐 하는 것뿐이었다. 의사의 조수는 엄마의 진단과 치료에 관해 묻는 데에 진료 시간의 상당 부분을 할애했다. 엄마는 몇 주간 팍실(우울증 치료제)을 먹더니 임의로 복용을 끊었다. 약을 먹었을 때 기분이 나쁘다고 했다. 엄마는 성인이기 때문에 누구에게도 무엇을 하라고 강요받지 않았다. 반면 나는 미성년자이기 때문에 사람들이 원하는 것이 무엇이든 그대로 해야 했다. "네가 통제할 수 있는 것에 집중해." 정신과 의사는 충고했다. 하지만 통제할 수 있는 사람이 누구인지가 더 중요해 보였다.

13살에 처음 ADD 진단을 받고 2년 반이 지났을 때 나는 자살을 시도했다. 그 후 입원 기간 동안 담당 정신과 의사는 엄마가 문제의 원인이라는 판단을 내렸다. 그러자 엄마는 의료진의 권고에 반하여 나를 퇴원시켰다. 엄마는 소비자이므로 딸에 대해 자신과 같은 견해를 가진 의사를 고를 수 있었다. 의사가 다른 의견을 제시하면 엄마는 곧바로 나의 치료를 중단시켰다. 나는 다시 집으로 돌아왔고 다시 자기 파괴적인 행동을 반복했다.

의사는 내 상황을 헤너핀 카운티에 보고했다. 그러나 아동 학대 조사는 없었고 대신 나에게 문제를 일으키는 10대 소녀들을 다루는 특별 사회복지사가 배정되었다. 어느 날 오후 현관 앞에 잉그리드가 나타났다. 나는 내 뒤로 방충망으로 된 문을 조심스레 닫으며 밖으로 나갔다.

"안녕, 에미." 그녀는 원래 나를 아는 사람처럼, 혹은 내가 그녀의 다른 고객들과 다르지 않다는 것처럼 쾌활하게 인사를 건넸다. 곱슬거리는 회색 머리카락이 그녀의 주름진 얼굴을 감싸고 있었다. 붕괴되어 가는 가정들 때문에 스트레스를 받아서 피부가 저렇게 지쳐버렸을 거라는 확신이 들었다. "들어가도 되니?"

평일이어서 엄마는 일하러 가고 없었다. 나는 잉그리드의 업무차량으로 보이는 흰색 포드를 힐끗 보았다.

내가 기다려온 순간이 바로 지금인 걸까? 수년간 나는

어른들에게 집으로 와달라고 빌었다. 그리고 지금 여기 누군가 내 앞에 있다. 나는 문을 열기만 하면 된다.

하지만 그러면 어떻게 될까? 잉그리드는 여기저기 전화를 할 것이다. 아동 보호기관에서 조사에 나설 것이다. 내가 차에 타면 그녀는 나를 임시 보호소로 데려갈 것이고, 10대 여자아이들을 위한 이층침대가 가득한 집에서 어쩌면 엄마가 경고한 대로 성추행을 당하게 될지도 몰랐다. 엄마에게 비난이 쏟아질 것이고 엄마는 궁핍한 삶에 내몰릴 것이다. 그러면 모두가 오롯이 내 탓이 되겠지.

잉그리드는 강제로 들어올 수는 없었다. 나는 선택권이 나에게 있다는 것을 알고 있었다. 따뜻한 샤워, 깨끗한 이불, 온갖 사소한 일도 판사의 허락을 받기를 택할 것인가, 아니면 내가 대학 수준의 책을 읽었던 4학년 시절에 대해 이야기하고 또 하면서 서류에 서명을 하고 내게 돈을 주고 보호소에서 나를 빼낼 수 있는 엄마와 함께 이 집에 살기를 택할 것인가. 엄마에게는 다른 사람, 특히 정부에서 나온 사람을 집안에 들이지 않는 규칙이 있었다. 잉그리드를 집에 들여보내면 과연 엄마가 나를 용서할지 알 수 없었다. 그리고 잉그리드가 날 도와줄지에 대해서도 확신이 들지 않았다.

문득, 바로 이런 이유 때문에 그동안 아무도 집에 찾아오지 않았던 게 아닐까 하는 생각이 들었다. 일단 진실을 알게 되면 사람은 뭔가 행동을 해야 한다는 의무를 지게 된다. 그렇기에 일단 열고 나면 다시 닫을 수 없는 문을 아무도 열

고 싶지 않았을 터였다. 그 문이 이토록 암울한 곳으로 이어
져 있다면 더더군다나 말이다.

"미안해요, 아무도 들어오게 할 수 없어요." 나는 주먹
을 꽉 쥐고 쉽지 않을 대화를 할 마음을 먹고서 잉그리드에
게 말했다. "그게 규칙이에요."

"알겠어." 그녀는 쾌활하게 대답했다. 주먹에 좀 더 힘
을 주었다. 우리는 눅눅한 골판지 상자 더미 옆, 곰팡이가 핀
현관 의자에 앉았다. 나의 자기방어를 뚫고 나를 구해줄 사
람은 아무도 없을 것이다. 그때 깨달았다. 영영 나락으로 떨
어졌다는 것을.

3개월 후 열네 번째 생일이 막 지난 어느 날, 나는 새로
운 정신과 의사 앞에 앉아 있었다. 이번에는 섭식장애 입원
치료를 위해 병원에 온 참이었다.

우즈 박사는 내게 단도직입적으로 말했다. "자, 너에게
는 두 가지 선택지가 있어. 회복해서 4주에서 6주 안에 여길
나가든지, 아니면 계속 아파서 아주아주 오랫동안 갇혀 지
내든지."

나를 깔보던 여러 정신과 의사들을 거쳐왔기 때문에 우
즈 박사의 솔직한 말이 고마웠지만 그럼에도 반항했다. "아
닐걸요. 회복되고 싶어 한다고 다 그렇게 되겠냐고요."

태도 변화, 긍정적인 마음, 심호흡이 내 엉망진창인 상
황을 바꿀 수 있다고 주장하는 어른들에게 넌더리가 났다.

우즈 박사도 그런 수많은 목소리들 중 하나로 느껴졌다.

그녀는 내가 핵심을 놓치고 있다는 듯이 나를 흘겨보았다. "설마 너를 평생 가둬두기야 하겠나 싶겠지." 그녀는 눈썹을 치켜뜨며 말했다. "하지만 그럴 수 있어."

나는 한숨을 내쉬며 눈을 굴렸다. 정신병동은 늘 똑같았다. 약 기운에 취한 아이들이 약에 적응해가고 대학원생인 직원들이 지켜보는 가운데 이집트식 쥐잡기 카드 게임을 하고 끝이 뾰족한 물건을 가지고 있는 사람이 있는지 점검하고. 결국 지쳐버린 나도, 아이들도 잠자리에 드는 일상이 반복되었다. 이번에 나는 체중을 늘려야 하는데(망해버리기 일쑤인) 그런다고 뭐가 달라지겠는가?

상담을 마치자 우즈 박사는 나를 문으로 안내했다. 그녀의 손이 문고리 위에 머물렀다. 그녀는 잠시 멈칫했다. 얼굴 주위로 회색으로 변해가는 머리카락을 늘어뜨린 그녀가 내게 다시 한번 말했다.

"선택은 네가 하는 거야."

2장
내 삶이 갈 곳을 잃고 어긋나더라도

감리교 병원 섭식장애센터에서는 연어 냄새가 났다. 유명 상표의 간판들이 벽에서 미소를 지었다. TV 시청실에는 가느다란 목도리를 두른 10대 여자애들이 고교 심화 과정 과목들을 대조하면서 마젠타 색 소파에 앉아 있었다. 그들은 어서 나아서 이곳에서 나가기를, 다시 체육대회에 참가하고 과테말라의 고아원으로 선교 여행을 떠나기를 간절히 바라고 있었다. 나는 그들 모두가 싫었다. 내가 갖지 못한 그들의 모든 것이 싫었다.

나는 내 말을 들어주는 사람이라면 누구에게나 나에게 섭식장애가 없다고 말했다. 물론 내 몸이 마음에 들지 않았다. 키가 175센티미터에 깡마른 나는 나 자신을 없애는(체중을 줄일수록 늘어나는 것만 같은 배꼽 아래 복부지방에서부터 시작해서) 데 몰두했다. 일부러 구토를 하고 허기를 느끼지 않도록 남아 있던 애더럴을 삼켰다(뭔가 속임수 같아서 두 가지 다 극렬히 부인하기는 했지만). 하지만 음식 때문에 삶이 망가진 수많은 아이들을 알게 되었다. 백인이면서 비교적 잘 사는 집 아이들이 이런 곳에 와 있었다. 그곳에 있던 대다수 여자애들처럼 나는 백인이고 금발이었지만 우리의 공통점은 거기서 끝이라는 것을 알았다. 만약 그들 중 누군가에게 "너의 가장 큰 약점은 뭐야?"라고 묻는다면 그 애는 "나는 너무 열심히 노력해"라고 대답할 것이 뻔했다. 그들은 그 자체로 너무 완벽했다. 그들에게 주어진 찬란한 운명에 부응해야 한다는 압박에 짓눌린 작은 아씨들. 쓰레기집에서 온 나의 눈에는 그들의 거식증이 지나치게 많은 특권의 신체적 발현처럼 보였다.

"섭식장애가 없다면 왜 여기에 있는 거예요?" 센터의 정신과 의사인 스벤슨 박사가 나에게 물었다. 그녀는 어리둥절한 표정으로 미소를 지었다. 그녀는 예쁘고 젊었으며 부드러운 피부, 그리고 살이 빠지기 전의 나와 같은 동그스름한 얼굴형을 가지고 있었다.

"나는 죽고 싶어요." 모든 것들을 털어놓으며 말했다. XXL 사이즈 스웨터에 붙어 있는 금빛 머리카락을 떼어 오리엔탈 양탄자 위에 떨어뜨렸다.

"왜 죽고 싶어요?" 그녀는 아주 민감한 주제에 대한 이야기라는 듯 부드럽게 물었다.

43

"세상이 개떡 같으니까." 나는 한마디로 답했다. 스벤슨 박사는 내가 이곳에 들어올 때부터 이미 나에 대해 많은 것을 알고 있었다. 나는 자진해서 말을 늘어놓을 만큼 어리석지 않았다. 불평을 하면 할수록 더 나쁜 취급을 받게 된다는 것을 체득했기 때문이다. 누군가 한 번만 더 나를 연기성 성격—감정 표현이 과장적임을 뜻하는 의학 용어—이라고 칭하면 더는 참지 않을 것이다.

의자 밑으로 다리를 흔들며 테이프가 덕지덕지 붙어 있는 컨버스 운동화로 바닥을 두드리고 있었다. 스벤슨 박사는 메모를 마치고는 나를 올려다보았다. "어느 대학에 진학하고 싶어요?" 그녀가 물었다.

"뭐라고요?" 인격장애를 판별하기 위해 나를 떠보나 싶어 실눈을 뜨고 그녀를 살폈다. 엄마는 내가 얼마나 똑똑한 아이인지에 대해 늘 떠벌렸는데 세상에는 우리의 콧대를 납작하게 만드는 것만큼 즐거운 일이 없어 보이는 이들이 많았다. 나를 한 번 만나본 한 의사의 조수는 내 지능은 평균 수준이고 학업 성적은 기껏해야 중간일 것이라고 판단했고 삼촌은 내가 비서를 하면 잘할 것이라고 했으며 우즈 박사는 IQ 테스트를 해보라고까지 했었다.

나는 스벤슨 박사의 함정에 빠지지 않으리라 다짐하며 입술을 질끈 깨물었다. 그러나 그녀는 가고 싶은 학교를 묻는 것이 일반적인 정신과 질문이라는 듯 보라색 펜을 손에 든 채 아주 차분하게 앉아 있었다.

"미네소타 대학이요." 나는 딴 데를 쳐다보며 거짓말을 했다. "하지만 그렇게 오래 살고 싶지 않아요."

스벤슨 박사는 내가 똑똑하다고 답했다. 내 안의 무언가가 녹아내렸다. 그러다가 정신을 차렸다. *정신과 의사들은 감언이설로 상대를 꾀어 자기들이 원하는 대로 하게 만들잖아. 나는 누구라도 그렇게 쉽사리 믿지 않을 거야.*

"저는 여기 있는 딴 애들과는 달라요." 그들을 생각하는 것만으로도—그들의 날씬한 엄마들, 그들이 '아빠'라고 부르는 남자들—창피한 마음에 얼굴이 달아올랐다. 그 애들에 비하면 나는 더럽고 역겨운 쓰레기였다.

"나도 알아요." 스벤슨 박사가 말했다. "나는 에미가 16살에 대학에 들어가는 모습을 보고 싶어요."

주차장이 내려다보이는 창문을 통해 빛이 들어와 스벤슨 박사의 머리카락이 반짝거렸다. 찰나의 순간, 스웨터 위로 가슴에 이름이 수놓아진 하얀 가운을 입은 그녀가 천사처럼 보였다. 부잣집 여자애들과 감리교 병원에 있다는 사실이외에 그녀가 왜 이런 말을 하는지 도무지 알 수 없었다. 하지만 머릿속으로는 이미 고등학교에 가는 대신에 대학 수업을 듣기 위해 필요한 미네소타 주 정부 프로그램의 자격을 갖추려면 얼마나 걸릴 지를 셈하고 있었다.

"하지만 그러고 싶다면, 에미, 우선은 잘 먹어야 해요."

나는 한숨을 쉬었다. 어른들은 모든 일에 고분고분하게 말을 잘 듣는 것을 조건으로 내세웠다.

"날 위해서라도 그렇게 해줄 수 있겠어요?"

나는 별 관심 없다는 듯이 보이려고 손톱을 뜯었다. 하지만 사실은 스벤슨 박사가 말한 대로 하고 싶어졌다.

나흘 동안 나는 내가 해야 하는 모든 것을 해냈다. 세끼 식사와 세 번의 간식을 꼬박꼬박 먹었다. 물리치료 시간에는 바닥에 누워 부드럽게 스트레칭을 했다. 그룹치료 시간에는 내 옆의 여자애가 울음을 터뜨리고 흐느끼면서 "내가 가족에게 상처를 줬다는 것을 믿을 수가 없어요!"라고 말할 때 눈동자를 굴리지 않으려고 노력했다. 치료사는 우리가 선의로 가득한 사람들이고 더 멋진 사람이 되기 위해서는 자기 파괴적인 충동을 다른 곳으로 돌려야 한다고 말했다. 나는 소리 지르고 싶은 마음을 억누르려 이를 앙다물었다. 이런 진부한 말이 내게 적용된다고 믿지 않았다. 오히려 감리교가 환자들에게 베푸는 은혜는, 많은 외래 진료 의사들이 그랬던 것처럼 엄마의 잘못을 용서한다는 증거처럼 보였다.

나는 엄마와 함께하는 치료만 아니라면 무엇이든 할 의향이 있었다. "좋게 끝나지 않을 거예요." 회진을 도는 의사와 간호사들에게 경고했다. 하지만 대다수 병원과 마찬가지로 감리교 병원도 10대의 거식증을 가족의 질병으로 보았다. 병원은 나에게는 약인 음식을 제공함으로써 나를 치유할 수 있도록 엄마를 훈련시킬 계획이었다. 두려움에 떨면서 약속 시간을 기다렸다. 시작하기로 되어 있던 시간에서 15분이 지났을 때 엄마가 비닐 쇼핑백을 팔에 걸고서 도착했다. 열 명 남짓의 앙상한 목이 엄마를 보느라 길어졌다. 나는 누구와도 눈을 마주치지 않으며 자리에서 일어났다. 주위에서 별들이 빙글빙글 도는 듯 어지러웠다. 겨우 스스로를 진정시키고 엄마에게로 갔다.

"안녕, 허니!" 엄마가 말했다. "너 주려고 뭘 좀 가지고 왔단다!" 엄마는 쓰고 난 종이 타월 한 겹 아래에서 여러 권의 잡지 중 한 권을 끄집어냈다.

"필요 없어."

"정말 좋은 가격에 샀어!" 치료사가 올 때까지 엄마는 계속 얼마나 할인을 잘 받았는지에 대해 이야기했다. 치료사는 여밈이 없는 카디건과 편안한 바지에다 재미있는 목걸이를 한 모습으로, 섭식장애센터에서 마주치는 정신과 의사들의 교복과도 같은 옷차림을 하고 있었다.

우리는 티베트 기도 깃발 아래 그녀의 사무실에 앉아 있었다. 치료사가 환자 관리 방법에 대해 설명하는 동안 엄마는 열심히 필기를 했다. 나는 속이 부글부글 끓었다. 엄마는 이 섭식장애 치료를 즐기는 것 같았다. 엄마가 아무런 책임감도 느끼지 않는 상황이 나를 더 비참하게 만들었다.

"치료사님은 엄마가 제 인생을 통제하게 하고 싶으신가 봐요." 내가 중간에 끼어들었다. 엄마는 나에 대한 통제력을 더 갖는 게 아니라 덜 가져야 마땅했다. 그런데 아무도 동의하지 않는 듯했다.

치료사는 엄마에게 말했다. "따님의 섭식에 있어서 걱정되는 점이 뭔가요?"

"음," 하고 엄마는 이중초점 안경을 코 위로 올리며 말을 시작했다. "에미는 머리를 썩히고 있어요. SAT 성적을 기준으로 하면 내 IQ는 132예요. 그런데 에미는 나보다 더 똑똑하거든요!"

나는 소파에서 엄마를 팔꿈치로 밀었다. 엄마가 그런 이야기를 하면 우리 둘 다 미친 사람처럼 보였다.

"그 외에는 뭐가 있을까요?" 치료사가 물었다.

"에미는 이제 가슴이 없어져 버렸어요."

"그게 무슨 상관이야?" 나는 쏘아붙였다.

"에미는 가슴이 정말 예뻤거든요." 엄마가 치료사에게 말했다. "모델을 해도 될 정도였어요."

나는 자리에서 벌떡 일어났다. "나는 지금 병원에 있고 죽고 싶어. 그런데 엄마가 신경 쓰는 건 고작 내 가슴이야?"

엄마는 언제나 내게 관심을 보일 수도 있는 나이 든 남자들을 신경 쓰곤 했다. 나의 유일한 희망은 엄마보다 결혼을 잘하는 것뿐이라는 듯이. 그것은 내 허무주의를 확고히 할 뿐이었다. 어른이 되어서 그런 운명을 받아들이느니 차라리 어린 나이에 죽는 게 나았다. 치료사를 쳐다보면서 그녀가 엄마를 제지하기를 바랐다. 14살 여자애의 신체에 대해 그런 말을 하다니 이상하지 않은가? 부적절하지 않은가? 도대체 엄마가 무슨 말을 해야, 어떤 다른 증거가 더 있어야 의사들은 엄마가 문제임을 인정할까? 이 치료사는 왜 강제 식사를 시키도록 엄마를 훈련하는 게 내 회복의 첫걸음이라고 믿는 걸까?

　그러나 우리에게 주어진 시간은 끝이 났다. 물론 치료사는 아무 말도 하지 않았다.

　그날 밤 나는 아팠다. 간호사들은 심리적인 문제일 것이라 말하며 혈압이 떨어져 다시 올라가지 않을 때까지 긴장을 푸는 이완운동을 하라고 권했다. 나는 집중 치료실에서 이틀을 보냈다. 그곳에서 나와 다시 섭식장애 센터로 돌아왔을 때 엄마는 면회 시간을 맞출 수 없었다. 그래서 대리로 보낼 사람을 찾아냈는데 바로 내가 12살 때 데이트를 했던 16살 남자애의 아버지였다. 엄마에게 필요 없다고 말했지만 그는 나타났다. 어색하기 짝이 없는 대화를 나누고 돌아와서 TV 시청실로 걸어갔다. 다른 환자들이 손에 뜨개질 바늘을 든 채 나를 빤히 쳐다보았다.
　"왜?"
　"저 사람이 너희 아빠야?" 주근깨가 난 금발머리가 내게 물었다.
　"아니야!" 나는 소리 질렀다.
　"그냥 너희 아빠를 본 적이 없어서 그래." 다른 애가 한마디 했다.
　"그런 어이없는 넘겨짚기 좀 그만할래?" 짜증을 내며

몸을 획 돌렸다.

아빠가 미셸이 되었다는 것은 말할 것도 없이, 누군가에게 아빠가 없을 수도 있다는 것을 생각조차 하지 못하는 그 아이들의 세상을 나는 상상도 할 수 없었다. 감리교 병원의 부유한 고객들 사이에 섞여 있는 것은 분명 장점이 있었다. 스벤슨 박사가 동물을 학대한 적이 있냐고 묻지 않고 대학 진학에 대해 질문한 데에서 그것을 느꼈다. 하지만 나는 순진하게도 그 대화가 의미 있는 대화였다고 믿고 있었다. 치료가 끝나면 다른 아이들은 원래대로 그들에게 예정된 밝은 미래로 돌아갈 것이고 나는 언제나처럼 끝이 보이지 않는 형편없는 삶으로 돌아가게 될 텐데 말이다.

나는 복도 의자에 앉아서 울었다. 한 간호사가 내게 다가와 이야기를 나누고 싶은지 물었다. 나는 얼굴을 감싸고 거절했다. 내 울음이 다른 환자들을 자극해서인지 간호사는 내게 조용한 곳으로 가자고 타일렀다. "나는 이 멍청한 곳에 있기 싫어요." 나는 흐느꼈다. "죽고 싶어요."

그녀는 내 어깨에 손을 얹고 나는 안전하다며 진정시켰다. 나는 그녀를 뿌리쳤다.

기회만 생기면 자살할 거라고 다음에는 절대 머뭇거리지 않을 거라고 내뱉었다. 딸꾹질이 나오는 와중에 거칠게 숨을 쉬며 말했다. "날 살게 하면 이다음에 커서 폭탄을 제조해 온 세상을 날려버릴 거고, 감리교 병원을 제일 먼저 폭파시킬 거예요."

간호사가 내 어깨를 잡았다. 나는 그녀를 밀쳐냈다. 또 다른 간호사가 왔다. 그들은 각각 내 한쪽 팔을 잡더니 나를 의자에서 들어올렸다. 검정색 컨버스 스니커즈가 리놀륨 바닥에 끌리는 소리를 냈고 그들은 나를 내 방으로 끌고 갔다.

정신병동에 네 번 입원하는 동안, 이런 상황에까지 온 적은 없었다. 그런데 지금 몸을 돌려 TV 시청실의 아이들을 보니 그들은 입을 떡 벌리고 있었다. 외부인이 질질 끌려가는 광경을 음미하며 재미난 구경거리를 즐기고 있구나 싶었다.

간호사들은 방에 들어와서야 나를 놔주었다. 나는 책장에 몸이 부딪혔다. 룸메이트의 화장품이 바닥에 떨어졌다. 벽에 머리를 찧었다. 두 간호사는 나를 침대에 옮기고 내 몸을 제압했다. 얼굴이 보라색 이불에 파묻혔다. 한 간호사가 내게 약을 주었지만 거부했다. 그들이 나를 무력화하는 것을 원하지 않았다. 내 삶이 갈 곳을 잃고 어긋났어도 의식조차 잃고 싶지는 않았다.

여러 사람들이 방 안을 채웠다. 누군가 경비를 불렀다. 다른 간호사는 전화 통화를 하고 있었다. 아마 나에게 신경안정제를 투여해도 된다는 허가를 받는 듯했다.

그 소리를 듣자 두려움이 나를 누그러뜨렸다. 나는 미치지 않았다. 그저 마음이 상했을 뿐이다. 그들은 그걸 볼 수 없는 걸까? 분명히 나는 그런 식으로 행동한 적이 없는데. 그냥 약을 달라고 애원하는 내 볼을 타고 눈물이 흘러내렸다.

그들은 플라스틱 컵을 잡을 수 있도록 한쪽 손을 풀어 주었다. 그 알약들이 방금 있었던 일들을 지워주기를 비는 마음으로 메마른 입에 그 약들을 삼켰다.

어둠 속에서 다른 병동의 전화벨 소리에 잠에서 깼다. "그래서, 아프기로 선택한 거야?" 밖에 있을 때 내 정신과 의사였던 우즈 박사였다.

약 기운에 토할 것 같았고 탈수 증세에 시달렸다. 눈꺼풀은 부어올랐고 이마에 머리카락이 달라붙어 있었다. 우즈 박사의 음성에서 따뜻함을 느꼈다. 그녀는 한밤중에 일어나서 내가 걱정되어 전화를 한 것이었다.

"나는… 나는 그렇지 않아요." 나는 설명해보려고 했다. 만약 내가 아프기로 선택했다고 하더라도—소동을 피우고 간호사들을 밀치고—더 나아지기로 선택하는 건 도대체 어떻게 할 수 있는 걸까?

우즈 박사가 내 말을 잘랐다.

"일을 망치지 마." 그녀는 그렇게 말하고 전화를 끊었다.

다음 날 집중 치료실에서 TV를 보았다. 간호조무사가 문 옆에 앉아 나를 지키고 있었다. 몇 시간에 한 번씩 간호사가 나를 차분하게 유지시키기 위해 아티반(항불안제)을 주었다. 음식 쟁반도 오고 갔다.

출입구에 스벤슨 박사의 모습이 어렴풋이 보였다. 나는 그녀를 보고 놀랐다. 그녀는 간호조무사에게 잠깐 쉬었다 오라고 말하고 의자를 내 침대 가까이 끌고 왔다. 어둠에 잠긴 내 방에 그녀와 마주 앉으니 뒤로 보이는 복도의 빛이 그녀를 비추었다.

"어제 힘든 밤을 보냈다고 들었어요." 그녀가 말했다.

"그렇다고 할 수 있죠." 그녀가 왜 이렇게 친절한지 궁금했다. 내가 이렇게 되어서 쫓겨나리라는 걸 예상하고 있었다는 의미일까 봐 불안한 마음이 들었다.

스벤슨 박사는 회진을 도는 의사들이 내 상태를 확인할 것이고 그녀가 내 처방을 관리할 것이라고 설명했다.

"알겠어요." 그녀를 만나서 반가운 마음을 내색하고 싶지 않았다. 하지만 그 후로 날마다 나는 그녀를 기다렸다. 병원에서는 나를 어린이 병동으로 옮겼는데, 여기서는 상담 치료에 참여하지도 않았고 별달리 갈 곳도 없었다. 간호사들은 나를 붙잡고 급식 튜브를 꽂았다. 잉그리드로부터는 아무 소식이 없었다. 차가운 비가 창밖의 벽을 지나 떨어지는 것을 보는 사이 며칠이 지나갔다. 하지만 내숭 떠는 여자애들과 함께 있지 않은 데 감사했다. 상대적으로 부유하고 상대적으로 온전한 그들의 가족은 내 불평에 엄마가 했던 말을 상기시켜줄 뿐이었다. 우리가 겪은 고난은 대부분 우리에게 돈이 없어서 생긴 것이라는 말. 그 아이들에게 느끼는 질투심을 다스리는 것보다 차라리 하루 종일 혼자 있는 편이 나았다.

　그리고 이 병동에서는 노트를 사용하는 것이 허용되었다. 하루는 스벤슨 박사가 와서 내가 글을 쓰고 있는 것을 보았다. 글쓰기는 나를 안정시키는 일 중 하나였다. 병원에 들어오기 전, '소설 쓰는 달NaNoWriMo'이라는 단체에서 진행하는 '11월 한 달간 5만자 쓰기 챌린지'에 도전했었다. 3분간 명상하기 따위의, 정신과 의사들이 제안하는 얼토당토않은 것들은 하나도 하고 싶지 않았지만 팔뚝이 저리고 아파올 때까지 글을 쓰며 열 시간을 보내는 것은 얼마든지 할 수 있었다.

　스벤슨 박사는 무엇에 대해 쓰고 있느냐고 물었다.

　"소설이에요. 별 구성도 없어요."

　"꼭 완성해봐요." 그녀는 내 침대 머리맡에서 팔짱을 끼고 있었다. "근데 말이죠, 알렉산드라와 나는 함께 의대에 다녔어요." 그녀가 우즈 박사를 이름으로 부르니 마치 나에게 비밀을 공유하는 듯한 기분이 들어 마음이 떨렸다. "의대에 들어오기 전에 그녀는 불문학을 공부했지요."

　나는 스벤슨 박사의 파란 눈동자를 들여다보며 마음속으로 간청했다. *내게 대학에 대해 다시 물어봐줘요.* 그럼 나는 진실을 말할 것이다. 뉴욕에 있는 컬럼비아 대학교에 가고 싶다고. 아이비리그에 가고 싶다고. 한 친구의 언니가 거기서 티셔츠를 하나 사다준 적이 있는데, 티셔츠에 붙어 있던 장식이 떨어져 나갈 때까지 마르고 닳도록 그 옷을 입었다. 1년 동안 자해를 멈추고 맨해튼으로 떠나는 꿈에 빠져지냈다. 그러던 어느 날 내 계획을 들은 삼촌이 나를 비웃었다. "너 같은 사람들이 아이비리그에 갈 일은 없어." 그의 말이 맞지 않을까? 그는 값비싼 프렌치 호른을 수리하는 일을 했다. 그 이후로 학교도 너무 많이 결석하는 바람에 가뜩이나 나쁜 조건이 더 악화된 상태였다. 하지만 만약 스벤슨 박사가 컬럼비아에 가는 게 가능하다고 말한다면 삼촌의 말을 뒤로 하고 그녀를 믿어볼 작정이었다.

만약 그녀가 나의 꿈을 망상으로 여기지 않는다면, 나는 아마도 "여기 있는 게 싫어", "죽고 싶어", "다들 어리석어" 말고도 내 상황에 대해 이야기할 다른 방법을 찾을 수 있을지도 모른다. 그런 말 대신에 무슨 말을 해야 할지는 모르겠지만. 엄마는 나를 분노하게 했지만 때리거나 괴롭히지는 않았다. 이따금씩 엄마는 내게 미셸을 죽이면 우리의 모든 문제가 해결되지 않겠냐고 물었다. 그러면 에드나 할머니에게서 신탁 자금을 받아서 더는 돈에 쪼들리지 않을 것이다. 농담조로 말했지만 말할 때마다 계획은 점점 더 구체적으로 변해 있었다. 하지만 스벤슨 박사에게 이혼녀의 복수 망상에 대해서 말할 생각은 없었다. 집에 대해서 말할 수도 있었지만 아무도 신경 쓰지 않는 듯했다. 엄마는 너무나 많은 것들을 부인했기 때문에 나는 우리 집 쥐덫에서 쥐들이 내는 소리가 진짜인지 아니면 환청을 듣는 것인지도 확신할 수 없었다.

내 꿈에 대해 말할 때마다, 그리고 불만을 털어놓을 때마다 다른 사람의 말이 맞다는 결론을 각오해야 했다. 코에 튜브를 꽂은 채 미국 최상위권 대학 중 한 곳에 가고 싶다고 하면 과연 어떻게 들릴까? 스벤슨 박사는 '과대망상'이라고 적을지도 몰랐다. 만약 내가 집이나 가정환경에 대해 부정적으로 말한다면 엄마 말대로 나를 버릇없고 배은망덕한 아이로 볼지도 몰랐다.

아무리 스벤슨 박사를 좋아한다고 해도 창피를 무릅쓰고 이런 이야기를 먼저 꺼낼 수는 없었다. 그래서 그녀의 얼굴을 들여다보며 다시 질문을 던져주기를 바랐다.

그녀는 잠시 내 어깨에 손을 올리고 있다가 방을 나섰다.

감리교 병원에서 지낸 지 거의 4주가 되었을 무렵, 나에 관한 돌봄 회의가 소집되었다. 나의 사회복지사 잉그리드는 내가 치료를 위해 위탁가정으로 가야 한다고 말했다. 모두가, 엄마까지도 그에 동의했다. 나도 괜찮았다. 여기서 나간다는 뜻이었으니까. 하지만 5일 후에 우리는 다시 만났다. 내 침대 발치 플라스틱 의자에 앉은 스벤슨 박사와 잉그리드는 엄마에게 내가 위탁가정에 갈 만큼 안정된 상태가 아니라고 말했다.

"좋아요." 내가 말했다. "그럼 안정될 때까지 여기 있다가 집으로 갈게요." 나는 소설을 거의 다 썼다. 이제 어떻게 나를 죽여야 할지도 정확히 알고 있었다.

스벤슨 박사는 아동 거주치료소를 언급했다.

"거긴 싫어요." 나는 거주치료소가 어떤 곳인지 알고 있었다. 정신병동에 들어온 아이들 중 의료보험이 부실하거나 없는 아이들이 저소득층을 위한 메디케이드 보험을 적용받고 보내지는 곳. 어떤 때는 단 한 번의 입원 만에 그곳에 보내지기도 했다.

"상태가 안정될 때까지만." 스벤슨 박사가 말했다.

"학교는 어쩌고요?" 나는 그녀를 노려보았다. 내가 16살에 대학에 갈 수 있을 것이라고 말했던 것을 그녀가 떠올리기를 바랐다. 그러다 문득 그녀는 자기가 한 말을 기억조차 못 할 수도 있다는 생각이 뇌리를 스쳤다.

그 한마디에 스벤슨 박사를 좋아하다니, 내가 순진했다. 그녀가 나를 어떻게 구원해줄 수 있겠는가? 이전에 만났던 그 누구도 하지 못했던 일을 그녀라고 할 수 있을까? 나는 아동복지 제도에 편입되고 싶지 않았고 그녀는 엄마를 변화시킬 수 없었다.

"거기 있으면서 학교에 가게 될 거야." 잉그리드가 말했다. 무릎에 수첩을 얹어 놓은 엄마에게 시선을 돌렸다. "나를 이렇게 보낼 거야?"

이중초점 렌즈 너머로 엄마의 눈동자가 크고 촉촉했다. "너를 제대로 먹게 할 수 없었지만 그렇다고 죽게 놔둘 수는 없어."

"세상에, 그만 해!" 나는 소리쳤다. "제발 드라마 좀 그만

찍어!"

잉그리드가 끼어들었다. 사우스 미니애폴리스에 있는 거주치료소에 한 자리가 났다고. 다음 주 수요일을 내 입소일로 계획해두었다고. 무슨 일이 일어나든 그녀는 늘 미소를 짓고 있었다.

3장
게임을 하되 그걸 믿어서는 안 돼

거주치료소에 들어온 지 한 달 만에 마침내 엄마와 둘만의 시간이 주어졌다. 사회복지학과 대학원생이 목재 널빤지로 만들어진 면회실 문을 닫았다. 학생의 발소리가 멀어지는 것을 듣고 제1고정문이 철컥 닫힐 때까지 기다리다가 말문을 열었다.

"나 여기 너무 싫어. 운영진이 다들 멍청해."

"당연히 너만큼 똑똑하지는 않겠지." 엄마가 대꾸했다. "그건 아주 어려울걸!" 엄마는 직접 산 보냉가방에서 프레스카 캔을 꺼내 나에게 건넸다.

엄마의 입에 발린 말이 나를 다소 누그러뜨렸다. 하지만 여기 갇힌 것은 다른 누구도 아닌 내 잘못 때문이라는 말을 운영진이 아무리 내게 주입해도 마음 한구석에서는 여전히 엄마를 탓했다. 그래도 엄마는 나의 유일한 분출구였다. 운영진은 내가 다른 거주자들과 나누는 대화를 감시했고 잉그리드 이외에 만나거나 전화를 할 수 있는 사람은 엄마뿐이었다.

"운영진들은 '이걸 받아들여라, 저걸 받아들여라' 하는 말만 해." 운영진이 치료법으로 제안하는 말을 흉내 내며 엄마에게 말했다. "조악한 불교 사상이네." 엄마는 인격장애를 앓기 시작한 나 같은 젊은 사람들을 위한 치료법을 들먹이며 공감해주었다.

기본적인 개념은 외래 치료법과 마찬가지였지만 더 엄격하고 강제적이었다. 자신의 감정에 대해 책임을 져야 하는 사람은 온전히 자신뿐이라는 것이다. 콘크리트 벽에 붙은 포스터에는 인지행동치료에서 나오는 친숙한 슬로건이 적혀 있었다. *사건은 감정을 유발하지 않는다. 생각이 감정을 유발한다.*

어떤 학대를 당했는지는 문제가 되지 않았다. 몸을 팔도록 강요당하고 포주의 이름이 몸에 새겨진 B 유닛의 여자아이들조차 예외가 아니었다. 운영진은 우리가 자신의 생각을 완전히 통제할 수 있다고 말했다. 매일 밤 A 유닛의 여자아이들은 낡아빠진 초록과 마젠타 색 소파에 모여 앉아 순서대로 자신이 추락한 과정에 대한 고백을 낭독했다.

내 차례가 되었을 때 나는 내 모든 죄목에 책임을 져야 했다. 너무 많이 울고, 먹는 것을 거부하고, 피해자인 척하고,

공격적인 행동을 하고, 죽어버리겠다고 소리치고, 관심을 갈구하는 행위를 하고, 의사들에게 거짓말한 죄. 발표마다 이어지는 질문에 충분히 솔직하지 못하거나 방어적으로 대답하면 유닛별 규제에 따라 벌을 받게 된다. 나는 이미 밖으로나가는 것이 금지되어 있었지만—내 인생에 특혜를 받은 적은 없었으니까—규제에 따라 오후 내내 방 안에 갇혀 있어야 했고 아무런 오락거리도 허용되지 않았다. 누군가 자유시간에 라디오를 틀기라도 하면 나는 방에서 나가야 했다.

유일한 위안은 감옥처럼 더 지독한 장소가 아니라 나지막한 벽돌로 된 아동 거주치료소에 있다는 사실이었다(나는 병원을 폭파해버리겠다고 협박했고 사람들은 형사고발 당하지 않은 것이 행운이라고 말했다). 입소 첫날, 운영진은 내가 순응하지 않으면 주립병원에 보내질 것이라고 두 번 경고했다. 나는 그곳에 대해 잘 알고 있었기에 겁에 질렸다. 미셸은 내가 모르는 이유로 어느 주립병원에서 1년을 보낸 적이 있었고 공공장소에서 자위하는 사람들, 복도에 오줌을 싸는 사람들, 벽에 묻은 똥에 대해 이야기해주었다.

면회실에 앉아서 엄마는 말했다. "네 아빠가 윌마에 있었던 이야기 기억하니?"

나는 한숨을 쉬었다. "물론이지."

그것은 엄마가 가장 좋아하는 이야기 중 하나였다. 어느 날 미셸은 자신이 얌전하게 있기만 하면 자신의 기분이 어떤지에 대해서는 아무도 관심이 없다는 것을 깨달았다. 그래서 그녀는 "좋아요", "괜찮아요", "더 나아졌어요"라고만 말하기 시작했다. 엄마는 극적인 효과를 위해 잠시 프레스카를 한 모금 마시고는 다시 말했다. "그랬더니 병원에서 내보냈다는 거 아니니!"

보통 엄마는 이것을 전남편이 얼마나 남들을 조종하는데 능한 사람인지를 보여주는 증거로 활용했다. 하지만 지금은 그 말에서 미셸의 교활함을 향한 감탄이 묻어났다.

"그래서 뭐?" 나는 탄산음료를 홀짝거리며 말했다. "그러니까 너도 나아진 척할 수 있다는 거지. '게임을 하되 그걸 믿어서는 안 돼.' KTIS 라디오에서 그런 구절이 나오는 책에 대해 들은 적이 있어."

"집어치워." 나는 씩씩거렸다. "엄마는 나를 여기 가둬두고서는 정작 저 사람들이 나를 나아지게 할 거라고는 믿지도 않는 거야?"

엄마는 지을 수 있는 가장 심각한 표정을 하고서 안경 너머로 나를 쳐다보았다. "에미, 내가 어떤 뜻으로 하는 말인지 너도 알잖아." 그녀는 탁자 위에 놓여 있던 카드 한 벌을 섞었다. "알아넌(Al-Anon; 알코올중독자 가족들의 모임—옮긴이)에서는 이렇게 말하지. '신만이 당신을 치유할 수 있다. 그러나 신조차도 힘든 시간을 겪는다.'"

가슴속에서 뭔가가 응고되었다. 나는 결코 엄마가 내게 상처를 주려 한다고 생각하지 않았지만 이따금 엄마는 내가 상처받기를 원하는 사람처럼 보였다. "나는 네 엄마야!” 엄마는 자신의 권리를 주장하며 그렇게 말하기를 좋아했다.

‘나아진 척한다’라는 말은 엄마가 내 치료를 힘의 과시 수단으로 삼고 있는 것은 아닐까 하는 생각에 확신을 주었다. 이것은 복음주의 재활훈련 캠프인 틴챌린지에 보내겠다던 예전의 위협보다도 더 명쾌했다. “나는 마약 안 해.” 매번 나는 이렇게 항의했다. “쳇.” 엄마는 이렇게 반응했고 그게 무슨 의미인지 알고 있었다. ‘너는 미성년자이니 어떤 이유로든 나는 너를 가둬놓을 수 있다’라는 뜻이었다. 나는 틴챌린지에서 과연 나를 두 팔 벌려 맞아줄지 의문스러웠다.

“그럼 대체 난 왜 여기 있는 건데?” 나는 명확한 답을 원하는 것인지 아니면 엄마에게 빠져나갈 구멍을 주려는 것인지 스스로도 잘 알지 못한 채 되물었다.

“난 너를 제대로 먹게 할 수 없었지만 그렇다고 죽게 놔둘 수는 없었어.” 엄마는 자신이 했던 말을 그대로 인용했다. 운영진이 섭식장애는 진짜 문제가 아니라고 이미 결론지었다는 사실을—나는 당분이 많은 정크 푸드와 시설에서 제공하는 음식으로 체중을 35파운드 더 늘려야 했지만 표적 치료를 받지는 않을 터였다—상기시켜 주기도 전에 엄마가 덧붙여 말했다. “이제 보니 이거 책 제목으로 써도 되겠다!”

엄마가 나간 다음 금지 물품이 있는지 운영진에게 몸수색을 받은 뒤 벽에 볼트로 고정된 탁상 위에 기어올라갔다. 비산방지 창문으로 주차장을 내려다보았다. 철창 뒤로 눈발이 흩날렸다. 엄마는 잠시 차 안에 앉아 있더니 곧 녹슨 92년형 도요타 코롤라의 헤드라이트를 켜고 골목을 따라 차를 몰았다. 아마도 타깃 혹은 레인보우 푸드 마트의 할인 코너를 향해 달려가는 것일 터였다.

육각형 철망이 쳐진 유리창을 손으로 짚고 다시 이마와 뺨을 바싹 대서 최대한 바깥에 몸을 가깝게 붙였다. 엄마 집으로 다시 돌아가고 싶지는 않았지만 나가고 싶었다. 차가운 공기를 느끼며 따뜻한 커피를 마시고 싶었고 애더럴을 복용하고 한층 높아진 집중력을 느끼고 싶었으며 도서관에서 책들을 산더미같이 쌓아두고 앉아 한 권 또 한 권 마음껏 읽고 싶었다. 또한 혀에서 춤을 추는 단어인 '보데가'라는 이름의 상점들이 있는, 내가 세상에서 제일 좋아하는 도시 뉴욕으로 가고 싶었다. 폴 사이먼의 노래 〈그녀 신발 밑창엔 다이아몬드Diamonds on the Soles of Her Shoes〉를 들으면 눈앞에 그려지는 맨해튼 섬. 그다음으로는 내가 뉴욕보다 더 좋은 곳으로 상상할 수 있는 유일한 도시 파리로 날아갈 것이다. 그곳에서 중학교 때 배운 뒤 잊어버리지 않기 위해 마음속으로 수도 없이 되뇌며 연습한 말을 드디어 해볼 것이다. *주 마 펠 에미. 자비트 아 미니애폴리스. 튀 타펠 코멍?*(나는 에미입니다. 미니애폴리스에 살아요. 당신의 이름은 무엇인가요?)

나는 어른들이 왜 그렇게 삶에 집착하는지 이해할 수 없었지만 그들이 내게 살아있기를 강요한다면 내게도 원하는 것은 있었다. 그 희망의 빛은 참으로 멀게 느껴졌지만 길은 있었다. 거주치료소에서 8개월 내지 18개월을 버티는 것이 너무나 아득하다 보니 16살에 대학에 들어가는 것이 차라리 실현가능해 보였다.

1년만 노력해보자. 스스로에게 말했다. 그래도 목표에 전혀 가까이 다가가지 못하면 그때 가서 자살하면 되지.

다음 날 아침, 수학·과학 강사에게 물었다. "대학에 들어가려면 어떻게 해야 하나요?" 교실 한구석에 앉아 있는 운영진에게 들리지 않도록 나직한 소리로 말했다.

강사는 웃었다. "갈 길이 아주 멀지, 꼬마 아가씨!" 대다수 학생들이 우리를 애정 어린 호칭으로 부르고 사탕을 나눠주는 강사들을 좋아했지만 나는 짜증이 났다.

"하지만," 나는 중얼거렸다. "여기서 나가자마자 대학에 가고 싶다고요."

"지금 하고 있는 대로 계속 해봐." 그가 조언했다.

전형적인 대답이었다. 치료는 모든 것이 언젠가는 다 괜찮아질 것이라는 전제하에 이루어지고 있었다. 아무리 가능성이 희박해 보여도 상관없이 말이다. 수학 시간에 주위의 다른 학생들은 곱셈과 나눗셈 연습 문제를 풀었다. 그다음 수업인 영어 시간에는 『보물섬』의 본문을 큰 소리로 읽었다. 동급생 중 상당수가 단어를 발음하는 데 어려움을 겪었다. 우리에게는 보충수업이 필요해 보였지만 하루에 수업 시간은 세 시간 20분이 전부였고 그조차도 개별 치료를 위해 일주일에 두 시간, 그리고 이론상 가족 치료를 위해 일주일에 한 시간(그나마 거의 실행되지 않아서 다행이었다)이 빠졌다. 다른 아이들이 학교에서 수업을 하고 숙제를 하는 시간에 우리는 대학원생 카운슬러의 지도하에 다양한 집단 치료 프로그램을 들었다.

'지금 하고 있는 대로 계속하는' 전략은 우리를 정해진 미래로 이끌었다. 점심 식사 후 진행되는 주 1회 생활 기술 훈련에서 준비하는 미래였다. 우리는 고졸학력 인증서를 받는 방법을 배웠고 〈스타 트리뷴〉에서 직업을 구하는 연습을 했다. 그러나 최저임금 이상의 급여를 받는 일은 경쟁 치료소의 야간 교대 근무밖에 없었다. 그리고 그 일마저 대학 학위를 요구했다. 표본 예산의 균형을 맞추는 유일한 방법은 의료비에 월 32달러를 할당하는 것이었다. 내 아빌리파이 약값은 한 달에 1천 달러다. 그런데 시간당 10달러를 벌 수 있다고 해도 그런 일자리는 보험을 제공하지 않는다.

내가 그런 모순을 지적하자 카운슬러는 회고 작은 치아를 드러내고 나를 향해 미소 짓더니 말했다. "당신은 최악의 상황을 상상하는 것 같네요."

나는 늘 최악의 상황을 가정한다고 비난을 받았다. 아이로 사는 것—내가 종종 지키지 못해서 꾸짖음을 당했던, 우리에게 주어진 과제—에는 우리의 미래를 사람들의 손에 맡기는 것도 포함되어 있었다. 하지만 아무 대책도 없어 보이는 이 사람들의 손에 어떻게 무엇인들 맡겨둘 수 있겠는가?

교육의 중요성—그리고 교육이 가져오는 선택지—이 너무나 명백한데 운영진이 왜 그것을 부인하는지 이해할 수 없었다. 돈만 있었다면 엄마는 나를 방과 후 프로그램이나 사립학교에 보냈을 것이고 엄마의 잡동사니들을 보관할 창고를 임대하든지, 아니면 그 대신 나를 위층 아파트에 살게 했을 것이다. 그랬다면 엄마는 어쩌면 강박적으로 할인 제품을 사들이지도 않고 대신 필라테스에 열중했을지도 모른다.

돈 많은 사람들에게도 문제는 있겠지만 그건 좀 더 수월한 문제인 것 같았다. 반면에 우리에게 지금보다 돈이 더 없었다면 우리는 훨씬 더 망가졌을지도 모른다. 극빈층 아이들은 얼토당토않은 이유로 가정에서 분리되어 지역병원 정신병동에 보내졌고 다시 주립병원으로 보내졌다. 우리에게 인종차별이 문제된 적은 없었지만 피부색이 문제가 되는 것을 보지 않기 위해 눈을 질끈 감고 있어야 했다. A 유닛은 라틴계 아이 한 명을 제외하고는 모두 백인이었던 한편, 다른 유색인종 아이들은 모두 B 유닛에 속해 있었다. 운영진은 병동 배치가 무작위로 이루어진다는 입장을 고수했지만 B 유닛의 카운슬러가 더 비열하고 엄격해 보였으며 거주하는 여자애들은 종종 법정에 출석해야 했다.

치료에서 온전히 우리가 통제할 수 없는 요소는 인정할 가치가 없었다. *스스로에게 '했었더라면'을 남발하지 말라!* TV 시청실 벽의 포스터는 이렇게 꾸짖었다. 단순히 상황이 달랐기를 바라는 것은 망상이며 나아지려는 의지가 없는 것으로 간주되었다. 거주치료소에서는 우리 몸 둘레에 작은 원을 그렸다. 그리고 이 원 안에 있는 것은 모두 우리가 통제할 수 있다고 말했다. 우리의 감정, 우리의 행동, 우리의 태도. 그 외의 모든 것은 받아들이면 된다.

정신병동에서 곧장 이곳에 왔었더라면 나는 이 모든 가르침을 믿고 절망에 빠졌을 것이다. 하지만 감리교 병원의 부유한 여자아이들 사이에서 이미 완전히 다른 사고를 경험한 이후였다. 그 애들에게는 아무도 "지금 하고 있는 대로 계속해"라고 말하지 않았다. 아무도 대단한 꿈을 품는 것을 병적인 증세로 취급하지 않았다.

그 애들은 우리의 황폐한 블록과 멀리 떨어진 교외에 있었지만 나는 그 깡마른 백인 소녀들이 크로스컨트리 연습을 하고 AP 수업(Advanced Placement; 대학과목 선이수제)의 기말고사를 치르고 부모와 함께 칸쿤이든 어느 해변이든 피부를 햇볕에 그을릴 휴양지로 떠나기 위해 짐을 싸는 모습을 상상할 수 있었다. 묵상 시간이면 그런 망상이 나를 괴롭혔다. 그들이 앞서나가는 것을 보고만 있지는 않으리라 다짐했다. 내가 원하는 모든 것을 그들이 차지하는 동안 속절없이 낙오되지는 않을 것이다.

대학 입학에 대해 아는 것은 높은 SAT 점수가 필요하다는 것이 전부였는데 그것은 엄마가 질리도록 자신의 경험을 늘어놓았던 덕분이었다. "나는 똑똑하다"라고 말하는 것과 나의 점수가 백분위 97이라고 말하는 것은 차원이 다른 문제였다. "나는 멘사 회원이 될 자격이 된다고!" 엄마는 그렇게 외치며 마트 계산원과 자동차 정비공들 앞에서 자신이 천재임을 떠벌리고 다녔다.

병동 단체 활동으로 도서관에 갔을 때 운영진 중 한 명에게 대입 참고서를 구해달라고 부탁했다. 그 부탁이 부적절한 것으로 여겨질까 봐 오후 내내 가슴 졸이며 그들이 오기를 기다렸다. 해가 진 후 15인승 밴이 돌아왔고 운영진 한 사람이 내 방문을 두드렸다. 학대를 예방하기 위해 운영진들은 우리 방 안에 들어오지 못하게 되어 있었으므로 그녀를 만나러 복도로 튀어나갔다.

"거기에 SAT 교재는 없었어요." 그녀가 말했다. 가슴이 내려앉았다. 다시 도서관에 가는 것은 3주 후였기 때문이다.

"대신 이걸 가지고 왔어요. 이것도 괜찮으면 좋겠는데." 그녀는 『배런의 ACT 36: 완벽한 점수를 위하여』라는 책을 내밀었다. 입안이 마른 듯 아무 말도 나오지 않았다. 운영진은 차트를 업데이트하고 규칙을 집행하고 결과를 발표하느라 늘 일에 매여 있었다. 이것은 그들이 내게 처음으로 보여준 진정한 친절이었다.

"감사합니다." 처음으로 진심을 담아 말했다. 그리고는 책상에 기어올라가 등을 굽히고서 속마음을 털어놓는 데 사용하는 작문 공책에 답을 적으며 연습 문제를 풀기 시작했다. 의미 없이 흐르던 묵상 시간이 한순간에 알찬 일과로 자리를 잡았다.

나는 이미 대입 표준화 시험을 좋아하게 되었다. 그것은 민주적이었다. 다른 아이들은 정규 고등학교에 다닌다는 사실이 불리하게 작용하지 않았다. 답안지와 2B 연필을 가지고 앉아 시험을 치르면 모두가 객관적으로 평가를 받게된다. 사실 나는 내가 유리한 위치에 있다고 생각했다. 숙제, 비교과 활동, 혹은 주의를 흐트러뜨리는 스포츠를 할 필요가 없었기 때문이다. 주당 20시간의 치료를 제외하면 표준화 시험 준비에 집중할 수 있었다.

마침내 오후 활동 시간에 외출을 허락받았을 때, 도서관에서 세 권의 책을 살펴보았다. ACT 참고서를 다른 책으로 바꾼 후 애니 딜러드의 『자연의 지혜』를 골랐다. "퓰리처상 수상작"이라고 적힌 은색 스티커를 손으로 쓰다듬어보았다. 퓨-울리-처, 퓨-울리-처, 하고 주문을 외우듯 중얼거렸다. 연습 시험을 쳐보는 사이사이에 나에게 주는 일종의보상으로 이 책을 읽었고 사전을 볼 수 있게 되면 찾아볼 어려운 낱말들을 받아 적었다.

알파벳 "D" 논픽션 서고에서 딜러드 옆에 있던 또 다른 책 한 권이 내 눈을 사로잡았다. 조앤 디디온의 『화이트 앨범』. 내가 좋아하는 에세이 「보고타에서」는 에메랄드로 가득 차서 안개 속에 빛나는 안데스 산맥에 둘러싸인 도시를 묘사하고 있었다. 그 도시는 너무나 마법 같아서 실제로 존재할 것처럼 보이지 않았다. 나는 그것이 정교하게 쓴 비유가 틀림없다고 생각했다.

　　벽을 등지고 책상에 앉아 무릎에 책을 올려놓고서 행복을 느꼈다. 누구에게도 인정하지 않겠지만 오랜 시간 동안 느껴보지 못한 만족감이었다. 기침하지 않고 숨을 쉴 수 있었다. 밤에는 잠도 잘 잤다. 아무리 바람이 차갑게 불어도 안은 언제나 따뜻했다.

　　수년간 나는 예상되는 고통을 최소화하려고 애써왔다. 어른들은 자살성 사고를 병리학적으로 보았지만 나에게 그것은 논리였다. 장점과 단점을 저울질해보고 삶이 지속할 가치가 있는 것인지 판단한 방향으로 나아가는 것. 그런 말을 하면 정신과 의사들은 삶이 그렇게 나쁜 건 아니라고 했지만 믿지 않았다. 하지만 몇 가지는 좋은 것도 있다는 사실을 인정할 수 있었다. 새로 산 수첩을 탁 펼치는 소리, 뾰족하게 깎은 연필 냄새, '시연 가능demonstrable'처럼 잘못 발음하면 입안에서 둔탁하고 감미롭게 울리는 4음절의 단어.

　　정신과 의사가 방문했을 때 나는 아빌리파이를 끊어도 되느냐고 물었다. 수학 연습 문제(배운 적이 없어서 독학해야 했던)를 푸느라 씨름하고 있었고 혹시 비정형항정신병약물이 머리를 흐릿하게 만드는 것은 아닐까 궁금했다.

　　"나는 정신병자였던 적이 없어요." 의사가 환자들을 만나는 빈 교실에서 머리가 희끗희끗한 의사에게 설명했다. 그는 마치 얼음낚시를 하러 갈 시간이 얼마나 남았는지 헤아리는 사람처럼 보였다. "정말이에요. 맹세해요."

그러나 내 진단 기록은 내가 하는 말과는 일치하지 않았다. 환청이 들리지 않느냐는 질문을 수없이 받다가 결국 나는 그렇다고 대답했었다. 머릿속에서 들려오는 목소리는 내게 집을 나가라고—여기서 살다가는 죽게 될 거라고—경고했고 이따금씩 모든 것에서 손을 떼고 자살하라고 말했다. 나는 이것을 그저 내적 독백이라 확신했지만 어른들은 환청이라 명명했다.

그러나 문제의 핵심은 정신병자가 되느냐 마느냐가 아니었다. 내가 아는 정신병 산업단지에 휩쓸려 들어온 아이들 대부분은 항경련제나 항정신병약물을 복용했지만 발작이 있거나 환청을 들어서 그런 것이 아니었다. 이런 약물은 그들을 진정시키기 위한 목적으로 처방되었고 그것이 남용되고 있다는 사실은 은폐되는 경우가 많았다. 부작용은 심각할 수 있었고—1년 만에 체중이 백 파운드나 불어버린 아이들이 있었고 영속적인 비자발적 안면 경련에 시달리게 된 아이들도 있었다—아빌리파이는 아동에게 사용할 경우 아직 안전성이 입증되지 않았으나 그럼에도 2000년대 중반 가장 수익성 높은 항정신병약물로 기록되었다. 이런 약물은 취약한 사람들에게도 광범위하게 사용되어서 일부 주들은 위탁 아동에게 처방하기 전에 제3자의 승인을 받도록 하는 제도를 도입했다.

부작용만큼이나 나쁜 점은 진료 차트에 기록된 처방

내역이 의사들에게 공유된다는 것이었다. 단 한 번 강력한 약물을 처방받은 내력만으로 나는 정신병 환자로 명시되었다. 불행하게도 나에 대한 미묘한 정보가 새나가는 사이에 나는 좋지 않은 진단을 받는 사람으로 굳어졌다. 그러나 약을 끊으면 그 자체가 위험 신호로 작용했다. 우즈 박사가 내게 세로켈 복용을 멈추라고 권고한 지 2주 후, 엄마는 나를 퇴마사에게 데려갔다. 그녀는 엄마의 코롤라에서 나를 강제로 끌어냈고 내 영혼에서 악마를 보았다고 소리 질렀다. 그 이후 내가 화를 내는 모습에 의사는 내가 환각을 보고 있다고 여겼다. 엄마는 악령 빙의를 생각해낸 사람이 내가 아니라고 명확히 밝히지 않았다. 의사는 과연 누구의 말을 믿을까? 딸의 진료를 위해 월차를 내고 달려온 근심에 젖은 엄마의 말일까, 아니면 최근에 처방약 복용을 중단한 13살짜리의 말일까? 다음 날부터 나는 아빌리파이를 먹게 되었고 내 '정신병'은 기정사실화되었다.

거주치료소의 의사는 손을 깍지 끼고 말했다. "나는 네가 안정을 유지하기를 바라." 나는 입술을 깨물었다. 그 말은 "너는 미쳤어"라는 뜻이었기 때문이다.

그가 서류를 정리하는 사이 실수를 저지른 자신을 저주했다. 그에게 *진실*을 말하지 못했고 그가 내 말을 믿을 것이라 기대할 수도 없었다. 나의 이력과 차트가 나를 신뢰할 수 없는 환자로 만들었다.

수업에 돌아와서도 분노로 속이 부글부글 끓었다. 대

수학 책에 팔꿈치를 대고서 여느 때와 같이 기름진 두피 속에 손을 파묻었다. 그러다 깨달았다, 머리를 감아야 했다는 것을. 정신과 의사를 만나는 날 차림새를 깔끔하게 하는 것, 항정신병약물이 필요 없는 사람처럼 보이는 것이 진실보다 중요했다.

2주 후, 야간 근무 운영진이 샤워 시간인 오전 6시 반에 어둠 속에서 나를 깨웠을 때, 나는 준비가 되어 있었다. 수도관이 겨우 얼지 않을 정도로 차가운 물이 나와서 작은 비명을 지르며 몸을 적셨다. 피부에 온통 닭살이 돋았다. 발에는 감각이 없었다. 99센트짜리 화이트레인 용기에서 샴푸를 짜 머리에 발랐다. 찬물에서는 비누거품이 잘 나지 않아서 잘근잘근 뜯어놓은 손톱으로 최대한 세게 머리를 문질렀다.

카운슬러가 똑똑 문을 두드렸다. 오전 7시 1분이었다. 샤워 시간 종료.

"금방 나가요!" 아직 잘 맞는 유일한 청바지와 가장 번듯한 티셔츠를 부리나케 입었다. 수업 시간에 마음속으로 리허설을 했다.

빈 교실에서 의사와 면담할 차례가 되었을 때 의사에게 말했다. "저는 치료를 위해 많은 노력을 해왔어요." 포슬포슬한 짙은 금발을 매만지며 말했다. "하지만 안개가 낀 것처럼 정신이 가물가물해요. 정신이 좀 더 또렷하다면 치료에서 더 좋은 효과를 얻을 수 있을 것 같아요."

그는 내가 복용한 다른 약에는 무엇이 있는지 물었다.

한 번도 이런 질문에 대답한 적이 없는 것처럼 말했다. "프로작, 졸로프트, 웰부트린, 렉사프로요." 나머지 약들은 생략했다. 특히 항정신병약물들을 생략했다.

　그는 내 모든 의료 기록에 접근할 수 있었지만 그가 굳이 확인하지 않으리라는 것을 알고 있었다. 우리가 2주 전에 나눈 마지막 대화도 기억하지 못하지 싶었다. 나에게 안정을 유지하기를 바란다고 말했던 때 말이다.

　의사는 내게 새로운 항우울제인 심발타를 제안했다.

　나는 활기차게 말했다. "그걸 먹어볼게요."

　그를 조종하기가 이렇게 쉽다는 사실에 역겨움이 밀려올 지경이었다. 만약 내가 실제로 환청을 듣는 사람이었더라도 별 문제가 안 되었을 것이다. 머리만 깨끗하게 감은 상태라면, 그리고 엄마가 옆에서 자기 의견을 떠벌리지만 않는다면 말이다.

4장
내 과거는 미래를 위해 치른 대가

　강력한 약물 복용을 멈추고 외출이 허용되고서야 두문불출하는 폐쇄된 생활에서 벗어났다. 운영진은 책을 읽고 공부할 수 있는 장소를 내주었다. 대신 나는 아무 문제도 일으키지 않았다. 꽤나 공평한 거래였다.

　그러다가 나는 미처 존재하는지도 몰랐던 규칙에 발목이 잡히기 시작했다. 흰 조가비와 무지개 구슬 목걸이를 한 남자애와 지나치게 말을 많이 한다며 지시에 따라 일주일간 서로를 볼 수 없었다(그 후 우리는 겁이 나서 둘 사이에 싹트던 우정을 되돌리지 못했다). 한번은 오빠의 가족들을 만나려고 두 명의 운영진에게 엄마와 외출할 수 있는 출입증을 받을 수 있는지 물었다가 '조종'이라는 죄목으로 뺨을 맞았다.

　직원 탁자 앞에 서서 주먹을 쥔 채 새어나오는 눈물을

참으며 물었다.

"왜 때려요?"

"이유는 알 텐데." ACT 교재를 갖다주었던 카운슬러가 나무라듯 말했다. 그녀가 설명하기 전까지 이유를 알 수 없었다. 그녀의 설명에 따르면, 같은 내용을 두 사람에게 묻는 것이 조종의 정확한 정의였다. 교대 근무가 바뀌어서 처음 내가 문의했던 운영진이 출근하지 않았다는 사실은 참작되지 않았다. 그들은 내 출입증을 폐기했고 주말 내내 나를 실내에 가둬두었으며 다른 거주 아동들 앞에서 사과하도록 했다.

아빌리파이를 끊은 지 얼마 안 되어 로리라는 운영진이 내 방문을 두드렸다. 그녀는 팔짱을 끼고 무심하게 창틀에 몸을 기대었다. 무슨 일을 당하게 될지 기다리는데 심장이 요동쳤다. "운영진끼리 네 머리에 대해 이야기를 했어. 늘 기름져 보이거든."

얼굴이 화끈거렸다. 정신과 의사에게 잘 보이기 위해 단장했을 때 누군가 분명히 눈치를 챘으리라. "내 머리카락은 건강해요. 보통 부분 염색을 하는데 여기서는 할 수가 없으니까요."

"너에게 아무도 머리 감는 법을 가르쳐주지 않았던 것 같아." 운영진이 말했다. "그래서 내가 가르쳐주려고."

"네? 머리 감는 법 알아요." 나는 그렇게 쏘아붙였다. 곧 꼬리를 내렸지만. 머리를 잘 감지 않는 것은 샤워를 하지 않는 것과는 달랐다. 그보다는 먹는 것과 비슷했다. 규칙적으로 하는 습관을 들여버리면 나중에 상황상 그럴 수 없게 되었을 때 어떻게 하라는 것인가? 로리에게 이른 아침 샤워기에서 나오는 물이 얼어 죽을 만큼 차갑다고 변명했다. 그녀는 학습된 공감으로 고개를 끄덕였다. 차라리 그녀가 눈알을 굴리며 딴청을 피우는 편이 나을 것 같았다. "수건 가지고 따라와."

욕실에서 로리는 욕조 옆 바닥으로 손짓을 했다. 차디찬 타일의 냉기가 찢어진 리바이스 청바지 사이로 전해졌다.

"머리를 숙여봐." 로리가 지시했다.

진지하게 하는 말인가 싶어 그녀를 쳐다보았다. 목을 길게 빼서 수도꼭지 아래로 머리를 댔다. 로리가 손바닥에 샴푸를 짜자 오션 미스트 향이 공기 중에 퍼졌다. 그녀가 말로 머리 감는 방법을 알려줄 줄 알았지 직접 내 머리를 감길 것이라고는 생각하지 못했다. 팔꿈치가 옆구리에 눌리고 두 다리는 서로 바짝 붙어 있었다. 로리가 나를 만지는 것이 싫었다. 역겨운 감정이 일어 그녀 밑에 있는 나 자신이 한없이 나약하고 하찮게 느껴졌다. 그러나 벌칙을 받고 싶은 게 아니라면 반항은 무의미하다는 사실을 알고 있었다. 운영진은 내가 스스로를 가두었음을 늘 상기시켜 주었다. 이 사면의 벽 사이에서 일어나는 모든 일들은 다 내 선택의 결과였다.

"이제 일어나도 좋아." 로리가 말했다. 그녀는 두 손을 한데 문질렀다. "먼저 거품을 내는 거야." 그녀는 거품을 가리켰다. "그리고 뿌리에서부터 시작해." 로리는 내 두피 속으로 손을 집어넣었다. 나는 얼어붙은 몸으로 꼼짝없이 잡혀 있었다. 그녀가 내 머리를 마사지하는 동안 그녀의 긴 손톱이 내 머릿속을 긁었다.

몸에서 뜨거운 것이 올라왔다. 욕조에 토하고 싶었다.

"이제 헹궈도 돼." 컨디셔너 차례에서 그녀는 다시 전 과정을 되풀이하면서 컨디셔너가 무엇인지도 모르는 찰스 디킨스 소설에 나오는 거리의 부랑아를 대하듯 단계별로 설명을 덧붙였다.

나도 머리 감는 법은 안다고! 이렇게 소리 지르고 싶었지만, 턱을 꽉 다물고 있었기 때문에 그녀가 설사 "내가 네 몸에 손을 대도 되겠니?"라고 물었더라도 입을 열지 못했을 터였다.

로리가 나의 비참함을 느꼈는지 아닌지는 겉으로 보기에 전혀 알 수 없었다. 그녀는 언니처럼 자상하게 날 챙겨주고 내가 근사한 만찬 같은, 일종의 사치를 누리고 있다는 듯이 행동했다. 로리는 언제나 친절한 편이었다. 그녀의 행동은 선의에서 비롯되는 듯했다. 그러니 나는 운영진이 우리 삶에 거의 절대적인 통제력을 행사한다는 사실에 집착하는 대신 그런 선의를 이해하고 그녀를 신뢰해야 마땅했다. 일정한 보호장치가 있기는 하지만 언제든 학대가 일어날 수 있는 것도 사실이었다.

통상적으로 치료는 이미 사적인 부분에 관여하고 있었

고—운영진은 내가 입은 속옷과 티셔츠 디자인을 검사했다—거주 아동들에게는 이를 거부할 권리가 없었다. 반면 운영진에게는 경계를 넘나드는 것이 쉬운 일이었다. 불만이 있으면 우리는 그저 사회복지사들을 믿고 그들에게 직접 이야기해야 했다. 감독관 없이 가족과 직접 만나는 경우—일종의 특권—를 제외하면 우리의 모든 대화는 감시를 받았다. 우리에게 무엇이 이로운지도 운영진이 결정했다. 그것이 우리에게 부정적인 감정을 불러일으켜도 상관없었다. 로리는 나에게 물기를 닦으라고 말했다. "내가 빗겨줄게." 나는 내 심장 소리를 들으며 얼어붙은 듯 서 있었다. 그녀가 한쪽으로 머리를 내밀며 말했다. "아주 예쁘네."

방으로 돌아와서 플라스틱 매트리스 위에 앉았다. 목에서 맥박이 뛰었다. 화가 났지만 이유를 설명할 적당한 말을 찾을 수 없었다. '침해받은' 느낌이라고 할 수도 있겠지만 그건 아니었다. 그러기엔 그건 이곳에서 너무나 만연한 감정이었다. 침해받았다는 말은 애초에 나에게 권리가 있다는 뜻이기에 그건 아니었다. 특히나 몸이 구속된 채 구급차에 실려온 후에는 더욱 그렇게 느껴졌다.

치료를 받으면서 우리는 세상이 우리에게 빚진 것은 아무것도 없다는 말을 듣고 또 들었다. 여기서 우리는 언제든 상처받을 수 있었고 힘을 가진 누군가가 우리에게 자비를 베풀 때에만 좋은 일이 생겼다. 하지만 한 장소에서만큼은—책상에 기어올라가 책을 읽기 시작하면—상황을 내가 통제할 수 있었다. 내 머리카락이 책장 위에 드리워졌다.

다른 아이들이 모두 외부 활동을 하러 나간 사이, 운영 진 한 명이 나에게 동글동글한 서체로 '경계'라고 적힌 서류를 건넸다. 작성할 답안이 더 있다는 사실에 짜증이 나서 한숨을 쉬고 최대한 빨리 끝내기 위해 곧바로 문서를 펼쳤다.

경계란 무엇인가? 첫 번째 페이지에는 이렇게 적혀 있었다. 초등학생용으로 작성된 바보 같은 목록을 훑어보았다.

당신의 경계는 무엇인가요?

내 머리를 감기는 사람들. 짧은 골프 연필로 그렇게 썼다가 비난했다는 벌칙을 감수하고 싶지 않아 곧 지웠다.

마지막 장에는 이렇게 적혀 있었다. *누군가 당신의 경계를 침해한 경우를 서술하세요.* 마음속에 가장 먼저 떠오른 일에 대해 썼다. 6학년 때 진실 혹은 대담 게임을 하다가 친구 두 명이 그들의 오빠 중 하나가 나를 강간할 수 있게 침대 위에 눕혀 제압했던 일. 이후 몇 년 동안 그 오빠가 쓰레기 더미에서 지퍼락 봉지를 꺼내어 음경 주위에 임시 콘돔으로 감던 환영에 시달렸다. 그때 나는 제발 풀어달라고 빌었고 엎드려서 그의 음경에 키스하는 것으로 대신할 수 있었지만 수치스러움은 그대로 남았다.

지금까지 아무에게도 그 일을 말하지 않았다. 엄마에게 말한다면 남들을 집에 제멋대로 들였다고 화를 낼 것이고 그 이후 벌어진 일에 대해 내 탓을 할 것이 뻔했기 때문이다. 우리는 온갖 것들을 고백했지만 치료에서 이야기한 것은 우리가 했던 일이었지 우리가 당한 일은 아니었다. 게다가 성적인 것에 대한 이야기는 어떤 것도 허용되지 않았다. 그래서 그 일에 대해 적는 것만으로도 방이 점점 쪼그라들어 곧 부서져버릴 것만 같은 압박감이 느껴졌지만 그저 종이 몇 장일 뿐이니 별 문제가 될 것 같지는 않았다.

서류를 제출하자 운영진은 악필로 쓴 글자를 해석하느라 눈을 가늘게 뜨고 종이를 넘겨보았다. 마지막 페이지를 보더니 한 번 더 읽었다.

그는 나를 바라보았다. "이건 성추행이야, 그렇지?" 나는 놀랐다. "이건 네 잘못이 아니야." 그가 덧붙인 말에 더욱 놀랐다. 4개월 동안 갇혀 지내는 사이 *어떤 일*에 대해 내 잘못이 아니라고 말해준 사람이 있었던가?

그의 말은 가려운 곳을 긁어주는 느낌이었지만 한편으로는 불편했다. 욕실과 외부로 가는 열쇠를 목에 건 이 남자는, 청소년의 삶에 영향을 줄 수 있는 바로 이런 순간을 위해 사회복지학 대학원에 왔다는 듯이 나를 찬찬히 살폈다.

나는 얼굴이 붉어졌다. 솔직함을 발휘해서 이렇게 대답하고 싶었다. *아니요, 나는 걸레예요.* 그동안 수도 없이 들어온 말이었다. 내 삶에 일어나는 모든 일은 다 내 행동의 결과이고 언제나 내 책임도 있다고 배워왔다. 그런데 누군가 갑자기 나는 폭력을 당한 것이고 그건 내 잘못이 아니라고 한다고 해서 내가 그를 믿을 수 있을까?

운영진은 이 일에 대해 누구에게 말한 적이 있냐고 물었다. 없다고 하자 그는 헤너핀 카운티에 보고해야겠다고 말했다. 나는 TV 시청실에 앉아서 철망이 쳐진 창문 너머로 사무실의 그를 지켜보았다. 괴로운 표정을 한 채 한 손으로는 벗어진 머리를 감싸고 다른 한 손에는 전화기를 들고 있었다. 마음 한구석에서는 누군가에게 고통의 대상이 되었다는 사실에 기분이 좋으면서도 다른 한편으로는 쓸쓸했다. 문득 그 문서는 아동 거주치료소가 원하는 구체적인 사례, 어떤 *설명*을 얻기 위한 일종의 낚시라는 생각이 들었기 때문이다.

이런 트라우마가 되는 사건은 설명하기에는 용이했지만 정작 더 큰 상처가 되는 것은 설명하기 힘든 미묘한 것들이었다. 이를테면 엄마에게 말하면 더 처절하게 저항하고 싸우지 않았다고 나를 탓할 것이라고 생각하면서 느꼈던 감정, 나보다 몇 살 더 많은 소년에게 처음 성추행을 당했을 때 엄마가 나에게 스스로 해결하라고 하던 말투, 그리고 어느 여름날 오후 주방에 서서 엉망진창인 공간을 한참 정리했을 때 엄마가 '정신적 강간'이라며 나에게 비난을 퍼붓던 때의 분위기 등.

치료 중인 아이들은 모두 학대받은 경험이 있었다. 하지만 운영진도 알고 있다면 왜 우리는 매일 밤마다 빙 둘러 앉아 반성해야 했던 걸까? 우리에게 상처를 주고 우리를 보호하지 않은 사람들이 자유롭게 돌아다니는 동안 왜 우리가 그곳에 갇혀 있어야 했을까? 헤너핀 카운티에 보고해도 아무 일도 일어나지 않을 것이다. 나는 그들에게 그렇게 간단히 설명이 되어주고 싶지 않았다. 내가 제일 좋아하는 책인 알베르 카뮈의 『이방인』의 주인공처럼 되고 싶었다. 주인공 뫼르소는 자신의 행위를 정당화하기보다 고개를 꼿꼿이 들고 사형대로 걸어갔다.

그러나 나는 내 삶은 절대 그러지 못하리라는 것을 이해하기 시작하는 중이었다. 나는 단순히 죽기를 택할 수 없었다. 대신 내 비밀을 넘길 때까지 거주치료소의 벽 안에 갇혀 있어야 했다.

그러다 문득 생각했다. *나는 여기서 나갈 거야.* 운영진은 그때 그 사건에 대해 이야기하라고 할 것이고 나를 내보낼 것이다. 이런 생각을 하자 희망이 생겼고 진절머리가 났고 미칠 것 같았다. 난생처음으로 내 과거가 미래를 위해 치른 대가일 수 있음을 이해했지만 그 과거가 나를 황폐하게 만들고 나서야 깨달았다.

이후 몇 주 동안 순순히 내 감정을 꺼내 보였고 그래서 묵상 시간에 내 이름을 부르는 소리를 들었을 때 퇴소 날짜를 받게 되리라는 희망을 억누르지 않았다. 나는 두 명의 운영진 앞에 섰다. 키 작은 금발의 마라톤 주자와 처음으로 도서관 책을 가져다주었던 친절한 20대.

금발이 입을 열었다. "우리는 네가 아이답게 지내는 것이 중요하다고 생각해. 그런데 너는 책을 도피처로 사용하고 있는 것 같아. 그 책들은 네 나이에 적절하지 않아."

나는 침을 삼켰다. "ACT 교재를 말씀하시는 건가요?"

"그것도 포함되어 있지."

"저는 올해 ACT를 치를 생각이에요. 그래서 공부를 해야 해요."

"너는 겨우 14살이야. ACT까지는 몇 년이 더 남았어."

"내년에 대학 수업을 듣고 싶어요. 그러려면 따라잡아야 할 것이 많아요."

"너는 지금 그런 것을 걱정할 때가 아니야. 지금 필요한 것은 아이답게 지내면서 몸이 나아지는 거야."

이 상황을 믿을 수 없었다. 그 사이 경계 평가지는 깨끗이 잊힌 걸까? 아무도 내게 퇴소할 수 없다고 말할 수는 없었다. 과거가 미래를 위한 대가라면 나는 이미 그 대가를 치렀다. 다시는 같은 공포를 겪지 않기 위해 더 나은 존재가 되려는 마음은 '아이답게' 살아야 한다는 욕망을 훨씬 뛰어넘는 것이었다. 지금 내게 무슨 어린 시절이 있다는 말인가?

나는 둘을 번갈아 보았다. 두 사람은 아무 말 없이 미동도 하지 않았다. "ACT 교재를 가져가실 건가요?"

"지금부터는 나이에 맞는 청소년 소설만 읽을 수 있어."

"뭐라고요? 그게 무슨 소리예요?"

"너는 인생이 책이나 시험과는 다르다는 걸 배워야 해."
그럼 인생은 대체 무엇인가? 치료? 보드게임? 머리 감기?
"결정을 따르지 않으면 벌칙을 받게 될 거야."

거대한 산맥이 안개 속에 묻혀버렸다.

나는 복도를 따라 돌아왔다. 모든 것이 슬로모션으로 지나갔다. 가슴이 내려앉았다. 키 작은 금발 운영진은 마라톤을 뛰었다. 다른 운영진들도 모두 차를 몰고 집으로 돌아가서 술을 마시고 데이트를 하고 이 지옥 같은 곳에서, 그들이 하는 거지 같은 일에서 도피하기 위해 성인으로서 무엇이든 할 수 있었다. 그런데 나는 바닥에 고정된 가구처럼 여기에 박혀 있다. 운영진이 내 방으로 와서 『자연의 지혜』, 『베스트 아메리칸 에세이 2005』, 『개리슨 케일러의 선시선집』, 『배런의 ACT 36』을 수거해갔다.

그녀가 나간 후 침대에 기어올라 운영진에게 들리지 않도록 숨죽여 울었다. 그들에게 나를 무너뜨렸다는 만족감을 주고 싶지 않았다.

5장
내게 공부는 믿음의 한 형태였다

 돌아온 가족 상담 치료 시간에, 엄마는 내 책을 치운 것에 대해 불만을 제기했다. 나와 엄마는 소파에 가까이 붙어서 우리 조의 감독관을 마주보고 앉아 있었다.

 "에미는 책 읽는 것을 좋아해요." 엄마는 태미에게 말했다. "4학년 때 이미 대학생 수준의 책을 읽었다니까요!" 나는 엄마를 팔꿈치로 쿡 찔렀다. "심지어 지금 치료도 멈춘 상태라고요." 나를 차례로 담당했던 두 명의 정신과 의사가 일을 그만두었다. 상담 시간에 이야기를 할 마음은 없었지만 담당의가 새로 지정되지 않은 채로 몇 주가 흘렀고 그러는 동안 거주치료소는 그저 월 1만 달러짜리 보조금 저장고였다.

 "ACT 교재를 돌려주시면 안 될까요? 수업 시간 동안만이라도요."

87

5장

"지금은 이런 걸 신경 쓸 때가 아니야."

"신경이 쓰여요." 나는 그동안 내가 놓친, 그리고 놓치고 있는 모든 학교 수업에 대해 이야기했다. "감리교 병원에서는 담당 의사도 대학 진학에 대해 말했어요."

"거긴 거기고. 넌 지금 여기 있어."

"여기서는 모두가 고등학교를 졸업하고 검정고시를 치고 기껏해야 커뮤니티 칼리지에 가려고 하잖아요." 그나마도 확률은 낮았다. 잉그리드는 30년간 사회복지사로 일하면서 대학에 간 사람을 본 적이 없다고 했다.

"네 말은 좀 단정적으로 들리네." 그녀는 내가 비난받아 마땅한 엘리트주의자라는 듯 오만상을 찌푸리며 말했다. "너는 기대를 좀 낮추는 게 좋겠다."

나는 한숨을 쉬었다.

"에미는 정말 똑똑해요." 엄마가 말했다. "얘는 천재예요." 입을 닫게 하려고 엄마를 팔꿈치로 쳤다.

"물론 에미는 똑똑하지만 거기 흔들리지는 맙시다. 대학은 아직 갈 길이 먼 얘기예요."

"저는 내년에 대학 수업을 듣고 싶다고요."

"그게 정말 현실적이라고 생각하니?"

"제가 여기서 나가기만 하면, 네, 그렇다고 생각해요." 커뮤니티 칼리지에서 고등학력 인증을 받으면 편입을 할 수 있었다. 그러면 스벤슨 박사가 말한 것처럼 16살에 대학에 다닐 수 있다.

"그렇고 말고요. 당신들이 내 딸에게 어떤 형태로든 교육을 한다면, 나는 왜 이 아이한테 ACT 교재를 주지 않는지 이해할 수가 없어요. 에미는 여기서 지루해 죽을 지경이라고요."

"너는 네 문제들을 회피하려고 대학을 이용하고 있는 것 같아." 태미가 내게 미소를 지었다. "이제 더는 피할 수 없어. 여기서 그 문제들과 부딪쳐야 할 거야."

나는 화가 나서 씩씩거렸다. 대체 무슨 문제? 엄마의 저 장강박? 내가 이야기하고 또 이야기한 성추행? 더 나은 삶을 살고 싶다는 주제넘은 야망과 망상?

태미 말이 맞았다. 나는 현실에서 도피하려고 대학을 이용하고 있었다. 나에게는 꿈이 있었다. 그 꿈을 좇을 때면 평온해졌다. 공부를 하면 몇 시간이고 신에게는 내 인생을 위한 계획이 있다는 예전의 느낌으로 돌아갈 수 있었다. 최선을 다하는 한, 장애물이나 불행에 대해 걱정할 필요가 없었다. 비록 이제는 신을 믿지 않더라도 공부는 믿음의 한 형태였다.

그러나 이제는 운영진이 어떻게든 여기서 벗어나기 위해 발버둥 치는 사람에게 무엇을 기대하는지도 알 수 없어졌다. 소파에 앉아 있자니 가슴속의 분노가 굳어져 차갑고 견고한 다이아몬드로 변했다. 결코 이대로 무너지지 않겠다는 의지의 결정체였다.

상담이 끝났을 때 엄마를 꼭 껴안고 작별 인사를 했다.

익숙한 머리 기름과 쥐 오줌 냄새가 이상하게 위안을 주었다. 나는 바쁘게 지내기 위해 할 수 있는 모든 것을 했다. 나이에 맞는 10대들이 읽는 소설, 치료사가 준 명상에 관한 책, 그리고 학교 선생님이 추천한 흑인 역사의 달에 관한 책들을 읽었다. (토니 모리슨의 『빌러비드』는 조앤 디디온의 작품보다도 어두워서 마음에 들었다.) 고백을 기록하라고 나눠준 작문 책에 시를 썼지만 썩 훌륭하지는 않았다.

잉그리드가 월간 의무 방문을 왔을 때 그녀가 마지막에 으레 하는 질문을 기다리고 있었다. "내가 도와줄 일은 없어?"

"사실 있어요." 그녀가 어깨에 주름진 인조 가죽 가방을 멜 때 말했다.

"혹시 시 쓰기를 도와줄 사람을 찾아주실 수 있나요?"

그녀는 손에 열쇠를 쥔 채 잠시 서 있다가 물었다. "시 쓰기를 도와줄 사람?"

"네, 멘토라고 할까?"

그녀는 입술을 안으로 말아넣었다. 안 좋은 소식을 들었을 때 하는 버릇이었다. "한번 알아볼게." 평소처럼, 잉그리드의 대답을 아무것도 안 하겠다는 뜻으로 받아들였다. 물어보긴 해야 했지만 터무니없는 것을 요청했나 싶었다. 하지만 그때부터, 변화를 가져올 수 있을지도 모르는 일이라면 아무리 작은 것이라도 간절히 청해보기로 했다.

다음 달 찾아온 잉그리드는 기분이 좋아 보였다. 나는 놀랐다. 그 전에는 그녀에게 단 한 가지 감정—변비가 있어도 상냥한—만 있는 것처럼 보였기 때문이다. 그녀는 두 손을 모아 손뼉을 쳤다. "자, 준비해. 너를 위해 멘토를 찾았어. 꼭 *너처럼* 생긴 사람이야."

"정말로 멘토를 찾았다고요?" 퓰리처상의 꿈이 머릿속에서 나부꼈다. 이제 『빌러비드』나 『자연의 지혜』 같은 작품을 쓰기만 하면 되었다. 그러면 ACT 수학 점수가 어떻든지 대학에 입학할 수 있을 것이다.

잉그리드가 면회실 문을 열었다. "에미, 이 분은 아네트야."

아네트가 내 앞에 서 있었다. 나보다 몇 인치 정도 키가 작고 짙은 색의 머리카락과 날렵한 코를 가지고 있었다.

"둘이 참 많이 닮지 않았어? 믿을 수 없을 정도야. 네 엄마보다도 아네트가 더 너랑 비슷해 보여." 잉그리드는 아네트와 나를 번갈아 바라보았다. "그럼 두 사람이 얘기하게 자리를 비켜줄게."

문이 닫히자 아네트가 말했다. "나는 우리가 그렇게 많이 닮았다고 생각하지 않아요. 그냥 우리가 둘 다 독일계라서 그런 거죠."

"독일 출신이세요?" 나의 조상이 55퍼센트는 독일계, 12.5퍼센트는 스웨덴계, 그리고 5퍼센트는 웨일스계라는 얘기를 엄마에게 듣기는 했지만 실제로 유럽에서 태어난, 교양 있고 지적인 사람은 만나본 적이 없었다.

"독일에서 자랐고 이후에는 보고타에서 살았어요." 아네트가 말했다. 그 이름을 조앤 디디온의 에세이에서 알게 되었지만 남들도 보고타에 대해 알고 있다는 사실은 인식하지 못했었다.

"보고타는 어디에 있어요?" 입에서 나오는 말이 김빠지게 들렸다.

"콜롬비아에 있어요." 나는 고개를 끄덕이며 머릿속에 새겼다. "프랑스어를 할 줄 아세요?"

"잘 못해요. 독일어와 스페인어는 할 줄 알아요." 나는 감명받은 티를 내지 않으려고 애썼다.

"그럼 혹시 작가세요?"

"사실 내과 의사예요." 그녀는 의학 박사면서 철학 박사학위도 가지고 있었다. 이 행운을 믿을 수 없었다. 아네트는 헤너핀 카운티에서 운영하는 멘토링 프로그램에 등록을 했었고 나의 멘토가 되기 위해 지금 여기에 왔다.

그녀는 유행과는 동떨어진 카프리 팬츠 위에 손을 포개고 있었다. "솔직하게 말할게요. 잉그리드는 학생이 시 쓰기를 도와줄 사람을 찾고 있다고 말했어요. 그런데 나는 그런 사람이 아네요. 예술을 별로 좋아하지 않거든요."

나는 아네트를 위아래로 훑어보았다. 어떻게 예술을 좋아하지 않는 사람이 다 있지? 예술은 평범함과 일률성에 대한 해독제였다. "그래도 우리가 잘 지낼 수 있을지 한번

볼까요?” 그녀가 물었다. “다음에 같이 산책하러 가는 거 어
때요?”

“잠깐만요, 그러니까 나를 여기서 데리고 나갈 수 있다
는 거예요?” 놀란 마음을 진정시키며 물었다. 나를 데리고
나갈 수 없다는 규정이 있다면 적어도 우리가 나간 후에 아
네트가 알게 되기를 바랐다.

“산책하는 거 너무 좋아요.”

그러나 다음번에 아네트가 왔을 때 나를 데리고 나가
지는 않았다. 대신 우리는 면회실에서 정확히 한 시간 동안
대화를 나누었다. 그녀는 우리의 외출에 대해 언급하지 않
았고 그래서 그녀가 감독관이 없는 상황에서 나와 둘만 있
고 싶어 하지는 않는다고 해석했다. 하지만 그녀는 나를 위
해 뭔가 가져와도 되느냐고 물었다. 그게 무슨 뜻인지 알 수
없었다. “사과 좋아해요?” 그녀가 물었다. “어떤 종류의 사
과를 제일 좋아해요?”

그 호의를 당연히 여기는 것처럼 비춰지는 게 싫어서 대
답하기를 주저했다. 그러다 마침내 입을 열었다. “허니크리
스프?”

나는 아네트에게 전화를 하는 것이 허용되지 않았고 언
제 다시 그녀를 만나게 될지도 몰랐는데 처음 만난 지 6주가
지난 어느 날, 운영진이 묵상 시간에 나를 호출했다.

아네트가 깨끗한 은색 현대 승용차 안에서 나를 기다리
고 있었다. 그녀는 나에게 챙 넓은 모자를 쓰게 하고 자외선

차단제를 두 번 바르게 한 뒤 아일즈 호수로 데리고 갔다. 호수 주변에서 3마일 정도 걸은 후 서빙을 하는 종업원을 비롯해 모든 것을 갖춘 태국 식당으로 갔다. 나는 무엇을 주문해야 할지 몰랐다.

아네트가 예술을 좋아하지 않는 것처럼 나를 좋아하지 않을까 봐 걱정이 되었다. 그녀의 차가 다시 거주치료소에 가까워졌을 때 아네트는 나를 보며 말했다. "저기, 미안해."

나는 그녀가 하는 말을 정면에서 듣지 않으려고 차창 밖을 내다보고 있었다.

"홀푸드 마켓에는 허니크리스프 사과가 없었어. 그래서 대신 핑크 레이디를 가져왔어. 이건 내가 제일 좋아하는 사과야."

나는 감탄했다. "세상에, 고마워요." 나는 사과가 든 봉지를 받았다.

"그러지 마. 아무것도 아닌걸." 그녀는 어깨만 맞닿을 정도로 나를 포옹했다. 건물로 걸어 들어오면서 사과 봉지를 안았다. 유기농이라고 쓰여 있는 스티커가 보였다. 적어도 하나에 2달러는 넘을 것 같았다. 나를 위해 최소한 8달러를 지불한 것이다. 그 후 나흘 동안 후식 과일을 먹을 때 다른 아이들은 나무향이 나고 상하지도 않는 레드 딜리셔스 사과를 먹었지만 나는 풍미가 끝내주는 핑크 레이디를 즐겼다. 그 과일—아네트를 닮은—이 미래에서 왔다는 느낌을 지울 수 없었다. 언제나 별일 아니라는 듯 2달러짜리 사과를 먹을 수 있는 나의 미래에서.

6월, 출입증으로 엄마와 거주치료소를 나왔을 때 엄마
가 깜빡 잊고 놓고 온 쿠폰을 가지러 잠시 집에 들렀다.

"내 노트 좀 갖다 줄 수 있어?" 몇 달 동안 엄마에게 감
리교 병원에서 썼던 노트를 가져다 달라고 부탁했었다. 내
작문 실력이 조금이라도 나아졌는지 확인하고 싶었기 때문
이다.

"내가 그걸 어떻게 찾아." 엄마는 복층 아파트 뒷골목
의 자갈밭에 코롤라를 주차하고는 문을 닫았다. 나는 뚱한
표정으로 미지근해진 다이어트 닥터페퍼를 홀짝거렸다. 치
료 계획대로라면 나는 집 안에 들어가서는 안 되지만 그 노
트를 너무 가져오고 싶었다.

나는 안전벨트를 풀고 엄마를 따라갔다. 엄마는 규칙
을 알고 있지만 개의치 않았다. 뒷문 계단에는 고장 난 바비
큐 그릴 옆에 종이 상자들이 어지러이 놓여 있었다. 엄마는
문이 반쯤 열리기가 무섭게 밀어젖히며 안으로 들어갔고 나
도 뒤따라 어둠 속으로 들어섰다. 악취가 얼굴을 때렸다. 오
줌, 곰팡이, 썩은 과일 냄새가 뒤섞여 후텁지근한 공기 중에
퍼져 있었다. 나는 입으로 숨을 쉬었다.

주방에는 아슬아슬하게 상자 더미가 쌓여 있고 영수증
과 종이봉투들이 식기세척기와 오븐, 식탁 위를 뒤덮고 있었
다. 바닥은 거의 보이지 않아 마치 가느다란 끈처럼 욕실과

95

엄마의 방으로 이어져 있었다. 이 모두가 불꽃에 휩싸이는 것을 쉬이 상상할 수 있었다. 자주 꾸는 악몽에서 나는 쓰레기 더미 속에서 불길에 갇힌 채 빠져나갈 수 없었다(치료사에게 나는 이것이 결코 비유가 아니라고 말했다).

"아이스크림 좀 먹을래?" 엄마가 물었다. "열일곱 가지나 있단다!" 선택할 수 있는 맛에 대해 너스레를 떠는 엄마의 말을 못 들은 척했다. 엄마는 아마 에너지바, 요거트, 웬디스 칠리, 무스트랙스 아이스크림, 그리고 저지방 초콜릿칩 쿠키 반죽으로 끼니를 해결하며 살았을 것이다.

식당으로 가보았다. 허리 높이까지 오는 쓰레기 더미가 1피트 정도 넓이의 통로를 따라 쌓여 있었고 통로는 이미 종이들로 덮여 쥐똥이 흩어져 있었다. 플라스틱 저장용기들이 내 방 가운데를 차지하고 있었다.

"내 방에 뭐가 있는 거야?" 나는 고함을 질렀다.

"깃털 목도리!" 엄마가 주방에서 외쳤다. "정말 싸게 샀어. 90퍼센트 할인!"

"저걸로 뭘 하려고?"

"파티를 열어야지! 언젠가!"

나는 주먹을 꽉 쥐었다. 엄마는 언제 올지도 모르는 그 언젠가를 위해 우리가 가질 수 있었던 인생을 팔아버렸다는 생각이 들었다.

노트를 찾으러 쓰레기를 비집고 안으로 들어갔지만 내 방은 내 기억과는 딴판이었다. 책꽂이에는 곰팡이가 피어 있었고 읽지도 않을 헌책들이 그득했다. 로프트 침대 아래 책상 위에는 알약으로 채워진 작은 꽃병이 줄지어 서 있었다. 여름 캠프에서 본 샌드아트처럼 캡슐을 채우는 것이 멋지고 트렌디하다고 생각했었는데 지금은 암울해 보였다. 꽃병 하나가 엎어져서 애더럴이 흩어져 있는 것을 보니 더욱 그랬다. 차마 그것에 손을 댈 수 없었다. 손바닥만 한 드레스를 만져 보다가 폴리에스터 옷자락에 구멍이 뚫려 있는 것을 발견했다. 노트는 어디에서도 찾을 수 없었다.

비틀거리며 뒤뜰로 나갔다. 햇빛에 눈이 아팠다. 무성하게 자란 잔디는 거의 형광 녹색으로 빛났고 그 옆에는 관리하기에 손이 덜 가는 비비추와 오렌지색 꽃이 핀 능소화 덩굴이 있었다. 나는 운영진이 예전 옷들을 다 치우기 전에 타깃 매장에서 골라준 카키색 반바지 주머니에 손을 찔러 넣었다.

곧 엄마가 콧노래를 부르며 등장했다. "엄마는 내가 집에 안 왔으면 좋겠어?" 나는 소리를 질렀다. "집을 정리하고 있다면서. 근데 거짓말이었네."

엄마는 현관문을 잠갔다.

"내 치료사와 그런 이야기를 계속 하고 있단다. 나는 우리가 많이 나아졌다고 생각해."

"그래, 하지만 엄마는 아무것도 *해놓지* 않았어. 그게 문제라고. 나는 치료소에서 나오려고 발버둥 치고 있는데 엄마는 엄마가 해야 할 몫을 하고 있지 않잖아!"

97

"내가 그렇게 있으나 마나 한 사람은 아니야."

"지금 그게 정말 중요하다고 생각해? 내가 이렇게 갇혀서 지내게 된 게 엄마 집 탓도 있다는 생각은 안 들어? 쥐에, 쓰레기에, 냄새까지?" 물론 나는 집 자체만이 아니라 그 집이 의미하는 전부에 대해 말하고 있었다. 엄마가 나를 돌볼 수 없다는 사실, 엄마가 변하지 않았다는 사실, 그리고 내가 불필요하게 암울한 세상에서 살고 있다는 사실에 대해.

"에미." 엄마는 할 말을 다 마쳤을 때 짓는 표정으로 입술을 안으로 말았다.

"어떻게 생각해? 어떻게 생각하느냐고."

우리는 자동차 환기팬이 의미 없이 돌아가는 소리를 들으며 거주치료소로 돌아왔다. 너무 후텁지근해서 땀조차 나지 않았다.

위층으로 올라와서 운영진에게 자진 신고를 했다. "저집에 갔다 왔어요." 가슴속에 든 것을 털어내고 싶어서 고백했다. "엉망이었어요. 여기 오기 전보다 더 엉망이었어요."

내 방으로 돌아왔다. 좀 전에 목격한 현실이 너무 무겁게 나를 짓누르는 바람에 운영진에게 어떤 벌칙을 받을지에 대해서는 신경 쓸 겨를도 없었다. 바보가 된 기분이었다. 대체 난 뭘 기대했던 걸까? 분명히 집이 나아졌을 것이라고 생각하지는 않았다. 하지만 그렇게 엉망이었다는 사실은 잊고 있었던 것이다. 아니면 병원에서 지낸 몇 주를 제외하고는 집이 내가 아는 세상의 전부였기에 제대로 인식하지 못하고 있었는지도 몰랐다.

묵상 시간 내내 운영진이 와서 이전보다 엄격한 규칙을 적용하거나 그보다 더 안 좋은 벌칙을 주리라 짐작하고 있었지만 아무도 오지 않았다. 내가 규칙을 어겼다고 스스로 실토했기 때문이거나 아니면 내 현실 그 자체가 충분한 벌이기 때문인지도 몰랐다.

다음 가족 치료 시간에 태미는 내가 지난 7개월간 환상을 품었던 주제인 퇴소에 대한 대화를 시작했다.

"에미에게는 두 가지 선택지가 있어요. 위탁가정으로 가서 새로운 고등학교에서 새 학기를 시작할 수 있어요. 아니면 만약 퇴소해서 집으로 가고 싶다면 우리가 집 문제를 해결한다고 가정할 때 적어도 1년은 여기 더 머물러야 할 거예요."

"그럼 뻔하네요." 내가 말했다. "위탁가정으로 가야죠." 엄마는 변하지 않을 테니까. 잉그리드는 내가 독립생활 프로그램을 하기에는 너무 어리다고 했고 그룹 홈은 가족이 보호하지 못하는 10대들을 위한 곳이었다. 그래서 다른 대안은 없었다.

엄마가 나를 쳐다보았다. "나는 네가 집으로 돌아올 수 있게 하려고 널 다른 데로 데려가는 걸 허락했던 거야. 그런데 우리가 충분히 노력하지 않았으니까 시간이 더 필요한 거지."

"나는 계속 노력했어! 날마다, 하루 종일 노력했어. 노력하지 않은 건 엄마야. 집을 하나도 바꾸지 않은 사람은 엄마야."

엄마는 태미를 쳐다보았다. "에미를 나에게서 떼어 놓을 순 없어요."

순간 불안감이 들었다. 만약 엄마가 동의하지 않으면 그들이 아동보호국에 전화를 할지도 모른다. 엄마도 그걸 알고 있을 텐데.

"본인이 자발적으로 선택하는 거예요." 태미가 말했다. "어머니는 승인을 하시는 거고요."

엄마가 다시 내게 고개를 돌렸다. "위탁가정이 엄마랑 사는 것보다 낫다고 생각한다면 그건 틀렸어."

"내가 위탁가정에 가고 싶은 게 아니야. 믿어줘, 정말이야." 마음속에서 죄의식이 일었다. 이게 *나의* 결정으로 보인다는 사실이 싫었다. "하지만 나한테 선택의 여지가 있어? 나는 내 문제를 해결하려고 노력했어. 엄마가 엄마 문제를 해결할 동안 또 1년을 더 기다리면서 여기 있을 수는 없어."

엄마가 울기 시작했다. "14살은 너무 어려. 당신들이 나에게서 떼어 놓기에는 너무 어린 나이라고."

"징징대지 마. 위탁가정에 가야 하는 사람은 나야."

"딸을 뺏기는 사람은 나잖아."

"엄마, 제발."

"딸을 뺏기다니, 그렇지 않아요." 태미가 설명했다. "그냥 딱 1년이라고 생각하세요. 모녀 사이를 더 돈독하게 해줄 1년이에요. 모든 게 잘 풀리면 에미는 집으로 돌아올 수 있어요."

"그런 소리를 들은 게 이번이 처음이 아니니까 그렇죠." 엄마가 경멸에 찬 목소리로 빈정거렸다.

면담이 끝나고 엄마는 처음으로 나에게 정말 크게 화를 냈다. 엄마의 마음속에는 일련의 악당들이 있었다. 아빠, 첫 번째 남편, 엄마의 부모님, 태미, 잉그리드, 내 사건을 헤너핀 카운티에 보고한 정신과 의사. 이제 나도 그중 한 명이었다.

남은 면회 시간에 엄마는 냉랭하게 앉아 있었다. "내가 거기 가는 건 그저 좋은 학교에 다닐 수 있기 때문이야." 나는 간곡히 말했다. 우리 형편에는 살 수 없는 구역에 위치한 AP 수업이 있는 학교. 그럼 다시 책을 돌려받고 대학에 한 발짝 더 다가갈 수 있을 것이다. 날마다 하루 종일 고요한 평온 속에 공부할 것이다. 공부하느라 바빠서 내 주변조차 인식하지 못할 것이다. 나를 받아주는 사람들도 마찬가지다. 나는 절대 그들을 사랑하지 않을 것이다.

엄마는 누그러지는 데 오랜 시간이 걸렸다. 나를 위탁 가정에 보내지만 언제든지 나를 데리고 나올 권리를 갖고서 서류에 서명할 때조차 항의를 했다. 나는 기회가 있을 때마다 내가 느끼는 감정은 다 내 책임이라고 주지시키는 정신과 의사들의 편에 서는 것이 싫었다. 어찌 되었건 나를 믿어주는 유일한 사람은 엄마라고 생각했기 때문이다. 비록 엄마의 신념이 현실에 뿌리를 두고 있지 않을지라도 말이다. 하지만 그래도 여기 갇힌 채 언제까지나 기다리기만 할 수는 없었다.

6장

넌 특별하지 않아

"파커 씨 가족보다 더 좋은 집은 없어. 정말 좋은 가족이야." 잉그리드는 거주치료소 면회실에서 말했다. "그보다 더 좋은 가족은 못 찾을 거야."

"그들 말고 다른 가족도 있어요?" 내게 주어진 선택지를 고려해보고 싶었다.

"다른 가족은 없어." 잉그리드가 대답했다.

"없어요?"

"넌 레이크빌 사우스 고등학교에서 10학년을 시작할 수 있어. 아무튼 거긴 아주 좋은 학교야. 아니면 기다려도 돼. 하지만 오래 걸릴 수 있어. 그리고 좀 전에 말한 대로 그보다 좋은 가족은 없을 거야."

데이브와 잰 파커에 대해서 내가 들은 것은 미니애폴리

스에서 남쪽으로 40분 거리에 있는 옥수수밭을 밀고 지어진, 멀리 떨어진 교외에 산다는 사실이 전부였다. "새 학기 시작 전에 다른 가족이 나타날 가능성은 있어요?"

"없지." 그렇게 대답하는 잉그리드는 낙관적인 분위기였다. 그 대답이 모순이라는 걸 눈치 채지 못한 것처럼 유일한 선택지를 최고의 선택으로 제시하는 모습을, 그 긍정적인 태도를 유심히 살폈다.

10대를 위한 위탁가정을 찾기가 거의 불가능하다는 것은 알고 있었다. 부모에게 돌아가지 못한 대다수 거주 아동들은 그룹 홈으로 갔고 18살이 되어 독립할 날만 기다렸다. 운영진과 공부 문제로 마찰이 있었기에, 그것이 거처 선정에 도움이 된 면이 있었다. 그리고 내가 백인이라는 사실이.

데이비드와 잰을 만나보니 좋은 사람들 같았다. 잰은 특수장애를 가진 아이들을 돌보는 일을 했고 데이비드는 가구를 만드는 일을 했다. 잰에게 석사학위가 있다는 점이 인상 깊었다. 두 사람은 데이비드의 친척 아이를 맡아 기르고 있었고—아이들은 가능하다면 가족과 함께 살아야 한다—그녀를 제외하면 내가 그들의 첫 번째 위탁 아동이었다. "채식을 해도 될까요?" 내가 물었다. 나는 동물보호단체인 페타PETA로부터 메일을 받은 후 9살 때부터 고기를 먹지 않았지만 감리교 병원과 거주치료소에서는 채식을 허용하지 않았다. 잰은 괜찮다고 답했다. 그녀는 글루텐이 함유되지 않은 식사를 하려고 노력했다. 나는 믿음이 생겼다.

거주치료소에서 8개월 반을 보낸 끝에 디데이(퇴소날)
가 왔고 소지품을 종이 가방에 챙겼다. 마지막으로 층계를
내려올 때 등 뒤에서 문들이 닫혔다. 주차장에 서서 구름 한
점 없는 하늘을 올려다보았다. 밖으로 나올 수 있는 다른
아이들이 나를 배웅했다. 놀랍게도 아이들과 포옹을 하는
데 눈물이 났다. 처음이자 마지막으로 가슴이 뭉클한 순간
이었다. 우리는 서로의 비밀을 알고 있었지만 이름을 알려줄
수 없게 되어 있었기 때문에 다시는 그들을 만날 수 없을 것
이다.

　나는 잰의 차에 탔고 백미러로 미니애폴리스가 멀어져
가는 것을 바라보았다. 에디나와 블루밍턴이 지나갔다. 우리
는 내가 아는 우주의 남쪽 끝인 미네소타 강 계곡을 건넜다.

　그제야 실감이 났다. 이제부터 딱 한 번 만나본, 아는
것이 아무것도 없는 가족과 살게 된다는 사실이. 차창 밖 풍
경은 초원과 대형 할인점으로 변해갔다. 손등으로 눈물을
훔치며 마음을 강하게 먹자고 다짐했다.

　데이브와 잰은 대형주택들이 들어찬 개발 지구의 막다
른 골목에 살았다. 3층으로 이루어진 집을 둘러보고 나서
내가 지내게 될 개조된 손님방에 짐을 내려놓았다. 방에는
꽃무늬 이불이 덮인 퀸사이즈 침대가 있었다. 침대 위에는
캔버스 자수 액자에 '집에 온 걸 환영해요'라는 말이 새겨져
있었다. 그것을 볼 때마다 민망했다.

새로운 방에서 가장 마음에 드는 것은 엄마가 사준 ACT 교재였다. 다른 사람의 낙서도 없고 내가 마음껏 필기를 할 수 있는 진정한 내 책. 나는 그 책을 책상 한가운데 잘 보이는 곳에 놓았다.

데이비드의 친척인 17살의 샌디는 내게 말 그림과 스페셜올림픽에서 딴 메달로 가득한 방을 보여주었다. 그날 밤 저녁 식탁에서 데이브는 내게 식전 감사 기도를 해보겠냐고 물었다. 거주치료소에서 하던 기도를 기억하고 있었다. "그분은 내 치토스 위의 치즈이십니다. 하느님은 정말 정말 근사하십니다."

샌디는 코웃음을 치며 몸을 의자에 기대고 웃다가 거의 뒤로 넘어질 뻔했다.

"흠, 이제까지 한 번도 들어본 적이 없는 기도구나." 데이브가 말했다. 그는 무릎 위에 종이 냅킨을 펼쳤다.

여전히 웃으면서 샌디는 자기 다리를 쳤다. 잰이 손가락으로 딱 소리를 내며 샌디에게 소리쳤다. "진정해." 잰은 깊이 숨을 들이쉬고 내쉬게 했다. 샌디가 따라 하다가 결국 다시 웃음을 터뜨리고 말았다.

"샌디는 가끔 이런단다." 데이브가 말했다. "발달 장애가 좀 있어서."

"샌디의 엄마도 너희 엄마처럼 호더야." 잰이 샐러드를 한입 먹으며 말했다. "상황이 아주 나빠졌었지. 샌디에게 고양이 사료를 먹였어."

샌디가 웃음을 멈췄다. "딱 한 번 그랬어. 내가 먹었어. 누가 시킨 적 없어. 그런데 정말 맛있었어." 샌디는 한숨을 내쉬고 그때의 기억을 음미하기라도 하듯이 눈을 감고 미소를 지었다. 잰은 그녀에게 그만하라는 신호를 보냈다. 샌디가 어깨를 으쓱했다.

나는 샌디가 마음에 들었다. 수동적 공격 성향의 중서부 사람들에 익숙해져 있던 나의 눈에 샌디는 단순하고 솔직한 사람이었다.

저녁을 먹는 동안 샌디는 활동 프로그램을 하면서 보낸 하루에 관해 이야기했다. "하지만 언젠가 수의사 보조가 되고 싶어." 순간 그녀에게 동질감을 느꼈다.

"그거 정말 멋지다! 너는 훌륭한 수의사 보조가 될 거야." 샌디가 활짝 웃었다.

"꿈을 너무 크게 갖지는 마." 잰이 말했다. 잰은 나에게 샌디의 목표는 그저 어떤 것이든 직업을 가지고 혼자 힘으로 살아가는 것이라고 했다. 그녀의 지적 장애를 고려하면 힘들 겠지만 그 정도만 해도 성공이라고. 잰은 기대가 높으면 실패를 하게 마련이라고 말했다. "내 말을 믿어. 오랫동안 특수장애를 가진 아이들과 일해왔으니까."

나는 잰을 믿지 않았다. 믿을 수 없었다. 저녁 식사 후 잰이 샌디에게 강제로 양치를 시킬 때 나는 조용히 샌디 편을 들었다. 꿈을 크게 꾸지 않을 거면 왜 이를 닦을까? 아침에는 왜 일어날까? 쓰레기로 가득한 집에서 고양이 사료를 먹고 죽지, 무엇 때문에 살아야 할까?

물론 목표를 크게 잡으면 실패할 가능성도 커진다는 것은 알고 있었다. 그러나 그것도 감수해야 하는 대가였다.

저녁 식사 후 ACT 교재에 집중하고 있는데 잰이 '가족과의 시간'을 위해 나를 불렀다. 두 개의 똑같은 갈색 가죽 안락의자에 앉아 있는 잰과 데이브를 보고 그들이 나를 받아들임으로써 선을 행하고 싶어 한다는 것을 알았다. 내가 가족의 일원이 되기를 바라는 것이었다. 그러나 나는 그들이 나에게 가까이 다가오는 것에 거부감을 느꼈다. *나는 데이브와 잰이 필요 없어.* 나는 이렇게 생각했다. *아무도 필요 없어.*

"지금 공부하고 있는데요." 이것이 앞으로 닥칠 수많은 충돌의 서막이 되지 않을까 두려워하며 말했다. 내가 표준화 시험을 준비하고 있다고 밝히자 잰은 한숨을 쉬었다. "왜 그렇게 미래에 대해서 걱정이 많은 거니?" 그녀는 치료 매뉴얼을 인용하거나 자수의 경구를 읽듯이 말했다. "그냥 현재를 즐겨." 당혹감에 눈동자가 떨리는 것을 그녀에게 들키지 않으려고 텔레비전을 응시했다. 잰은 내가 그녀의 가족을 완성해줄 것이라고 생각했을지도 몰랐다. 하지만 *나는* 현재를, 내 위탁가정에서의 첫날을 어떻게 즐겨야 할지 가늠할 수 없었다.

TV에서는 〈비기스트 루저〉 경연 참가자들이 몸무게를 재고 있었다. 관심이 가지 않았다. 1차원적인 즐거움에 대한 욕구는 이미 내 삶과 많이 멀어져 있었다. 속으로 열까지 세었을 때 불안감이 온몸을 휘감았다. 포푸리향이 나는 이 커다란 집의 베이지 카펫이 깔린 방에 있고 싶지 않았다.

"가서 ACT 책을 봐도 될까요?"

"그래." 잰이 대답했다.

데이브는 수업 등록을 위해 나를 학교로 데려갔다. 레이크빌 사우스 고등학교는 새로 조성된 들판에서 우뚝 솟아 있었다. 넓은 주차장으로 빙 둘러싸인, 금속과 유리로 된 상자형 건물이었다. 생활지도실에서 운영진에게 시간표를 건네받았는데 AP 수업이 하나도 없는 것을 보고 충격을 받았다. 교외에 있는 학교는 곧 AP 수업을 위한 학교라고 이해하고 있었다. 아니, AP 수업만 있는 것이 더 이상적이었다.

컴퓨터 앞에 앉아 있는 남자에게 눈길을 돌렸다. 그는 광택이 나는 드레스 팬츠 안으로 푸른 셔츠를 집어넣어 입고 있었다. 그의 이름표에는 딘 보슈라고 적혀 있었다. "딘 보슈 선생님, 레이크빌 사우스에 오게 되어서 기뻐요." 그에게 내가 지을 수 있는 가장 크고 가식적인 미소를 보냈다. 거주치료소의 정신과 의사에게 보였던 것과 같은 미소였다. "이 학교의 AP 수업이 좋다는 이야기를 많이 들었어요. 저도 수강할 수 있을까요?" "흠, 아쉽게도 등록이 2월에 끝나서 지금은 모두 인원이 다 찼어요. 에미는 내년에 들을 수 있겠어요."

"그렇군요." 나는 더 빨리 수업에 등록하지 못한 자신을 탓하며 입술을 깨물었다. 물론 2월에는 언제 나갈 수 있을지도 모른 채 갇혀 있었지만 말이다. 위탁가정에 있다는 것은 남아 있는 수업은 무엇이든 수강할 수 있음을 의미했지만, 동시에 딘 보슈가 나에 대해 아무것도 모르고 내가 전에 어떤 수업을 들었는지도 전혀 모른다는 뜻이었다. 나는 시간표에 있는 수업을 하나하나 짚어가면서 딘 보슈가 내 수업을 거의 모든 AP 수업 혹은 우등반 수업으로 교체해줄 때까지 그를 놔주지 않았다.

"합창 수업은 들을 수 없을 것 같아요. 저는 노래를 못 해요. 다른 AP 수업은 뭐가 있을까요?" 마지막 남은 수업을 확인하면서 물었다.

"예술 수업을 하나는 수강해야 해요." 그가 난처해했다. "예술 수업을 듣지 않으면 졸업을 못 해요. 목공예 수업을 들을 수 있겠군요."

목공예 수업에 대한 솔직한 태도를 드러내지 않으려 노력했다. '나랑 장난해?'라는 생각이 곧바로 떠올랐기 때문이다.

잠시 후 그는 컴퓨터를 들여다보았다. "사진 수업에 한 자리가 있네요." 레이크빌 사우스에는 화학 약품과 온갖 장비들을 갖춘 암실이 있다고 딘 보슈는 설명했다. 이 고등학교는 감리교 병원에 들어가기 전에 미니애폴리스에서 다녔던 학교와는 다른 세계라는 것을 깨닫는 중이었다. 예전 학교에서는 한 탁자에 둘러앉은 학생들이 그래픽 계산기 하나를 공동으로 사용했으니 말이다. 나는 사진 수업을 수강하기로 했다.

사무실을 나오자 데이브는 시간표를 보여달라고 했다. 그는 눈을 가늘게 뜨고 말했다. "좀… 빡빡한 것 같지 않니?"

"괜찮아요. 저는 빡빡한 게 좋아요."

"그러면 친구들과 보낼 시간이 있겠니? 10대 여자애답게 말이야."

두려움이 마음을 흔들었다. 사무실로 다시 들어가서 수업을 취소하라는 말인가? 나는 친구들과 시간을 보내거나 '10대 여자애답게' 지내고 싶지 않았다. 또래 아이들과 내가 무슨 공통점이 있단 말인가? 내 책들을 모두 압수당한 후로 하루의 모든 순간순간을 새로운 지식으로 채우고 싶다는 생각뿐이었다. 빛나는 미래는 레이크빌 사우스 고등학교의 10학년과 함께 다시 시작이었다.

나는 어깨를 으쓱했다. "물론 그럴 시간은 있을 거예요."

학기가 시작하기 전에 데이브는 나를 우즈 박사에게 데려다주었다. 우즈 박사가 나를 담당한 것은 감리교 병원에 가기 전 단 두 달뿐이었지만 내가 갇혀 지내는 동안 매일 아픈 상태로 지내면 결코 병원에서 나를 내보내주지 않을 거라는 그녀의 예언 같은 말이 계속 생각났다. 비록 어떻게 하면 더 나아지는 쪽을 선택할 수 있는지 아직도 정확히 알 수 없었지만 그녀가 옳았다는 것을 인정하고 싶었다.

우즈 박사를 만났을 때 그녀의 단발머리가 회색으로 변한 것이 눈에 띄었다. 그녀의 눈가에도 그림자가 져 있었다. 내가 기억하는 것보다 10년은 더 나이 들어 보였다. 내 걱정을 많이 해서 그렇게 늙어버린 거라면 좋겠다는 생각이 들었다.

우즈 박사가 문을 닫았다. "잘 알아둬. 더는 예전처럼 봐주지 않을 거야." 그녀는 먼저 내게 살을 빼지 말라고 경고했다. "전에는 너에게 가능하면 자유를 주려고 노력했어. 하지만 다시 일을 그르치고 싶으면 감리교 병원에 가서 그렇게 해."

나는 자리에 앉았다. 보통 크기의 의자가 그녀의 책상 앞에서는 어린애 의자처럼 느껴졌다. 긴장이 되어서 미동도 없이 앉아 있었다. 나는 지금 섭식장애 센터에서 목표 체중이었던 몸무게를 유지하고 있었고 엉뚱한 짓을 할 생각도 없었다. "죄송해요."

"사과할 건 없어. 넌 아팠어. 아픈 사람들은 다 그렇기 마련이지." 그녀 스스로에게 확신을 주려고 하는 말처럼 들렸다.

나는 어떻게 보아도 내가 한 행동의 핑계로 삼을 수 있을 만큼 아팠다고는 생각하지 않았다. 그래도 관대한 말이었다. 몹쓸 인간이라고 하는 대신 그렇게 말해주다니.

"번스빌은 어때?" 그녀가 물었다.

"사실 레이크빌에 있어요." 번스빌은 데이브와 잰의 집으로 가는 길에 지나간 곳이었다.

"아, 미안해. 꽤 외진 곳에 있구나."

"나쁘지 않아요. 내 방도 생기고 학교에는 AP 수업도 많이 있어요."

우즈 박사는 의자에 몸을 기대며 미소를 지었다.

"그냥 인정해, 외딴 곳에 혼자 뚝 떨어져 있다고."

나는 어깨를 으쓱했다.

"그래서 어떻게 할 생각이니?"

나는 한숨을 쉬었다. 이것이 '내 그럴 줄 알았지'와 같은 말인지 아니면 진짜로 대처법에 대해 묻는 말인지 파악이 되지 않았다. 어느 쪽이든 상관없었다. "거기엔 딱 1년 있을 거예요. 그다음에는 대학에 갈 거예요."

"그런 건 네가 지금 당장 고민할 일은 아니야."

그러면 내가 고민해야 할 일이 뭐냐는 질문은 굳이 하지 않았다. 내 인생에서 의미 없는 단어인, 나의 '트라우마'를 다루어야 하는 것처럼, 그런 질문은 어리석게 느껴졌다. 아무튼 나는 데이브와 잰의 손님방에서 살고 있는 지금이 아닌, 지난날을 돌이켜봐야 했다. 나는 감리교 병원의 스벤슨 박사를 동경했다. 내 침대로 몸을 기울이며 내가 쓴 소설에 대해 묻던 그녀가 그리웠다. 그러나 그녀는 그저 내게 알약을 주고 나를 거주치료소로 보냈다. 그녀는 내 인생에서 사라졌다.

이제 내 희망은 우즈 박사, 데이브와 잰, 레이크빌, 그리고 돌고 돌아 엄마에게 달려 있었다.

상담이 끝날 즈음 나를 문으로 안내하면서 우즈 박사는 내게 자신의 명함을 건넸다. "어리석은 짓을 하기 전에 내게 먼저 전화하렴."

우즈 박사의 비관주의는 레이크빌 사우스 고등학교에 온 지 15분 만에 한 교사가 2백 페이지에 달하는, 거의 2백 달러어치의 교과서를 나눠주었을 때 내 마음속에서 희미해졌다. 가드너의 『시대를 통한 미술』을 얼굴 앞에 펼치고 새 책 냄새를 들이마셨다. 카운티 지원금으로 잰이 사준 분홍색과 보라색이 섞인 '귀여운' 배낭에 그 책을 넣고 싶지 않았다. 대신 가슴에 책을 안고 복도를 걸었다. 책은 한편으로는 방패였고 또 한편으로는 영광의 AP 미술사 훈장이었다.

프랑스어 선생님은 프랑스어로 수업 시간에는 프랑스어만 쓰라고 말했다. "이건 프랑스식이 아니라 만국 공통이에요!" 그녀는 자신도 우리와 같았다고 설명했다. 옛날에, 영어만 할 줄 알던 위스콘신의 여자아이일 때 그녀는 프랑스의 화려함을 꿈꾸었다. "기억하세요. 말을 제일 많이 하는 사람이 제일 잘하게 될 거예요!" 그리고 마담은 새로 온 학생들에게 일어나서 자기소개를 해달라고 말했다. "엉 프랑

세, 비엥 쉬르(당연히, 프랑스어로)!” 나는 교실 안을 둘러보
았다. 나 말고는 다른 여자애 하나가 일어서 있었다. “주 마
펠 레나(저는 레나입니다).” 레나는 17살의 폴란드에서 온 교
환학생이었다. 하얀 컨버스 스니커즈와 꽉 끼는 청바지를 입
은 모습이 멋져서 눈에 띄었다. 아마 담배도 피울 것 같았다.

다음으로 모두의 시선이 나에게 모였다. 나는 다이어트
코크 티셔츠 위에 팔을 포갰다. 거주치료소에서 운영진들이
내 물건 대부분을 버리기 전에 구해낸 옷 중에서 가장 괜찮
은 옷이었다. 나는 정확히 사회복지사가 골라준 옷을 입은
사람처럼 보였다.

“주 마펠 에미. 자비트 아 미니애폴리스”. *나는 에미입
니다. 나는 미니애폴리스에 살고 있습니다.* 하지만 정정해
야 했다. 미니애폴리스에 *살았습니다*, 라고 과거형으로. 나
머지 학생들이 이미 몇몇 파벌로 나뉘어 있음을 알아차렸다.
포니테일을 한 여자애들, 수영팀 셔츠를 입은 남자애들 등
등. 도시에서 온 나는 특정한 이미지를 풍기지 않는 레나보
다 더 어울리기 힘든 위화감을 느꼈다.

복도에서 나는 학생들이 뒷주머니에서 유리로 된 직사
각형 물체를 꺼내는 모습을 지켜보았다. 학생들은 그 위로
고개를 숙이고 손가락으로 그것을 눌러댔다. 그들이 무엇
을 하는지 알 수 없었지만—버튼이 없는 새로운 아이팟이
나온 걸까?—물어볼 사람이 없었다. 영어 선생님이 아이폰
에는 무관용 원칙이 적용된다고 했을 때에야 그게 무엇인지

알게 되었다.

사진 수업 교실을 찾았을 때에도 여전히 아웃사이더처럼 느끼고 있었다. 선생님은 책상 앞에 서서 안경을 촌스러운 스웨터에 닦고 있었다. 시계 초침이 12를 지나며 수업 시작을 알리자마자 그녀는 전등을 모두 껐다.

"학생들은 나를 미스 제이라고 부른답니다." 그러더니 슬라이드를 갈아 끼웠다. 나는 화면에 나타난 사진을 알아보았다. 미스 제이는 이것이 앤설 애덤스의 〈하프 돔Half dom〉이라고 설명했다. 그는 40파운드나 나가는 장비와 필름을 짊어지고 몇 시간이고 하이킹을 했다고 한다. 당시에는 필름이 커다란 유리판으로 되어 있었다. 그가 이 사진을 위해 고통을 감내했다는 사실이 마음에 들었다. 나도 그렇게 무언가를 하고 싶었다.

미스 제이가 다음 슬라이드로 넘겼다. 그녀는 질문을 던졌다. "사진이란 무엇일까요?"

나는 손을 들었다.

"빛의 예술입니다." 학생들이 고개를 돌려 나를 보았다. 새로 온 여자애. 나는 엄마가 애용하는 주문 중 하나를 읊었다. "사진은 빛으로 글을 쓰는 것입니다." 남은 시간 내내 미스 제이의 한마디 한마디에 귀를 기울였다. 그러고 나니 수업료가 나왔다. 필름과 스물다섯 장의 인화지 값으로 48달러였다. 내가 가진 돈은 아동 거주치료소를 떠날 때 받은 봉투에 들어 있던 5달러가 전부였다. 그 이후로 하루 종일 두려움에 휩싸여 있다가 저녁 식사 때 데이브와 잰에게 돈에 관한 얘기를 꺼냈다. 잰에게 수업료 안내문을 보여주었다.

"무료 수업을 선택하는 건 어때?"

"기껏 필름 여섯 롤만 남는데 그것도 결국에는 잘게 잘리고 말걸." 나는 내 작품이 파괴된다는 생각을 인정할 수 없었다.

"네 용돈을 이용하면 되겠네." 나는 일주일에 한 번 저녁을 만들고 매일 밤 설거지를 하고 화장실 청소를 하는 것으로 일주일에 10달러씩 받기로 했었다. 이제껏 수중에 이 정도 돈을 가져본 적이 없었던 것은 사실이지만 벌써부터 빚을 지고 싶지는 않았다.

그날 밤 10분간 엄마와 통화를 하면서 나는 돈을 부탁했다. "미리 생일선물을 주는 셈 치면 안 될까?" 엄마는 데이브와 잰이 나를 받아주면서 얼마나 많은 돈을 받는지 이야기하기 시작했다. 내가 여러 가지 진단을 받았기 때문에 받을 수 있는 최대 금액일 것이 틀림없었다. "알겠어." 나는 짜증이 나고 창피한 마음으로 말했다. "그냥 못 들은 걸로 해."

전화를 끊자마자 잰이 나를 아래층으로 부르더니 〈딜 오어 노 딜Deal Or No Deal〉 TV쇼를 음소거했다. "그러면 안 되지." 그녀가 화난 어조로 말했다. "우리에게 부탁을 하고 등 뒤에서 네 엄마에게 또 부탁을 하는 건 있을 수 없는 일이야."

"그건 사람을 조종하는 짓이야." 데이브가 말했다. 거주치료소에서 이미 들어본 말이었다. 같은 내용을 두 사람에게 묻는 것이 조종의 정확한 정의였다. 이제 데이브와 잰은 나를 영영 교활한 아이로 보겠지.

목공예로 과목을 변경할까 고민했지만 미스 제이의 수업으로 내가 무엇을 해야 할지 알게 되고 하루 종일 노력할 동기를 얻게 되는 것이 좋았다. 수업이 끝나고 다른 학생들이 모두 나가기를 기다리는데 내 심장 소리가 교실을 울렸다. 미스 제이의 책상으로 다가가면서 다시 한번 교실에 우리 둘만 남아 있는지 확인했다. 침묵 속에서도, 마치 거북이가 껍질 밖으로 얼굴을 내민 양, 그녀의 표정에서 미세하게 놀란 기색이 느껴졌다. "저는 위탁가정에서 지내고 있어요." 나는 나직하게 말했다. 그 누구에게도 이 사실을 말한 적이 없었고 말할 계획도 없었다. "그래서, 혹시 제가 수업료를 면제받을 방법이 있을까요?"

세 번이나 같은 부탁을 하며 사람을 조종한 벌을 받을까 두려운 마음에 그녀가 아무에게도 내가 부탁한 사실을 말하지 않기를 간절히 바랐다. 미스 제이의 표정에는 변화가 전혀 없었다. 나만큼이나 불편해 보였다.

"물론이지. 문제없어. 내 말은, 대부분의 아이들에게 48달러는 큰 문제가 아니니까 양식이 있을지 알아볼게. 너는 좋은 학생이니까."

"감사합니다." 나를 두려움에 떨게 한 이 비밀을 공유

해준 데 대해 신세를 진 기분이 들었다.

교실을 나서면서 미스 제이가 레이크빌 사우스 고등학교에서 그 누구보다도 나에 대해 많이 알게 되었음을 실감했다.

엄마는 일요일에 데이브, 잰, 샌디가 교회에 가기 전인 아침 8시쯤 도착할 예정이었다.

"엄마는 어디 계시니?" 잰이 시계를 가리키며 물었다.

엄마에게 전화를 했다. "이제 5분이면 도착해!"

10분 후 데이브와 샌디가 차에 올랐다. 나는 팔짱을 낀 팔에 점점 더 힘을 주면서 잰과 현관 앞 계단에 서 있었다.

그로부터 15분이 지나자 엄마의 차가 들어섰다. "안녕하세요!"

잰이 말했다. "8시에 오실 줄 알았어요."

"지금이 얼추 8시잖아요." 엄마는 전혀 상황 파악을 못하고 미소 지으며 말했다.

"지금은 8시 반이에요. 저희 교회가 시작하는 시간이고요."

"그런데도 에미랑 같이 기다려주다니 정말 친절하시네요!"

"우린 에미를 혼자 둘 수 없어요." 잰이 말했다.

"왜요?"

"규정이 그래요."

"그건 말도 안 돼요." 엄마가 발동을 걸었다.

"다녀오세요." 나는 엄마의 팔을 잡아끌면서 데이브와 잰에게 손을 흔들었다.

엄마는 나를 오후 7시 15분에 차에서 내려주었다. 정해 진 시간보다 15분 늦은 시각이었다. 엄마는 인사를 나누려 고 문까지 나를 따라왔다. 잰은 엄마에게 앞으로 오전 8시 정각에 교회로 출발할 거라고 말했다. 그러면서 엄마가 늦 으면 예배가 끝난 후에 교회에서 나를 태우라고 말했다.

다음 주, 예배가 끝난 후 데이브와 잰과 샌디가 차에 기 대어 서 있는 동안 나는 주차장으로 발길을 옮겼다.

마침내 엄마가 나타났다. 나는 차에 올라타 문을 쾅 닫 았다.

"안녕, 아가!" 차에 단둘이 남자 엄마가 말했다. "저 사 람들이 정말 나를 여기까지 오게 하다니 믿기지가 않아! 정 말 어이가 없어서."

"믿기지가 않아? 나는 십일조 헌금을 하면 하나님이 대 형 TV를 주실 거라는 강론을 한 시간 동안 들었어. 나는 어 떨 것 같아?"

"그러니까 넌 그냥 그 집에서 날 기다리면 안 되니?"

나는 피가 거꾸로 솟는 느낌이었다. 차 문을 열고 고속 도로 갓길로 뛰어내려서 도망이라도 가고 싶었다. 고속도로 나들목 옆 나무들 사이에 숨어 있다가 들킬 위험이 사라지면 버스표를 위해 몸이라도 팔 수 있을 것이다. 최소한 시카고까지는 갈 수 있겠지.

아니면 엄마를 목 졸라 죽일 수도 있을 것이다. 그것도 나쁘진 않을 것 같은데.

하지만 소리를 지르는 것으로 타협했다. "나도 그 집에서 엄마를 기다리고 싶은데 그럴 수 없어! 그들이 날 혼자 놔두면 안 된다니까! 나한테는 열쇠도 없어!"

엄마는 고개를 저었다. "그 사람들은 대체 왜 그렇게 융통성이 없어?"

"엄마가 제 시간에 좀 오면 안 돼? 규칙이 정말 많아. 나한테는 그 규칙을 어길 권한이 없고. 일주일에 한 번 하는 외출인데 엄마는 15분 일찍 오는 게 그렇게 힘들어? *한 번만 이라도?*"

엄마가 내 상황에 조금이라도 책임감을 가졌으면 했다. 25퍼센트라도, 아니 10퍼센트라도. 나머지는 내가 감당할 테니까. 하지만 엄마는 그러지 않았다. 위탁가정에 대해 이야기할 때마다, 늘 지나가는 말로, 엄마는 '치료적' 측면을 강조했다. 나는 너무 아파서 혼자 집에 있으면 안전하지 않다는 것이다. 그것이 오빠와 올케 언니가 엄마로부터 들은 이야기일 것이다. 두 사람이 내가 어디서 사는지 알고 있더라도 말이다.

"미안해." 엄마가 그제야 말했다. 엄마는 매 맞는 아이를 떠올리게 하는 목소리로 부드럽게 순순히 그렇게 말했다.

나는 하늘과 땅의 경계가 나타난 풍경을 보면서 정면을

응시하고 있었다.

"음료수 마실래?" 내가 제안했다. 보냉가방에 엄마가 싸온 복숭아 프레스카를 꺼냈다. 새로 나온 소다로, 차갑고, 할인된 가격의, 우리의 외출을 위해 선택된 음료수였다. 나는 다이어트 크림소다를 따서 합성감미료 맛 속에서 엄마의 사랑을 느끼려고 노력하며 음료수를 홀짝거렸다.

내가 엄마에게 책임을 나눠 지우기를 단념하자마자 엄마는 한층 밝아졌고 우리는 그저 모험을 떠나는 엄마와 딸의 모습이 되었다. "오늘 뭐 하고 싶어, 아가?"

보통 데이브와 잰이 샌디에게 숙제를 시키려면 들들 볶아야 했다. 그런데 어느 날 밤 샌디가 학교 숙제를 가지고 위층으로 올라왔다. 나는 주방 아일랜드장 앞에 서서 복사된 미이라 사진을 오리고 라벨을 붙이고 있었다. 1년에 걸쳐 학생들은 5백 가지가 넘는 중요한 미술 작품을 암기해야 했다. 나는 그것에 정신을 온통 빼앗기고 있었다.

"그 설명 카드 내가 가져도 돼?" 샌디가 물었다.

"그럼." 나는 그녀에게 한 팩을 건넸다. 엄마가 할인할 때 싸게 산 것이었다.

잰이 다이어트 닥터페퍼를 가지러 위층으로 올라왔다. "샌디, 네가 숙제를 하고 있다니 믿을 수가 없어!" 그녀는 함박웃음을 지었다. "에미, 네가 좋은 영향을 주는 것 같구나." 나도 미소 짓지 않을 수 없었다.

샌디와 나는 서로 등을 맞대고 서 있었다. 나는 각 사진에 제목, 날짜, 장소를 정리하면서 『시대를 통한 미술』의 페이지를 넘겼고 샌디는 단어들을 따라서 썼다.

15분이 지났을 때 그녀가 물었다. "TV를 보지 않으면 슬프지 않아?"

"아니, 나는 공부하는 게 좋아." 나는 잠시 생각하고는 말했다. "공부를 열심히 하면 내 꿈을 이룰 수 있고 그러면 행복해질 거야."

샌디가 고개를 끄덕였다. 우리는 한동안 말없이 할 일을 했다. 그러다가 그녀는 〈딜 오어 노 딜〉을 보러 아래층으로 내려갔다.

몇 주가 지나고, 골동품에 관한 장을 읽으려는데 잰이 나를 아래층으로 불렀다. 그녀와 데이브는 나란히 놓인 갈색 가죽 안락의자에 앉아 재판을 시작했다.

"얘기를 좀 해야겠어." 그녀가 말했다. "왜 포르노그라피 사진을 인쇄했지?"

"네? 무슨 말씀이에요?"

잰은 내가 오리려고 했던 한 묶음의 사진을 들어 보였다. 유죄를 입증하는 증거는 낮은 화질로 흑백 인쇄된 미켈란젤로의 다비드였다. 그녀는 샌디에게 이를 닦으라고 말할 때와 같은 목소리로 말했다. "이건 용납할 수 없어."

"그걸요?" 나는 웃음을 터뜨렸다. "그건 제 미술사 과제예요."

"그런 걸 어떻게 '미술'이라고 부르지?"

"왜 옷을 입혀 놓지 않은 거야?" 데이브가 덧붙였다.

"몰라요. 그건 저도 모르죠." 나는 어깨를 으쓱했다. "어쨌든 학교에서 배우는 거예요."

"이걸 정말 인쇄해야 하는 거니?" 잰이 물었다.

나는 각 그림을 카드에 붙이고 거기에 적절한 설명을 붙였는지 다음 날 선생님이 검사한다고 설명했다.

잰이 한숨을 쉬었다. "알겠어. 대신 샌디가 보지 않게 조심해줘." 그녀는 종이 더미를 내게 건넸다. 그것을 받아들자 그녀가 덧붙여 말했다. "나는 내 집에 나체 사진이 있는 게 정말 싫어. 그 사진 때문에 마음이 편치 않아."

잰의 표정을 보고 나는 묘한 죄책감을 느꼈다. 우습기는 하지만 나체 사진이 그녀의 기분을 상하게 만들었다. 내가 민폐가 된다는 생각에 마음이 불편했다. 차라리 그녀와 데이브가 돈을 목적으로 나를 데리고 있다면 그게 더 마음이 편할 것 같았다.

포르노그라피 사건이 있고 나서 얼마 후, 나는 엄마에게 인물화 수업에 데려다 달라고 부탁했다. 엄마는 대학 시절에 인물화를 그린 적이 있었다. 곡물창고를 개조해서 만든 스튜디오에서 나에게 신문용지를 보드에 클립으로 고정하는 법을 알려주었다. 우리는 연단을 정면에 두고서 소묘용 의자에 앉았다.

나는 조금 긴장이 되었다. 부모가 아닌 성인의 나체는 한 번도 본 적이 없었다. 그것도 세 시간 동안 한 사람만 쳐다보다니. 복음주의 기독교도인 엄마는 여자들이 공공장소에서 쇼트 팬츠나 비키니를 입고 있는 것도 마음에 안 들어 했지만 이건 미술이니 달랐다. 모델이 케이트 모스나 빌렌도르프의 비너스처럼 생겼을까 궁금해하고 있는데 목욕 가운을 입은 거의 대머리에 가까운 남자가 무대로 걸어 올라왔다. 당황해서 나오려는 웃음을 애써 참았다. *엉덩이는 엉덩이일 뿐이야.* 스스로에게 말했다. *성숙하게 굴자.*

수업을 마치고 차에 올랐을 때 나는 말했다. "데이브와 잰에게는 말하지 마. 알면 뒤집어질 거야." 나는 이제는 미지근한 다이어트 마운틴듀를 따서 마시면서 엄마에게 다비드에 얽힌 일화를 들려주었다. 우리는 둘 다 웃었고 엄마는 특히 자지러지게 웃었다.

차창 밖에는 고속도로 옆으로 듬성듬성 집들이 있었다. 잠시, 집으로 가고 싶다고 생각했다. 가족과의 시간을 갖자고 나를 성가시게 하는 데이브와 잰이 없는 곳에서 교과서들을 옆에 두고 앉아 공부하고 싶었다. 하지만 엄마가 물건들을 버리지 않으면 나는 다시 독한 약을 먹는 신세가 되리라는 것을 알고 있었다.

엄마가 막다른 골목에 차를 세웠다. "엄마, 안녕. 사랑해." 나는 단숨에 이렇게 말하고 차가 완전히 멈추기도 전에 차문을 열었다. 부리나케 집으로 뛰어가 엄마가 이야기하러 나올 틈을 주지 않고 안으로 들어갔다.

마침내 엄마의 차가 떠나는 걸 보고서야 안도의 한숨을 내쉬고 다시 정신을 가다듬을 수 있었다.

어느 날, 사진 수업 반 친구 중 한 명인 제시카가 모델이 되어 달라며 나를 그녀의 집으로 초대했다. 미스 제이의 조언에 따라 그녀는 자신의 방에 홈디포에서 산 조명 시스템을 갖추어 놓았다. 데이브와 잰은 두 10대 여자애가 쇼핑몰이나 영화관에 가기를 좋아하지 않는 것을 희한하다고 생각했지만 내가 뭔가 하고 있다는 사실에 안심한 듯했고 제시카의 집에 가는 것을 허락해주었다.

우리는 방과 후에 제시카의 집으로 갔다. 그녀는 나를 크리스마스 조명들로 감싸고 내 목 아래에 손전등을 끼워 넣고는 내가 파도처럼 몸을 출렁대는 동안 삼각대로 긴 노출을 설정해서 하얀 빛줄기를 만들었다. 나는 그녀의 고양이를 안고 실존주의적인 표정을 지었다. 촬영을 마치고 우리는 어른들이 아무도 없는 가운데 커다란 주방에서 다이어트 코크를 마셨다. 타일 바닥을 바라보며 제시카가 말했다. "여긴 우리 아빠 집이야." 그녀의 부모는 이혼을 했다. 그 말을 듣고 나는 화들짝 놀랐다. 슬픈 일을 겪은 사람이 나 혼자만은 아니었다. 나는 곧 다시 놀러 오겠다고 약속했다.

일주일 후, AP 영어반의 레이철이 카페에서 함께 작문을 하자고 제안했다. 그녀는 소설 쓰는 달 챌린지를 하고 싶어 했다. 그 애는 내가 이미 소설을 써보았다는 사실이(감리교 병원에서) 인상적이었다고 했다. 비록 그 엉망인 소설을 절대 다시 읽지는 않겠지만 말이다. 우리는 만나서 소설의 개요를 짤 날짜를 잡았다. 데이브와 잰은 이것이 사진을 찍는 것보다도 더 이상하다고 생각했지만 그래도 응원해주었다.

레이철은 토요일 오후에 그녀의 낡은 차에 나를 태웠다. 미네소타 퍼블릭 라디오의 얼터너티브 음악 스테이션—〈89.3 더 커런트〉—이 흘러나오고 있었다. 그녀는 북쪽의 몇몇 교외를 지나 가장 가까운 스타벅스가 아닌 카페로 향했다. 우리는 나란히 앉아서 몇 시간 동안 개요를 짰고 아이디어에 대해서 수다를 떨었다. 레이철이 내게 주의를 집중하고 그녀의 녹갈색 눈동자를 마주할 때 나는 마음이 녹아내리는 것 같았다. 그 애가 나를 내려주기도 전에 다시 만날 핑계를 생각하고 있었다.

그렇게 멋진 친구들을 사귀고 있다는 것에 가슴이 부풀어 올랐다. 그들은 적어도 데이브와 잰의 집 밖으로 나올 좋은 구실이 되어주었다. 잉그리드가 월간 방문을 하러 왔을 때 그녀에게 친구들을 자랑했다.

"어머, 정말 잘됐다!" 잉그리드는 주방 탁자에 손을 포개고서 말했다.

"그래서 어디에 갔어? 어떻게 갔어?"

나는 두 명의 친구가 모두 자기 차에 태울 정도로 나를 신뢰했다는 사실에 뿌듯해하며 이야기를 쏟아냈다.

"와, 네가 잘 적응하고 있는 것 같아서 정말 자랑스러워."

그날 밤, 데이브와 잰은 광고 방송 시간에 나를 아래층으로 불렀다. 데이브가 말했다. "에미, 우리는 잉그리드와 이야기를 나눴어."

"네?"

"잉그리드가 너는 다른 10대 아이들과 차를 타면 안 된다고 했어. 그게 규정이야."

"뭐라고요? 왜요?"

"그래, 나도 거기에 동의하지는 않아." 잰이 말했다. "하지만 의무적인 거야."

"그러면 어떻게 친구를 사귀라는 거예요? 이미 이번 주 수요일에 사진을 찍으러 가기로 했어요. 저를 데려다주실 수 있어요?"

"음, 그건 다른 문제야." 데이브가 말했다. "잉그리드는 네가 다른 사람들 집에 가는 것도 삼가야 한다고 생각해."

나는 잉그리드에게 온갖 이야기를 다 쏟아낸 나 자신을 저주했다. 엄마 말이 맞았다. *사회복지사는 문제만 일으킬 뿐이야.* 내가 잠시 방심하고 이런저런 소리를 늘어놓은 탓에 겨우 생긴 친구를 잃게 생겼다. "이건 말도 안 돼요."

잰이 고개를 저으며 한숨을 쉬었다. "규칙은 규칙이야. 원한다면 우리가 집에 있을 때 사람들을 여기로 초대해도 좋아."

"고마워요." 그렇게 대답했지만 그럴 수 없으리라는 것을 알았다. 사람들에게 파커 부부에 대해 뭐라고 말할 수 있을까? 그들을 엄마와 아빠라고 불러야 할까? 아니면 내 위탁가정 부모라고 불러야 할까? 그중에 하나라도 말하느니 차라리 친구 하나 없이 죽는 게 나았다.

나는 사진 찍으러 가기로 한 약속을 취소할 수밖에 없었다. 아주 나쁘고도 굉장한 일을 저지르는 바람에 끔찍한 벌을 받은 것처럼 말하려고 애썼다. 그 주 주말, 레이철이 나를 시 낭송에 초대했다. 나는 거절해야만 했다. 그 이후 친구들의 초대는 뜸해졌다.

친구 사귀기를 금지당해서 좋은 점이 있다면 남는 시간을 암실에서 보내게 되었다는 것이다. 데이브가 방과 후에 나를 데려다주기로 했다. 나는 미스 제이의 일정을 유심히 살펴서 그녀가 어느 요일에 늦게까지 남아 있는지를 파악했다. 그럴 때면 그녀는 라디오에서 올드팝을 들었고 폴 사이먼의 〈코다크롬Kodachrome〉이 나올 때마다 조그만 소리로 따라 불렀다. 나는 필름을 인화하는 과정이 즐거웠다. 타이머를 작동시키고, 필름 보관통을 현상액으로 채우고, 기다리고, 흔들고, 캔을 뒤집고, 그것을 책상에 두드리고. 정지액의 시큼한 냄새가 나의 마음을 잡아끌었다.

보통은 그녀와 나 둘이 있었지만 숙제 제출일 전날 밤에는 반 아이들이 미친 듯이 몰려와 우리 주변에서 작업을 했다. 싱크대 앞에서 한 여자애가 한 남자애의 팔을 때렸고 남자애는 그녀의 필름 보관통을 훔쳐 가려고 했다. 미스 제이는 컴퓨터를 보고 있다가 고개를 들었고 그녀의 저녁용 샌드위치가 든 지퍼락 봉지를 내려놓으며 그들을 쏘아보았다.

나는 숙제를 받은 지 이틀 만에 끝내고 혼자만의 과제를 위해 필름을 현상하고 있었다. 레이크빌 부개발지구, 일요일에 촬영한 미니애폴리스의 스톤아치 브리지, 그리고 유모차에 탄 아기 사진 몇 장—아이 엄마가 보기 전에 찍었다가 경찰을 부르겠다는 위협을 당했던—등등. 목에서 느껴지는 엄마의 오래된 캐논 A-1의 무게감을 즐겼다. 이게 내 진짜 삶이 아닌 것처럼, 나는 그저 지나가는 관찰자일 뿐이라고 느끼게 해주니까.

모두 가고 나자 미스 제이가 다가왔다.

"너에게 줄 것이 있어." 그녀는 인화지 봉투를 꺼냈다. 윗면에 두꺼운 글씨체로 일포드Ilford라고 쓰여 있었다. 수업료에는 무제한의 필름이 포함되어 있었지만 인화지는 한 팩만 주어졌다. 인화지는 한 장당 거의 1달러로 비싸서 엄마에게 크리스마스 선물로 인화지 한 박스를 사달라고 이야기하고 있었다.

"서랍장에서 발견했어. 여분이야." 그녀는 내 옆 테이블에 그것을 내려놓았다. "다른 애들한테는 말하지 마."

내가 15살이 되기 바로 전에 엄마가 55세 생일을 맞았다. 엄마는 그린밀 레스토랑에서 해피 아워 할인 애피타이저를 먹기 위해 친구들을 모두 초대했다. 엄마와 나는 올드 네이비에서 구입한 서로에게 어울리는 스웨터를 입었고 손님들에게는 내가 위탁가정에서 지내는 것을 숨기고 있었다. 그러다 귀가 시간이 다가오자 나는 연신 시계를 쳐다보았고 불안감에 속이 점점 더 울렁거렸다.

나는 엄마 귀에다 대고 속삭였다. "우리 이제 가야 해." 나도 그러고 싶지 않았다. 엄마 친구들이 모두 거기에 있었으니까. 하지만 나는 가야 했다. 파커 가족의 집으로 돌아가야 했다. 나는 엄마 팔을 잡아당겼다. 엄마가 내 손을 찰싹 때렸다. 마침내 엄마가 모두에게 작별 인사를 했다. 나는 조수석에 푹 파묻혀 앉았다. 엉덩이 밑에서 주워온 감자칩이 부서지는 소리가 났다. 나는 소리 지르지 않으려고, 독한 말을 하지 않으려고 꾹 참았다. 비록 딸을 위탁가정에 데려다주는 것까지가 포함된 생일일지라도, 엄마가 가능한 한 행복한 생일을 보낼 수 있게 하려고 말이다.

데이브와 잰의 집에 도착했을 때, 평소보다 늦게 왔는데도 엄마는 기어코 집 안으로 들어와 그들과 이야기를 나눴다. 나는 손톱을 뜯으며 대화 중에 틈이 날 때마다 잘 가라고 말했다.

마침내 문이 닫히자마자 나는 말했다. "죄송해요." 엄마에게 지치고 파티에 지쳐서 현관에 구부정하게 서 있었다. "다음에는 제 시간에 맞춰 올게요."

재은 팔짱을 낀 채 고개를 저었다. "그럼 난 내려간다." 데이브가 그녀의 뒤를 따랐다.

나도 모르게, 주방으로 가서 내 설명 카드와 테이프와 파란 손잡이가 달린 가위를 들고서 방으로 와 문을 닫고 입고 있던 검정 리바이스 청바지를 아래로 내렸다.

가위를 벌려 가윗날을 허벅지에 대고 눌렀다. 피부를 따라 날을 그었다. 살이 갈라지고 빨갛게 벌어졌다. 잠시, 벌어진 살과 베인 지방층만 보였다. 그러다 곧 피가 방울방울 피부 표면에 맺히더니 다리를 타고 흘러내렸다.

수건을 잡아 허벅지에 댔다. 그리고 침대에 기대었다가 평온이 밀려오는 사이 정신을 잃었다.

다음 날 아침, 재은 성질을 부린 것에 대해 사과했다. "너 때문이 아니었어. 너희 엄마 때문이었지."

그녀가 무슨 말을 하는 건지, 그게 뭐가 다르다는 건지 알 수 없었다.

그녀는 설명했다. "우리는 네 엄마가 우리 경계를 넘어오는 걸 두고 볼 수 없어." 사람들은 엄마가 내 경계를 넘어오는 것에 대해서는 신경 쓰지 않았다. 어쨌거나 나는 위탁 부모보다는 엄마의 편이었으므로 늘 나도 그 문제의 일부인 것처럼 느껴졌다.

데이브와 재은 내가 그들에게 마음을 열기를 바라는 듯했다. 그러나 내가 그들의 현재에 안주하는 태도, 싸구려 예술품 같은 액자들, 전자레인지용 버터 러버스 팝콘을 경멸하는 것과 마찬가지로, 그들도 나를 가식적인 속물로 여긴다는 것을 알고 있었다. 내 열다섯 번째 생일날, 엄마는 내게 〈뉴요커〉 구독권을 선물해주었다. 데이브는 내게 잡지를 건네줄 때마다 마치 그 잡지가 〈브로크백 마운틴〉의 대본이라도 되는 양 혐오의 기색을 숨기지 못했다. (나는 그 잡지를 읽지도 못했다. 공부를 하고 나면 읽을 여유가 없었다. 잡지들을 카메라 옆, 내 베갯머리에 쌓아두고서 삼투 현상을 통해 교양을 흡수해보려 했다. 그저 이따금 표지를 열고 커다란 단어들을 손가락으로 짚으며 '엘리트주의'—작은 억양이 어쩐지 고급스러운—라는 단어를 찾아보곤 했다.)

나는 "미안해"에 사악함을 숨기고 있는, 수동적 공격 성향의 미네소타 문화 속에서 내가 처한 상황에 따라 나를 이리저리 휘두르는 어른들의 비위를 맞추기 위해 끊임없이 눈치를 살펴야 했다. 그래서 데이브와 잰과 더 가깝게 지내면서 그들에게 직접적인 비난을 받고 싶지는 않았다. 잰은 적어도 하루에 한 번은 샌디에게 소리를 질렀다. 주로 양치나 숙제를 시키거나 잘못된 곳에서 길을 건너는 일 등으로 그랬다. 샌디는 조금도 기죽지 않았고 종종 자신도 소리를 질렀다. 샌디가 해야 할 일을 했을 때에는 잰의 가슴에 머리를 가져다 댔고 그러면 잰은 그녀의 머리카락을 쓰다듬어주었다. 샌디는 가족이었다. 나는 엄연히 엄마가 있는 남이었지만.

어느 날 저녁 식탁에서 나는 데이브에게 부탁했다. "포크 좀 주시겠어요?"

"뭐가 없니?" 잰이 물었다.

"포크요. 나이프와 스푼만 있어요."

"또 뭐 빠뜨린 건 없니?" 나는 무슨 말인지 몰라 머리를 갸웃거렸다. 잰이 덧붙였다. "너는 '부탁인데요'라는 말을 빠뜨렸어."

"죄송해요. 하지만 그냥 포크 하나인 걸요."

"아니, 그냥 포크 하나가 아니지. 너는 '부탁인데요'와 '고맙습니다'라고 말하는 법이 없어."

"아니에요, 저도 그런 말 해요. 이번에만 '부탁인데요. 포크 좀 주세요'라고 말하는 걸 깜빡한 거예요."

"너는 어쩌다 '부탁인데요'라고 말하더라." 데이브가 말했다.

"아니." 잰이 정정했다. "너는 우리가 널 위해 해주는 그 어떤 일에도 '부탁인데요'라고 말한 적이 없어."

"제가 잘못했어요. 저는 포크를 건네는 건 일상적인 일이라 그런 말을 안 해도 된다고 생각했어요."

"이게 일상적이라고 생각했다고?" 젠이 주위의 벽에 걸린 액자들, 식탁 위의 파스타를 가리키며 말했다. "오늘, 내 가족과 여기서 함께하는 이 저녁 식사가?"

"네. 저는 이게 일상의 정의라고 생각해요."

"넌 참 해맑구나." 그녀가 미소 지으며 내게 포크를 건

134

넀다. "뭐라고 해야 하지?"

"부탁인데요?"

"아니, 제길. '고맙습니다!'라고 해야지! 내가 너한테 포크를 줬어. 그럼 너는 '고맙습니다'라고 하라고."

"고맙습니다." 나는 말했다. "정말 고맙습니다." 나는 가까스로 진짜 속마음을 감췄다. *엿 먹어요. 엿이나 먹어요.*

"천만에." 나는 그걸 이렇게 읽었다. *너도 엿 먹어라. 이 배은망덕한 년.*

저녁을 먹은 후 샤워를 하다가 구토를 했다.

그 주 내내 나는 포크, 나이프, 스푼 하나마다 "부탁인데요"를 붙였고 접시와 컵을 건네받거나 문을 열어달라고 할 때마다 "부탁인데요"를 붙였다. 또한 만성적으로 입에 달고 사는 "미안해요"에 더해서 말할 때마다 "고맙습니다, 고맙습니다, 고맙습니다"를 연발했다. 데이브나 잰이 질려버리기를 바랐으나 그들은 그때마다 미소를 보였다.

"어떻게 지내니?" 아네트가 10월 방문을 시작하면서 물었다.

보통 아네트에게는 불평을 하지 않았다. 그녀와의 시간은 너무 소중해서 불만 따위로 낭비하고 싶지 않았다. 그것도 나를 태우러 남쪽으로 달려온 것을 생각하면 말이다. 하지만 그날 오후만큼은 어쩔 수 없었다. 데이브와 잰과의 갈등이 내 삶의 모든 부분에 침투했기 때문이다. 학교에서 조차, 나는 토하거나 거의 먹지 않아서 세상이 고요한 초점으로 압축되지 않으면 진정이 되지 않았다.

아네트에게 그런 이야기는 하지 않았다. 대신 위탁 부모의 퇴보적인 사고방식을 맹렬히 비난했다. 그들은 내가 11월에 5만자 쓰기를 하려고 하는 것을 희한하다고 생각하고 친구들을 못 만나게 하고 미켈란젤로의 다비드를 포르노그라피라고 생각한다고 말했다.

"에미, 그들은 미네소타 사람들일 뿐이야. 그들에게 코즈모폴리턴이기를 기대하지 마. 자유로운 예술가 같은 사람들은 위탁 아동을 집에 들이지 않아."

나는 한숨을 쉬며 바지 사이로 다리의 딱지를 긁었다. "우리는 내가 얼마나 자주 "부탁인데요"와 "고맙습니다"를 말해야 하는지를 두고 다퉜어요. 내가 무언가를 받을 때마다 그렇게 말해야 한대요."

"그들은 너를 받아들임으로써 좋은 일을 하려고 노력하고 있는 거야. 대부분의 사람들은 위탁 아동을 받아들이지 않아. 그러니 고마운 마음을 가져야지." 그녀는 나를 바라보다가 시선을 길가로 돌렸다. 그녀의 말 하나하나가 나를 짓눌렀고 꾸짖음으로 다가왔다. 상황이 나에게 주는 고통에도 불구하고 불평한 데 대해 사과하고 싶었다. 그녀가 말했다. "설사 네가 고마운 마음이 들지 않더라도 그런 척이라도 해야 해."

차를 멈추면서 아네트는 나를 쳐다보았다. "너 좀 말라

보여. 혹시 살 빠졌니?"

나는 자켓, 스웨터, 셔츠 속 갈비뼈를 만져보았다. 그리고 차창 밖을 내다보았다. "아니요."

11월이 오자, 나는 새로운 소설을 쓰기 시작했다. 해안 도시에 사는 깡마른 주인공이 나오는 다분히 자전적인 소설이었다. 주인공의 선생님들은 실제 내 선생님들과 이름이 같았다. 감정이 북받쳐 올랐다. 눈물이 키보드 위에 떨어졌다. 콧물이 흘러내렸다. 내가 본 바깥세상은 분홍빛이었다가 푸른빛이었다가 검은빛으로 변하는 막다른 골목 위 하늘이 전부였다.

책상에 구부리고 앉아 글을 쓰다 보니 꼬리뼈부터 목까지 척추가 신음했지만 어떤 통증도 나를 멈출 수 없었다. 내가 겪은 일을 쓴다고 해서 누군가가 내 경험에 관심을 가질 리는 없었지만 글을 충분히 잘 쓴다면 독자들에게 관심을 받을 수 있을 터였다. 비록 내가 엄마를 바꾸거나 데이브와 잰을 구미에 맞게 만들 수는 없더라도, 어느 선생님이 내 원고를 읽고 나를 제자로 두게 하는 것은 충분히 가능해 보였다. 그러면 부자가 되고 평단의 호평을 받을 수 있을 뿐 아니라 내가 늘 원했던 집과 가정도 가질 수 있게 될 것이다.

잰은 그런 생각을 전혀 이해하지 못했다. 그녀는 계속 함께 텔레비전을 보자며 나를 불러냈다. 나는 늘 같은 이유로 거절했다. "저는 소설을 써야 해요."

이런 상황이 반복되는 수많은 밤을 지내자 잰은 낙담에 빠졌다. "그걸 대체 왜 해야 하니?" 그녀는 갑자기 배려하는 듯 TV 음량을 줄였다.

"네 글쓰기 강박이 또 시작인 것 같구나."

이게 강박일까? 일단 공부가 끝나면 나는 글을 써야 했다. 글을 쓰지 않으면 나쁜 일이 생길 것만 같았다. 이를 테면 절대로 유명한 작가가 되지 못하는 일 같은 것.

"열심히 안 하면 끝낼 수가 없어요."

"너는 왜 그걸 끝내야 한다고 생각하는데?" 잰이 물었다. 그녀는 도와달라는 듯 데이브를 보았다. "넌 너의 문제를 회피하려는 것 같아." 문득 거주치료소가 생각났다. 내가 성추행에 대해 털어놓았을 때 운영진이 어떻게 내 책들을 압수해갔는지가 떠올랐다. 그러자 속옷을 입고 몸을 움츠린 작은 아이로 돌아간 것처럼 나 자신이 무력하게 느껴졌다. 나는 잰의 말에 대꾸했다. "내 인생에서 뭔가 이루고 싶어서 그러는 거예요."

그녀가 TV를 껐다. "넌 특별하지 않아. 다른 사람들처럼 넌 그냥 평범한 애라고."

나는 주먹을 불끈 쥐었다. 어찌나 세게 쥐었던지 엄지손가락이 삐져나왔다. 이건 내게 할 수 있는 가장 잔인한 모욕으로 여겨졌다.

잰은 말을 이었다. "네 기대가 그렇게 높지만 않으면 맨날 실망하고 우울하지는 않을 거야."

나는 어금니를 꽉 깨물었다. 내가 내 불행을 자초하고 있다는 몹쓸 이론이 여기서 또다시 나왔다. 그런데 이번에는 나의 실패를 불러온 요인이 내가 생각하는 나의 좋은 점, 바로 나의 욕망이었다. 그것은 고를 수 없는 갈림길이었다. 레이크빌을 운명으로 받아들이고 현재 상황에 우울해하든가, 아니면 더 나은 것들을 바라다가 얻지 못하고 우울해하든가.

나는 큰 상처를 받았다. 내가 평범하고, 보통이고, 눈에 띄지 않으며, 잊힐 만한 사람이라는 그들의 말이 맞을까 봐 두려워졌기 때문이다. 나는 묘비에 내 진단명만을 새긴 채 아무것도 아닌 사람으로 죽을 수도 있다. 그들이 틀렸음을 증명할 도리도 없다. 그들이 스스로에 대한 내 의심을 증폭시킬까 봐 무서웠다. "어쩌면 그럴지도 모르죠. 그래도 나는 내 책을 써볼 거예요."

돌아서서 위층으로 올라가는데 압박감이 밀려왔다. 나는 주방 식탁을 지나 내 방으로 향했다. 머릿속에서 목소리가 윙윙거렸다. 내가 성공할 수 있을지, 그게 무슨 의미가 있는지, 나는 왜 행복하지 않은지. 나는 가위를 집어 들었고 머릿속 잡음이 멈추고 나서야 내려놓았다. 새로운 상처 위로 청바지를 올려 입고 다시 글을 썼다.

그 이후로 수면장애를 겪기 시작했다. 우즈 박사가 잠자리에 들기 전에 베나드릴 복용을 권했지만 소용이 없었다. 나는 자리에서 벌떡 일어났다. 마당에는 잎이 떨어진 나무 위로 달빛이 빛나고 있었다. 가위로 낸 상처 한 곳에 염증이 생겼다. 상처가 뜨겁고 붉게 달아오르자 어떻게 설명해야 할지 모르는 당혹감에 두려움이 엄습했다. 필름 스풀에 우연히 손가락을 베었을 때 나는 핏방울이 교실 바닥에 떨어지는 것을 보며 안도감이 들었다. 드디어 항생제를 처방받을 핑계가 생겼기 때문이다.

데이브와 잰에게는 병원에 갔다가 뒤뜰 뒤편에 있는 숲에서 사진을 찍을 것이라고 말하고, 시골길에 다다랐을 때 다른 방향으로 돌아가 고속도로 아래로 걸어서 쇼핑센터에 갔다. 월그린에서 용돈으로 노도즈(NoDoz; 카페인 성분의 각성제—옮긴이)를 구입했다. 철물점에서는 면도날 한 박스를 샀다. 하나씩 종이에 포장된 면도날 백 개가 들어 있었다. 적어도 소독이 되므로 베인 곳이 말끔할 것이다.

나는 매주 나를 진료하는 치료사가 싫었다. 치료사는 병원 하위의, 지하에 위치한 힐링 센터 소속이었다. 힐링 센터에는 허브티가 비치되어 있었고 물이 졸졸 흐르는 미니 폭포도 있었다. 원래 섭식장애 센터였지만 내 정신과 의사는 첫 번째 진료 후 내 체중을 확인하지 않았다. 나는 좋았지만 한편으로는 그녀에 대한 신뢰를 잃었다.

화요일 밤마다 그녀는 내 '행동'에 대해 질문했다. 보상행동을 했는가? 제한행동을 했는가? 자해를 했는가? 나는 모든 질문에 아니라고 답했다. 거짓말한 것이 잘못이라고 느낀 적은 없었다. 치료사는 나의 행동에만 관심을 둘 뿐 나에 대해서는 신경 쓰지 않는다고 생각했기 때문이다. 내가 솔직히 말을 해도 그녀는 현재로서는 미네소타, 레이크빌에 있는 것이 문제라기보다는 해결책이라는 듯이 그저 심호흡이나 하라고 말하리라는 것을 알고 있었다.

우즈 박사만이 내 헛소리 속에서 진실을 꿰뚫어 보았다. 그녀의 진료실에 들어서자마자 우즈 박사는 내게 물었다. "섭식 문제는 어떻게 되어 가니?"

가슴이 방망이질 쳤다. "처음 드는 생각은 모든 게 다 괜찮다고 말하고 싶다는 거예요."

"그럼 여전히 섭식장애가 있다는 거구나. 축하해." 분노가 차올랐다. 나는 나한테 문제가 있음을 인정하는 데까지 나아갔는데 이렇게 별것 아닌 듯 쉽게 말하다니. 우즈 박사는 플라스틱 공룡 모형 더미를 치우더니 저울을 꺼냈다. 그리고 내 스웨터를 벗게 하고 청바지, 레깅스, 티셔츠 차림이 되게 했다. "다음에 만날 때까지 체중을 6파운드 늘려서 와."

나는 한 달 만에 건강한 방법으로 그만큼 체중을 늘리기는 불가능하다고 반박했지만 그녀는 이미 변명에 질려버린 뒤였다.

"그리고 그러는 동안 자해도 그만두도록 해."

나는 신발 끈을 매다가 그녀를 쳐다보았다. "어떻게 알았어요?"

그녀가 손가락으로 컴퓨터를 가리켰다. "항생제를 처

방받은 걸 봤지.”

　나는 다른 누구보다도 우즈 박사가 좋았다. 최소한 그
녀는 관심을 기울였다. 그녀는 치료를 운동 경기처럼 여겼
다. 규칙을 만들지는 않았지만 심판을 자처했다. 그녀의 솔
직함은 나를 외롭지 않게 했다. “너는 운이 좋은 거야.” 그녀
가 덧붙였다. “다음에 포도상구균에 감염되면 그땐 절단해
야 할 거야.” 그녀의 최후통첩에 마음이 무거워졌지만 그 어
두운 유머에 미소 지을 수밖에 없었다.

　매일 나는 어둠 속에 일어나 버스 정류장으로 터벅터벅
걸어갔다. 해가 뜨면서 특색 없이 똑 닮은 주택들이 들어선
변함없는 거리가 눈에 들어왔다. 아이폰이 비춘 다른 학생
들의 얼굴이 유령처럼 보였다. 학교에 도착하면 전등이 아직
다 켜지지 않은 상태였다. 점심시간에는 그래니스미스 사과
를 먹었고 그러다 속이 메슥거리면 접시를 치워버렸다. 화장
실에서 가방에 가지고 다니는 면도날로 자해를 했다. 마지
막 종이 울릴 즈음에는 옥수수밭에 노을이 내려앉았다. 나
는 또다시 겨울을 어떻게 보낼지 상상이 되지 않았다. 눈 덮
인 들판을 바라보며 5월, 아니 어쩌면 6월까지 어떻게 버틸
수 있을지, 대지가 온통 푸르러지는 여름을 상상하기는 그
보다도 더 힘들었다.

　숙제와 저녁 식사를 마치고 샤워 배수구에서 토한 음
식물을 건져 올린 후 손님방에 누워 있었다. 카운티 도로로
부터 자동차 전조등 불빛이 벽에 비쳤다. 신이 그리웠다. 한

번은 엄마의 책인 릭 워렌 목사의 『목적이 이끄는 삶』을 읽어보았다. 그런데 서두만으로도 하나님이 우리의 삶을 계획하셨다는 이론에 벌써 질려버렸다. 운명은 이미 결정되어 있다는 것이다. 내가 할 일은 그저 운명을 찾아내는 것뿐. 밤에 잠에서 깼을 때 나는 아무 기도도 하지 않았다. 높은 점수나 풀리처상은 바라지도 않았다. 그저 내 인생이 무사히 흘러갈 것인지만 알고 싶었다. 내가 의지할 수 있는 무언가가, 어떤 확신이 필요했다. 그것만 있으면 헤쳐 나갈 수 있을 것 같았다.

눈을 질끈 감고 하늘에 간절히 빌었다. "제발 믿음을 주소서."

하지만 그럴 수 없었다.

데이브와 잰은 나의 기운을 북돋아주려고 노력했다. 샌디와 나에게 아카펠라 공연을 보여주었다. 나에게 척추 지압을 받으라고 권유하기도 했지만 내가 사양했다. 어느 토요일 오후 잰의 딸이 찾아왔다. "나랑 샌디랑 같이 태닝하러 가자. 비타민 D 생성에도 좋아. 비타민 D는 천연 우울증 치료제야."

"햇빛은 주름과 암을 유발해요."

"에이, 분위기 깨지 말고. 같이 가자. 여자들끼리 시간을 즐겨보자." 샌디가 즐겁게 춤을 추었다.

나는 얼굴을 찌푸렸다. "아니요. 고맙지만 저는 사양할래요."

좋은 의도를 담은 제안을 받을 때마다 나는 자신을 점점 더 부정적으로 느끼게 되었다. 더 나은 기분을 느끼려면 스스로 화상을 입거나 척추를 부러뜨리기라도 해야 하는 것일까? 잉그리드가 왔을 때 그녀는 눈동자를 반짝거리며 내가 꼭 읽어봤으면 하는 책이 있다고 말했다.

"책 속의 부모가 완전히 너희 엄마 같아. 정말 놀라워." 그녀는 내게 책 제목을 적을 메모지를 가져오라고 했다. "제목은 『더 글라스 캐슬』이야."

아네트는 방문하던 날 나를 위해 그 책을 가지고 왔다. 그녀는 팔짱을 낀 채 현관 앞에 서서 잰에게 말했다. "이 책에 나오는 엄마가 에미의 엄마와 너무 비슷해서 믿기지 않을 정도예요."

베스트셀러가 된 저넷 월스의 회고록이 나에게 필요한 깨달음을 줄 수도 있겠지만, 이제 재미로 책을 읽을 시간이 별로 없었다. 게다가 내 엄마와 비슷한 사람의 이야기가 나오는 책을 읽고 싶은 마음도 없었다. 매주 일요일마다 진짜 엄마를 감당하기도 벅찼다.

그 이후로도 책 추천은 계속되었다. 잰의 딸—햇빛에 그을린 피부, 불타는 빨강으로 부분 염색한 머리카락—을 다시 만났을 때 그녀는 내게 도움이 될 거라며 책을 하나 추천했다. "베스트셀러 1위에 오른 책이야." 나는 귀를 쫑긋 세웠다. "제목은 『시크릿』이야."

그녀는 '끌어당김의 법칙'을 요약해서 들려주기도 했다. 우리는 현실을 우리의 생각으로 '끌어당긴다'. 우리가 부자인지 가난한지, 건강한지 아픈지는 우리의 사고방식에 달려 있다. 구글 검색을 해보니 일부 추종자들은 부정적인 에너지가 홀로코스트를 야기했다고 주장하기에 이르렀다. 그녀는 책을 사주겠다고 제안했지만—내가 먼저 읽어본 뒤 그녀에게 돌려주면 된다고—거절했다.

"좋을 대로 해. 하지만 내가 도와준 적 없다고 하면 안 된다!"

7장
꿈을 가질 수 있다면, 살고 싶었다

　겨울방학이 시작되고 엄마 차를 타고 워싱턴에 갔다. 엄마와 열흘을 함께 보내는 것이 걱정스러웠지만 아니면 시설의 임시 보호소 또는 다른 위탁가정에서 연휴를 보내야 했다. 내 우울감이 온 집안 분위기를 끌어내리고 있었기 때문이다. 데이브와 잰에게는 내가 없는 시간이 필요했다.

　엄마는 한껏 신이 나 있었다. 사진작가인 앤설 애덤스와 애니 레보비츠가 코코란이라는 갤러리에서 전시회를 열고 있었다. 워싱턴으로 떠나기 몇 주 전부터 우리는 가는 길에 사진을 찍고 호텔방에서 필름을 인화할 수 있도록 필름 스풀, 화학 약품, 2리터짜리 소다병 등을 챙겼다. 하나씩 짐을 챙길 때마다 이 여행을 주저했던 마음이 사그라들었다. 그런 다음 우리는 보트처럼 생긴, 잡동사니로 어수선한 엄마의 새로운 (중고) 뷰익 뒷좌석에 짐을 실었다. (코롤라는 이제 휴대용 저장 창고가 되었다. 엄마는 기회가 있을 때마다 말했다. "이건 널 위해 아껴둔 거야!")

교통체증과 폭설로 인해 편도로만 24시간이 걸렸다. 엄마는 나에게 풍경을 보여주고 싶어 했다. 그게 거의 고속도로뿐이라 해도 말이다. 잠시 쉬어갈 때마다 다리를 쭉 뻗고 굳은 어깨를 풀어주었다. 하지만 피곤해도 불평하지 않았다. 레이크빌에서 조금이라도 멀리 떨어지는 것이 곧 자유였기 때문이다.

사이먼 앤 가펑클의 〈아메리카America〉에 나오는 것들을 볼 때마다 카세트 어댑터에 연결된 아이팟으로 그 노래를 틀었고, 우리는 큰 소리로 따라 불렀다. 노래를 썩 잘 부르는 편은 아니었지만 완벽한 하모니를 이뤘다. 엄마는 그게 우리 가족의 유전이라고 했다.

길 위에서 우리는 자유로웠다. 엄마의 단점이 나를 괴롭히지도 않았다. 뒷좌석에는 우리의 배를 채워줄 소다수와 라이트앤드핏 요거트로 가득 찬 보냉가방도 있었다. 우리는 매일 밤 버거킹에 들러 저녁으로 킹사이즈 감자튀김을 나누어 먹었다. 점원에게 케첩을 더 달라고 부탁해서 단맛과 짠맛의 완벽한 조화를 위해 감자튀김을 먹을 때마다 입안에 케첩을 짜 넣었고 집에서 가져온 소다수로 입가심을 했다. 그렇게 하면 토하기가 수월했다. 우리는 크리스마스에 딱 한 번 자리에 앉아서 식사하는 태국 음식점에 갔다.

엄마는 매운 음식이 우울증이 있는 사람에게 도움이 된다고 말했다. 나는 뺨에 눈물이 흐를 때까지 스리라차 소스를 추가해서 먹었다.

　엄마는 앤설 애덤스 전시회에서 영원히 자리를 뜨지 않을 것처럼 오래도록 머물렀다. 작품을 보느라 안경을 고쳐 쓰고 바짝 다가서는 바람에 경보음이 울리기도 했다. 나는 애니 레보비츠 전시가 더 좋았다. 전시에는 유명인들의 인물 사진도 있었는데—임신한 알몸의 데미 무어처럼 몇몇은 나도 아는 이들이었다—그녀의 인생의 동반자였던 수전 손택의 담백한 모습이 담긴 사진도 많았다. 미묘했던 것은 엄마가 동성애에 대해 조롱하는 말을(혹은 레즈비언들은 남자 때문에 속 썩을 일을 만들지 않으니 영리하다는 말을) 하나도 하지 않았다는 사실이다.

　나는 그 연인의 삶에 매료되었다. 집 소파에 널브러져 있는 손택, 발칸 반도라는 곳에서 벌어진, 나는 처음 들어보는 전쟁터를 비롯하여 이곳저곳을 방문한 여행, 그리고 무엇보다도 손택이 쓴 원고들. 두 예술가가 함께한, 충분히 공감되는 유랑하는 삶. 그것은 수염이 듬성듬성한 남자애들에 대해 수다를 떠는 레이크빌 사우스의 여자애들과 달리, 내가 이해할 수 있는 행복한 가정에 대한 환상이었다.

　가는 곳마다 엄마는 친구를 사귀었다. 사진을 찍으려고 포즈를 취하는 무리를 볼 때마다 엄마는 먼저 찍어주겠다고 나섰다. 국립 대성당에서 엄마는 한 가족에게 다가가 카메라를 건네받았다.

"키가 크니까 뒤로 가셔야겠어요. 좋아요, 이제 그를 중앙에 세우세요." 가족은 제단 앞에서 움직이며 자리를 잡았다. "좋네요. 완벽해요. 이제 좀 더 가까이 모여서 서로 더 친한 척하세요."

엄마는 노출을 조정하며 셔터를 누르고는 열댓 장을 더 찍었다. 엄마는 아날로그 카메라를 더 좋아했지만 디지털 카메라를 무시하는 티를 내지 않았다.

가족의 어머니는 카메라를 돌려받고서 감탄했다. "사진들이 근사하네요!" 그녀는 저녁 식사를 함께하자며 우리를 집으로 초대했다. 가족은 우리에게 여러 가지 채식 요리 ─파이 튀김, 코르마, 파니르 티카 마살라─를 대접했고 1갤런짜리 지퍼락에 남은 음식을 싸주었다. 엄마는 허리에 두른 작은 가방에 그것을 집어넣었고 우리는 내셔널몰에서 그것을 그대로 꺼내 먹었다.

호의로 받은 음식을 게워내는 것은 예의가 아니라는 생각이 들어 이번에는 그러지 않았다.

한밤중에 모텔에서 엄마가 누운 쪽으로 매트리스가 처진 것을 느꼈을 때, 그동안 내가 얼마나 신체적 접촉을 그리워했는지 깨달았다. 일요일마다 엄마와 포옹한 것을 제외하면 누구와도 몸이 닿은 적이 없었다. 예전에 엄마는 엄마 원숭이와 떨어진 아기 원숭이들은 엄마를 대신하는 천 인형에 꼭 달라붙어 있다는 이야기를 해준 적이 있다. 내 심정이 꼭 그 원숭이들 같았지만 나에게는 인형도 없었다. 그래서 나를 약하고 힘없고 불쌍한 사람으로 느끼게 하는 부드럽고 폭신폭신한 감촉에 익숙해질 수 없었다. 나는 엄마를 사랑했지만 엄마에 대한 애착은 일종의 의무감이라는 것을 알고 있었다.

저녁 7시까지 레이크빌에 돌아가기로 되어 있었는데 아직 갈 길이 수백 마일 남아 있는 상태에서 심한 눈보라가 일어났다. 우리는 시간 내에 도착하기 위해 눈보라를 뚫고 전속력으로 달려야 했다.

저녁 6시경에 위스콘신 어딘가에서 데이브와 잰에게 전화를 했다. 엄마의 보라색 플립폰을 손 위에서 굴렸다. 그들이 뭐라고 할지는 뻔했다. 늘 같은 말이었다. 우리는 항상 늦고 나는 항상 미안해했다.

9시가 넘어서 엄마가 골목에 다다랐다. 현관의 등이 꺼져 있었다. 집 안도 캄캄했다. 그들은 무언의 메시지를 보내고 있었다. 엄마의 차가 진입로에 들어서자 센서등이 깜박거리며 자동차 후드와 차 주변에 덮인 눈, 제설제가 흩뿌려진 진입로를 비추었다.

"들어오지 마. 그냥 나 혼자 들어갈게."

"몇 마디 얘기라도 나누고 싶은데."

"안 돼." 잔스포츠 가방을 들고 차 문을 닫았다. 트렁크에서 종이 가방들을 꺼냈다. 문간으로 달려가 초인종을 눌렀다. 데이브와 잰이—보란 듯이 천천히—나왔을 때 엄마가 내 뒤에 서 있었다. "그냥 나 혼자 들어간다니까." 내가 쏘아붙이듯 말했다.

엄마가 나를 따라왔다. 우리는 모두 현관 앞에 서 있었다.

"늦었구나." 잰이 말했다. "우리는 자려던 참이야."

엄마가 무언가 계속 말을 했다. 잰이 문을 열었다. 시린 바람이 안으로 들어왔지만 그 살얼음판 같은 몇 분간 엄마는 꿈쩍하지 않았다.

마침내 엄마가 나가고 잰이 문을 닫았다. "도대체 왜 제시간에 못 오는 거야?"

"죄송해요. 엄마를 제 맘대로 움직일 수가 없어요. 그럴 수 있었으면 애당초 제가 여기 없었겠죠. 하지만 아무튼 그럴 수가 없어요."

"이 집은 호텔이 아니야." 잰이 말했다. "더 이상 호텔 드나들 듯 하지 마."

엄마에게 전화해서 나를 좀 데려가라고 하고 싶었다. 우리는 멀리 떠날 수 있었다. 도망자들처럼. 하지만 나는 꿈쩍할 수 없었다.

다시 돌아온 레이크빌은 떠나기 전보다 더 견디기 힘들었다. 나는 학교 화장실 세면대에서도 자해를 했다. 새로 생긴 염증을 어찌할 수 없어서 그냥 제풀에 낫기를 바랐다. 암실도 나가지 않기 시작했다. 미친 사람처럼 보여서 곤란해지고 싶지 않았다. 밤이면 샤워실에서 목구멍에 손가락을 집어넣어 온 힘이 빠질 때까지 속을 비워내어 진정하는 것으로 위안을 삼았다. 그런 시간 내내 우즈 박사와의 만남이 두려웠다.

그날이 다가오자 나는 빈 생수병을 챙겨서 밖으로 나왔다. 물을 대충 열 병 정도 마실 기세로 음수대 앞에 섰다. 물로 배를 채워서 6파운드를 늘려 그동안 빠진 몸무게를 보충하려는 생각이었다. 그러다가 생각했다. *집어치워.* 어차피 나는 머리도 감지 않은 상태였다. 늘 우즈 박사의 신경을 건드리는 부분이었는데도.

진료실에서 나는 의자 위에 발을 올리고 다리를 가슴에 붙이고 앉았다. 스웨터에서 보풀을 뜯었다. 체중계가 나오고 개인위생에 대해 잔소리가 이어지리라 예상했다.

그런데 우즈 박사는 물었다. "혹시 자살에 대해서 생각하고 있니?"

나는 창밖으로 주차장을 내려다보았다. "조금요."

"계획이 있어?"

눈가가 움찔거렸다. "딱히 그런 건 아니에요."

"다행이네." 진심으로 들리는 말이었다.

"18살이 되면 자살할 수 있어. 하지만 지금은 살아있어야 해." 나는 그녀를 쏘아보았다. 농담이라는 것을 알고 있었지만 내가 미성년자이고 그래서 아무 힘이 없다는 사실을 환기하는 말에 화가 났다.

"요즘 네가 원하는 건 뭐야?"

"예술공모전에 사진과 시를 응모했어요. 상을 탈 수 있는지 보고 싶어요. 그리고 2월에 ACT 30점을 받고 싶어요."

"멋지네. 네가 살아야 할 또 다른 이유가 있을까?"

"잘 모르겠어요."

나는 입술을 깨물었다. 그녀의 말에 순순히 대답하느라 지쳤다. "사실 무슨 말을 하시는 건지 모르겠어요. 내 인생이 살 만한 가치가 있을까요?"

"인생의 의미를 찾으려고 고민할 필요는 없어. 엄청난 천재가 되려고 고민할 필요도 없지. 네가 할 일은 그저 자살하지 않는 거야."

나는 한숨을 쉬었다. 어째서 우즈 박사도 다른 사람들처럼 내 꿈은 나중 문제라고 생각하는 것일까? 난 오히려 내가 언젠가 꿈을 이룰 수 있다면, 그래도 버틸 수 있을 것 같은데. 그러나 한 주 한 주가 지나갈수록 꿈은 점점 더 멀게만 느껴졌다.

"내가 지금보다 나아질 수 있을까요? 아니면 평생을 지금 같은 상태에서 우울증이 점점 더 심해지기만 할까요?"

우즈 박사는 잠시 말이 없다가 머리카락을 귀 뒤로 넘겼다. "네 증상은 어쩌면 암과 비슷해. 잠시 차도를 보이다가 곧 확 나빠지지. 우리는 네 처방을 조정할 거고 그러면 너는 다시 나아질 거야."

모든 정황이 하나의 결론을 가리키고 있었다. 무엇이 잘못되었든 간에 나의 문제는 사라지지 않는다는 것. 그녀가 솔직해줘서 고마웠지만 가슴속에서 타는 듯한 쓰라림이 느껴졌다.

우즈 박사는 컴퓨터를 보며 말했다. "심발타 용량을 늘려보자."

나는 한숨을 쉬었다. "좋아요." 나는 안전 계획에 동의했다. 삶을 끝내려는 시도를 하기 전에 어른에게 말하거나 911에 전화를 한다. 그것을 양식에 적고 서명을 했다. 이 종이는 내가 극단적 선택을 하더라도 내 보호자들을 책임에서 면제해주는 증거가 될 것이다.

상담을 마치며 우즈 박사는 문 앞에 서서 말했다. "에미, 네가 자살하면 나는 정말 마음이 아플 거야. 이것도 너에게 자살하지 않을 이유 중 하나가 되지 않을까?" 다정함이 온몸에 전해졌다. 상담 이외의 시간에도 내 걱정을 하는지 궁금해졌다. 그러자 그 달콤한 생각이 무거워지더니 의무감으로 바뀌었다. 우즈 박사는 미소를 지으며 덧붙였다. "네가 신경을 쓸지는 모르겠지만."

며칠 후, 미스 제이의 시야를 살짝 비껴서 교실 문 앞에 서 있었다. 두 개의 상처가 더 생겼고 청바지 아래서 붓고 진물이 새어 나오며 염증이 났다. 만약 살고 싶다면, 누군가에게 이야기를 하고 항생제를 얻고 처벌을 감수해야 했다. 그런 번거로움을 피할 수 있으니 지금이 죽기 참 좋은 때인 것 같기도 했다.

미스 제이의 교실 안을 슬쩍 들여다보았다. 그녀는 샌드위치를 먹으며 컴퓨터를 하고 있었다. 그녀가 내게 얼마나 큰 의미가 있는 사람인지, 그리고 내가 얼마나 사진을 사랑하는지를 그녀에게 이야기하고 싶었다. 하지만 그렇게 하면 분명 울음을 터뜨릴 것 같아서 발걸음을 돌려 카페테리아로 갔다.

다음 날, 전날처럼 미스 제이의 교실 안을 보다가 돌아서는데 이번에는 그녀가 나를 쫓아왔다. 나는 빨리 걸었지만 그녀도 내 속도에 맞춰 바로 뒤따라왔다. "무슨 일 있니?" 그녀가 물었다.

"아니요." 그 말이 나오기가 무섭게 거짓말하는 자신이 미웠다.

그녀가 잠시 나를 보더니 말했다. "슬퍼 보이는데."

"알아요. 제가 원래 좀 그래요."

미스 제이는 안경 너머로 눈썹을 치켜 올렸고 한동안 내 뒤에서 걸었다. "그럼 또 보자."

"오 르부아(다음에 뵈어요)." 내가 대답했다.

그게 다였어. 카페테리아에 홀로 앉아서 생각했다. 누군가와 연결될 수 있는 마지막 기회를 날려버렸다. 소설을 쓸 수도 있고 수십 장의 사진을 찍을 수도 있겠지만 그 누구에게도 진짜 내 모습을 보여주지 못할까 봐 두려웠다.

그날 밤 내가 생각하는 두 가지 결론에 대해 짧은 메모를 썼다. *어쩌면 나는 살아남아서 성공을 거둘 수도 있다. 아니면 이쯤에서 모든 걸 접고 지금 죽을 수도 있다.*

그런 다음 노트에 미스 제이에게 보내는 편지를 썼다. 그녀가 내게 얼마나 중요한 사람인지에 대해서, 직접 말하지 못한 모든 이야기를 적었다. 비록 그녀는 몰랐더라도 나에게 그녀는 너무나 필요한 사람이었다는 것을. 그렇게 하면 다시는 만나지 못한다 해도 내가 그녀를 사랑했다는 사실을 그녀도 알게 될 것이다. 아무도 없는 아침, 미스 제이의 교실에 들어가 편지를 그녀의 책상 위에 놓았다.

AP 생물학 시간, 수업 도중에 잠시 머릿속으로 확인할 것들을 그려보았다. 나는 편지를 썼다. 심장마비를 일으키기 충분한 노도즈 한 병을 가지고 있다. 문밖으로 나가서 학교를 출발해 거리를 지나 숲으로 들어가 약을 전부 삼키고 눈 속에 파묻히면 된다. 가방에는 다 마친 숙제가 들어 있다. 그것이 마지막까지 내가 좋은 학생이었다는 것을 증명해줄 것이다.

그런 한편, 아직 사진 인화실의 사물함에 있는 내 거티브 필름과 밀착 인화지가 기억났다. 만약 내가 죽으면 미스 제이가 처리해줄 것이다. 내 사물함의 모든 물건들을 꺼내서 엄마 혹은 데이브와 잰에게 넘겨주겠지. 내가 필름 스풀에 손을 베고 웃었을 때 그녀는 안색이 하얗게 변하며 자리를 떴었다. 내가 죽으면 그녀는 어떤 감정을 느낄까? 그것도 나에게 말을 걸어보려고 한 뒤라면.

나는 자리에서 일어났다. "몸이 안 좋아서요." 수업 도중에 모두에게 말하고 교실 밖으로 나왔다.

"염증이 난 것 같아요." 양호실 입구에 서서 말했다. 양호 선생님은 분실물 보관소에 있던 반바지를 건네주었다. 욕실에서 검정 청바지를 벗고 딱지를 뜯으면서 밖으로 나왔다. 그리고 다리 위를 가로지르는 백 개 이상의 상처를 드러내고서 선생님 앞에 섰다.

그녀가 앉은 채로 의자를 굴려 다가왔다. 내 다리로 몸을 숙여서 분홍색으로 변하고 부어오른 감염 부위를 살펴보았다. "부모님도 아시니?"

"아니요."

"혹시 자살에 대해 생각하고 있어?"

"네."

"계획이 있는 거니?"

"네." 간이침대에 몸을 뉘었다. 방금 한 말은 마법의 언어다. 그 말이 어떤 일을 불러올지 알고 있었다. 몇 통의 전화, 응급실, 정신병동. 마법의 언어를 말하면 대학에 일찍 들어가겠다는 목표를 날리고 오히려 후퇴하게 될 것임을 알고 있었다. 하지만 그래도 말해야 했다. 꿈을 가질 수 있다면, 살고 싶었다. 그리고 살고 싶다면 뭔가 해야 했다. 나는 나 자신이 두려웠기 때문이다.

양호 선생님은 내 등에 손을 얹었다. 내가 눈을 깜박거리며 현실 세계로 돌아오자 그녀가 말했다. "너는 옳은 일을 한 거야. 이제 극복할 수 있을 거야. 지금부터 점점 나아지게 될 거야."

어쨌거나 그녀의 목소리에서 확신이 느껴졌다.

잰이 일찍 퇴근해서 나를 응급실에 데려갔다. 그녀는 당황한 모습이었다.

"왜 우리에게 이야기하지 않았니? 왜 곧장 학교 양호 선생님한테 갔어?"

나는 어깨를 으쓱했다. 자신들에게 먼저 말하지 않아서 잰은 기분이 상한 것 같았다. 그녀가 생각하는 바람직한 가정이라면 나는 그들과 고민을 나누고 그들은 내가 고민을 해결하도록 도와야 했으니까. 그녀는 나를 맥도널드에 데려가서 감자튀김을 주문했다. 우리는 파카 차림으로 형광등 불빛 아래서 작은 탁자에 앉아 말없이 그것을 먹었다.

"지금도 그러고 싶은 거니?" 한참 후 그녀가 물었다.

"뭘 말씀하시는 거예요?"

"병원에 가고 싶냐고." 잰이 짜증이 묻어나는 목소리로 말했다. "네." 손을 소매 속에 찔러 넣으며 말했다.

비극적인 점검을 위한 긴 표준검사를 마친 후 공부도 하지 않고 대기실 진찰대 위에 몸을 웅크린 채 기다렸다.

마침내 당직 중인 정신과 의사가 왔다. 의사는 내가 자해하지 않기로 약속하면 데이브와 잰의 집으로 돌아갈 수 있다고 했다. "약속할 수 있겠어요?"

게슴츠레한 눈으로 기진맥진한 채 몸을 일으켰다. "아니요." 내가 말했다. 거짓말을 하지 않으니 기분이 이상했다.

정신병동에 갔을 때 잰이 입원 수속실에 혼자 있었다. 그녀는 나갈 채비를 하는 듯 재킷을 입었다. "너희 엄마는 안 오실 거야." 그녀가 말했다.

"뭐라고요?" 나는 혼란스러웠다. 엄마가 오기로 되어 있었나? 엄마가 왜? 나는 방금 입원 허가를 받았는데.

"교회에 일이 있으셔서 오늘 밤에는 못 오신대."

나는 고개를 갸웃했다. 엄마가 굳이 왜 와야 하는지 알 수 없었다. 잰이 나를 쳐다보며 천천히 말했다. "딸이 병원에 들어와 있는데 엄마는 교회에 간다니." 엄마를 비난하는 말이었지만 내가 공격당한 기분이 들었다. 물론 엄마는 교회에 갈 것이다. 그렇다고 내가 뭘 어째야 할까? 엄마를 덜 사랑해야 하나? 잰은 마치 내가 생각을 고쳐먹기를, 엄마가 불성실하니 엄마보다 잰의 가족을 더 사랑하기를 바라는 것 같았다. 하지만 사랑은 그런 식으로 움직이지 않는다.

내가 아무 반응이 없자 잰이 계속해서 말했다. "넌 내가 황금 같은 금요일 밤을 이렇게 보내고 싶을 것 같니? 긴 주말이 오기 전 금요일을?" 나는 볼이 아플 때까지 턱을 악물었다. 잰은 그녀의 계획을 구구절절 읊었다. 골동품 구경하기, 영화 보기, 글루텐프리 머핀 굽기. 서류 작성과 카운슬링과 죄책감으로, 그 계획들은 물거품이 되었다. "게다가 너희 엄마는 오시지도 않고." 그녀가 거듭 말했다.

잰이 화가 났다는 것을 알았다. 학교 양호 선생님에게 고백한 것은 그녀를 존중하지 않는다는 뜻이고, 위탁 부모로서의 능력을 부정하는 것이며, 그녀의 인격에 대한 공격이었다. 그녀의 불안정이 좌절로 번졌다. 잰은 자신의 등을 쓰다듬으며 당신은 좋은 사람이라고 말해줄 사람을 원한다는 것을, 혹은 자신이 '친엄마'(내가 싫어하는 단어)보다 나를 더 잘 보살펴준다고 말하길 원하고 있었다.

하지만 나는 잰에게 이제 가도 된다고 말하고 싶었다. 그녀와 데이브는 내 진단에 대해 알고 있었고 그로 인해 추가로 돈을 받아왔는데 새삼스레 나를 골칫덩이 취급하고 있었다. 이제 병원에 다시 입원하게 됐으니 정말 낙오자가 되었다는 듯이 말이다. 내가 한 일은 그저 내 안전 계획을 충실히 지킨 것뿐인데.

세상은 언제나 내게 도움을 구하라고 했다. 추락을 막아줄 사람들에게 손을 내밀지 않고 절망에 빠져 있는 내가 문제라는 듯이. 하지만 정작 엉망이 된 내 마음을 고백하고 도움을 청하자 내게 돌아온 것은 잰의 비난이었다. 엄마는 나를 사랑하지 않으며 자신과 데이브는 내 분에 넘치는 사람들이라는 암시.

잰이 문을 닫고 나가자 비로소 경직되어 있던 몸에 힘

이 빠졌다. 20대로 보이는 운영진이 입고 잘 병원복 한 벌과 이불을 주었다. 이불은 아마도 어떤 여성이 아픈 아이들을 위해 직접 만든 것일 터였다. 그것을 받아들자 내가 잘못된 길을 택한 것이 아니라 정말 아픈 것처럼 느껴졌다. 이불은 나를 폭 감싸서 매트리스로 내리눌렀다. 아티반(항불안제로 분류되는 의약품—옮긴이)의 약효로 다리에 모래를 채운 느낌이 들었다.

아침에 분홍색 탈지우유 하나와 작은 상자에 든 시리얼을 먹었다. 다른 아이들은 카드를 섞었고 그것은 매번 브리지 게임으로 확장되었다. 나를 포함해서 대다수 아이들에게 여름 캠프에 가장 가까운 생활이었다. 우리는 무리를 만들었고 감정을 말했지만 아무도 우리를 교정하려고 하지 않았다. 우리는 모두 슬픔을 느꼈지만 문제가 되지 않았다. 나는 민폐덩어리가 아니었다. 나를 돌보는 것은 다른 사람들의 일이었고 그들은 그들이 해야 할 일을 했다. 누군가의 가족에 속한 것처럼 굴 필요도 없었다.

토요일 면회 시간에 엄마가 왔다. "안녕, 허니!" 엄마는 나를 껴안았고 소다수 캔과 그림을 그릴 종이를 주었다. 우리는 무슨 일이 벌어졌는지에 대해서 이야기하지 않았다. 그저 여느 때와 같은 하루였다. 면회실은 맥도널드나 로드웨이 인(프랜차이즈 호텔)이나 도서관같이 우리가 이야기를 나누는 또 하나의 장소일 뿐이었다. 엄마 집은 여기서 멀리 떨어져 있다 보니 떠오르지도 않았다. 병원에서 면회 시간이 끝나간다는 말을 듣고서야 엄마는 인사를 했고 나는 TV 시청실로 돌아왔다.

정신병동은 내가 아이로 남아 있을 수 있는 장소처럼 느껴졌다. 내가 왜 자꾸 돌아오는지 이해가 되었다. 솔직히 말하면 내 목표가 나를 스트레스에 몰아넣는다는 데이브와 잰의 말이 맞았다. 나는 성공 아니면 죽음만 생각했다. 하지만 병원에서는 내 책을 가지고 싶은 것 말고는 아무 생각도 들지 않았다. 이전에 입원했을 때와는 달리 나에게는 열망하는 바깥세상의 삶이 있었다. 다음 주에 기말고사가 있고 지금 여기서 공부할 시간을 잃고 있었다.

저녁 식사 시간에 거주치료소에서 알던 여자애를 우연히 마주쳤다. 그 애는 조용하고 문제를 일으키는 법이 없고 밥을 먹을 때마다 기도를 했다. 십자가 목걸이를 만지작거리면서 다음번에는 주립병원에 가기로 했다고 말했다.

가슴이 답답해서 목구멍이 콱 막히는 기분이었다. 우울증에 걸린 폭식증 환자를 가둬놓고 나아지기를 기대하는 게 도대체 말이 되는 일인지 의아했다. 우리의 고통을 이해할 수 있는 방법은 거의 없었지만 정신과 의사들이 우리를 치료하는 방식은 그보다도 더 선택지가 적었다.

일요일 오후, 데이브와 잰이 딸과 함께 나를 만나러 왔다. 몇 분간 잡담을 하고서 데이브와 잰은 먼저 떠났다.

잰의 딸과 나는 서로 테이블을 사이에 두고 앉았다. 면회실에 있으니 그녀의 금발머리와 그을린 피부가 선명하게 보였다. 비타민 D가 아주 풍부하겠지. "네 이기주의가 우리에게 어떤 영향을 끼치는지 알아? 너를 해쳐도 좋고 네 엄마를 해쳐도 좋지만 내 가족을 해치게 놔두지는 않을 거야."

그 순간, 데이브와 잰의 가족에 속해 있다는 사실과 관계없이 그들이 존경스러웠다. 잰은 감정이 상했고―왜 마음이 상했는지 이해가 되지는 않지만―그녀의 딸은 외부인을 공격하는 것으로 자신의 엄마를 지키고 있었다. 그들은 진짜 가족이었다.

"저는 누구를 해치고 싶은 건 아니었어요." 내가 말했다.

"그만해. 금요일 밤에 너희 엄마는 널 보러 오지도 않았어. 그럼 너희 엄마가 널 얼마나 걱정하는지 잘 알겠네. 다음번엔 우리도 오지 않을 거야." 잰의 딸은 가방을 들고 문을 나섰다. 나는 면회실에 혼자 앉아 있었다. 그녀의 말은 아프지 않았다. 내 인생과 상관없는 사람이라는 마음이 방패가 되어 영향을 받지 않았다.

하지만 그녀의 경고는 가슴에 와 박혔다. 그녀는 진심이었다. 나에게는 자유가 없었다. 미래는 바깥에 고스란히 남겨두고 정신병동에 돌아올 수는 없었다. 사람들은 나를 포기할 것이다. 내가 얼마나 고통을 받았고 얼마나 자살하고 싶은지는 중요하지 않았다. 이유가 무엇이든 다시 날 가두는 것은 선택지가 될 수 없었다. 자살하는 것 역시 선택지가 될 수 없다. 어떤 시도를 하든 실패할 가능성이 많았고 그러면 다시 정신병동에 갇히거나 그보다 더한 일도 생길 것이다.

다음 날 아침, 잠에서 깨니 통풍구를 통해 너무 아름다운 빛이 새어 들어왔다. 카메라를 집으려고 침대에서 몸을 돌렸다. 하지만 당연히 카메라는 거기 없었다.

다음 날 아침 느지막한 시간, 나는 정규 직원인 치료사와 마주 보고 앉아 있었다. 엄마는 내 쪽에 앉아 있고 데이브와 잰은 반대편에 앉아 있었다.

"이렇게 된 걸 후회하니?" 잰이 나에게 물었다.

"이렇게가 뭐예요?" 내가 물었다.

"정신병동에 들어오게 된 거."

데이브와 잰은 나에게 사과하고 싶은 것 같았다. 자해하고, 거짓말하고, 토하는 등 나쁜 짓을 하는 고약한 인간이 된 기분이 들었지만 정신병동에 간 것을 후회하지는 않았다. 그러나 설명하기에는 너무 미묘한 차이였다.

"아니요. 제가 안전하지 않을 때 안전 계획을 실행한 것이라서 좋아요." '안전 계획'이라는 단어가 마음에 들지 않았지만 치료사는 긍정의 의미로 고개를 끄덕였다.

"에미는 병원에 오지 말았어야 해요." 엄마가 말했다. 엄마는 데이브와 잰을 보면서 말했다. "얘가 여기 있을 이유가 없어요."

"나는 정말 자살할 것 같았어." 엄마에게 말했다.

"에미가 엄마와 여행을 다녀온 이후로 모든 게 내리막이에요." 잰이 치료사에게 말했다. "에미에게는 엄마가 커다란 방아쇠라고요."

데이브가 두 손을 깍지 낀 채 엄지손가락을 마주 대고 빙빙 돌렸다.

"이분들은 에미의 지적 계발을 지원해주지 않아요." 엄마가 말했다.

"에미의 엄마는 딸의 IQ에 과대망상을 가지고 있어요. 에미가 감당할 수 없는 수준을 기대하고 있고, 그래서 에미가 그렇게 스트레스를 받은 거라고요." 잰이 반박했다.

"여러분, 저는 자살하지 않을 거예요." 내가 말했다. "결심했어요." 어른들은 침묵에 빠졌다.

치료사는 고개를 끄덕였지만 잰은 나를 쏘아보았다. "우리가 널 어떻게 믿니? 우리 집에서 네가 또 자해를 할지 안 할지 우리가 어떻게 알겠어?"

"사순절(부활절 전까지 40일 동안 몸과 마음을 경건하게 하는 기간)을 생각해서라도 자해는 그만할 거예요. 그리고 프랑스어로 된 노래가 아니면 팝송도 안 들을 거예요."

"자해를 그만둘 계획이라니 듣던 중 반가운 소리구나." 잰이 말했다. "그런데 네 계획은 전혀 믿음이 안 가. 너는 기독교인도 아니잖니."

"저도 문화적으로는 기독교인이에요. 잰도 가톨릭이

아니잖아요. 사순절을 지키기는 하세요?"

"외래 치료를 위한 대화라기에는 좀 지나치네요." 치료사가 말을 끊었다. "에미가 안전 계획에 동의하면 우리는 절차를 진행하고 퇴원 수속을 할 수 있어요."

"나는 에미를 못 믿겠어요." 잰이 말했다. "에미가 자기 행동의 결과에 대해 충분히 생각할 수 있게 여기서 좀 더 지내야 한다고 생각해요."

"무슨 행동이요? 내가 자살할 계획을 세웠던 거요? 아니면 안전 계획을 실행한 거요? 나한테 뭘 바라는 거예요?"

"에미가 안전 서약을 하면 우리에게는 여기 더 있게 할 명분이 없어요. 동의하시나요?" 치료사가 잰을 바라보았다. 잰이 못 한다고 하면 어떻게 되는지 궁금했다. 또 다른 집으로 가게 되는 걸까? 마음 한구석에서는 그러길 바랐다. 하지만 다른 곳으로 가면 학교를 옮겨야 한다. 어느 학교에서도 1년을 온전히 보내지 않고서 어떻게 대학에 갈 수 있을까? 게다가 데이브와 잰이 그나마 나은 사람들일지도 몰랐다.

"그러죠." 잰이 가방을 메며 말했다.

나는 안전 서약을 작성했다. 자해하고 싶은 생각이 들면 카를라 브루니나 엠시 솔라르를 듣든지 아니면 글을 쓸 것이다. 내가 먼저 서명을 한 뒤 차례로 돌아가면서 어른들의 서명을 받았다. 데이브는 탐탁지 않은 표정으로 서명했다.

"안녕, 허니!" 엄마는 나를 껴안고서 쇼핑하러 가기 위해 차 열쇠를 찾아 뒤적거렸다.

치료사는 나를 다시 방으로 안내했고 나는 병원복을 쓰레기통에 던져 넣었다. 치료사는 나에게 보라색 배낭을 건 넸다. 가방에는 숙제, 면도날, 그리고 (맨 밑에 아직도) 노도즈가 들어 있었다. 마침내 밖으로 나왔고 문이 닫혔다. 말없이 데이브와 잰을 따라 차로 향했다.

8장
잔인하고 부질없는 질문

병원에서 돌아온 이후 모든 것이 변했다. 데이브와 잰이 나에게 가지고 있던 일말의 신뢰가 사라졌다. 이제 나는 잠잘 때 빼고는 혼자 방에 있을 수 없었다. 방과 후에 학교에 머무는 시간도 제한되었다. 버터나이프로 열 수 있는 얇은 플라스틱 약상자에 들어 있던 시발타, 지르텍, 변비약을 이제는 잠가놓은 상자에서 데이브가 꺼내주었다.

집으로 돌아오자마자 잰은 말했다. "이제부터 내가 네 다리에 대해서 기본 검사를 할 거야." 잰이 공식적인 느낌을 주기 위해 사용한 '기본 검사'라는 단어에 웃음이 났지만 그녀는 웃음기가 전혀 없었다.

잰은 내가 옷을 갈아입을 동안 문밖에서 기다렸다. 반바지 입기가 망설여졌다. 약한 면을 보여주고 싶지 않은 것만큼이나 잰이 내 몸을 평가하는 게 싫었다. 창밖을 보면서 3층에서 뒤뜰로 기어 내려가 도망가는 게 가능할지 생각했다.

나는 문밖으로 나갔다.

잰이 입을 손으로 가리고 층계로 뛰어갔다.

내 고통의 증거가 그녀에게 구역질을 일으켰다는 사실이 흡족했다. 사람들이 자해를 관심을 끌기 위한 행동으로 보는 것이 싫었고 아무도 모르게 몸에 낸 상처는 관심을 받는 것과는 아무 관계도 없음을 증명해주기를 바랐다. 어쩌면 데이브와 잰은 내가 그들의 삶을 더 힘들게 만들기 위해 나의 자살 충동을 털어놓지 않았다는 사실을 깨달을지도 모른다.

그날 밤 데이브와 잰은 나에게 AP 예술사 수업을 취소하라고 말했다. "스트레스는 너를 아프게 해." 내 '스트레스'가 조그만 성기를 가진 나체의 대리석 남자들이 그려진 플래시 카드에서 유발되는 것이 아니라고 설득해봤지만, 데이브는 나를 생활지도 선생님에게 데려갔다. 나는 딘 보슈 선생님에게 표준 이상의 성적을 내는 학생의 눈빛을 보내며 애원했다. 결론적으로 나는 고급반 수업을 두 가지 더 수강하게 되었다. 사무실을 나설 때 데이브는 굴욕적이라는 표정이었다. 그의 마음을 상하게 할 의도는 없었다고 말하고 싶었지만 내가 이겼다는 기분이 들지 않은 것은 아니었다.

그날 늦게 나는 교무실에 불려갔다. 미스 제이가 내가 쓴 편지를 들고 있었다. 자리에 앉는데 죄책감에 가슴이 뜨끔했다.

"글을 잘 쓰더라." 미스 제이가 입을 열었다. 조금 뿌듯한 마음이 들었지만 그녀가 안경 아래에 손가락을 대더니 눈물을 훔치자 당황스러웠다. "편지를 읽었을 때 마음이 무너져 내렸어. 네가 느낀 모든 고통이 담긴 것 같았어." 그녀는 가슴에 손을 얹었다.

"어떻게 해야 할지 모르겠더라."

"죄송해요." 미스 제이가 나를 걱정해주었으면 했지만 그렇다고 그녀를 슬프게 하고 싶지는 않았다. 그녀는 내 문제에 신경을 쓸 것이 아니라 다른 학생들을 살피거나 내 사진들 중 가장 잘 찍은 사진에 네임펜으로 동그라미를 치고 있어야 했다. "지금은 많이 나아졌어요. 이제 점점 더 나아질 거예요." 스스로에게 확신을 주기 위해 고개를 끄덕였다.

그녀는 나를 가볍게 포옹했다. 그다음 주 사진 교실에 혼자 있는데 그녀가 내게 물었다. "혹시 어머니와 살던 때가 그립지는 않아?"

"가끔요." 미스 제이 혹은 다른 선생님이 나를 입양하는 상상을 종종 했지만 말이다. 그녀가 그래주겠다고만 하면 그날 밤 당장 이사를 할 수도 있었다. "도시에서 살던 때가 그리워요."

"이번 여름에 캠프에 가보는 건 어떨까?" 미스 제이가 말했다. "사진 캠프나 뭐 그런 거?"

"절 받아줄지 모르겠어요." 안락의자에 앉아 있는 데이브와 잰이 떠올랐다. 그들이 캠프에 흔쾌히 보내줄 것 같지 않았다. 정신병동에 다녀온 후로는 더더욱.

"내가 추천서를 써줄게. 필요하면 말만 해."

"감사해요." 애써 태연하게 대답했지만 그 후로 캠프 생각을 멈출 수가 없었다. 5학년 때 밴드 선생님이 미시간에 있는 예술 고등학교인 인터라켄 아트센터에 대해 이야기한 적이 있었다. 2년 전에 그 학교 프로그램에 지원했으나 얼마 안 있어 자살 시도를 해서 정신병동에서 그해 여름을 보냈었다. 그 학교에는 물론 사진 캠프도 있었다.

미스 제이는 사진 캠프 지원용으로 내가 제일 잘 찍은 사진을 선정하는 것을 도와주었다. 데이브와 잰에게는 이야기하지 않았다. 엄마가 신청서에 서명을 해주었다. 엄마는 내가 예술을 공부하는 것을 열성적으로 응원했는데, 데이브와 잰이 그리 탐탁지 않아 하자 더욱 적극적인 지지를 보냈다.

몇 주 전만 해도 내 인생은 암울했고 희망도 없었고 영원히 겨울이었고 매일 밤 같은 TV 프로그램이 반복되었고 똑같은 신경전이 계속되었다. 그런데 지원서를 쓰는 일은 흥분되었다. 서류를 내면 지금의 삶을 새로운 삶으로 바꿀 수 있을 것만 같았다.

문을 열고 집으로 들어가자마자 뭔가 잘못되었음을 알수 있었다. 데이브가 주방으로 와서 냉장고를 열었다. 그는 다이어트 닥터페퍼를 꺼냈지만 아무 말도 하지 않았다. 몇분 후, 잰이 평소보다 일찍 현관으로 들어왔다. 그녀는 가방을 털썩 내려놓았다. "샌디가 병원에 있어." 그녀가 나를 보았다. "그걸 들으니 어떤 기분이니?"

　　"무슨 일이에요? 샌디는 괜찮아요?" 나는 샌디가 길 위에 생긴 회색 얼음판에 누워 있다가 차에 치이는 모습을 떠올렸다.

　　"샌디가 부동액을 먹으려고 했어." 나는 얼굴을 찡그렸다. 종종 새어나온 부동액을 겨울 간식으로 착각하는 아이들이 있었다. 잰은 팔짱을 끼고 다시 정확히 말했다. "그 애는 자살하려고 했어." 분명히 샌디는 그녀의 처방약을 바꾼 우즈 박사—'내가 좋아하는'—를 본 적이 있었다. "그리고 네가 병원에 들어가는 것도 봤지. 샌디가 널 우러러보는 걸 너도 알지. 네가 그 애를 이렇게 만들었어."

　　"제가 우즈 박사를 좋아하는 건 아니에요." 잰이 턱을 꽉 다물었다. 괜한 말을 했다고 생각했다. "죄송해요. 저도 샌디에게 나쁜 일이 일어나는 건 조금도 바라지 않아요."

　　"샌디가 병원에서 나오면 그렇게 말하렴. 그 애가 그렇게 하게 만든 것도 사과하고."

　　어떻게 내가 샌디에게 부동액을 먹게 했다는 것인지 이해가 되지 않았지만 무슨 논리인지는 알 것 같았다. 내가 병원에 들어갔다 온 다음 샌디가 부동액을 마셨고 내가 그들의 삶에 들어온 다음 나쁜 일이 생겼다는 논리였다.

며칠 후 샌디가 돌아왔다. 양말을 신은 발로 바닥을 미끄러지듯 돌아다니고 작은 소리로 노래를 흥얼거리는 것을 보니 정상으로 돌아온 듯했다. 잰은 샌디를 주방으로 이끌었고 엉덩이에 손을 얹은 채 문간에 서 있었다. 나는 침을 삼키고 말했다. "샌디, 미안해."

"뭐가 미안하지?" 잰이 물었다.

"내가 병원에 가서 너에게 안 좋은 영향을 준 게 미안해."

"내 생각엔 병원에서 너에게 준 약이 문제야." 샌디는 자기 머리 옆으로 미쳤다는 손짓을 하고 혀를 내밀었다.

나는 웃음이 났고 조금 안심이 되었지만 잰은 여전히 굳어 있었다. 내가 그들 가정의 균형을 깨버린 것이다. 나는 우리가 지난 일은 지난 일로 두고 앞으로 내가 규칙을 잘 지키고 자해도 하지 않으면, 모든 것이 원래대로 돌아가지 않을까 기대했다.

그러나 얼마 뒤 딘 보슈가 교실로 와서 나를 불러냈다. 사무실에는 데이브가 기다리고 있었다. "샌디한테 무슨 일 있어요?" 나는 두려워하며 물었다.

"아니." 그가 말했다. "우리는 우즈 박사를 보러 갈 거야."

도대체 무슨 일인지 영문을 알 수 없었다. 우즈 박사의 진료실에는 잰과 엄마가 기다리고 있었다.

내가 자리에 앉기도 전에 잰이 물었다. "이게 다 뭐야?"

그녀는 알약, 종이에 싸인 면도날, 우즈 박사의 명함, 그림붓, 먹물병, 밀착 인화지, 8×10인치 사이즈 사진이 들어 있는 1갤런짜리 지퍼락 봉지를 들어 보였다. "데이브가 네 배낭을 뒤져봤어. 학교에 흉기를 들고 다녔더구나. 감옥에 갈 수도 있었어." 감옥이라는 말이 내 귀에 박혔다. 잰의 말에 일리가 있다는 인상을 주기 싫어서 내색하지 않으려고 했지만 말이다.

우즈 박사는 팔짱을 끼고 있었다. 엄마가 나를 쳐다보았다.

"저기, 저는 병원에 다녀온 후로는 자해하지 않았어요. 제가 전에 스스로 상처를 낸 건 아시죠? 그러려면 뭔가 도구를 이용했을 거고요. 그런데도 그렇게 놀라셨어요?"

"그래!" 잰이 말했다. "네가 이런 것들을 아직 버리지 않을 만큼 멍청하다는 데 놀랐어!"

나는 잠시 멈췄다 말했다. "맞는 말이에요."

"그래, 에미, 왜 버리지 않았어?" 엄마가 물었다. 곤혹스러운 듯 목소리가 나직했다.

"그건 내가 바보 같았어. 미안해." 나는 방 안의 얼굴들을 둘러보았다.

"미안해요. 미안합니다. 이제 됐나요?"

"그래." 우즈 박사가 손을 깍지 꼈다. "이제 결론을 내고 다음으로 넘어가죠. 에미, 나는 네가 앞으로 부적절한 소지품을 가지고 다니지 않을 거라고 믿어."

"아니요, 난 얘기를 더 하고 싶어요." 잰이 말했다. "그 알약들은 뭐니?"

"카페인이요."

"그것 참 깜찍하네."

"정말 피곤했거든요."

"그럼 이 잉크는 어디서 난 거야?" 잰이 잉크를 집어들었다.

"엄마가 준 거예요."

"그걸 가지고 있는 게 문제가 아니야! 네가 몸에 상처를 내지 않는다면 네 방 벽을 칠해도 놔뒀을 거야." 잰이 엄마를 보았다. "에미에게 이런 걸 줘서 내 집에 몰래 들이게 하다니 믿을 수가 없네요."

엄마는 안경을 벗어서 소매 끝으로 닦았다.

데이브는 인화지와 인쇄물을 꺼내서 내게 건넸다. "이것도 설명해보렴." 인화지에는 같은 반 친구와 지난 가을에 찍은 사진들이 담겨 있었다.

인쇄물 중 하나에서, 나는 인간 관목처럼 크리스마스 조명에 뒤덮여 있었다. 다른 인쇄물은 내 상반신을 클로즈업하고 있었다. 무릎에 앉은 고양이를 쓰다듬는 내 왼팔에 가느다란 줄처럼 상처가 드러나 있었다. "이건 악마적이야. 대체 뭘 의도한 거지? 난 내 집에서 이런 오컬트를 보고 싶지 않아."

"그건 제가 찍은 것도 아니에요! 제가 찍었다면 제 방이 아니라 학교 바인더에 들어 있었을 거예요."

"그 사진들은 자해를 미화하고 있어." 잰이 말했다.

"진정 좀 해요." 엄마가 말했다. "에미는 *예술가*라고요."

언쟁이 심각해지기 전에 우즈 박사가 모임을 서둘러 끝냈다. 박사는 데이브와 잰에게 나에 대해 알아내려고 하는 것은 생산적이지 못하다고 말했다. 나를 이해하고 싶었다는 것이 내 위탁 부모의 변명이었다. 그들은 나라는 암호를 풀 수 있다면, 그리고 내가 그들을 신뢰하기로 마음먹으면 내가 가족이 될 수 있고, 과거를 등질 수 있으며, 성인이 되기 전에 몇 년이라도 정상적인 어린 시절을 보낼 수 있으리라고 생각하는 것 같았다. 이것은 세상에서 가장 바보 같은 생각 같았다. 내 과거는 그냥 단순한 지난날이 아닐 뿐더러, 나에게 데이브와 잰은 완전히 무작위로 나타난 사람들이었다. 내가 여전히 엄마와 가족인 상황에서 갑자기 그들과 가족이 될 수는 없었다.

매일 밤 전화벨이 울릴 때마다 데이브와 잰은 움찔하고 놀랐다. 그들은 당연히 내가 엄마와 통화할 수 있게 해주어야 했지만 잰은 그럴 때마다 몸을 부르르 떨며 소리를 지르고 싶어 했다. 위탁가정의 역할은 가족의 재결합을 돕는 것이지만 데이브와 잰은 기본적으로 엄마가 나에게 해롭다고 생각하고 있었다. 사실 그들이 틀린 건 아니지만, 어쨌든 나에게 그들은 엄마를 대체하는 사람들이었기에 엄마보다 더 좋은 선택지로 보이지는 않았다.

갈등이 깊어지는 와중에 인터라켄 고등학교가 약간의 장학금과 함께 나를 캠프에 받아주었다. 여전히 비용은 만만치 않았지만 엄마가 돈을 구해주겠다고 약속했다. 아마 조지 W. 부시 재난지원금을 활용하고 내 대학 진학을 위해 모아둔 돈을 인출할 것이다. 다른 수천 명의 어린 예술가들에 둘러싸여 무릎까지 올라오는 양말을 신고 숲에서 6주를 보낼 생각에 하늘에 붕 떠 있는 기분이었다.

이 사실을 알고서 데이브와 잰은 몹시 화를 냈다. 왜 내가 그들에게 물어봤어야 했다고 생각하는지 의아했다. 안 된다고 했을 것이 뻔한데 말이다. 잰은 잉그리드에게 메일을 보내 내가 캠프에 가기에는 불안정하다는 사실을 말하려면 인터라켄에 있는 누구에게 연락을 해야 하는지 물었다. 잉그리드는 자신이 하겠다고 말했다. 그들 중 누군가는 전화를 한 것이 틀림없었다. 캠프에서 내 참가 허가를 취소했기 때문이다.

그다음 우즈 박사를 만나러 갔을 때 그녀는 문을 닫으며 말했다. "너 아무래도 레이크빌 집에서 나와야 할 것 같아."

나는 내 스니커즈를 내려다보았다. "이번 여름에 캠프에 가고 싶었어요." 일어나지 않을 일에 대한 바람을 인정하는 것이 부끄러웠다.

우즈 박사는 작은 조각상을 집더니 만지작거리며 말했

다. "내년은 어때? 그러려면 다른 곳에서 살아야지."

진료실에 걸어 들어가면서 박사가 면도날과 노도즈에 대해 야단을 칠 것이라고 예상했다. 그러나 젠과는 달리 우즈 박사는 나를 위험한 아이로 보는 것 같지 않았다. 스스로 상처를 내지만 해를 끼치지는 않는 슬픈 아이로 바라보는 듯했다. 내가 안전 계획을 실행하는 모습을 보여주었기 때문에 오히려 우즈 박사는 나를 신뢰했다. 어떤 행동에 대해서 누가 기특해하고 누가 속상해할지 나는 절대 알 수가 없었다.

나는 레이크빌 사우스 고등학교를 계속 다니면서 내가 갈 만한 곳은 없다고 설명했다.

"엄마 집에 다시 들어가야 할까요?"

"아니." 우즈 박사는 나를 쏘아보았다. "엄마는 널 다시 미치게 할 것이고, 너는 체중이 백 파운드까지 빠지고 헤로인 중독으로 죽게 될 거야. 학교로 갈 수는 없니? 기숙사에서 산다든지?"

"보딩스쿨처럼요?" 영국 시골의 구릉지대가 떠올랐다.

"너는 늘 대학교에 대해서 이야기하잖아. 네 말대로 내년에 대학에 가. 대신 기숙사에 살고."

"거기 가면 제가 미치지 않을까요?"

"여기 이대로 있으면 그렇게 될걸."

"근데 제가 정말 갈 수 있을 것 같으세요? 대학에 대한 고민은 하지 말라고 늘 말씀하셨잖아요."

"그야 네가 다리 밑에서 자게 될까 봐 걱정되어서 그런 거지."

"정말이요?" 내 삶이 더 나빠질 수도 있다는 생각은 하지 못했다.

"그래. 힘내자, 에미."

우리는 대학에 대해 한참 이야기를 나눴다. 미네소타 대학의 메인 캠퍼스에 입학 원서를 넣기에는 너무 늦었다. 하지만 예전에 엄마는 소도시인 모리스에 있는 위성 캠퍼스에 갔었다. 그때 엄마는 16살이었다. 나보다 겨우 조금 나이가 많았다. 주정부의 중등 교육 후 등록 옵션(PSEO) 프로그램(10~12학년 학생들이 고등학교와 대학 학점을 동시에 취득할 수 있도록 하는 프로그램―옮긴이)에서는 수업료, 등록금, 교재비를 제공했다. 나는 숙식비만 해결하면 되고 대학 위치가 외떨어진 모리스인 만큼 저렴할 터였다. 이것은 모두를 행복하게 할 수 있는 완벽한 계획 같았다. 엄마는 나를 위탁가정에서 나오게 할 수 있고, 데이브와 잰은 오컬트 없는 그들의 집에서 포르노그라피와 혼돈을 제거할 수 있으며, 나는 가족 문제로 고민하는 시간을 연중무휴 지식 습득의 시간으로 바꿀 수 있었다.

다음 날 점심시간에 모리스 캠퍼스에 내 성적 증명서를 보내달라고 생활지도실에 요청했다. 거주치료소에서 내 성적이 어땠는지 몰랐고 그 전에 어떤 학교들이 성적표에 올라 있는지도 몰랐다. 너무 두려워서 볼 용기가 나지 않았고 어

179
8장

차피 어떤 것도 바꾸기에는 이미 늦었다. 데이브와 잰이 보지 못하도록 학교 도서관에서 지원서를 인쇄했다. 한 페이지로 된 양식을 채우고, AP 에세이를 첨부하고, ACT 점수를 냈다. 2월에 시험 삼아 ACT를 보았는데 36점 만점에 31점을 받았다. 근사한 대학에 가기에는 충분하지 못했지만 모리스는 근사한 곳이 아니었다. 지원서 빈칸을 채우는 일은 너무나 즐거워서—하나하나가 미래를 위한 작은 기대였다—어딘가에 지원하는 일에 중독되는 사람들을 이해할 수 있을 지경이었다.

데이브와 잰은 엄마가 나를 다시 받아달라고 인터라켄에 청원하고 있다는 소식을 들었다. 그들은 내가 기어이 여름 캠프에 가야겠다면 내 침대를 '도움이 필요한 다른 아이'에게 주어야 한다고 말했다. 그들은 그것을 도덕적 의무라고 표현했지만 냉소적인 내 마음 한편에는 돈 때문일 거라는 생각이 떠올랐다. 나를 돌보는 명목으로 그들이 1천 달러 이상을 받고 있음을 알고 있었다. 엄마가 정규직으로 온종일 일하며 버는 돈의 절반 이상이나 된다고 불평한 적이 있었기 때문이다.

"저도 이해해요." 레이크빌 집을 영원히 떠날 수도 있을지 모른다는 생각에 한껏 기분이 들떴지만 짐짓 침통한 목소리로 말했다.

"그런 다음엔 어디로 갈 생각이니?" 잰이 물었다. "네 엄마에게? 네 계획이 뭐야?"

모르겠다고 말하자 그녀는 넌더리를 내는 듯했으나 모리스에 지원서를 내는 것에 대해서는 말하지 않았다. 그랬다가는 잰이 거기에도 전화할지 모를 일이었다. 그 주 일요일, 나를 데리러온 엄마가 웃음을 숨기지 못했다. "너한테 줄 게 있어."

엄마는 의자 옆으로 손을 뻗어 쓰레기들 사이에서 8×11.5인치 봉투를 꺼냈다. 고동색과 금색으로 미네소타 대학교 모리스 캠퍼스라고 인쇄된 봉투가 두툼했다. 합격이었다.

"됐어!" 내가 말했다. "됐어!" 센터 콘솔을 가로질러 손을 뻗어 엄마를 껴안았다. 너무나 큰 기쁨이 밀려왔다. 이제 내 열망이 잘못되었다고 말하는 어른들이 없는 곳에서, 내 소망을 가지고 기숙사에서 살 것이다. 엄마는 155마일 떨어진 안전거리에 있을 것이다.

우리는 맥도널드에서 양식을 작성했다. 숙식비는 6,710달러였지만 에드나 할머니가 몇 년간 수업료를 지불할 만한 돈을 모아두셨기에 우리는 할머니를 믿고 있었다. 아동보호국은 전혀 관여하지 않았고 엄마는 나의 자발적 돌봄에 서명했기 때문에 나를 데리고 나오는 것도 가능했다.

그 주 주말, 학교에서 집으로 왔을 때 나는 데이브가 내 고동색과 금색으로 된 봉투를 손에 들고 있는 것을 발견했다.

"우리에게 언제 말할 생각이었지? 엄마가 데리러오면 휙 떠날 계획이었어?" 그의 양 볼에 경련이 일었다. 그 목소리에 실린 분노가 나를 당황스럽게 했다. 캠프에서 확답이 오기도 전에 내 침대를 다른 사람에게 주겠다고 말하지 않았던가. 어찌 되었건 나는 가을이면 어딘가 다른 곳에서 살아야 했다. 내가 대학에 가게 되었다—잉그리드가 담당한 아이들 중 최초로—는 사실에 기뻐할 거라고 생각했다. 그러나 그에게 그 봉투는 내가 그들의 가족이 되는 데 실패했음을 보여주는 증거일 뿐이었다.

메이브는 고개를 저었다. 냉장고에서 다이어트 닥터페퍼를 꺼내고 문을 쾅 닫았다.

아네트가 데리러왔을 때 나는 모리스에 대해 정신없이 이야기를 쏟아냈다. 강의 카탈로그를 열심히 읽어보고 3년 안에 졸업할 계획을 세웠다. 차를 타고 지역 스키 슬로프로 향하면서 프랑스어나 영어를 전공하고 박사가 될 것이라고 설명했다.

의자식 리프트 맞은편에 앉은 아네트가 말했다. "레이크빌에서 그렇게 불행했는지 몰랐어. 많이 힘들었니?"

보통 그녀는 무심한 편이었기에 나는 그 질문에 놀랐다.

"우리는 잘 맞지 않았어요." 몇 주 전 주머니에 헤어핀이 들어 있다는 것을 까먹는 바람에 메이브와 잰의 세탁기를 고장 냈다. 그들은 사고 발생 시 주 기금에서 나오는 돈을 거절하고서 나에게 3백 달러의 수리비를 청구했다. 그러면서 잉그리드에게는 내가 자신의 행동이 가져온 결과에 책임지는 법을 배워야 한다고 말했다.

"상황을 좀 해결할 수는 없을까? 그들이 문제로 삼는 게 네 태도일까? 아니면 네 엄마일까?"

"이제 상관없어요. 저는 떠나요. 대학으로 가요."

우리는 언덕 꼭대기에서 내렸다. 전에 스키를 딱 한 번 타보았기 때문에 스키를 바닥에 짚고 곧장 아래로 향했다. 그녀는 방향을 바꾸라고 소리치며 내 뒤를 따라왔다.

다음 리프트에 앉자 그녀가 물었다. "그럼 쉬는 동안 무엇을 할 거니?"

나는 어깨를 으쓱했다.

"15살에 대학에 가는 게 너의 가족 문제를 해결해줄까?" 그녀는 자기 집 근처 학교에 대해 이야기했다. "네가 원하는 AP 수업을 무엇이든 들을 수 있어. 모두 외국어를 필수로 배워야 하고." 나는 이른 봄 미네소타의 얼음으로 덮인 언덕을 내려다보았다. "그런 학교에 가면 네가 행복할 것 같아?"

"물론이죠." 가능한 멀리 시선을 두어 주차장 너머 얼어붙은 초원을 바라보았다. 물론 아네트와 함께 살면서 그런 학교에 다니고 유기농 과일만 먹으면 좋겠지만 그럴 수 없었다. 그게 핵심이었다.

"너 자신에게 솔직해야 해, 에미. 네가 레이크빌 집에서 나오려고 하지 않았어도 모리스에 가는 게 정말 행복했을 것 같니?"

나는 이를 세게 악물었다. 질문이 잔인하게 느껴졌다.

대답을 확신할 수 없으니 더더욱 잔인하고 부질없게 느껴졌다.

엄마와 모리스 캠퍼스를 보러 갔다. 우리는 고속도로가 끝날 때까지 백 마일을 달렸고 다시 일차선 도로로 50마일을 더 달렸다. 풍력발전용 터빈이 옥수수밭 위에 솟아 있었다. 창문을 열어 두었는데도 거름 냄새가 차 안을 채웠다. 엄마는 자신이 살았던 오래된 기숙사를 보여주었고 나는 학교에서 엄마가 쓰던 방을 배정해주기를 바랐다.

하루 동안 몇몇 수업을 참관한 후, 엄마가 제일 좋아했던 교수님이 메인 스트리트에 있는 멋진 레스토랑에서 우리에게 저녁을 사주셨다.

"모리스에 대해 어떻게 생각하지?" 그가 물었다.

멋쩍은 기분이 들었다. 그는 하버드를 졸업한 사람이었다. "좋아요." 어쨌든 대학교가 아닌가. 게다가 나는 프랑스어 전공 3학년으로 들어가게 되었다. 그간 공부하면서 가장 자랑스러운 학문적 성취였다.

그가 으쓱한 웃음을 지을 것이라 기대했지만 내 눈에 들어온 것은 염려하는 표정이었다. 그는 내가 다른 곳에 가면 더 행복하지 않을까 생각한다고 말했다.

"왜요? 예를 들면 어디요?"

"내 모교인 하버드 같은 데 말이야. 거기 학생들은 여기보다 좀 더 지적 호기심이 왕성해. 너처럼 말이지."

교수님은 왜 이렇게 말하는 걸까? 내가 하버드 같은 곳에 더 잘 어울릴 거라고? 우리는 20분 정도 이야기를 나누었다. 자랑스러워서 얼굴이 달아오르는 한편 좌절감이 마음을 어지럽혔다. 왜 모두가 나를 위해 그냥 기뻐해주지 않는 걸까? 1년 전만 해도 나는 갇혀 있었고, 책도 없었고, 희망도 없었으며, 주립병원에 가게 될까 봐 걱정하고 있었다. 그런데 지금은 19살에 학사학위를 받을 수 있게 되었다. 도망칠 수 있게 되었다.

"음, 에미가 편입할 수 있을까요?" 엄마가 물었다.

"하버드는 지난 몇 년간 편입생을 받은 적이 없어요."

"그럼 예일은요?" 그들은 유명한 학교에서 졸업하기가 얼마나 힘든지에 대해 이야기하기 시작했다. 탁자 위의 봉납용 양초 불빛에 비친 엄마를 바라보며, 나는 엄마가 이 시골 캠퍼스가 아닌 다른 학교를 다녔다면 어떤 사람이 되었을지 생각해보았다. 어쩌면 멋진 직업을 가지고 여러 가지 파스타의 이름을 발음하는 법을 알았을지도 모른다. 어쩌면 지금보다 더 행복해지고 호더가 되지 않았을지도 모른다.

이런 상상은 나를 두려움으로 채웠다. 그녀와 소리를 지르며 했던 온갖 다툼이 생각났다. "스탠퍼드에서 엄마가 너무 어려서 떨어뜨렸으면 왜 기다렸다가 다시 지원하지 않았어?" 내가 이렇게 아픈 곳을 건드리면 엄마는 가족들에게서 벗어나야만 했다고 말했다. 엄마가 교수님과 이야기하는 것을 보고 있으니, 만약 엄마에게 1년만 더 있었다면, 한 번의 기회만 더 있었다면, 엄마의 인생은 분명히 달라졌을 거라는 생각이 들었다.

눈물이 눈을 따갑게 했다. 아네트의 말이 맞는지도 모른다. 하지만 좋은 학교에 들어가기 위한 *기회*, 그 조그만 기회를 위해서 2년을 더 위탁가정에 있는 것은 상상할 수 없었다. 수년간 어른들은 나에게 너무 앞서서 생각하지 말라고 했었다. 지금 와서 보니 그들의 말이 맞는 것 같았다.

몇 주 후에도 데이브와 잰은 나에게 화가 나 있었지만 그럼에도 부탁할 것이 있어서 아래층으로 내려갔다. 광고가 나오는 동안 데이브에게 말했다. "혹시 내일 방과 후에 저를 좀 태워주실 수 있을까요?"

잰이 TV 소리를 줄였다. "왜 그러니?" 그녀가 물었다.

"동아리 모임 때문에요."

"무슨 동아리?"

나는 입술을 깨물었다. "선생님 중 한 분이 이끄는 클럽이에요." 예술사 선생님이 운영하는 동성애자·이성애자 연합이었다. 나는 몇 달 동안 프랑스어 동아리라고 말하며 참여하고 있었다. (내가 볼 때 회원 자격은 본질적으로 같았다.) 우리는 피자 파티를 열면서 어디서나 들을 수 있는 "그건 참 게이 같아"라는 혐오발언에 반대하는 캠페인을 벌이고 있었고 레이크빌 사우스 고등학교에 무지개색 전단지를 나눠주고 있었다.

"동아리 이름이 뭔데?" 잰이 다시 물었다.

"GSA요." 그녀는 부연 설명을 기다리고 있었다. "동성애자 이성애자 연합Gay-Straight Alliances이에요." 〈딜 오어 노딜〉이 다시 방송을 시작했다. 우리는 모두 한동안 텔레비전을 바라보고 있었다. 몸에 꼭 맞는 드레스를 입은 여자들이 번호가 적힌 서류가방을 움켜잡았다. 잰은 TV 화면에서 눈을 떼지 않았다. "흠, 너는 동성애자가 아니니까 갈 필요가 없겠구나."

"그럼 제가 동성애자라면요?" 날카로운 내 목소리에 나 자신도 놀랐다. 사실 내가 남자를 좋아하는지, 혹은 양성애 성향이 있는지 몰랐다. 내가 나고 자란 가족들 사이에서 동성애는 죄악이었지만 양성애는 좀 더 고의적인 선택으로 여겨져서 그보다 더 나쁜 것으로 통했다. 그리고 양성애는 평생 살면서 여러 명의 파트너를 가진다는 것을 암시해서 성적으로 문란하다는 뜻이기도 했다. 성전환을 한(그리고 유니테리언으로 개종한) 미셸조차 자신의 성적 지향 이외의 다른 성적 지향에 대해서 비판적이었다.

잰은 충격을 받은 얼굴로 나를 보았다. "네가 여기 살면서 내내 샌디를 위험에 빠뜨리고 있었다니 믿을 수가 없구나."

"기분 나쁘게 듣지 마세요." 나는 소리쳤다. "하지만 샌디한테 아무 관심도 없어요!"

그러면 안 되었지만 나는 쿵쾅거리며 위층 내 방으로

올라와 문을 닫았다. 아무도 나를 따라오지 않았다. 맥박이 느려짐과 함께 마음이 진정되었다. 우리 사이의 긴장이 드디어 밖으로 분출되었다. 그동안 한 번도 제대로 이 선의를 가진 두 어른에게 불편함을 정확히 표현하거나 상처받지 않으려는 마음을 당당히 밝힐 수 없었는데 이렇게 되어서 그들도 한편으로는 후련하지 않을까 싶었다. 마침내 내가 그들의 가정에 위협을 가했다는 증거를 확보했고 그들의 극진한 노력에도 불구하고 아무런 성과를 거둘 수 없었던 이유를 알게 되었으니 말이다. 그날 밤늦게 그들은 나에게 마지막 AP 시험 후 나가달라고 말했다. 학기가 아직 2주 정도 남아 있었지만 그들에게는 상관없는 일이었다.

그 후로 우리는 사이가 더 좋아졌다. 그들은 양극성 장애가 있으며 당뇨를 앓고 있는 마법 숭배자 여자애를 새로 받았는데, 그 애를 다루기에 벅차 보인다는 사실이 내심 기뻤으며 상대적으로 단순한 나를 그리워하기를 바랐다. 데이브와 잰의 집에서 보내는 마지막 주에 인터라켄은 나를 다시 캠프에 받아주었다. 학교 측에서 우즈 박사에게 전화를 했고 그녀가 나의 안정적인 상태를 확인해주었기 때문이다. "주변 환경이 바뀌면 너에게 좋을 거라고 얘기했지." 상담이 있던 날 그녀가 자초지종을 이야기해주었다. 규정에 어긋나는 것을 알고 있었지만 그녀를 꼭 껴안고 싶었다.

마지막으로 AP 생물 시험을 친 저녁, 샌디에게 다시 보러 오겠다고 약속했다. 그러지 않으리라는 것을 알고 있었지만 말이다. 엄마가 도착했을 때, 엄마의 차를 향해 달려갔다. 엄마가 내 가방 네 개를 놓을 공간을 만드느라 테트리스를 하는 동안 차도에서 30분을 기다렸다.

엄마가 임대한 위층 아파트가 일시적으로 비어 있어서 거기서 녹색 발포 고무 에어로빅 매트를 펴놓고 잠을 잤다. 냉장고에는 유통기한이 지난 라이트앤드핏 요거트와 다이어트 콜라가 들어 있었다.

학기 마지막 2주 동안 엄마는 출근하는 데 왕복 90분씩 걸렸지만 나를 차로 데려다주었다. 그런 노력은 부모 역할을 충분히 잘 해낼 수 있을 것 같던 이혼 직후의 엄마를 떠오르게 했고 이런 모습이 영원히 이어지기를 기도했다.

매일 밤 학교가 문을 닫으면 입구에서 엄마를 기다렸다. 바닥에 앉아 숙제를 하고 배낭에 기대어 앉아 있었다. 학교에 가기 위해 일찍 일어났기 때문에 지쳐 있었다. 그러나 엄마는 나를 데려다주느라 채우지 못한 근무시간을 벌충하기 위해 늦게까지 일해야 했다. 마지막 수업까지 매번 작별 인사의 연속이었다. 대부분은 다시는 만날 일이 없을 선생님들에 대한 인사였다.

나는 바인더를 가슴에 안은 채 미스 제이 앞에 섰다. "안녕히 계세요." 불쑥 그렇게 말했다. 그리고 그녀의 품에 달려가 안긴 다음 도망치듯 자리를 떠났다.

학교 입구 바닥에 앉아 삼삼오오 학교를 빠져나가는 학생들을 바라보았다. 아이스크림을 퍼주는 여름방학 아르

바이트를 하거나 배구 집중 수업을 받을 생각에 들뜬 모습들이었다. 나는 배낭에 기대어 잠이 들었다가 내 팔을 흔드는 어떤 아이의 엄마 목소리에 잠에서 깼다. "얘, 괜찮니?"

"네, 엄마가 오기를 기다리는 중이에요."

"늦은 시간인데." 해가 지고 있어서 대략 오후 8시 반이라는 것을 알았다. 그녀는 엄마에게 전화를 걸어보라며 자신의 휴대전화를 빌려주었고 엄마는 조금 더 걸릴 것이라고 말했다.

"괜찮아요." 나는 그녀에게 말했다. "매일 이렇게 하고 있어요."

그녀가 떠나고 나서는 아무도 지나가지 않았다. 창문을 통해 카페테리아 바닥에서 한 해의 마지막 흔적을 닦아내고 있는 관리인을 쳐다보았다.

마침내 뷰익의 헤드라이트가 황혼을 헤치며 등장했다. 내 물건들을 챙겨서 차에 올라탔다. 한시라도 빨리 떠나고 싶은 마음뿐이라 우리 뒤로 점점 작아지는 레이크빌을 보면서도 아무 감정이 느껴지지 않았다.

9장
여자에게 키스했어

인터라켄까지는 차로 열한 시간이 걸렸다. 숲에 접어들자 고속도로 양옆으로 키 큰 소나무들이 뻗어 있었다. 작별 인사를 할 때 엄마는 안경 너머로 눈물을 훔쳤다. 엄마의 차가 사라지는 것을 보자 마음이 들떴다. 6주 동안 미네소타의 그 누구도 나에게 전화를 걸 수 없었다. 필요한 경우에는 메일을 쓰거나 사무실 직원을 통해 응급 메시지를 남겨야 했다. 다른 아이들은 휴대전화 금지 규칙에 불만이었지만 휴대전화가 없었던 나는 그 규칙 덕분에 평범해진 기분이 들었다. 교복도 마음에 들었다. 일요일(흰 옷을 입는)을 빼고는 매일 푸른 수레국화 색깔의 폴로셔츠, 감청색 반바지를 입고 무릎까지 오는 양말을 신었다. 개회식에는 2천 명의 음악, 그림, 영화에 조예가 깊은 참가자들이 모두 어울리는 의

상을 입고 모였다. 나는 처음으로 내게 맞는 자리에 있었다.

　해가 저물어갈 때 그린 레이크에서 미풍이 불어왔다. 행사 진행자가 우리에게 말했다. "셰익스피어는 이렇게 썼습니다. '예술의 목적은 삶에 의미를 부여하는 것이다.'" 나는 안도감에 숨을 내쉬었다. 셰익스피어를 인용한 것은 조금 과해 보이지만 마침내 여기서 삶의 의미를 진지하게 받아들이는 어른을 본 것이다. 개회식이 끝나갈 무렵, 무대 위에 있던 오케스트라가 단정하고 웅장한 음악을 연주했다. 인터라켄의 주제곡인 프란츠 리스트의 교향시 〈전주곡〉이었다. 사람들을 따라서 숲에 마련된 고등학교 여학생 구역으로 돌아가는 동안 나무 냄새가 코끝을 스쳤고 음악소리가 머릿속에서 맴돌았다.

　숙소 19호에 돌아와서 하늘을 올려다보고 무수한 별들에 탄성을 질렀다.

　수업이 시작되자 다른 세 명의 사진을 찍는 학생들과 모였고 우리 선생님인 커트는 현상실로 향하는 문밖에 앉아 있었다. 커트는 학기 중에는 커뮤니티 칼리지에서 학생들을 가르친다고 말했다. 그는 학생들의 관심도가 아주 높기 때문에 1년 중 캠프에 오는 것을 가장 좋아한다고 했다.

　"그런 관심을 계속 이어가고 싶다면 정말 많은 사진을 찍어봐야 합니다. 최소한 하루에 필름 한 통씩은 찍어야 해요. 인화지는 얼마든지 사용할 수 있습니다." 커트는 일어나서 우리가 필름을 현상하게 될 벽장으로 갔다. 그는 한 무더

기의 일포드 문구 봉투를 가지고 왔다.

"여러분이 인화지를 다 쓰면 제가 더 보충해둘 겁니다."

커트는 감리교 병원에서 딸들을 보러 왔던 아빠들을 연상시켰다. 그는 우리를 아낌없이 사랑해주었다. 그런 모습을 좋아하지 않을 수 없었다. 자연을 바라보면서 바깥에 앉아 있는 그에게 밀착 인화지를 가지고 갔다. 그는 빨간 유성펜으로 좋은 사진에 동그라미 표시를 했다. "충분하지 않아요." 그는 고개를 저으며 말했다. "좀 더 찍어보세요." 내 의욕에 제동을 거는 게 아니라 더 하라고 등을 떠미는 사람을 만나니 기분이 이상했다. 어느 때보다도 어려진 기분이었다.

사진을 찍는 네 명은 점점 가까워졌다. 우리는 앤서니에게 기운을 북돋아주는 데 많은 시간을 할애했다. 그는 엄마가 경기 침체로 일자리를 잃기 전에 사립학교에 진학한 아이였다. 앤서니는 침체된 경제의 직격탄을 맞은 출신도시만큼이나 풀이 죽어 보였다. "나는 절대 벗어날 수 없을 거야." 그는 인화물을 정착액 트레이에서 정지욕으로 옮기면서 암실의 붉은 불빛 아래 근심 어린 표정으로 말했다.

"그냥 대학으로 떠나버려, 앤서니." 시카고 교외에서 온 여자애가 말했다. 우리 모두 너는 할 수 있다고, 너는 아주 똑똑하고 고등학교도 거의 끝났다고 맞장구를 쳤다. 앤서니는 우리에게 쇠락해가는 그의 학교와 동네가 얼마나 가망이 없는지 이야기했지만 나는 그가 부정적이라고 생각했다. 그의 삶과 그의 세계에 무슨 문제가 있더라도 고등교육을 받는 것이 해답이었다.

"너희들은 이해 못해. 이게 어떤 건지 모를 거야."

커트는 우리에게 재정 보조를 받을 수 있으니 보딩스쿨인 인터라켄 아카데미에 지원해보라고 지속적으로 권유했다. 우리는 의무적으로 설명회 겸 홍보 발표회에 참석했다. 그럴 때마다 앤서니는 자신이 가질 수 없는 것을 눈앞에서 보는 상황을 참을 수 없는지 표정이 굳어졌다. 우리는 그가 얼마나 간절히 원하고 있는지 알 수 있었다.

만약 내가 팔짱을 끼고 고개를 갸웃거리며 나는 지원하지 않을 것이라 말하고서 "가을에 대학교에 갈 거야"라고 선언한다면 그만큼이나 투명한 사람으로 보일지 궁금했다.

사진반 아이들과 함께 있지 않을 때에는 같은 숙소 아이들과 시간을 보냈다. 우리는 모두 제 학년에 비해 어린 15살의 고등학생들로, 머리카락을 두 갈래로 길게 땋고 내숭을 떠는 튜바폰 연주자의 감독을 받고 있었다. 우리의 하루는 기상나팔 소리가 널빤지 벽 사이로 울려 퍼지는 오전 6시 30분에 시작되었다. 운영진이 그날 저녁의 공연 일정을 발표하는 동안 테니스 코트에 일렬로 서서 맨손체조를 했다. 그리고 서로의 공연과 낭독과 전시를 보러 갔다.

여자애들이 내 반바지 아래의 붉은 상처에 대해 물어봤을 때는 애써 이야기를 지어냈다. "유리 테이블이 쓰러져서 다쳤어", "잔디 깎기 기계에 치였어", "위스콘신의 드라이브 스루 사파리를 통과하는 동안 차에 호랑이가 달려들었어" 그러나 대부분 우리는 과거가 아닌 미래에 대해서만 이야기 했다.

불을 끄고 나면 이층침대에 누워서 앞으로 우리가 어떤 사람이 될 것인지에 대해 속닥거렸다. 화장실 세면대에서부터 천장 조명까지 숙소의 모든 표면은 네임펜으로 쓴 글씨로 뒤덮여 있었다. 인용한 문장, 시, 노래 가사, 악보의 음표, 수수께끼 등이 이름, 연도, 규칙 등과 함께 적혀 있었다. 우리는 유명인의 이름을 찾느라 써 있는 내용을 샅샅이 뒤졌다. 그러나 방 한가운데의 바닥은 신성했다. 매년 이곳에 머문 이들은 그다음 들어올 사람들을 위해 공유된 슬로건을 적어 놓았다.

한밤중에 깔깔대는 소리에 깼을 때 이층침대 사이, 방 한가운데에 여자애들 다섯 명이 옹기종기 모여 있었다.

나는 침대에서 기어 나와 사다리를 내려와서 그 사이에 합류했다. "우리 결정을 해야 해." 뮤지컬 배우인 테일러가 모두에게 들리는 소리로 속삭였다. "오늘 밤이 바로 그 밤이야."

이야기가 무르익자 단 몇 명만이 침대에 그대로 누워 있었다.

"자, 이런 게 있어." 테일러가 말했다. "숙소 19호," 하고 그녀는 극적인 효과를 위해 잠시 쉬었다 말했다. "우리는 게이를 이성애자로 만든다."

헉 하는 소리가 둥그렇게 모인 사이에서 새어 나왔다.

"미안한데, 그건 말이 안 돼." 내가 말했다. "여기에 게이를 이성애자로 만들어본 사람 있어?" 우리 중에는 그 여름 동안 남자애와 키스해본 사람이 아무도 없었다. 남자애들 숙소는 숲으로 가로막힌, 거의 1마일은 떨어진 곳에 있었다. "여기서 남자랑 키스해본 적 있는 사람?"

세 개의 손이 위로 올라왔다.

테일러가 내게 물었다. "넌 해봤어, 에미?"

"응, 물론이지." 중학교 때 경험을 포함해서 대답했다. "많이 해봤어."

오보에 연주자는 심란해 보였다. "만약에 그럴 기회가 있었어도 난 어떻게 하는지 몰랐을 거야."

"연습을 해야지." 테일러가 그녀에게 말했다. 그녀는 나를 바라보며 긴 금발 머리카락을 손가락으로 꼬았다. "에미, 나한테 키스해볼래?"

나는 망설였다. 여자애와 키스한 것은 진실 혹은 대담 게임을 했을 때가 다였다. 둘러앉은 원 안의 눈동자들이 나를 쳐다보았고, 나는 앞으로 몸을 뻗어 테일러의 얼굴을 두 손으로 잡았다. 내 입술이 그녀의 입술에 닿았다.

나는 그녀가 물러날 것이라 예상했는데 그 애는 오히려 나에게 키스를 해왔다. 내 입술에 닿은 그 애의 입술이 너무 부드러웠다. 점화용 불씨가 성냥 바로 옆에서 당겨지는 기분이 들었다.

이윽고 테일러가 물러났다. "에미는 정말 잘하네." 그녀가 말했다. "나한테 다시 키스해줘."

그래서 나는 그렇게 했다. 그러자 오보에 연주자가 자신도 가르쳐달라고 말했다. 그녀의 얼굴이 내 앞에서 떨리더니 사르르 녹았다. 그녀는 테일러의 말에 동의했다. "에미는 잘해."

모두 깔깔거렸다. 또 다른 아이가 내 옆으로 왔다. 그녀에게도 키스했다. 그들은 연이어 내게로 왔고 우리의 얼굴은 서로에게 가닿았다. 나는 두 손을 그들의 머리카락 속에 넣었다. 빨강, 검정, 금빛 머리카락. 주위에서 웃음이 터지고 내가 안고 있던 손을 놓았을 때 나는 일곱, 하고 세었다. 우리 운영진이 이층침대와 그녀의 방 사이의 문간에 서 있었다.

"숙소 슬로건을 만들고 있었어요." 테일러가 설명했다. "'우리는 게이를 이성애자로 만든다' 어때요?"

우리는 웃으며 잠자리에 들었다. 사다리가 삐걱거렸다. 대화에 참여하지 않은 몇몇은 미동도 없이 누워 있었다. 대세로 떠오른 의견을 저지하려는 나의 온갖 시도에도 불구하고, 우리는 결국 바닥에 통통한 글씨체로 이렇게 적었다. *숙소 19호: 우리는 게이를 이성애자로 만든다.*

숙소 19호 친구들과 함께 토요일 밤 파티에 갔다. 그해 여름 노래인 케이티 페리의 〈여자에게 키스했어I Kissed a Girl〉

가 나왔다.

테일러는 남자애와 춤을 추겠다는 임무 수행에 실패하고서 인파를 헤치고 우리에게로 왔다. "에미!" 그녀는 비밀을 이야기하듯이 내 귀에 손을 대고 소리쳤다. "이거 네 주제가잖아!"

모두 웃었다. 나는 얼굴이 빨개졌다. 그 애들과의 키스를 즐겼다는 점에서, 그냥 단순히 연습만은 아니었다는 점에서, 그 애들이 나를 걸레라고 부르거나 그보다 더한 잔인한 말을 할 것이라 각오했다. 예상과 달리 테일러는 고래고래 노래를 따라 부르며 잠재적인 이성애자 남자애들을 쫓아내기 시작했다.

저녁으로 바비큐를 먹은 후 숙소 뒤편의 숲을 거닐었다. 아이들의 목소리가 희미한 웅성거림으로 바뀔 즈음, 나무 옆에 쪼그리고 앉아 목구멍에 손을 넣었다.

구역질을 하려는데 순간 질문이 하나 떠올랐다. *뭐 하는 거야?*

나에게는 언제나 자해할 이유가 있었다. '존재'라는 이름의 저급한 메스꺼움, 내 피부를 감싼 지나치게 꽉 끼는 옷, 그리고 슈피리어호만큼 거대한, 태어날 때부터 지니고 있었던 것만 같은 불행. 나는 이미 너무 병들어서 영원히 그렇게 병들어 있을 것이라는 말을 듣고 살아왔다. 하지만 이 평범한 환경 속에서, 나는 갑자기 아이가 되었다. 그날 밤 나는 습관 때문이 아니라면 토할 이유가 없다는 것을 깨달았다. 손에 묻은 침을 나뭇잎으로 닦아내고 친구들에게 다시 돌아갔다.

나무 사진을 찍다가 싫증이 나서 숙소 친구들의 사진을 찍기 시작했다. 숲에 천을 하나 걸어 놓고 누구에게나 잘 어울리는 동일한 검정 탱크탑을 모델들에게 입혔다.

커트는 그 사진들을 마음에 들어 했다. 복잡미묘하고, 모순적인 얼굴들. 그는 고개를 흔들었다. "나는 예쁜 소녀들을 찍기에는 나이를 너무 많이 먹었어요. 지금 내가 그런 사진을 찍으면 음흉한 아저씨처럼 보이죠. 하지만 에미는 할 수 있어요. 혹시 큰 네거티브로 찍어본 적 있나요?" 나는 앤설 애덤스가 요세미티를 찍으려고 8×10인치 유리판을 산에 가져갔다는 이야기를 들은 적이 있었지만, 나에게는 엄마의 35밀리미터 카메라밖에 없었다. 커트는 필름 인화용 벽장을 뒤졌다. 그는 두 개의 렌즈가 있는 검정 벽돌처럼 생긴 것을 들고 왔다.

"조심해요. 무거워요." 그는 내 두 팔에 카메라를 올려놓았다. 나는 그것을 두 손으로 받치고 들었다. 일요일, 오페라를 하는 아이와 나는 연습용 오두막으로 걸어갔다. 이 오두막은 이성 간 갈등의 비무장지대처럼 성별을 갈라놓은 숲속에 군데군데 흩어져 있었다.

해가 거의 저물고 있었다. 금색 빛이 널빤지 바닥에 퍼져 있었다. 삼각대가 망가지는 바람에 카메라를 흔들림 없이 들어야 했다. 매번 사진을 찍기 전에는 잠시 쉰 후 심호흡을 하고 카메라를 들었다. 나에게는 열두 번의 기회가 있었다. 셔터를 누르는 순간순간이 매우 중요하게 느껴졌다. 오페라를 부르는 아이의 어깨에 내려앉은 빛을 포착하지 못한다면 어떻게 그 순간을 기억하겠는가? 나에게는 증거가 필요했다. 전에 무슨 일이 있었든, 앞으로 무슨 일을 겪어야 하든, 그날 저녁 나는 온통 즐거움으로 가득했다.

그 주 사진 수업 후반에 커트는 16×20인치 사진 인화지를 꺼내고 대형 현상 트레이를 몇 개 찾아왔다. 내가 사진을 인화하자—피부의 한 지점에만 초점을 맞추고 나머지는 전부 흐릿한 상태에서 노래하는 아이의 쇄골과 등을 찍은 사진들—그는 사진들을 벽에 핀으로 고정하고 말했다. "학생은 아카데미에 지원해야 해요."

"저는 대학에 갈 거예요. 벌써 룸메이트도 있는걸요. 프랑스어 전공 3학년으로 들어갔어요." 가슴이 조여왔다. 나는 미래가 이미 정해져 있기에 캠프에서 편안한 마음을 가질 수 있었다. 만약 모리스에 가지 않았다면 낡은 티셔츠를 주구장창 입었을 때 그랬듯이 컬럼비아에 가고 싶었을 것이다. 하지만 들어갈 확률이 너무 낮으니 2년간 불확실한 상태로 살아야 한다면 가슴이 갈기갈기 찢어질 것이다.

"아마 아카데미에서 학생에게 장학금을 줄 거예요." 커트는 안경을 접어 데님 셔츠 앞주머니에 넣으며 말했다. "일단 지원해요."

캠프 막바지에, 나는 그의 조언을 따랐다. 지원서를 내고 미니애폴리스의 집으로 오자마자 몸이 아팠다. 엄마는 인터라켄에 보낸, 우리 재정 상황을 보여주는 2페이지 분량의 메일을 나에게 재전송했다. 의료비를 떼고 나면 엄마는 매년 28,250달러의 수입이 있었고 아동 부양비로 월 150달러를 받았다. 몇 년 동안 엄마는 임대 아파트로 몇천 달러를 벌었고 2007년에는 2천4백 달러를 잃었다. 차량 수리비로 3천3백 달러의 빚이 있었다. 퇴직 예금 계좌 외에는 저축한 돈이 없었는데 그마저도 의료 보험료를 겨우 지불할 정도였다. 일하던 부서가 없어지는 바람에 내가 고등학교를 졸업하는 달에 은퇴를 해야 할 처지였다. 엄마는 가지고 있던 여윳돈 전부—그리고 그 이외의 돈—를 그해 내 여름 캠프에 썼다. 나는 사랑받고 있다는 느낌과 약간의 죄책감을 느꼈으나 가장 큰 감정은 솔직하게 드러난 현실에 대한 두려움이었다. 엄마의 쇼핑이 아니어도 우리 상황은 위태로웠다.

앤서니도 아카데미에 지원을 해서 우리는 거의 날마다 메일로 초조함과 희망이 교차하는 심정을 공유했다. 인터라켄에서 소식이 오기를 기다리면서 다시 엄마 집 위층 아파트에 머물며 에어로빅 매트에서 자는 생활을 하고 있었다. 하루에 세 번씩 샤워를 하고 선풍기 앞에서 옷을 홀딱 벗고 책을 읽어도 8월의 후텁지근한 더위가 나를 괴롭혔다. 다행히 맥도널드에는 99센트짜리 해피밀을 특별 판매하고 있어서 엄마와 매일 밤 거기에 갔다. 무음 상태의 텔레비전에서 베이징 올림픽이 시작되는 것을 보면서 에어컨의 사치를 누렸다.

캠프에서 돌아온 지 얼마 지나지 않은 어느 날 저녁, 엄마가 선언했다. "이제 너도 운전연수를 할 때가 됐어."

"그럴 시간 없는데." 생각하고 싶지 않았지만 모리스로 떠나기까지 2주하고 하루가 남아 있었기 때문이다.

"지금 남은 시간이면 딱 알맞아." 엄마가 애플 디퍼를 캐러멜에 담갔다. 그 말에 엄마가 나와 생일이 같은 낡은 코롤라를 나를 위해 남겨두었다는 사실이 생각났다.

수년간 엄마에게 교회 주차장에서 운전을 가르쳐달라고 졸랐다. 그런데 지금은 이렇게 쏘아붙였다. "배우고 싶지 않아." 나는 안전을 문제 삼았다. 엄마는 이런저런 가벼운 사고를 많이 냈다. 심지어 졸지도 않은 상태였다. 엄마는 그 것을 '깜빡 졸음'이라 불렀다.

"쳇!" 엄마는 내 걱정에 이렇게 반응했다. "운전을 하고 싶지 않다니 내 10대 딸에게 대체 무슨 문제가 있는 거야? 차는 자유, 독립, 어른이 된다는 의미라고!" 엄마 말이 맞았다. 그게 바로 내가 두려운 이유였다. 인터라켄으로 떠나든 모리스로 떠나든 나는 성년으로 접어들고 있었다. 우즈 박사는 내가 해방되는 것이라고 말했지만 나는 그 말에 마음이 상했다. 나는 엄마의 딸로 살고 싶었다. 엄마가 필요하지 않게 되자 이제야 그것이 가능해 보였으니까.

투덜거렸음에도 나는 매일 오후 2마일을 자전거로 달려 번화가 상점으로 가서 다른 15살 아이들과 플라스틱 의자에 앉아 있었다. 스파게티끈 탱크톱 아래로 햇빛에 탄 살갗이 벗겨졌다. 남자애들의 팔은 반팔을 입은 그대로 탄 자국 때문에 핫도그처럼 보였다. 나는 정지 표시와 평행 주차의 약어에 집중할 수 없었다. 머릿속에는 온통 인터라켄 아트 아카데미가 가득 차 있었다. 나는 왜 내가 지원하기가 꺼려졌는지 왜 컬럼비아의 꿈을 마음속에서 떨쳐내고 대학, 그러니까 아무 대학이나 가려고 했는지를 알았다. 불확실성이 고통스러웠기 때문이다.

VHS 테이프에 운전 강사가 나타났다. 교실 한구석에 설치된 TV에서 운동복을 입은 어떤 엄마가 운전을 하다가 죽은 우등생 자녀를 생각하며 흐느꼈다. 나는 교실에서 뛰쳐나와 화분에 몸을 기대고 다이어트 마운틴듀와 바나나를 토했다.

모리스로 떠나기 일주일 전까지, 인터라켄에서는 아무 소식이 없었다. 처음으로 아네트가 나를 자신의 집으로 데려갔다. 자연보호구역 옆에 있는 화사한 복층 주택이었다. 그녀는 펜트리에서 유리병에 담긴 산펠레그리노 탄산수를 꺼내주었다. 나는 얼빠진 표정을 하지 않으려고 노력했다.

소파에 앉자 그녀가 물었다. "대학에서 뭘 공부할 생각이니?"

"아마 영문학이요. 아니면 프랑스어요. 그리고 의예과

공부도 하려고요."

"에미, 잘 들어." 그녀는 한숨을 쉬었다. 그녀는 내가
얼마나 프랑스어를 좋아하고 책을 좋아하고 글쓰기를 좋
아하는지 잘 안다고 말했다. "하지만 그건 책임감이 없는 거
야." 그런 것들을 공부하는 사람은 부양해줄 가족이 있는
사람들이었다. 나는 졸업하면 취직을 할 수 있어야 했다.

"의사가 될 수 있지 않을까요? 나중에 의과대학에 가
면?"

"그게 얼마나 비싼지 아니?"

나는 고개를 저었다.

"이름에 '프랑스'가 들어가는 건 전공하지 않겠다고 약
속해. 또 '문학'도."

화가 나고 슬퍼서 크게 숨을 내쉬었다. 하지만 엄마가
예술이 아닌 다른 것을 공부했더라면 얼마나 좋았을까 수없
이 한탄했던 것을 생각하면 이해가 되는 말이었다. 나는 유
리잔을 빙글 돌려서 거품이 표면에서 탐스럽게 춤추는 것을
보면서 그러겠다고 답했다.

그날 밤, 아네트와 나는 쇼핑몰에서 엄마를 만나 저녁
을 먹었다. 우리는 주차장이 내려다보이는 빅 보울 레스토
랑의 파티오에 앉았다. 모든 것이 달콤하면서도 쓸쓸하게
느껴졌다. 서늘한 공기, 귀뚜라미 울음소리, 내가 곧 떠난다
는 사실 모두가.

엄마는 자신이 보낸 여름에 대해 이야기했고 아네트는

줄곧 듣고 있었다. 나의 시선은 내 멘토에게 머무르고 있었다. 레이크빌이나 거주치료소의 그 누구와도 연락을 하고 있지 않았기 때문에 학교로 떠난 이후에는 분명 아네트를 다시 만날 수 없으리라.

엄마가 화장실에 갔을 때 아네트는 웨이터를 불러 신용카드를 건넸다. 그러고는 가방에서 봉투 하나를 꺼냈다. "나중에 집에 가서 열어봐."

엄마가 다시 돌아왔고 나는 아네트와 포옹했다. 작별 인사를 하면서 동요되지 않으려고 일부러 뻣뻣하게 행동했다.

짐을 싸기 위해 엄마의 아파트로 돌아왔다. 하지만 먼저 봉투부터 열어보았다. 입으로 숨을 쉬면서 아슬아슬하게 쌓인 잡동사니 사이를 지나 욕실로 들어갔다. 엄마 방을 빼면 아파트에서 유일하게 문이 있고 엄마 침대 이외에 앉을 공간이 있는 유일한 곳이었다. 내 옆에는 빈 땅콩버터 통들과 발 달린 욕조에서 흘러나온 더러운 세탁물이 있었다. 바닥에는 내가 거기 살 때 사용했던 흡입기로 가득한 신발상자가 눈에 띄었다.

봉투를 찢고 안에 든 카드를 꺼냈다. 작별 인사와 그동안 즐거웠다는 등의 내용이 있으리라 기대했다. 그러나 봉투 안에는 졸업을 기념하기라도 하는 것처럼 "축하합니다"라고 적혀 있었다. 새로운 시작에 관한 시와 함께 수표 한 장이 바닥으로 떨어졌다.

영수증과 버려진 설명서로 뒤덮인 바닥에서 그것을 집어들었다. 2천 달러였다. 나는 숨이 턱 막혔다. 살면서 손에 쥐어본 중 가장 큰 돈이었다. 눈물이 흘러나왔다. 고마움이라는 말로는 표현할 수 없는 심정이었다. 갑자기 답이 없어서 제쳐놓았던 문제들이 현실로 닥쳐왔다. *세탁비는 어떻게 내지? 학교가 쉬는 동안에는 어디로 가지? 학교에서 내 문제들을 해결해줄 수 있을까?*

아네트는 이런 부분을 생각했던 것이다. 나의 멘토는 나에 대해서, 그리고 나에게 필요한 것에 대해서 고민했던 것이다. 나는 그녀가 작별 인사를 한 것이 아님을 깨달았다.

모리스에 가기 사흘 전, 인터라켄에서 전화가 왔다. 합격이었다. 하지만 수업료가 1만 달러 이상이었고 우리에게는 그만한 돈이 없었다. 엄마는 나를 캠프에 보내기 위해 모을 수 있는 돈을 모두 긁어모았던 터라 남은 것이 없었다. 엄마는 탄원서를 썼고 우리는 기다렸다. 일요일에 모리스에 가게 되어 있었지만 어떻게 해야 하냐고 엄마에게 묻고 싶지 않았다. 우리는 침묵 속에 시간이 가는 것을 지켜보았다. 기숙사가 열렸고 열쇠 수령이 시작되고 열쇠 수령이 끝났다.

다음 날 밤, 아직 아무 소식이 없어서 잠들 수 없었다. 나는 밤새 뒤척였다. 문이 열리는 소리가 들렸다. 엄마가 와서 털이 엉킨 카펫 위 내 옆에 누웠다. "에어로빅 매트 줄까?" 엄마에게 말했다. 엄마의 얼굴이 젖어 있었다. 엄마가 그렇게 침울해하는 모습에 충격을 받았다.

"우리 내일 짐 싸서 모리스로 가야 할 것 같아." 엄마가 말했다.

나는 고개를 끄덕였다. 나무 냄새가 너무나 그리웠지만 그렇게 하는 게 순리라는 것을 알고 있었다. 엄마가 최선을 다했다는 것을 알고 있다는 내 마음이 전해지길 바라며 한 팔로 엄마를 안았다.

쌀 짐이 많지 않았다. 캠프에서 가져온 인화지들을 배낭에 집어넣고 헤너핀 카운티에서 돈을 지불해준 옷들을 챙겨 넣었다. 내 방으로 와서 방 안을 한번 둘러보았다. 예전에 입던 옷가지들을 뒤져보았다. 하나같이 퀴퀴한 냄새가 났다. 그러다가 하늘색을 언뜻 보고는 흠칫 놀랐다. 컬럼비아 대학교 티셔츠였다. 숨을 죽이고 그것을 펼쳐서 구멍이 났거나 쥐 오줌이 묻어 있는지 살펴보았다. 꽤 멀쩡했다. 손가락으로 학교 이름을 새긴 빛바랜 하얀 글자들을 만져보았다.

전화벨이 울렸다. 달려갔지만 전화를 놓쳐버렸다. 근무 중인 엄마에게 전화를 걸었다. 엄마는 인터라켄의 재정지원 사무실과 통화를 하고 있었다. 나에게 다시 전화를 한 엄마는 흐느끼고 있었다. 인터라켄에서 나에게 8천 달러를 지원해주었다. 엄마의 목소리에서 안도감이 느껴졌지만 수치심 역시 묻어났다. 지금까지 연락을 기다리면서, 이런 행운이 없었더라면 엄마가 아무리 진심이었어도 모두 수포로 돌아갔으리라는 사실을 뼈저리게 실감했다는 듯이.

앤서니도 합격했다. 그러나 대공황 이후 최악의 구직 시장 속에서 그의 엄마가 일자리를 잃었음에도 인터라켄에서는 2만 달러를 청구했다. 그 소식을 듣고 나는 눈앞에 닥친 상황—내가 들었던 시점에서—이 나보다 더 절박해 보이는 아이보다 어떻게 내가 더 많은 지원을 받은 것인지 이해하기가 힘들었다. 앤서니를 생각하면, 의심 많은 어른들이 머리는 부스스하지만 호감을 얻기 쉬운 백인 여자애인 나에게 제공한 혜택을 10대 소년은 받지 못했다는 사실이 두려웠다. 나는 보딩스쿨이 우리를 구원해줄 것이라 믿었고 만약 앤서니가 이 숲이 우거진 캠퍼스에 안착하지 못하면 큰일이 벌어질 것 같았다. 한번 찾아온 기회를 놓치면 다음 기회도 영영 오지 않는 법이었다.

인터라켄은 나에게 우수 장학금을 주었는데 그건 무슨 의미였을까? 예술은 다분히 주관적이다. 나는 그저 10대 여자애의 사진을 찍었을 뿐이고 그 애들을 아름답게 보이게 하기란 어렵지 않았다. 왜 하필 나였을까? 내가 혜택을 받으면 누군가는 박탈당했음을 의미하는 구조에 의구심이 들었다. 어떤 멍청이를 제친 것이기를 바랐지만 사실 내 친구에게 주어지지 못한 기회를 내가 얻은 것이었다. 이 생각이 떠오를 때마다 나는 눈을 꾹 감고 떨쳐내야만 했다. 미쳐버릴 것 같았기 때문이다.

일을 마치고 집에 온 엄마를 보자 나는 길목까지 뛰쳐

나가 능소화 덩굴이 뒤덮인 울타리 옆에서 온통 땀범벅인 엄마를 껴안았다. "우리가 해냈어!" 엄마가 말했다. 엄마에게 너무나 고마웠다. 데이브와 잰이라면 나를 가게 두지 않았을 것이다. 거주치료소에서 이건 생각할 수도 없는 일이었다. 엄마 옆에 붙어 있었던 게 옳았다는 생각이 들었다.

"우리 축하를 해야지?" 엄마가 말했다. "해피밀 어때?"

10장
살아있는 한 삶은 바꿀 수 있다

나는 지금 다리를 떨면서 명문 대학에 들어가기 위한 첫 번째 계획을 적은 포스트잇을 손에 쥔 채 인터라켄의 생활지도실에 앉아 있다. 계획대로 될 수도 있고, 그렇게 된다면 적어도 엄마의 전철을 밟지는 않을 것이다. 나는 모든 것을 바칠 준비가 되어 있다. 그저 약간의 도움이 필요했고 그게 가능한 여성을 만날 참이었다.

"당신이 에미인가요?" 한 여자가 출입구에서 들어오며 물었다. 자리에서 벌떡 일어나 그녀의 인상을 살폈다. "나는 켈리라고 해요." 그녀가 말했다. *나의 구세주*, 라고 나는 생각했다. 단발머리가 얼굴 주위를 감싸고 있어 헐렁한 스웨터에 편한 차림에도 진지한 인상으로 보였다.

나는 그녀가 사무실 문을 닫자마자 말했다. "저는 좋

은 학교에 들어가고 싶어요. 컬럼비아 대학 같은, 아이비리
그 대학에요."

"봄이 오기 전까지 대학 상담은 하지 않아요." 켈리는
사무적으로 답하고 컴퓨터 앞에 앉았다.

"저기, 저는 바로 대학에 진학*하려다가* 여기로 왔어
요." 내가 말했다.

"우리는 수강할 수업을 정해야 해요."

나는 입술을 깨물고 포스트잇에 적은 목록을 읽었다.

켈리가 마우스를 클릭했다. "이 과목들은 다 마감됐어
요." 그녀는 하루 두 시간의 회화와 두 시간의 조소를 포함
해 지금 들을 수 있는 과목 시간표를 인쇄해주었다.

"혹시 사진을 수강할 수 있을까요? 그것 때문에 들어
왔거든요. 그림은 그릴 줄 몰라요."

"시각미술 전공은 모두 능숙해질 때까지 회화를 들어
야 해요. 시각미술과 학과장님 뜻이 그래요." 나는 그녀의
인내심이 바닥나고 있음을 감지했다.

"알겠어요." 조언 부스러기라도 감지덕지한 마음으로
말했다. "명문대에 들어가려면 또 어떤 걸 해야 할까요?"

"말했다시피 저학년의 고민을 들어줄 시간이 없어요."
켈리는 미소를 짓고는 볼링 그린 머그잔에 든 커피를 한 모
금 마셨다. 켈리가 내 상황에 대해 조금이라도 알고 있다면
내가 *어제까지만 해도* 여기에 올 수 없었을지도 모르는 사정
을 이해했을 것이다. 스벤슨 박사가 대학에 가라고 말하면

서 어느 대학에 가고 싶으냐고 내게 묻지 않았다면, 나는 크게 잘못된 길로 갔을 것이다. 어째서 대단한 보딩스쿨의 생활지도 담당자가 외래 정신과 의사보다도 학생의 잠재력을 중시하지 않는 걸까? 갑자기 기분이 나빠졌다.

대기실에는 학생들이 시간표를 정하기 위해 줄을 서 있었다. 켈리는 나에게 그랬던 만큼이나 그들에게 할애할 시간도 빠듯하겠지만 상황을 설명할 기회도 없이 성가신 사람으로 치부된 것은 여전히 실망스러웠다. 포스트잇을 구겨서 휴지통에 던져버렸다.

예비 교육 시간에 교장 선생님이 말했었다. "우리 아카데미의 사명은 학생들이 예술 분야에 진출할 수 있도록 준비시키는 것입니다." 나는 팔짱을 끼고서 이 학교의 사소한 면면까지 다 이해하려 했다. 교장 선생님은 줄리어드, 이스트만 음악대학, 그리고 다른 예술학교로 진학한 학생들의 숫자를 줄줄이 읊었다. 아카데미 측은 캠프 참가자 대상의 의무 설명회에서 이 수치를 자랑했고—미국 오케스트라 단원의 17퍼센트가 캠프 또는 학교 동문들이다!—당시 나는 제1 바이올린 주자를 길러내는 인터라켄의 훌륭한 역량이 아이비리그에 입학하는 데에도 도움이 될 것이라 짐작했다. 그러나 켈리와 이야기를 나눈 후 기대가 사그라들었다.

목요일에 시각미술 전공자들은 예술대학에서 열리는 첫 번째 의무 설명회를 위해 모였다. 나는 브라운 대학과 학점 교환이 되는 최상위권 학교인 로드 아일랜드 디자인 스쿨의 순서를 고대하고 있었다. "여기서 리즈디(RISD; 로드 아일랜드 디자인 스쿨—옮긴이)에 들어가는 사람은 아무도 없어." 분홍색 머리에 독특한 피어싱을 한 상급생이 눈을 굴리며 나에게 말했다. "여긴 너무 *개념적*이야."

"그게 무슨 뜻이야?" 특별히 잘하는 사람이 아무도 없다는 뜻일까 봐 걱정스러웠다.

학과장은 카즈라는 이름의 콧수염을 기르고 킬트를 즐겨 입는 남자로, 캠프 설명회에서 슬그머니 뒷줄에 숨어서 사람들의 관심이 줄어들 때 등장하기 위해 기다리고 있었다. 카즈는 아카데미로 오라고 설득할 때 아주 능숙하고 호들갑스럽기까지 했다. 그러나 회화 수업을 의무적으로 들어야 한다거나, 사진 수업을 듣지 못한다거나, 매일 진행되는 네 시간의 미술 수업이 다른 모든 수업보다도 성적에 더 크게 반영될 것이라는 언급은 한 적이 없었다.

예민한 치료사처럼 옷을 입은 여자가 학교를 소개하는 파워포인트를 넘겼다. 각양각색의 작품들을 만드는 얼터너티브 예술가 같은 학생들의 사진에 산뜻한 그래픽이 더해져 있었다. 수업료에 관한 슬라이드로 넘어갔을 때 나는 놀라서 손으로 입을 막았다. 엄마와 같은 학위를 받는 데 1년에 5만 달러. "질문 있나요?" 그녀가 물었다.

나는 손을 들었다. "혹시 재정 보조가 있을까요?"

카즈가 나를 쏘아보았다.

입학사정관은 연방 무상 학비 보조금인 펠 그랜트, 우

수 장학금, 학비 융자에 대해 한참 설명을 늘어놓았다. 학교를 졸업하려면 2만 달러의 빚을 지게 된다는 뜻이었다. 그것은 엄마 집보다도 더 비싼, 무시무시한 액수였다. 학생 융자가 어떤 식으로 운영되는지 몰랐지만 나에게 그렇게 큰돈을 빌려줄 사람이 있을지 감도 잡히지 않았다.

대학에 들어가는 것은 넘어야 할 하나의 산에 불과하고 학비라는 다음 문제가 기다리고 있음을 비로소 눈치채기 시작했다. 최상위권 학교일수록 학비가 비쌀 것이라고 생각하기 쉬웠지만 반드시 그런 것도 아니었다. ACT를 치고 메일 주소를 써서 보낸 이후로 날마다 여러 대학교에서 광고 메일을 받았다. 지역 학교들은 입학 지원이 간단하다는 점을 강조했는데 세부내용을 살펴보다가 듣도 보도 못한 학비에 경악했다. 다트머스와 예일은 그들의 재정 보조 프로그램을 홍보했는데 소득이 6만 달러 미만인 가정은 학비가 무료였다. 아이비리그 수준의 학교들은 서로 더 많은 보조금을 제공하려고 경쟁하는 반면, 그보다 한 단계 아래지만 아주 좋은 학교들은 그럴 만한 자금이 없었다. 미네소타 대학에 갔다면 몇 년 동안 지불했을 대학 학비를 예술 보딩스쿨에서 쓰고 있는 나로서는 전액 장학금을 받아야 한다는 압박이 더 무겁게 다가왔다.

데이브와 잰의 집에서 벗어나 엄마와 떨어져 있는 것에 감사했지만 이따금 실수를 한 것은 아닌지 걱정스러웠다. 보딩스쿨은 대체로 부유한 학생들에게 정신적인 충격을 받은 후 휴식처이자 가정 내 갈등으로부터의 도피처인, 일종의 정신 건강 회복의 장소였다. 인터라켄 아카데미는 거주치료소와 유사한 기관 같은 느낌이 있었다. 나는 경보 장치가 있는 문과 병원용 가구들이 있는 기숙사에서 150명의 여자애들과 함께 살았다. 우리는 심지어 모든 음식 맛이 돌덩어리 같은(현명한 학생들은 바나나를 비축했다) 스톤 다이닝 홀에서 거주치료소에서 먹었던 것과 같은 음식을 먹었다. 하지만 나는 거주치료소에서 지낸 이후로 모든 결정권자들이 최선의 경우 나에게 무관심하고 최악의 경우 나를 쫓아내려 한다는 생각을 내내 해왔기 때문에 불안함을 떨치지 못하고 있었다.

그런 암울한 상황에 대한 위기의식은 학교에 들어온 지 2주에 접어들던 시기에 리먼 브라더스가 무너지면서 심해졌다. 그림을 그리다가 손목터널증후군이 생겨 팔뚝을 문지르면서 기숙사 로비에 설치된 TV 앞에 서 있었다. 2006년 여름 몇몇 친척들이 경기 침체로 집을 잃었다는 이야기를 들은 바가 있지만 상황이 갑자기 심각해진 것 같았다. 그날 늦게 전화를 한 엄마는 일자리를 잃거나 아니면 내 대학 학자금처럼, 주식에 투자한 연금을 잃게 될까 봐 제정신이 아니었다.

"학교에서 장학금 받고 다니는 애들을 내보낼 것 같니?" 카페테리아에서 의무 봉사 활동으로 교대 근무를 하는데 오보에를 전공하는 아이가 나에게 물었다.

"그럴 수도 있어?"

"못할 게 뭐 있어?" 그는 유리잔에 담긴 초코우유를 한 모금 마시며 어깨를 으쓱했다. 나는 눈꺼풀에 힘을 주고서 그런 생각을 하지 않으려 애썼다. 오보에 연주자는 탁자를 닦으려고 행주를 꼭 짰다. 그는 더러운 물 양동이를 가리키며 말했다. "이게 우리가 예술계에 진출하기 위한 진정한 준비겠지."

수업이 시작되기도 전에 나는 예술을 불편한 것으로 치부하게 되었다. A학점을 받을 수 있을 최소한의 정도로만 참여하면서 다른 수업에 집중했다. 인터라켄이 아이비리그에 보내는 학생이 별로 없다는 사실과 상관없이 난 내 길을 갈 것이다.

그러던 어느 날 물리 선생님이 문제를 푸는 대신 반사와 광학의 *아이디어*에서 영감을 받은 아트 프로젝트를 과제로 내주었다. 수업이 끝나고 그에게 다가가 질문했다. "이 프로젝트가 AP 물리 B나 물리 C 시험을 준비하는 데 도움이 될까요?" 그는 생각에 잠긴 듯 자신의 턱수염을 쓰다듬었다. "이건 시험을 위해서 하는 것은 아니지."

나는 눈물을 꾹 참으며 홀을 터벅터벅 걸었다. 영어 수업 시간에는 선생님이 책상에 걸쳐 놓은 하버드 스웨트 셔츠를 보았다. 나는 숨을 들이켰다. 어쩌면 그가 하버드 소속이라는 사실이 나에게 도움이 될지도 몰랐다.

"나는 웨스콧이에요." 그는 자기소개를 하고는 하버드

가 새겨진 머그잔에 든 음료를 마셨다.

"아는 것에는 수많은 방법이 있어요. 공간적, 운동감각적, 시각적, 음악적 방법이 있지요. 언어적 지식만이 전부는 아닙니다." 꼭 나를 겨냥한 뼈 있는 말 같았다. 마치 내가 유일하게 관심을 가진 앎의 방법은 대학에 들어가는 법이라는 것을 꿰뚫어본 것처럼 느껴졌다.

그는 하버드에서 들은 2주간의 교육에 관해 설명했다. 그것이 바로 그의 하버드 명찰목걸이 줄의 출처였다. 그는 2주 동안 주로 기념품 가게에서 시간을 보낸 게 틀림없었다. AP 미적분학 수업에 들어갔을 때 비로소 안도의 숨을 내쉬었다. 과목 이름에 AP가 들어 있을 뿐 아니라 내용도 정상적으로 보였기 때문이다. Z 선생님은 칠판 앞에 서 있었다. "학교에서 이걸 화이트보드로 교체하려고 했었죠!" 그녀는 고개를 저으며 말했다. 분필 가루가 그녀의 감청색 바지 위에서 춤을 추었다.

Z 선생님은 제시간에 수업을 시작하면서 우리가 미분을 이해할 수 있게 도와주는 이야기를 들려주었다. "여러분 중 대다수가 수강을 철회하게 될 겁니다." 수업이 끝날 때 그렇게 단언하는 그녀는 흡족한 표정이었다. 그 말은 내게도 만족스러웠다.

AP 미적분학 수업에 남기로 한 학생들은 저녁을 먹은 후 숙제를 하기 위해 교실에 모였다. 자주 오는 아이 중에서 피아노를 전공하는 샬럿이 프랑스어를 유창하게 구사해서 우리는 세미나 테이블에 옹기종기 모여서 수학의 프랑스어 번역을 추측했다. dérivitif(미분), intégral(적분), le chain rule(연쇄 법칙) 등등. 다른 학생들과 달리 샬럿은 교복 규정을 어기는 법이 없이 늘 푸른 수레국화 색깔의 옥스포드 셔츠를 감청색 바지 안에 넣어 입었다. 그녀는 꼭 안경을 쓴 어린 왕자 같았다.

어느 날 저녁, 그녀가 나에게 토요일 밤에 함께 숙제를 하자고 제안했다. 나는 설레었다. 토요일 밤에 약속이 있었던 때가 언제였는지 기억도 나지 않았다. 기숙사 지하에서 그녀를 기다렸다. 형광등 불빛 아래 자판기가 응응거렸다. 세탁기가 돌면서 진동하는 바람에 공기는 더웠고 깨끗한 섬유 내음이 났다. 샬럿이 도착했다. "쥬 쉬 데졸레(미안해)." 3분 늦게 온 것을 사과했다. 그녀는 엘엘빈 배낭에서 쿠키가 담긴 밀폐용기를 꺼냈다. 내가 의아해하는 것을 알아채고서 오늘 저녁 직접 만든 것이라고 설명해주었다. 샬럿이 캠퍼스 밖에 사는 건 알고 있었지만 가족과 사는 사람들은 토요일 밤에 쿠키를 굽나? 나에게는 신선하게 느껴졌다. 아직 따뜻한 쿠키를 한 개 집어먹었다. 쿠키 위에서 소금이 반짝거렸다.

"트레 비앙(정말 맛있어)!" 나는 그녀에게 말했다. "메르시, 메르시(고마워, 고마워)." 연습실에서 흘러나오는 비올라와 피아노 소리를 들으며 우리는 한동안 쿠키를 먹었다. 벽 위쪽에 달린 창문을 통해서 웃음소리와 베이스 소리가 새어

들어왔고 학생들이 춤추는 소리가 들렸다. 지금은 샬럿 옆에 앉아서 아웃사이더로 있는 것에 만족했다. 그 주의 숙제를 다 마치자 샬럿은 다시 처음부터 숙제를 점검했다. 보통 나는 답안을 다시 푼 적이 없었다. 그러나 달리 가고 싶은 곳이 없었고 샬럿이 나를 좋아해주었으면 하는 마음에 나도 따라서 숙제를 다시 하고 싶었다.

10월 초, 우편함에서 카드를 발견했다. 에드나 할머니에게서 온 카드인가 싶었지만 대개 돌아가신 할아버지의 성 앞에 'Mrs.'를 붙이는 곳에 적으시던 발신인 주소가 없었다.

카드에는 작은 요정 그림과 함께 반짝이는 "생일 축하해"가 적혀 있었다. 안에는 홀마크의 시 아래, "잘 지내길 바란다. 사랑해"라는 두 줄의 글이 적혀 있었고 미셸의 서명이 있었다.

가슴이 아파왔다. 연락을 안 하고 지낸 지 5년이 지났다. 에드나 할머니나 내 학교 계좌에서 수표를 쓴 사촌이 학교 주소를 알려주었을 것이다. 나는 감사해야 한다는 것을 알고 있었다. 이건 의미 있는 일이다. 그동안 어른들이 얼마나 많이 나에게 부모가 마지막 숨을 거둘 때까지 참으라고, 이해하라고, 용서하라고 이야기했던가?

그러나 나는 카드를 구겨서 쓰레기통에 던져 넣고 싶었다. 학교에서 살게 되자 나는 정상적인, 그럴듯한 이유로 가족과 떨어져 사는 것처럼 포장할 수 있었다. 하지만 내 부모를 연상시키는 것은 무엇이든 그 환상을 깨뜨렸다. 그래도 차마 카드를 버릴 수는 없었다. 우리 관계의 종결처럼 여겨질 것 같았기 때문이다. 게다가 끝을 내는 사람이 나인 것만 같았다.

방으로 돌아와서 책상 맨 아래 서랍에 봉투를 밀어 넣고 잊어버리려고 했다. 숙제와 씨름하고 있는데 요정 카드가 자꾸 떠오르며 아직 나는 내 부모의 아이라는 사실을 일깨웠다. 내가 그들에게 아무런 의무를 다하지 않는다 해도 그들에게는 부모로서의 자격이 있었다.

학기가 시작한 지 몇 주가 지났을 때 엄마가 '가족 주간'을 맞아 나를 찾아오겠다고 말했다.

"내 생일이야." 나는 사정했다. "오지 말아줘. 나에게 주는 생일 선물이라고 치고." 영어 수업에서 첫 번째 '성찰 일지'를 제출해야 하는 날짜도 다가오고 있었다. 설상가상으로 그다음 주에는 PSAT(전국 성적 우수 장학금 자격 시험)가 있었다. 이름에 '장학금'이 들어 있는 만큼 나는 반드시 자격을 얻어야 했다. 거기다 엄마가 오면 가스비—엄마에게 없다는 돈—도 나올 것이다. (아네트의 수표는 고무풀과 세탁 비용으로 썼다). 무엇보다도 인터라켄은 엄마에게서 자유로운 나의 공간이었다. 왜인지 딱 꼬집어 말할 수는 없었지만, 엄마를 보고 싶지 않았다.

엄마는 오는 것은 자기 마음이라면서 내가 좋아하든

말든 오겠다고 했다. 엄마 말이 틀리지 않다는 사실이 나를 더욱 화나게 했다.

　내 생일이 오기 전 금요일, 엄마는 밤새도록 차를 몰았다. 토요일에 수업이 있었기에 나는 아침 8시에 스튜디오 건너편에 서 있는 엄마를 발견하고 쏘아보았다. 엄마의 옷은 구겨져 있었고 머리카락은 기름기 때문에 한쪽으로 붙어 있었다. 우리는 그다지 닮지 않아서 나는 아무도 우리를 알아보지 못하기를 바랐다.

　"오늘의 과제는 여러분의 부모님을 그려보는 겁니다." 선생님이 말했다. 엄마가 활짝 웃었다. "안녕, 허니!" 그녀는 내 소묘용 의자 옆에 앉으며 말했다. 앞으로 두 시간 내내 엄마를 쳐다보고 있어야 한다.

　복수할 요량으로 나는 사물의 윤곽을 그리는 컨투어 드로잉으로 그리기로 마음을 정했다. 종이를 쳐다보지 않고 얼굴 윤곽을 그려서 엄마를 흉측해 보이는—바라건대—얽히고설킨 선들로 표현할 것이다. 엄마는 가까이에서 관찰당하는 즐거움을 숨기지 못했지만 긴장을 푼 편안한 표정이었다. 부글거리는 속으로 턱을 악물고서 엄마의 주름, 뺨에 생긴 주근깨, 턱과 입술에 솟은 솜털에 특히 주의를 기울였다.

　선생님이 끝날 시간을 알렸을 때 나는 엄마를 두 번 그린 상태였다. 보드에 고개를 숙이고 두 개의 그림을 보았다. 한 그림에서 엄마는 나에게 프랑스어로 마망maman이라고 불릴 때와 같이 품위 있고 사랑스러워 보였다. 한편 또 다른 그림에서는 입술이 얼굴에서 살짝 미끄러져 내려서 기괴한 '어머니'처럼 보였다.

놀랍게도 이 둘은 이제껏 내가 그린 그림 중에서 가장 훌륭했다.

나는 엄마에게 오늘 너무 바빠서 엄마와 보낼 시간이 없고 이미 저녁 약속이 있다고 말했다. 마침 같은 날 생일인 한 친구의 부모가 딸의 생일을 축하하기 위해 딸의 친구들을 두 대의 차에 나눠 태워서 트래버스시티에 있는 멋진 레스토랑에 데리고 갔다. 난생처음으로 버터넛 스쿼시 라비올리를 먹었다. 촛불이 켜진 식탁에서 먹는 음식은 입안에서 녹았다. 차 안에서 단백질바로 저녁을 때울 엄마를 생각하니 죄책감에 가슴이 쓰렸다. 종업원이 디저트를 가지고 왔을 때, 거기에는 나를 위한 촛불 켜진 케이크도 있었다. 친구가 부모에게 에미도 생일이라고 귀띔을 해두어 그분들이 레스토랑에 미리 부탁해두었다고 했다. 나는 조용히 눈가를 훔쳤다.

통금 시간 직전에 기숙사로 돌아오자 다시 엄마 생각이 났다. 커튼을 열고 소나무를 응시했다. 너무 어두워서 아무것도 보이지 않았지만 엄마가 뷰익에 앉아 일기를 쓴 다음 운전석을 뒤로 젖히고 잠을 청하는 모습을 상상했다. 그 광경이 너무 쓸쓸하게 느껴져서 욕실로 가서 샤워기를 틀고 속죄하듯 저녁으로 먹은 것을 토했다. 그러고 나니 그렇게 근사한 음식을 게워낸 내 자신이 미웠다.

다음 날, 나는 화를 풀고 엄마에게 전화했다. 쇼핑몰에서 나는 엄마를 보더스 레스토랑으로 이끌었다. "여기 올 줄알았으면 쿠폰을 찾아보는 건데." 엄마는 슬픈 표정으로 말했다.

"나 SAT 책이 필요해. 알겠지?" 나는 딱 부러지게 말했다. 2년이나 공부했지만 수학 점수는 아직 내가 받아야 하는 수준에 도달하지 못했다. 이미 도서관에서 모든 책들을 훑어본 후였다. 나는 『1000 새로운 SAT 수학 문제』라는 두꺼운 책을 집어 들었다. "이걸로 할래."

엄마는 항상 창고 정리 할인에서 찾을 수 있는 것 중에 내게 필요하다고 생각되는 것들—그리고 내게 필요 없는 많은 것들—을 사다주었다. 하지만 엄마 생각에 할인 행사에서 찾을 수 없는 것은 필요한 것이 아니었다. 엄마는 머뭇거리며 신용카드를 꺼냈다.

나는 새로 산 책을 가슴에 안았다. 이를 갈아서 얼굴이 욱신거렸다. 나쁜 딸이 된 기분이었지만 이게 다가 아니었다. 엄마가 가타부타하기 전에 엄마를 신발 가게로 이끌었다. "운동화 좀 보려고요." 나는 점원에게 말했다. 그리고 싸구려 스니커즈를 너무 오래 신어서 안쪽으로 굽은 내 발을 보여주었다.

엄마는 혹시 할인하는 것이 있냐고 물었다. 점원은 없다고 했다. 누가 엄마에게 냅다 비명이라도 지른 것처럼 얼굴을 움찔했다. 그래도 엄마는 신용카드를 내주었다.

점원이 쇼핑백을 건네자마자 엄마에게 사과하고 싶었다. 엄마는 나를 사랑하는 것을 증명했다. 이제 환불할 수 있었다. 나는 돈에 대해 잘 알고 있었다. 일단 쓰고 나면 돈은 영영 사라져버린다. 평생 아쉬워하게 될 수도 있다. 하지만 나는 그 물건들이 필요하기도 했다. 지금 사지 않으면 언제 살 수 있을지 알 수 없었다. 굳은 표정으로 안에 든 것들을 가질 자격이 있다는 듯이 쇼핑백을 들었다.

엄마를 따라 쇼핑몰을 나와 차에 올랐다. 엄마는 캠퍼스를 향해 달리기 시작했다.

"내 생일이니까 같이 저녁이라도 먹을 줄 알았는데."

"어디 가고 싶은데?" 엄마는 나를 쳐다보지 않은 채 물었다.

"모르겠어. 아무데나." 어젯밤 생일 촛불과 라비올리를 생각하며 대답했다. 그렇게 값비싼 것을 떠올리며 그런 것에 사랑이라 이름 붙이는 자신이 미웠다.

엄마가 갓길에 차를 세웠다. "어디 가고 싶은지 말해야 알지."

"나도 몰라!"

"버거킹에서 감자튀김 먹어도 되지?"

"이 주변에 버거킹이 어디 있는지 몰라."

"맥도널드는?" 쇼핑몰에는 앉아서 식사하는 식당들도 많았지만 엄마가 그만큼의 돈은 쓰고 싶어 하지 않는 것을 알았기 때문에 굳이 물어보지 않았다.

"모르겠어." 당황스럽게도 눈물이 나올 것 같아서 그렇게 말할 수밖에 없었다. 엄마가 나에게 화가 났다는 것을 알았지만 내게도 방어가 필요했다. 엄마에게 나는 내가 억지로 뜯어낸 물건들을 가질 자격이 없다고 말할 기회를 줄 수는 없었다. "그냥 캠퍼스에 데려다줘."

우리는 말없이 달렸다. 엄마는 또 밤새도록 달려야 할 것이다. 집에는 아침이 되어서야 도착할 것이고 곧장 일터로 가야 할 터였다. 엄마에게 못되게 굴어서 마음이 너무나 안 좋았다. 배가 고팠음에도 토하고 싶었다.

"물건들 고마워." 나는 무너져버리고 싶은 마음으로, 엄마가 화를 풀기를 바라며 차가 멀어져가는 것을 바라보았다. 저녁 식사 시간은 끝났고 식당도 닫혀 있었다. 내 방으로 들어가 연필을 깎을 때 쓰던 엑스액토 나이프를 잡았다. 바지를 내리고 엉덩이 뼈 위의 살을 도려냈다. 양쪽에 여덟 차례 그렇게 했다. 베인 곳이 벌어지자 퇴행한 것처럼 자신이 부끄러워졌다. 하지만 적어도 숨을 크게 내쉬고 책을 읽을 정도로 집중할 수 있었다.

그다음 주 개최된 아트 스쿨 홍보가 끝나고 카즈가 나를 사무실로 불렀다.

"무슨 일로 부르셨죠?"

조심스럽게 물었다. 웨스콧 선생님처럼 그는 내가 작품

에 앎의 방식들을 충분히 도입하지 못했다고 비난할 것 같았지만 다른 작품을 베꼈냐는 말은 하지 않기를 바랐다. 내 그림은 사진을 베꼈다고 할 수 있을 만큼 훌륭하지도 않았다.

"어머니께서 네가 미술을 좋아하지 않는다고 하셨어."

"네?"

카즈는 의자에 몸을 기댔다. "혹시 무슨 문제가 있다면 먼저 네 얘기를 들어보고 싶구나."

나는 그가 할 말이 아주 많을 거라고 생각했다. 특히 내 B학점에 대해서. 상당한 금액의 장학금을 받으면서 보잘것 없는 성과를 낸 데 대해서. 매주 내 스케치북에는 그 주의 부족한 점을 적은 포스트잇이 붙어 있었다. *색깔이 너무 많음, 과도한 삭제, 오리지널리티가 부족함.*

"엄마가 무슨 말을 하는지 잘 모르겠습니다." 나는 미소를 지어 보였다.

그러나 치명타는 카페테리아에 앉아 PSAT를 치를 때 찾아왔다. 답안지에 내 이름을 표시하는데 목구멍에서부터 열이 올라왔다. 시험 감독관이 시간이 다 되었음을 알리자마자 나는 곧장 켈리의 사무실로 향했다.

"도움이 필요해요." 나는 그녀에게 말했다. "지금 상황으로는 절대로 장학금을 주는 그런 대학에 들어갈 수 없을 거예요. PSAT를 잘 못 봤어요. 저는 알아요."

"자, 나는 지금 당장 내가 도와주지 않으면 어느 대학도 들어갈 수 없을, 정말 위기에 빠진 상급생들로 이미 꼼짝 못할 지경이에요.”

“하지만 제가 왜 이러는지 몰라서 그래요.” 그녀는
내 가정환경을 모른다. 나에게 대학이 미래를 위한 보장이
자 안전장치로써 얼마나 간절한 의미인지 이해하지 못했다.
하지만 나는 엄마에 대해 뭐라고 해야 할지, 혹은 그게 어떻
게 문제가 되는지를 뭐라고 설명해야 할지 알 수 없었고, 내
가 할 수 있는 말은 그저 온갖 숫자들과 썩 좋지 않은 내 성
적에 대한 이야기가 전부였다.

“나는 지금 하급생이 시험 점수에 대해 걱정하는 걸 들
어줄 시간이 없어요.” 사무실 문 옆에 서 있는 켈리는 지쳐
보였고 내 하소연에 다시금 진이 빠진 기색이 역력했다.

“부탁인데 약속 없이는 이렇게 찾아오지 말아요.”

어느 토요일, 샬럿과 나는 일찍 숙제를 마쳐서 산책을
하러 나갔다. 멜로디 프리즈 아이스크림 가게에 줄이 길게
늘어서 있었고 보스코 스틱의 고소한 냄새와 인기 차트 40위
권 음악의 합주 소리가 광장을 채우고 있었다. 그러나 미적
분으로 어지러운 머리로 고요하게 걸으며 우리는 마치 우리
만의 우주에 있는 듯했다.

샬럿이 거리 위의 돌멩이 하나를 발로 찼다. 그녀는 감
청색 바지에 두 손을 찔러 넣고 있었다. 그녀는 굳이 교복을
다른 옷으로 갈아입지 않았다. 나는 그런 점이 좋았다. 샬럿
은 패션, 유행, 시사에 둔감했고, 그래서 그 세 가지 모두에

대한 내 무지가 마치 하나의 선택처럼 느껴지게 했다.

발밑에서 부서지는 나뭇잎과 나무에 달려 있는 잎새 들이 가로등에 금빛으로 빛났다. 피아노가 있는 건물에는 연습실 몇 군데에 불이 켜져 있었다.

나는 피아노를 좋아했었어, 라고 샬럿이 프랑스어 과거형으로 말했다. 그녀는 일주일에 거의 40시간씩 피아노를 연습했었다고 했다.

"꺄헝트? 브레멍?(40시간? 정말?)" 나는 숫자를 제대로 이해했는지 확신하지 못한 채 물었다. 그녀는 주중에 매일 네 시간씩, 토요일과 일요일에는 각각 여덟 시간씩 연습했다고 설명했다. 그녀는 입술을 깨물며 고개를 젓고는 자신은 인터라켄에서 가장 형편없는 피아노 연주자라고 말했다.

인터라켄은 우리가 기대한 것과는 달랐다. 예술은 공부하고 훈련하고 성적을 매기는 학문일 때와 개인적인 열정—반란—일 때가 사뭇 다르게 느껴졌다. 샬럿과 나는 10대들이 위대한 비극과 드라마를 연기하는 야외 오페라 공연장을 지났다. 나무 아래서 그림자가 바스락거렸다. 다람쥐들이 휘리릭 지나가는 것이거나 한 쌍의 연인이 애무하는 것이거나. 우리는 돌아섰다. 캠퍼스 한가운데, 나무 기둥이 있는 라이팅 하우스 앞에서, 샬럿은 프랑스어로 말했다. *내가 작가였으면 좋겠어.* 그녀의 꿈은 파리로 가서 셰익스피어앤컴퍼니라는 서점에서 일하는 것이었다. 그녀는 시에 전념하면서 예술적 가난 속에 살 것이다.

나는 돈을 벌고 싶은 만큼은 세상을 알았지만 샬럿의 순수함이 나를 사로잡았다. 예전에 내 꿈이 음료수만 넣는 냉장고를 갖는 것이었다는 이야기는 그녀에게 하지 않을 것이다.

"트랑스페레?(전과는 어때?)" 학생들은 전공을 바꾸기도 했다. 생활지도실에서 신청서를 본 적이 있다. 만약 피아노가 싫고 글을 쓰고 싶은 것이라면 얼마나 힘들겠는가?

샬럿은 고개를 저었다. "농(아니야)." 샬럿은 자신이 피아노 전공을 신청했으니 바꾼다면 그것은 포기하는 것이라고 말했다.

돌이킬 수 없다는 그녀의 고집은 숭고해 보였다. 내게는 없는 자부심이 있었다. 나라면 당장 피아노 수강을 철회했을 것이다. 나는 내가 걸어온 길을 지키기만을 고집할 수 없었다. 나는 필사적으로 목표를 달성하는 데 매달리고 있었다. 하지만 목표를 이루기 위해 어떤 대가를 치러야 하는지에 대해서는 아무도 내게 말해주지 않았다.

영어 수업 때 추수감사절에 읽을 트루먼 커포티의 『인 콜드 블러드』에 대해 논의하고 있을 때 교실 전화가 울렸다. 웨스콧 선생님이 수화기 너머 소리를 들으며 고개를 끄덕였다. "알겠습니다. 바로 그렇게 하겠습니다." 그는 하버드 명찰목걸이 줄을 찰랑거리며 문으로 성큼성큼 걸어가서 전등

을 껐다. "모두 차분하게 들어요. 캠퍼스에 총기 난사범이
있어요."

학생들이 놀라서 헉 소리를 냈다. 우리는 세미나 탁자
밑에 숨었다. 웨스콧은 문에 바리케이드를 치고 책상으로
돌아왔다. 그는 바지 주머니에 손을 넣고 우리를 지켜보았
다. 내 옆의 여자아이는 흐느끼는 소리를 내지 않으려고 손
등을 입에 댄 채 몸을 앞뒤로 떨고 있었다.

나는 궁극적인 자기 결단처럼 여겨졌던 자살에 대해 많
이 생각해왔지만 무력하게 남의 손에 죽는 것은 두려웠다.
그런 일이 지금 현실에서 일어나고 있다고 생각하니 몇 주 만
에 가장 차분해지는 느낌이었다. 모두 앞뒤가 맞았다. 거주
치료소와 위탁가정에서 벗어난 것이 다 총기 난동 사건으로
죽으려고 그랬던 것이구나. 나는 당연히 아이비리그에 갈
만한 사람이 아니다. 그런데 지나친 욕심을 부렸고 이게 내
운명이었다.

등을 대고 누워서 탁자 아래에 그려진 낙서를 보며 잠
자코 기다렸다.

20분 후, 웨스콧 선생님이 불을 켰다. "이제 일어나도
좋아요." 우리는 멍한 표정으로 일어서서 교복 매무새를 다
듬었다. "총기 난사범은 없어요. 『인 콜드 블러드』의 주제를
체험해본 거예요."

누군가 교실 밖으로 뛰어나갔다. 훌쩍거리는 소리가
교실을 채웠다. 나는 안도의 숨을 내쉬었다.

그러고 나자 내가 무엇을 해야 할지 알게 되었다. 문예로 전공을 바꿔야 했다. 살아있는 한 내 삶은 바꿀 수 있다. 회화는 나에게 도움이 되지 않는다. 대학 에세이를 완벽하게 쓰면 도움이 될 것이다. 갑자기 힘이 불끈 솟아서 마지막 몇 주간의 수업에서 선생님들에게 알랑대며 아부를 떨었다. "공부 방법에 대해 정말 많이 배웠어요." 트루먼 커포티의 소설에서 영감을 받아 내 B학점 그림들에 빨간 페인트를 흩뿌려 완성한 작품들을 보여주며 말했다.

어느 날 오후, 아트 스쿨 발표회가 끝난 후 길을 가로질러 문예창작학과 학과장인 미카를 만났다. 그녀는 많아야 30살 정도로 보였고 빼빼 말랐으며 수줍음이 많아 보였다. 그녀에게 내가 쓴 몇몇 시들과 함께 오자가 섞인 소설 중 하나를 보냈었다.

"왜 과를 옮기려고 하나요?" 그녀가 물었다.

"저는 읽고 쓰는 것을 사랑합니다." 나는 분명하게 말했다. 전략적 고려와 무관하게, 순수하게 사랑한다는 어조로 말했다. 미카는 내 전과 신청서에 서명을 했다.

11장
다 괜찮아질 거예요

기말고사 이후, 나는 시카고로 가는 차를 탔고 거기서 메가버스를 타고 미니애폴리스로 가서 엄마를 만났다. 엄마는 나에게 방학 동안 엄마의 친구 집에서 지낼 수 있다고 말했다가 막판에 엄마 친구가 동의한다면 그렇다며 한발 물러났다. 결국 나는 엄마가 열쇠를 찾느라 주머니를 뒤지는 동안 뒷문 현관에서 떨고 있었다.

문이 열리자 악취가 코를 찔렀다. 나는 머뭇거렸다.

"들어와! 네가 그러고 있으니 온기가 다 빠져 나가잖니."

안으로 들어갔다. 바깥보다 그렇게 많이 따뜻하지는 않았다. 주방은 눈높이까지 쌓여 있는 쓰레기 더미들로 마치 영화 〈월-E〉에 나오는 생경한 풍경처럼 보였다. 캠벨 청키 야채수프 깡통, 첵스믹스 과자 봉지, 갈변한 바나나, 열지 않은 종이 상자, 빈 피넛버터 통, 비닐봉지 들. 쓰레기 더미는 여름 이후로 2피트는 더 자라난 것 같았다.

잡동사니를 헤치며 내 방으로 갔다. 침대 시트가 뭉쳐 져 있었다. 나는 소리를 질렀다.

"이거 누구야?" 나는 화가 나고 한편으로는 엄마에게 새로운 애인이라도 생긴 건지 궁금했다.

"음, 네가 집을 나가 있었잖니." 엄마는 요즘 위기센터 전화 상담 서비스인 러브라인스에서 함께 자원봉사를 하는 (샤워도 하는) 룸메이트가 소파에서 자고 간다고 설명했다. 갈 곳이 없다고 해서 집으로 들이게 되었다고 했다.

"이제 다시 나가라고 할 수 있어?"

"두세 시간만 주면 긴 소파를 치워줄게." 나는 거실 입 구에 서 있었다. 한 방에서 다른 방으로 가는 통로가 막혀 있었다. 소파까지 가는 데만 몇 시간은 걸릴 듯했다. 그 통 로를 치우고 나면 한 무더기의 사진 앨범, 상자, 그리고 쿠션 에 뒤덮인 장난감 들을 둘 곳이 없을 터였다.

12월 초, 엄마는 내가 경비를 충당할 수 있도록 한 달에 2백 달러—엄마가 받은 아동 부양비에 50달러를 더한—를 주기로 했었다. 엄마의 부모님도 엄마가 어렸을 때 비슷하게 했었고 엄마는 여전히 그것 때문에 부모님에게 화가 나 있 기는 했어도 그렇게 하는 것이 우리 둘 모두에게 최선이었기 때문이다. 하지만 나는 그 돈에 주거비도 포함된다는 것을 몰랐다. 그래도 최소한 대학에 가면 엄마가 어렸을 때 그랬듯이 방학 동안 나를 집으로 데려갈 남자친구를 찾을 수 있을 것이다.

일단 지금은 어디로 가야 할지 알 수가 없었다. 위층 아파트는 세를 놓은 상태고 오빠와는 마지막으로 이야기를 한 게 언제인지 기억도 나지 않았다. 엄마는 오빠가 보기에 내가 조카들에게 나쁜 영향을 준다고 생각하는 게 아니겠냐고 말했다. "나는 에드나 할머니한테 가고 싶어." 보통 나는 휴일에 할머니와 10분 정도 통화를 했고, 할머니는 전화해줘서 고맙다는 인사로 통화를 마무리했다. 할머니 집에서 잔 적은 한 번도 없었다. 할머니가 전화를 받았을 때 반대편에서 들려오는 할머니 목소리에 떨림이 있었다.

"여보세요?"

"안녕하세요, 할머니. 잘 지내시죠?"

"나는 잘 지낸다." 할머니는 91살이었다. "잘 지낸다"는 내가 꼬마였을 때 이후로 들어본 중 최상의 표현이었다.

"그런데 누구냐?"

"에미예요. 저는 지금 미네소타에 있어요. 혹시 저 할머니 댁에서 지내도 될까요?"

할머니는 잠시 말이 없었다. "언제 오고 싶으냐?"

"괜찮으시면 지금 당장이요." 나는 엄마를 흘겨보았다.

"흠, 집 안이 너무 지저분해. 그리고 저녁으로 너에게 줄 것도 아무것도 없고." 이 말이 할머니의 완곡한 거절이라는 것을 알았지만 물러설 수 없었다.

"그런 건 괜찮아요. 감사합니다, 할머니. 두 시간 정도면 거기 도착할 거예요. 사랑해요."

두 시간 후, 나는 에드나 할머니네 초인종을 눌렀다. 엄마는 할머니가 나를 돌려보낼 경우에 대비해 차 안에서 기다렸다.

예전에 한 번 만난 적이 있는 콜린 고모가 나와서 인사했다. 거의 70살이 다 되어가는 그녀는 어머니를 돌보기 위해 들어와 있었다.

"에미!" 고모가 나를 껴안으며 말했다. "정말 오랜만이구나!"

고모는 나를 주방으로 이끌었다. 공기 중에 소변 냄새가 감돌기는 했지만 언제나처럼 티 하나 없이 깨끗했다. 에드나 할머니는 아플리케 자수로 푸들이 수놓아진 분홍 스웨트 셔츠와 분홍 바지를 입고 텔레비전 앞에 앉아 계셨다.

"안녕하세요, 할머니." 몸을 숙여 할머니를 안았다.

할머니는 평소와 같은 인사로 화답했다. "가서 머리 좀 빗으려무나."

나는 예전에 미셸이 쓰던 방에서 잤다. 나무 패널로 되어 있어서 삼나무 향이 나는 방이었다. 아침에 학교 도서관에서 대출한 참고서들을 가지고 아래층으로 내려가기 전에 의무적으로 머리를 빗었다. 시리얼을 먹으면서 최근에 SAT를 치렀고 세 가지 과목별 시험을 준비하고 있다고 말했다.

할머니는 그 말에 흐뭇해 보였다.

아침마다 플라스틱으로 피복된 주방 탁자에서 공부를 했다. 가족사진이 붙어 있는 코르크판이 나를 내려다보았다. 중간에 쉬는 틈마다 사진 속 낯선 친척들의 얼굴을 슬쩍슬쩍 쳐다보았다.

내가 태어나기 전, 알 수 없는 이유로 미셸은 자신의 형제자매들과 인연을 끊었고, 그래서 나는 아는 친척이 거의 없었다. 나의 가장 최근 사진은 할머니가 준 예쁜 드레스를 입고 할머니가 잘라준 바가지 머리를 하고 찍은 초등학교 1학년 때 사진이었다.

고모와 할머니는 조용히 앉아서 러미 500 카드게임을 하고 있었다. 점심을 먹고 나서 할머니는 낮잠을 자고 나는 실전 테스트 문제를 풀었다. 늦은 오후, 우리는 디카페인 다이어트 콜라와 쿠키를 먹고 함께 카드게임을 했다. 전화가 울렸을 때, 할머니는 침실에서 수화기를 들었다.

내가 공부하는 모습이 할머니를 기쁘게 하는 것 같았다. 처음으로 할머니에게 핀잔을 듣지 않았기 때문이다. 어릴 때 할머니는 내 들쑥날쑥한 머리, 구부정한 자세, 짧아진 셔츠 아래 드러난 몸통을 볼 때면 거의 매번 나를 혼냈다. 하지만 이번에는 얼마나 있을 계획이냐고 묻기만 했다. "아마 며칠 정도요?" 기숙사가 다시 열리려면 2주는 있어야 했지만 일단 그렇게 말했다. 날마다 이렇게 대답하면 할머니가 무기한으로 나를 데리고 있어주기를 바랐다.

크리스마스 날 고모가 친구들을 만나러 나가서 나는 할머니와 단둘이 있게 되었다. 할머니는 TV로 비주류 유명인들이 크리스마스 캐롤을 부르는 프로그램을 보고 있었고 나는 평소대로 시험 준비를 하고 있었다.

전화를 받고 온 할머니는 의자에 앉으며 말했다. "미셸이었어. 나한테 매일 전화해. 그는 늘 행복한 것 같지가 않네. 네가 보고 싶단다."

할머니가 미셸을 남성형으로 부를 때마다 움찔했다. 할머니가 대명사를 혼동하는 소리를 듣고 미셸이 울었던 것이 생각나서였다. 할머니는 사과할 때조차 대명사를 헷갈렸다. "너와 통화하고 싶냐고 물어봤는데 그건 너무 괴로울 거라고 하더라." 그녀가 말했다.

"괜찮아요, 할머니." 나는 할머니를 안심시켰다. "그런 건 익숙해요."

할머니의 입술에서 한숨이 새어 나왔다. 한 번도 할머니가 우는 것을 본 적이 없었다. 할머니를 위로하고 싶어서 문제집에서 시선을 뗐지만 건방져 보일 것 같아서 다시 시선을 아래로 내렸다.

"나는 미셸이 죽었으면 좋겠다. 그러면 그녀는 더 행복할 텐데." 할머니의 눈에서 눈물이 흘러내렸다. "그냥 내가 죽었으면 좋겠다. 이제는 더 살고 싶지 않구나." 할머니는 가족의 운명을 한탄하면서 내 사촌들 한 명 한 명을 짚어 내려갔다. 40살 먹고도 아직 결혼을 못한 녀석, 아무짝에도 쓸모없는 밥벌레와 결혼하고 암에 걸린 녀석, 예쁘장한데 동거를 하고 있지만 약혼할 기미가 안 보이는 녀석, 아버지가 죽어서 대학을 마치지 못한 녀석.

할머니가 내 얘기는 생략해서 다행이라고 느꼈다.

"네 엄마 아빠가 그렇게 부모 노릇을 제대로 못해서 미안하다." 그녀는 이어서 말했다. "너는 좋은 아이인데. 그래서 마음이 아파."

"다 괜찮아질 거예요, 할머니." 할머니 손등 위에 내 손을 얹었다. 얇고 차가운 피부가 정맥과 인대 위로 팽팽하게 늘어져 있었다. "저도 괜찮아질 거고요." 할머니만큼이나 나 자신을 향해 다짐했다. 할머니는 의자를 뒤로 밀었다. "나는 또 낮잠 좀 자야겠다." 그녀는 다리를 절뚝거리며 침실로 들어갔다.

탁자 위에 펼쳐진 실전 테스트를 쳐다보았다. 부담감이 느껴졌다. 할머니는 나를 사랑하기에 이런 나를 지켜보는 것이 할머니를 힘들고 마음 아프게 한다는 것을 알고 있었다. 할머니는 담담하게 말했지만 내 부모의 결정은 평생에 걸쳐 나에게 영향을 줄 것이다. 다 괜찮아질 거라는 내 말도 사실 전혀 신빙성 없는 소리였다. 여전히 언제든 많은 일이 잘못될 수 있다. 정말 나쁜 일이 생길 수도 있다. '명문 대학에 들어가지 못한다'라는 한 문장으로 줄여서 표현할 수밖에 없는 일이 생길 수도 있고, 매일 매순간 공부를 해도 그런 일이 일어나고자 한다면 나는 아마 막을 수 없을 것이다.

크리스마스가 지나고 나서 바로 콜린 고모와 에드나 할머니는 나를 엄마 집에 데려다주었다. 두 사람은 트윈 시티(미니애폴리스와 세인트 폴을 포함하는 생활권—옮긴이)로 이사 간 미셸을 만나러 가는 길이었다. 나는 내 집이었던 곳을 보자 다시 울어버렸다. 몸을 떨면서 약장을 뒤졌다. 손톱 가위를 찾아 손에 쥐고 청바지의 허리 밴드를 내린 다음 살에 대고 그었다. 피가 살갗으로 솟아나왔다. 숨을 크게 내쉬었다. 잡생각이 사라져서 무엇을 할지 마음을 정할 수 있었다. 위층 아파트와 아래층 아파트 사이의 앞쪽 계단통에서 잠을 자기로 했다.

엄마가 모아둔 약들을 뒤적이다가—대부분 생리통이 있는 사람에게 처방되는 진통제였다—마침내 찾고 있던 것을 발견했다. 그 옆에 있던 애더럴의 해독제인 재낵스였다. 혹시 필요할 경우에 대비해 애더럴도 챙겼다.

엄마의 침대에서 베개와 이불을 꺼내고 엄마에게 내 계획을 말했다. "너 미쳤구나." 엄마가 말했다. "거긴 난방도 안 돼. 소파 치워줄 테니까 몇 시간만 있어 봐."

"싫어." 재킷, 레깅스, 청바지를 입은 채로 앞쪽 계단통에서 털이 엉킨 재킷 위에 누웠다. 바람이 벽을 통해 쉭쉭 소리를 내며 들어왔다. 바깥의 체감 온도는 영하 20도였다. 시간을 보내는 가장 좋은 방법은 잠이었지만 팔이 떨려서 잘 수가 없었다. 재낵스 한 알을 삼키고 미이라처럼 담요로 몸을 돌돌 말았다. 눈을 질끈 감자 병원의 환영이 보였다. 이불이며 타월이며 샤워기며 모든 것이 따뜻했다. 모든 것이 하얗고 깨끗하고 소독이 되어 있었다. 빠르고 급하게 장면이 전환되더니 고요해졌고 침대, 그리고 내가 먹거나 먹을 수 없는 따뜻한 음식이 담긴 접시가 보였다.

왜 내가 정신병동을 그렇게 좋아했는지, 거주치료소에 가기 전에 왜 그렇게 자꾸 그곳으로 돌아갔는지 납득이 되었다. 이 집이 내가 아는 전부일 때 그곳은 천국이었다. 그러나 이제 내 머릿속에는 키 큰 소나무와 아리아, 세탁물 냄새와 자판기와 미적분 숙제와 초콜릿칩 쿠키, 그리고 내 옆에 앉아 있는 샬럿의 환영이 있었다. 약을 한 알 더 삼키고 주문을 외웠다. *미시간, 미시간, 미시간.*

나는 우즈 박사를 만나러 갔다. 내가 어디서 자고 있는지 말했고 재낵스를 더 처방해달라고 부탁했다. "벤조(벤조다이아제핀 계통의 약을 줄여서 부르는 말—옮긴이)는 그만하자." 그녀는 내가 뭔가 끔찍한 일을 저지를 것 같은 이런 상황에서 그런 약이 처방된 적이 없었다는 듯이 말했다. 우즈 박사는 명상을 제안했다.

"선생님은 제 환경을 이해하지 못하시는 것 같아요." 내가 대답했다.

그녀는 나에게 자유롭게 사진을 보내도 좋다고 말하며

불안 장애를 위해 새로운 처방을 추가했다.

　나는 아네트에게 전화를 했다. 그러면서 나도 모르게 내 목소리에서 절망이 느껴져 당황했다. "여기에는 내가 있을 만한 공간이 없어요." 비록 직접적으로 말하지는 않았지만 자연보호구역 옆에 있는 그녀의 큰 집에서 지내라고 말해주기를 바랐다.

　"음, 그럼 내가 가서 보고 청소하는 걸 도와줄게." 그녀는 내가 지나치게 유난을 떤다고 생각하는 듯, 짜증이 난 것 같았다.

　"아니, 아네요. 괜찮아요. 오지 마세요."

　"한 시간 있으면 도착할 거야."

　아네트의 현대자동차가 집 앞에서 멈췄다. 그녀는 청소 도구가 든 가방을 들고 앞문으로 왔다. 나는 스웨터 소매로 얼굴에서 콧물을 훔쳤다. 내 이불과 베개가 바닥에 놓여 있는 계단통으로 아네트를 이끌고 거실로 통하는 문을 열었다. 이렇게는 들어갈 길이 없었기 때문에 아네트는 그냥 안을 들여다보았다.

　엄마는 잡동사니 더미 너머로 몸을 구부리고 콧노래를 흥얼거렸다. 털이 텁수룩한 요크셔테리어가 엄마 발 밑에 서서 짖고 있었다. "안녕하세요, 아네트!"

　아네트의 눈이 사방을 둘러보았다. 나는 집 안을 거쳐 뒷문으로 그녀를 이끌었다. 개똥을 밟지 않으려고 발끝으로 걸으며, 그녀는 나를 따라 쓰레기들을 헤치고 내 방으로

241

11장

들어왔다. 나는 엄마의 룸메이트가 갔는지 내 침대를 확인했고, 그런 다음 아네트와 함께 옷더미 속을 뒤졌다.

엄마가 들어와서 쓰레기봉투에서 흙 묻은 유아용 셔츠를 꺼냈다. "에미한테 이 근사한 공기청정기를 사줬어요." 엄마는 그렇게 말하며 첨단 기술이 탑재된 기능들을 설명했다. "여자아이한테 이 이상 뭐가 더 필요하겠어요?"

환기팬이 일으킨 바람에 쥐 오줌 냄새가 아네트에게 곧바로 향했다. 그녀는 얼굴을 찡그리지 않으려고 안간힘을 썼다.

"에미가 저랑 며칠 같이 지내도 될까요?" 아네트가 물었다. "그럼요. 그것 참 멋진 생각이네요."

나는 내 옷을 배낭에 쑤셔 넣고 말없이 아네트를 따라 그녀의 차로 갔다. 아네트는 트렁크를 열고 진공청소기 옆에 그녀의 청소 도구를 놓았다. 우리 둘은 차에 올라탔다. 가로등이 주변에 쌓인 눈을 비추었다. 히터가 가동을 시작하면서 차가운 바람이 나왔다. 아네트가 고개를 저었다. "진공청소기를 가져오다니 정말 바보 같았어."

12장
우리가 함께 있을 때는 불안함이 사라졌다

캠퍼스에 돌아와서 샬럿과 나는 산책을 했다. 그녀에게 내 가족이나 방학을 어떻게 보냈는지에 대해서는 말하지 않았다. 어떤 언어로도 할 말이 없었다. 대신 표준화 시험에 대해 이야기했다.

SAT 문제집인 배런, 캐플런과 씨름하다가 나는 프린스턴리뷰를 발견했다. 그것은 체계가 잡혀 있었다. 명백하게 잘못된 답을 제거하고 나머지 문제를 해결하기. 마침내 나는 SAT 수학 부문에서 700점을 넘었는데 이 점수는 내가 경쟁력을 확보하는 데 필요한 점수였다.

샬럿은 입술을 안으로 말아넣으며 말했다. "쥬 데테스 테 라 스트라테지(나는 전략이 싫어)." 그녀는 나에게 왜 그냥 수학을 배우지 않느냐고 물었다.

나에게는 시간이 없다는 걸 설명하고 싶었다. 몇 개월 동안 『1000 새로운 SAT 수학 문제』에 몰입했지만 도움이 되지 않았다. 내가 그렇게 곧이곧대로만 고집했다면 절대 원하는 점수는 나오지 않았을 것이다. 샬럿이 눈을 굴렸다.

그녀와의 의견 대립은 나를 지치게 했다. 그러면서도 그녀에게 끌렸다. 샬럿은 절대로 문제를 푸는 요령을 익히지 않을 것이다. 그녀는 살아남으려고 전략을 쓸 필요가 없는 사람이다. 그녀는 너무나 순수했고 나도 그렇게 되고 싶었다.

나는 그녀에게 언제 피아노 연주를 들려줄 거냐고 물었다.

"자메." 그녀는 말했다. *절대 안 해.*

그녀는 바지 주머니에 손을 찔러 넣었다. 캠퍼스 끝으로 걷는 사이 우리 부츠 아래서 눈이 뽀드득거렸다. 달빛이 소나무 위에서 반짝거렸다.

샬럿은 그녀의 고민 상담을 해달라고 부탁했다. 그녀의 부모는 샬럿이 학비를 대폭 삭감받을 수 있는 인문대학에 진학하기를 원했지만, 그녀는 전액 학비를 내야 하는 좀 더 이름이 높은 대학에 마음이 갔다. 그녀의 목소리에서 번민이 묻어났다. "께스크 튀 펑세(어떻게 생각해)?"

나는 한숨을 내쉬었다. 나만 미래에 대해 걱정하는 것이 아니었다. 하지만 그녀에게 어떤 조언을 해줘야 할지 몰랐다. 그녀에게는 난제지만 나에게는 환상이었다.

"쉬 테 레브." 나는 확신을 가지고 있는 듯이 말했다.

네 꿈을 따라 봐.

그녀는 진심이냐고 물었다. 나도 알 수 없었다. 아마 그
녀는 어디를 가든 문제없을 것 같았지만 그렇게 말하고 싶지
는 않았다. 나는 남을 대신해서라도, 돈이 문제되지 않는 세
상에서, 예술적 가난 속에서 예술적 허기만을 느끼며 돈을
버는 기술이 없다는 이유로 예술적으로 성을 팔지 않아도
되는 세상에서 살고 싶었다.

게다가 그녀가 어느 쪽을 택하든 결국 그녀의 부모가
비용을 댄다는 소리로 들렸다.

"비앵쉬르." *물론이야.*

샬럿은 숨을 크게 내쉬고는 나를 두 팔로 안았다.

1년 안에 나는 모든 대학 지원서를 제출해야 한다. 그
짧은 기회의 시간은 나를 위로하는 동시에 두렵게 했다. 도
서관의 컨설팅 구획에 죽치고 앉아 모든 안내서란 안내서는
다 읽었다. 학생들에게 캣 박사라고 불리는 유명 컨설턴트
가 쓴 책이 가장 좋았다. 그녀는 엘리트 학교에 들어가는 것
을 가장 중요한 도전으로 묘사했다. 그것은 내가 처한 상황
을 반영하고 있었다. 물론 그들은 집이 있고 텔레비전에 자
주 나오는 컨설턴트를 고용할 만한 돈이 있고 나는 아니지
만 말이다.

『바위처럼 단단한 지원서』에는 세 학생의 사례가 나
왔다. 한 학생은 학점이 보통 이하였고 지원서가 훌륭했다.

또 다른 학생은 에세이에 군데군데 감점 요소가 있었다. 마지막 학생은 안타까운 상황들로 이력서가 취약해졌다. 즉, C학점이 몇 개 있었고, 3년이 아닌 2년만 프랑스어 클럽을 했고, 그녀의 아버지가 은폐한 기숙사 폭음 사건이 있었다.

그 책은 내게 그들의 미래—그리고 내 미래—가 마케팅에 달려 있다는 것을 가르쳐주었다. 추천서, 자기소개서, 그리고 이력서에 이르기까지 각각의 지원서는 그 사람의 인상을 결정한다. 무엇보다 중요한 것은 위원회가 잠재적인 책임을 감안해 던질 만한 모든 질문을 예상하고 그에 적절한 답변을 해야 한다는 점이다.

나는 두려웠다. 나에 비하면 이 가상의 학생들의 이력은 단순했다(그리고 가장 취약한 지원서도 나에게는 꽤 훌륭했다). 내 인생에 대해 어디서부터 설명해야 할지 엄두가 나지 않았다. 우즈 박사, 그리고 때때로 아네트를 제외하면 그 누구에게도 내 가족에 대해 이야기하지 않았다. 진실은 내가 이해하기에는 너무 복잡했고 그런 상황에서 내가 할 수 있는 일도 없었다. 내가 대학에 집착하는 것도 그런 스트레스에서 벗어나기 위해서였다. 하지만 우선은 그것을 포장하기부터 해야 했다.

캣 박사의 도움을 받으려면 몇천 달러는 박박 긁어모아야 하지 않을까 하는 마음으로 웹사이트에서 가격을 찾아보았다. 그러다가 한 뉴스 기사에서 발견한 그녀의 플래티넘 패키지는 3천 달러가 넘었다.

나의 순진함을 자책하고 있는데, 그녀가 프로 보노 활동을 한다는 내용이 눈에 띄었다. 나는 프로 보노를 구글에 검색했고 그것이 "무료"라는 뜻임을 알았다. 나는 내가 찍은 사진 중 최고의 작품들만 모아서 CD로 만들고 내가 쓴 시 몇 편과 함께 봉투에 넣었다. 보내는 김에 나를 도와달라고 간절히 부탁하는 편지도 썼다. 이제까지 그렇게 솔직해본 적이 없었지만, 캣 박사는 내가 학교 도서관에서 발견한 책의 저자일 뿐 완전한 타인이니 아무리 내 사연이 눈물겹더라도 보지도 않고 휴지통에 던져버릴지도 모를 일이었다.

만약 캣 박사가 답을 한다면, 혹은 입학위원회에서 나중에 답을 한다면, 그것은 그림으로 표현한 내 언어가 도움을 줄 만한 가치가 있기 때문일 것이다. 의사들과 상담을 할 때 나는 조리 있게 내 의견을 피력하지 못했지만 반면에 엄마는 말로 충분히 호감을 사서 쉽게 의사들을 자기 편으로 만들곤 했다. 이제 나 역시 일면식 없는 사람들도 나를 좋아할 수 있게끔 놀라운 이야기꾼이 되어야 한다.

나는 복도 건너편 방의 문예 전공 친구에게 인터라켄 논픽션 선생님에 대해 넌지시 물어보았다. 선생님은 소설가 짐 해리슨, 낚시, 야외 활동에 적합하게 지퍼를 열고 입는 어드벤처 바지를 좋아하는 사람이라고 했다. 또한 그는 항상 젠더에 관한 에세이를 과제로 낸다고도 알려주었다.

봄 학기 첫날, 나는 배낭에 수강신청서를 넣고서 교실 밖에서 기다렸다. 조종을 했다는 명목으로 벌을 받게 될까 봐 걱정이 되었다. 그건 언제든 나를 무너뜨리기에 충분했다. 내 이런 적극적인 행동이 단점으로 비춰지는 것도 염려되었다. 전략적인 것은 종종 부정직하고 불공정한 것과 동일한 의미였기 때문이다.

그러나 나는 샬럿이 아니다. 가만히 기다리고 있을 여유가 없었다. 이 교실이 아니라면 도대체 어디서 독자를 유혹하는 에세이 쓰는 법을 배울 수 있겠는가? 학생들이 느슨하게 착용한 교복 차림으로 줄지어 교실에서 나오자 벽에 붙은 포스터 속에서 웃고 있는 밥 딜런이 모습을 드러냈다.

선생님의 사무실에서 나는 내가 이제까지 읽은 회고록을 전부 언급했다. 그는 커피를 한 모금 마셨고 내 말에 별다른 인상을 받은 것 같지 않아 보였다. 그와 나 단둘밖에 없었지만 나는 설득력을 높이기 위해 목소리를 낮췄다. "제 부모가 트랜스젠더라서 그에 관한 젠더 에세이를 쓰고 싶어요." 그렇게 말할 때 나는 미셸을 이용했다는 기분이 들어 가슴이 조이는 통증을 느꼈다.

선생님은 입술을 다물고는 동의의 의미로 고개를 끄덕였다. "좋지, 흥미로울 것 같군." 그는 관대한 손짓을 했다. "다음 시간부터 수업에 들어오세요."

나는 미셸 이야기로 사람들의 관심을 받는 것이 싫었다. 사람들은 대부분 내가 부모의 성전환으로 인해 트라우마가 생겼거나 엄마가 두 명 있는 가족에서 자랐을 것이라고 추측했지만 진실은 그보다 훨씬 더 복잡했다. 하지만 샬럿과 꼭 붙어서 허벅지까지 쌓인 눈을 헤치고 좁은 길을 걷다가 그녀에게 아빠 얘기를 했을 때 샬럿이 꺼낸 질문들은 아무렇지도 않았다. 샬럿은 외과적으로 어떻게 질이 생기냐는 둥 사람들이 종종 묻는 질문(내가 웬만한 사람들보다 더 자세히 대답해줄 수 있는)은 하지 않았다.

샬럿에게 가능한 한 그 문제에 대해 터놓고 이야기하고 싶었지만 자제했다. 공공연하게 성전환을 밝힌 사람들도 있지만 주위의 잣대는 가혹했다. 나는 미셸을 보호하고 싶었고 사람들이 그녀의 불완전한 행동으로 트랜스젠더를 일반화하는 것을 원치 않았다. 성전환 이전의 거친 행동—나중에 미셸은 성별 불쾌감(신체적 성과 정신적 성 정체성의 불일치로 인해 느끼는 불쾌감)을 탓했다—을 언급하는 것은 부당하게 여겨졌다. 그렇다고 아빠와 만나지 않고 있는 현재에 머무르고 싶지도 않았다. 샬럿은 미셸의 성전환이 기적적인 변신이라고 생각했다. 일반적으로 그녀는 사람들이 사회적 가치보다는 자신의 신념을 선택해야 한다고 믿었다. 그녀의 이상주의는 나를 매혹시켰고 나는 그런 믿음을 깨고 싶지 않았다.

뭐라고 써야 할지 감이 오지 않았지만 그녀에게 내 에세이를 보여주기로 약속했다. 나는 미셸이 엄마와 나에게 성별에 따라 무엇은 해도 되고 무엇은 하면 안 된다고 강요하면서 가장으로서 집안을 휘어잡던 시절의 이야기를 포함해, 40페이지 분량의 기억들을 쏟아냈다. 에세이에서 나는 미셸을 종종 '나의 아버지'로 지칭했다. 내가 무서워하면서 사랑했던, 그리고 무서웠기 때문에 사랑했던 전형적인 아버지이자 가족을 떠난 정형화된 아버지로서의 의미였다. 그래서 남성형 대명사를 사용했다. 만약 미셸을 다시 만나 이야기를 나누게 된다면 여성형 대명사를 사용하겠지만, 미셸에 대한 내 기억은 대부분 성전환 이전의 일이므로 남성형 대명사를 사용하는 게 정당하다고 생각한다는 구절을 추가했고 모순되는 감정이 느껴지기도 했다.

복수심에 불타는 것은 아니었다. 무엇보다도 거기에는 아빠라는 한 사람을 둘로 나누어 생각하려 한 의도가 있었다. "내 아버지"에게 모든 안 좋았던 기억을 다 대입하면 또 다른 존재—미셸의 진정한 자아—에게는 희망을 가질 수 있었기 때문이다. 내가 피상적으로만 알고 있지만 언젠가 다시 만날 수도 있는 존재, 내 두 번째 엄마가 될 수도 있고 나에게 엄마가 주지 못한 모든 것을 줄 수도 있는 존재에게는.

논픽션 수업에서, 나의 시도에 대해 논의할 때 학생들은 조용했다.

"생생한 글이네요." 누군가 말했다.

"그런데 의미가 잘 통하나요?" 내가 물었다.

선생님은 "그렇지만은 않다"는 표시로 손을 흔들었지만, 내 40페이지 분량을 어떻게 응집력 있는 분량으로 다듬을지에 대해 피드백을 주었다. 샬럿은 내 글을 읽고 흥분했다. 그녀는 커다란 눈송이가 반짝거리는 길을 걸을 때 내가 이해하기 힘들 정도로 빠르게 축하해주었다.

　며칠 후, 샬럿은 마침내 내게 자신의 피아노 연주를 들어보겠냐고 물었다. 그녀는 의무적으로 연주 발표회에 참가해야 했고 그것을 생각하는 것만으로도 세 번이나 토했다고 했다.

　샬럿은 연습실에서 그녀를 마주 보지 않는 바닥에 나를 앉혔다. 나는 포갠 다리 위에 스케치북을 얹어 놓고 손에는 펜을 쥐고 있었다. 그녀는 연주하려는 곡이 드뷔시의 〈에튀드〉라고 말했는데 나에게는 프랑스어처럼 들린다는 것 외에는 아무 의미도 없었다.

　그녀가 연주를 시작했다. 멜로디가 쌓이고 떨어졌다. 내가 느낀 감정을 보여주고 싶어서 펜으로 고리 모양들을 그렸다. 어지럽게, 빙글빙글 돌고, 위로, 위로, 또 위로. 나는 목을 빼고 샬럿을 엿보았다. 두려워하면서도 그녀의 몸은 긴장이 풀려 있었고 바위 위로 강물이 흐르듯 소리가 흘러나왔다. 그녀에게서 고개를 돌린 상태로, 그녀의 집중력과 본질이 소리로 변형되어 방 안을 채우는 것을 느낄 수 있었다. 이것이 바로 내가 사랑하는 예술의 모습이었다. 내가 사랑하는 내 친구의 모습이었다.

　그녀가 전국 대회에서 상을 받든 아니면 '바람직한 노력'으로 B학점을 받든 그것은 내게 중요하지 않았다. 나에게는 몇 주를 방 안에 틀어박혀서 자신을 하나의 노래로 승화시킨 한 인간으로서의 그녀가 중요했다. 내가 쓴 에세이를 읽을 때 그녀도 나와 같은 감정을 느꼈기를 바랐다. 사람들이 보다 자극적인 이야기에 이끌려 내 이야기를 외면할 때, 그들을 매료시켜 내 말에 귀 기울이게 하는 것이 예술의 힘이다.

나의 에세이 「스크램블드에그」는 캠퍼스 문학지인 〈빨간 손수레〉에 실렸다. 샬럿은 나보다도 더 기뻐해주었다. 그녀는 낭독회에서 저자들의 바로 뒷자리인 둘째 줄에 앉아 있었다.

나는 연단으로 올라가 마이크 앞에 섰다. 얼굴 위로 조명이 내렸다. "나는 미셸이 되고 싶어 한 여자의 모습이었다." 나는 에세이를 읽었다. "따뜻한 음식과 드럼 소리로 완성된, 유니테리언 교회의 여성의 밤 행사 때, 그녀는 탁자 너머에서 내게 속삭였다. '네가 생리를 시작하면 파티를 열고 너에게 원숭이를 사줄게.'"

에세이의 많은 부분이 여성으로 산다는 것, 그리고 그 속에서 내가 느낀 진부함에 대해 다루고 있었다. 여성의 생식기가 있기 때문에 내가 여자이고 여성의 생식기가 여자의 정의를 규정한다는 것을 처음 알았을 때부터, 내 가족과 지역사회는 임의의 규칙을 강요했다. 나는 무릎 아래까지 내려오는 치마를 입어야 했고, 운동이나 타악기 연주는 할 수 없었으며, 마르지 않으면 추한 것이었다. 미셸이 성전환을 했을 때에야 나는 자신에게 주어진 성별이 아니라 자신의 내면에서 비롯되는 성별에 더 깊은 신념을 가진 사람들이 있음을 알게 되었다. 나의 부모는 두 사람 다 고정관념에 사로잡혀 있었다. 미셸은 엄마가 공구를 잘 다루고 단단한 목재 바닥을 손질할 줄 안다는 이유로 엄마를 "남자 같다"라고 하고 "레즈비언"이라고 불렀고, 자신의 기준에서 여성스럽지 않다는 이유로 엄마를 지칭할 때 남성형 대명사를 쓰기도 했다.

그러나 미셸의 트랜스젠더 친구들은 내가 무엇이 될 수 있을지에 대한 인식을 넓혀주었다. 6피트 5인치의 미술관 큐레이터, 그녀의 에미라는 이름을 내게 준 탐스러운 금발을 가진 20대, 그리고 적어도 내 앞에서는 엄마를 존중해야 한다고 미셸에게 충고한(그래서 호마이카 재질 식탁에 현금을 던지고는 박차고 나가게 한) 트럭 운전사 등이 그들이었다. 어긋난 배려로 고통받던 시절, 진정한 친절을 보여준 몇 안 되는 이들이었다. 그들은 누가 나를 탐탁지 않게 생각하고 방해한다 해도 나 자신을 재창조할 수 있음을 알려주었다.

그로 인해 나는 나 같은 여성이 겪을 수 있는 위태로움을 의식했고, 이런 의식은 범죄 현장 사진가라는 엄마의 직업—모든 살해당한 여자친구와 창녀 들의 일화와 함께—과 미셸이 보여준 영화 〈소년은 울지 않는다〉로 인해 더욱 증폭되었다. 나이에 맞지 않는 영화를 본 탓에 나는 너무 일찍부터 트랜스젠더들이 어떤 일을 겪는지 알게 되었다. 하지만 나는 증오범죄를 성전환에 대한 혐오로 인식하는 데 그치지 않고 질이 있는 사람이라면 누구나 당할 수 있는 공격 행위로 받아들였다.

그 영화 또는 미셸의 성전환을 나와 관련된 일로 생각하는 것은 때로는 자기중심적으로 느껴졌지만, 그래도 나라는 렌즈를 통해 생각하지 않을 수 없었다. 그것은 사춘기 여자아이라는 존재의 조건, 혹은 주관이 있는 인간에게 전제되는 조건이었다. 글을 쓰거나 예술 창작을 할 때만이 부모의 감정을 배려하고 내 입장보다 그들의 입장을 우선시하라는 사람들의 충고에서 벗어나 자유롭게 나 자신을 표현할 수 있었다.

"우리는 포옹하며 작별 인사를 나눴다. '사랑해, 엄마'라고 나는 말했다. 미셸과 한 번 통화를 했지만 다시 그녀와 이야기한 적은 없었다. 1년 반이 지난 후 첫 생리를 했지만 드럼 소리도, 춤도, 생리대를 사기 위한 레인보우 푸드 마켓으로의 외출도 없었다." 특별히 청중들의 마음에 들고 싶은 마음은 없었지만 세상에서 나의 유일한 집이었던 '여성'이라는 세계에 끌려들어간 경험에 대해 묘사하는 동안 아마도 내 평생 가장 강력한 힘이 솟아나는 것을 느꼈다.

봄방학 동안에는 아네트의 집에 머물렀다. 내가 독학을 했다는 사실이 대학에 감명을 주기를 바라며 추가 AP 시험을 보았다. 문제를 푸는 중간중간, 허공을 바라보며 샬럿을 생각했다. 그녀가 나를 좋아하는지, 그래서 내게 쿠키를 구워준 것인지 궁금했다. 아무것도 미워할 것 없는 사람처럼, 내 몸이 햇살로 가득 차는 것을 느꼈다.

우즈 박사를 만나러 갔을 때 내 새로운 단짝 친구에 대해 이야기를 쏟아냈다. 박사는 의자에 몸을 기댔다. "좋아하는 남자애들도 있니?" 그녀가 물었다.

나는 팔짱을 꼈다. "모르겠어요." 그녀가 왜 그런 것에 관심을 두는지 모르겠다.

"한번 생각해봐." 그녀가 화제를 돌렸다. "기분은 좀 어떠니?"

"좋아요. 그냥… 엄마 집에 있을 때는 좀….."

"그래, 넌 거기서 살 수 없어. 아무도 못 살아." 겨울방학 동안 우즈 박사에게 집 안 사진을 보냈더니 더는 명상을 권하지 않았다. 아네트는 보다 근본적인 해결책을 찾기 위해 잉그리드에게도 메일을 보냈다.

"어디서 지낼 예정이니?"

"캠프에 들어갔어요." 엄마는 스탠퍼드를 제안했고 학교 측에서는 위상수학을 공부할 수 있는 기회를 주었다.

"여름 내내?"

"3주 동안이요."

우즈 박사는 고개를 저었다. 전화기를 집어 들어 컴퓨터에 있는 번호로 다이얼을 돌렸다. 턱에 힘이 풀렸다. 잠시, 그녀가 나를 자신의 집에서 머물게 하고 싶어서 가족들에게 허락을 구하려 한다고 확신했다.

"안녕하세요." 그녀가 말했다. "잠시 머물 공간을 찾고 있는 홈리스 청소년이 있어서 그러는데요." 그녀가 나를 집에 들일 것이라 생각했던 게 너무나 바보같이 느껴졌다. 나는 그녀를 보지 않으려고 주차장을 응시했다. 나는 홈리스라는 말이 싫었고 나에게는 해당되지 않는 말이라고 느꼈다. 나는 보딩스쿨 학생이었다. "여기에 가봐." 박사가 주소와 시간이 적힌 포스트잇을 건네며 말했다. "택시비로 마지막 남은 20달러를 써야 할지도 모르지만."

나는 아마 가지 않을 터였다. 그런 곳에서 방학을 보낸다면 대학 에세이에 쓸 만한 뭔가 특별한 활동을 할 수 있는 기회를 내다버리는 일이 될 것이다. 대학 입시에 관한 모든 책이 우리에게는 여름방학이 중요한 시기라고 강조하고 있었다.

게다가 사람들이 엄마 집이 어떤지 알게 되면 나는 인터라켄에 다시 돌아가지 못할지도 모른다. 아동 보호기관이 개입하면 미네소타에 남아야 할 수도 있었다. 무엇보다도 나는 또 새로운 사람들을 만나 상처받는 것이 두려웠고 괴상한 프로그램에 의지하기보다 스스로 알아서 해나가는 것이 더 안전하게 느껴졌다.

대신 나에게는 다른 일정이 생겼다. 엄마가 나를 성형외과에 데려간 것이다. 무릎에서부터 허벅지까지 다리에 부풀어 오른 빨간 상처를 레이저로 지울 생각이었다. "레이저는 도움이 되지 않을 거예요." 잘생긴 외과 의사가 말했다. 그는 "훼손되었다"는 표현으로 나를 움츠러들게 했지만 곧 그것은 병의 부작용이라 말했고 그 말은 친절하게 다가왔다. 나는 18개월 후에 상처 하나 없이 데님 반바지를 입고 있는 내 모습을 상상했다. 과거가 문자 그대로 삭제된 새로운 시작. 우리는 그해 여름 수술을 예약했다. 의사는 내 보험료를 면제해주겠다고 약속했다.

엄마와 운전면허 시험장에 가서 면허를 딴 후, 엄마에게 치즈케이크 브라우니 레시피를 알려달라고 부탁했다. 엄마가 내게 줄 수 있는 무언가가 있음에 감사했다.

"너무 좋지. 네가 가기 전에 필요한 재료를 구해놓을게!"

시카고로 돌아가는 버스 안에서, 인터라켄으로 가는 길에 두 발 사이에 보냉가방을 놓은 채 잠을 잤다. 가방에는 필스베리 믹스 한 상자, 필라델피아 크림치즈 한 팩, 카놀라유 한 통, 그리고 키친타월에 싼 계란 두 개가 들어 있었다.

미네소타를 떠난 지 거의 24시간 후에야 캠퍼스에 도착했고 기숙사 주방 열쇠를 확인했다. 주방에 있는 것이라곤 주철 냄비뿐이었지만 그것으로도 충분할 듯했다. 새로 산 플립폰으로 샬럿에게 메시지를 보내고 교실 사이 복도에 있는 벤치에 앉아 그녀를 기다렸다.

샬럿과 포옹하며 인사를 나누고 그녀에게 내가 만든 브라우니를 주었다. 우리는 벽감에 앉아 브라우니를 먹으며 방학을 어떻게 보냈는지 이야기했다. 샬럿은 나에게 몸을 기대고는 슬며시 안았다. 그녀에게서는 깨끗한 비누향이 났다. 나는 그녀를 놓지 않았다. 그녀도 몸을 빼지 않았다.

"쥬 부드레 텅브라세." 내가 말했다. *너에게 키스하고 싶어.*

"파 이시." 그녀가 말했다. *여기서는 안 돼.* 그녀는 내 손을 잡고 나를 복도 끝으로 이끌었다. 그녀를 따라서 좁은 통로를 지나 허리까지 눈이 쌓여 있는 밖으로 나갔고, 예배당과 강당과 시각미술 건물을 지나 야외 오페라 공연장에 이르렀다. 우리는 눈 속을 터벅터벅 걸어 공연장 가운데로 갔다. 청명한 별빛에 숨이 막혔다. 나는 두 손으로 그녀의 얼굴을 잡고 그녀에게 키스했다. 그녀의 입술이 내 입술로 녹아들었다. 우리는 그렇게 키스를 하고 또 했다. 마침내 샬럿이 손목시계를 내려다보았을 때, 기숙사에 들어가야 할 시간임을 알았다. 마지막으로 한 번 더 그녀에게 키스하고 기숙사로 달려갔다.

잉그리드가 엄마에게 메일을 보냈다. 휴일과 여름방학 동안 내가 함께 지낼 수 있는 가정위탁 할머니를 찾았다는 내용이었다. 나는 의심스러웠지만 그래도 최악은 아니었다.

그 집에 가면 너는 자유를 잃게 될 거야. 엄마는 이렇게 메일을 보냈다. *그리고 아무리 좋은 사람들이라고 한들, 같이 사는 건 또 다른 문제야.*

아네트가 잉그리드에게 연락을 한 것 같아. 그녀는 말을 이었다. 나는 내 인생에(그리고 네 인생에) 사회복지사나 위탁 부모가 없는 편이 좋았어. 데이브와 잰 때문에 힘들었던 기억이 다시 떠오르는구나.

야외 오페라 공연장에서의 기쁨이 물거품처럼 흩어졌다. 엄마가 아네트에게 화가 났다면 엄마는 언제든 다시는 나와 아네트를 못 만나게 할 수 있었다. 엄마의 메일에서 분노가 느껴졌다.

나는 아네트를 변호하며 이렇게 썼다. 엄마, 아네트에게 화내지 마. 아네트도 나 때문에 난처한 상황이야. 사실 우즈 박사, 켈리, 그리고 나에게 신경 쓰는 사람들은 거의 다 그렇지. 여름방학에 다른 대안이 있어? 나도 사회복지사가 싫지만 어쩔 수 없잖아. 이건 엄마에게도 다른 사람들에게도 힘든 상황이야.

내 메일이 엄마의 화를 누그러뜨린 듯했다. 곧 답장이 왔다. 잉그리드는 널 가장 좋아한대!

토요일 밤마다 샬럿과 나는 숙제를 마치고 키스를 나눴다. 눈이 녹은 뒤였다. 잔디가 영롱한 초록빛으로 돌아났다. 꽃송이들이 나뭇가지 위에 걸려 있었다. 어느 날 저녁, 우리는 숲에서 호수를 발견하고는 해 질 녘 금빛 속에 나란히 누웠다.

나는 샬럿이 구운 쿠키를 먹었고 그녀의 혀에서 다시

그 맛을 느꼈다. 우리가 함께 있으면 나를 갉아먹던 불확실성이 사라졌다. 나는 E. E. 커밍스의 시를 암송하며 샬럿을 생각했다. *키스는 지혜보다 더 좋은 운명이다.* 나는 샬럿을 한 번 더 보기 위해서라면 숙제도 기꺼이 포기할 수 있었지만 그녀는 연습을 해야 했다.

내 방에 둘이 남으면 우리는 이층침대 아래층에 누웠다. 거기서 나는 미래를, 집을 상상했다. 처음으로 어른이 된 나를 상상할 수 있었다. 샬럿과 나는 벽난로 옆 안락의자에 앉아서 조용히 책을 읽을 것이다. 어쩌면 이런 것이 바로 데이브와 잰이 말했던, 내가 누릴 수 있는 평범한 인생을 의미하는지도 몰랐다. 누군가 함께하고 싶은 사람이 생기자 그동안 내가 얼마나 외로웠는지 사무치게 느껴졌다.

나는 여름을 어디서 보낼지는 해결되었다고 생각했다. 엄마가 할 일은 카운티에 전화해서 위탁을 재신청하는 것뿐이었다. 나도 위탁가정에 가고 싶지 않았지만 차 안에서 자는 것보다는 나았다.

아네트가 추가로 나에게 메일을 보냈다. *너희 어머니의 상황은 언제든지 악화될 수 있고 그래서 너에게는 사회복지사가 꼭 필요하다고 생각해.* 아네트는 볼드체로 강조했다. *제발, 어머니한테 꼭 전화하시라고 해.*

엄마와 통화를 하다가 엄마가 무엇을 샀는지 설명하는 사이에 잠시 말이 끊겼을 때 내가 물었다. "잉그리드에게 전화할 거야?" 엄마는 한숨을 쉬었다. "엄마도 알잖아. 나도 위탁가정에 가기 싫지만 다른 방법이 있어?"

엄마는 운전 중이니 나중에 전화하겠다고 말했지만 하지 않았다.

AP 시험을 치르기 한 달 전, 샬럿이 내 방에 숙제를 하러 왔다. 그녀는 레드 스무디 두 컵을 들고 내 방문 앞에 나타났다.

"레 셰리즈." *체리야.* 미시간 북부의 명물.

속이 울렁거렸다. 13살에 자살하려고 했을 때, 기절했다가 깨어나서 체리맛이 느껴지는 뭔가를 토했었다. 그 이후로는 다이어트 체리 콜라나 체리향 사탕도 먹지 않았다. 그러나 설명하기에 너무 긴 얘기였다. 그냥 고맙다고 말하고 받아 마셨다.

숙제를 마치자 샬럿이 내 매트리스에 앉았다. 그녀의 얼굴을 손으로 감싸고 키스했다. 우리는 둘 다 침대에 몸을 뉘었다. 그녀의 등을 손으로 쓰다듬다가 스포츠 브라의 윤곽을 느꼈다.

샬럿이 몸을 뒤로 물렀다. 그녀는 우리 위의 침대 천장을 응시했다. 그러고는 가족이 유럽으로 가게 되었다고 말했다. 이제 인터라켄으로 돌아오지 않을 것이라고. 나는 그 말을 믿지 않았다. 진짜일 리가 없다. 샬럿에게 다가갔지만 그녀는 내게 등을 돌렸다.

"쥬 느 세 파 키 쥬 쉬." *나는 내가 누군지 모르겠어,* 라고 그녀가 말했다.

"사 느 페 리앵." *그런 건 나에게 아무것도 아니야.* 나는 그녀가 게이든 내가 게이든 아니면 우리가 양성애자든 상관없었다.

샬럿은 내가 이해하지 못한다고 했다. 그녀가 말을 할수록 가슴이 죄어오면서 그녀가 점점 더 멀어지는 느낌이 들었다. 나는 침대에서 벌떡 일어나 욕실로 달려가 구토했다. 달콤한 것, 분홍빛, 산성.

욕실에서 나오니 샬럿이 배낭을 메고 문 앞에 서 있었다.

"레세 무아 엑스플리케." *내가 설명하게 해줘.* 그러나 그녀는 가버렸다.

4주 정도 샬럿을 만나지 않았다. 그녀는 이제 개별 지도 수업과 추가 AP 대비 미적분 수업에 오지 않았다. 그녀가 아프다는 소식을 들었고 어쩌면 신종 인플루엔자일지도 몰랐지만, 그녀에게서는 아무 연락이 없었다.

그녀 없이, 두려움 속에서 그간 간과한 모든 것들을 실감했다. 어느 날 오후 체중을 재보고는 저울에서 인생 최대 몸무게를 보았다. 이제 내 몸을 혐오하던 때조차 기억이 나지 않았다. 이제 나는 죄의식 없이 따뜻한 쿠키를 먹고 호숫가에 기대어 시를 암송하는 사람의 체중을 가지고 있었다.

그러나 그것도 더는 내 삶이 아니었다. 5월이었고, 학기가 끝나기 3주 전인데 나는 아직도 지낼 곳을 찾지 못했다. 엄마에게 다시 메일을 보냈지만 대답이 없었다. 잉그리드에게 메일을 보내자 그녀는 엄마가 전화를 해야 한다고 답했다.

갈 만한 장소들을 떠올려봤다. 아네트가 2주 동안 집에 머물 수 있게 해주었지만 그녀는 8월 내내 집을 떠나 있을 예정이었다. 캠프에 지원해보기도 했지만 받아준다고 해도 여전히 캠프 사이사이에 비는 날짜들이 있었다. 숙박비를 낼 돈도 없었지만 있다고 치더라도 16살이 혼자 어디서 방을 구할 수 있을까?

어느 날 밤 세탁을 하다가 AP 미적분 수업에서 만난 선배와 마주쳤다. "무슨 일 있어?" 이자벨이 내 팔을 잡으며 물었다.

내 얼굴에 걱정이 역력했던 모양이다. 내 상황은 학교 안의 누구에게도, 심지어 내 지도교사에게도(약속을 잡을 수 없었다) 말하지 않았으니 말이다. 궁지에 몰린 나는 빙글빙글 돌아가는 건조기 옆에서 내 혼란스러운 상황을 털어놓고야 말았다. "버지니아로 와서 나랑 같이 지내자!" 이자벨이 내게 말했다. "우리 같이 놀러 다니자!"

갑자기 나타난 구세주에 나는 급히 계획을 짜보았다. 기숙사 친구 케일라가 워싱턴까지 차로 태워주기로 했다.

구글 지도로 이스트 코스트를 찾아보니 워싱턴은 버지니아와 가까워 보였다. 그리고 사진 캠프에서 만난 두 친구가 시카고에 살고 있었다. 그때 뜬금없이 정신병동에서 알고 지냈던 룸메이트 커트니가 "네가 아직 살아있으면 좋겠다"라는 제목으로 내게 메일을 보냈다. 그녀는 미네소타 사람들 중에서 나와 계속 연락이 닿는 몇 안 되는 친구 중 하나였기에 몇 주 정도 집에서 지내도 되는지 물어봤다.

엄마는 내가 이렇게 지혜를 짜낸 것에 기뻐했다. 엄마는 마침내 잉그리드에게 내가 누구와 어디에서 지낼 것인지에 대해 있지도 않은 살을 붙여 가며 설명하는 메일을 썼다. 지금은 주요 대학을 견학하는 기간이고 에미는 이제 전국에 친구들이 있어요! 엄마는 우리에게 위탁가정이 필요 없다고 말하면서 프랑스어를 할 줄 아는 베이비시터를 구한다면 누구에게 전화해야 할지 알겠죠!, 라고 썼다.

나는 그렇게 계속 돌아다니며 지내는 데 아무 문제가 없기를 바랐다.

13장
세상은 그렇게 돌아가지 않아

기숙사가 문을 닫는 날, 나를 태워주기로 한 기숙사 친구가 내 방으로 고개를 내밀었다. 나는 두 개의 가방 안에 집어넣어야 하는 물건들에 둘러싸여 바닥에 앉아 있었다. "안녕." 케일라가 입술을 깨물었다. "내 차에 공간이 없을지도 몰라. 생각했던 것보다 짐이 많아서."

그녀의 방에는 가득 찬 세탁 바구니 위로 탑처럼 쌓인 책들이 보였다. 여행 가방 두 개가 벽에 기대어 있었다. 책상에는 보스코 스틱 봉지와 예전 과제들이 아직 싸지 않은 잡동사니들과 함께 흩어져 있었다. 케일라는 짐과 씨름하고 있었다. 그녀는 가을에 돌아오지 않을 예정이었다.

"공간이 있을지 없을지 언제 알 수 있어?"

"아마 차 안에 다 넣어봐야 알 것 같은데."

265

나는 눈을 굴리다가 하던 말을 뚝 멈췄다.

"혹시 널 태워줄 다른 사람은 없니?"

"아니, 없어. 난 네가 태워줄 줄 알았지. 우리 엄마는 차로 열한 시간 달려야 하는 곳에 살아." 나는 케일라의 태연한 모습에 화가 났지만, 약속을 쉽게 어기는 사람을 철석같이 믿었던 내 잘못이라는 사실도 알고 있었다. 케일라에게 차에 짐을 싣는 것을 도와주겠다고 했지만 거절당했다. 그녀는 일단 좀 기다려달라고 말했다. "네 짐이 적으면 적을수록 좋겠다." 나는 다시 바닥에 앉았다. 이번에는 배낭에 넣을 짐들을 챙겨야 했다. 공책, 카메라, 시험 대비 교재들, 미첨 데오드란트 스틱. 나는 나중에 떼어낼 강력 접착테이프를 물병 주위에 감았다. 타월 가운데를 찢어서 반은 쓰레기통에 버렸다.

욕실을 통해서 케일라의 엄마가 돼지우리에 살고 있냐며 딸을 야단치는 소리가 들려왔다. 친구를 생각하면 한편으로는 마음이 아팠다. 그녀의 보딩스쿨 생활은 실패로 돌아갔다 (그녀는 집으로 돌아가 한 학년을 다시 다녀야 한다). 그러나 그녀의 엄마의 잔소리가 한편으로는 내 마음을 달래주었다. 누구도 내게 게으르다고, 혹은 압박감 때문에 통제력을 잃었다고, 혹은 스트레스에 무너졌다고 말할 수 없었다.

나는 여름 내내 입을 옷가지들을 둘둘 말아 베개로도 쓸 수 있게 통나무처럼 만들었다. 나머지는 모두 쓰레기통에 들어갈 운명이었다. 깔끔하게 정돈된 가방을 보니 버린 물건들을 대체할 돈이 없다는 불안감이 날아가는 듯했다.

그때 방문을 두드리는 소리가 들렸다.

"들어와!"

밑단을 접은 바지를 입고 보온병을 들고서 차분한 모습의 샬럿이 방 안으로 들어왔다. 체리 스무디를 마신 밤 이후로 우리는 제대로 대화를 나눈 적이 없었다. AP 미적분 시험이 끝난 후에 그녀는 도망치듯 교실을 나갔었다. "안녕." 그녀가 말했다.

샬럿은 지저분한 리놀륨 바닥에 놓인 전자레인지용 오트밀 봉지, 샴푸, 그리고 미술 도구들을 내려다봤다. 창피한 마음이 들었다. 그녀는 유럽에 딱 1년 머물 예정이면서도 짐을 전부 부쳤다고 했기 때문이다. 샬럿은 절대 나 같은 상황을 이해할 수 없을 것이다.

나는 일어나서 반바지에 땀에 젖은 손을 문질렀다. 얼굴을 마주하니 그녀에게 손을 뻗고 싶었다. 샬럿의 턱을 손으로 감싸고 키스하고 싶었다. 문득 우리 주위의 세상이 고요해진 것이 느껴졌다.

"제길!" 나는 소리쳤다. 서둘러 케일라의 방으로 가보았다. 아무도 없었다.

가방을 어깨에 들쳐 멨다. "아 투 타 레르." *나중에 만나자.* 나는 한 시간 뒤면 다시 돌아올 것처럼 말했다.

"아듀." 그녀가 내게 말했다. *잘 가.* 마치 죽어서나 다시 만날 것처럼.

TV 시청실을 지나 긴 복도를 달려갔다. 가구로 가득 찬 쓰레기장 앞, 짐 싣는 곳 옆에 미니밴이 있었다. 두 팔을 흔들며 그리로 달려갔다. "케일라! 케일라! 케일라!"

한 여자가 조수석 창문을 내렸다. 케일라가 뒷좌석에서 그녀의 두 자매들 사이에 웅크리고 숨어 있었다.

"케일라." 그녀를 똑바로 쳐다보면서 말했다. "혹시 차에 자리가 있을까?" 입가에 힘을 주고 유쾌한 표정을 지었다.

"엄마…." 케일라가 주뼛주뼛 말했다. "자리가 있으면 에미를 워싱턴까지 태워다줘도 될까요?" 나는 이를 악물었다. 케일라는 엄마에게 말도 꺼내지 않았던 것이다. 케일라가 무심코 던진 한마디가 내 모든 계획의 토대였다고 생각하니 너무 화가 났다.

나는 케일라의 엄마에게 눈을 돌렸고 부드러운 시선을 건네려고 애썼다. "안녕하세요, 애덤스 부인. 케일라가 저에게 워싱턴까지 태워줄 수 있다고 해서요."

"워싱턴에서 어디로 갈 거니?" 그녀의 손이 금방이라도 창문을 올릴 것처럼 창문 제어 장치에 놓여 있었다.

"버지니아에 있는 친구네 집에서 지내려고요." 케일라의 엄마가 얼굴을 찡그렸다.

이자벨에게서는 만나러 오라는 제안을 받았을 뿐이고 그건 차에 태워주겠다던 케일라의 제안만큼이나 불확실한 것임을 알았다면 그녀의 표정이 어땠을지 궁금했다. "버지니아공대에 가볼 생각이에요. 하지만 워싱턴에 있는 다른 홀룡한 대학들도 방문하고 싶어요. 케일라도 가보고 싶어 한 다고 들었어요."

나는 미소를 지었다. 이번에는 진심에서 우러난 미소였다. 공부를 열심히 하는 이상적인 딸, 그녀의 진짜 딸이 하지 못한 그 역할을 대신하고 싶은 마음이 굴뚝 같았다. 케일라는 자기 손가락에 박인 굳은살만 쳐다보고 있었다.

애덤스 부인이 어깨 뒤를 보았다. "뒷자리에 공간이 좀 있는 것 같구나."

『바위처럼 단단한 지원서』에는 저학년과 고학년 사이 여름방학이 대학 지원에 아주 중요한 시기라고 명시되어 있었다. 미니밴에 올라 안전벨트를 매자마자 공책을 꺼내 에세이 주제에 관한 브레인스토밍을 시작했다. 이 2페이지는 입학위원회에 내가 어떤 사람인지, 나의 진정한 자아가 어떤 것인지를 보여줄 기회였다. 입학위원회는 내 입학을 가능하게도 불가능하게도 할 수 있었다.

"우리 〈레이디 인 더 워터〉 보자!" 케일라의 막내 동생이 빽 소리를 질렀다. 세 자매는 DVD를 집어넣을 때까지 티격태격했다. 서로 바싹 다가앉은 그들의 얼굴에 푸른 불빛이 어른거렸다. "엄마, 아빠?" 케일라가 앞자리에 대고 말했다. "우리 쉬었다 가면 안 돼요? 배고프단 말이에요." 안 된다는 대답이 돌아올 줄 뻔히 알고 있을 텐데도 그녀는 거리낌 없이 투정을 해댔다.

케일라는 나보다 아주 조금 어릴 뿐이었지만 분명히 아직 어린애였다. 내 눈에 그녀는 지켜야 할 규칙도 없고 미래에 대한 고민도 없어 보였다. 그녀가 대학에 갈 생각은 있는지조차 의심스러웠다. 이런 면에서는 적어도 내가 우위에 있다고 스스로에게 비장하게 되뇌었다. 케일라의 동생들은 자라서 각자의 삶을 찾아갈 것이고 그녀의 부모도 떠날 것이다. 그때 되돌아보았을 때 과연 케일라는 완벽한 SAT 점수로 스스로를 위로할 수 있을까?

케일라의 부모가 내 극단적인 생각에 찬성할 것 같지는 않았지만 딸을 걱정하고 있다는 게 느껴졌다. 부모들은 모두 아이들이 행복하기만 하면 그만이라고 하지만 좋은 직업 없이 어떻게 행복할 수 있을까? 어딜 가나 경제난으로 불행해진 사람들이 넘쳐난다. 인터라켄 바깥으로도 이동식 주택과 압류당해 방치된 집들이 즐비했다. 미시간 전체가 붕괴 중인 것 같았다. 아직도 나는 7년 전 닷컴버블이 붕괴되던 시기에 엄마 아빠가 이혼했던 것을 떠올린다. 어떤 관계도 시장의 원리 안에서 안전할 수 없다.

워싱턴에 도착하자 애덤스 부인은 저녁으로 인스턴트 라면을 끓였다. 힘든 경제 시장이 이들 가족에게도 타격을 준 것 같았다. 케일라는 국물에 떠 있는 당근과 콩을 골라내다가 엄마의 신경을 건드려 결국 잔소리를 들었다. 나는 인조 가죽 소파에서 내 옷을 돌돌 말아 베고 잤다. 아침에는 밤에 흘린 땀을 샤워로 씻어내고 내 반쪽짜리 타월로 몸을 닦았다.

나는 그들이 내 존재를 간신히 참아주고 있다는 것을 느낄 수 있었다. 사실 나는 좋은 집안 출신도 아니고 그들 눈에는 도망자 신세일 게 분명했으니까(케일라의 부모는 나에게 많은 질문을 하지 않으려고 조심하는 것 같았다). 그들에게 내가 유일하게 쓸모 있는 구석이 있다면 케일라에게 자극을 주어 미래에 대해 고민하도록 하는 점이었다. 케일라의 부모는 나중에 딸에게 내 이야기를 꺼내며 "그래서 너라면 무슨 변명을 댈 거니?"라고 말하지 않을까? 그 질문은 서글펐지만—케일라는 분명히 의기소침해 보였다—나는 이 이상한 상황을 즐겼다.

위층에서 케일라의 엄마가 나갈 채비를 하라고 딸을 채근했다. 우리는 대학들을 둘러볼 예정이었다. 곧 케일라가 얼굴을 손으로 비비면서 아래층으로 비틀거리며 내려왔다. 마치 숙취에 시달리는 듯한 모습이었지만 나는 그녀가 〈한나 몬타나〉를 보느라 늦게 잠들었다는 것을 알고 있었다. 그녀의 엄마는 조지 워싱턴 대학교와 조지타운 대학교로 우리와 케일라의 두 동생들을 이끌었다.

나는 학교에서 견학 안내원의 말을 꼼꼼히 받아 적었고 수천 개의 학교 중에서 진학할 학교를 선정할 때 고려해야 한다고 대학 안내서에 나와 있던 질문들을 던졌다. "문예 창작 전공이 있나요? 부전공은요?" 나는 공중에 손을 흔들었다. "캠퍼스에서 성 소수자들의 생활은 어떤가요?" 케일라의 엄마가 나를 곁눈질했다. 무한한 선택권을 가진 학생이라는 고객의 신분을 만끽하면서, 조지 워싱턴의 청소 상태와 조지타운의 광활한 잔디밭을 살펴보았다.

두 대학 중 어디에도 갈 생각이 없었지만 그래도 주의를 집중했다. 내 관심은 융자 없이 내게 필요한 조건을 백 퍼센트 충족할 수 있는 열 개 안팎의 학교로 제한되어 있었다. 나는 워싱턴에 대학들을 둘러보러 온 것이 아니다. 그저 시간을 죽일 수 있는 곳이 필요했을 뿐이다. 그러나 엄마가 끝까지 카운티에 전화를 안 해서 내가 여기에 와 있다는 사실이 그런 생각조차 할 수 없을 만큼 침울하게 만들었다. 애써 기분을 환기하고서 조지타운의 잔디밭에 점수를 매겼다.

그날 밤 케일라의 엄마는 내게 언제 버지니아에 갈 것인지 물었다. "아마 2~3일 후쯤 갈 것 같은데요?" 애덤스 부인이 나를 더 머물게 해주기를 바라며 말했다. 그러면서 다른 학교들도 둘러보면 어떻겠냐고 물었다.

사실 나는 이자벨에게 전화도 하지 않았다. 그녀가 세탁실에서 내게 놀러오라고 말한 밤 이후 우리는 서로 연락한 적이 없었다. 계속 그녀에게 전화해야겠다고 생각은 했지만 거절당하는 것이 두려워서 결국 하지 못했다. 애덤스 부인은 불만스러운 듯 입술을 다물었다. 케일라를 대학에 데려가자는 제안에 별로 관심이 없는 것 같았지만 내 상황이 어떤지 알고 싶어 하는 것 같지도 않았다. 나는 내가 사실대로 털어놓으면 그녀가 엄마를 비난하거나 우리를 아동 보호기관에 신고할까 봐 두려웠다. 아니면 둘 다 할까 봐.

저녁을 먹은 후, 숨을 죽이고 이자벨에게 전화를 걸었다. 그런데 곧바로 휴대전화가 꺼지고 말았다. 다음 날, 전화기를 다시 켰지만 이자벨은 전화를 받지 않았다. 그날 밤 휴대전화가 또다시 말썽이었다. 나는 타깃의 제일 싸구려 플립폰을 산 자신을 저주했다. 그러나 애덤스 가족에게 전화를 빌려달라고 할 수는 없었다. 그럼 애초에 갈 곳도 없었다는 것을 들키고 말 것이다. 설상가상으로 이자벨 전화번호도 휴대전화 안에 있었다.

다음 날 아침, 케일라의 엄마는 나를 그레이하운드 역까지 데려다주었다. 우리는 미니밴에 앉아 있었다.

"너희 엄마도 알고 계신 거지?"

"저는 친구네서 지낼 거예요."

케일라의 엄마는 내 속내를 파악하려고 실눈을 뜨고 나를 살펴보았다. 그녀는 내가 괜찮을 거라고 안심시키는 말을 기다리고 있었다.

"나라면 딸을 이렇게 혼자 두지 않을 텐데." 은근히 내 여행이 안전하지 않다는 어조에 입안을 깨물었다. 어쩔 수 없었다. 내 엄마는 케일라의 엄마 같은 사람이 아니다. 내 삶도 그랬다.

우리는 잠시 말없이 앉아 있었다. 곧 케일라의 엄마가 가방을 챙겨 들고 차 문을 열었다. 내가 버스표를 사자 그녀가 말했다. "버스에서 가장 나이가 많은 여자 옆에 앉으렴."

창문이 열리는 좌석을 포함해서 빈자리가 많았지만 무릎에 가방을 올려놓고 똑바른 자세로 앉아 있는 나이 지긋한 흑인 여자 옆에 앉았다. 케일라의 엄마는 내가 탄 버스가 출발해서 남쪽을 향해 모퉁이를 돌 때까지 차 안에서 지켜보고 있었다.

처음 한 시간 동안 나는 휴대전화를 만지작거렸다. 아무리 세게 버튼을 눌러도 전원이 들어오지 않았다. 일곱 시간 후에 블랙스버그에서 충전기를 꽂아보고 작동하기를 기도하기로 했다.

불안감을 삼키려고 애썼다. 사람들이 하나둘 올라타면서 버스가 점점 꽉 차고 사람들의 체취가 심해지자 케일라의 엄마가 해준 조언에 감사한 마음이 들었다. 이 버스 안에서 내 옆에 앉은 이와 함께 있으면 나는 안전했다. 그녀의 어깨 너머로 창밖을 내다보며 '미국 대륙을 보라'는 엄마의 말대로 해보려고 노력했다.

무료함을 달래기 위해 샬럿 앞으로 보내지도 않을 편지를 썼다. 남부 연방 깃발이 모순적으로 느껴진다고 썼고, 린치버그라는 이름의 도시가 있다니 믿을 수 없다는 말도 썼다. 나에게 가장 충격적인 것은 녹음이 우거진 산이었다. 중서부 사람인 내가 상상하는 남부는 아직도 내전의 포화가 가시지 않은 전쟁터의 모습이었다.

초저녁 즈음, 운전기사가 내 목적지를 외쳤다. 갑자기 아무 계획도 없이 원래 목적지에 내리는 것이 나을지 아니면 그대로 버스를 타고 정처 없이 계속 가는 것이 나을지 확신이 서지 않아 망설였다. 문이 닫히려고 할 때 황급히 배낭을 들고 도망치듯 버스에서 내렸다.

가방끈을 쥐고서 블랙스버그의 작은 도시에서 휴대전화를 충전할 곳을 찾았다. 빵 냄새에 이끌려 서브웨이 샌드위치 음식점에 들어갔고 탁자 밑을 확인하다가 전기 콘센트를 발견했다. 저녁으로 거기서 파는 것 중 가장 싼 레이 베이크드 감자칩 한 봉지를 샀다.

휴대전화가 충전되기를 기다리면서 이제 어떻게 할지 궁리해보았다. 호텔에서 잘 수는 없었다. 아무도 16살에게 방을 내어주지는 않을 것이다. 가까운 곳에는 공항이 없었고 어차피 밤새도록 열려 있는 공항은 없을 터였다. 내가 아는 사람들 중에서 가장 가까운 곳에 있는 사람은 버스로 일곱 시간 떨어진 거리에 있는 케일라였다.

이자벨의 엄마가 버지니아공대에서 근무한다는 것이 떠올랐고 일단 캠퍼스에 가서 그녀를 찾을 때까지 물어보고 다니기로 작정했다. 하지만 이자벨의 엄마는 이자벨과 성이 다를 텐데 나는 이자벨의 성밖에 몰랐다. 식당 밖을 내다보니 조경으로 꾸며진 중앙분리대가 보이기에 거기서 잘 수 있겠다 싶었다. 하지만 이 낯선 도시에서 야생동물의 공격을 받을 수도 있다는 생각이 들었고 총을 가진 사람들도 무서웠다.

숨을 고르고, 다시 전화를 걸어보기로 했다. 이번에는

빨간 버진 모바일 로고가 뜨면서 화면이 밝아졌다. 안심이 되어 숨을 내쉬고는 다시는 잃어버리지 않도록 이자벨의 번호를 수첩에도 적어두었다. 아랫입술을 깨물며 번호를 눌렀다. 이제 지금까지 전화하지 않은 것은 변명의 여지가 없는 내 잘못이었다. 친구의 제안이 아무리 진심이었다고 해도, 말도 없이 그녀가 사는 곳에 불쑥 나타나는 행동은 예의에 어긋나는 짓이었다. 마음속으로 자신을 나무라는 사이 이자벨이 전화를 받았다. "여보세요?" 그녀가 밝은 목소리로 말했다.

"안녕! 잘 지내고 있어? 나 에미야." 떨리는 목소리를 숨기려고 가볍게 말을 건넸다. "혹시 네가 나한테 놀러오라고 했던 것 기억해?"

"그럼, 물론이지! 언제 오려고?"

나는 마치 달력을 보는 것처럼 잠시 말을 멈추었다. "지금 가도 돼?"

이자벨이 물었다. "너 어디에 있는데?"

"블랙스버그 버스역 건너편에 있어." 나는 입술을 꽉 다물었다. 귓가에 파도치는 소리가 들려왔다.

"알겠어. 엄마한테 물어볼게." 몇 분간의 침묵 속에 내가 저지른 모든 실수를 곱씹어보았다. 케일라의 엄마에게 거짓말을 했고 미리 해야 할 약속도 하지 않았다. 그리고 지금 여기, 공격적인 벨트를 찬 남자들의 땅에서 갈 곳을 잃고 헤매는 중이다. 불안감에 겨드랑이부터 콧잔등까지 진땀이 났

276

다. 나에게서 포식자에게 필사적으로 자신은 맛이 없다고 설득하는 한 마리 짐승 같은 역한 냄새가 났다.

전화선 반대편에서 부스럭거리는 소리가 났다. "내가 15분 안에 데리러 갈게!"

이자벨의 집에 도착하니 그녀의 엄마가 나를 포옹으로 맞아주었다. 재료과학과 교수인 그녀는 자그마한 키에, 6인치 높이의 플랫폼 구두를 신고도 겨우 5피트 정도로 보였다. "얼마나 머무를 생각이니?"

나는 손가락을 꼼지락거렸다. 6월 22일에 캠프가 시작되지만 그 전에 가도 된다고 말했다.

"그럼 쭉 있다가 가렴!" 그녀가 냉장고를 열었다. "스테이크 좋아하니?" 거주치료소를 떠나온 이후 고기를 먹은 적이 없었다. "물론이죠!"

다행스럽게도 이자벨의 엄마는 내 가족에 대해서, 혹은 내가 버스역에서 전화를 걸어야 했던 이유에 대해서 묻지 않았다. 뭐라고 답해야 할지도 몰랐다. 그녀는 그저 우리에게 뭘 먹고 싶으냐고 물었을 뿐이다.

내가 폐를 끼치는 불청객이 아니라는 사실이 믿기지 않았다. 어릴 때, 친구 부모님이 나에게 푸드뱅크(저소득층에게 기부하는 식품) 상자의 음식을 나눠주었더라도 우리 집 식사 시간에 친구를 부르는 건 금지였다. 한번은 배고픈 친구에게 몰래 참치캔을 주었다가 크게 혼이 나기도 했다. 우리가 가진 게 부족해서가 아니라——우리 집에는 참치캔이 많았다——내 부모는 나눔의 기쁨을 몰랐고 나눠야 한다는 의무감도 없었기 때문이다. 그래서 공간과 시간과 돈이 있으면서 자식의 친구들도 기꺼이 돌봐주는 부모를 보고 충격을 받았다.

이자벨이 그녀의 엄마를 기꺼이 나와 공유하는 것에는 더 큰 충격을 받았다. 그래도 그녀는 결핍이나 상실을 느끼지 않았다. 이자벨은 내가 전혀 경험해본 적 없는 상태로 존재했다. 나는 그녀의 나른한 여름의 이벤트 같은 역할이었다. 나는 이자벨의 여름 일자리 면접에 따라갔고 이자벨이 〈파이트 클럽〉을 보자고 하면 〈파이트 클럽〉을 봤다. 그녀가 산으로 드라이브를 하러 가고 싶어 하면, 우리는 밴드 더 신즈의 〈뉴 슬랭New Slang〉을 크게 틀어 놓고 드라이브를 했다.

그들과 함께 있으면 마치 그들의 삶에 한 발짝 들어가 진짜 가족이 된 것처럼, 평범한 일상을 사는 기분이 느껴졌다. 그들은 내게 질문을 별로 하지 않았다. 그렇다고 어떤 대답이 나올지 두려워하는 기색도 느껴지지 않았다. 나는 잠잘 곳이 있었고, 여름이었다. 그래서 어떻게 준비해야 할지 알 수 없는 온갖 대학 지원 서류들에 대해 생각하지 않으려고 노력했다. 어느 날 저녁 콜드스톤 크리머리 아이스크림 가게 밖에서 남자 대학생 무리를 구경하던 중, 이자벨이 브라우니로 덮인 아이스크림을 한 입 먹으며 물었다. "그나

저나 샬럿은 어떤 점이 그렇게 특별한 거야?"

"그냥, 걔는 내가 좋아하는 사람이었어. 나도 모르겠어."

"이제 걔는 잊어. 세상에는 다른 사람들도 아주 많아."

이자벨이 나를 바라보았다. "안경 벗어봐." 나는 그렇게 했다. 이자벨이 말했다. "와우, 콘택트렌즈를 끼는 게 어때?"

"그런 걸 이용하고 싶지는 않아." 이자벨이 혀를 찼다. "난 있는 그대로의 나를 좋아해주는 사람을 원해. 내가 어떤 외모인지 상관없이." 나는 이 본질적인 신념에 관해서는 확고했다. 공부를 좋아하는 이유도 어떤 면에서는 대학에 들어가는 것이 외모와 무관해 보였기 때문이었다.

"세상은 그렇게 돌아가지 않아." 이자벨이 대꾸했다. 윤기 나는 피부와 빛나는 초록 눈동자를 가진 그녀는 아름다웠다. "일단 넌 머리부터 잘라야 해."

이자벨의 엄마가 자신이 다니는 미용실에 나를 위해 예약을 해주었다. 나는 손님이니까 제안에 응하는 것이 당연했다. 머리를 하는 내내 비용이 얼마나 나올지 걱정이었는데 이자벨의 엄마가 대신 내주었다.

내 새로운 헤어스타일이 돋보이도록 이자벨은 나에게 그녀의 드레스를 골라 입혔다. 그녀는 집 안 이곳저곳에서 포즈를 취한 내 사진을 찍었다. "너 지금 너무 예뻐, 에미! 머리하기 전에 사진을 찍어 놓을걸!"

머리를 하기 전에 내가 대체 어땠길래 그러나 싶어 당혹스러웠다. 이를 계기로 나는 기꺼이 누군가의 프로젝트가 되기로 했다. 마치 조금만 나를 깔끔하게 가꾸면 모든 것이 잘될 것 같은 마음이 들었다. 이자벨과 그녀의 엄마도 아주 즐거워했다. "에미는 콘택트렌즈를 사야 하지 않을까?" 이자벨이 엄마에게 묻자 그녀의 엄마도 힘주어 고개를 끄덕였다. 이자벨은 내 어깨를 잡고는 샬럿과의 이별을 위로했다. "너는 꼭 더 좋은 사람을 만나게 될 거야."

"아주 특별한 사람." 이자벨의 엄마도 동조했다.

스탠퍼드에 도착했을 때, 나는 마치 누군가의 환상 속에서 깨어난 것처럼 주위를 둘러보았다. 간절한 바람에도 엄마는 이 캠퍼스에 발을 들여놓지 못했는데, 나는 이 치장 벽토로 된 건물과 오래된 삼나무들 사이에 서 있었다. 엄마는 내가 캠프에서 보내는 몇 주가 입학에 도움이 되기를 바랐지만 나는 그렇지 않을 것을 알고 있었다(나는 장학금을 받았지만 이런 여름 프로그램은 대체로 수익 창출이 목적이었다). 게다가 엄마의 부서진 꿈이 서린 곳에 다니고 싶지도 않았다.

그러나 캠프에 대한 내 나름대로의 절실한 기대가 있었다. 대학 지원을 위해 무엇이 되었든 위상수학에 대한 자기소개서를 쓸 계획이었다. 학교를 나선 이후로 에세이의 소재가 될 만한 것들을 모두 적고 있었다. 하지만 내가 생각해낸 주제들은 다 너무 우울했다. 최소한의 돈을 쓰면서 배부른 상태를 유지하기에 다이어트 콜라를 마시는 게 얼마나 완벽한 방법인지, 장시간 혼자 버스를 타고 가는 동안 엄마가 얼마나 그리웠는지, 벗겨진 페인트칠을 보면 얼마나 나에게 집이 있었으면 좋겠다고 바라게 되는지 등등. 마침내 지난 16년은 그저 매듭과 곡면에 대해 배우고 인생을 바꾸는 경험을 하기 위한 준비운동이었을 뿐이고, 그것이 정신병동, 위탁가정, 그리고 소파에서 자야 했던 나날들과는 다른 방식으로 나의 마음을 끄는 진정한 본성을 빛나게 해줄 것이라고 생각하기로 했다.

캠프에 오기 며칠 전, 최근에 졸업한 선배 올리비아를 만나러 샌프란시스코에 갔었다. 대학 지원 에세이를 쓰는 데 도움을 받고 싶었다. 올리비아는 단편소설로 스콜라스틱 아트 앤 라이팅 어워드에서 우승을 차지했었다. 1만 달러의 상금과 함께 골드키를 수상하고 카네기 홀에서 열린 시상식에도 참석했다. 그녀는 하버드생이었다. 그녀가 내게 모든 비법을 알려주리라.

그러나 내가 어떻게 하버드에 들어갔냐고 묻자 그 질문, 혹은 그 질문 아래에 깔린 불안이 그녀를 고통스럽게 만드는 것 같았다. "그냥 너답게 해." 그건 나에게 바람직하지 않은 생각이었다. 지금까지 어른들 앞에서 '나답게 구는 것'은 나를 곤경에 빠뜨릴 뿐이었다. 나는 그 이상의 무언가가 필요했다. 그러나 스탠퍼드 캠퍼스에서 내 계획은 조금씩 어그러지고 있었다. 위상수학 캠프는 나의 깊은 포부를 여는 것과는 별 관련이 없었고 그저 컬러링 시트에서 수학적 원리를 도출하는 일이었다. 게다가 학생들은 저녁 시간에만 컴

퓨터실을 사용할 수 있어서 지원서를 준비하기에는 시간이
너무 빠듯했다. 어느 날 밤 나는 에세이 초고를 다시 작성하
기 전에 메일함을 확인했다.

나는 메일 제목을 다 읽기도 전에 소리를 질렀다. *당신
은 아이비와이즈 장학생으로 선발되었습니다.*

메일에는 캐서린 코헨 박사—최고의 대학 입학 카운슬
러이자 『바위처럼 단단한 지원서』의 저자—가 나를 '16,775
달러 가치의 프로 보노 서비스' 대상자로 선정했다는 내용이
담겨 있었다.

봉투에 슬픈 편지를 넣어 보낸 이후로 5개월이 지났
다. 나는 이미 가망이 없다고 여기고 포기하고 있었다. 그러
나 누군가 산더미같이 쌓인 종이들 사이에서 그 편지를 발
견했고 내 간청을 읽고 나를 가치 있게 보아준 것이다. 아이
비와이즈가 그렇게 했으니 아이비리그도 그럴 수 있을 터였
다. 그리고 그건 만약 내가 들어가지 못하더라도 적어도 그
게 내 잘못이 아니라 그저 내 서류가 누락되었기 때문이라는
뜻이기도 했다.

캣 박사와 통화하는 날, 나는 불현듯 잠에서 깼다. 노
란 불빛이 차양 주위로 새어 들어왔다. 휴대전화를 쥐고 시
간을 확인하고는 숨을 내쉬었다. 아직 한밤중이었다.

스르르 잠이 들었다가 빛이 나는 것이 가로등이 아니라
햇빛이라고 확신하며 다시 화들짝 놀라기를 반복했다. 마침

내 휴대전화 알람 소리가 나를 깨웠다. 아무도 나를 방해하지 않을 바깥에서는 창백한 새벽빛이 삼나무 숲을 통해 스며들었고 이슬이 풀잎 위에서 반짝거렸다. 기숙사 분실물 보관소에서 슬쩍 훔친 회색 가디건 차림으로 몸을 떨면서 휴대전화를 응시했다. 오전 6시 29분, 그리고 6시 30분.

벨소리가 울렸다. 나는 흠칫 놀랐다.

"안녕하세요, 에미. 나는 캣이라고 해요." 오전 6시 30분이었지만 그녀의 목소리는 쉬어 있었다. 동부 시각으로 그녀는 사람들에게 무엇을 할지 알려주며 이미 꽉 찬 하루를 보냈을 터였다. 캣 박사가 내가 보냈던 서류들에 대해 이야기하자 새삼 그녀가 얼마나 중요한 사람인지 두려움이 사무치게 느껴졌다.

"이번 여름은 무엇을 하며 보내고 있나요?" 그녀가 물었다.

"음, 지금 스탠퍼드에서 위상수학 캠프에 참여하고 있어요." 나는 위상수학의 의미를 잘 알고 있다는 듯 대답했다. "그다음에는 노스웨스턴에서 AP 화학 캠프에 갈 예정이에요." 나는 캣 박사의 시간을 낭비하지 않으려 캠프와 캠프 사이에 아무 계획이 없는 불확실한 일정에 대해서는 언급하지 않았다. "좋아요, 좋아요." 나는 안도의 한숨을 쉬었다. 대답을 잘한 것 같았다.

캣 박사는 내 최우선 지망 학교에 대해서 물었다.

"뉴욕에 있는 컬럼비아 대학교요." 나는 마침내 나를

진지하게 받아들이는 사람을 향해 대답했다.

"컬럼비아? 정말 '위대한 저서'들을 공부하고 싶은 건가요?"

"위대한, 뭐라고요? 위대한 저서가 뭔가요? 퓰리처 상 수상작 같은 건가요?"

"아니요, 『일리아드』 같은 책이요. 서구 문명의 토대가 되는 책들." 캣 박사는 짜증스러운 목소리였다. "입학하면 첫 2년간 그 책들을 공부하게 돼요."

"아." 당혹감으로 얼굴이 붉어졌다. 나는 문양이 군데군데 벗겨진 행운의 티셔츠를 입고 있었고 컬럼비아는 내 꿈이었는데, 정작 실제 학교에 대해서 아는 것은 하나도 없었다. 어떤 면에서는 마치 암호처럼 신비롭게 남겨두고 싶었던 것처럼. "음, 한번 지원해보고 들어가게 되면 그때 확인해도 되지 않을까요?"

"아니요." 캣 박사는 내가 정확히 열 곳의 학교에 지원하게 될 것이라고 설명했다. 합격이 어렵지만 도전해볼 만한 대학 세 곳, 합격할 만한 대학 네 곳, 그리고 합격이 안정적인 대학 세 곳. 내가 쓸 모든 에세이 중에서 가장 중요한 에세이는 내가 살아온 삶을 기술하는 자기소개서와 개인 사유서였다.

"알겠어요. 그런데 제가 SAT를 다시 칠 수 있을까요?" 내 자격을 증명하는 객관적인 자료로서 완벽한 점수를 받고 싶었다.

"몇 점을 받았죠?"

"2190점이요." 나는 얼굴을 찡그리며 대답했다.

"그럴 만한 시간은 없을 거예요." 처음으로 캣 박사와 이야기를 하는 지금, 오전 7시가 채 되지 않은 시각이었지만, 내가 환상 속에서 그린 것이 현실에서 그대로 펼쳐지지는 않으리라는 사실이 이미 분명해졌다. 나는 절대 컬럼비아 티셔츠를 입고 캠퍼스를 활보할 수 없을 것이다. 대입 대비 책들과 고군분투했음에도 완벽한 2400 SAT 점수에 결코 도달하지 못할 것이다.

캣 박사의 목소리가 부드러워졌다. "학생은 지금 아주 잘하고 있지만 약간 뒤처져 있어요." 9월에 고학년 학기가 시작되기 전까지 에세이와 사유서를 다 쓰기로 계획했다. 그녀는 책에서 했던 말을 반복했다. "이번 여름이 아주 중요한 시기예요."

스스로에 대한 분노가 가슴에 차올랐다. 많은 어른들이 나더러 걱정할 필요 없다고 장담했지만 내가 더 잘 알고 있었다. 이제 캠프에 할애된 시간을 빼면 이번 여름 동안 이 모든 것들을 할 시간은 겨우 4주 남짓이었다.

"나와 함께하고 싶다면 이 과정에서 백 퍼센트를 수행해주어야 해요. 그렇게 할 수 있겠어요, 에미?"

"물론이죠." 캣 박사가 한 말이 질문인지 다짐인지 헷갈려 하며 대답했다. 지금 이 순간, 이전의 일은 더는 중요하지 않았다. 과거에 아무리 많은 사람과 상황 들이 나를 방해했다 해도, 내가 충분히 훌륭한 지원서를 만들어내지 못하면 나는 입학하지 못할 것이고 그것은 오롯이 내 책임일 것이다.

"우리는 그저 에미의 이야기를 들려주면 좋겠어요." 캣 박사가 달콤하게 말했다. "내가 도와줄 수 있어서 기뻐요. 결코 쉽지 않을 거니까요."

플립폰을 닫고서 유칼립투스 나무에 기대어 있자니 따뜻하지만 경고를 담은 그녀의 말이 가슴을 때렸다. 물론 쉽지 않을 터였다. 쉬운 것은 아무것도 없었다. 물론 내 희망도 허무맹랑했다.

하지만 어쩌면 이제 아주 기회가 없는 것은 아니다. 실제로 학교에 들어갈 가능성 그리고 실패할 가능성이 가슴을 짓눌렀다. 이제부터 그 어느 때보다도 내가 어떻게 하느냐가 중요했다. 캣 박사와의 대화로, 이것은 표준화 시험을 치르느라 힘들었던 것이나 심지어 살 곳을 찾느라 힘들었던 것과는 달리 정신적으로 아주 소모적인 작업으로, 유명 대학 입시 컨설턴트인 그녀에게도 진이 빠질 만큼 혹독한 과제가 될 것이라는 느낌을 받았다.

14장
맥락은 없었다.
그저 인생 한복판에 있을 뿐

아네트는 캠프와 캠프 사이에 뜬 일주일을 자신의 집에서 지내게 해주었다. 그녀의 평화로운 집, 노란 벽, 거실에 걸린 이케아의 해바라기 사진, 그리고 오일과 식초로 버무린 샐러드(그녀는 병에 든 랜치 또는 블루 치즈 드레싱은 절대 사용하지 않았다)가 좋았다. 일을 마치고 집에 들어오면 그녀는 집을 나설 때 보았던 것과 똑같은 자세로 앉아서 캣 박사를 위해 지원 희망 대학 목록을 만들고 있는 나를 볼 수 있었다. "우리 좀 나가자, 에미." 아네트가 말했다. "이대로 그냥 보내기에는 바깥 날씨가 너무 좋아. 자전거 타러 갈까?" 그녀가 웃었다. 더할 나위 없는 제안이었다.

아네트는 내게 자외선 차단제를 재차 바르게 하고 그녀의 모자들을 휙휙 넘겨보았다. "헬멧 쓰고 싶어?" 그녀는

287

헬멧을 내밀다가 도로 제자리에 놓았다. "우린 그냥 한 블록만 돌고 올 거니까 괜찮을 거야." 그녀는 내게 야구모자를 쓰게 하고 자신은 커다란 챙 넓은 모자를 쓰고 턱 밑으로 끈을 단단히 조여 맸다. 우리는 집 앞 블록을 지나 자연 보호 구역으로 향했다. 순간 돌풍이 내 머리 위의 모자를 날려버렸다. 나는 손을 뻗어 모자를 잡다가 넘어졌다.

그러고 나서 눈을 떴을 때 나는 아네트의 뒤뜰 테라스에 누워 있었다. 그녀의 남편이 내 눈을 들여다보았다. "미국 대통령이 누구지, 에미?" "오바마?" 나는 눈을 가늘게 뜨고 그를 보았다. 세상이 너무 밝고 너무 초록빛이었다. "무슨 일이 있었던 거예요?" 나는 혼란스러운 마음으로 눈물을 꾹 참았다. "그냥 무슨 일이 있었는지 알고 싶어요."

"네가 넘어졌어."

"언제요?"

"자전거에서 떨어져서 머리를 부딪혔어." 그녀의 남편이 이마를 찌푸리고 걱정스럽다는 표정으로 나를 보는 모습에 긴장이 풀렸다. 그 순간이 마치 영화처럼 느껴졌다. 이전에 있었던 일들은 모두 한낱 악몽이었고 잠에서 깨어나니 진짜 내 삶과 진짜 내 가족 곁으로 돌아와 있는 영화.

"이제 가자, 에미." 아네트가 어깨에 가방을 멘 채 말했다. 그녀는 나를 응급실로 데려가려 했다.

"저는 괜찮아요." 공연히 문제를 일으키고 싶지 않았다.

"아니야. 뇌에서 출혈이 있을 수도 있고, 그러면 그 스키선수처럼 죽을 수도 있어." 나는 아네트에게 별일 아니라고 말하고 싶었다. 이전에도 머리를 부딪힌 적은 수도 없이 많았다. 하지만 나를 염려하는 그녀의 태도가 기분 좋은 것도 사실이었다.

조용한 차 안에서, 나는 따가운 저녁 햇살을 피하려고 눈을 꼭 감았다. 에어컨 소리가 머리에서 울렸다.

아네트는 감리교 병원 응급실에서 엄마에게 전화를 했다. CT 스캔 후, 아네트는 내 침대 앞에서 서성거렸다. 언제라도 엄마가 우리를 서로 못 만나게 할 수 있다는 것을 알기에, 내가 안심을 시켜도 아네트는 늘 엄마가 어떻게 생각할지에 대해 걱정했다. "엄마는 언제 오시려나? 나 정말 미칠 것 같아."

"아직 근무 중일 거예요. 괜찮아요. 엄마는 크게 신경 쓰지 않을 거예요."

마침내 한 간호사가 엄마를 병실로 안내했다. "안녕, 아네트! 안녕, 허니! 내가 널 주려고 가져온 게 차에 있단다."

"그나저나 정말 죄송해요." 아네트가 말을 끊었다. "제가 왜 에미한테 헬멧을 안 씌웠는지 모르겠어요."

"에미는 늘 덜렁거리는 걸요, 뭘." 엄마는 손을 저으며 대꾸하고는 예전에 내가 엄마 집에서 유리로 된 크리스마스 전구를 잘못 밟는 바람에 발에 박힌 유리조각을 제거하는 수술을 받았다는 이야기를 늘어놓았다.

엄마는 의사가 들어올 때까지 이야기를 멈추지 않았

다. 의사는 아네트 쪽을 보면서 나에게 뇌진탕이 일어났다
고 설명하고 퇴원 서류를 내밀며 서명을 부탁했다.

"아, 저는 엄마가 아니에요." 아네트는 클립보드를 건
네며 말했다. 엄마가 재미있다는 표정으로 손을 들었다. "제
가 엄마입니다."

우리 세 사람은 엄마의 뷰익을 향해 걸어갔다. 땅거미
가 진 주차장에서, 엄마는 차 안을 뒤적거려 오일 파스텔 상
자와 트위즐러 젤리 봉지들을 꺼냈다. 가로등 불빛이 희미
하게 비치는 가운데 나는 모기를 쫓았지만 아네트는 엄마가
우리를 떼어놓을까 봐 지나치게 공손하고 염려하는 모습이
었다.

곧 나는 엄마와 포옹하며 작별 인사를 했다. "안녕히
가세요!" 아네트는 상냥함으로 포장한 조그만 목소리로
말했다.

차 안에서 아네트는 어깨를 축 늘어뜨리며 한숨을 쉬었
다. 나는 사과할까 고민도 했지만 어쩌면 그것이 그녀의 마
음을 더 상하게 할 수도 있겠다는 생각이 들었다.

"저녁으로 뭐 먹고 싶어?" 마침내 그녀가 열쇠를 돌리
며 나에게 물었다.

"글쎄요, 아네트는 생각나는 게 있어요?" 나는 그렇게
말하면서 아무리 내가 애를 써도 나에게 신경을 써주는 모든
이들을 결국 나가떨어지게 만들고 있지는 않은가 생각했다.

뇌진탕이 일어난 지 엿새째 되는 날, 노스웨스턴 대학의 AP 화학 캠프가 시작됐다. 우리는 1년이 걸리는 수업을 3주 만에 진행하고 있었다. 이런 과정은 언제나 환영이었다. 그러나 막상 노스웨스턴 대학이 있는 일리노이에 와보니 교과서에 적힌 말들이 눈에 잘 들어오지 않았다. 실험실에서는 약품들을 올바른 순서로 넣지도 못했다. 오후에는 대학생들이 의무적인 레크리에이션을 위해 우리를 밖으로 데리고 나갔는데, 나는 내리쬐는 햇살 속으로 나가지 않으려고 온갖 변명을 해야 했다.

도대체 문제가 무엇인지 알 수 없었다. 우리는 매일 아침 시험을 치는 것으로 일과를 시작했는데 거기서 C와 D를 받았다. 캣 박사와 약속한 에세이 초안도 작성하지 못했고 시간이 날 때마다 공부를 했지만 제대로 집중할 수 없었다.

화학 캠프가 일주일 남은 어느 날, 예상하지 못한 페이스북 메시지를 받았다. 미셸이었다. 그녀는 내가 아네트 집에 머물며 미네소타에 있을 때 나를 만나러 오지 못한 것을 사과했다. 미셸은 이렇게 썼다. *너에게서 소식이 끊긴 이후로 힘든 시간을 겪었어.*

내가 나쁜 딸인 것처럼 느껴졌다. 나는 미셸에게 버림받았다는 형용할 수 없는 감정을 느낄 때가 많았는데, 이제 보니 그녀는 내가 자신을 버렸다고 느끼고 있었다. 그건 사실일리가 없지만—나는 그 당시 10살이었다—지금 와서 그게 무슨 상관이란 말인가? 내 부모의 감정은 그들 각자의 현실을 만들어냈다. 내가 알고 있는 것과 그들의 기억이 부딪힐 때에도, 자식으로서 그들 입장을 받아들일지 말지는 나에게 달려 있었다.

미셸은 입원과 처방약 복용으로 체중이 불어났다고 한다. 이 모두가 이혼 이후부터 시작되었다. 나는 그녀가 나 혹은 내 존재에 대한 죄책감 때문에 그렇게 된 것인지 걱정스러웠다. 그녀는 "내가 정말 미안해"라는 말로 메시지를 끝맺었다.

그녀는 내 생활에 관해서는 아무것도 묻지 않았다. 내가 지금 어디에 있는지, 이전에는 어디에서 지냈는지 몰랐고, 곧 상처 제거 수술을 할 예정이라는 것, 그 이후에 정신병동에서 알게 된 친구와 함께 지낼 것이라는 사실도 몰랐다. 뭔가 주겠다는 말도 없었다. 세탁비 몇 번은 낼 수 있는 5달러조차도. 다이어트 콜라를 살 수 있는 단돈 2달러조차도.

나는 반사적으로 돈 생각을 한 자신이 미웠다. 어른들은 무조건적인 사랑을 요구하면서 나에게는 기본적으로 필요한 것을 제공해준 적이 없었다. 그래서 나는 다른 사람에게 뭔가를 기대하는 것이 조종이고 계산적이라고 생각하게 되었지만 정작 내 삶은 나를 좋아하는 사람들에게서 살아가는 수단을 얻어야만 이어갈 수 있었다.

그날 아침 강의 후, 학생들은 강당을 빠져나와 캠프의 복도를 따라 걸었다. 갑자기 나는 내 동급생들과 나의 차이를 깨달았다. 그들은 모두 결혼 관계를 유지 중인 부모가 있었다. 대부분 이름에 '컨트리' 또는 '데이'가 들어 있는 사립학교에 다녔다. 한 아이는 심지어 조정을 해서, 내게 강에서 보트를 어떻게 움직이는지 설명해주었다.

나는 그들이 싫었다. 학생들은 모두 자기들끼리 남의 흉을 보고 잡담을 나눴다. 부모가 한 번도 떠난 적 없는 그들의 삶, 몇 년 후 부모에게 일이 적성에 맞지 않는다는 페이스북 메시지를 보낼 그 평탄한 삶이 싫었다. 그들이 나보다 좋은 아들이자 딸이라는 것, 그리고 그들은 부모와 계속 대화를 나누며 지낼 것이고 부모들은 그들을 정신병원에 보낼 일이 없다는 것도 싫었다.

건물 앞까지 거의 다 와서 나는 빈 교실을 지났다. 학생들은 모두 나갔지만 그들의 배낭은 의자 뒤에 그대로 걸려 있었다. 백 달러짜리 공학용 계산기가 책상 위에 놓여 있었다.

아무 생각 없이, 교실로 걸어 들어가 그것들을 내 가방 안에 마구 담았다. 눈에 보이는 것들을 다 집어넣고 가방 안에 손을 넣어 매끈한 플라스틱 재질을 더듬어 확인했다. 그것들을 모두 이베이에 팔 셈이었다. 하나하나가 내 대입 응시 수수료와 시험 점수를 학교에 보내는 비용에 보탬이 될 것이다. 나는 학생들이 모두 돌아왔을 때를 상상했다. 교외에서 자란 해맑은 아이들이 그들의 TI-84 계산기를 도둑맞은 것을 알고 울음을 터뜨리는 장면. 오랫동안 내 안에서 어떤 부분이 부서져온 것처럼 나도 그들의 일면을 부서뜨리리

라. 물건들의 무게로 배낭이 아래로 처진 만큼 거기 담긴 의미가 나를 흥분시켰다.

교실 문을 닫고 나와서 점심을 먹으러 갔다. 다른 학생들과 함께 자리에 앉았지만 음식이 넘어가지 않았다. 실험실에서 약품을 비커에 섞을 때는 손이 떨렸다. 선생님의 지시를 제대로 이해하지도, 내 실수를 정정하는 말을 잘 따르지도 못했다. 절도 사건에 대한 공지가 있으리라는 걱정을 멈출 수 없었다. 캠프 측은 우리 방을 뒤질 것이고, 내가 절망감에 죄를 저질렀다고 밝히며 나에게 더는 이곳에 있을 자격이 없다고 말할 것이다.

다른 아이들이 오후 레크리에이션을 하러 갔을 때, 나는 방에 남아 있었다. "조금 있다가 보자!" 나는 그렇게 말했다. 그러고는 학생 라운지 주변에 훔친 계산기를 숨겼다. 하나는 소파 쿠션 속에 찔러 넣었다. 추적이 시작되면 발견될 수 있는 장소였다. 이 모든 게 그저 장난으로 보일 것이라고 스스로를 안심시켰다. 누가 다치지도, 피해를 입지도 않고 그냥 잠깐 놀라고 마는 사건으로.

그러고서 엘리베이터로 달려갔지만 마음이 편치 않았다. 이후로 아무도 그 일에 대해 말하지 않았다. 나는 자수해야 한다는 생각에 사로잡혀 한밤중에 소스라치게 놀라 잠에서 깨어났다. 하지만 땀에 젖은 몸으로 침묵하기로 다짐했다. 이런 한 번의 실수가 내 미래를 망칠 수 있었다. *그건 내가 아니야.* 상상 속 내 귀에 대고 말하며 울고 싶었다. *나*

는 *고의로 남을 해치지 않아.* 어쩌면 나는 스스로 내가 나쁜 아이라는 것을 증명하려 했는지도 몰랐다. 그렇게 하면 내가 부당한 취급을 당해도 그럴 만했다는 이유가 될 수 있을 테니 말이다.

상처 제거 수술은 간단한 수술이었다(엄마는 수술 직후 우즈 박사에게 진료를 받으라고 제안했다). 아네트 혼자만 걱정을 하고 있었다. "간단한 수술도 수술이야, 에미." 그녀가 말했다. 하지만 지금이 아니면 언제 수술을 받고 보험 급여를 받을 수 있겠는가? 그녀에게도 대안은 없었다. 아네트는 내가 친구 집에서 회복해야 한다는 데 걱정이 많았지만 그녀도 집에 없었고 달리 갈 곳이 없었다.

수술 전날, 엄마는 나를 자신의 사무실로 몰래 불러 베타딘으로 다리를 소독하게 했다(엄마는 수년째 집에서 샤워를 하지 않았다. 욕조를 가득 채운 물건들을 치울 곳이 없었다). 그날 밤, 나는 뒤뜰에서 호스로 다리를 다시 한번 씻었다. 엄마에게는 친구네 집에 있겠다고 했지만 코롤라 안에서 잠을 잤다.

다음 날, 일회용 가운을 입고 대기하면서 수술을 마치고 깨어나면 에세이를 어떻게 수정해야 할지 고민하고 있었다. 하얀 가운 아래 녹색 수술복을 입고 작은 모자로 금발을 덮은 의사가 들어왔다. "안녕하세요, 마거릿." 나는 얼굴을 붉혔다. 부끄러워서 아무도 나를 법적 이름으로 부르지 않는다는 말은 차마 하지 못했다. "그럼 한번 볼까요?"

그는 주머니에서 두꺼운 펜을 꺼내고 내 가운의 아랫단을 끌어올렸다. 그는 안경 너머로 빨간 상처를 면밀히 보았다. 가장 큰 상처에 동그라미를 치고는 글자를 썼고, 양쪽에 다섯 번씩 그 과정을 반복했다.

그는 내 손을 잡았다. 팔에 소름이 돋았다. 그는 마치 내 손에 키스하거나 프로포즈를 하려는 것처럼 내 손가락을 섬세하게 잡았다. 그러고는 내 피부에 뭐라고 글자를 썼다.

의사가 표시한 글자들로 뒤덮이니 마치 재산으로 신고되는 기분이 들었다. 이제 곧 나는 변할 것이다. 예전의 나로 돌아갈 것이고 내가 저지른 실수들도 없던 일이 될 것이다.

"통증이 있으면 어떻게 해야 하나요?" 의사는 여전히 내 손을 잡고 있었다. 펜의 잉크가 마르기 시작했다. "걱정하지 마세요. 처치를 해드릴 겁니다." 의사는 내 눈을 들여다보았다. "환자분은 아주 용감한 사람이에요."

나는 무서웠지만 웃음 지을 수밖에 없었다. 용기는 종종 어리석음과 가까웠지만 삶을 수월하게 만든다는 면에서 칭찬을 받았다. 순간 나는 용기 또는 진통제가 필요한 수술은 어떤 것도 좋은 것이 아니라는 사실을 깨달았다.

의사는 자리에서 일어나며 회복이 잘 되기를 빌어주었다. 곧이어 마취과 간호사가 들어와 내 정맥으로 흘러 들어오고 있는 식염수를 바꿔주었다.

"10부터 거꾸로 숫자를 세어보세요." 그녀는 쾌활한

목소리로 말했다. "끝까지 다 세지는 못할 거예요."

나는 이를 악물었다. 후회가 몰려와 어지러웠다. 나는 여섯을 세고 정신을 잃었다. 간호사에게 이런저런 말을 중얼거리며 깨어났다. "간호사님은 참 아름다워요." 내가 말했다. "당신을 너무 사랑해요." 그녀는 나에게 1부터 10 중에서 통증이 몇 정도 되는지 물었다. "이건 기적이에요!" 내가 외쳤다. "통증이 전혀 안 느껴져요." 그러나 간호사는 내가 상처 위에 붙여진 밴드를 긁어서 뜯어내지 않도록 팔을 붙들어야 했다.

엄마가 비틀거리는 나를 주차장으로 부축했다. 거즈 시트가 허벅지에 붙어 있었다. 엄마는 몇 시간 동안 에어컨 바람을 쐬기 위해 나를 2달러 영화관으로 데려갔다. 뷰익에 올라타자마자 나는 곧바로 잠에 빠졌다.

다음 날 아침, 나는 조수석에서 잠에서 깼고 엄마가 옆에서 코를 골고 있었다.

마취 후 24시간 동안은 운전을 하지 말라는 지침을 들었지만, 다리가 불붙은 것처럼 아파서 바이코딘(마약성 진통제―옮긴이)을 먹고 쉬기 위해 친구의 집으로 가야 했다. 간호사는 엄마에게 내가 시간에 맞춰서 진통제를 먹어야 한다고 당부했다. 한번 통증이 시작되면 계속 심해질 수 있기 때문이었다. 그러나 내 친구는 도시에서 한 시간 떨어진 외곽에 살았고 거기 도착했을 무렵에는 이미 미칠 듯이 간지러워서 벨을 누르고 현관 앞에서 기다리는 사이 절망스럽게 몸을 좌우로 비틀고 있었다.

"에미!" 커트니가 나를 부르며 포옹했다. 나는 안도의 한숨을 쉬었다. 정신병동에서 만난 사이이기 때문에 커트니가 불안정한 상태일지도 모른다고 염려했는데 그녀는 괜찮아 보였다. 그녀는 돈을 모아서 집도 샀다. "다시 보니 너무 좋다!"

그녀가 문을 열었다. 실내에 연기가 자욱했다. 치와와 두 마리가 짖으며 거실로 달려왔다. 다이어트 콜라와 맥주 캔이 바닥에 개똥들과 함께 흩어져 있었다. 커트니는 주방에서 담배를 피우며 탁자에 앉아 있는 남자에게 나를 소개했다. "내 남자친구야."

"안녕하세요." 그녀가 혼자 사는 줄 알았기 때문에 놀란 티를 감추며 인사했다.

"다이어트 콜라 마실래?" 커트니가 물었다.

"응, 고마워." 냉장고에는 탄산음료만 들어 있었다. 당황했지만 나는 손님일 뿐이었다. 그녀가 내게 먹을 것을 줄 이유는 없었다.

나는 가방에서 바이코딘을 꺼냈다. "그건 뭔가요?" 남자친구가 물었다. 그와 커트니 모두 나를 보고 있었다.

심장이 빨리 뛰기 시작했다. 그는 약을 나눠달라고 할 만한 사람으로 보였지만 불개미들이 내 살을 뜯어먹고 있는 것만 같은 통증을 없애려면 나도 바이코딘이 필요했다. "그냥 이부프로펜이요." 콜라 한 모금에 알약 두 개를 삼키며 말했다.

"그렇겠죠." 그가 내 거짓말에 그렇게 대꾸했다.

커트니와 이야기를 나누면서도 나는 그의 시선에 마음이 불안했다. 타는 듯한 통증이 가라앉자 방이 빙글빙글 도는 듯 어지러웠다. "잠깐 낮잠을 좀 자도 될까?" "물론이지." 커트니는 고장난 블라인드와 바닥에 매트가 깔린 방으로 나를 안내했다. "너희 엄마가 이상한 거 알아. 필요하면 언제든지 와서 나랑 같이 지내도 돼. 네 집처럼 생각하고."

노곤한 오후의 빛 속에서 깜짝 놀라며 잠에서 깼다. 치와와들이 케이지를 덜컹덜컹 흔들며 짖어댔다. 거즈를 고정한 테이프 가장자리를 긁으며 훌쩍거렸다. 바이코딘을 더 복용한 다음 배낭 깊숙이 병을 넣었다.

일어나서 문을 열었다. "커트니? 어디 있어?" 내 목소리가 빈집에 메아리쳤다. 나는 지금 떠나야 했다. 그들이 없을 때, 뭔가 나쁜 일이 생기기 전에, 바로 지금. 나는 이 집이 불편한 이유를 여기서 에세이를 쓸 수는 없다는 것으로 스스로에게 변명했다. 그것이면 충분했다. 나는 배낭과 냉장고에서 다이어트 콜라 두 개를 챙기고, 현관문을 잠그지 않은 채 그 집을 떠났다.

바이코딘의 약효가 나타나기 전에 빨리 운전을 해야 했다. 길을 몰랐지만 목적지는 알았다. 바로 시내의 도서관이었다. 스스로를 진정시키기 위해 해야 할 일 목록을 되짚었다. 눈앞에 닥친 열댓 가지 과제가 어디서 잠을 자야 할지 모른다는 불안을 잠재워주었다.

도서관 책상에 앉아 창밖을 응시했다. 컴퓨터 화면에 집중할 수 없었다. 대학들은 내가 누구인지 설명할 것을 요구했다. *나는 누구인가?* 나는 배가 고팠다. 어제부터 아무것도 먹지 못했다. 수술 후에 단백질 바를 먹은 게 전부였다. *나는 누구인가?* 울고 싶었다. 나도 내가 누구인지 몰랐다. 다른 과제도 쉽지 않았다. 내가 살아온 삶의 맥락을 서술하는 개인 사유서를 써야 했다. 하지만 나는 맥락이 없었다. 그저 인생 한복판에 있을 뿐.

경비원이 도서관 문을 닫을 때 엉망진창인 초안을 캣 박사에게 보냈고, 잠을 잘 수 있을 만한 주차장을 찾아 이리저리 차를 몰았다. 아무도 나를 알아보지 못할 만큼 조용한 곳, 혹은 아무도 해코지를 하지 않을 만큼 번화한 곳을 찾아야 했다. 토네이도 경보로 라디오에서 흘러나오던 인기순위 40위 노래가 중단되었다. 나는 라디오를 껐다.

미네소타 대학 주변 상업지구인 딩키타운의 불빛 사이로 차를 몰았다. 시내는 네온사인과 행복한 사람들로 가득했다. 만약 모리스로 갔다면 내 인생이 어땠을지 상상해보았다. 어쩌면 지금쯤 조그만 아파트와 직업이 생겼을 수도 있다. 눈꼬리에서 눈물이 흘러나왔다. 나는 반드시 좋은 학교에 들어가야 한다. 그러지 못하면 지금 이런 고생이 다 무슨 소용이란 말인가?

마침내 나는 투광 조명등 아래, 레인보우 푸드 마트 뒷문 옆에 있는 주차장에 차를 세웠다. 차 안이 보이지 않도록 창문에 은색 햇빛 가리개를 붙이고 뒷좌석에 탔다. 잔스포츠 배낭을 베개처럼 머리 아래에 받치고 회색 스웨터를 꼭 껴안았다. 몸을 웅크린 채로 누우니 커트니 집에 있을걸 그랬다는 생각이 들었다. 주방 탁자에 앉아서 나와 내 알약을 훔쳐보던 그녀의 남자친구를 떠올렸다. 그는 나쁜 소식 같은 사람이었다. 그것은 단지 느낌일 뿐 사실은 아니었지만, 어쨌든 나는 그 직감을 따라서 여기 차 안에서 몸을 돌돌 말고 있었다.

눈을 감고 잠을 자려고 애썼다. 다음 날 힘내서 움직일 수 있도록 몸을 쉬게 하려고 했다. 하지만 그럴수록 눈물만 흘러내렸다. 나는 왜 미리 계획을 짜지 않았을까? 너무 엉성한 계획만 가지고 여름을 시작했다. 당연히 계획은 어긋났다. 학기가 시작하기까지 3주가 남아 있었다. 차 안에서 자기에는 너무 긴 기간이었고, 해야 할 일을 모두 하기에는 짧은 기간이었다.

다리가 타는 듯했다.

눈을 감고서 샬럿을 그려보았다. 차 시트의 덮개는 내 몸에 밀착되어 나를 끌어안는 그녀의 몸이었다.

나는 놀라서 잠에서 깼다. 사람의 실루엣이 창문 옆에 서 있었다. 두려움이 몰려왔다. 나는 가만히 누워 있었다. 여기서 자는 건 불법이라며 소년원으로 데려가려는 경찰일까? 아니면 나를 해치려는 사람일까? 그림자가 물러갔다. 자동차 트렁크 열리는 소리가 들리고 엔진에 시동 거는 소리가 들리더니 도로 위의 바퀴 소리가 들리면서 자동차가 멀어졌다.

눈물이 귓가를 적셨다. 나는 봉합선까지 손톱을 집어넣고 싶은 마음으로 밴드 가장자리의 테이프 주변을 더 심하게 긁어댔다. 과호흡을 하면서 나는 오랫동안 하지 않았던 행동을 했다. 나는 기도했다. *예수님, 잃어버린 열쇠를 찾아주시고 AP 테스트에서 5점을 부여해주시는 주님, 저는 너무 외롭습니다.* 가슴이 흐느낌으로 들썩거렸다. *저를 구원해주세요. 저에게 믿음을 주세요.* 의심했다면, 나는 무너졌을 것이다. 그때에도 불가능이 가능해질 것이라는 확신을 가지고 긍정적인 마음을 유지하는 것은 내 책임이었다.

다음 날, 잉그리드에게 전화를 걸었다. "잉그리드가 이제 내 사회복지사가 아니라는 건 알아요." 도서관 밖으로 걸음을 옮기며 내 상황을 설명하려고 노력했다. 그녀에게 전화를 걸 만큼 절박하다는 사실만으로 울고 싶었다. "지난번에 말했던 위탁가정에서 지낼 수 있을까요?"

이상한 여자애들과 한데 갇혀서 누군가에게 간섭을 받고 싶지 않았다. 하지만 침대와 음식, 정해진 시간에 지급되는 바이코딘이 필요했다. 내 엉클어진 머리카락과 두피는 기름져 있었다.

"최근에 그 위탁 할머니 집에 여자아이 하나를 배정했어. 그 집에 아직 자리가 있을 거야."

나는 안도의 한숨을 쉬었다. 바로 오늘 밤, 샤워를 하고 음식을 먹고 깨끗한 이불 속으로 들어갈 수 있다는 이야기였다. 에어컨이 있을 수도 있다.

잉그리드는 상사에게 이야기해보겠다고 말했다. 몇 시간 후, 휴대폰이 웅웅거리는 소리에 황급히 열람실 밖으로 나왔다. "정말 미안해." 내 건은 마감되어서 위탁가정에 머물 수 없다는 소식이었다. 아네트가 강하게 말할 때 엄마가 전화를 했어야 했다. 몇 달 전에 그렇게 했어야 했다. 나는 엄마를 설득하지 못한 자신을 저주했다. "내 생각에 너는 쉼터에 가야 할 것 같아."

나는 그 말에 흠칫 놀랐다. 적어도 내 차 안에서는 내가 모든 것을 통제했다. 그러나 쉼터에서는 자유롭게 밖으로 나갈 수 없었다. 글을 쓰기에도 좋은 곳은 아니었다.

전화를 끊고, 우즈 박사에게 내가 어떻게 해야 할지를 묻는 메일을 보냈다. 그녀가 전화를 걸어왔다. "어떤 상황인 거니?"

"지금 너무 힘들어요." 눈물을 삼키며 말했다. "에세이도 엉망이고요."

"잠은 어디서 자고 있어?"

"제 차에서요. 그건 괜찮아요. 그냥, 제가 쓰는 게 전부 쓰레기 같은데 지금이 *정말 중요한 시기*라는 게 문제예요."

"네가 잘 곳을 찾기 전까지 에세이 얘기는 듣고 싶지 않구나."

비논리적이지만 내 에세이가 중요하지 않다고, 확장해서 보면 내 꿈이 중요하지 않다고 말하는 것 같은 우즈 박사가 미웠다. 그러나 그녀가 내게 쉼터의 이름들을 불러주기 시작하자 의무적으로 받아 적었다. "갈 생각이니?" "아마도요."

나는 가지 않을 생각이었다. 그런 시설에서 어떻게 지원서를 작성할 수 있겠는가? 지원서야말로 진정한 해결책이었다. 이 모든 고생을 값지게 만들고 나를 여기서 꺼내줄 유일한 탈출구였다.

우즈 박사와 전화를 끊은 후, 전화벨이 다시 울렸다. 이번에는 212로 시작하는 번호였다.

"제길." 212는 맨해튼의 지역번호였다. 캣 박사였다.

"안녕하세요." 그녀에게 보낸 엉망진창의 초안을 생각하며 소심한 목소리로 말했다.

"안녕, 에미." 그녀는 평소와 같이 쉰 목소리로 말했다. "에세이를 끝내지 못하다니 무슨 일이 있나요?"

헤너핀 애비뉴의 차량들 소리가 잦아들었다. 이제 전화선을 사이에 두고 나, 그리고 나를 두렵게 하는 여자만이 있었다. 나의 유일한 희망인 그녀가 지금 나를 버릴지도 몰랐다.

"문제가 뭐라고 생각해요?"

"죄송해요. 저도 노력하고 있어요. 최근에 수술을 받았고 지금은 어디에도 갈 곳이 없어요. 이제까지 제 차에서 자면서 지내왔어요." 나는 흐느끼지 않으려고 최대한 노력했지만 뜻대로 되지 않았다. 눈물을 참으려고 눈을 질끈 감았다.

"뭐라고요? 무슨 일이에요?" 그녀의 목소리가 부드러워졌다.

"제가 14살 이후로 집에서 지내지 않았다고 했던 것, 기억하세요?" 나는 코를 훌쩍거렸다. "학교가 쉬는 동안 여기저기 떠돌았지만 지낼 만한 곳이 없어요."

"오늘은 어떻게 할 건가요?"

나는 정답을 알고 있었다. "다시 에세이를 쓸 거예요."

"아니, 그 말이 아니에요. 아까 차에서 잤다고 했잖아요. 오늘 밤에는 어디에서 잘 생각이에요?"

"다시 제 차에서 자려고요."

"쉼터로 가세요. 쉼터나 그 비슷한 곳들이 있잖아요." 나는 소리를 지르고 싶었다. "학교에는 전화했나요?"

"네?"

"인터라켄에는 전화했어요? 어떤 상황인지 학교 측에 이야기했어요?"

"아니요." 절대 그런 일은 하지 않을 것이다. "그래야 하나요?"

"네, 그래야 해요." 캣 박사가 다소 짜증이 난 말투로 답했다. "쉼터로 가세요. 쉼터에서 생활지도실에 곧바로 전화를 걸어요. 그리고 상황을 설명하세요. 학교에 전부 이야기하세요. 에미는 그런 흔적을 남겨야 해요."

나는 눈을 감고 턱을 악물었다. 캣 박사는 내가 잘 곳을 찾기를 바라면서 동시에 증거를 수집하기를 바라고 있었다. 사람들에게 내가 이런 상태에 있다는 것을 알리고, 내 인생이 바닥을 치는 순간을 보이고, 그것을 기록하고, 나중에 그것을 꺼내 보이는 것은 내가 세상에서 제일 하기 싫은 일이었다. 내가 대학에 진학하려는 가장 핵심적인 이유는 내 문제에서 벗어나기 위한 것이었지만, 지금 나는 대학에 들어가기 위해 내 문제를 이용해야 한다는 것을 배우는 중이었다. 쉼터가 제공하는 증거는 어쩌면 합격과 불합격의 차이를 가져올 수 있었다. 탈출할 수 있는 절호의 기회를 얻느냐 아니면 몇 년 더 고군분투하느냐를 결정할 수도 있었다. 그렇게 생각하니 온몸이 떨릴 정도로 비참한 기분이 들었다.

"내 비서에게 에미가 갈 만한 쉼터를 찾아보라고 할까요?"

"괜찮아요. 어디로 가야 할지 알아요."

"그럼 가서 어떻게 됐는지 알려주세요." 나를 위로하는 방법을 안다는 듯이, 그녀가 덧붙였다. "거기 가면 에세이를 고쳐 쓸 수 있을 거예요."

나는 '청소년을 위한 다리' 건물 밖에 주차를 하고 가만히 차에 앉아 있었다. 어떻게 하면 캣 박사 말을 듣지 않을 수 있을까 곰곰 생각하며 휴대전화를 보고 있었다. 그러나 다른 사람들과는 달리, 그녀는 내가 원하는 것, 즉, 내가 엘리트 대학에 입학하는 것을 바라는 사람이었다. 그러니 그녀가 하라는 것은 뭐든지 하는 게 맞았다.

나는 차에서 내려 배낭을 어깨 위에 걸친 채 문 앞에 섰다. 초인종에 손을 뻗었다가 다시 내렸다. 컬럼비아 대학 티셔츠의 파인 곳에 땀이 고였다. 내 몸에서는 고약한 냄새가 났다. 수술 이후로 계속 빛바랜 갈색 트레이닝 반바지만 입고 있었다. 가려움증을 유발하지 않는 유일한 옷이었기 때문이다. 나 자신이 혐오스러워 무슨 말을 해야 할지 알 수 없었다.

벨을 누를 용기를 그러모으기 전에, 여러 가닥으로 꼰 레게 머리를 한 백인 여자가 문을 열었다. 그녀는 나를 사무실로 데려가 티슈를 주었다. 나는 내 사연을 털어놓았다. 울면서 이야기하는 사이 기분이 나아졌다.

"집으로 갈 생각은 해봤어요?" 그녀가 물었다.

"갈 수가 없어요." 손으로 눈가를 덮었다. "정말 수없이 노력해봤지만 엄마랑 같이 살 수가 없어요." 나는 그 진실을 회피하고 또 회피해왔다. 그러나 마침내 그 사무실에서 엄마는 선택지가 될 수 없음을 확인했다. 엄마는 원할 때면 나를 지원해주겠지만, 나는 기본적인 것들을 엄마에게 의지할 수 없었다. 현실을 바로 보게 된 자신이 대견하게 느껴졌다.

"안됐네요." 그 여자가 말했다. "하지만 학생은 여기 머물 수 없어요." 쉼터는 오직 가족과 재결합을 하고자 하는 청소년들에게만 제공된다고 설명했다.

"뭐라고요?" 가슴속에서 천불이 올라와 폭발할 것 같았다. "지난 3년간 엄마와 같이 살지 않았어요. 제가 지낼 만한 공간도 없고요. 누구라도 엄마 집을 본다면 그렇게 생각할 거예요. 오늘 밤만 제가 여기서 머물 수는 없나요?"

"이야기를 나눌 수는 있지만 여기 머물 수는 없어요." 쉼터는 저마다 다른 방침을 가지고 있었다. 청소년을 위한 다리는 가출한 청소년들을 가족과 다시 연결시켜주는 곳이라서 그런 이름이 붙었다. 그녀는 내가 가볼 만한 다른 쉼터 목록을 건넸다.

코롤라로 다시 터벅터벅 걸어올 때에는 땅거미가 내려 있었다. 멍하니 운전석에 앉아 있다가 앞 유리창을 응시했다. 핸들에 머리를 찧고 싶었다. 어떤 값을 치러야 도움을 받을 수 있을까? 기본적으로 정직해야 하지만 때로는 정직해서 도움의 문이 닫히기도 한다.

나는 제도의 원칙을 향한 분노는 아무 소용이 없다는 사실을 상기했다. 침착하게 쉼터 목록을 훑으면서 전화를 걸었다. 루터교 사회복지 서비스의 쉼터에는 자리가 없었다. 북미 원주민 쉼터와 성착취 피해 청소년 쉼터에도 자리가 없었다. 청소년을 위한 애비뉴도 침상이 모자랐다.

내 자신이 너무나 수치스러웠다. 이제 무엇을 해야 하는 걸까? 캣 박사에게 전화해서 쉼터조차도 나를 받아주지 않는다고 말해야 하나?

그때 뇌리를 스치는 생각이 있었다. 내가 해야 하는 것은 거짓말이었다. 내가 "집에 갈 수만 있으면", 내가 집에 가고 싶은지에 대해서는 아무도 신경 쓰지 않는다. 그들은 내가 하는 말에만 신경 썼다. *게임을 하되, 그걸 믿어서는 안 돼.* 엄마는 이렇게 말했었다. 엄마의 말이 맞았다는 사실이 끔찍했지만, 이를 갈면서 물건들을 챙겨서 현실에 굴복하고는 다시 문 쪽으로 걸어갔다. 나는 간절하게 항상 솔직하고, 항상 친절하고, 항상 이해심 많으며, 자신이 한 말을 지키는 사람이 되고 싶었는데.

"저 마음을 바꿨어요." 레게 머리를 한 여자에게 말했다. "집으로 가고 싶어요."

"학생은 운이 좋아요." 그녀가 문을 열며 말했다. "남는 침대가 하나 있어요."

나는 캣 박사가 내가 얼마나 뒤처져 있는지 말하지 않아서 고마웠다. 이미 알고 있었다. 내 다리의 통증이 멈추기까지 시간에 맞춰 바이코딘을 먹은 기간이 사흘이었다. 그동안 약 기운이 심해서 작업을 할 수 없었다. 대부분 다른 10대들과 함께 공용 휴게실에 앉아서 KDWB 라디오 방송을 들었다. 한 시간마다 그해 여름 노래인 〈지금까지 본 사람 중에 최고Best I Ever Had〉가 나왔다. 드레이크가 스웨트 팬츠를 입고 맨 얼굴일 때 가장 아름다운——정확히 우리들의 미적

특징—여자아이에게 부르는 세레나데였다.

나는 늘 쉼터에서 지내는 아이들과 나는 다르다고 생각했었다. 아무리 나쁜 일을 많이 겪어도, 내 가족은 우리보다 상황이 더 안 좋은 사람들을 보면서 우월감을 느끼며 이렇게 말했었다. *우리는 그들과 달라.*

그러나 청소년을 위한 다리에서 지내보니 나는 다른 아이들과 똑같았다. 각양각색의 아이들이 모여 있었지만 우리 중 다수는 위탁가정에서 지내다가, 부모에게 돌아갔다가, 결국 다른 친척 집에 머물거나, 지인의 집에서 신세를 지거나, 차에서 자다가 이곳에 온 아이들이었다. 내가 아는 한 실제로 다리 밑에서 밤을 보낸 적이 있는 아이는 한 명도 없었다.

"나는 그냥 엄마를 참을 수가 없었어." 한 여자애가 괴로움에 눈을 질끈 감으며 말했다. 아무도 그녀에게 참았어야 했다고 말하지 않았다. 그녀의 말 이면에 그럴 만한 이유가 있음을 이해하기 때문이었다. 늘 침상에 대한 수요가 있었지만, 상담사들은 우리를 탓하거나 훈계하지 않았다. 나는 좀 더 계획을 잘 짰더라면 분명 이곳에 오지는 않았을 것이라는 점에서 자신을 탓했지만, 그래도 그들의 그런 태도가 고마웠다.

닷새 후, 마침내 엄마가 청소년을 위한 다리로 와서 앞으로의 계획을 다시 세울 시간이 되었다. 나는 엄마가 화를 내면서 왜 집으로 오지 않았냐고 추궁할까 봐 걱정했지만 엄마는 되레 시설에 감명을 받았다. "중앙 냉방 시설도 있네!” 엄마 집에 비하면 기능적인 주방, 박애주의자들이 기부한 체험용 샴푸, 이틀째에도 뒤집어 입을 필요가 없는 깨끗한 속옷이 완비된 이곳은 럭셔리 리조트였다.

나는 엄마에게 소리 지르고 싶었다. 내가 홈리스 쉼터에 있는데도 엄마는 여전히 느끼는 것이 없었다.

사회복지사가 나에게 갈 수 있을 만한 모든 장소를 꼽아보게 했다. 나는 시카고에서 사진 캠프에 참가 중인 두 명의 친구가 있었다. 인터라켄은 유학생들과 함께 나도 기숙사에 며칠 일찍 도착해도 좋다고 했다. 프랑스어 선생님이 시카고에서 학교까지 나를 태워다주기로 했다. 에드나 할머니에게 전화를 걸어 오늘 밤만 집에서 묵게 해달라고 부탁했다. 할머니는 방광염으로 아프고 요실금 증상을 겪고 있었지만 그래도 허락해주었다. 그래서 청소년을 위한 다리는 나를 내보내기로 했다. 나는 이해했다. 시설에는 침대가 열다섯 개밖에 없었기 때문에 당장 더 위급한 상황에 처한 사람을 위해 자리를 비워줘야 했다.

세탁된 옷과 작별 선물로 받은 세면도구를 가방에 넣었다. 며칠 동안 평온을 얻고 잠잘 곳과 먹을 것을 제공받고 수술 후 회복을 할 수 있었다는 데 감사해야 한다는 것을 알고 있었지만 그전에 남의 집에서 신세를 졌고 비록 그보다는 짧은 시간이지만 다시 또 그래야 하는 똑같은 상황이라는 것을 알기에 마음이 한없이 무거웠다.

시카고로 가는 버스를 타기 전날 밤, 엄마는 홈디포에서 20피트 크기의 방수포를 샀다. 우리는 그것을 뒤뜰에 깔았다. 엄마가 자기 침대에서 시트를 가지고 왔다. 라임 그린색 이불이 파란 방수포를 덮었다. 나는 오리털 이불 속에서 몸을 웅크렸다. 쥐 오줌과 곰팡이 냄새가 났다. 집에서 나는 냄새와 같았다.

"내 메밀 베개는 쓰지 마." 엄마가 말했다. "나는 들어가서 내 자기 전 루틴을 좀 할게." 나는 엄마가 그녀의 모든 흡입기를 한 번씩 다 사용하려면 시간이 꽤 걸린다는 것을 알고 있었다.

"알겠어. 잘 자요." 나는 엄마의 메밀 베개를 베고 누웠다. 머리 아래서 메밀껍질들이 바스락거렸다. 나는 송전선 위 회청색 하늘을 올려다보았다. 차들이 블록 끝을 지나 달려갔다. 사과나무는 벌레 먹은 과실 수백 개가 매달려 축 처져 있었다. 어릴 적 내가 가지고 놀던 장난감 집이 부서진 채 창고 옆에 놓여 있었다.

내 머리칼을 쓰다듬는 엄마의 인기척에 잠에서 깼다. "내 메밀 베개 훔쳐 썼구나. 괜찮아. 가져도 돼. 이제 일어날 시간이야."

엄마의 사랑에 가슴이 아파왔다. 엄마가 온 마음을 다해 나를 사랑한다는 것을 알고 있었지만 그 사랑은 충분하지 않았다. 엄마가 문제를 인지하는 것이 가능한 일인지, 아니면 엄마의 행동을 보고도 개입하지 않은 모든 사람들이 엄마 마음속에 그것이 정상이라는 개념을 심어준 것인지 궁금했다.

엄마는 트렁크 안을 치워서 내 배낭을 넣을 자리를 만들었다. 나는 메가버스를 탈 주차 경사로로 차를 몰았다. 엄마는 할인할 때 산 미니 벤앤제리 아이스크림이 가득한 보냉가방을 꺼냈다. 우리는 아이스크림으로 아침을 때우고, 포옹하며 작별 인사를 했다.

하루 종일 좀처럼 오지 않는 버스를 기다렸다. 버스에 오를 때에는 저녁이 되어 있었다. 안도감과 두려움이 교차했다. 남의 집에서 하룻밤 신세를 지고, 남의 차를 한 번 더 얻어 탈 일이 남아 있었다. 그러면 여름이 다 끝날 터였다. 중요한 여름, 중요한 시기. 황망하게 썼다가 쓰레기통에 던져버린 형편없는 초안 외에는 아무것도 한 게 없었다. 버스 차창에 비쳐 일그러진 내 얼굴을 바라보았다. 내가 자란 동네의 지평선 위에 내 얼굴이 포개어 보였다.

고속도로를 지나며, 나는 이번 여름을 전부 잊고 싶었다. 하지만 대학에 지원하려면 이런 슬픔을 기꺼이 활용해서 이 여름에 대한 이야기를 거듭해야 한다는 것을 알고 있었다. 그 사실이 무엇보다도 가장 서글픈 일처럼 여겨졌다.

15장
나는 내 슬픔을 팔고 있어

엄마는 내가 시카고에서 다른 사람의 집 소파에서 잠을 자고 있을 때 내게 메일을 보냈다. *쪼글쪼글하게 구겨진 네 개인사유서를 찾았단다.* 엄마는 뷰익 바닥에서 그것을 발견했다. 나는 망친 초안을 엄마가 찾을 수 있는 곳에 남겨둔 자신을 저주했다. 엄마가 차를 청소할 가능성이 아무리 희박해 보였더라도 말이다.

나는 대학 지원 과정에 엄마가 조금도 관여할 수 없게 해왔다. 엄마가 멀찌감치 떨어져 있기를 바랐다. 아무것도 요구하지 않았다. 시험 응시료도, 그리고 잠잘 곳조차도. 그러나 엄마는 도움을 자처하며 이렇게 썼다. *내가 '에미는 어떻게 (그리고 왜) 10학년을 세 번 거쳤는가'라는 제목으로 좀 더 단순한 사유서를 쓰는 중이야.*

사유서는 신경쓰지 마. 나는 답장을 썼다. *엄마를 사랑하지만 사유서는 내가 쓸 거야. 대학에서 듣고 싶어 하는 건 엄마 얘기가 아니라 내 얘기야.*

나는 사유서의 모든 문제점이 당혹스럽고 창피했다. 캣 박사에게 첫 번째 초안을 보낸 이후로 그녀는 계속해서 좀 더 명확하게 쓰라고 조언했다. 나는 병원을 폭파해버리겠다고 협박해서 거주치료소에 가게 되었고 거주치료소와 위탁가정에 대해 설명하면서 "나는 잘못된 일을 했고 죗값을 치렀으며 지금은 회복했고 뉘우치고 있다"라고 썼다. 캣 박사는 그건 앞뒤가 맞지 않는다고 짜증을 냈다. 박사는 이제껏 어떤 어른도 직접적으로 말하지 않았던 사실을 짚어내라고 했다. 그러니까 내 엄마는 정신적인 문제가 있는 호더고, 엄마 집은 함께 살기 힘든 상태이며, 그런 환경이 나에게 직접적인 문제를 일으켰다고. 나는 내가 저지른 실수도 있다고 변명했지만 내가 왜 모든 것에서 내 잘못을 찾는지는 설명할 수 없었다. 엄마가 내 초안을 읽고 그게 전부 틀렸다고 말하기 전까지는.

나의 시각에서 정리한 내 인생에 대해 읽은 엄마는 메일에서 이렇게 말했다. *좀 덜 감정적인 사유서를 첨부했어. 피해의식에서 벗어나기를. 너를 사랑하는 엄마가.*

나는 얼굴에 손을 얹고 손바닥으로 눈 주위를 눌렀다. *피해의식에서 벗어나기를.* 나는 그 반대로 하고 있었던 것일까? 내가 피해의식에 짓눌리도록?

첨부한 사유서에서 엄마는 내 인생에 대해서 이렇게 썼다. *아동 거주치료소에서 옮겨온 학생으로서, 에미는 위탁 가정에 들어갔다.* 그녀는 내가 캠프에 참가하고, 친구 집을 방문하고, 나의 나약함과 좌절감을 지우며 여름을 보냈다고 적었다. 그것을 보자 내 마음은 엄마 아빠의 이혼 후, 엄마가 정신과 의사에게 나를 배은망덕하고 버릇없는 아이라고 말하던 때로 돌아갔다. 내가 여름방학을 떠돌아다니며 보냈다고 적은 지점이 엄마는 불만스러웠던 걸까?

나는 파일을 지웠지만 엄마의 메모는 내 메일함에 남아 있었고 계속 머릿속에 맴돌았다. 입학위원회가 엄마는 전혀 만날 일이 없을, 수천 마일 떨어진 곳에 있는 타인들로 이루어진 소규모 집단이든, 엄마가 마침내 예일맘 티셔츠를 입고 감청색 공식 플래카드를 구입하든, 아무 상관이 없었다. 엄마는 절대 자신에게 문제가 있음을 인정하지 않을 것이다. 결과적으로 엄마는 모든 사람들이 말한 것처럼 전화 한 통만 하면 나를 위탁 대상자로 등록해서 아무 비용도 내지 않고 내가 머물 곳을 만들어줄 수 있었는데 그걸 하지 않아서 여름 내내 나를 홈리스로 떠돌게 했다.

문득 엄마가 학교 생활지도 교사에게, 혹은 제발 그런 일이 없기를 바라지만 대학 측에 연락해서 누군가 인터라켄에 그랬던 것처럼 "내 생활기록을 바로잡으라고" 하면 어쩌나 하는 두려움이 엄습했다. 만약 엄마가 그런 소리를 한다면 누가 내 편을 들어주겠는가? 캣 박사도 과연 엄마가 아닌 내 말을 신뢰할지—내가 모든 증거를 들이밀어도—확신할 수 없었다. 어릴 때부터 아무도 내 이야기에는 귀 기울이지 않았다. 그러니 지금이라고 다를까?

켈리가 사무실 문을 닫으며 말했다. "아주 힘든 여름을 보냈다고 들었어요."

"맞아요." 나는 인디애나 대학 브로셔에 시선을 고정했다. 그녀가 사과하기를 기다리고 있었다. "나는 몰랐어요." 그녀의 새로 자른 단발 머리칼이 얼굴 주위로 내려왔다.

"작년에 말하려고 했어요. 그런데 약속을 잡을 수 없었죠." 나는 팔짱을 끼고 말했다. 켈리는 이제 내가 상급생이니까 내 차례가 왔다고 말했지만, 그녀는 캣 박사에 대해서는 짐짓 회의적인 태도를 보이며 내게 신중해야 한다고 말했다. 함께 수업 과목 선정을 마친 후 그녀는 어느 학교를 생각하고 있냐고 물었다.

"아이비리그 대학이나 여대요." 희망 목록을 순서대로 읊을 수 있었지만—예일, 브라운, 펜(펜실베이니아), 존스 홉킨스, 웰즐리, 바너드, 스미스, 하비 머드, 마운트 홀리오크, 그리고 위스콘신—지금은 '게이 아이비'(게이 학생의 비율이 높다는 이유로 붙은 예일의 별명—옮긴이) 예일에 관심이 가 있었다. 컬럼비아에는 지원하지 않기로 했다. 캣 박사의 말대로 위대한 저서들은 읽고 싶지 않았다. 지나고 나서 보니 내 결정은 어린애 같은 마음과 티셔츠의 영향을 받은 듯싶었다. 칼리지 컨피덴셜(미국 대학 지원과 관련된 정보를 공유하는 인터넷 커뮤니티—옮긴이) 온라인 게시판에 들어가본 적도 없는 아이의 집착이었다고 할까.

한편 예일은 훌륭한 예술 프로그램을 갖추고 있었고 뉴욕과도 가까웠다. 하버드만큼 명성이 높았지만 내가 경멸하는, 예일 명찰목걸이 줄을 매고서 예일 머그컵으로 음료를 마시는 그런 선생님은 본 적이 없었다. 사람들은 내가 학교의 위상 때문에 예일을 선택했다고 생각하지는 않을 터였다. 또 하버드와는 달리 예일은 조기 액션 지원(학생들이 여러 학교에 지원할 수 있는, 구속력 없는 지원) 제도가 있어서 겨울방학 때까지 입학 여부를 알 수가 있기 때문에 합격만 하면 다른 학교에 지원할 기회도 있었다.

켈리는 브로셔에 손을 뻗었다. "혹시 캘러머주 대학은 생각해본 적 있어요?"

뺨이 따끔거렸다. 보조금 제도가 있다 해도 얼마 안 될 것 같은, 지방 인문대학을 제안하는 것은 궁극적으로 나에 대한 확신이 없어서인 것 같았다. 또 이렇게 덧붙였다. "볼주립대학교도 좋은 선택이 될 것 같아요."

켈리에게 화를 내고 싶었지만 아무리 내게 캣 박사가 있다고 해도 그녀의 추천서가 필요했다.

"감사합니다." 나는 책상 한쪽에 놓인 팸플릿을 건드리지도 않은 채 눈을 가늘게 뜨고 자리에서 일어났다.

기숙사 방으로 돌아와 욕실에 들어가 문을 잠갔다. 손으로 엉덩이뼈와 갈비뼈를 더듬어보며 긴 샤워를 했다. 이번 여름의 고단함이 내 몸에서 느껴졌다.

밴드의 접착제가 물러졌다. 벗길 때가 된 것이다. 증기가 서린 욕실에서 시트를 벗겨보았다. 창백해진 쭈글쭈글한 피부 옆에 끈적끈적한 회색 접착제가 있었다. 흉터 위에는 지금까지 내가 낸 그 어떤 자상보다도 더 큰 다섯 개의 상처가 벌어져 있었다. 상처는 아물지 않았다.

아무것도 돌이킬 수 없을 것이다. 과거는 지워지지 않을 것이다. 수술 같은 고통은 아무것도 아니었다. 내 앞에 어떤 미래가 놓여 있든 나는 사타구니에서부터 무릎까지 난 상처를 그대로 가지고 미래로 나아가게 될 터였다.

나는 룸메이트가 듣지 못하도록 물을 틀어놓고 울었다.

그해, 나는 프랑스어 수업에서 만난 제인이라는 친구와 살게 되었다. 그녀 또는 다른 누구에게도 내 여름에 대해 이야기하지 않았다. 하지만 내가 이 집 저 집의 소파를 전전하는 동안 제인은 쭉 팰로앨토에 있었음에도 우리 둘 다 아직 대학 지원을 마무리하지 못했다.

"너 팰로앨토가 어디인지 알아?" 제인이 손목의 팔찌를 딸깍거리면서 물었다.

"응, 스탠퍼드 바로 옆에 있잖아. 거기로 캠프 갔었어."

제인이 고개를 저었다. "맞아, 근데 그게 무슨 의미인지 알아? 내가 다니던 고등학교는 스트레스 제조기였어. 인터라켄은 팰로앨토에 비하면 아무것도 아니야. 칼트레인 열차에 뛰어드는 애들이 항상 있었지." 그녀가 말했다.

"자살 충동을 느끼는 사람들만 자살 시도를 해." 그 분야의 전문가로서 내가 대답했다. "그들은 내면에 그럴 만한 이유가 있었던 거야."

"넌 이해 못 해." 제인이 말했다. 나는 부유한 아이들이 '스트레스'에 시달린다고 해서 그들을 가엾게 여겨야 할지 확신이 서지 않았다. 왜냐하면 그들의 문제는 나의 문제와 거의 반대—너무 많은 기회, 너무 높은 기대—였기 때문이다. 그들에게 스트레스는 그저 승자가 모든 것을 독식하는 세상에 살아야 한다는 현실에서 기인하는 게 아니었나? 그것을 치유하는 방법은 그녀의 동급생들이 모두 아이비에 들어가 내게 기회를 남겨주지 않는 것일까?

그러나 제인의 삶에서 내가 이해하지 못하는 것은 그 외에도 많았다. 이를테면, 그녀의 조부모님이 돌아가시면 많은 돈을 상속받게 된다는 사실이 그랬다. 사실 나는 애초에 그녀가 왜 나와 어울리는지, 또는 왜 덥석 나와 함께 살아도 좋다고 했는지 몰랐다. 그러다가 내가 말랐기 때문이라는 것이 기억났다.

과거에는 내 외모에 만족했는데 이제는 거의 슬프게 느껴졌다. 나는 사랑에 빠졌던 동안 생겨난 온화함을 자연스레 떨쳐버렸다. 여름 내내 사람들에게 먹을 것을 얻지 못했을 때, 나는 요거트로 연명하거나 무제한 리필이 가능한 다이어트 콜라를 마시며 패스트푸드점에서 시간을 죽였다.

"너는 뚱뚱하지 않아." 그녀가 저녁 식사 후 돌아와서 두부, 양상추, 후무스 식단을 어기고 노베이크 쿠키를 먹었다고 고백했을 때 내가 말했다. 그녀의 가장 큰 소원은 플루트로 음악원에 들어가는 것과 남자친구를 사귀고 첫 키스를 하는 것이었다. "네가 싱글인 건 체중 때문이 아니야, 제인. 네가 싱글인 건 캠퍼스에 있는 이성애자 남자들이 열이면 열 다 자기 물건이 끝내준다고 생각하기 때문이야." 하지만 그녀를 안심시키는 말을 하면서도, 한편으로는 그녀가 나를 우러러보는 것을 즐겼다. 나는 인생 경험이 있지만 제인은 자기 손으로 빨래를 해본 적도 없었다.

우리는 함께 쓰는 책상을 신전으로 꾸몄다. 노을이 질 무렵 반짝거리는 기숙사 사진, 여름방학 동안 어디선가 얻은 신문에서 오스카 와일드를 인용한 문구("우리는 모두 시궁창에 있지만 몇몇은 별을 바라보고 있다")를 잘라낸 조각, 그리고 "나는 게임에서 승리할 것이다"와 같은 동기 부여 문구가 적힌 포스트잇들을 테이프로 붙여두었다.

이를 악물고 있다가 턱이 부서질 것 같은 느낌이 들었을 때, 제인이 말했다. "에미, 이것 좀 볼래?" 그녀는 유튜브라고 불리는 빨간색과 흰색으로 된 웹사이트를 열고는 트레이스 앳킨스의 〈홍키 통크 바동카동크Honky Tonk Badonkadonk〉의 뮤직비디오를 틀었다. 세 번째 들을 즈음에 우리는 모든 가사를 다 외웠다. 제인이 긴장감 속에 팔찌를 재빨리 딸깍거렸을 때 나는 무표정한 얼굴로 제때 맞춰 따라 불렀다. 우리는 둘 다 까르르 웃음을 터뜨렸다.

밤에 우리는 한 뼘의 거리를 두고 나란히 누웠다. 속마음을 터놓지는 않았지만 이제 우리는 상급생이었고 어린애 같은 이층침대의 모욕을 더 이상 참지 않았다.

"이상하지 않니?" 제인이 내게 물었다.

"뭐가?"

"우리 말이야. 우리가 이렇게 좋은 친구로 지낸다는 게."

그것은 분명 내게도 놀라웠다. 나는 그냥 서로 프랑스어로만 대화하고 싶었다(그녀는 듣자마자 퇴짜를 놓았다). 우리가 같이 춤추거나, 교내 멜로디 프리즈 카페에서 어울리거나, 그녀의 모범생 친구들과 함께 저녁을 먹게 될 거라고는 생각하지 못했다. "그게 왜 *이상한데*?"

"그냥 우린 너무 다르니까."

제인은 의도하지 않았을 텐데도 가슴 한가운데에서 뭔가 거부당한 아픔 같은 것이 느껴졌다. 그녀 말이 맞다. 우리는 달라도 너무 달랐다. 제인은 피상적인 의미로 말했을 것이다. 가령 나는 자위를 해봤고 운전할 줄도 안다는 것 따위. 하지만 거리감이 그보다 깊어졌다.

학기가 시작된 지 2주에 접어들었을 때, 메일을 한 통 받았다. 내 등록금이 납부되지 않았다는 내용이었다. 엄마는 나에게 내 대학 학자금을 관리하는 사촌에게 전화를 걸어보라고 알려주었고 학교에는 이렇게 답변했다. "에미가 그것에 관해서는 저보다 더 잘 알아요."

물론 예측하지 못한 위기는 찾아오게 마련이다. 캣 박사의 조수는 내가 11월이 오기 전에 끝내야 하는, 대학 지원에 필요한 모든 작업에 대한 6페이지 분량의 스프레드시트를 준비 중이었다. 사촌에게 전화를 걸면서 만약 인터라켄에서 퇴학당한다면 어려움을 극복한 것으로 받는 점수가 몇점이라도 더 늘어나게 될지 생각했다. 하지만 그렇지 않다는 것을 이미 알고 있었다. 학비도 해결하지 못한다면 어떻게 예일 생활을 잘 해낼 수 있겠는가? 사촌은 전화를 받지 않았다. 나는 메시지를 남겼다.

이틀 후, 미셸에게서 메일을 받았다. 한 달 전 쉼터에 있을 때 그녀를 힘들게 한 것에 대해 사과하는 메일을 썼었다. 그녀의 답장이 내 등록금에 관한 소식이기를 바라는 한 줄기 희망을 품고 있었다. 어쩌면 사촌이 그 사이에 죽어서 전화를 받지 못했는지도 몰랐다.

메일을 열어보았다. 내 생활에 관한 질문 혹은 언급은 둘째 줄에 "너 요즘도 자해하니?"라고 쓴 게 전부였다. 본질적으로 남인 사람으로부터 선을 넘는 질문을 받아 분노가 밀려왔지만, 이내 화내는 것이 의미 없게 느껴졌다. 미셸은 내가 괜찮기를 바랐다. 그게 나쁜가? 하지만 마치 삶과 정신 건강은 별개라는 듯, 내 삶에는 전혀 관심이 없고 그저 정신

건강에만 관심을 두는 다른 어른들과 똑같다는 느낌이 들었다. 그녀는 내가 사촌과 연락이 되지 않으면 어떻게 해야 하나 하는 걱정으로 가슴을 졸이고 있다는 것을 모르고 있었다.

그 질문은 마치 면죄부를 바라는 듯했다. 내가 "아니, 나는 괜찮아"라고 답하면, 미셸은 나는 강한 아이니까 자신에게 상처받지 않았을 것이라고 믿으며 지금 내 상황에 자신의 책임은 없다고 안심할 것이다. 나는 이렇게 답했다. *나는 아빠가 왜 '요즘 무엇을 읽고 있어?' 또는 '학교생활은 어때?'가 아니라 그런 것을 묻는지 의문이야.*

2주가 지났다. 9월 말까지도 사촌과 연락이 닿지 않았다. 대체 어디서 수천 달러를 구해야 할지, 혹은 돈을 구하지 못하면 어디로 가야 할지 대책이 없었다. 데이브와 잰, 아니면 그들 같은 다른 이들과 살아야 할까? 그룹 홈으로 가야 할까?

미셸은 가족 중에서 누구보다도 사촌과 가장 가까웠지만 그녀에게 전화해달라고 부탁할 수는 없었다. 그 얘기를 꺼내기만 해도, 그녀는 내가 자신을 이용하려 한다며 다시는 메일을 쓰지 않을지도 몰랐다. 그녀의 메일이 내 속을 뒤집어 놓고 내가 쏘아붙이는 반응으로 대응하면 할수록, 내가 경제적인 이익을 위해서가 아니라 좋은 딸이기 때문에 연락을 이어가고 있다는 것을 증명할 수만 있다면 관계가 점점 더 나아질 거라는 기대가 생기기도 했다.

324

그달 말쯤, 인터라켄으로부터 등록금이 아직 납부되지 않았다는 메일을 또다시 받았다.

마침내 사촌이 연락을 받았고 우편으로 수표를 보냈다. 17살이 되기 며칠 전, 미셸이 내게 메일을 보냈다. *네 생일이 다가와서 그동안 네가 보낸 메일을 읽어봤어. 네가 부정적이거나 화가 나 있거나 거절하는 말을 할 경우에 대비하기로 결심했어.* 그녀는 자신의 정신의학적 상태와 최근 받은 진단에 대해서 썼다. 나는 그녀가 나에 대해서 궁금해하지 않는 것에 화를 낼 수 없다고 느꼈다. 미셸은 정신적으로 아팠다. 내가 아팠던 것처럼 어느 정도 괜찮은 척할 수 있는 그런 상태가 아니라, 정말로 아팠다. 에드나 할머니는 그녀의 집세, 청소비, 식료품 배달비를 대주며 미셸을 경제적으로 지원했다. 나는 그런 것에 화내지 않으려 노력했다. 미셸은 도움이 필요한 사람이었다. 그러나 나도 도움이 필요했다.

미셸은 사과도 하고 있었기 때문에 화를 내기가 더 어려웠다. *널 키울 때 잘못한 것들이 참 많았고 내 멍청한 실수들은 꼭 너에게 사과해야 해.*

나는 답장을 쓰지 않았다. 그냥 저녁으로 시리얼 한 그릇을 먹고는 토해버렸다. 제인이 왜 그러느냐고 물었을 때, 개인적인 일 때문이라고 말했다. 아직도 그럴듯하게 마무리한 에세이가 아무것도 없었다. 그것이야말로 내 인생에서 가장 큰 낭패라고 스스로에게 말했다.

생일에는 미셸로부터 온갖 상투적인 말로 가득한 짧은

메시지를 받았다. 그녀는 나를 자기가 아는 가장 "똑똑한" 사람이라고 부르고 "(너의 생물학적 엄마이고 싶은) 미셸"이라는 서명을 남겼다. 그녀가 내 생물학적 엄마가 된다면 우리 사이가 더 나아질지 궁금했지만, 사실 내 진짜 생물학적 엄마도 나를 지원해주고 있는 것 같지는 않았다.

"잠깐만요, 다시 설명해보세요." 캣 박사가 말했다. 나는 제인이 내 목소리를 듣지 못하도록 밖으로 나갔다. "처음부터 시작해봐요."

나는 숨을 크게 내쉬고는 단도직입적이고 명확하게 말하려고 애썼다. "제 부모님은 제가 4학년 때 헤어졌어요." 그리고 5학년, 6학년, 그리고 7학년 상반기로 이야기를 이어갔다.

"그래서 7학년 하반기는 어땠나요?" 그녀가 물었다.

"하반기는 없었어요."

내 원고는 엉망이 될 것이다. 캣 박사가 들여다보게 하기 전에는 스스로 원고를 쳐다볼 수도 없었다. 그때까지도 나는 레이크빌 사우스 고등학교 용지 위에 이첩 학점으로 뒤섞인 학점들을 이해할 수 없었다. 감리교 병원에 입원하기 전 몇 년간, 나는 차터스쿨(정부 예산으로 자율적으로 운영하는 공립학교—옮긴이)에 다녔고, 온라인 홈스쿨링 프로그램을 했고, 주간 치료센터에 다녔고, 미니애폴리스 공립 고등학교에 다녔다. 게다가 병원 교육 프로그램과 거주치료소 내 학교에서 받은 학점도 있었다.

"자, 내가 이해하지 못하면 대학도 이해 못 할 거예요."
캣 박사는 대학을 납득시키지 못하면 입학할 수 없다는 의미로 내게 설명했다. 나의 신분 상승 욕구를 실현할 기회는 적절한 마케팅에 달려 있었다. 아무 맥락이 없다 보니 내 학점은 좋았지만 특출난 데는 없었다. 명문 학교에 성공적으로 지원하는 지원자들은 이목을 끄는 특별한 점이 있었다. 동문의 자녀이거나, 선발된 운동선수이거나, 작은 주에서 지원한 유일한 학생이거나, 오르간 연주자이거나. 나의 특별한 점은 엄청난 일들을 극복한 내 과거였다. 그러나 정확히 말해서 나는 그런 상황을 '극복하지' 못했다. 그 상황은 여전히 진행 중이었다.

맥락을 부여하려면 내 삶을 어느 정도 떨어진 거리에서 바라봐야 했다. 엄마 외에는 어느 누구도 내 삶을 하나의 서사로 엮은 사람이 없었지만, 나의 가장 어두운 순간들을 대충 얼버무리던 말과 "피해의식에서 벗어나"라는 조언이 뇌리에서 떠나지 않았다.

"에미는 노골적으로 그런 이야기를 내세워야 해요." 캣 박사는 코치를 계속했다. "그러지 않으면 아무도 그 삶이 얼마나 나빴는지 이해하지 못해요."

그러나 캠프에서 여름을 보내고 친구 집에서 지낸 것을 얼마나 나빴다고 해야 할까? 나는 매를 맞지도 않았고 길거리에서 자지도 않았다. 이제껏 살아오는 동안 어른들은 내 문제에 대해 늘 나에게 책임을 지웠다. 그런데 캣 박사는 그

반대로 하라고 한다. 그녀는 내가 받은 진단과 입원을 비롯해 그간 벌어진 모든 일들을 내가 빠짐없이 전부 나열하기를 원했다. 그 일들이 내가 나빴던 것이 아니라 내 삶이 나빴던 것을 증명한다는 듯이 말이다.

캣 박사는 사실을 원했다. 하지만 무엇이 사실일까? 나라는 주체가 한 행동을 부인하는 것, 나를 방임적 양육과 아동복지제도의 거친 바다에서 이리저리 떠밀려 다닌 힘없는 아이로 규정하는 것은 거짓말처럼 느껴졌고, 그보다 더한 일들을 겪은 사람들이 있음을 외면하는 것처럼 느껴지기도 했다.

"에미의 끔찍한 위탁 부모는 어때요? 그 이야기는 왜 하지 않지요?"

"그들을 *끔찍하다*고 하는 게 맞는지 모르겠어요. 사고방식이 좀 다르다고 하는 게 맞는 것 같아요. 미네소타 사람들이라서요."

"그걸 쓴다 해도 글자 수 제한은 없어요." 캣 박사가 한숨을 쉬었다. "나머지 이야기는 자서전에 쓰려고 아껴두나 봐요."

8월 말, 예일에 조기 액션 지원을 하기 며칠 전, 캣 박사에게 전화가 걸려왔다. "「스크램블드에그」가 딱 에미의 자기소개서예요!" 보조 포트폴리오를 구성하면서 내가 쓴 글을 보냈는데, 그녀는 그 에세이가 너무나 마음에 든다며 몇

몇 영어학과 교수들만 보기에는 아깝다고 말했다.

"네? 그건 제 이야기가 아닌데요." 자기소개서는 대학에 내가 어떤 사람인지를 보여주는 기회가 되어야 했다. 그래서 나는 어떻게 나의 모든 것을 두 장 분량으로 요약해야 할지에 대해 고민하느라 수많은 시간을 보냈다. 「스크램블드에그」에 나오는 자아는 지금보다 훨씬 어렸고, 내가 이미 오래 전에 잃어버린 세상에서 좀 더 안정적으로 살고 있었다. 여름에 그런 일들을 겪고 나서 보니 6개월 전에 그 에세이를 쓴 나는 좀 낯설고 순진하게 느껴졌다. 그리고 이제껏 살아오면서 나라는 사람은 계속해서 부모와의 관계를 통해 자신을 규정해왔다는 생각에 이제는 그런 패턴을 반복하고 싶지 않았다.

"그 에세이는 에미의 놀라운 이야기의 일부예요." 캣 박사가 다정하게 말했다. 나는 한숨을 쉬었다. 그녀가 무엇을 원하든 따라야 했다.

"유일한 문제는 글이 좀 길다는 점이에요." 우리는 에세이를 반으로 줄여 젠더에 관해 성찰하는 부분은 대부분 삭제하되 가장 자극적인 묘사로 느껴지는 부분은 그대로 살리기로 했다. 미셸의 립스틱을 골라주는 대목, 미셸이 뒤뜰에서 가구를 태우는 대목, 그리고 아버지의 날에 첫 생리를 시작한 대목 등.

나는 캣 박사에게 어떤 대명사를 사용해야 할지 물었다. 처음 그 글을 썼을 때보다 조금이나마 더 인식이 제고되

었기 때문에 에세이에서 성전환 이후 미셸을 지칭하는 대명
사를 '그녀'로 바꾸어야 한다고 생각했다.

"그럼 사람들에게 혼란을 주게 될 거예요. 아무도 이해
하지 못할 걸요." 언제나처럼 나는 캣 박사의 의견에 따랐다.
어쨌든 정확한 분석 같았다. 샬럿을 제외하면 내 주변의 어
느 누구도 트랜스 101(조지아공과대학교의 LGBTQIA 리소스
센터에서 트랜스젠더에 대한 이해를 높이기 위해 개설한 교육
프로그램)을 이해할 만한 사람은 없어 보였다. 내 에세이를
읽은 많은 선생님들 중에서 대명사를 고민해보라고 제안한
사람은 아무도 없었다. 실생활에서는 누군가 나를 이해하지
못하면 설명할 수 있지만 지원서에는 그런 기회가 없었다. 읽
는 사람을 헷갈리게 하는 것은 곧 입학하지 못한다는 뜻이
었다.

좀 더 어렸을 때라면 감리교 병원에서처럼 원칙적으로
캣 박사의 의견에 반발했을 것이다. 그러나 나는 자존심이
나 원칙을 고집했을 때 어떤 결과가 돌아오는지 혹독하게
배웠다. *나는 내 슬픔을 팔고 있어.* 나는 프랑스어로 샬럿에
게 이렇게 썼다. 내 메일은 언제나 그녀의 답장보다 길었다.

예일에 조기 액션 지원을 하자마자, 나는 미친 듯이 작문
대회에 지원서를 보내고 장학금을 위해 패스트웹(대학 장학
금 및 재정 지원 정보 사이트—옮긴이)을 샅샅이 뒤졌다. 여느
때와 같이 엄마는 늘 긍정적으로 받기만 하면 되는 공짜 돈

이 널려 있다는 듯이 굴었지만 내가 지원할 자격이 있는 프로그램은 두 가지뿐이었다. 아인랜드 에세이 콘테스트(753페이지 분량의 책 읽기가 필수적인)와 탁월한 미국인들의 허레이쇼 앨저 협회가 그것이었다. 후자는 보잘 것 없는 주인공이 성공하는 이야기를 다작한 것으로 유명한 소설가의 이름을 딴 단체였다. 이 단체는 역경을 극복한 104명의 장학생들에게 2만 달러를 수여했다.

"이게 믿어져?" 나는 제인에게 빨강, 하양, 파랑으로 이루어진 그 단체의 웹사이트를 보여주면서 웃었다.

"사기가 아닌 건 확실해?" 그녀가 물었다.

"위키피디아에 실재하는 비영리 단체라고 되어 있어."

나는 사상 두 번째로 달에 발 디딘 탁월한 미국인 버즈 올드린과 나를 비교하는 에세이를 썼다. 그런 다음 내가 '역경 빙고'라 이름 붙인 고난의 체크리스트를 완성했다. 나는 팔찌를 신경질적으로 달깍거리는 제인에게 카테고리들을 큰 소리로 읽어주면서 웃었다. 온갖 우여곡절들 덕분에 나는 역경 빙고에서 높은 점수를 받았다. 빙고 게임은 너무 웃겼고 아무 거리낌 없이 그것을 즐겼다.

하지만 거기서 빠진 역경의 항목들이 마음에 걸렸다. 학대와 성폭행 항목에는 점수를 표시하지 않은 것이다. 불행을 이겨낸 사례에 보상을 해주는 단체에도 말할 수 없는 시련이 있었다. 가난을 극복한 아이는 언제나 잘 팔리는 상품이었지만 어떤 역경은 사람들의 비위를 상하게 할 뿐이었다.

나 자신을 상품으로 팔아야 할 때마다 혐오감을 불러 일으키는 것과 칭찬을 유도하는 것 사이의 구분이 나를 짓눌렀다. 나는 오직 이기는 것만 생각하려고 노력했다. 봉투를 나의 트라우마로 가득 채워서 심사위원들의 판단을 받기 위해 제출했다. 그 사실 자체로 우울해지지 않을 때가 되어서야 나는 내 슬픔이 좋은 상품이 될 수 있으리라는 희망을 가질 수 있었다.

"내가 음악원을 지망하는 게 맞을까?" 어느 날 밤 불을 끄고 자리에 누웠을 때 제인이 내게 물었다. "직업 플루티스트가 된다 해도 돈은 별로 못 벌 거야. 그래도 여전히 편안하게 살겠지." 번민으로 그녀가 목멘 소리를 냈다. "근데 죄책감이 들어. 인생을 누릴 자격이 없는 사람 같아서."

나는 천장을 올려다보았다. 그녀가 그런 감정을 느끼는 이유가 "그보다 더한 경우도 있다"를 몸소 보여주는 나 때문인가 하는 생각을 하며, 나는 내 시련으로부터 룸메이트를 방어하려 노력했다.

"부유한 가정에서 태어난 것이 네 선택은 아니잖아. 다른 사람들이 가난하게 태어나려고 선택하지 않았듯이 말이야. 그러니 그런 것에 대해 죄책감을 가질 필요는 없어." 제인이 괴로워하는 소리를 들으니 나는 내 딜레마가 그렇게 존재론적인 것이 아니라는 데 감사함을 느꼈다. 그녀와 달리 나는 더 나은 삶을 원하면서도 그것이 나쁘다는 감정을 느낄 필요가 없었다. "넌 그냥 네가 가진 것을 잘 관리하면 되는 거야."

"난 그게 나쁜 것 같아."

"넌 남들과 다른 카드를 쥐고 있는 거야. 넌 그걸로 게임을 하고 난 내 걸로 게임을 하는 거지."

"연휴 동안 뭘 할 거니?" 제인이 물었다.

"모르겠어. 생각하고 싶지 않아."

"나랑 우리 집에 가자. 아빠가 적립된 마일리지가 많아. 네 티켓도 끊어주실 거야."

"고마워." 안도감이 밀려오고 뒤이어 새로운 걱정이 고개를 내밀었다. 만약 무난한 대학에 들어가게 된다면, 학교가 쉬는 기간에 여전히 갈 곳을 찾아 헤매게 될까? 모든 비용을 지원해주는 학교에 가지 못하면 학자금 대출의 늪에서 헤어 나오는 데 얼마나 걸릴까? 베이지 색 카펫이 깔린 형편없는 집에 살면서 식료품점에서 교대 근무를 하고 돈 많은 아버지뻘 남자와 데이트를 하는 내 모습을 상상했다. 도대체 몇 년을 그런 식으로 보내야 할까? 마침내 형편이 나아질 때까지 내가 얼마나 버틸 수 있을까?

그런 생각은 하지 말자고 다짐했다. 제인이 길고 얕은 숨을 쉬며 잠들어 있었다. 예일 지원서는 제출했고 불합격할 경우에 대비해 다른 학교 지원서도 모두 준비해두었다. 이제는 그저 어떻게 되나 기다리는 일만 남았다.

16장
단지 살아나기만 한 것으로는 부족했다

"밴이 금방 올 거야." 제인이 말했다. 그녀는 더러운 세탁물로 가득한 여행 가방들을 옆에 두고서 문간에 서 있었다. 나는 겨울방학을 맞아 기숙사를 나서기 전에 예일에서 소식이 오기를 기다리며 메일함을 새로고침하고 있었다.

목의 근육이 바짝 긴장했다. 잠시 후면 내 인생은 완전히 바뀔 것이다. 예일에서 나를 받아들여 줄지도 모른다. 예일에 다니고 예일의 감청색 스웨트 셔츠를 봄 학기 내내 (흐뭇하게) 입고 다니고. 나는 학교에서 원하던 학생일 것이다. 마침내 스스로를 증명해내는 것이다. 그러면 나머지 아홉 개의 학교 지원은 철회할 것이다. 그중 어느 한 군데라도 나를 거절하기 전에 내가 먼저 모든 학교를 거절할 것이다.

다시 새로고침을 눌렀다. 메일이 왔다. 흔들리는 커서

를 눌러 메일을 열었다. 눈으로 내용을 훑었다. *우리는 이 소식을 전하게 되어 유감입니다.*

숨이 턱 막혔다. 불합격이었다.

"에미." 제인이 눈을 크게 뜨고 겁을 집어먹은 듯 말했다. 그녀가 내게 손을 뻗었다.

"잠시만 기다려줘." 입술을 깨물며 욕실로 들어와 문을 닫았다. 어떻게 나에게 이런 일이 있을 수 있지? 내가 예일에 들어갈 수 있을 것이라고 믿다니 참 어리석었다. 약장을 뒤져 엑스액토 나이프를 찾아냈다. 왼쪽 손목에 Y자 형태로 두 줄을 그었다. 핏방울이 Y자 모양으로 윤곽을 그리며 살갗으로 올라오자 손목을 잡았다.

긴 숨을 내쉬었다. 사방이 느리게 움직였다. 몸에 긴장이 풀려서 눈을 감고 문에 몸을 기대었다. 정적이 나를 감쌌다.

패배자가 된 기분이 들었다. 내 눈에도 칼로 그은 자국은 우스꽝스러우리만치 감정적이었다. 희망에 부풀었다가 지금은 버림받은 연인이 된 기분이었다. 지나치게 마음을 쓰지 말자고 의지를 다졌다. 하지만 이 불합격은 그저 단순한 불합격이 아니었다. 그것은 3개월 반을 더 기다려야 하는 고통을 의미했다.

"에미?" 제인이 문밖에서 불렀다. "밴이 기다리고 있어. 우리 이제 가야 해." 나는 약장의 잡동사니들 속에서 가짜 리브스트롱 팔찌(암 환자들을 위한 비영리 단체인 리브스트롱 재단에서 만들어 판매하는 실리콘 팔찌—옮긴이)를 찾아내 상처를 가렸다. 문을 열었다. "좋아, 이제 나가자."

캣 박사는 나를 그녀의 유망주라고 부르며 "충격을 받았고" "경악했다"는 메일을 보냈다. 정규 대입 선발 기간 동안 더 나은 결과를 바라는 수밖에 없다고 생각했는데 캣 박사는 나에게 켈리더러 예일에 전화해달라고 부탁하게 한 다음 자신의 인맥도 동원했다. 내가 제인 집 뒤뜰에 앉아 있을 때 캣 박사가 수집한 정보를 내게 알려주었다. 몇 차례 캠퍼스 내 자살 사건이 있은 후, 예일대에서 지원자들의 정신건강 평가를 실시했다. 나는 아마도 그 평가에서 떨어진 것 같았다.

"이해가 안 돼요. 그런 건 흔한 일인데." 섭식장애, 우울증, 불안장애를 가진 그녀의 다른 학생들에 대해 이야기하며 캣 박사가 말했다. "그 친구들이 어떻게 에미를 제치고 붙을 수 있는지 모르겠네요."

"강도를 좀 조절할 필요가 있어요." 그녀는 내가 겪은 고통이 스테레오라면 객관적으로 적절한 음량에 맞추어야 한다는 듯이 말했다.

"하지만 그건 부정직한 게 아닌가요?"

"자, 에미. 만약 암에 걸렸다면 사실대로 다 말할 거예요?" 캣 박사가 물었다.

"아니요, 하지만…." 그건 좀 다르게 느껴졌다. 만약 내가 백혈병에 걸렸다면 아무도 그 병이 내 잘못이라고 말하지 않을 것이다. 나의 치료도 내가 잘못한 일들을 고백하고, 내 상황에 대해 책임을 지고, 내 행동을 변화시키는 데 집중되지는 않을 것이다. 암 환자였다면 나는 주의해야 할 탈선한 10대가 아니라 연민의 대상 혹은 용기의 상징이 될 것이다.

"아무튼 그냥 TMI였어요." 캣 박사는 '과도하게 많은 정보Too Much Information'의 약어를 알고 있는 자신이 뿌듯하다는 기색으로 말했다.

나는 확신이 들지 않았다. 다 내 잘못이라는 말을 듣는 데 너무 익숙해진 대가를 지금 치르고 있었다. 내 고군분투에 눈을 감아버린 엄마는 차치하더라도, 자신의 행동에 스스로 책임을 지는 것이 도덕적 의무라고 주입한 거주치료소에서부터 내 상황이 아니라 내 욕심이 나를 우울하게 만든다는 데이브와 잰까지, 나는 내가 아프기로 선택한 것이고 불행을 자초한 것이라는 어른들의 말을 들으며 수년간 살아왔다. 캣 박사가 그 반대로 하라고 제안할 때마다 너무 당혹스러웠다. 그녀는 나 자신에게 좀 더 너그러워질 기회를 주고 있었지만, 내가 그것을 받아들이고 싶은지 확신이 없었다. 주체적으로 나를 비난할 수는 있었다. 내 실수를 인정할 때는 내 양심을 걸 수도 있었다.

켈리가 예일에 연락을 했다면서 메일을 보냈을 때까지도 그녀의 조언을 따라야 할지에 대해 여전히 확신하지 못하고 있었다. 예일 측은 내 전반적인 학업 프로그램에서 특별함을 발견하지 못했다. 지원자들은 대부분 비슷한 시험 점수와 학점을 가지고 있는데, 내 파일이 특별한 학업적 성과를 보유한 것으로 보이지 않았다는 것이다. 나는 SAT를 다시 치르지 않은 나 자신을 책망했다. 최소한 내가 완벽한 점수를 가지고 있었다면 점수 때문에 나를 안 좋게 볼 일은 없었을 터였다. 하지만 그랬다고 해서 과연 결과가 달라졌을지 여전히 의구심이 들었다. 완벽한 SAT 점수가 있다 해도 내가 '특별'해지기는 힘들었을 테니 말이다.

나는 온갖 어려운 과목을 수강했고, 사정사정해서 AP 수업에 들어갔고, 추가시험을 혼자 준비했으며, 보딩스쿨에 다니고 캠프에 참가하기 위해 방학 동안 아무 데서나 떠돌며 잠을 잤다. 하지만 그것으로도 충분하지 않았다. 학교 측은 그에 더해서 인텔 사이언스 페어에서 상도 타고 세계적인 비영리단체를 만들기도 한 홈리스 아이를 원한 게 아닌가 싶은 생각이 들었다.

내 부족함을 절절히 느끼면서 켈리의 메일을 계속해서 읽어내려갔다. *과거의 일화들에 관해서는 담은 내용이 차고 넘쳤어요. 읽는 사람들은 성찰이나 성공 이야기에는 감흥을 느끼지 못해요. 그들은 당신이 어떻게 그것을 극복했는지에 대해 더 읽고 싶어 하고 알고 싶어 해요.*

우수한 학점과 시험 성적을 받으면서 단지 살아남기만 한 것으로는 아무 점수도 따지 못했다. 나를 더 강하고 더 매력적인 사람으로 만들지 않는 한 내 과거는 그저 부담스러울 뿐이었다. 예일의 판단에 따르면, 나는 그 분수령에 도달하는 데 실패했다.

켈리는 아무런 끝인사 없이—"그들의 손실", "최고" 같은 표현 없이—그녀의 이름만을 적은 채 급히 메일을 마무리했다. 나는 이것을 그녀가 나를 무시하는 증거로 받아들였다.

나는 켈리가 싫었다. 그녀가 미웠다. 그녀가 내 상황이나 감정을 배려할 필요는 없다는 것을 알고 있고 충분히 일이 많고 스트레스를 받는 것도 알고 있었다.

그러나 내 인생이 어떻게 될지 나보다도 더 잘 안다는 듯이, 내게 현실적으로 생각하라고 말하고, 빨리 나를 눈앞에서 치워버릴 수 있도록 만만한 목표를 세우라고 말했던 (그것을 불안정한 미래를 가져올지라도) 이전의 모든 어른들의 모습이 그녀에게서 보였다.

나는 그녀가 틀렸음을 증명할 수 있다면 무엇이든 할 각오가 되어 있었다.

이 감정의 파도 속에서, 목표가 아무리 잘못 설정되었다 하더라도—단순히 메신저에 불과한 지도교사—난생처음으로 내가 그동안 말도 안 되는 기준에 매여 있었다는 확신이 들었다. 왜 중서부의 어른들은 그렇게 강압적이고 캣 박사는 이렇게 너그러운지(그녀가 부자이고 맨해튼에 살고 있는 것과 관련이 있겠지만) 이해할 수 없었지만, 박사가 제안한 이야기 구조를 받아들일 마음이 생겼다. 지원서 마감까지는 2주가 남아 있었다. 나는 빌어먹을 성공 스토리가 될 수 있었다. 호레이쇼 앨저 장학금에 지원할 때처럼 승리의 상징, 극복의 상징이 될 수도 있었다. 누가 감히 어떻게 아니라고 할 수 있을까?

호레이쇼 앨저는 사람들이 어떤 역경에 찬사를 보내고 어떤 역경에 거부감을 나타내는지에 대해서 표본을 제시했다. 나는 내가 준비했던 지원서를 면밀히 검토했다. 도대체 누가 나에게 정신병원에 대해 언급하라고 했던가? 어떤 누구도, 어떤 진단도 그러지 않았다. 나는 정신질환에 관한 대목의 강도를 조절할 것이 아니라 아예 삭제하기로 했다.

유일한 문제는 아동 거주치료소에서 보낸 시간이었다. 내 모든 학점을 거기서, 그리고 감리교 병원에서 획득했기 때문이다. 하지만 인터라켄에서 보내온 문서를 자세히 살펴보니, 거기에는 이첩 학점의 목록이 있을 뿐 레이크빌 이전의 학교에서 온 자료는 아무것도 없었다. 치료에 대한 언급도 없었다. 그러니 굳이 끄집어낼 필요가 없었다.

시간 순서에 따라 2페이지 분량의 개인사유서를 반 페이지로 줄이면서 키워드인 위탁가정, 홈리스 상태, 엄마의 저장강박, 미셸의 부재에 집중했다. 내가 다녔던 학교의 목록에서 거주치료소를 제외했다. 설명에는 "나는 미니애폴리스 공립 고등학교를 다니기 시작했다. 9학년 이후, 나는 위탁가정에 들어갔다"라고 적었다. 그것은 거짓이 아니었다. 아홉 개의 지원서 초안에서 치료에 대한 내용을 지우기 위해 그런 언급이 있는지 찾아보았다.

캣 박사는 더도 말고 덜도 말고 열 개 학교에 지원하라고 명확하게 언급했었다. 그러나 추가 에세이도, "왜 이 학교에 지원하게 되었습니까?" 따위의 의미 없는 질문도 요구하지 않는 지원 방식 덕분에 내 지원 목록에 슬그머니 하버드가 올라왔다. 그런데 하버드는 예일보다 명성이 더 높기까지 했다. 내 모든 희망을 새로운 목표로 옮겼다. 적어도 혼자일 때만큼은 내 욕망의 크기와 뻔뻔함에 부끄러움이 없었다.

지원 과정에서 '전송'을 누르기 전에 캣 박사에게 말했다. "그래도 하버드에 지원할 수가 있네요."

"해야 해요." 그녀가 말했다. "내 생각엔 여전히 에미에게 좋은 기회가 있으니까."

그래도 지원서를 모두 내고 나면 마음이 후련할 거라고 생각했다. 지난 3년 반 동안 내 삶은 내내 대학에 이끌려 다녔다. 마음속으로 부담을 내려놓자고 속삭였다. 하지만 제인 집 뒤뜰에서 오렌지나무를 올려다보는데 두려움이 엄습했다. 심호흡을 하며 최대한 참을 수 있을 때까지 참다가 시계를 확인했다. 5분이 지나 있었다.

그동안 틈만 나면 곰곰 생각해보았다. 야망이 있는 한 나는 외롭지 않았다. 항상 뭔가 할 일이 있다는 게 얼마나 위안을 주는지를—그저 프랑스어로 암송한 시를 마음속으로 낭독하는 것일지라도—아무것도 할 일이 없어지고 나서야 알았다. 내가 사는 곳은 평평한 세상이었고 대학에 들어가는 것은 저 멀리 보이는 수평선이었다. 그런데 그 끝까지 달리고 나니 세상이 내려앉아 버렸다.

하루가 지나자, 나는 외모에 집착하게 되었다. 제인의 집에서 거울을 들여다보니 내 얼굴에는 걱정에 찌든 표정이 굳어져 있었다. 학교 교복이나 분실물 보관소에서 가져온 옷이 아니면 거주치료소의 운영진이 카운티 예산으로 사준 셔츠와 청바지가 내 평소 옷차림이었다. 당장 눈앞에 닥친 고민들 때문에 내가 어떻게 보이는지에 대해서는 신경을 끄고 살아왔지만, 이제는 이 모습 그대로 새로운 인생으로 나아갈 수 있을지 의문이 들었다.

새해 전날 나는 배낭을 메고 팰로앨토 시내로 나가 아메리칸 어패럴을 찾았다. 10대들을 위한 비실용적인 옷들— 꽃무늬 레이스 브라렛, 발목부터 허리까지 지퍼로 연결되어 있고 번쩍거리는 검정 디스코 팬츠, '법령 8을 지금 철폐하라!'가 써진 탱크탑(법령 8은 동성 간 결혼 금지법이다—옮긴이)—을 집어 들고 탈의실로 들어갔다. 옷에는 플라스틱 태그도, 경보음을 내는 금속 스티커도 없었다. 나는 옷가지들을 배낭 속으로 쑤셔 넣었다. 탈의실을 나가면서 점원이 나를 붙잡지 않을까 하는 생각에 심장이 요동쳤지만 아무 일 없이 상점에서 걸어 나와 거리로 나섰고 곧장 제인의 집으로 돌아왔다. 나는 죄의식을 느끼지 않았다. 오히려 죄의식이 없다는 사실이 나를 괴롭혔다. 그래도 입학위원회에 발각되지만 않으면 아무래도 상관없었다.

아무튼 그런 다음 대학 면접 때 입을 착장을 결정해야 했다. 앞으로 몇 번이나 인터뷰를 하게 될지는 몰랐지만, 그렇다고 신발 걱정을 하지 않을 수는 없었다. 캣 박사는 옷차림은 별로 중요하지 않다고—그저 단정하고 호감을 주기만 하면 된다고—장담했지만 믿지 않았다. 외모가 달라졌을 때의 차이를 수없이 경험했기 때문이다. 거주치료소에서 머리를 감았던 것이든 아니면 이자벨네 엄마의 미용사 손에 머리를 다듬었던 것이든, 이런 변화는 사람들이 인정하는 것보다 훨씬 더 그들이 나를 바라보는 태도에 영향을 미쳤다.

나는 늘 사람들이 나를 도와준 이유가 그들과 비슷하게 생겨서 그랬던 게 아닐까 생각했다. 멋진 사람들은 대부분 나를 흘끗 쳐다보고—약간 장방형의 얼굴에, 좋은 골격과 흰 피부, 금발—성공한 사람들의 정형화된 이미지를 떠올렸다. 그리고 아무리 진보적인 엘리트임을 자처하는 사람이라도 어떤 정해진 미적 기준을 가지고 있음을 알 수 있었다. 나는 옷차림으로 그 기준—고급스럽고, 현실적이며, 애써 꾸미지 않은 아름다움—을 채우고 내가 입학하게 된다면 학교에 꼭 어울리는 인재가 될 것이라는 강력한 메시지를 전달해야 한다. 이런 가짜 이미지를 만들어내는 데에 타깃에서 산 인조 가죽 로퍼는 도움이 되지 않을 터였다.

매일 아침, 나는 제인에게 샌프란시스코로 쇼핑하러 같이 가자고 졸랐다. 집 주변을 거니는 것 말고 우리는 보호자 없이 집을 나서는 일이 없었다. 제인은 거절했다(나중에 들기로 내가 타투를 하자고 자기 딸을 꼬드길 거라는 생각에 제인의 엄마가 허락하지 않았다고 한다). 결국 나는 혼자서 쇼핑을 하러 갔다. 제인의 엄마가 1마일 떨어진 칼트레인 역으로 나를 데려다주면서, 핸들을 꽉 붙잡고서 대도시에서는 조심하라고 주의를 주었다. 딱히 그녀를 안심시켜주고 싶지는 않았지만 오후 7시 기차로 돌아오겠다고 약속했다.

샌프란시스코 블루밍데일에서 눈에 띄는 검정 에나멜 가죽 단화를 발견했다. 신발을 뒤집어 보니 내 발에 맞는 8사이즈였다. 디올. 눈이 휘둥그레졌다. 2백 달러였다. 80퍼센트나 할인된 굉장히 좋은 가격이었지만 내 전 재산이 4백 달러였다. 구두를 도로 내려놓았다.

점원이 뒤에서 다가왔다. "한번 신어보세요."

나는 사라고 부추기는 게 그리 달갑지 않았다. 신발은 발을 죄지 않고 안으며 미끄러져 들어갔다. 한 번도 느껴본 적 없는 편안함—판매 사원은 오목 발바닥 받침이라고 설명했다—이 내 발을 감쌌다. 몇 걸음 걷자 밑창의 또각거리는 소리가 울렸다. 아래를 내려다보니 상점의 카펫이 웅장한 도서관의 대리석 모자이크로 변하는 모습이 그려졌다.

나는 구두를 벗었다. 디올 단화 한 켤레에 가진 돈의 절반을 쓴다는 건 어리석은 일이었다. *하지만 이 구두를 신으면 입학할 수 있지 않을까?* 순간, *겨우* 2백 달러밖에 하지 않는 신발을 신은 미래가 눈앞에 떠올랐다. 이건 그냥 신발이 아니라 면접관들에게 좋은 인상을 남길 수 있다는 보증

이자 거기서부터 성공한 인생으로 나아가는 관문이었다.

"언제든지 환불해도 됩니다." 판매 사원이 말했다. 그녀에게 내 직불카드를 건넸다.

블루밍데일의 상징인 리틀 브라운 백을 움켜쥐고 명품의 카피 제품들을 걸쳐보며 하루를 보냈지만 기차에 탔을 때에는 내 미래에 딱 맞는 신발을 찾아냈다고 확신했다. 지금은 터무니없이 비싸 보이지만 거의 종교와도 같은 믿음을 주었다. 이 신발이 있으니 나는 대학에 들어갈 것이고 학교에서도 잘 지낼 것이고 디올 단화에 어울리는 그런 사람이 될 것이다.

임무 완수, 라는 생각에 안도감이 들었다. 쇼핑백을 좌석 아래에 놓고 다른 승객들을 구경했다. 열차가 레드우드 시티에 도착했을 때, 제인의 아빠에게 연락을 해서 10분 정도면 집에 들어간다고 전했다. 팰로앨토에서 활기차고 뿌듯한 기분으로 쌀쌀한 밤거리로 나섰다.

그러나 열차가 떠나기 시작할 때 나는 쇼핑백을 두고 내렸다는 것을 알아챘다. 소리치며 열차를 따라가고 싶었지만 너무 놀라서 허리를 숙인 채 움직일 수가 없었다.

제인의 아빠를 기다리고 있는데 탄환 열차가 도착했다. 나는 문 앞에 서 있는 승무원에게 소리쳤다. "방금 전 열차에 물건을 두고 내렸어요! 어떻게 찾죠?"

"이걸 타세요. 열차가 새너제이에 있을 거예요."

나는 주차장을 둘러보고 제인의 아빠 차 헤드라이트

불빛을 찾았다. 제인의 부모님에게 신세를 지고 있는 상황에서 말도 없이 늦을 수는 없었다. "일단 알겠습니다." 나는 울 것 같은 목소리로 말하고는 차가 있는 곳으로 뛰어갔다.

제인의 아빠에게 열차에 물건을 두고 내렸다고 말했다. 부끄러워서 얼마짜리 물건인지는 차마 말하지 못했다. 제인의 아빠가 물건을 찾을 수 있게 나를 새너제이까지 태워다주겠다고 하기를 바랐지만, 그는 분실물센터 전화 상담 서비스에 연락해보라고 했다. 다음 날, 나는 메시지를 남기고 또 남겼다. 마음속으로는 절대 신발을 찾지 못하리라는 것을 알고 있었다. 불현듯, 아메리칸 어패럴에서 옷을 훔친 것을 후회했다. 벌을 받은 게 아닐까 두려워하며, 신발을 잃어버린 것이 인과응보의 시작인지도 모른다는 생각이 들었다. 밤에는 플랫폼에 서서 내 신발과 그것이 상징하는 미래를 실은 열차가 떠나가는 것을 계속 지켜보는 악몽을 꾸었다.

그해 겨울 단 한 번의 면접을 보았다. 하버드 면접이었다. 희망 대학 목록을 작성한 이후로 어느 학교라도 좋다고 했지만 솔직한 심정으로는 가장 좋은 학교를 원했고 그것이 바로 하버드였다. 나는 유명한 동문들과 부와 명성이 있는 명문 대학에 가고 싶었다. 그러나 그런 이유로는 누구에게도 호소력이 없다는 것을 알고 있었다. 면접 전에, 학교에 다니고 싶은 이유로 납득될 만한 대답이 무엇일지 찾아보기 위해 칼리지 컨피덴셜 게시판을 검색해보았다. 상급생 하우스

시스템, 신입생만을 위한 세미나, 해외 유학 보조금 등.

면접날 오후, 운영진이 트래버스시티 법률사무소로 나를 데려다주었다. 내 발에 너무 큰, 빌려 신은 인조 가죽 단화를 신고서 두 다리를 꼬고 면접을 대기했다. 슬랙스에 스웨터 차림의 남자가 목재로 된 사무실로 안내해주었다. 두꺼운 학술서들이 책장에 가득했다. 벽에는 각종 졸업장과 수료증이 걸려 있었다. 그는 커다란 책상을 사이에 두고 앉아서 나에게 자기소개를 요청했다.

"음, 저는 미니애폴리스에서 자랐습니다." 내가 운을 떼었다. "저희 가족은 복음주의 기독교도였어요. 저는 4학년 때 주 주최 성경 암송 대회에서 우승했습니다." 내 귀로 내 목소리가 흘러들어왔다. 한때는 아주 민감해서 캣 박사에게 조차 얘기할 수 없었던 일들이 이제는 정돈되어 있었다. 필요하다면 눈물을 몇 방울 흘릴 만한—홈리스 상태를 이야기하면서—순간도 알고 있었다.

장애물과 극복, 비극과 승리가 교차하는 나의 이야기는 나 자신마저 매료시켰다. 나는 배움을 사랑하는 성실한 소녀였다. 은근히 자기 자랑을 곁들이는, 열정적이고 의욕적인 소녀. 이 면접관에게 나는 결코 아픈 사람이 아니었다. 어두운 비밀도 없었고, 엉망진창의 과거도 없었다. 불투명한 팬티스타킹 아래 상처도 없었다. 가벼운 농담도 쉽게 나왔다. 고등교육을 받은 지적인 어른의 관심을 받는 것은 오랫동안 내가 갈망해온 일이었다. 면접을 마치고 그가 내 손을 잡고 악수할 때, 나는 한 시간으로 예정되어 있던 면접이 두 시간 반 동안 진행되었음을 알고 놀랐다. 그것은 좋은 신호였다. 걸을 때마다 바닥을 찰싹찰싹 때리는 내 신발 이외에 다른 징조가 있는지 살피며 스스로를 안심시켰다.

"아주 즐거운 대화였어요." 변호사가 말했다. 나는 활짝 웃어 보였다. 그는 작년에 백 명 이상의 학생들이 미시간 북부에서 지원했지만 단 두 명만이 입학했다고 말했다. 지방 출신의 합격률은 하버드의 가장 최근 합격률인 9퍼센트보다도 훨씬 낮았다. "부끄러운 일이지요." 변호사는 고개를 저으며 말했다. "하지만 학생에 대해서는 좋은 말을 적어두도록 할게요."

나는 안도의 한숨을 내쉬며 그에게 무한한 감사를 표했다.

"그게 얼마나 도움이 될지 모르겠지만." 그가 허허 웃었다. "이 면접은 그저 동문들을 계속 바쁘게 만들려는 거라서 말이죠."

그가 사무실 문을 닫았다. 나는 로비에 서서 갈라진 내 신발을 내려다보고 애써 호흡을 가다듬었다.

그해 겨울, 나는 지난 기억에 시달렸다. 내 어린 시절에 대한 이야기를 수백 페이지에 쏟아냈다. 미셸이 사소한 실수로 나에게 벌을 준 일, 이혼하는 과정에서 엄마가 보여준 자아도취적 행동, 6학년 때 당한 성폭력과 그 이후의 영향 등.

대학 지원을 위해 트라우마를 파헤치고 조합하는 것은 가장 깊숙한 곳의 아픔을 끄집어내는 일이었다.

2월 중순까지는 매일 대학에서 오는 메일에 답을 했다. 부모가 아니라 내가 직접 연방 정부 재정 보조금을 신청했기 때문에 학교 측에서는 내가 고아인지 혹은 법원의 보호를 받고 있는지 알고 싶어 했다. 모든 학교는 내 이야기가 사실인지 검증해야 했다. 그것을 생각하는 것만으로도 긴장되어 입안이 바짝 말랐다.

어느 날 오후, 입학과에서 온 전화를 끊으며 책상 맨 아래 서랍을 뒤져 엄마의 아파트에서 가져온 애더럴을 찾았다. 작은 베이지 알갱이가 캡슐 속에서 춤을 추었다. 나는 알약을 그대로 꿀꺽 삼켰다. 오후 내내, 나는 정상적인 상태를 유지했다. 책을 읽었고 한 번의 잘못된 선택이 미래에 불행의 그림자를 드리울 수 있다는 생각 외에 다른 생각을 할 수 있었다.

몇 주 만에 약이 바닥나버렸다. 우즈 박사에게 약을 더 달라는 메일을 보냈다. 약을 끊으라고 혼이 날 줄 알았는데 박사는 지역 병원에 가보라고 했다. 대학 면접 때의 옷차림을 하고서 시내에 있는 가정의학과에 갔다. "저는 11살 때 ADD 진단을 받았어요." 그때 애더럴이 도움이 되었다고 하자 의무실에서 알약 90정을 처방받을 수 있었다.

나는 입학사정관들이 나를 심문하는 악몽을 꾸었다.

그들은 벽을 따라 일방향 거울이 있고 형광등이 켜진 회의실로 나를 데려갔다. 내가 처음 치료를 받았던 진료실과 똑같은 방이었다. 사정관들은 커다란 탁자에 빙 둘러앉아 질문을 던졌다.

"왜 감리교 병원을 폭파하겠다고 위협했나요? 왜 그걸 지원서에 쓰지 않았죠?"

"이제까지 실제로 다닌 학교가 대체 몇 군데인가요? 2학년은 어떻게 된 건가요?"

"차에서 잔 것이 정말 홈리스 상태인가요? 어머니가 1992 코롤라를 당신에게 준 게 아니었어요?"

"레이크빌에서 데이브와 잰에게 왜 거짓말했죠? 우리가 왜 거짓말쟁이를 받아줘야 하죠? 거짓말쟁이에 도둑을?"

"예일대에 불합격했을 때 왜 자해를 했죠? 애더럴을 왜 복용하고 있나요? 왜 구토를 다시 시작했나요?"

사정관들은 내가 지원서에서 빼놓은 온갖 것들에 대해 물어보면서 내 모든 결함에 대해 설명하라고 다그쳤다. 지원서에 의도적으로 실수를 제외시킨 것은 아주 불공정해 보였다. 다른 지원자들은 자신들의 잘못과 실수를 솔직하게 털어놓은 것 같았다. 잘못을 숨긴 지원자가 있다면 부모들이 숨겨준 게 아닐까? 꿈속에서는 어른들이 아이들의 실수를 덮어주는 게 이상하게 여겨졌다. 나는 모든 부모들은 자식들에 대해 불만이 가득하다는 걸 알고 있다. 그리고 내 잘못이 특히나 심각하다는 것도.

"부모님을 사랑하지 않나요?" 사정관이 딸로서의 장점에 대해 물었다. "그런데 왜 그들을 힘들게 하는 거죠?" 거주치료소의 운영진들처럼 그들은 내 행동에 스스로 책임을 지라고 요구했다.

"미셸에게 왜 잘못된 대명사를 사용했죠? 왜 그녀의 감정보다 사람들의 이해에 더 신경을 썼나요? 어디에 더 가치를 둬야 하는지 모르나요?"

꿈속에서 맹비난을 받자 하버드 면접 때의 평정심을 되찾으려 노력했지만 위원회는 여지없이 허점을 찾아냈다. 성공 이야기가 아니네, 라고 그들이 선고했다. 가짜. 사기. 거짓말.

다른 악몽에서 나는 일방향 거울 앞에 서 있었다. 나는 어른들이 무엇을 알고 싶어 하는지, 그리고 무엇에 대해 고백해야 할지 찾아내야 했다. 올바른 대답을 하지 못하면 나는 다시 차에서 자는 생활로 돌아가야 했다.

나는 식은땀을 흘리며 잠에서 깼다. 손목의 맥박도 팔딱거리고 있었다. 창문으로 빛이 새어 들어왔다. 조금 떨어진 곳에 제인이 곤히 잠든 채 누워 있었다. 침대에서 기어나와 애더럴을 먹었다. 나는 나 자신에 맞서 스스로를 변호할 수 없었다. 꿈속에 나온 입학사정관들이 옳았다. 나는 지원서에 쓴 것처럼 완벽하게 역경을 극복한 사람이 아니었다. 나는 세상에서 가장 불행한 사람은 아니지만 아직 괜찮지도 않았다. 그 사실이 나를 거짓말쟁이, 가짜처럼 느끼게 했고 내가 열망하는 안정된 삶을 얻을 자격이 없다고 느끼게 했다.

결과가 나오기 6주 전쯤, 엄마는 스미스 대학 지원에 필요한 편지를 썼다. 캣 박사는 내용에 추가해야 할 것들을 모두 표시하면서 엄마의 초안에 주석을 달았다. 엄마는 그녀의 조언을 무시하고 내 상황에 대해 인정하는 내용을 추가하지 않았다. 캣 박사는 더 많은 지원이 필요하다고 판단했다. 아네트가 추천서를 써주기로 했고 특유의 솔직한 문체로 내 청소년기에 대해 서술했다. 데이브와 잰이 '경제적인 이유로' 내 자리를 다른 사람에게 주었기 때문에 학기 사이사이에 나는 홈리스 상태였다고 썼다. 나는 내 인생이 그렇게 담백하게 서술된 것을 보고 놀랐다. *제가 에미의 어머니 집에 갔을 때 거기서는 마거릿이 잠을 자는 게 불가능했습니다. 집에는 천장까지 쓰레기가 가득했고 모든 것이 쥐와 개의 배설물로 덮여 있었습니다. 욕실도, 따뜻한 물도, 난방도 없었습니다.*

내가 스스로 내 상황을 인지하더라도 그렇게 솔직하게 표현할 수는 없었을 것이다. 나는 '극복했다'라는 결과로 이끌어야 한다는 부담이 있다 보니 자유로운 태도를 취할 수 없었다. 하지만 아네트에게는 그런 제약이 없었다. 그녀는 내 멘토일 뿐 아니라 박사학위가 있는 의사라고 서명할 수 있는, 객관적인 외부 관찰자였다. 아네트는 마지막 구절에서 나에게 힘을 실어주었다. *마거릿은 제가 만난 사람 중 가장 놀라운 아이입니다. 재능이 많고 굉장히 창의적이며 매우 성실합니다. 또한 훌륭한 인성을 가진 아주 상냥한 아이입니다.*

누군가 나를 "아주 상냥한 아이"라고 설명하다니 믿기 어려웠다. 그건 나와는 정반대로 여겨졌다. 아네트가 내 삶을 그렇게 암울하게 생각하는지 몰랐다. 잉그리드는 그녀가 담당하는 다른 아이들의 부모보다 나의 엄마가 나를 훨씬 더 사랑한다고 했고, 그 때문에 나는 엄마의 잘못을 드러내는 데 항상 죄의식을 느꼈다. 그러나 아네트는 "부모로부터 전혀 지원을 받지 못함"에도 불구하고 내가 결코 포기하지 않았다고 썼다. 아네트가 학교에 추천서를 보냈을 때 나는 이렇게 신뢰가 가고 훌륭한 사람의 지지가 나의 다른 어떤 활동보다도 더 중요한, 결정적인 요인이 될 수 있을지 않을까 생각했다.

밤에 나는 침대에서 제인 옆에 누웠다. 그녀는 깊게 숨을 쉬면서 자고 있었지만 나는 시간차를 두고 찾아오는 애더럴 효과로 인해 신경이 곤두서 있었고 몸이 가려웠다.

어떤 면에서는 아네트의 추천서가 내게 안도감을 주었다. 내게 충분히 도움이 되는 일이었고 따로 부탁하지도 않았는데 그렇게 상세하게 써준 것에 감동을 받았다. 그러나 그녀의 글을 읽고 나는 지금 내 상황을 더욱 현실적으로 바라보게 되었다. 내가 걱정하는 것들은 없어지기를 기도하거

353

나 마음을 고쳐먹는다고 해서 달라지는 것이 아니었다. 나는 정말 큰일이 난 상황이었다. 나를 구원해줄 최상위권 학교에 기대를 걸고 있었지만 큰돈이 필요하다는 사실을 받아들이기 힘들었다.

애더럴을 먹고서 체중이 많이 줄어들었고 내가 많이 나약해졌다는 생각이 머릿속에서 떠나지 않았다. 이런 생각을 해봐야 하나도 도움이 되지 않는다는 것을 알았지만 어쩔 수가 없었다. 나는 눈을 꼭 감고서 문이 딸깍 소리를 내며 닫힐 때의 안도감을 떠올렸다. 모든 것이 잘 되어가는 척하고, 모든 것을 이해하는 듯 행동하려고 얼마나 많은 것을 감수했는지 누군가에게 털어놓고 싶었다. 문예창작학과 학과장인 미카에게로 가서 의자에 털썩 주저앉아 그녀가 위로하는 손길을 어깨에 느끼고 싶었다.

하지만 그럴 수 없었다. 지원서로 보면 내 정신건강에는 아무 문제도 없는데 갑자기 누군가에게 내 상태를 털어놓으면 어디에나 눈과 귀가 숨어 있는 입학위원회가 알아채버릴까 봐 두려웠다. 그래서 잠들 수 있는 유일한 길은 언젠가 누군가에게 모든 이야기를 털어놓겠노라고 스스로에게 약속하는 것뿐이었다. 그 생각이 잠에 빠지기 전까지 나를 달래주었다.

나는 어둠 속에서 내가 흐느끼는 소리에 잠에서 깼다.

"에미? 괜찮니?" 제인이 물었다.

나는 그만 울라고 스스로를 다그쳤다. "응. 그냥 스트레스를 받아서 그래.”

아침에 일어나자 제인이 눈을 동그랗게 뜨고 책상 앞에 앉아 있었다. “난 네가 우는지 몰랐어. 너는 아주… 아주 강하니까.”

“고마워.” 내가 동경하는 상태인 AP 영어 어휘 “상프루아sangfroid”가 생각났다. 프랑스어에서 온 이 단어는 침착, 냉정이라는 뜻이다. 하지만 어쩌면 나는 나 자신을 위해서 지나치게 강하게 굴었다는 생각이 들었다. 물론 부드러워지는 방법도 모르지만 말이다.

그날, 나는 평소대로 수업에 갔고 아무와도 이야기하지 않았다.

봄방학 즈음, 미카가 라이팅하우스에서 나에게 다가왔다. 그녀는 주위를 휙 둘러보고 말했다. “학과 모임 끝나면 잠깐 이야기할 수 있을까요?”

땀이 나서 연파랑 폴로셔츠가 젖는 것을 느꼈다. “그럼요.” 나는 긴장된 목소리로 대답했다. 둘이 있으면 미카는 분명히 “요즘 평소와 달라 보여요. 걱정이 되네요.”라고 말할 것이다. 그녀는 무슨 문제가 있냐고 물어볼 것이다. 겁먹은 마음으로 나는 공지, 공용 커피와 핫 초콜릿을 위해 걷은 돈, 캠퍼스 문예지의 다음 마감일 등에 대한 논의를 듣고 있었다. 분 단위로 세면서 계속 시계를 확인했다. 마음 한구석에서는 내 속마음을 털어놓고 싶은 갈망이 일었지만, 또 다른 구석에서는 그렇게 하면 감당할 수 없을 거라고 비명을 지르고 있었다.

모임이 끝나자 미카가 내게로 다가왔다. "갈까요?"

"네."

그녀를 따라 위층에 있는 사무실로 갔다. 문이 닫혔다. 책상 맞은편의 커다란 의자에 앉았다. 맥박이 빠르게 뛰었다. 숨을 깊이 내쉬었다. 괜찮다고 스스로를 안심시켰다. 이건 내가 원하던 바였다. 그녀의 팔이 내 등에 닿자마자 더 이상 몸 안에 갇혀 있지 못한 눈물이 뺨 위로 흘러내릴 것이다.

"에미와 통화하겠다는 분이 계세요."

학교 양호선생님일까, 엄마일까, 아니면 우즈 박사일까.

미카가 내게 수화기를 건넸다. 그냥 바닥에 던지고 도망가고 싶었지만 통화를 해야 한다는 것을 알고 있었다. "여보세요, 에미. 지금 통화 가능한가요?" 낯선 사람의 따뜻한 음성이 들렸다. 인터라켄에 전화 심리 상담 서비스가 있었던가?

"네, 괜찮습니다." 혹시 기절할까 봐 걱정이 되었다. 문득 정신을 잃는다는 생각을 하니 좀 위안이 되었다. 미카가 겁을 먹고 비명을 지르고 도움을 구하는 광경을 떠올리니 말이다.

"여기는 스콜라스틱 아트 앤 라이팅 어워드입니다." 전화선 너머의 목소리가 내가 가장 높은 상인 골드키 포트폴리오 어워드 열다섯 개 중 하나를 수상했다고 말했다. "축하합니다!"

나는 여전히 숨을 쉴 수 없었다. 어떻게 반응해야 할지 모르겠어서 미카를 쳐다보았다. 그녀가 환하게 웃었다. 그러나 나는 웃음이 나지 않았다.

전화기 너머에서는 내가 실비아 플라스와 앤디 워홀의 뒤를 이어 젊은 작가와 예술가들을 위한 가장 권위 있는 대회 중 하나에서 수상한 것이라고 설명했다. 카네기 홀에서 열리는 시상식에서 수상을 하고 1만 달러의 상금도 받게 될 것이다. 이미 그런 부상도 알고 있었다. 미스 제이의 사진 수업에서 그녀가 출품할 사진을 골라준 이후부터 계속 그 상을 받고 싶었다.

"꽤 놀란 것 같네요." 여자가 말했다.

"네, 맞아요." 전화기를 미카에게 다시 건네는데 긴장해서인지 아니면 애더럴 때문인지 손이 덜덜 떨렸다. 미카는 전화를 끊고 나서도 여전히 미소를 짓고 있었다. 나는 얼굴을 두 손으로 감쌌다. 세상이 내 주위에서 어둠 속으로 무너졌다. 다른 모든 소리들 위로 내가 흐느끼는 소리가 들렸다.

미카가 내 의자 팔걸이에 걸터앉는 것이 느껴졌다. 그녀가 마른 팔을 내 등에 얹었다. "정말 오랫동안 바랐던 일이에요. 제가 이 상을 받게 될 줄은 몰랐어요." 나는 다시 울기 시작했다.

잠시 후, 미카는 왜 그러냐고 물었다.

"저도 모르겠어요." 몇 주 전, 학교에서는 마리화나를 흡연한 열댓 명의 학생들이 적발되었다. 그들 중에는 작가 지망생인 학생도 있었다. 교무실을 들락날락하는 그녀의 얼굴은 울어서 퉁퉁 부어 있었다. 선생님들이 개입하여 퇴학을 당하지는 않았지만 때때로 그 애가 어른들과 나직하게 대화하고 있는 모습이 눈에 띄었다. 어른들은 그 아이의 가장 약한 모습을 본 후로 더 많은 관심을 기울이는 것 같았다. 마침내 내가 그토록 원하던 것을 이뤘는데도, 나는 미카의 사무실에 앉아서 그런 따뜻한 관심을 갈망하고 있었다.

나는 미카를 올려다보았다. "저는 왜 행복하지 않을까요?"

그녀는 창문으로 시선을 돌려 싹이 나기 시작하는 나무들을 보았다. 나는 그녀의 얼굴을 유심히 살폈다. 의자에 앉은 채 젊은 시절의 그녀의 모습을 상상해보았다. 그녀도 인터라켄에 다녔었고 고등학교 상급생일 때 골드키 포트폴리오 어워드를 받았다면 답을 알 수도 있었다.

"성공은 어려운 법이죠." 미카가 말했다. "성공을 했을 때 느끼는 기분이 꼭 상상한 것과 같지는 않아요."

나는 이 대답이 마음에 들었다. 그녀가 준 휴지를 받아 들고 이후의 계획에 대해 이야기를 나누었다. 수상 소식이 발표되기 전까지는 제인에게도 비밀이었다. 하버드, 그리고 어쩌면 또 다른 학교에 소식을 알릴 수는 있었으나 그것도 위험이 따랐다.

나는 교실로 돌아가려고 자리에서 일어났다.

"에미," 그녀가 나를 멈춰 세우고 말했다. "그간 살이 좀 빠졌나요? 야위어 보여요."

반사적으로, 나도 모르게 아니라고 대답했다. 그것이야말로 내가 기다리던 질문이었는데도. 마음 같아서는 "사실 그래요"라고 답하고 도로 자리에 앉고 싶었다. 하지만 미카의 사무실 안에 서 있었는데도, 그 상을 받았다는 이유만으로 사랑받을 기회를 잃어버렸다는 기분이 들었다.

17장
미지의 행복이 나를 기다리고 있다

엄마가 봄방학 동안 함께 시애틀에 가자고 했다. 엄마의 여행 동기가 썩 달갑지는 않았다. 시애틀에서 엄마의 기독교 상담 대학원 면접이 기다리고 있었기 때문이다. 하지만 봄방학을 혼자 보내고 싶지는 않았고 대입 지원 결과가 나올 때까지 혼자 마음 졸이며 전전긍긍하기는 더더욱 싫었다.

나는 엄마가 다달이 보내준 용돈으로 일찌감치 비행기 표를 예약하고 계획을 세웠다. 엄마가 밴쿠버에 가보고 싶다고 해서 국경을 넘는 데 무엇이 필요한지 찾아보고 버스 표를 사두었다. 대학 지원서에서 엄마를 악당으로 몰아서 그런지 속죄하는 것처럼 느껴졌다. 싸구려 호텔에서 2주를 보낼 뿐이었지만 그 여행이 우리 두 사람에게 최고의 추억이 되기를 바랐다.

여행을 준비하면서 몇 번이나 엄마에게 미리 비행기표를 사두라고 당부했다. 마침내 엄마가 비행기표를 알아봤을 때—내가 도착하기 일주일 전—에는 이미 값이 많이 오른 상태였다. 다행히 엄마는 기발한 해결책을 찾았다. 바로 기차를 타는 것이었다. 편도로 나흘이 걸렸지만 엄마는 그것을 특별한 경험이라고 생각했다. "미국을 다 돌아볼 수 있을 거야!" 하지만 엄마의 휴가 기간은 정해져 있고 나는 이미 비행기표를 샀으므로 우리는 봄방학을 함께 보내는 대신, 내가 먼저 도착해서 엄마를 기다리다가 둘이 함께 5일을 보낸 다음, 엄마는 미니애폴리스로 돌아가고 나만 혼자 밴쿠버로 가게 되었다.

결국 나는 혼자 있을 때 어느 학교에 가게 될지 알게 될 예정이었다. 여행은 중요하지 않았고 그저 엄마를 만나려는 게 주목적이었지만 경로를 바꾸기에는 이미 늦은 상황이었다. 나는 시애틀에서 관광 안내서를 보면서 도시를 배회했다. 거리에서 거울에 비친 나를 보니 배낭을 맨 껄렁한 10대 아이들과 다름없었다. 실제로 길을 건너다가 그런 아이들과 마주쳤고 그들은 내게 겁을 주었다.

호스텔에 찾아가니 안내데스크의 남자가 내 운전면허증을 보고 숙박을 거절했다. "미성년자는 안 돼요." 당연하다는 말투로 그가 말했다. 이렇게 될 가능성을 미리 생각하지 못한 자신을 탓했다. 물론 이런 경우를 미처 생각하지 못한 것은 엄마도 마찬가지였다. 결국 엄마가 열차에서 미국을 구경하는 동안에 나는 벤치에서 자든가 아니면 도와달라고 어른들에게 사정을 해야 했다.

나는 재빨리 머리를 굴렸다. 관리인에게 엄마는 지금 오는 중인데 좀 늦는 것이라고 사정을 설명하면서 엄마와 통화해서 허락을 받아달라고 부탁했다. 남자는 한숨을 쉬었지만 전화기를 들었다. 먼 곳에서 엄마의 쾌활한 목소리가 들렸고 물론 딸이 거기서 묵어도 좋다고 허락했다. 엄마는 이런 식으로 통화를 하고 무언가를 허락해주는 것에 익숙했다.

남자가 내게 열쇠를 주자 안심이 된 나머지 엄마에게 화도 나지 않았다. 마침내 엄마가 도착했을 때는 온 도시가 다른 모습으로 변했다. 혼자일 때는 거리의 아이들과 길거리에서 말을 거는 남자들 천지였는데, 둘이 있으니 미술관과 오픈 스튜디오로 가득한 곳이었다. 엄마는 시애틀에서 봐야 할 것들을 정리해왔다. 우리는 테오 초콜릿 팩토리를 돌아보고 저녁 대신 시식용 초콜릿을 잔뜩 먹었다.

이혼 후, 엄마는 나와 리얼리티 TV쇼에 나오는 사람들처럼 연기하는 놀이를 했었다. 오늘 팬케이크를 만드는 남자가 엄마에게 나와 결혼하게 허락해달라고 말하고 엄마가 심각하게 고민하는 척했을 때부터 호스텔의 큰 침대에서 함께 잠들 때(그래서 두 자리가 아닌 한 자리 비용만 치렀다)까지, 이 여행은 그 놀이가 다시 시작된 느낌이었다. 엄마와 한 침대를 쓰니 몸의 긴장이 빠져나갔다. 우리 둘이 함께 있는 것은 세상에서 가장 자연스럽게 느껴졌다. 다시 엄마 없는 생활을 상상하는 것만으로도 마음이 아팠다.

이틀 동안 도시를 탐험한 후, 엄마는 대학원에서 열리는 설명회에 참가했다. 나는 시간을 때우려고 이리저리 돌아다녔다. 대학들에서 입시 결과를 통보하기까지 남은 날들이 끝도 없이 길게 느껴졌다.

설명회에서 제공하는 해피 아워가 끝날 무렵 엄마를 만나기로 했다. 맥주잔과 음식이 담긴 쟁반이 놓인 탁자에 둘러앉은 사람들 대다수는 30대 초반 정도로 보였다. 운영자의 분위기를 풍기는 한 여자가 내게 따뜻하게 인사했다. 나는 그녀를 흘깃 보고는 엄마 옆에 앉았다.

"뭘 좀 먹을래?" 엄마는 치킨 윙 접시에 담겨 있던 당근 스틱을 내게 권했다. 메뉴 중에서 가장 싼 음식일 그것이 우리의 저녁이었다. 나는 엄마가 불쌍했다. 맥도널드도 아니고 반값 애피타이저와 공짜 생일 피자가 나오는 동네 술집도 아닌 이 레스토랑에서도 엄마는 불편해 보였다.

반사적으로 엄마보다 젊은 지원자들에게 화가 났다. 나를 키우느라 변변치 않은 일을 하며 평생을 보낸 끝에 제2의 기회를 얻으려 하는 엄마 같은 사람들에게 꿈을 파는 학교가 경멸스러웠다. 나는 엄마 옆에 앉은 사람들과 미래에 대한 희망찬 이야기를 나누며 엄마 마음이 편해지도록 당근 스틱을 먹었다. 호스텔로 가는 버스에서 엄마에게 말했다.

"이 대학원 과정은 무리야. 돈이 너무 많이 들어."

엄마가 얼굴을 찌푸렸다. "나는 네 꿈을 그렇게 말하지 않았어."

"난 엄마 딸이야! 내 말을 *믿어야지*. 학비는 어떻게 내려고?" 이 대화에서 엄마와 딸의 역할이 바뀌어 있지만, 만약 엄마가 대학원 졸업 후 기독 상담사로 취업이 될 거라는 보장도 없이 조합 업무를 일찍 그만두고 57세의 나이에 10만 달러를 대출받는다면, 우리 두 사람의 미래는 이제까지 그랬던 것보다도 더 암울해질 것이다.

엄마와 함께 있는 동안, 대학원 진학은 끔찍한 선택이라고 설득하기 위해 최선을 다했다. 엄마의 선택을 비난할 때마다 엄마의 얼굴이 고통스럽게 움찔거렸다. 그 모습에 마음이 약해지면 안 된다고 다짐했다. 엄마를 기차역에 내려주면서 보니 나 없이 가는 게 그리 슬픈 눈치는 아니었다.

원래 엄마와 함께 가기로 되어 있었던 밴쿠버행 버스에 올랐을 때는 대학에서 결과를 통보하기까지 닷새가 남아 있는 시점이었다. 국경을 넘을 때 출입국관리관의 심사를 받았다. 여권은 없었고 운전면허증, 그리고 나의 출국에 동의한다는 내용으로 엄마가 쓴 동의서가 있었다. 관리관에게 주머니의 30달러 이외에 계좌에도 수천 달러가 있다고 과장해서 말했다.

그는 내가 캐나다에 머물지 않고 몸을 팔러 가는지 어떻게 아느냐고 물었다. 일리 있는 질문이었다. "저는 하버드에 합격했는지 확인해야 하는걸요." 내가 대답했다. 이 낯선 사람에게는 내 진정한 욕망을 털어놓을 수 있었다. 하지만 불길한 징크스는 피하고 싶어서 덧붙였다. "다른 대학에 합격했는지도요." 그는 나를 통과시켜주었다.

그러나 밴쿠버에 와서 버스에서 내리자마자 직불카드를 잃어버렸다. 버스 안에 있을 때 호주머니에서 떨어진 듯했다. 나는 덜떨어진 나 자신이 미웠다. 출력해온 지도를 보면서 시애틀에서보다 훨씬 더 지쳐 보이는 사람들을 지나 목적지인 호스텔을 찾아 걸었다. 밤 10시에 엄마에게 전화를 걸었다. 엄마는 아마 와이오밍 어디쯤에선가 열차 안의 옆자리 승객과 이야기를 하고 있을 것이다. 엄마가 전화를 받자나는 안도의 숨을 내쉬었다. 상황을 설명하고 호스텔 비용을 내줄 수 있냐고 물었다. 엄마는 그러겠다고 했지만 돈을 보내지 않았고 나도 더 묻지 않았다.

버스비가 하루 예산인 6달러가 넘어서 매일 아침 호스텔의 빵과 시리얼로 아침식사를 하고서는 배고프지 않다고 스스로를 세뇌하며 2마일을 걸어 도서관에 갔다. 먼 거리를 걸어서 돌아오는 길, 태평양에서 불어오는 찬 바람에 내 얇은 회색 가디건이 거세게 펄럭거렸다. 오후에는 그해 동계 올림픽의 지난 기념품을 판매하는 백화점에 들어갔다. 이마 부분에 캐나다라고 새겨져 있고 보송보송한 안감이 덧대어져 있으며 귀덮개가 달린 모자를 써보았다. 할인을 한 가격도 20달러였다. 그 모자를 사면 미국으로 돌아가 은행에 가기 전까지 요거트 하나 살 여유밖에 없을 터였다. 나는 그것을 배낭에 쑤셔 넣었다. 상점을 나가려다가 경보기를 지나기 직전에 잡힐 수도 있다는 생각이 들었다. 까칠한 국경관리관의 말을 증명하기라도 하듯이 체포되고, 추방되고, 시작하기도 전에 학교에서 쫓겨나고. 이 모자 하나가 내 인생을 망칠 수도 있었다.

상점에서 걸어 나왔다. 아무런 경보음도 울리지 않았다. 두 블록을 당당한 걸음으로 지나 벽 뒤에 숨었다. 가슴이 너무 세차게 뛰어서 춥지도 않을 정도였다. 나는 모자를 쓰고 추위로 얼얼한 귀 위로 덮개를 내렸다. 얼굴의 작은 근육들이 부드럽게 풀리자 양심의 가책은 그 따뜻함을 이기지 못했다.

시애틀로 돌아가는 버스에서는 어느 노부인의 옆자리에 앉았다. 차 안에는 그런 부인들의 무리가 가득했다. 여자들끼리 여행에 나선 빈 둥지에 남은 어머니들. 옆자리 노부인이 노트북을 빌려주어서 혹시 일찍 연락을 준 학교가 있는지 메일을 확인할 수 있었다. 버스 와이파이로는 메일에 접속하는 데 1분이 걸렸다. 요동치는 버스 안에서 존스 홉킨스에서 메일이 왔다는 것을 확인하니 기대감에 속이 울렁거려 토하고 싶었다.

메일을 클릭하고 화면에 글이 나타나는 사이 손톱을 물어뜯으며 결과가 뜨기를 기다렸다. 불합격.

노트북을 닫고서 도로 주인에게 돌려주었다.

"뭐라고 왔어요?" 그녀가 물었다. 네 명의 부인들이 내 쪽을 보았다.

"불합격이에요." 그들이 나를 쳐다보지 않았으면 했다.

한 어머니가 혀를 찼다. "저런. 거기가 1지망이었어요?"

"아니요." 내가 가고 싶지도 않았던 학교였는데 불합격을 당했다는 데 기분이 상한 것이 당황스러웠다. 합격할 수 있을 것 같던 홉킨스에서 나를 거부했다면 합격이 어려운 곳은 희망이 있을까?

"잘될 거예요!" 다른 부인이 내게 말했다. "내 아이들은 전부 브리티시 컬럼비아 대학교를 나왔는데 다들 아주 잘 살고 있어요!" 나는 그들도 외국에서 훔친 모자를 쓰고 있을지 궁금했다.

4월 1일 오후 2시 50분, 대학 입학 결과가 나오기까지 10분을 남겨두고서 나는 시애틀 공립 도서관의 컴퓨터 앞에 앉아 있었다. 셔츠 겨드랑이에는 로르샤흐 검사(좌우 대칭의 불규칙한 잉크 무늬가 어떻게 보이느냐에 따라 성격이나 정신 상태를 판단하는 인격 진단 검사법—옮긴이)의 잉크 얼룩처럼 땀이 배어 있었다. 아침에 호스텔에서 데오드란트를 두 번 발랐는데도 여전히 내게서는 불안의 냄새가 났다. 적어도 내 몸에서 나는 냄새 때문에 다른 사람들의 체취는 맡을 수 없었다.

오후 2시 53분. 머리가 텁수룩한 남자들과 비닐 쇼핑백을 든 여자들을 둘러보았다. 유리와 강철로만 이루어진 초현대식 건물을 올려다보았다. 토할 수 있는 쓰레기통이 어디에 있는지 둘러보았다.

오후 2시 55분. 최상위권 대학에 들어가지 못하면 버스를 타고 샌프란시스코로 가서 금문교에서 뛰어내려야지. 시애틀과 샌프란시스코는 모두 서부 해안에 있어서 버스를 타면 그리 멀지 않았다. 구글로 가는 길을 검색해보았다. 제길, 생각했던 것보다 훨씬 멀었다.

오후 2시 58분. 새로고침 버튼을 두드렸다. 새로운 메일 두 개가 떴다. 펜실베이니아와 웰즐리였다.

펜실베이니아. 합격. 나는 깊은 숨을 내쉬었다.

웰즐리. 합격. 웰즐리는 좋았다! 힐러리 클린턴 국무부 장관이 다녔던 학교. 그녀에게 좋은 학교였다면 나에게도 좋은 학교다. 다리 위에서 뛰어내리지 않을 테다.

어쩌면 기회가 있을 수도 있다.

새로고침.

새로고침.

새로고침.

불안감이 보아뱀처럼 나를 휘감았다.

정확히 오후 3시, 메일 제목을 읽었다. "하버드 대학교 지원."

클릭을 하는데 커서가 흔들렸다.

친애하는 닛펠드 양,

입학 및 재정 지원 위원회가 당신에게 2014학년도 하버드 입학을 결정하였음을 알려드리게 되어 기쁘게 생각합니다.

나는 "기쁘게"라는 말을 보고 비명을 질렀다. 내 목소리가 도서관에 메아리치고 유리벽까지 울렸다. 가슴에 빛이 들어오고 몸은 풍선처럼 붕 뜬 기분이었다. 내 다리는 컴퓨터 앞에 앉은 텁수룩한 사람들을 지나 에스컬레이터를 내려가 부슬부슬 빗방울이 떨어지는 밖으로 나갔다. 나는 거기서 소리 질렀다. "됐어, 됐어, 됐어!"

한순간에 현실이 되었다. "소식을 전하게 되어 유감입니다"를 보게 될 각오를 하며 수개월, 수년을 보낸 끝에 이제 몸의 긴장이 풀렸다. 거부당할 수도 있었는데 나는 선택을 받았다.

이제 삶은 나아질 것이다. 더 이상 어디서 자야 할지 걱정하지 않아도 될 것이다. 모자도, 계산기도, 그리고 지금 젖어가는 이 옷 같은, 분실물 보관소의 스웨터도 이제 훔치지 않을 것이다. 미래가 내 앞에 펼쳐지는 듯했다. 카펫과 화분이 있고, 유리창 뒤 벽에 걸린 그림 액자, 아직 읽지 않은 수

많은 책들이 있는 집. 팔걸이 의자. 또 다른 팔걸이 의자에 앉아 있는 누군가. 뉴욕의 거리에서 자전거를 탈 것이다. 하늘을 덮은 은행나무, 적갈색 사암으로 지은 집들, 고층건물, 잡화점, 예술을 사랑하고 꿈을 믿고 한때 자신에게 맞지 않는 삶에서 도망치려 했으나 이제 축하하기 위해 모여든 친근한 사람들로 가득한 보도를 지나갈 것이다.

홍분으로 팔을 가만둘 수 없었다. 입을 벌리고 숨을 쉬고 또 쉬었다. 그간의 절망을 내뱉고 그 자리를 새로운 산소로 채우는 기분이었다. 모든 게 달라질 것이다. 매일 프라푸치노를 마실 것이고, 집에는 모든 방에 에어컨이 있을 것이고, 너무 따뜻해서 추위를 느낄 수 없는 재킷, 새지 않는 부츠, 엉덩이에 스티치 장식이 있는 브랜드 청바지, 상자에서 꺼내지도 않은 새 하이라이트 조리개를 살 것이다.

이제 사람들은 나를 보고 머리가 기름지고 땀 냄새가 나는 10대 청소년이라는 말 대신 "하버드생"이라고 부를 것이다. 의미 있는 사람이 됨으로써 과거의 그림자도 지워질 것이다. 어떤 사람들이 나를 선택했고 그럴 만하다고 인정해주었다. 그 모든 공부, 묵상 시간, 레이크빌 주방에서의 저녁들, 너무나 머나먼, 앞이 보이지 않았던—나에게는 신앙에 가장 가까운—목표를 향한 노력이 보상을 받았다. 보람이 있었다.

내 삶은 상상도 못하게 달라질 것이다. 바게트 샌드위치를 사 먹을 것이고 파리로 휴가를 떠날 것이다. 끊임없는 위기와 푸드 스탬프로 얼룩진 예전의 내 삶과는 전혀 다른, 아직 상상할 수 없는 일과 놀라움이 기다리고 있을 것이다. 미지의 행복 그 자체가.

이 소식을 들으면 켈리는 충격을 받을 것이고, 캣 박사와 제인, 아네트는 흥분할 것이다. 데이브와 잰은 한때 나를 의심했다는 사실을 부끄러워—창피해—할 것이다. 나는 소중한 사람으로 대접받고 사랑받을 것이다. 학교에서는 다른 아이들이 그동안 왜 나를 과소평가했는지, 어쩌다 나를 알아보지 못했는지 후회할 것이다.

나는 방방 뛰면서 소리를 질렀다. 사람들이 흘끔거렸지만 상관없었다. *다들 꺼지셔.* 도서관 입구 벽에 등을 대고 털썩 주저앉았다. 스웨터는 땀으로 축축했고 기운이 다 빠졌지만 마음만은 흐뭇하기 그지없었다.

18장
동정받을 자격도 빼앗기다

전화를 걸었을 때 엄마는 받지 않았다. 두세 번 다시 걸었다가 전할 소식이 있다고 메시지를 남겼다. 캣 박사는 거의 곧바로 내게 전화를 걸어와 크게 기뻐했다. 단 몇 분 대화를 나눴는데 그녀를 자랑스럽게 했다는 게 기뻐서 눈물이 새어나왔다. 통화를 마치고 아네트에게 전화했다.

"나 하버드에 합격했어요." 이 말을 몇 번이나 해야 실감이 날지 생각했다.

"에미, 정말 멋지다." 그녀가 말했다. 눈가에 고인 눈물 때문에 화끈거리는 눈으로, 입꼬리가 올라가는 것을 멈출 수가 없었다. 얼굴이 영원히 그 상태로 굳어질 수도 있을 성싶었다. 우리는 앞으로의 계획에 대해 이야기했고—네, 갈 거예요, 라고 말했다. 그게 질문이 될 수 있을까?—아네트는 이렇게 말했다. "솔직히 내 남편이랑 나는 네게 기회가 없을 거라고 생각했어."

나는 웃음을 멈췄다. 회전문의 소음이 들어가지 않게 하려고 손으로 전화기를 받쳐 든 채 여전히 도서관 입구 바닥에 앉아 있었다. "네?" 그녀는 내가 똑똑하다는 것은 언제나 잘 알고 있었다고 말했다. "하지만 들어가기가 워낙 힘든 곳이니까. 누구라도."

나는 아네트가 날 믿고 있는 줄 알았어요. 이렇게 말하고 싶었다. 나에게 있어 자신을 믿는 방법은 어떤 역경이 있더라도 저항하는 것뿐이었다. 그 순간, 칭찬이 아닌 말은 다 비난처럼 느껴졌다. 아네트는 내게 재정 지원—당장이 아니라 나중에 받게 될—에 대해 물었다. 그 질문은 마치 희망을 너무 크게 품지 말라는 조언처럼 들렸다. 하버드에 붙었지만 여전히 가지 못할 수도 있다고.

"이제 끊어야 해요." 그녀에게 말했다. "다른 학교도 합격했는지 확인해야 해서요." 다시 안으로 들어갔더니 쓰던 컴퓨터가 잠겨 있었다. 사서에게 다시 방문자 코드를 달라고 부탁했다. "코드는 하루에 하나만 발급됩니다." 그녀가 말했다. "하지만 잠깐 나갔다 와야 했어요." 내가 말했다. "전화를 해야 해서요." 그녀를 향해 몸을 기울이고는 나직하게 말했다. "제가 하버드에 합격했거든요."

그 말은 나를 다시 행복하게 했다. 10분 전만 해도 요원해 보였던 일이 이제는 현실이라는 것을 다시금 느끼게 해주

었기 때문이다. 그러나 사서는 별 감흥이 없어 보였다. 그녀
는 전에 나를 본 적이 있다며 원래 방문자 코드는 주 거주자
가 아닌 사람들에게는 주어지지 않는다고 말했다. 나는 운
이 좋았다는 말이었다. 이번이 마지막이고 내일은 아마 컴퓨
터를 사용할 수 없을 것이라고 했다.

언제나 하는 말이라는 듯이 그녀는 사무적으로 말했
다. 순간 그녀의 눈에 내가 어떻게 비치는지 알았다. 구겨진
티셔츠와 지저분하게 자란 머리. 하버드이건 말건, 나는 그
냥 도서관에서 시간을 죽이는 여느 10대 노숙자와 다를 바
없었다. 예기치 않은 때에, 그렇게 신속하게 혹은 그렇게 가
혹하게 어떤 부류로 분류되기는 처음이었다. 그녀가 다시
코드를 건네주었다. "감사합니다." 내 목소리가 담을 수 있
는 한 최대한의 "엿이나 먹어" 어조로 말했다.

몇 시간 후, 엄마가 전화를 해왔다. 전화를 받자 엄마가
말했다. "너 하버드에 합격했구나!"

"어떻게 알았어?" 내가 물었다. "누구한테 들었어?" 아
네트가 그새 엄마한테 전화를 했나? 캣 박사가 했나? 아니
면 하버드에서 부모들에게 메일을 보냈나?

"네가 남긴 음성 메시지의 목소리가 슬프지 않았어! 네
엄마는 바보가 아니라고."

"내가 말할 수 있게 해주지 그랬어?" 나는 늘 하버드에
들어갔다고 엄마에게 말하는 날을 꿈꿔왔다. 그런데 합격을
했건만 정작 그 말을 직접 할 수 없게 되었다.

"너는 4학년 때 이미 대학교 수준 책을 읽었잖아. 레이크빌 고등학교의 킹 선생님이 깊은 인상을 받았었지. 대학생들도 『자연의 지혜』는 어려워한다고 했어. 근데 넌 그걸 그냥 재미로 읽었지!"

비명을 지르고 싶었다. 엄마의 칭찬은 내가 원했던 반응이 아니었다. 엄마에게는 모든 게 이미 완벽했다. 엄마에게는 내가 하버드에 합격한 것도 당연했다. 내가 얻은 성과는 언제나 충분히 그럴 만한 일이었다. 하지만 나는 빗속에서, 카디건 바람으로, 우산도 없이, 사서의 퉁명스러운 대우에 아직도 기분이 상한 채로 홀로 서 있다. *아직도 모르겠어? 나는 엄마에게 고함치고 싶었다. 이게 얼마나 힘들었는지 알기나 해? 그리고 그걸 훨씬 더 힘들게 만든 사람이 엄마라는 걸 아냐고?*

예전 같았으면 목소리를 높였을 테지만, 몇 시간 전에 내 입장은 달라졌다. 더 이상 엄마 때문에 화가 나고 부당한 취급을 받는 딸, 혹은 땀이 밴 티셔츠를 입은 혜택받지 못한 사람이 아니었다. 이제 나는 믿을 수 없는 행운의 수혜자였다. 이제부터 남들은 내가 높은 기준에 부응하기를 기대할 것이다. 사람들은 나를 지저분한 겉모습으로 판단하는 대신, 상냥하고 자의식이 있으며 기본적으로 유리한 입장임을 제대로 인지하기를 기대할 것이다.

나는 그럴 자신이 없었다.

엄마와 통화를 마친 다음, 나는 남들의 인정을 구했다. 페이스북에 "크림슨(하버드 대학의 공식 학교 색상―옮긴이)"이라고 포스팅했다. 샬럿에게 메일을 보냈다. 제인 말고 또 누가 관심을 보일까 생각했다. 스타벅스의 바리스타에게 말했다. 그는 6개월 남은 내 생일을 이야기하듯 "그거 참 잘됐네요"라고 말했다. 엄마에게 나와 결혼해도 되느냐고 물었던 호스텔의 남자는 오히려 언짢아 보였다.

캠퍼스로 돌아오니 기분이 안정되었다. 이제 캠퍼스에서 칭찬 세례 2막이 열릴 참이었다. 수업 첫째 날, 매 수업이 끝날 때마다 선생님이 나를 앞으로 불러내 축하해주기를 기다리며 쭈뼛거리고 있었다. 할 말도 미리 준비해두었다. "정말 흥분돼요! 아직도 충격이 가시지 않았어요. 선생님의 도움 없이는 불가능했을 거예요." 나는 펜을 하나씩 주섬주섬 챙겼다. 프랑스어 선생님은 다음 시간의 학생들이 들어오기 시작할 때까지 화이트보드를 지우고 있었다. 나는 한숨을 쉬고는 발을 질질 끌면서 다음 수업으로 갔다.

동급생들도 축하해주지 않았다. 제인을 포함해서 일곱 명만이 내가 올린 페이스북 포스팅("크림슨"이라는 단 한 단어)에 '좋아요'를 눌렀다(제인은 "그건 약간 암호 같았어"라고 말했다). 학생 식당에서 화제가 된 사람은 하버드와 예일에 동시 합격한 수석 졸업생 오르간 연주자였다. 사방에서 그의 이름이 들렸다. 화가 치밀었다. 기회가 있을 때마다 보복이라도 하듯 모든 좋은 학교에는 오르간이 녹슬지 않도록 그것을 연주할 사람이 필요하다고 빈정거렸다. 반 친구들은 눈동자만 굴렸다. 방에 들어와서 제인에게 물었다. "사람들이 내가 하버드에 합격했다는 걸 알기는 하니?"

"물론 알지." 제인은 손목의 팔찌를 딸깍거렸다. "다들 그냥 질투하는 거야." 이번 년도는 대학 입학이 험난했다. 수석 바이올리니스트는 줄리어드 오디션에 통과하지도 못했다. 제인도 음악원에 딱 한 군데 붙었다.

나는 틈만 나면 재정 지원에 대한 이야기를 꺼내려 했다. "웰즐리도 갈 수 있었어요!" 사회 선생님이 학생들에게 어느 학교로 가는지 물었을 때 내가 대답했다. "하지만 거긴 보조금이 적었어요." 모두 내 거짓말을 알아차렸을 수도 있지만 재정 지원이 선택의 폭을 좁힌 것은 사실이었다. 하버드는 등록금과 교재비, 비행기표를 포함한 전액 지원을 약속했다. 웰즐리, 스미스, 마운트 홀리오크, 그리고 펜실베이니아는 나에게 연간 1만 달러를 내라고 했다. 위스콘신 대학교에서는 거주민 학비 적용을 받는 등록금 호혜 프로그램의 혜택을 제공하지만 여전히 가장 비싼 선택지였다. 단, 하비머드는 학자금 대출로 20만 달러를 내주기로 했다.

비록 반 친구들은 내 절박한 가정과 경제 상황에 대해 몰랐지만 나를 뺀 모두가 운이 좋다는 것을 넌지시 알리고 싶었다. 사실 나는 학비나 직업 전망을 고려하지 않고 가고 싶은 학교를 고른 반 친구들을 질투했다. 그들과 대학을 바꾸고 싶지는 않았지만 바꿀 수 있다면 인생 전부를 맞바꿨을 것이다. 다른 학생들이 미시간 대학교와 이스트만 음악 학교, 캘러머 대학의 옷을 입고 캠퍼스를 돌아다니는 것을 보니 하버드 스웨트 셔츠를 입고 다니면 뻐기는 것 같아서 마음이 편하지 않을 듯했다. 게다가 나는 하버드 스웨트 셔츠도 없었다.

방으로 돌아오니 제인의 침대 위에 그녀의 새 대학교 티셔츠와 함께 생필품들이 놓여 있었다. 나는 책상에 앉았다. "왜 아무도 내 합격에 기뻐하지 않는 거지?"

"나는 기뻐." 제인이 말했다. 그녀와 눈이 마주쳤고 비록 자신의 불합격에 슬퍼하면서도 그 말은 진심이라는 것을 알았다. 나는 미소를 지었다. 적어도 캠퍼스에서 이 조그만 방 안에서만큼은 소속감을 느낄 수 있었다. 제인에게 물었다. "페이스북상에서 결혼하는 거 어때?"

"안 물어보면 서운할 뻔했어!"

또 하나의 뜻밖의 쾌거가 있었다. 호레이쇼 앨저 장학금 콘테스트에서 수상한 것이다. 컨퍼런스에 의무적으로 참석해야 했고 거기서 바로 하버드 예비 학생 주말 행사Visitas 로 떠날 예정이었다. 의무 컨퍼런스 참석을 위해서는 선생님들의 허락을 받아야 했다. 기대를 거의 다 내려놓긴 했지만 이번이야말로 축하받을 수 있는 마지막 기회라고 느꼈다.

마지막으로 서명을 해준 선생님은 미적분 선생님인 Z였다. 역경을 이겨낸 학생에게 주는 장학금을 신청할 때 추천서를 써준 사람이었으므로, 내 인생에 대해 캠퍼스 안의 그 누구보다도 잘 알고 있었다.

Z 선생님은 안경을 코끝에 걸치고는 실눈을 뜨고 서류를 보았다. 그러더니 나를 쳐다보았다. "학교를 빠지는 건 안 돼요."

"다변수 미적분 수업은 들을 수 있어요." 나는 다 합쳐서 한 시간의 수업만 빠질 것이다.

"이미 입학할 학교가 정해졌는데 여기에 왜 꼭 가야 하는 건가요?" 그녀가 물었다. 그녀의 말투에 담긴 적대감에 충격을 받았다. 이제 하버드에 들어가게 되었는데 왜 또 *다른 게* 필요하냐고? 그녀의 질문은 하버드 합격에도 만족하지 못하는 내 마음을 들쑤시는 듯했다. 마치 아무도 내게 하버드 스웨트 셔츠를 보내주지 않아서 마음이 상했다는 것도 꿰뚫어본 것만 같았다.

"재정지원 부서에서 이미 제 비행기표도 구매해놓았어요." 내가 말했다.

Z 선생님은 내 눈을 들여다보며 그녀의 모교인 주립대도 좋은 학교라고 말했다.

"저는 아니라고 한 적 없는데요."

"최소한 거기도 지원해볼 수 있었잖아요."

"저는 열 개 학교에만 지원할 수 있었어요!" 나는 낙담해서 대답했다.

"흠, 난 한 곳만 지원했었는데." Z 선생님은 서류에 서명을 해서 내게 내밀었다.

Z 선생님에게 내가 대체 뭘 잘못했는지 말해달라고 사정하고 싶었다. 그녀는 언제나 내게 잘해준 사람이었다. 개별 학습도 도와주고, 수학팀에 들어가라고 권해주고, 집으로 불러 저녁도 만들어주었다. 나중에서야 선생님이 작년에 하버드에 합격한 학생에게도 똑같이 차갑게 대했다는 사실을 알게 되었다. 하버드라는 곳은 나를 잘 알고 걱정해주던 누군가를 갑자기 틀어지게 만드는 이상한 힘을 가지고 있었다.

하지만 그렇다고 그런 것에 속상해할 수는 없었다. 그 동안 나는 여전히 현재진행형인 내 환경을 뛰어넘은 척하는 데 온 힘을 쏟아왔다. 꼭 모든 사람들을 속인 기분이었다. 그래서 하버드가 나에게 제공하기로 한 모든 것들이 지금 내가 사람들에게서 연민을 받을 자격을 박탈한 것만 같았다.

호레이쇼 앨저 컨퍼런스에 참석하기 위해 캠퍼스를 벗어나자 기뻤다. 마침내 제대로 인정받았다는 기분이 들었다. 2만 달러—하버드에서 충당해주지 않은 비용—에다 워싱턴으로 가는 경비까지, 재단 측은 페어몬트에 있는 어안이 벙벙하게 좋은 호텔에 장학생 104명의 숙소를 잡아주었다. 첫째 날은 테이블 매너를 배우며 보냈다. 그런 다음에는 클래런스 토머스 대법관을 만나 인사했다. 그는 모든 여자아이들과 포옹을 했고 빌린 가운과 턱시도를 입고 줄을 선 우리와 단체 사진을 찍었다. 콘돌리자 라이스가 가운데에 서 있었다.

무슨 영문인지 알 수 없었다. 이 모두가 나를 불안하게 했다. 팔에 난 털이 곤두섰다. 단체 사진 촬영 후, 우리는 한 강당의 발코니로 안내되었다. 우리 뒤에서 기부자들이 식사를 하고 있었다. 이것은 새로 회원이 된 탁월한 미국인들—열한 명의 남성과 콘돌리자 라이스—을 위한 입성 기념식으로, 재단 측은 우리에게 그들의 이력을 미리 보내 숙지하도록 했다.

조명이 어두워지고 국가가 연주되었다. 노래가 절정에 달했을 때 살아있는 흰머리독수리가 우뢰와 같은 박수와 함께 강당을 가로질러 날아올랐다. MC 중 한 명인 루 돕스가 특별 손님인 뉴트 깅리치와 러시 림보를 소개했다.

순간, 나는 이들이 보수파라는 것을 알았다. 무대 위의 사람들은 나를 포함하여 "자격이 충분한 장학생들"을 소개했다. 5만 명의 학생들이 104개의 장학금에 지원했다. 우리는 누구든지 할 수 있다는 것을 보여주는 산증인이었다.

그들은 엄청난 장애를 극복했다며 우리를 칭찬했지만 거기에 그 장애가 부당하다는 의식은 없었다. 사실상 발코니에 앉아 있는 10대들은 사회안전망이 필요 없다는 살아있는 증거였다. 우리는 스스로 극복했으니 말이다.

나는 재단 측이 우리를 이용하고 있다는 것을 알아챈 사람이 나 말고도 있는지 주위를 둘러보았지만 다른 10대들은 평소에 배운 대로 두 손을 가지런히 무릎에 모으고 앉아 있을 뿐이었다. 뭔가 말하고 싶었고 행동하고 싶었지만 무엇을 할 수 있겠는가? 나는 돈이 필요했다. 대부분 생전 처음 나고 자란 곳을 떠나 비행기 여행을 하며 넋을 빼앗긴 다른 장학생들에게 "스스로 알아서 하라"라고 조언하는 것에 동의하지 않았지만 나에게는 적용할 수 있었다. 나는 더 나은 삶의 기회를 얻을 "자격이 충분해야" 했다. 나는 그런 사람일까? 양옆에 앉아 있는, 하버드에 진학하지 않는 아이들보다 나는 과연 자격이 있을까?

근사한 옷을 빌려 입고 반듯하게 앉아 있는 사이, 우리는 게으름과 나태함 외에는 분노할 것이 없다는 이야기를 들었다. 우리의 공통점은 각자가 가진 놀라운 의지—나를 그토록 외롭게 만들었던—였다.

다음 날 아침 식사는 리츠 칼튼에서 먹었다. 나는 중서부 출신 기부자들과 한 테이블에 앉아 있었다. 그들은 우리를 유명 인사처럼 대했다. 한 여성이 좌중에 질문을 던졌다. "여러분의 역경은 무엇이었나요?"

우리는 차례로 돌아가면서, 6개월 전에 작성한 체크리스트에 적었던 항목을 이야기했다. 나는 당황스러운 기분으로 대답했다. "저는 위탁가정에 있었어요."

국무부 식당에서 점심을 먹을 때에는, 한 남자아이가 홀로 그를 키운 아빠와 함께 보호소에서 자란 삶에 대해 연설했다. 2만 달러의 장학금으로 그는 대학에 진학할 수 있게 되었다. 나는 냅킨으로 눈물을 훔쳤다. 더 나은 삶을 향한 그의 열망은 지극히 순수했다. 그는 자격이 있었다. 나는 아니었다. 나는 거짓말을 했다. 나는 거짓으로 훔쳤다. 나는 컨퍼런스의 세면대 옆에 돌돌 말린 수건이 구비된 화장실에서 비에누아즈리를 토했다.

연설자가 내가 있는 테이블에 앉았다. 기부자들이 그에게 찬사를 보내고는 어느 학교에 다니게 되었냐고 물었다. 그는 커뮤니티 칼리지에서 시작해서 다른 곳으로 편입할 예정이었다. "다른 분들은 어때요?" 한 기부자가 물었다. 심장이 방망이질 쳤다.

나는 잠시 말이 안 나와 뜸을 들이고 대답했다. "하버드요."

"무엇을 공부할 건가요?" 한 여자가 관심을 보이며 물었다. 한 사업가가 옆에서 대화를 듣고서 앞으로 하게 될 여행에 쓸 수 있는 다섯 개들이 짐가방을 보내주겠다며 내 주소를 받아갔다. 흰머리가 성성한 미네소타 출신 기부자가 내게 물었다. "이제껏 멘토가 있었던 적이 있나요?" 그렇다고 말하자 가족의 재단 이름으로 내게 추가 장학금을 주었다. 그들은 내게 응원 문구가 적힌 종이와 함께 스낵용 첵스 믹스, 껌, 전자레인지용 팝콘이 가득 든 식품상자를 보낼 것이다. 하버드 스웨트 셔츠를 사줄 것이고 그들의 홍보 카탈로그를 위해 빨간 벽돌 건물 앞에서 내 사진을 찍을 것이다.

이 모든 뜨거운 관심이 어제 기념식 때 느낀 경멸과 얽혀 복잡한 감정을 불러일으켰다. 이 사람들은 참 친절했다. 진심으로 나를 돕고 싶어 했다. 내가 이기적인 꿈을 좇고 나 자신을 상품처럼 팔아 얻은 타이틀을 보고 나를 영웅으로 봐주었다. 선생님들과 엄마에게서 그렇게 열망하던 인정을 받지 못한 뒤라서 그것이 설령 비인간적일지라도 영광을 누리고 싶었다. 장학생들이 거기 있는 이유는 불행한 일을 겪었기 때문이지만 컨퍼런스 자체는 그저 떠들썩한 축하의 자리였다. 악수를 할 때마다 내게 이 상을 안겨준 온갖 가슴 찢어지는 일들을 떠올렸다. 하지만 거기에는 불행을 인식할 여지가 없었다. 우리는 이미 승리한 사람들이었으니까.

컨퍼런스가 끝난 후, 캣 박사는 나에게 그녀의 친구 한 명을 소개해주었다. 뉴욕에 있는 웨스트빌리지 타운하우스가 너무 넓은 나머지 두 개의 주소지에 걸쳐 있는 자본가였다. 학교로 돌아가기 전에 그녀의 집을 방문했다. 자본가의 집사가 나를 맞이하고는 테라스로 연결되는 엘리베이터로 안내했다. 테라스에서 자본가는 생수 냉장고에서 생수병을 꺼내주었다. 자리에 앉아서 나는 세심하게 미리 생각해온 인생 이야기를 그녀에게 들려주었고, 그녀는 내가 이제껏 살면서 한 번도 본 적이 없는 거액의 수표를 써주었다. 그녀는 대학 재학 중 나를 후원할 것이며 매달 돈을 보내주겠다고 말했다. "에미가 할 일은 나중에 선행을 베푸는 것뿐이에요."

놀란 마음으로 수표를 손에 들고서 근처 공원으로 걸어갔다. 너무 감사해서 울 것 같았지만 사실 그 이상의 감정이었다. 나 자신을 증명하고, 넘치도록 많은 선물을 받고 나니, 그동안 내게 얼마나 많은 것들이 필요했고 얼마나 절망적이었는지가 새삼 실감났다. *다 끝났어.* 나는 속으로 말했다. *이제 나는 하버드생이야.* 하지만 한편으로는 무거운 마음이 가시지 않았다.

예비 학생 주말 행사를 위해 케임브리지에 갔을 때, 입학처가 벽지와 양탄자로 잘 꾸며져 있는 것을 알고 놀랐다. 내 악몽 속 취조실과는 달라도 너무 달랐다. 입학처에서는 입장할 때 티셔츠를 나누어주었고 입학사정관과 악수를 했다. 내 이름을 알고 있는 그녀를 실제로 보다니 놀라웠다. 많은 예비 학생들의 무리 속에서 이곳저곳으로 발걸음을 옮겼다. 한 남자애가 무리에게 물었다. "너희는 어디로 정할 거야?" 그는 빛바랜 빨간 바지를 입고 있었다. 담당 사회복지사가 수년 동안 옷을 사다주지 않은 듯한 모습이었다.

"예일." 한 금발 남자애가 대답했다. 그 둘은 모두 똑같은 황갈색 가죽으로 된 못생긴 슬립온을 신고 있었다. 누군가 그것을 스페리라고 불렀다.

"프린스턴이나 예일." 갈색머리 여자애가 말했다. 그녀의 쇄골 뼈 사이 움푹 팬 곳에서 진주 한 알이 반짝였다.

"나는 고민할 것 없이 하버드에 갈 거야." 선 드레스를 입은 여자애가 말했다. 따끔거릴 것 같은 반지퍼 스웨터를 입은 또 다른 여자애도 고개를 끄덕였다. 나도 고개를 끄덕였다.

질문을 했던 남자애가 덧붙였다. "음, 나는 MIT를 생각 중이야."

다른 학교에 합격한 학생들은 나와 다른 두 여자애들을 버리고 그들의 중요한 결정에 대해 더 이야기하러 '아마도 MIT'를 따라갔다.

나는 내 속을 꺼내 보이지 않으려 노력했다.

"넌 어디 출신이니?" 선 드레스를 입은 여자애가 내게 물었다. 나는 아래를 내려다보았다. 그 애도 스페리를 신고 있었다. 나의 온통 새까만 컨버스 운동화는 검정색 강력접착 테이프로 수선되어 있었다.

"미네소타."

"세상에!" 다른 여자애가 말했다. "나도 미네소타에서 왔어! 나는 블레이크 고등학교에 다녀. 너는 어디 다녀?"

뭐라고 해야 할지 확신이 서지 않았다. *셋에서 여섯 개의 고등학교 중에서 기준에 따라 대답이 달라진다고 해야 하나?* 그러다가 대답을 생각해내고 안심했다. "보딩스쿨에 다녀."

선 드레스 여자애가 목소리를 높였다. "나도 보딩스쿨에 다녀! 매사추세츠에 있는."

"말도 안 돼. 우리 공통점이 참 많다." 미네소타 여자애가 말했다.

이제 우리 모두 친구가 되었으니 그중 한 명이 내 SAT

점수를 물어볼 수도 있겠다 싶어 마음의 각오를 했다. 내 2190점(2400점 만점)이 부끄럽게 느껴졌다. 하버드에서는 평균 수준이지만 그 평균은 상당수의 선발 선수들의 점수도 포함하는 것이었다.

미네소타 아이는 나에게 바짝 다가와 걸었다. "그래서 너는 어떻게 합격했니?" 그 애가 물었다. "네 *필살기*는 뭐였어?"

순간 나는 얼어붙었다. 내가 어떻게 합격했냐고? 나는 내 모든 실수는 덮어두고 내 인생을 판 것처럼 느껴졌다. 그 것이 새로운 미래를 위해 치러야 했던 대가로 여겨졌다. 그 런데 다른 동급생들이 물어볼 것이라고는 생각하지 못했다.

한 가지 답이 떠올랐다. "나는 문예창작을 했어."

"무엇에 대해서 썼어?" 선 드레스를 입은 여자애가 물 었다. "아빠가 성전환 수술한 거." 나는 불쑥 말해버렸다. 난감하게 들릴 수도 있는 그 말이 입 밖으로 나오자마자, 그 여자애들이 지나치게 관심을 가질 것 같아서 도로 주워 담고 싶었다.

"와, 보통 사연이 아니네!" 그녀가 순화된 표현으로 대 꾸하더니 옆의 여자애에게 시선을 돌렸다. "너는?"

"나는 아프리카에서 비영리단체를 만들었어."

"이럴 수가, 나도야!"

둘은 점점 속도를 내면서 나란히 걸었고 나는 뒤처졌 다. 입을 대는 부분이 재미있게 생긴 새로운 물통을 가든 스 트리트에 던지고 소리 지르고 싶었다. 나는 왜 아프리카에서 자선단체를 만들지 않았던 걸까? 고등학교에 다니는 내내 나는 도대체 무엇을 했나? 나는 뭐가 문제였을까?

미네소타 아이와 보딩스쿨 재학생은 이미 친구가 된 것처럼 가까이 서 있었다. 멀리서 보니 그들은 감리교 병원 섭식장애센터에 있던 아이들 중에서 남들에 비해 약간 더 건강한 여자애들과 닮아 있었다. 내 미래의 동급생들은 모두 내가 기대한 것처럼 책에만 관심이 있는 지성인들은 아니었다. 하지만 그들에게는 내가 모르는 사회적 관례가 있었다. 보트 슈즈, 네 잎 클로버처럼 생긴 목걸이, 그리고 휴양지인 낸터켓 섬을 지칭하는 것이 분명한 낸터켓 레드 색깔을 자유롭게 사용하는 것 등이 그랬다. 학기는 아직 시작도 안 했건만 계층의 구분은 입학 지원 과정만큼이나 잔인했다.

그때 행사가 열리는 교정 안뜰에 도착했고 엽서의 그림 같은 선명한 초록빛 잔디밭을 보았다. 수백 개의 클럽과 단체들이 홍보를 펼치고 있는 탁자들을 기웃거렸다. 하버드 크림슨을 위해 일주일에 40시간 글을 쓸 수 있었고 조정팀에 들어갈 수도 있었으며 프리메디컬 소사이어티, 글로벌 헬스 포럼, 프렌치 클럽, 그리고 프랑코폰 소사이어티에 가입할 수도 있었다. 나는 메일 주소를 여기저기에 기입했다.

메일 목록에 서명을 할 때마다 나는 희망을 느꼈다. 대학 지원으로 인한 공백이 다시 채워지리라는 희망이었다. 몇 달만 있으면 강의실에서 모임으로, 기숙사로 바삐 돌아다닐 터였다. 학교가 나를 받아주고 이런 기회를 준 만큼 그들이 원하는 유형의 사람이 될 수 있었다.

　나는 빠르게 사회적 관례를 터득했다. 주말에는 학생들이 내게 합격한 이유를 물으면 이렇게 대답했다. "국내 작문 대회에서 수상했어. 너는?"

　나와 제인의 페이스북상 결혼은 백 개 이상의 좋아요를 받았다. 어느 때보다도 많은 숫자였다. 멜로디 프리즈 카페 야외에서 마일리 사이러스의 〈U.S.A.에서의 파티Party In The U.S.A.〉에 맞추어 춤을 추고 〈나에게 네 음부를 보여줘Show Me Your Genitals〉라는 유튜브 노래 가사를 몽땅 외울 때 우리는 공식적인 한 쌍이었다. 우리는 둘 다 별종이었지만 함께 있을 때 그 별난 구석이 발현되었다.

　얼마 안 있어 내 페이스북에 예상하지 못한 포스팅이 올라왔다. 대학 지원으로 정신없는 와중에 미셸이 내게 친구 요청을 보냈고 나는 수락했었는데 내 378명의 페이스북 친구들이 모두 보는 포스팅에 그는 이렇게 썼다. *프로필에 네가 결혼한 상태로 표시된 것이 사실이 아니기를 바라.*

　내가 그와 마지막으로 연락한 것은 1월이었다. 그때 나는 라이브 스트리밍하는 〈빨간 손수레〉 낭독에 미셸을 초대했다. 메시지에 "사랑을 담아"라고 써서 보냈지만 아무 답도 받지 못했다.

　내 안에서 분노가 끓어올랐다. 그동안 내가 이룬 성과를 알아주지 않는 사람들에게 너무 실망한 나머지, 그 메시지를 받기 전까지는 미셸이 당연히 나를 자랑스럽게 여겨야 한다는 생각을 미처 하지 못했었다.

나는 키보드를 세차게 두들겼다. *내가 하버드에 합격한 일 대신 그 점에 대해서 코멘트를 하다니 참 고맙네.*

그녀가 연락을 하지 않았더라면 좋았을 텐데. 차라리 침묵하는 편이 나았을 것이다. 오랫동안 나는 내가 좋은 결과를 보이면 어른들이 마침내 내게 관심을 줄 것이라 기대했었다. 하지만 지금 내가 할 수 있는 최대한의 성과를 냈는데도 달라진 것은 없었다. 내가 그토록 갈망하던 사랑을 얻을 수 있다는 희망은 이제 남아 있지 않았다. 그 현실이 나를 참담하게 했다.

일주일 후, 나는 미셸에게서 긴 메시지를 받았다. *사랑하는 딸, 나는 네가 태어난 이후로 내내 너를 사랑했어.* 그녀는 그렇게 말문을 열고는 자신이 불임이라고 생각했다고 설명했다. 엄마에게 들어서 알고 있었지만—미셸은 부모가 되기를 원하지 않았으면서도 피임에는 신경을 쓰지 않았다—직접 들으니 마음이 아팠다. 미셸은 나를 원하지 않았다. 그런데 지금 그녀는 내 어린 시절을 정당화하기 위해 그 점을 이용하고 있었다.

그녀는 자신이 범한 '많은 잘못들'에 대해, 그것이 어떤 잘못인지는 명확히 말하지 않은 채, 사과했다. 그래도 그것만으로도 기대 이상이었기에 나를 인정해주는 말이 이어지지 않을까 하는 희망을 가졌다. 그러나 미셸은 양육권 상실로 자신이 극심한 트라우마를 겪었다며, 그 이후 내가 그녀와 말을 하지 않으려 해서 고통스러웠다고 했다.

그녀는 내가 그녀에게 상처를 준 순간들을 나열했다. 법원 명령을 어기고 내게 알리지 않은 채 나를 만나러 학교로 왔을 때를 꼽았다. 나는 그때 집에 있었다. 선생님이 아마 내게 그 사실을 알렸을지도 모르는 메일 계정은 당시에는 사용하지 않고 있었다. *너는 내 전부이지만 나를 거부했지.* 그녀는 내가 그녀의 가슴을 찢어 놓았고 그 상처는 여전히 아물지 않았다고, 나는 그때 어렸으니 비난해선 안 된다는 것을 머리로는 안다고 하면서도 이렇게 썼다. *그래도 감정적으로는 버림받았고 배신당했지.*

나는 17살이야. 아직도 어려. 나는 그녀를 멀리 하고 있었고 죄책감을 느꼈음에도 마음을 강하게 먹었다고 말했다.

나는 킥킥거리며 미셸의 메시지를 제인에게 보여주었다. "이거 진짜 웃기지 않아? 하버드에 대한 축하는 없어. 한마디도." 내 삶의 모든 것이 내가 합격했다는 사실을 중심으로 돌아간다는 게 나에게 두드러진 점이었다.

제인은 팔찌를 딸깍거리기를 멈췄다. "에미, 괜찮은 거야?"

"응, 물론 괜찮아." 내가 괜찮지 않을 이유가 있을까? 이 메시지는 나를 사랑해주어야 할 유일한 사람들이 지금의 나를 완성하는 데 영향을 주었음을 증명해주었다. 나는 대학 지원에서 그들을 팔아 점수를 땄고 호레이쇼 앨저에서는 더욱 적극적으로 그들을 앞세웠다. "내 인생에서 저런 미친 부모가 둘이 아니라 하나라는 게 다행이지 뭐야."

"정말 유감이야."

"뭐 어때. 그래도 나는 하버드에 가는걸." 그것으로는 충분하지 않다는 것을 알고 있었지만, 그것이 내가 가진 전부였다.

어느 이른 아침, 스콜라스틱 아트 앤 라이팅 어워드에서 전화가 걸려왔다. 전화선 너머의 여자는 긴장한 기색이었다. 그녀는 내 에세이를 다른 수상자들의 에세이와 함께 온라인에 올려도 될지 확인하고 싶어 했다.

나는 이것이 보통 전화가 아님을 느끼고 물었다. "왜 그러시는데요?"

"음, 아주 개인적인 내용이라서요."

물론 개인적이니까 사적 에세이라고 한 것 아닌가. 「스크램블드에그」 외에도, 나는 애더럴과 나의 관계를 서술한 「스피드버드」라는 에세이를 제출했고, 범죄 현장 사진가라는 엄마의 직업, 그리고 그 직업이 내가 중학교 때 폭행당했을 때 엄마의 반응에 미친 영향에 대해 쓴 에세이도 제출했다. 실생활에서 이런 주제에 대해 이야기하는 것은 불편하겠지만, 나는 이런 경험을 예술로 승화하려 노력할 터였다. 그 내용이 부끄럽지 않았고, 내 작품이 자랑스러웠다.

그러나 스콜라스틱은 확인을 마치고 엄마의 서명을 받

은 후에도, 성폭력을 언급한 에세이는 포함시키지 않기로 결정했다. 누군가 나에게 그것은 "민감하다"라고 설명했다. 그 상황을 떠올릴 때마다 수치심이 밀려왔다. 그 에세이가 1만 달러를 받는 데 도움이 되었을지라도 쓰지 않았더라면 좋았겠다고 생각했다. 지금부터 그 일에 대해서는 입을 닫게 되리라는 것을 알았다.

몇 주일 후, 스콜라스틱 어워드에 관한 기자들의 전화에 응하기 전에, 인터라켄의 홍보 담당자는 나에게 가족이나 내가 쓴 내용에 대해서는 이야기를 꺼내지 말라고 당부했다. "어워드 자체에 관해서만 이야기하세요." 나는 무엇을 이야기해야 하고 무엇을 하지 말아야 하는지를 되새기며 고개를 끄덕였다. "전화기에 대고 웃으면 상대방에게 친근하게 들릴 겁니다." 내게 수화기를 건네며 마케팅 담당자가 말했다.

〈트래버스시티 레코드 이글〉 기자가 수화기 너머에서 나를 인간미 넘치는 이야기의 주인공으로 만들 준비를 하고 있었다. 적절한 감사 인사를 쏟아낸 다음 가장 최근에 받은 것에 대해 떠들었다. 영국 북부에서 로마 유적을 발굴할 3천 달러. 그것과 스콜라스틱에서 받은 돈을 가지고 여름에 유럽으로 배낭여행을 떠날 것이다. 그곳에서는 어느 호스텔도 미성년자라는 이유로 날 거부하지 않을 터였다. 맨 처음에는 독일에 가서 샬럿을 만날 것이다.

15분간은 요령껏 가족과 과거에 대해 언급하기를 피했

다. 남은 평생 동안 그런 주제는 피하는 게 최선이 아닐까 생각했다. 행운의 회색 가디건을 입고 포즈를 취하고 있는 내 사진과 함께 게재된 단조로운 논평 기사를 읽고서 지나친 걱정은 그만두었다. 다른 지방 신문 기자들과도 인터뷰를 했다. 그러고 나서 미친 듯이 흥분한 엄마의 메일을 받았다. 엄마의 동료가 〈세인트 폴 파이오니어 프레스〉에 난 기사를 보내준 모양이었다. 대체 엄마가 무슨 말을 하는지 몰랐다. 나는 각본에 충실했으니 말이다.

곧 가장 최근에 난 기사를 통해 내가 "처방약 중독으로 힘겨워 한" 이야기가 실린 것을 알게 되었다. 이 기자는 내 에세이를 읽은 것이 분명했다. 오늘 아침에 애더럴을 먹어서인지 기자가 "처방약 중독"이라 명명한 것이 더더욱 당혹스러웠다.

기숙사로 터벅터벅 돌아오는데 온몸이 스멀거리는 것 같았다. 책상에서 가위를 집어 들고 욕실로 들어갔다. 세면대 위로 몸을 굽히고 머리카락을 뿌리에 가깝게 싹둑 잘랐다. 내 모습이 전혀 아닌, 망할 놈의 착한 모범생처럼 행동하는 데 신물이 났다. 나는 이중적인 인간이었고 그들은 나를 까발렸다. 머리칼을 한 움큼 잡고 잘라버렸다.

내가 행복하고 싶고, 그럴 자격을 갖고 싶다면, 전화에 대고 웃음 짓는 것보다는 훨씬 더 많은 것을 감수해야 할 것이다. 나는 변해야 했다. 내게 주어진 재능에 걸맞는 사람이 되어야 했다. 그것이 내가 처음 캣 박사에게 편지를 썼을 때 내걸었던 조건이 아니던가? 각각의 대학 지원서를 보낼 때마다 굳은 약속을 했었다. 그렇다, 그때는 내가 무엇을 하는지 이해하지 못했지만—너무 어렸고, 겨우 17살이었다—지금은 17살 반으로서 성인이 되는 문턱에 있었고, 내가 사람들에게 빚을 졌다는 사실을 인정해야 했다.

졸업하자마자 애더럴을 끊기로 결심했다. 최소한 문제를 극복하는 사람이 되려고 노력해야 했다. 이제껏 그런 사람인 척했고 앞으로 실제로 그런 사람이 되겠다고 약속했으니 말이다.

19장
비명을 질러도 들리지 않는 곳에서

수상 소식이 알려진 후, 드디어 나는 캠퍼스에서 유명해졌다. 탈색한 짧은 머리와 마른 체격 때문에 나는 래퍼 에미넴과 닮아 보였다. 졸업 앨범에서 '최고의 힙스터' 자리를 차지했다. 매키낵 아일랜드로 떠난 졸업 여행에서 제인에게 2인승 자전거를 함께 타자고 했다. 괜찮을 거라고 안심시키며 자전거를 탔는데 웃으면서 쿵 하고 넘어져버렸다.

프롬을 거꾸로 한 인터라켄의 모프(MORP; 격식 있고 멋지게 차려 입는 프롬과는 달리 재미있는 의상을 입고 즐기는 무도회—옮긴이)의 밤에, 우리는 워터파크 연회장에서 춤을 춘 다음 볼링을 치러 갔다. 나는 머리를 뾰족하게 세우고 노브라에 아래에서 위까지 지퍼로 되어 있는 아메리칸 어패럴 레깅스를 입었다.

아네트가 졸업식 참석을 위해 비행기를 타고 와주었다. 엄마는 호텔 방도 잡지 않은 채 오려 했고, 결국 아네트가 엄마 방을 예약했다. 나는 나와 제인의 졸업 가운을 가지러 갔는데 남은 것은 우스꽝스러울 정도로 큰 XXL 사이즈뿐이었다. 우리는 기숙사 방에서 셀카를 찍고 마지막으로 〈나에게 네 음부를 보여줘〉에 맞춰 춤을 췄다.

졸업식을 마치고 나는 제인의 품에 몸을 던졌다. 이렇게까지 그녀를 그리워하게 될 줄은 몰랐는데, 그렇게 되었다. 우리는 정상이었다. 제인은 내 가장 친한 친구이자, 페이스북상 와이프였고, 전쟁 같았던 대학 지원 과정과 다시 시작된 자해까지 내 곁에서 함께 겪어준 사람이었다. 이제는 팔만 뻗으면 닿는 곳에서 자고 있는 그녀를 보지 못할 것이다.

"내가 어디 있을지 알지?" 그녀가 말했다. 물론 알고 있었다. 내가 찾을 때마다 그녀는 주방 탁자에 앉아서 팔찌를 딸깍거리며 미친 듯이 페이스북 메시지를 보내고 있으리라.

스콜라스틱 시상식이 있기 전 2주일 동안 나는 아네트의 집에서 머물렀다. 애더럴이 없으니 나는 꼭 배터리가 다 된 전동 칫솔 같았다. 하루에 열두 시간씩 잠을 잤다. 약을 끊은 후유증을 깜빡한 아네트는 나와 산책을 했고 위타빅스 시리얼을 먹게 했다. 하루하루 지날수록 거짓된 내 모습이 줄어드는 느낌이 들었다.

아네트는 시상식 때 멋지게 보여야 한다고 강조했다.

그녀의 손에 이끌려 내가 직접 잘랐던 머리를 다듬었고 남서부 시내의 쇼핑몰을 돌며 적당한 드레스를 찾아다녔다. 패션에 신경을 쓰지 않는 사람(나)에게 아네트의 기준은 매우 높았다. 너무 노숙해 보이거나 너무 어려 보이면 안 되고, 온통 까맣기만 해도 안 되고, 너무 짧거나 너무 얌전해 보여도 안 된다. 젊고 눈부시게 보여야 했다. 마침내 우리는 할인 매대에서 녹색 캘빈클라인 시스 드레스를 찾아냈다. 딱 하나 남아 있는 옷이었다.

"입어 봐." 우리는 거울 앞에 서서 거기 비친 내 모습을 보았다. 살짝 파인 드레스가 내 목과 쇄골을 드러냈다. 드레스는 허리를 감싸고 다리를 스쳐 지나 무릎까지 내려왔다. 까치발을 하고 서니 키가 커진 느낌이었다. 머리칼을 헝클어뜨렸다.

"완벽해." 아네트가 말했다. 상상 속에서 그리던 성공한 사람처럼 보였다. "이제 신발만 있으면 되네." 몰 오브 아메리카 매장에서 6인치 플랫폼 스틸레토 힐을 집어 들었다. 아네트가 어깨를 으쓱했다. "너는 젊으니까. 구두도 멋지고. 언제까지고 쇼핑만 할 수는 없지."

구두를 뒤집어 밑창에 붙은 가격표를 보았다. "그러지 마, 에미." 그녀는 상자를 들고서 결정은 끝났다고 말했다.

그날 밤, 나는 아네트의 방바닥에 앉아서 배낭에 넣어 갈 것들과 남겨두고 갈 것들을 구분했다.

"안 갔으면 좋겠는데." 아네트가 문간에 서서 말했다.

"항상 유럽에 가보고 싶었어요." 티셔츠를 말아서 갰다. "게다가 여기서는 갈 곳도 없고요." 그녀가 내게 다른 대안을 말해주기를 기다렸다. 그녀의 집에 더 머물 수는 없었다. 7월에는 아네트의 시댁 식구들이 방문하기 때문이다. 17살인 내가 3개월간 아파트를 빌릴 수는 없었다. 하지만 외국 호스텔들은 나이를 문제 삼지 않을 것이다. 돈을 아껴 쓰면서 세상을 돌아볼 참이었다.

"위험해. 여자애가? 혼자서?"

"여기처럼 사람들이 다 총을 가지고 있는 것도 아닌데요, 뭘. 그리고 친구네 집에 갈 거예요. 그런 다음에는 하드리아누스 방벽 근방에서 로마 성채를 발굴할 거고요."

아네트는 팔짱을 끼고 나를 쳐다보았다. 일기와 스웨터로 상자 두 개를 다 채우자, 그녀는 그것을 옷장 깊숙이 넣었다. "너희 엄마가 펄쩍 뛸 텐데."

엄마가 뉴욕으로 오기로 했는데도 아네트는 비행기를 놓치지 않도록 나를 공항으로 태워다주겠다고 고집을 부렸다. 체크인 데스크에서 내게 20달러짜리로 5백 달러를 건넸다.

"별것 아니야." 그녀가 말했다. "좋은 것도 좀 사. 그 드레스를 입으면 넌 정말 멋져 보일 거야. 몸조심하고."

우리는 어깨만 서로 닿을 정도로 가볍게 포옹하며 작별 인사를 했다. 그녀의 뒷모습을 보니 눈물이 솟아올랐다. 그때 그녀가 뒤돌아보더니 내게 말했다. "엄마가 비행기에 타시면 전화해서 알려줘!"

멋진 호텔 방에서, 엄마와 나는 다시 만났다. 그녀는 시내를 돌아다니며 내 사진을 찍었다. 나는 〈뉴요커〉를 훑어보았고 브라이언트 공원에서 내가 쓴 시를 읽었다. 우리는 헤럴드 스퀘어의 메이시스—"세계 최대의 백화점이야"라고, 엄마는 일곱 번 말했다—에서 엄마가 시상식이 끝난 후 환불할 셔츠를 샀다. 캣 박사도 오기로 되어 있었다.

나는 카네기 홀에서 무대에 올라 인사를 했다. 심사위원이 내 목에 금메달을 걸어주었을 때, 그 무게가 나를 완성시켰다. 한 배우가 미셸에 관한 내 에세이 「스크램블드에그」 일부를 읽었다. 청중들이 한숨을 쉬고 웃고 박수를 치자, 그건 꼭 내가 쓴 글이 아니라 나에게 보내는 반응처럼 느껴졌다.

후원자들을 위한 애프터파티에서 나는 가벼운 미소를 지으며 수다를 떨었다. 〈뉴욕 업저버〉 기자에게 유럽으로 배낭여행을 떠난다는 여름 계획을 늘어놓고 쓸 책에 대해서도 이야기했다. 수트를 입은 남자가 내게 다가왔다. "당신 글을 읽었어요. 용감하더군요." 그가 말했다. "제가 가진 건 비밀뿐이라서요." 내가 대답했다. 『2010 베스트 틴 라이팅』(스콜라스틱 아트 앤 라이팅 어워드 수상작들을 모아 발간하는 선집—옮긴이)에 수록될 비밀들. 우리는 함께 웃었다.

그는 내게 명함을 주면서 할 수 있다면 도움을 주고 싶다고 말했다. 그가 자리를 떴을 때 명함을 확인했다. 그는 스콜라스틱 북스의 CEO였다. 실내를 둘러보다가 과장된 제스처를 취하고 있는 엄마를 발견했다. 아마 '똑똑한 딸'에 대해 자랑을 늘어놓고 있을 것이다. 엄마는 자랑스러운 어머니 역할에 능숙했다. 그리고 드레스를 입고서 목에 메달을 걸고 있는 나는 마침내 그런 딸 역할에 어울렸다.

닷새 후 비행기가 대서양을 건너고 있을 때, 나는 회색 가디건을 두른 채 몸을 떨고 있었다. 너무 흥분되어 잠을 잘 수가 없었다. 드디어 외국으로 나가고 있다. 모든 짐은 평소와 다름없이 배낭에 들어 있지만 지금은 홈리스 미성년자가 아니라 용감한 배낭여행자였다. 엄마에게서 하고 싶은 대로 자유롭게 하라는 메시지를 받았다. 누구든 회사 사내 전산망을 검색하면 「돈 씨의 딸, 권위 있는 상을 수상하다」라는 기사를 찾을 수 있다는 말과 함께.

아홉 시간만 있으면 샬럿을 만나게 된다. 그동안 셀 수 없이 눈을 감고 그녀를 그려보았다. 얼굴의 부드러운 살결, 보송보송한 머리카락, 혼자서 시를 낭송하듯이 허공을 바라보는 표정. 우리가 함께 보낼 시간은 나흘밖에 없었지만 그녀가 인터라켄을 떠나기 전에 우리가 함께 나눴던 감정을 되살리기에는 충분한 시간이었다. 이제 나는 그녀에게 모두 말할 것이다. 내 엄마와 그녀의 저장강박에 대해, 그리고 그레이하운드 버스 안에서, 혹은 사람들의 소파에서 잠을 깼을 때나 내 차에서 잠이 들 때 그녀를 생각했던 것에 대해.

프라이부르크 기차역에 머리카락이 어깨까지 오는 여자아이가 저 앞에 서 있었다. 나는 낯익은 스웨터를 알아보았다. "샬럿!"

"테 슈브." 그녀가 말했다. *네 머리카락*. 나는 의식적으로 머리를 만졌다. 샬럿이 내 새로운 스타일, 그리고 아직 무엇인지는 몰라도 내 새로운 커밍아웃 방식을 좋아해주길 바랐다. 그녀의 바뀐 머리 스타일—길고 관례적인—을 알아보고 이것도 무언가를 의미하는 것일까 생각했다. 우리는 뻣뻣하게 포옹했다. 옛 교회들 앞에서 그녀와 애무하는 상상을 했다는 것을 믿을 수 없었다.

아침에 우리는 베를린으로 출발했다. 우리 사이에 흘렀던 프랑글레(Franglais; 영어에서 차용한 표현을 많이 섞어 쓰는 프랑스어—옮긴이)가 갑자기 어색해졌다. 한 시간도 지나지 않아 우리는 영어로 넘어갔다. 어딘가 이상하고 잘못된 느낌이었다. 그녀의 말을 전부 이해할 수 있게 되자 갑자기 신비감이 사라져버렸다.

"아무도 네가 영어로 말하는 소리를 못 듣게 하자." 샬럿이 내게 속삭였다. "사람들이 들으면 우리가 미국인인 걸 알게 될 거야."

"너는 왜 너의 나라를 부끄러워해?" 내가 물었다.

"우리를 멍청하다고 생각할걸." 그녀가 팔짱을 꼈다. 그녀가 남의 시선에 신경을 쓴다고 생각했다. 사실 나도 남들을 신경 쓰면서 말이다.

베를린에 도착했을 때, 나는 계속 감탄했다. "표지판이 독일어인 것만 빼면 완전 이케아처럼 생겼어. 단어들이 다 엄청나게 길다." 그녀는 내 말에 못마땅해하며 고개를 저었다. "이케아라니, 믿을 수가 없어."

"나는 이케아를 *사랑해.*" 그 거대한 매장이 몰 오브 아메리카 건너편에 문을 열었을 때, 엄마와 나는 티 하나 없이 깨끗한 상자 안에서 살기라도 할 것처럼 조그만 공간 구획을 넋을 잃은 듯 바라보며 에어컨이 돌아가는 실내에서 주말 오후를 보내곤 했다. 엄마는 거기서 파는 스웨덴 미트볼을 좋아했다.

"너도 무지하구나." 샬럿이 말했다. 샬럿은 내가 데이브와 잰을 보던 눈으로 나를 보는 걸까? 순간, 감리교 병원의 아이들이 미웠던 것처럼 그녀가 미웠다. 부모와 집, 유럽으로 배송된 책 상자들과 함께, 그녀의 인문대학과 그녀의 삶에 화가 났다.

"너는 돈이 필요하다는 게 어떤 건지 모르잖아." 내가 내뱉었다. "적어도 나는 자본주의 돼지들과 학교에 다니지는 않을 거야." 그녀가 되받아쳤다.

하버드에 갔다는 이유로 자동적으로 속물로 간주되는 게 싫었다. 하지만 그게 진실일까 봐 겁이 나기도 했다. 결국 나는 이케아 아파트처럼 깨끗하고 완벽한, 온통 유리로 된 고층 아파트에 살 수 있는 방법을 찾고 있었던 것이다. 나는 바게트와 브리 치즈로 연명하며 내 삶을 예술에 바칠 만큼 순수하지 않았다. 그녀는 그런 가치관이 있었고 나는 아니었다. 그렇기에 그녀를 사랑했던 것이다. 우리는 아무 말 없이 호스텔로 걸어갔다.

베를린에서 갭이어(학업을 잠시 중단하고 진로 탐색, 인턴십, 봉사 등 다양한 활동을 체험해보는 시간—옮긴이)를 가지고 대학 입학 전 1년간 디즈니에서의 인턴십을 제안하는 메일을 받았다. 입학사정관은 내가 해외로 나가고 싶어서 여름방학 동안 또는 1년 동안 어학연수용 국무부 프로그램에 지원했다는 걸 알고 있었다. 그 프로그램에는 떨어졌지만, 입학사정관은 내가 입학을 미룰 생각이 있다면 이 기회도 좋을 것 같다고 제안했다.

"이게 무슨 뜻인지 알아?" 입학사정관이 나와 내 관심사를 기억하고 있고 내가 그렇게 유명한 곳에서 일할 수 있을 것이라 믿어줬다고 흥분하면서 샬럿에게 떠들어댔다.

샬럿은 목구멍 깊은 곳에서부터 나오는 소리를 냈다. "디즈니라고? 그런 사악한 기업에서 일할 생각까지 할 줄은 정말 몰랐어. 내가 아는 너 맞아?"

"뭐? 나야말로 널 제대로 알고 있는 거니?"

"난 자러 갈게."

그녀의 뒷모습을 보면서 그동안 우리가 나눈 언어들이 얼마나 오해투성이였던 것인지 궁금했다. 거의 2년 전 그날 밤 내 침대에서, 그녀는 자신이 누구인지 모르겠다고 말했었다. 나는 상관없다고 대답했었다. 어쩌면 그보다 진실된 대답은 없었다. 나는 그냥 알고 싶지 않았다. 그런 식으로, 나는 그녀가 필요로 하는 사람이 될 수 있었다.

나흘이 지나고, 나는 작별 인사를 하게 되어 안도감을 느꼈다. 켈리의 사무실에서, 선생님들에게 메일을 보낼 때, 남의 집에서 머물면서 느꼈던 모든 절망을 샬럿이 다시 떠오르게 했다. 기차의 창으로 점점 작아지는 샬럿을 보면서 안도의 숨을 내쉬었다. 나는 혼자 지내는 법을 알고 있었다.

감탄을 거듭하며 유럽을 돌아다녔다. 돈을 아끼려고 빵을 먹었고 이따금 치즈를 먹었다. 병 생수보다 저렴한 지역 맥주를 마셨다. 딱 두세 번만 구토를 했다.

며칠에 한 번씩 엄마에게 메일을 보냈지만 엄마는 내가 어디 있는지 신경 쓰지 않았다. 엄마는 내가 잘 있을 것이라 생각했다. 몇천 달러로는 프랑스에서 여름 내내 버틸 수가 없어서 윤이 나는 빨간 기차를 타고 뮌헨으로 갔고 거기서 다시 프라하로 가는 소비에트연방 시절의 기차를 탔다. 샬럿과 헤어진 지 일주일 후, 부다페스트로 가는 버스 차창 밖으로 다뉴브 강이 반짝거리는 광경을 보았다. 그때부터 앞으로 쭉, 내 삶은 매번 새로운 경이로움의 연속일 것이라 믿었다.

11달러짜리 호스텔은 안뜰과 허물어져가는 어두운 홀을 통과하면 나오는 오래된 빈 건물에 있었다. 그곳에서 묘한 매력을 발견했다. 거기서 일하는 두 남자가 주방에서 담

405

배를 피우며 앉아 있었다. 나밖에 없는 공용 숙소 침대 위에 물건들을 내려놓고 코맥 매카시의 소설이 원작인 영화 〈더 로드〉를 보러 갔다.

한 남자와 10살 난 아들이 종말 이후의 황무지를 터벅터벅 걷는 모습을 보면서 맥주를 마셨다. 아버지가 기침을 시작했을 때 나는 울기 시작했다. 중학교 때 1년 동안 달고 살던 기침 소리 같았기 때문이다. 두 사람의 유일한 희망은 생존할 수 있을 만한 바다에 도달하는 것이었다. 아버지는 허리춤에 총을 차고 있었다. 두 알 남은 총알은 자살의 유혹을 암시했다. 그것은 고통이 멈추기를 간절히 바랐던 암울한 나날들을 떠올리게 해서 나는 더 심하게 울었다.

영화가 끝날 즈음, 그들은 바다에 다다랐다. 그렇게 10분 후에 아버지가 죽었다.

나는 손으로 얼굴을 감쌌다. 차마 볼 수 없었다. 소년의 상실이 낯설지 않았다. 나를 좋아하는 사람을 잃고, 또 잃는 것. 숨을 들이쉴 때마다 몸이 흔들렸다. 무릎을 가슴까지 끌어당겼다. 이야기는 돌이킬 수 없어 보였다. 어찌할 수 없는 비극적인 결말.

그런데 마지막 5분을 남겨두고 먼지로 뒤덮인 남자가 나타났다. 공포에 질린 소년은 아버지의 권총을 꺼냈다. 그러나 남자는 소년에게 자신과 함께 가자고 말한다. "당신이 좋은 사람인지 내가 어떻게 알아요?" 아이가 물었다. "알 수 없지." 그가 말했다. "넌 그냥 마음을 정해야 하는 거야." 마지막 남은 2분, 소년은 새로운 가족을 만난다. 형, 누나, 강아지. 어머니는 그의 얼굴을 어루만지며 소년과 함께하기를 바라며 뒤를 쫓았다고 말했다. 아이는 상처 입고 슬픔에 빠졌었지만, 새롭게 시작하고 사랑받을 기회를 얻었다.

엔딩크레딧이 올라갔다. 주위 사람들이 일어나서 자리를 떴지만, 나는 누군가 와서 바닥에 떨어진 팝콘을 쓸어 담는 동안 계속 울고 있었다. 호스텔로 걸어오는 길에 인간애에 대한 믿음으로 가슴이 벅찼다. 눈물에 가로등 불빛이 흐릿하게 보였다. 황폐하게만 보이던 세상이 갑자기 희망으로 빛났다. 마치 내 인생처럼.

나는 애더럴을 끊었다. 멍청한 Y자 이후로 9개월 동안 내 몸을 긋지 않았다. 샬럿이 그리웠지만 지원서에 서술했던 모습에 부응하며 지내왔다. 미래가 내 앞에 펼쳐졌고—과거가 더 이상 문제되지 않을 하버드 학생으로서의 새로운 시작—그것에 감사했다.

여전히 다른 투숙객들은 없어서 주방에 있던 두 남자와 함께 앉았다. 내 의자는 책장과 식탁 사이의 구석에 있었다.

"마실 걸 드릴까요?" 금발 남자가 말했다. "아니요, 괜찮아요. 영화관에서 맥주를 마셨거든요." 우리는 웃었다. 나는 참 쑥맥 같았다.

"정말 괜찮아요?" 짙은 갈색 머리 남자가 말했다. 나는 고개를 저었다. 우리 셋은 편안하게 이야기를 나눴다. 그러다 금발이 일어서서 말했다. "담배 사러 갔다 올게."

탁자 건너편에 있던 남자는 자신이 세르비아 출신이며 30살이라고 말했다. 나는 엄마와 함께 갔던 전시회에서 본 애니 레보비츠의 사진을 떠올렸다. "어릴 때 전쟁 중이었나요?" 내가 물었다. "맞아요." 그가 말했다.

그는 탁자 위의 담뱃갑에서 담배 한 개비를 꺼냈다. "한 대 줘요?" 나는 고개를 저었다. "한 모금 할래요? 맥주? 대마초?" 남자는 어릴 때 가족들이 전쟁을 피해 도망쳐왔다고 말했다. 천장 선풍기 불빛이 그의 눈 아래 그림자를 드리웠다. 그 그림자 탓에 잘생겨 보였고 강한 억양과 함께 신비해 보였다. "당신은 어때요?" 그가 물었다. "당신 이야기도 해봐요."

나는 우쭐한 기분이 들었다. "가을에 하버드에 갈 예정이에요." 내가 말했다. 미래를 생각하니 들떠서 기쁨이 밀려왔다. 그는 나를 보고 미소 지었다. 그가 담배를 바닥에 버렸다. "키스." 그가 말했다. 반쯤 물어보는 것처럼 들렸다.

긴장됐는데 정확히 왜 그런지 알 수 없었다. 우즈 박사가 내게 남자를 좋아하냐고 물어본 적이 있었다. 어쩌면 그게 이유였다. 머리가 짧고 남자 청바지와 버켄스탁을 신고 있었지만—내가 생각해낼 수 있는 가장 퀴어적인 차림—내 정체성을 확신하지 못했다. 안경을 벗고 탁자를 넘어 몸을 기울였다. 내 입술이 남자의 까칠하게 자란 수염에 스쳤다.

그에게서 탄내가 났다.

나는 흠칫하며 몸을 움츠렸다. 그가 일어나더니 벨트를 풀기 시작했다. "날 좀 씻겨줘. 아주 더럽거든." 그가 씩 웃으며 말했다.

극심한 공포감이 나를 관통했다. "더 이상 하고 싶지 않아요." 그는 바지를 내린 채 나를 내려다보며 내 앞에 섰다. "왜?" 그가 들쑥날쑥한 이를 드러내며 물었다.

떨리는 목소리로 내 입에서 나오는 소리를 들었다. "나는 동정이에요." 그의 얼굴에 어떤 고민의 기미가 있는지, 감정에 호소할 여지가 있는지를 살폈다.

그가 내게 손을 뻗었다. 그에게서 벗어나려고 움직이니 의자가 벽에 쾅 부딪혔다. 나는 탁자에 가로막혔다. 그를 밀쳐도 불 꺼진 홀을 지나 계단을 내려가기 전에 붙잡힐 것이고, 그러면 그는 화를 낼 것이다. 그가 시키는 대로 해야 무사할 것이란 생각이 들었다.

남자가 내 머리를 잡고 자신 쪽으로 홱 당겼다. 그리고 그의 성기를 내 입안에 밀어넣었다. 악취에 정신이 혼미했다. 나는 구역질을 하지 않으려고 안간힘을 썼다. *내가 자초한 거야.* 나는 가만히 있으려고 노력하며 스스로에게 말했다. *내가 선택한 거야.*

남자는 거칠게 목구멍 뒤쪽까지 찔러 넣었다. 통증이 밀려왔다. 나는 그의 엉덩이를 손으로 잡고 버티려 했다. 그는 내 손을 떼어내고는 나를 의자 앞으로 끌어당겼다. 그는 손가락을 내 두피까지 집어넣고는 나를 벌하듯 더 거칠게 성기를 쑤셔 넣었다. 나는 통제력을 잃었다. *너는 망할 멍청이야, 이걸 하기로 하다니.* 나는 자신에게 말했다. 충격으로 모든 것이 폭발하는 듯했고 눈앞이 보이지 않았다.

그는 내게 고함을 지르기 시작했다. 완벽한 미국식 억양으로 포르노에 나오는 대사들을 외쳤다. 나는 너무 놀라서 그가 하는 말을 알아들을 수 없었다. 그는 점점 더 성을 내는 것 같았다. 그는 내 두개골을 움켜잡고 나를 완전히 움직이지 못하게 제압했다. 침이 내 코를 뒤덮어서 질식할 지경이었다.

그는 내가 숨을 한 번 들이쉴 수 있을 정도로만 성기를 조금 뺐다. 내가 헐떡이며 숨을 들이마시자 다시 내 목까지 그의 것을 쑤셔 넣었다. 나는 벗어나려고 절망적으로 몸을 뒤틀었다. 그는 신음하면서 더 깊이 밀고 들어왔다. 나는 움직이기를 멈추었다. 가만히 있지 않으면 그가 내 기관지를 찢어 놓을 것이다. 아니면 화가 나서 나를 죽일 수도 있다.

그는 전쟁에 대해 말했고 나는 하버드에 갈 거라고 말했어. 나는 생각했다. *넌 당해도 싸. 이건 나에게 마땅한 벌이야.* 이보다 더 맞고, 더 진실한 것은 아무것도 없어 보였.

내가 포기한 것을 느꼈는지, 남자는 내게 한 번 더 숨 쉴 틈을 주었다. 그러고는 다시 내 입을 비집고 재갈을 물렸다. 마음에 안팎으로 상처가 나서 아무것도 느껴지지 않았고 그저 찌르는 듯한 아픔이 몰려왔다. 숨을 간신히 쉴 뿐 충분한 공기를 들이마실 수 없었다. 주방이 어두워지면서 곧 의식을 잃을 참이었다. 나는 생각했다. *신이시여, 호레이쇼 앨저, 스콜라스틱, 하버드, 다 가져가소서. 이걸 멈출 수만 있다면, 아무것도 남지 않을 때까지.*

그때 남자가 내 위에서 자위하기 시작했다. 두려움에 온몸이 감전된 기분이었다. 내가 절정에 달하게 하지 못해서 분풀이를 할 것이라는 생각이 들었다. 내 청바지를 벗기고 바닥에 눕히고 나를 다시 강간하겠지. 그가 내 카디건, 티셔츠, 스포츠 브라를 거쳐 내 가슴을 쥐고 비틀자, 나는 아래가 젖은 것이 느껴졌고, 그런 반응이 일어났다는 사실이 역겨웠다.

그가 그의 것을 내 입안에 도로 넣었다. 나는 더 이상 참아낼 수 없었다. 이제는 가만히 있을 수 없을 것 같았다. 물에 퉁퉁 불어서 다뉴브 강에 떠내려오는 내 시체를 상상했다. 그때 남자가 사정하기 시작했다. 그는 내 옷, 신문에 실린 사진 속에서 입고 있던 내 행운의 스웨터 위에 계속 사정했다.

나는 그의 얼굴을 살폈다. 그의 표정이야말로 이 세상에서 중요한 유일한 문제였다. 그는 눈을 떴다. 눈썹이 분노로 일그러진 것처럼 보였다. 나는 그를 만족시키지 못한 듯했다. 나는 그를 응시했고 그의 것을 삼켰다. 그와 눈이 마주쳤다. 나는 내 얼굴까지 팔을 들어 올려 소매에 묻은 그의 정액을 핥았다.

그는 머리를 흔들고 별안간 편안하게 풀린 표정으로 히죽 웃었다. 내 머리 뒤 선반 위의 티슈 상자에 손을 뻗어 제 몸을 닦고 바지 버클을 채웠다. 그러더니 내 얼굴 앞에 티슈 상자를 들이밀었다. "미안해." 마치 나를 조롱하는 것처럼 어린애 같은 목소리로 말했다.

이해할 수 없었다. 왜 미안하다는 걸까? 그의 사과를 받아야 하는 걸까? 티슈를 뽑아 내 얼굴에 묻은 침과 콧물을 닦았다. 손이 뺨에 닿았을 때서야 내가 울고 있다는 것을 알았다. 나는 얼마나 오래 울고 있었던 것일까? 울음을 멈추고 싶었지만 그럴 수 없었다. 내 청바지에 그의 정액이 있었고 입안에서 그 맛이 느껴졌다. 눈물이 얼굴을 타고 흘러내렸다. 너무나 수치스러웠다. 내가 무엇을 성취했든 간에 아직도 다른 어른의 손에 휘둘렸다.

강간범은 여전히 나를 내려다보며 서서 담배에 불을 붙였다. 담배를 한 모금 빨고는 연기를 내뿜었다. "이름이 뭐라고 했지?"

그 질문은 내 속을 후벼 팠다. 기회만 있다면 죽어버리고 싶었다. 강간범은 웃으며 담뱃재를 털었다. "농담이야, 에미."

나는 주먹을 움켜쥐었다. 이 남자와 싸워서 차라리 날 죽이게 만들고 싶었다. 한 번은 싸운 적이 있었다. 감리교 병원에서. 그랬다가 힘든 시간을 겪었다.

남자가 "키스"라고 말하고는 몸을 아래로 기울였다.

나는 그에게 키스했다. 마침 때맞춰 다른 남자가 돌아왔다. 나는 청바지에 묻은 정액을 미친 듯이 닦았다. 강간범은 한 발 물러서서 그의 친구에게 나를 보여주었다. 두 남자는 다 알고 있다는 눈빛으로 서로를 보았다. 나는 일어나서 그들을 밀치고 공용 숙소로 왔다. 머리 위에 베개를 얹고서 그들이 나를 혼자 내버려두기를 기도했다.

침대에서 나는 제인에게 페이스북 메시지를 보냈다. *나 정말로 지금 나를 쏴 버리고 싶어…. 나는 '더 이상 하고 싶지 않아요'라고 말했어. 그런데 그는 바지 지퍼를 내렸어…. 거부하는 것은 물론 소용없었지. 정말 끔찍했어. 정말 끔찍했지.* 나는 목구멍이 얼마나 아팠는지에 대해 말했다.

공용 숙소 밖에서 남자들이 이야기하며 웃고 있었다. 그들이 나를 볼까 봐 너무 무서워서 나갈 수가 없었다.

제인이 타이핑을 하고 있었다. 겨울방학 때처럼, 그녀의 엄마가 한쪽 구석에 있고 그녀가 주방 식탁에 앉아 있는 광경을 떠올렸다. 우리 기숙사 방에서 〈홍키 통크 바동카동크〉를 함께 부르던, 정확히 한 달 전으로 돌아갈 수만 있다면 무엇이든 내어줄 수 있을 것 같았다.

에미, 에미, 에미…. 난 너를 사랑해, 너를 안아줄게. 그리고 너를 비난하지 않을 거야. 근데 바보 같은 질문이 하나 있어. 나는 내가 레즈비언일지도 모른다고 생각하면서 왜 그에게 키스했을까? 머리 위로 이불을 뒤집어쓴 채 침대에

서 머리를 저었다. 문 반대편에서 유리가 깨지는 소리가 들렸다.

나도 내가 누구인지 모르겠어. 내가 게이일지도 모른다고 생각하면서 머리를 자르고, 남자 청바지와 스포츠 브라를 입고 샬럿에게 빠졌던 자신이 싫었다. 심지어 내가 양성애자일거라는 생각은 최악이었다. 그 생각에는, 좀 전에 내가 확인한 것과 같은, 성적 문란함이 내포되어 있었기 때문이다.

네가 그런 일을 겪다니 너무 슬퍼. 하지만 이제 어떤 사람인지 전혀 모르는 남자라면 관심이 가더라도 키스하면 안 된다는 걸 알게 된 거야!

그런 다음 나를 안심시키려 애썼다. *그냥 한 번의 지독한 경험이라고 생각해…. 분명히 모든 게 다 괜찮아질 거야.*

스카이프로 이야기를 하자고 했지만 제인은 대답하지 않았다. 그녀가 마지막으로 쓴 말은 "난 남자친구를 만들고 싶어"였다.

잠에서 깨었을 때, 목구멍이 너무나 아파서 다시는 말을 못하게 될까 봐 걱정이 되었다. 나는 베개 아래 둔 노트북을 꺼내 호스텔을 슬쩍 빠져나와 맥도널드로 갔다. 상처를 입었을 것 같아서 우즈 박사에게 메일로 조언을 구했다.

그런데 라커 열쇠를 잃어버렸다. 라커 안에는 배낭, 여권, 옷가지가 들어 있었다. 지금 내가 가지고 있는 건 카메라, 컴퓨터, 약간의 돈이 전부였다. 메일함을 계속 확인하면서 멍한 정신으로 도시를 배회했다. 호레이쇼 앨저는 재정 지원 신청서를 내라고 요청했다. 한 고등학교 문예지는 전화를 걸어와 내 시가 "엄청나게 강력하다"며 몇몇 구절의 편집을 요청해왔다. 어떤 기업가의 비서는 5종 후원박스를 보내준다며 정확한 주소를 알려달라고 연락해왔다. 무슨 이유인지 몰라도 우즈 박사는 답장을 하지 않았다.

계획을 세웠다. 호스텔로 돌아가, 열쇠를 찾아서, 내 물건을 챙겨서, 떠난다. 아무와도 이야기하지 않고 주방에 들어가지 않으면 나는 무사할 것이다. 내 발소리에 움찔하면서 그 으스스한 건물 계단을 올라갔다. 땅거미가 내리기 직전이라 복도는 이미 어둑어둑했다. 호스텔 문을 열고 공용 숙소에 들어갔다.

뒤에서 그 남자의 기척이 느껴졌다. 그의 냄새를 맡자 속이 메슥거려 토할 것 같았다. 강간범은 방 안에서 나를 기다리고 있었다. 그의 굳은살이 박인 손바닥이 치마 밑으로 들어와 맨 엉덩이에 닿았다. 나는 정신을 잃었다.

다음 날 1마일 반쯤 떨어진 한 호스텔에서 깨어났다. 내가 이곳을 어떻게 찾았는지, 어떻게 이곳에 왔는지 알 수 없었다. 나에게는 리뷰를 남겨달라는 메일과 전날 밤 11시 30분에 남자—강간범—가 내 라커 자물쇠를 부수며 웃고 있는 모습이 찍힌 사진 한 장 밖에 없었다.

공중전화로 엄마에게 전화를 걸기 위해 부다페스트를 돌아다녔다. 제대로 작동하는 공중전화가 하나도 없었다. 돈과 동전이 필요해서 ATM에서 돈을 뽑고, 지폐를 깨기 위해 다이어트 콜라를 사고, 이마에 캔을 대고 울었다. 목구멍이 다 긁혀서 아무와도 말 한마디 하지 않았다. 맥도널드에서 엄마에게 메일을 쓸 수 없었고 스카이프도 할 수 없었다. 철저히 혼자여야 했다. 그러다 마침내 연결이 되었다.

"너무 외로워." 나는 울었다. 엄마에게 무슨 일이 있었는지 말할 수 없었다. 그냥 이렇게 말했다. "엄마 보고 싶어. 집에 가고 싶어." 그런데 나이가 지긋한 여성이 다가오더니 헝가리어로 시간이 다 되었다고 말했다. 이제 동전이 없었다. 엄마는 국가번호 800으로 전화를 하라고 메일을 보냈다. 공항으로 가서 '영어 할 줄 아세요?'라는 표지판을 들고서 있어야 할 수도 있었다.

다음 날, 절망에 빠진 채 도시를 다시 어슬렁거렸다. 마침내 엄마와 연락이 닿았고 결국 그 이야기를 해버렸다. 도로 위의 차들이 공중전화 부스 건너편에서 맹렬히 지나가는 가운데 엄마는 나를 안심시켰다. 포린트(헝가리 화폐 단위)가 다 떨어질 때까지 계속 집어넣었다. 마지막에 엄마에게 이제 베니스에 갈 계획이라고 말했다.

"베니스는 아름답다고 하더라." 엄마는 특유의 낙관적인 말투로 말했다. "베니스 유리공예품 꼭 사와."

몇 시간 후, 엄마가 내게 메일을 보냈다. 제목은 "난 널 사랑해!!!"였다. 엄마는 "끔찍한 경험"을 털어놔줘서 고맙다고 말했다. 나는 "이건 네 잘못이 아니야"라는 엄마의 말에 안도감을 느꼈다. 엄마는 그 남자가 나를 "범한" 것이라고 했다. 하지만 메일을 읽으니 자책감이 더 커졌다. *넌 어떻게 해야 할지 모르는 아이였을 뿐이야.* 엄마는 앞으로는 "싫다고 말하고 그 자리를 떠나"라고 충고했다. 총 네 번을 "싫다"라고 말하라고 하면서 내가 극장에서 마신 맥주 얘기를 계속 꺼냈다. 나는 그것에 관해서는 잘못했다고 느끼지 않았다.

엄마가 한 말의 핵심은 내가 정확히 "싫다"라고 말하지 않았다는 것이다. 내가 그 자리를 떠나지 않았기 때문이라고. 나는 구석에 몰려 있었고 어떤 반응을 할 시간도 없었지만, 그렇다고 무엇이 달라지는가? 다른 사람들이 나에게 어떻게 하는지 중요한 게 아니고, 내가 어떻게 반응하느냐가 중요하다는 것을 이번에 배웠다.

인생 최대의 시험에서 실패했다는 기분이 들었다. 하버드 학생이 되는, 정말 엄청난 기회가 주어졌는데 내가 다 망쳐버렸다. 감리교 병원에서 간호사와 싸우던 그 여자애는 어디로 갔을까? 패배자로 보이기 싫어서 몸부림치던 그 여자애는?

그에게 굴복한 내 자신이 원망스러웠다. 나는 그와 싸우지 않았다. 그가 그렇게 하도록 봐두었다. 그가 나를 붙잡고, 무력을 사용하고, 나를 움직이지 못하게 하고, 거의 의

417

식을 잃을 정도로 질식시켰다는 것은 문제가 아니다. 그는 자신이 무슨 짓을 하는지 잘 알고 있었다. 그의 영어는 완벽했고, 그의 대사는 이미 해본 것이었고, 끝날 때쯤 다른 남자가 돌아올 것도 알고 있었다.

둘째 날 밤에도 나를 기다리고 있었고, 그때 무슨 일이 있었는지 기억도 못한다는 사실은 문제가 아니다. 그가 나를 죽일 수 있었다는 것도 문제가 아니다. 남자 둘에 여자애 하나—쉬웠을 수도 있다. 만약 내가 용감하고, 강하고, 신문에 소개된 그런 사람이었다면, 나는 그가 나를 능욕하기 전에 차라리 나를 죽이게 했을 것이다.

엄마는 나를 용서한 것 같았다. *이건 네가 뭔가 배울 수 있는 기회였어.* 엄마는 앞으로 내가 어떻게 해야 할지를 알려줬다. 내가 할 일은 극장에서 맥주 마시기를 포함해서 술을 끊고 기운을 차리는 것이었다. *이제 그만 힘들어 해. 네가 누구인지 기억해!* 엄마는 슈퍼히어로 영화 〈인크레더블〉의 대사를 그렇게 바꾸어 썼다. 그리고 기운을 내라면서 내가 얼마나 대단한 사람인지 줄줄 늘어놓았다.

너는 극복해낸 사람이야. 나는 내 위에서 자위하던 남자를 생각하며 움찔했다. *넌 이 일도 극복해낼 거야. 의지와 투지를 되찾아야지. 다시 힘내자.* 엄마는 내가 받았던 수용 기반 치료법을 고안한 유명한 심리학자인 마샤 리네한의 말을 인용했다. *일을 더 악화시키지 말자!*

호스텔을 떠난 이후로 겨우 48시간이 흘렀다. 아직도

침을 삼킬 때마다 목이 아팠다. 하지만 이제는 이겨내야 할 시간이다. 엄마는 언젠가 이 이야기가 다른 사람들에게 도움이 될 거라고 위로했다.

나는 밤 산책을 하면서 도시를 서성거렸다. 유명한 체인 브리지에서 다뉴브 강을 바라보았다. 난간에 배를 기댔다. 누군가 여기서 뛰어내리면 한번에 온몸의 뼈가 다 부러진다고 말했던 것이 떠올랐다. 그러다 나는 후원자들과 아네트, 내 지원서에 서명을 하고 손편지로 "당신이 우리 학교에 오기를 바랍니다"라고 적었던 입학사정관을 떠올렸다.

가슴에 책임감이 북받쳐 올랐다. 나는 다리에서 물러났다.

다음 날, 나는 엄지손가락으로 여권 표지의 독수리 문양을 문지르며 광장에 서 있었다. 엄마와는 계속 메일을 주고받았다. 엄마는 몇 가지 제안을 했다. 우선 경찰서에 가라고 했다가, 아니다, 그놈들이 나를 괴롭힐 수도 있으니 그러지 말라고 했다. 소금물로 가글을 하고 계속 통증이 있으면 사흘 안에 병원에 가라고 했다. 그리고 수녀원에 머물라고 했다. 엄마는 샬럿에게 다시 받아달라고 부탁하라고 하기도 했다. 대사관에 가보라는 것이 유일하게 합리적인 조언이었다. 나는 기관총을 가슴 위에 멘 경비원들에게 다가갔다.

"저는 부모님 없이 혼자 여행온 17살이에요." 나는 엉엉 울었다. 그것만으로도 보안을 뚫기에 충분했다. 한 여자가 와서 내 어깨를 감싸 안았다. 나는 헐떡이며 말했다. "어떤 남자가 제 목에 성기를 밀어 넣었어요."

나는 의자에 앉아 흐느꼈다. 아이처럼 어리게 느껴지는 게 싫었다. 내 얼굴은 부어 있었고, 눈썹은 들어올리기 힘들 만큼 무거웠고, 모든 소지품이 든 배낭은 발치에 있었다.

수트를 입은 남자가 나왔다. 나는 흠칫 놀랐다. 그는 나를 사무실로 데려갔다. 벽에는 두 개의 사진이 걸려 있었다. 버락 오바마 대통령과 힐러리 클린턴 국무장관의 사진이었다. 그에게 엄마의 전화번호를 주었다. 그리고 세면도구 가방을 뒤져 우즈 박사의 명함을 찾았다.

"경찰은 없느니만 못하죠." 남자는 자신을 댄이라고 소개하며 말했다. 나중에서야 국무부는 범죄 피해자들에게 별로 도움이 되지 않는다는 사실을 알게 되었다. 만약 내가 누군가를 강간한다면 그들은 감옥에 있는 나를 도와줄 테지만, 설사 헝가리 법이 내게 더 유리하더라도 대사관은 경찰과 나 사이에서 통역을 도와주지는 않을 것이라고 했다. 나는 이것을 내가 당한 강간을 심각하게 보지 않는다는 의미로 받아들였다. 그러니까 엄마가 말했던 것처럼, 내가 "싫다"라고 크고 명확하게 말했더라면 막을 수 있었을 실수였다는 것이다.

대사관이 해줄 수 있는 것은 나를 병원에 보내고, 다음 날 집에 갈 수 있도록 공항으로 데려다주는 것이었다. 나는 너무 놀라서 나를 기다리고 있는 집이 없다는 사실조차 생각하지 못했다.

그날 밤을 보낼 호텔로 오는 길에 영사관이 나에게 저녁을 사주었다. "안 그러셔도 돼요." 나는 그에게 말했다. "집에 가세요."

"어차피 나도 먹어야 해요." 우리는 보도에 있는 카페에 앉았고 그는 케밥을 주문했다. 나는 움찔했다.

"괜찮습니까?"

"그 호스텔이 이 거리에 있어요." 입구가 불과 3백 보 정도밖에 떨어져 있지 않았다. "괜찮아요. 괜찮아요. 여기 있어도 돼요."

내 말에 댄이 턱을 악물었다. "어떤 면에서는 제가 그 호스텔 이름을 몰라서 다행이라는 생각이 드네요. 만약 알았더라면⋯." 그가 계속 말해주기를 바랐다. 어쩌면 내 억울함이 조금이나마 덜어질지도 몰랐다. 엄마는 메일에 이런 말을 썼었다. *오빠나 아빠가 있으면 직접 복수를 해줄 수도 있지.* 낯선 사람이 내게 동정심을 느껴서 대신 복수해주기를 원하는 것, 이것이 내가 바랄 수 있는 최선이었다.

하지만 나는 이내 깨달았다. 대사관에서는 호스텔의 이름조차 묻지 않았다는 사실을.

영사관은 자신이 데리러올 때까지 방을 나가지 말라고 했다. 나는 전화기를 응시하며 누구에게 전화를 해야 할지 생각했다. 생각해낼 수 있는 유일한 곳은 인터라켄이었다.

나는 학생 주임 선생님에게 음성메시지를 남겼고, 어리석은 짓이 아닐까 생각했다. 이제 나는 인터라켄 학생도 아닌데 그녀가 나를 위해 무엇을 해줄 수 있을까?

그리고 욕실에 가서 카메라로 거울에 비친 내 모습을 찍었다. 팽팽하게 부은 얼굴, 갈비뼈, 몸에 어울리지 않게 작은 가슴. 나는 앞으로 오랫동안 사진 찍기를, 창작을 그만두리라는 것을 깨닫고 바닥에 카메라를 내려놓았다. 내가 창작하는 모든 것들은 결국 그날 그 방으로 귀결될 것이다.

몸을 구부리고 목구멍으로 손을 넣었다. 손가락이 식도에 닿자 통증에 소스라치게 놀랐다. 한 번 구역질을 하고 눈물 없이 흐느끼면서 몸을 반으로 접었다. 그것은 강간과 너무나 유사했다.

불현듯 내 자해 역시 폭력이라는 것이 이해가 되었다. 다시는, 정말 다시는 그렇게 할 수 없을 것 같았다. 나는 바닥에 앉으면서 세면대에 매달렸다. 감정을 주체하지 못하고 벽에 이마를 기댔다. 해롭기는 하지만 마음을 다스리는 내 오래된 수단마저 빼앗긴 셈이었다.

이것이 일종의 인간 승리처럼 보일 수도 있다. 언젠가 내가 이 얘기를 한다면, 어떤 사람들은 비록 내가 강간을 당하긴 했지만 그로 인해 잘못된 행동(자해)을 바로잡게 되었으니 거기에 일말의 긍정적인 점이 있다고 말하거나 생각할 수 있을 것이다. 어른들은 내가 자신을 해하는 것과 남이 나를 해하는 것 사이에 큰 차이가 있다고는 보지 않는 듯했다.

그러나 이후로 나는 스스로를 돌보아야 했고 자신에게 고통을 주는 것을 멈춰야 했다. 정신적으로 너무 무너져서, 그렇게 하지 않으면 헤어 나올 수 없었기 때문이다.

다음 날, 영사관이 나를 공항에 데려다주었다. 검정 자동차의 조수석에 앉아서 창밖으로 넓게 트인 도로를 바라보았다. 독립기념일 주말의 토요일이었다. 그는 수트를 입는 것은 물론이고, 근무할 필요가 없는 날이었다. 댄은 가는 내내 이야기를 했다. 예전에 임무를 수행하다가 심각한 교통사고를 당했던 이야기도 들려주었다. 그 사고에서 그의 가족들은 무사했지만 다른 차에 있던 사람들은 모두 죽었다고 했다. 그는 "1년 동안 자신들만 살아남았다는 죄책감에 무너졌었다"라고 말했다. 그런 이야기를 해주는 그가 고마웠다. 비록 얇은 판유리가 나와 그를 가르고, 나를 다른 사람들과 가른다는 느낌이 들었지만 말이다.

"물론 당신이 겪은 것과는 다른 일이죠." 그가 말했다. 그의 눈을 보면서 내게 일어난 일이 얼마나 심각한 일인지 다시 실감할 수 있었다. 내 인생에 들이닥친 그 일을 없던 일 취급하고, 잊어버리고, 하나의 사고이자 내 잘못과 특권에 관한 에피소드로 바꿔 생각하려고 노력해도, 그 순간과 그 일은 돌이킬 수 없는 현실이었다.

댄이 말했다. "언젠가 아침에 일어나면 다시 예전의 당신이 된 기분이 들 거예요." 그는 내 인생은 이전으로 돌아갈 것이라고 말했다. 그러나 그는 내 인생이 정상이었던 적이 없음을 이해하지 못했다. 내 삶은 절대 예전과 같지 않을 것이다. 내 미래는 결코 기대하던 모습일 수 없을 것이다. 나는 노력으로 내 과거를 만회하고, 행복해지고, 안전해질 수 있다는 신념을 향해 맹목적으로 내달리느라 너무 열심히 살아왔다. 그런데 그 이야기는 끝났다.

멜타항공 카운터에서 댄이 내 옆에 서 있는 사이, 나는 1천2백 달러에 편도 티켓을 샀다. 총액이 나를 벌벌 떨게 만들었다. 엄마가 내주겠다고 했지만 말뿐이라는 것을 알고 있었다. 캣 박사와 스콜라스틱이 준 돈을 멋대로 써버렸다는 생각에 새로운 죄책감이 밀려왔다.

출발 탑승구에서 댄이 헝가리어로 뭔가 보안 요원에게 말을 건넸다. "당신을 좀 지켜봐달라고 부탁했어요." 그가 설명했다. 마감 직전에 표를 구매하는 바람에 요주의 인물로 볼 것이라는 이야기였다. 보안 검색 직원들이 몸수색을 되풀이하고, 속옷을 하나하나 검사하고, 모든 기념품을 압수할 거라고 했다.

"당신이 할 일은 딱 세 가지입니다." 나는 내 비행기표를 손에 꼭 쥐었다. "보안검색을 통과하고, 비행기에 타고, 팔걸이를 차지하는 거죠. 그러고 나면 다 괜찮을 거예요."

나는 용기를 내려고 노력하며 고개를 끄덕였다. 눈물을 꾹 참았지만, 속으로는 흐느끼고 있었다. 비행기에 타고 싶지 않았다. 수트를 입은 그에게 나를 보내지 말라고 사정

하고 싶었다. 그는 친절했다. 그에게 작별 인사를 하고 싶지
않은 마음도 있었다.

"반드시 팔걸이를 차지해야 해요, 알겠죠?"

세탁실 앞에서 아네트는 내게 물었다. "너는 무슨 생각
이었는데?" 엄마가 평소와 같이 명랑하게 그녀에게 전화를
해서 에미가 아네트 집에서 지내도 되는지 물었다고 한다.
아네트는 시가 식구들 여덟 명이 와 있었는데도 허락해주었
다.

"동유럽이라고, 에미? 정말?" 나는 주먹을 말아 쥐고
카펫을 응시했다. 그녀는 애초에 여행을 반대했었다. 하지
만 내가 어떻게 했어야 했을까? 미국에서 홈리스로 지냈어
야 했나? 아네트 말이 맞다. 충분히 일어날 수 있는 일이었
다. 누군가의 남자친구나 아빠, 혹은 그 누구라도 공항이건
객실이건 어디서든 나를 공격할 수 있었다.

그럴 듯한 성과를 냈을 때는 모두에게 성공 사례의 귀
감이 된 것 같았다. 그러나 누군가에게 해를 입은 후에 그 책
임은 사실 계속 내 안에 숨어 있었던 나약함 속에서 찾아야
했다. 내 옷가지들이 아네트의 세탁기 안에서 돌아가고 있
었다. 빨래가 끝나면 폭력을 당할 때 입고 있었던 스웨터와
티셔츠, 브라를 개서 입고 또 입어야 했다. 그건 회복탄력성
일까 아니면 그냥 체념일까?

나는 분노가 어린 아네트의 얼굴을 보았다. 몇 년이 지

난 후, 그녀는 나를 그냥 가게 놔둔 자기 탓이라며 죄책감이 들었다고 고백했다. 그러나 모두 내 잘못이었다. 나는 스스로를 변명할 거리가 없었다. 나에게는 머물 곳이 필요했기 때문이다.

우즈 박사를 만나러 갔다. 그녀가 내 쪽으로 몸을 기울였을 때, 나는 그녀도 나를 탓할 것이라 예상하고 움찔했다.

그런데 그녀가 말했다. "미안해, 이렇게 널 보게 되다니 최악이다."

그녀는 혹시 자살하고 싶은지 물었다. "아니요." 한마디 한마디에 아픔을 느끼며 말했다. "그러기에는 너무 많은 사람들에게 신세를 진걸요."

"좋아, 그 말을 들으니 좋네." 그녀와 다음에는 어디로 가야 할지 이야기를 나눴다. 30분 정도가 지났을 즈음, 그녀가 말했다. "아마 별 도움은 안 될지도 모르지만 원한다면 심발타를 늘려줄게."

내가 미국에 도착하자, 엄마는 다시는 그 사건에 대해 이야기를 꺼내지 않았다. 아네트의 집이 사람들로 꽉 차서 일주일 후에 지낼 만한 새로운 곳을 찾아야 했다. 버스를 타고 시카고에 가서 사진 캠프에서 만난 친구와 지냈고, 밀워키로 가는 버스를 탔고, 비행기를 탔고, 위상수학 캠프에서 만난 친구 집에서 지냈고, 그러고는 영국으로 갔다. 엄마가 예전의 내 계획대로 고고학 연구를 해보라고 강력히 권했기 때문이다.

또래 아이들과 있는 것이 쉽지 않아서, 하버드에 1년을 유보하겠다고 통보하고 LA의 디즈니에서 갭이어 인턴십을 했다. 거기서 비용 보고서를 제출하면서 기운을 되찾으려고 노력했다. 처음에는 장기 체류 호텔에 살았고, 그러다가 열세 명의 남자들이 있는 집에서 살았고, 또 다른 두 곳에서 살다가, 마침내 OK큐피드 데이팅 앱에서 만난 27살짜리 남자의 집에서 그와 함께 살게 되었다.

남자친구 레오는 엄마가 이상적인 내 짝으로 생각하던 그런 사람이었다. 키 크고, 부유하고, 무엇보다도 중요하게 성별이 남자였다. 그는 내 식단(비건)에서부터 머리(매닉패닉 브랜드의 밝은 컬러들로 염색)까지 모든 것을 관리했다. 근엄하게 늘 자신이 밥값을 내겠다고 말했고 나는 항상, 항상, 고맙다고 말해야 했다. 이것이 나에게는 성인이 성인과 관계를 맺기 위해 성장하는 과정이라고 여겨졌다. 여기서 느껴지는 모든 부정적인 감정은 과민반응이라고 해석했다. 그의 행동이 아니라 내 과거에 대한 반응이라고 말이다.

나는 위로에 목말라 있었지만 사람들은 나에게 웃고 기운을 내는 것을 기대하고 있다는 걸 잘 알고 있었다. 슬픔에 잠기고 무너져 있을 시간이 없었다. 엄마는 1년 내내 메일에서 내 회복탄력성과 생활력을 칭찬했다.

20장
영혼 없는 우수성

여행가방 두 개에 위탁가정에서부터 사용한 배낭을 메고, 파란 머리를 하고서 하버드에 도착했다. 교내 청원 경찰들이 스바루와 포르쉐 SUV를 임시 주차공간으로 안내했다. 날씬한 엄마와 스포티한 아빠 들이 플라스틱 상자들을 끌면서 문간을 들락날락하고 있었다. 뚱뚱한 사람은 아무도 없었다. "코네티컷"(예일 대학교가 위치해 있으며 사립 고등학교와 기숙형 고등학교가 많은 곳으로 유명함—옮긴이)이라는 말이 공기 중에 떠돌았다. 전에는 한 번도 생각해본 적 없었지만 갑자기 중요하게 여겨지는 주였다.

캠퍼스의 맨 끄트머리에서, 나는 앞으로 내가 집이라 부를, 형광 불빛이 밝혀진 긴 복도를 발견했다. 학부모들이 청소를 마친 후, 기숙사 동기들과 나는 복도 카펫 위에 모였다. 신입생들은 대부분 야드(기숙사와 오래된 역사적 건축물들이 있는 하버드 교정)에서 룸메이트와 함께 기숙사에 살았다. 1천 6백 명의 학생들 중에서 싱글 룸을 사용하는 학생은 30명 남짓으로, 여기에는 학기 중에 미쳐서 격리되어야 하는 학생이 생기는 경우를 대비해 남겨두는 몇 개의 방도 포함되어 있었다. 그래서 기숙사에는 '사이코 싱글'이라는 별명이 있었다. 모두 웃었지만 나는 혹시 내가 격리될까 봐 걱정이 되었다.

우리는 우리가 싱글 룸에 배정된 이유에 대해 추측해보았다. "우리가 특별히 독립적이라서 그런 것 같아요." 우리 기숙사에 갭이어를 가진 학생과 이스라엘 방위군 지원자의 비율이 높았다는 사실을 언급하며, 한 아카펠라 가수가 자진해서 의견을 냈다. 다른 학생들은 고개를 끄덕였지만 나는 입술을 깨물었다. 18살에게 독립적이라는 말은 칭찬이다. 나도 자유를 갈망해왔고 대학을 그 통로로 여겼다. 그러나 지금 여기에 와보니 나에게 없었던 것이 무엇인지 절감하게 되었다. 나에게는 자립하지 않아도 되는 시기가 없었다.

운 좋게도 내 포드(기숙사에서 공용 공간을 함께 사용하는 아홉 명의 집단—옮긴이)의 다른 아이들은 금방 상대방을 무장해제시킬 만큼 좋은 아이들이었고, 입학 팸플릿에 나온 것처럼 다양성을 그대로 보여주었다. 그리스 사람 한 명, 흑인 한 명, 아시아계 미국인 두 명, 홍콩에서 온 아이 한 명(그녀의 부모는 그녀를 위해 세계를 가로질러 이주했다), 뉴욕에서 왔다고 했지만 아이들의 질문으로 곧 뉴저지에서 온 것으로 밝혀진 아이 한 명, 그리고 파란 머리인 나. 우리 아홉 명 중에서 한 명도 아닌 두 명이 맨해튼 출신이었다.

"너희 둘 다?" 내가 물었다. 그들은 서로의 곁에 다리를 꼬고 앉아 있었다. "응, 우리는 아는 사이야." 금발의 뉴욕 여자애가 말했다. 나는 입이 벌어졌다. 하버드에서 만난 아홉 명 중에서 두 명이 이미 서로 아는 사이일 확률이 얼마나 될까?

하지만 다른 아이들은 놀라지 않는 것 같았다. 뉴욕 출신 두 명은 그들의 삶은 원래부터 이 복도를 향해 있었다는 듯이 편안하게 벽에 기대어 있었다. 나는 주위를 둘러보며 나와 비슷한 배경을 가진 사람이 있기는 할지 궁금했다. 그런 아이가 있더라도 굳이 말하지 않을 터였다. 부유한 아이들—학년의 40퍼센트를 구성하는 상위 1퍼센트와 그 나머지를 채우는 다소 덜 부유한 평민들—이 분위기를 주도했다. 분명 어딘가 형편이 넉넉하지 못한 아이들도 있을 텐데 그들을 어떻게 찾아야 할지 알 수 없었다.

남자친구는, 하버드에서 중요한 것은 VIP들과 어울리는 것이라면서, 화장실 청소를 하거나 근로 학생으로 일하는 사전 오리엔테이션 기숙사 크루에 들어가지 말라고 조언했다. 이 점을 기억하면서, 충격받은 티를 내지 않고 남들에게 좋은 인상을 주려고 노력했다.

한 아이가 감자로 유명하다는 것만 아는 아이다호 출신이라고 말했을 때 귀가 번쩍 뜨였다. "어느 쪽에서 왔니?"

동부 연안과 서부 연안 사이 지역에서 왔다면 이웃이라는 듯이 내가 물었다.

"아, 나는 보딩스쿨에 다녔어." 어디 출신이냐는 질문에 그녀가 이렇게 대답하자 나는 금세 눈치를 채고 흐뭇한 마음으로 같은 말을 덧붙였다.

다음 날 갈색 머리의 맨해튼 출신인 빅토리아의 방에 초대를 받았을 때 나는 내가 처신을 잘했다는 만족감이 들었다. 나는 그녀의 플라스틱 정리대를 칭찬하면서 이불이 흐트러지지 않도록 천천히 침대 위에 앉았다.

"여긴 완벽한 구조야." 그녀가 말했다. 동의한다는 듯이 고개를 끄덕였다. "사생활이 보호되면서 복도를 사이에 두고 서로 가까이 있잖아." 빅토리아는 마치 자신이 파파라치를 피해 담장 뒤로 숨어야만 하는 연예인인 것처럼 '사생활'이라고 말했다.

나는 귀 뒤로 코발트색 머리카락 한 가닥을 넘겼다. "방 소품들이 서로 잘 어울린다." 내 방은 바닥에 펼쳐진 여행가방 하나와 이불 대신 매트리스 위에 덮인 타월이 전부였다. "고마워." 그녀는 하얀 이를 드러내고 밝게 웃었다. 그녀가 옷장을 열고 안을 들여다보았다.

"네 옷들도 서로 잘 어울려."

"보통 시즌마다 제이크루 카탈로그에서 주문해."

"제이크루가 뭐야?"

"그냥 의류 브랜드야." 빅토리아는 내 옆에 앉아서 그녀의 목걸이에 달린 진주 한 알을 손으로 만지작거렸다. 그녀의 귓불에서는 진주 스터드가 반짝거렸다. 오른손에 낀 반지를 만지작거리면서 빅토리아는 자신이 구설수에 오른 유명인의 가족이라고 고백했다. 고등학교 시절, 한 신문이 그녀에 대한 자극적인 기사를 실었다. 나는 내 처방약 남용을 화두로 삼은 기사가 노출되었을 때를 떠올리며 공감했다. 나는 우리가 미디어로 고통받았던 공통점으로 이미 친구가 되어가고 있음을 느낄 수 있었다.

그런데 빅토리아가 자신이 직불카드를 쓸 때마다 사람들이 그녀의 이름을 보고 이러쿵저러쿵 수군거린다는 이야기를 하는 중에, 작은 조개껍데기처럼 광이 나는 그녀의 손톱이 눈에 들어왔다. 빅토리아의 베갯잇 프릴을 등지고 앉아 있는데 갑자기 내 옷에 묻었던 정액이 뇌리를 스치면서 몸에 열이 오르고 나라는 존재가 역겹게 느껴졌다.

나는 빅토리아에게 부다페스트에 대해 절대로 말할 수 없었다. 만약 내가 그 호스텔에 들어가지 않았다면, 대학 지원서에 적은 것처럼 상황을 단순화시켜서 뼈대만 남은 문장을 읊을 수 있었을 것이다. "나는 위탁가정에 있었고 홈리스였어. 그래, 나는 놀라운 사람이야!" 어쩌면 나는 사람들이 생각하는 것처럼 이 사건을 고결한, 적어도 흥미로운 이야기라고 생각할 수도 있다. 하지만 강간은 그 이전에 생겼던 모든 일, 온갖 역겨운 일의 다른 말이 되어버렸다. 내 인생의 악취, 빨지 않은 옷가지들, 훔친 모자, 다리에 그어진 수많은 상처들, 그리고 땀샘에서부터 뿜어 나오는 궁핍함. 그중 하나라도 눈치채는 사람이라면 전부 다 알게 될 것이라는 두려움이 밀려왔다. 그들에게 나는 내 가장 구질구질한 순간에 영원히 박제된, 망가진 존재로 비춰질 것이 틀림없었다.

내 지원서가 담고 있는 모든 것들을 지키기 위해서 하버드에서는 신중해야 했다. 앞으로 나아가는 유일한 방법은 잊어버리는 것이다.

"나는 이제 강의를 정하러 갈게." 아마 남자친구와 스카이프를 하게 될 테지만 빅토리아에게는 그렇게 말했다.

"잠깐만." 내가 일어서는데 그녀가 말했다. "번호 좀 줄래? 우리 같이 밥 먹어야지." 미소 짓는 그녀의 치아가 반짝 빛났다. 그녀가 나와 친구가 되고 싶은 것 같아 놀랐다.

그녀의 방을 나서며 안도의 한숨을 쉬었다. 부끄러운 비밀을 털어놓지 않고 20분을 잘 버텼다. 이제 70년 정도만 더 버티면 된다.

2011학년도 학생들은 신입생 소집을 위해 샌더스 극장의 샹들리에와 아치형 천장 아래 모였다. 윈스턴 처칠, 시어도어 루스벨트, 마틴 루터 킹, 그리고 미하일 고르바초프가 모두 하버드 강당에서 연설을 했다(나는 그들 중 두 명의 이름을 알고 있어 뿌듯했다). 나는 유명인이 있나 보려고 좌석을 둘러보았다. 동급생들 중에는 악명 높은 정치인 엘리엇

스피처, 앨 고어, 그리고 시진핑의 자녀도 있었다. 시진핑이라는 이름을 들어본 적은 없었으나 그의 딸이 가명과 위조된 신분으로 하버드에 다닌다는 것을 보니 아주 유력한 인물인 것이 분명했다.

운영자가 무대 위를 걸으며 말했다. "대학은 힘든 착륙지일 수 있습니다." 그는 신입생들이 평균적으로 세 개 클럽의 회장, 한 개 스포츠 팀의 주장, 그리고 졸업생 대표였다고 설명했다. 그 말에 기가 질려서 남아 있는 손톱마저 물어뜯지 않으려고 두 손을 깔고 앉았다. 그는 수학 법칙상 우리 중 정확히 절반이 평균 이하일 것이라고 말했다. 학생들은 옆자리 동급생들을 가늠하느라 고개를 돌렸다. 하지만나는 내가 그 평균 이하에 포함되어 있음을 확신했기 때문에정면만 응시하고 있었다.

"힘겨운 것은 정상입니다." 운영자는 그렇게 말을 끝마쳤다. 학생들과 함께 열을 지어 나가며 그 말을 곰곰 생각했다. 고통을 최소화하면서도 인정하는 간단한 표현이었다. 나는 뉴잉글랜드 사람들은 배낭 대신 르 플리아쥬 토트백을 들고, 바퀴 달린 여행가방 대신 캔버스 더플백을 들 듯, 이런 논리를 쉽게 받아들인다는 사실을 알아가는 중이었다. 그들은 비닐 우비를 입지 않고 녹색과 갈색으로 된 끔찍한방수 면 재킷을 입었다(한 친구가 "꿩 사냥에 좋아"라고 설명했는데, 하이킹이나 야외에서 잠자기보다 더 지독한 취미 같았다). 그들은 터무니없이 값비싼 보트를 타고 찰스 왕세자를 헐뜯었다. 민소매 조끼를 입은 남자를 볼 때마다 생각했다. *팔이 춥지 않은가?*

이 새로운 세계는 마약에 중독된 가족, 떠들썩한 자살 사건, 그리고 금융 사기를 매력적인 미소 뒤에 숨기고 있었다. 삐삐 마른 여자애들은 어떻게 몸매를 유지하는지 입도 뻥긋하지 않았다(그리고 살이 찌지 않기 위해 그들이 무엇을 하든 그건 정상이었다). 하버드에서는 아무도 내 야망을 병적이라고 보지 않았다. 재학생들의 고통은 당연한 일상이었다.

그날 밤, 기숙사 지하에 사는(대놓고 우리의 "감독관"이라 칭해진) 교수님도 같은 말을 반복했다. 우리의 또래 자문위원으로, 형광 초록 티셔츠를 입은 상급생 세 사람도 마찬가지였다. 오리엔테이션에서 그 비공식적인 슬로건이 거듭 반복되자 더욱 불길한 예감이 들었다. 응원이 필요할 때, 사람들은 모두 앞으로 보낼 4년은 아주 혹독할 테니 희망을 크게 갖지 말라고 경고했다.

"하버드에서 가장 힘든 부분은 입학하는 것이다"라는 말이 있지만, 우리가 알아야 할 또 다른 진실이 아주 많았다. 중간 수준의 학점이 A였고, 평균이 A−였다. 수업에서 배우는 것보다 종종 우연히 만나는 사람들이 더 중요했다. 낙제는 거의 불가능했고 실패는 고액 연봉의 SAT 강사가 되는 것을 의미했다. 그러나 이런 것들을 이야기해주는 사람이 없어서 나는 알 길이 없었다.

대학에 들어가면 소속감을 느낄 수 있으리라는 환상은 금세 깨졌지만, 내가 고르고 고른 지도교수에게는 여전히 기대를 품고 있었다. 1학년 작문을 가르치는 것 이외에 그는 시인이었기 때문에, 학장님이 내 스콜라스틱 상 수상을 기억하고 예술적인 멘토를 배정한 것이라 생각했다. 나는 문예창작 프로그램 사무실에서 그 잘생긴 시인을 만났다. 케임브리지의 많은 사람들처럼 그는 부담스러울 정도로 외모가 준수했다. 그는 장중한 나무 탁자 위에 에세이 하나를 살며시 놓았다. 나는 그것이 올해 여름 재택 시험으로 친 배치고사 시험지임을 알아보았다.

　　"여기서 뭔가 눈에 띄는 게 있나요?" 그가 물었다.

　　나는 그것을 들여다보고 머리를 저었다.

　　"잠시 한번 훑어볼 시간을 드리죠."

　　여름에 재택으로 시험을 치르는 동안, 동네 치과에서 매복 사랑니를 제거하기 위한 최종 예약 전화가 걸려왔다. 인턴십을 했던 디즈니의 책상에서, 비용 보고서를 제출하는 중간에 쉬는 동안, 입술은 터져서 피맛이 나고 바이코딘으로 몽롱한 상태에서 곧바로 작문을 마쳐야 했다. 시간이 부족해서 문예창작 프로그램 사무실에 메일을 보내 상황을 설명하고 보충시간 동안 재시험을 보게 해달라고 요청했었다. 물론 거절당했다.

　　"눈에 띄는 게 있나요?" 그는 녹색 눈동자를 반짝이며 꽤나 상냥하게 물었다.

나는 어깨를 으쓱했다. 할 말이 많았다. 지도교수는 내가 알아듣도록 설명해주었다. "에세이가 문장의 중간에서 끝나죠."

"그래서 메일을 보냈었어요." 지금 그런 건 상관없다는 걸 알면서 나는 그렇게 변명했다. 하버드에서는 누구도 교정문을 쓰도록 *강제하지*는 않는다고 하면서, 지도교수는 그것은 내가 결정하는 것이라고 명확히 말했다. 그리고 그는 이렇게 밝혔다. "이건 우리가 본 것들 가운데 가장 형편없는 에세이 중 하나예요."

"우리"라는 단어가 가슴을 조였다. 그건 학부 교수들이 나에 대해 논의했다는 뜻이었다. 하버드는 학생들에게 세상이 우리 앞에 열려 있다는 믿음을 심어주는 곳인데, 그 말을 들으니 내 앞에서 문이 쾅 닫히는 기분이었다. 미국 내 고등학생 중 최고의 작문상을 수상한 학생, 혹은 파란 머리 여자애가 아닌, 하버드 사상 최악의 글을 쓴 신입생이라는 수식이 내 이름 아래 달렸다.

지도교수는 많은 학생들이, 특히 비전형적인 배경을 가진 학생들이 교정문을 쓴다고 설명했다. 비전형적인 배경이란 세계 최상위 고등학교(그리고 이왕이면 동문 부모)가 아닌 다른 배경을 뜻한다는 것을 나는 알아가고 있었다. 이런 부당한 정의도 내가 역부족이라는 느낌을 지우지 못했다.

지도교수의 눈치를 살피며 그는 단지 내게 도움을 주려는 것뿐이라고 스스로를 타일렀다. 공격받았다고 느끼는

자신을 꾸짖으며, 내 과거에 매몰되어 그의 좋은 의도에 반
감을 느끼는 것은 아닌가 의심했다. 지도교수는 내가 단어
들을 하나의 문장으로 제대로 엮을 수 있다는 사실에 스스
로 놀라움을 느낄 때까지 교정문을 다시 써야 하는 온갖 이
유를 들었다.

"시험을 다시 치를 수는 없는 건가요?" 나는 물었다.

"그러기에는 너무 늦었어요. 게다가 이걸 바탕으로?"
그는 종이를 집어들며 말했다. "그건 불가능해요."

나는 눈을 질끈 감았다. 압박감이 이마로 몰려들었다.
사랑니는 그리 대단한 일이 아니었다. 치아 건강을 제때 확
인하거나 치과 예약을 해주는 부모가 없다 보니 최저 임금
을 겨우 넘는 돈을 벌면서 수술비를 지불하게 된, 예상할 수
있는 결과였다. 부유하지 않은 사람은 하루를 겨우겨우 살
아간다는 기본적인 사실도 이해해주지 못하는 학교에서 다
른 도움은 받을 수 있을까?

나는 결국 교정문을 쓰기로 했다.

오리엔테이션 주간에, 학생들은 어떤 과외 활동에 참가
할지, 그리고 더 나아가 앞으로 인생을 어떻게 살지 고민하
며 이 교실에서 저 교실로 옮겨 다녔다. 빽빽하게 들어찬 프
리메디컬(의대 진학을 위해 필요한 과목을 수강하는 대학 수업
트랙—옮긴이) 소사이어티 모임을 살펴보고 의사가 되지는
않겠다고 마음을 정했다. 하버드에 만연한 학점 인플레이션

을 감안하더라도, 여기에 모인 인텔 사이언스 페어 우승자들을 이길 방법은 없을 터였다(의대 입학 자격 고사 학습 과정에 내야 하는 5천 달러는 말할 것도 없이). 언젠가는 반드시 치과 보험에 들겠다는 간절한 마음으로 좀 더 접근 가능한 전문직 연구 단체들로 눈을 돌렸다. 워런 버핏과의 점심을 위해 오마하로 공짜 여행을 보내주는 스마트 우먼 증권에서부터 회원들에게 투자금으로 1천 달러를 내도록 하는 블랙 다이아몬드 캐피탈까지 분주하게 돌아다녔다.

파이낸셜 애널리스트 클럽의 회의실에서는 인상적인 스웨터를 입은 한 상급생이 파워포인트로 단체의 구조에 대해 발표하고 있었다. 이는 간단하게 *가입*할 수 있는 단체가 아니었다. 대부분의 과외 활동과 마찬가지로 '콤프'라는(그게 뭘 뜻하는 말인지 아는 사람이 아무도 없었다), 한 학기에 걸친 지원 과정이 필요했다. 이처럼 오랜 기간이 소요되는 검증 과정은 학생들의 결속력을 다지는 수단이었다. 몇 차례의 탈락, 40시간의 수련, 정신을 잃을 때까지 마시는 술, 그리고 밤샘을 거치고 나서야 선별되는 멤버들은 둥그렇게 둘러앉아 소회를 나누고 다시는 그 이야기를 꺼내지 않는다. 회원이 되면 이어지는 학기에는 다양한 소위원회를 콤프할 수 있게 되어 주식을 고르거나, 회의를 조직하거나, 향후 콤프를 이끌 수 있는 특권을 얻는다.

프로젝터의 도표에는 피라미드가 나타나 있었다. 하버드의 모든 클럽에서 핵심은 정점에 도달하거나 최소한 이사회에 들어가는 것이다. 그런 다음 회장은 여러분도 자수가 놓인 파타고니아 하프집업을 구매할 수 있고 자신들과 함께할 수 있다고 말했다. 클럽의 모든 혜택 중에서 스웨터가 가장 나를 설레게 했다. 관광객들만 하버드 스웨트 셔츠를 입었다. 내 동기들은 저마다 특정 단체의 로고가 박힌 복장을 하고 다녔다. 폴로 팀은 룰루레몬 재킷을, 스쿼시 팀은 나이키 배낭을, 벌Bee 클럽은 금색 곤충이 달린 가느다란 체인 목걸이를 맸다. 암호 같은 문장이 클럽만의 캐주얼 모자(모르는 사람 눈에는 야구 모자와 매우 비슷한)의 앞면을 장식하고 있었다.

　사람들은 내 머리를 보고 나를 반사회적인 사람일 것이라 추측했다. 대마초에 물든 더들리 코옵 하우스(하버드 내에서 기숙사를 대체할 수 있는 캠퍼스 안에 있는 숙소—옮긴이)로 이사할 기회가 생기면 곧바로 기숙사에서 도망가는 유형의 사람을 말하는데, 사실 나는 그 반대였다. 나는 로고를 갖고 싶었다. 소속되고 싶었다. 나를 끌어당기는 곳이 없으면 밀려나는 기분이 들었다.

　나는 즉각 파이낸셜 애널리스트 클럽에 가입했다. 그 이후 가을 내내 일요일마다 애덤스 하우스 콘서바토리에 갔고, 거기서 다른 학생들과 와플에 새겨진 하버드 문장에 걸맞게 굴려고 노력했고, 브런치를 먹으며 2학년인 에이미가 콤프원들에게 내는 비즈니스 뉴스에 관한 퀴즈를 풀었다.

정보 세션이 끝난 후, 포드 멤버들은 욕실에서 준비를 마치고 나갈 생각에 들떠 있었다. 신입생 기숙사에서는 술이 금지되어 있었고 상급생 하우스에서는 엄격하게 제한되어 있었기 때문에, 사교 생활은 남자 일색인 파이널 클럽(하버드 재학 중 가장 가입하기 힘든, 그래서 가장 마지막에 들어갈 수 있는 모임—옮긴이)에서 이루어졌다. 그들은 스퀘어 주변에 수백만 달러의 맨션을 갖고 있었다. 포셀리언 클럽Porcellian 의 회원이 마흔이 될 때까지 백만 달러를 벌지 못하면 클럽에서 차별을 받는다는 소문이 있었다.

여자들은 자전거보관함을 지나서는 출입이 허용되지 않았는데 나는 뉴욕 출신 홀메이트가 폭스Fox 클럽 회원 중 아는 사람이 있어서 초대를 받았다. 흰색과 녹색 스트라이프 청바지와 탱크톱으로 최대한 차려 입었다. 홀메이트들은 바람에 말린 긴 머리를 풍성하게 늘어뜨린 채, 몸에 딱 달라붙는 드레스에 스틸레토 힐을 신고 있었다. 남자들은 상급생 클럽 회원들만 입장이 허용되었고 여자들은 모두 신입생이었다. 끈적이는 바닥은 견목 재질이고 천장이 몰딩으로 둘러져 있는 것을 빼면 내가 생각하는 전형적인 파티 분위기였다.

내 친구들은 그들에게 흑심을 품은 남자들 무리 속으로 들어가 정글주스를 가지러 흩어졌다. 맨 정신으로 노래 몇 곡에 맞추어 혼자 춤을 추고 나서 나도 음료를 가지러 갔다. 아무도 내게 가져다줄 것 같지 않았다. 이윽고 한 남자가 나와 춤을 추었다. 어색하게 자란 밝은색 머리가 부끄러워 달아오른 얼굴로, 그가 잘못 다가온 게 아닌가 생각했다. 그는 내 엉덩이를 자신의 사타구니 쪽으로 끌어당겼는데 내가 바로 거부하자 노래가 나오는 도중에 나를 두고 가버렸다.

이런 행사를 한심하게 생각하지는 않았다. 권력이란 내 것이 아니고 앞으로도 그럴 일은 없겠지만, 단지 가까이에 접근하는 것만으로도 도취되는 기분이었다. 회원 중에 여성이 없다는 사실이 오히려 이런 클럽에 대한 동경과 호기심을 끌어올렸다.

며칠 후, 빅토리아가 오울Owl 클럽에서 열리는 저지 파티에 나를 초대했다. TV쇼 〈저지 쇼어〉에 나온 스누키라는 사람에 대해 듣고서 어떤 옷을 입고 가야 하냐고 물어보았다. 빅토리아는 스포츠 저지를 입으라고 말했다. 나는 교내 스포츠 티셔츠를 구해 입었다. 빅토리아의 고등학교 친구 무리들은 나 없이 먼저 출발했고 나는 스니커즈를 신고서 그들 뒤를 따라갔다. 문 앞에서 턱시도 차림의 몸집이 작은 남자가 명단을 확인하고 나를 저지했다. "친구가 나와서 절 데리고 들어가면 안 될까요? 그 애가 3분 전에 들어갔거든요."

그는 안 된다고 했다. 내 친구들도 회원이 아니고 그저 한 회원의 손님들이었기 때문이다. 따라서 내 친구들이 아니라 회원이 나를 데리러 와야 한다는 것이다.

다음에 또 오자! 빅토리아가 문자를 보냈지만 나는 바

보가 아니었다. 맞은편 체육관 계단에 앉아서 벽으로 둘러싸인 뜰 안쪽에서 들려오는 음악을 들으며 앞으로 4년간 토요일 밤마다 나는 무엇을 하며 시간을 보내게 될지 생각했다.

하버드에서는 수강 신청을 하기 전에 '쇼핑 주간'을 운영했다. 강의를 소개하고 홍보하는 기간이다. 운영진은 이 기간이 강의를 시험적으로 체험해볼 수 있는 시간이라고 말하며 무슨 강의를 선택하면 좋을지 약간의 팁을 알려주었다. 나는 모든 학생들이 일단 강의실에 나타난다는 것을 확인했다.

강의가 시작되기 전날, 우리 홀의 포드 멤버 셋이 색깔별로 구분된 달력을 비교하고 있는 것을 보았다. 달력에는 이중, 삼중으로 수강할 강의가 표시되어 있었다. 그들은 신입생이 무슨 강의를 들어야 하는지 알고 있을 뿐 아니라 2학년 중반에 전공할 과목을 좁히는 데 도움이 되는 상급 강의를 선택할 계획도 세우고 있었다.

깜짝 놀라서 아카펠라 가수의 목록을 들여다보았다. "이걸 어떻게 만들었어?" 그녀는 어깨를 으쓱했다. "부모님이 도와주셨어." 다른 아이도 고개를 끄덕했다. 모든 아이들의 부모가 무슨 강의를 들어야 할지 짜주었던 것이다.

반면에, 우리 엄마는 하루 걸러 메일을 보내면서 자신의 모험에 대해 이야기했다. 엄마는 내가 갭이어를 보내던 시기에 범죄 현장 사진가로 일하던 직장에서 은퇴한 후, 밀랍으로 고양이 얼굴을 만들고 깡마른 고아들이 셔츠로 입을 수 있는 강아지 옷을 할인된 가격으로 구매하면서 시간을 보냈다. 엄마는 내게 10대들을 양육하는 법에 관한 메일을 보냈다. 몇 달에 한 번씩, 엄마는 (다시는) 강간당하지 말라며 장문의 비난조의 메일을 보냈다.

성인으로 나아가는 과정에서 남자친구 레오에게 의지하게 되었다. 그는 나를 치과에 데려가 무시무시한 사랑니를 뽑을 수 있게 도와준 사람이었다. 치근관과 크라운에 5천5백 달러―내 통장을 초토화시키는―가 들어간다는 사실을 알았을 때, 그는 캣 박사의 친구인 자본가에게 보내는 편지와 재정지원국에 보내는 또 다른 편지를 받아 적어주었다. 레오의 아파트는 나에게 가장 집에 가까운 곳이었다. 아네트도 그가 아버지처럼 나에게 잘 해준다고 말했다.

게다가 그는 엘리트 대학 졸업생이라 내가 시스템을 제대로 이해하도록 도와줄 수 있는 유일한 사람이기도 했다. 포드 멤버들과 그런 일이 있었다고 얘기하자 그는 자신이 그랬던 것처럼 나도 경제 수업을 수강하라고 말했다. 그 조언이 고맙긴 했지만 나만의 색깔로 표시한 달력을 만들고 싶었다.

만약 내가 '탐험'과 '자아 찾기'를 원했다면 하버드의 비간섭주의 접근방식이 아마 이상적이었을 것이다. 그러나 온갖 일을 겪은 뒤, 나는 그저 연봉이 높은 커리어를 탐험하고 믿을 수 없이 부유한 자신을 찾고 싶었다. 부모의 지도가 결핍되고 엘리트 사회의 통념에 무지한 나에게, 하버드가 제공하는 자유는 조금도 자유처럼 느껴지지 않았다. 오히려 다른 사람들은 모두 규칙을 알고 있는데 나만 어둠 속에 있는 것 같았다.

강의 첫째 날, 나는 정해진 대로 경제학 원론(EC 10) 강의실로 터덜터덜 걷고 있었다. 따분한 강의가 끝날 즈음, 소지품을 배낭에 넣고 있는데 스피커에서 전자 음악이 울리기 시작했다. 고동치는 소리가 샹들리에를 흔드는 것 같았다. 산세리프체 로고가 파워포인트에 등장했다. 컴퓨터 과학(CS50) 강의였다. 달리 갈 곳이 없어서 강의실에 그대로 남았다. 강의 시작 후 7분 만에("하버드 시간"—넓은 캠퍼스에서 학생들이 다음 수업으로 이동할 때 늦지 않도록 7분씩 여유를 두고 수업을 한 전통. 2018년 이후로 폐지되었다.) 데이비드 말란 교수는 검정 스웨터에 단 마이크를 시험하고는 프로그래밍을 가르치기 위해 중앙으로 걸어 나왔다.

그는 전화번호부에서 마이크 스미스라는 이름을 찾는 것으로 첫 번째 알고리즘—이진 탐색—을 설명했다. 말란은 전화번호부 중간의 한 지점을 펼쳤다. "이제 우리는 무엇을 해야 할까요?" 그가 물었다. 연단에 일렬로 서 있던 조교들이 두꺼운 전화번호부를 반으로 찢어 바닥에 던졌다. 청중들이 놀라서 입을 벌렸다. 말란의 조교들이 새로운 페이지를 펼치고 그 과정을 되풀이했다. 마침내 조교가 의기양양하게 하나의 페이지를 찾았다. 청중은 박수를 치고 환호했다.

말란이 극적인 효과를 위해 시간을 끌었는데도 한 페이지를 찾는 데 1분도 걸리지 않았다. 전화번호부가 1천 페이지라면 500, 250, 125, 66, 33, 16, 8, 4, 2, 그리고 1처럼, 맞는 페이지를 찾기 위해서 평균적으로 열 번만 찢으면 되었다. 그는 로그에 대해—로그 2의 1024는 10—말했지만 나는 수학이 아니라 마법이라는 생각이 들었다. 시선을 떼지 못한 채 입을 떡 벌리고 결과로 나온 페이지를 응시했다.

그때까지 나는 코드를 한 줄도 써본 적이 없는 것은 물론이고, 생각조차 해본 적이 없었다. 내가 아는 거라곤 〈소셜 네트워크〉(페이스북 설립자인 마크 저커버그의 일대기를 그린 영화—옮긴이)뿐이었다. 해독할 수 없는 텍스트가 가득한 검은 화면을 해커들이 응시하는 모습. 나는 프로그래밍 강의를 듣는 데 필요한 준비가 되어 있지 않은 것 같았다. 중학교 때 특별 수학 프로그램을 시험 삼아 들어보게 해달라고 엄마를 졸랐지만 이렇게 말하며 들어주지 않았다. "너는 언어에 소질이 있는걸."

에세이에 대한 참혹한 평가 이후, 하버드에서 나에게 언어에 소질이 있다고 말하는 사람은 아무도 없었다. 수업 첫째 날까지, 나는 남김없이 발가벗겨진 기분이었다. 그러나 내가 특별히 잘하는 것이 없다는 사실은 오히려 새로운 문을 열어주었다. 왜냐하면 캠퍼스 안에서 CS50 강의실보다 더 내가 있어야 할 자리로 여겨지는 곳도 이제는 달리 없기 때문이었다.

말란은 대다수 학생들이 이런 강의 내용을 처음 접할 것이라고 우리를 안심시켰다. 하버드에 들어올 정도의 학생이라면 그의 수업을 감당할 수 있을 것이라고 장담했다. 그의 말에 충분히 해볼 만하다는 느낌을 받았다. 비록 그날 밤 신입생 식당에서 주말 과제를 하는 데 하나당 40시간이 걸렸다는 무시무시한 이야기가 돌았지만 말이다. 의사를 지망하는 학생들 중에는 GPA(Grand Point Average; 평균 평점)가 무너지는 경험을 하고 상담을 받는 사람이 많다고 했다. 너무 두려워서 CS50을 수강하지 못했던 신입생들은 긴 나무 탁자에 둘러앉아 그 수업은 일종의 컬트라고 입을 모았다.

하지만 부정적인 말들은 나의 호기심을 더 자극할 뿐이었다. 나는 어디로 가라, 무엇을 하라 따위의 지시를 받고 싶었다. 보호시설의 생활에 염증이 났지만 그렇게 오랜 시간을 지내다 보니 오히려 조직적이고 명확해야 불안하지 않았다. 그리고 혹시 망하더라도 어쩌겠는가? 존재라는 건 원래 시련의 연속이 아닌가?

유일한 문제는 CS50과 같은 시간에 신청자 한정 신입생 세미나인 '여성의 성장 전기'를 들으려 했다는 것이다. 모두 이 강의를 들으라고 권했기 때문에 나는 학장에게 동시에 수강신청을 할 수 있게 해달라고 부탁했다. 그러나 받아들여지지 않았고 나는 마음을 정했다. 이미 문학을 공부하지 않기로 결심한 터였다. 그리고 만약 CS50 강의가 사람들을 그렇게 괴롭힌다면, 어쩌면 내가 힘들어 할 때 적어도 하나의 핑계가 되어줄 것이다. 내 노트북에 CS50이라고 적힌 스티커가 붙어 있는 것만으로 모든 것이 설명되리라.

학기가 시작한 지 2주쯤 되었을 때, 엄마가 메일을 보내 신입생 학부모 주간에 참석하겠다고 알려왔다. 나는 그 전에 엄마가 보낸 다섯 통의 메일에 답장을 하지 않았다. 엄마에게 방에서 쓸 이불을 보내달라고 부탁하는 메일을 보냈을 때 엄마가 성교육으로 답장을 썼던 것이 마지막이었다. "절대 이용당하면 안 된다"라고 엄마는 불길한 어조로 썼다. '그냥 그에게… 해줘버리자(그리고 그를 떼어내자)'라는 생각은 하지 마. 네가 격렬하게 거부하면 계속할 놈들은 거의 없을 거야.

캠퍼스 내 성폭력의 현실, 혹은 내가 애인이 있다는 사실을 떠나서, 그것은 마치 부다페스트에서의 내 행동에 대한 충고를 가장한 비난으로 느껴졌다. 나는 울었다. 하지만 달리 반박할 말도 없어서 그냥 답장을 하지 않았다. 이후 엄마가 보낸 메일들은 나와 무관한 장학금 공모전 공지와 10여 통의 스팸메일 등 받은메일함의 쓸데없는 메일들 사이에 섞여 있었다. 확인하지 않은 각각의 메일은 내가 이제야 내 삶을 통제하고 있다는 듯이 나에게 내가 가진 힘을 느끼게 해주었다.

하지만 지금 엄마는 10월에 오겠다고 하고 있었고 나는 엄마를 막을 수 없었다. 엄마는 이렇게 썼다. 너는 내가 거

기 가는 걸 좋아하지 않을 테고 내가 가능한 빨리 돌아갔으면 하겠지. 차인 연인의 말투로 정곡을 찌르는 그 말에 죄책감이 들었다. 엄마는 내 방에서 지내고 싶어 했다. *아니, 절대 안 돼.* 나는 그렇게 답했다. 하버드는 엄마가 아닌 내 공간이다. 캠퍼스에 엄마가 있다는 생각만 해도 동요가 됐다. 엄마가 발밑의 땅을 통해 학교의 힘을 빨아들여 나에게서 앗아가기라도 할 것 같았다.

엄마가 오는 것을 막을 수는 없어도 엄마를 거의 만나지 말자고 다짐했다. 이제는 거의 내 기본 상태가 되어가는, 벅차고 지친 상태로 CS50 강의실에서 기숙사로 돌아왔는데 엄마가 복도에 서 있었다. 순간 나는 얼어붙었다. *어떻게 기숙사 위치를 알았지?*

"어떻게 왔어?" 나는 물었다.

"아주 친절한 학생이 들여보내줬지!" 엄마는 그렇게 말하며 들어오면서 만난 모든 하버드 여학생을 묘사했다. 나는 피해를 통제할 수 있도록 엄마를 본 사람들을 모두 알고 싶었다. 뭐라고 딱 꼬집어 말할 수는 없지만 엄마는 위험하게 느껴졌다. 그날 밤, 이를 닦고 있는데 홀메이트 중 한 명이 복도에서 우리 엄마를 만났다고 말했다. "나에게 어머니 레이저에 대해 다 이야기해주셨어."

"엄마의 뭐?" 이상한 성적인 이야기일까 봐 염려하며 물었다. 알고 보니 제모에 관한 이야기였다. 더 나을 것도 없는 소재였다. 엄마의 신경을 건드리면, 엄마가 내 배경에 대해

449
20장

만나는 사람마다 이야기하고 다닐까 봐 걱정이 되었다. 그렇다고 홀메이트에게 엄마를 피하라고 말할 수도 없었다. 그들은 모두 가족을 사랑하는데, 나를 어떻게 생각하겠는가?

다음 날, 죄책감 속에 엄마에게 전화를 걸어 숙제를 마치면 연락을 할 테니 함께 시간을 보내자고 말했다. 그런데 기숙사로 돌아오니 엄마가 또 내 방 앞에 있었다. "안녕, 허니! 뭣 좀 먹을래?" 엄마는 무슨 행사장에서 집어온 부서진 크래커와 치즈 조각을 싼 빨간 냅킨을 주머니에서 꺼냈다.

"먼저 숙제를 해야 한다고 아까 말했잖아."

엄마는 내가 노트북을 가지러 방으로 들어가자 나를 따라 안으로 들어왔다. "여기 정말 예쁘네! 크다." 내 방을 둘러보며 감탄했다. "정말 나도 여기 있으면 안 되니? 공간도 충분한데." 엄마는 자기 집에 묵어도 좋다고 해준 친절한 퀘이커 교도의 집에서 여기까지 왔다 갔다 하려면 얼마나 먼지 자세히 설명했다. "제발 나가줄래?" 엄마에게 이렇게 무례하게 구는 자신이 미웠지만 죄책감이 들어도 엄마를 여기 있게 할 수는 없었다. 보안 요원에 전화할까도 생각했다. 하지만 그들이 엄마를 내보낼 것인지, 혹은 나에게 그럴 권리가 있는 것인지 확신이 서지 않았다. "제발 가줘." 나는 애원했다.

엄마는 한 발짝도 움직이지 않았다. 나는 내 배낭을 들고서 엄마를 그대로 두고 방에서 나와버렸다. 그리고 피곤해서 머리를 끄덕이며 졸 때까지 도서관에 있었다. 기숙사에 돌아왔을 때, 엄마가 내 침대에 누워 있거나 복도에 이불을 깔고 자고 있지나 않을까 두려웠다. 최악의 경우, 그 '아주 친절한' 학생의 방에서 자고 있을 수도 있었다(다행히 엄마는 온데간데없었다).

엄마가 미네소타로 돌아간(그리고 재미없던 케임브리지 방문에 대해 묘사하는 시를 쓴) 후, 신입생 학장실로 가서 우편 수신자 명단에서 엄마를 빼달라고 요청했다. 하버드에서 가족 행사가 있을 때 엄마를 초대할지 여부를 내가 결정하고 싶었다. 오래된 건물의 다락방 같은 사무실에서, 학장은 하버드 학생의 모든 부모는 이런 연락을 받게 되어 있다고 설명하며 나에게 내 요청이 무슨 뜻인지 곰곰 생각해보라고 당부했다. *네게 남은 하나뿐인 부모를 멀리 하고 싶은 거야? 정말 그녀와의 관계에서 문을 닫고 싶어?*

"알겠어요." 떨리는 목소리로 답했다. 나는 그저 경계를 지키고 싶을 뿐이다. 학장은 내 가정환경을 알고 있는 것 같았다. 아마 내 엄마를 어려운 상황에서도 자식을 훌륭하게 키워낸 부모로 생각하는 듯했다. 나도 그렇게 믿고 싶었다. 하지만 상황은 나아졌어도 우리의 관계는 그렇지 못했다.

만약 학장에게 엄마의 성교육 메일에 대해 이야기하려면 모든 것을 설명해야 했다. 엄마의 말을 그대로 인용하면 내가 스스로를 이용당하게 만들었음을 고백하는 꼴이 된다. 내가 격렬하게 반항하지 않았다는 것, 내가 그냥 그에게… 주어버린 것도. 엄마의 말이 왜 잘못되었는지를 추상적으로 설명하는 것은 불가능했다. 그래서 나는 포기했고 결국 엄마는 연락처 명단에 그대로 남았다.

학교의 어른들은 내가 지원서에 자세히 서술한 모든 상황에도 불구하고, 입학과 함께 삶의 모든 고단함이 깨끗이 사라진 것처럼 나를 대했다. 이런 상황에서 엄마가 내게 주는 고통은 내 잘못처럼 느껴졌다. 하버드에 입학했는데도 엄마를 제대로 사랑하지 못하는 내가 문제였다.

유명한 사교 클럽들이 입회식을 연 다음 날 아침, 홀메이트 한 명이 내게 사후 피임약이 있느냐고 메시지를 보냈다. 그녀는 깨어나 보니 동료 신입 회원과 콘돔 없이 성관계를 했다는 것을 알았다. 자세한 정황은 몰랐지만, 그녀가 저항할 수 없는 상태였다는 인상을 받았다.

그녀의 말에 놀랐지만 이런 일이 일어날 수 있다는 것을 몰랐기 때문은 아니었다. 사실, 내 남자친구는 술 취한 여자에 대한 페티시가 있었다(그는 술을 마시지 않는다). 그는 술에 취한 여자와 섹스를 해본 적이 없다고 말했지만 나는 그렇게 섹스하는 것을 합의로 간주하지 않았다. 그가 처음 내게 와인 한 병을 다 마시라고 재촉했을 때, 그가 무엇을 하려고 하는지 몰랐다. 그전에 나는 한 번도 취해본 적이 없었다. 나는 약해지고 정신을 잃었으며 혼란스러운 상태에서 잠에서 깨어났다.

하지만 나는 그 일을 용인했고 그 이후에도 계속 그냥

넘어갔다. 내 의사를 무시당하면서도 자신이 성적으로 특이 kinky하다는 레오의 설명에 공감했다. 그는 자신의 성적 선호를 마치 성적 지향이나 성 정체성처럼 변하지 않는 타고난 것으로 취급했고, 잠자리에서의 야한 말이나 목 깨물기, 새롭고 흥분되는 행위처럼 해롭지 않은 것으로 간주했다. 엄마는 맥주 한 잔만으로도 폭력성이 나올 수 있다고 했고, 사회도 술의 힘을 빌린 강간을 애매한 회색 지대에 놓아두었다. 하지만 그 일이 내 친구에게 일어나자 확실히 불편했고 잘못된 일로 보였다.

나는 친구를 돕고 싶었다. 그녀와 함께 경찰서나 교내 성폭력 예방 및 대응 사무국에 함께 갈 각오까지 했다. 내 남자친구와의 사이의 일이나, 혹은 부다페스트에서 있었던 일을 말할 생각은 들지 않았다. 나에 대한 이야기로 상황을 흐리고 싶지 않았다. 내 이야기로 그녀가 위안을 얻을 이유도 없다고 생각했다. 제인 이외에, 딱 한 번 친구에게 그 이야기를 했을 때, 그녀는 이렇게 반응했다. "별일 아니야. 나도 그런 적 있어."

친구도 괜찮다고 답했다. 학교 약국에서 무료로 사후피임약을 제공하고 있어서, 나에게 없다면 약국에서 구할 수도 있었다. 나는 그녀의 문밖에 약을 놓아두었다. 며칠 후 만났을 때, 괜찮은지 물었다. 그녀는 무슨 얘기인지 모르는 것 같았다. "입회식 때 말이야." 내가 말했다.

"아, 그거? 아무것도 아니야. 걔랑 얘기 나눴어." 그녀는 그가 실수를 저질렀지만 좋은 아이라고 말했다.

　나는 그녀를 유심히 쳐다보았다. 그녀는 괜찮아 보였
다. 여느 때와 같이 활기차고, 내 평생 원해왔지만 도달할 수
없는, 평정심을 잃지 않은 모습이었다. 어쩌면 그저 겉으로
그렇게 보일 뿐이고 그녀도 나와 같은 침묵의 규칙에 따라
입을 닫았는지도 모른다고 의심할 만한 구석은 없었다. 만
약 그녀가 자신에게 일어난 일을 잘못된 것으로 받아들였다
면, 그녀는 피해자의 낙인뿐 아니라 상대 남자애와 늘 같은
모임에서 마주쳐야 한다는 현실도 이겨내야 한다. 같은 결
혼식에 하객으로 참석할 수도 있고, 같은 회의에 들어갈 수
도 있으며, 같은 사립학교에 아이를 보내는 학부모가 될 수
도 있다. 그를 다시는 마주치지 않을 수 있는 확실한 방법은
그녀를 아는 모두와 연락을 끊는 것뿐이다. 그러나 그녀의
흐트러짐 없는 완벽함을 보면서 대조적으로 나에게는 그것
이 얼마나 결핍되어 있는지 자각할 수 있었다.

　그녀가 자리를 뜨자, 나는 아플 정도로 이를 꽉 깨물었
다. 부다페스트 이후로 1년 반이 흘렀다. 그런데 도대체 왜
나는 여전히 그 사건에서 벗어나지 못하고 있을까? 고등학
교 시절 내내, 나는 내가 어딘가 고장 났다는 생각과 싸웠고,
나에게 무슨 일이 있었건 나는 여전히 4학년 성경 암송 대회
를 휩쓸었던 영리한 아이라는 자신감을 가질 수가 없었다.
사실, 나는 내가 직면했던 그 모든 시련을 통해 더 나은 인간
이 되리라 믿었다. 그것만이 내가 지나온 과거를 납득할 수

있는 길이었기 때문이다.

그해 11월, 점거하라Occupy 운동 시위자들이 하버드 야드를 점령했다. 그들은 존 하버드 동상 앞, 사진이 잘 나오는 장소에 텐트를 치고 '우리가 99%'(점거하라 운동은 자본주의에 반발하여 1퍼센트의 최상층인 대기업과 기성 정치인이 아닌 99퍼센트를 구제하라고 요구했다—옮긴이)라고 외치는 팻말을 세워두었다. 이에 대응하여, 운영진은 외부인들이 여기 합류하지 못하도록 문을 잠갔다. 친구들 대부분이 집이라 부르는 공간으로 들어갈 때마다 줄을 서서 신분증을 보여주어야 했다. 경비 요원은 내 차림새를 살피며 미심쩍어 했다. 레오에게 허락받은 내 새로운 마젠타 머리는 파랑 머리보다는 조금 나았지만, 유감스럽게도 훌치기 염색이 된 배낭과 깔맞춤이 된 동시에 포에버21에서 산 폴리에스터 제깅스와 불협화음을 이뤘다.

나는 내 차림새를 인식하고 얼굴이 달아올랐지만 내가 맨해튼 출신 홈메이트들처럼 입고 평범한 머리색이었다 해도 여전히 여기 속한 사람처럼 보이지는 않을 것이다. 이것은 하버드가 장학생들에게 도움을 주기 위해 비상한 노력을 기울였음에도 나타나는 결과였다. 하버드 겨울 코트 기금에서 받은 150달러로 나는 얇은 유니클로 외투를 구입했다. 과학센터를 향해 걸어가는 길에 캐나다구스 파카를 입은 여자애들을 열 명도 넘게 지나쳤다. 파카마다 어깨에 잘은 모르겠지만 남극을 나타내는 작은 패치가 붙어 있었다. 그 옷은 한 벌 가격이 1천 달러였다(이 사실을 알았을 때 놀라서 헉소리를 냈다). 정말 부유한 사람들은 열일곱 개의 주머니와 신분증을 넣을 수 있는 공간이 있는 풍성한 캐나다구스—남극 가족 여행에서 생긴 물건—를 입었다.

나는 점거하라 운동을 싫어했는데, 그 이유는 내가 마땅히 해야 하지만 하지 않은 일을 상기시키기 때문이었다. 그건 바로 사회에서 받은 대로 돌려주는 일이었다. 나보다 한 살 많은 여자애는 12살일 때 미국에서 두 번째로 큰 섭식장애 자선단체를 설립했다. 나와 달리 그녀는 섭식장애의 굴레를 벗어난 훌륭한 생존자로, 그녀의 트라우마 자체가 불행이었던 남부럽지 않은 가정 출신의 용감한 젊은 여성이었다. 그녀는 모범적인 시민이다. 그런데 나는 무엇을 했나? 아무것도 하지 않았다.

자선단체를 만드는 데 자본이 필요하다는 사실은 중요하지 않았다. 점거하라 운동이 그렇게 억압받지 않는 사람들에 의해 조직되었으며, 그들의 요구가 일관되어 보이지 않는다는 것도 중요하지 않았다. 내 경제학 스터디 파트너도 운동을 조직한 사람 가운데 하나였다. 그의 부모는 둘다 대학교수였다. 이념적으로 깨끗한 후기 청소년들은 단지 일종의 안락함과 그들의 목소리가 중요하다는 자신감만으로 그들이 생각하는 유토피아의 비전을 주장할 수 있는 것 같았다. 그들은 나처럼 보트를 흔들면 내쳐질까 봐 걱정하지 않았다. 직접 불평등을 겪었음에도 불구하고 나는 가치에 대한 의식이 일반 학생들보다 낮다는 자각이 들었다. 그것은 바로 불평등 때문에 내가 그들보다 교육을 덜 받았기 때문이다. 나는 헤게모니란 자기방어에 가까운 것이라고 생각했다.

하버드의 오만한 학생 운동을 향한 내 비판적인 시각이 그 안에서 역설적인 존재로서 살아가는 위화감을 줄여주지는 않았다. 한편으로는 나는 특권을 가진 사람이었다. 그 용어를 배우자마자 그 말은 내게 적용되었고 종종 "그것을 확인"해보라는 권유도 받았다. 나는 백인이고, 이성애자로 보이고, 신체 건강하고, 지적이고, 대학을 나온 부모가 있고, 기숙사 방이 있고, 무제한으로 끼니를 해결할 수 있으며, 세계에서 가장 유명한 대학교의 학생이었다.

그러나 나는 안정감을 느끼지 못했다. 신입생 학부모 주간 이후, 엄마는 내게 더는 재정적 지원을 해주지 않겠다는 메일을 보냈다. 외부 장학금에 대한 하버드의 엄격한 규칙 때문에 내가 고등학교에서 받은 돈은 대학 측에서 학기제 근로를 통해 충당해야 했을 개인 분담금을 대신하는 데 도움이 되었다. 그럼에도 건강보험료를 내야 했고 숙식 보조금으로 받는 2만 달러에 대한 소득세를 내야 했다. 나는 교재를 사지 않았다. 방학 동안에는 남자친구 집에서 신세를 졌지만 그러려면 LA로 가는 비행기표를 사야 했고 남자친구의 말에 순순히 따라야 했다. 결국 그런 이유로 가을 콤프에서 중도 하차해야 했다. 사촌에게 남아 있는 할머니의 학자금을 사용하게 해달라고 부탁했지만 거절당했다. 그건 내가 2학년생이 되는 20살 이후에 받을 수 있다는 것이다. 갭이어 후, 캣 박사의 친구도 후원을 취소했다.

솔직히 말하면, 나는 혁명을 원하지 않았다. 나는 그냥 직업을 원했다. 의지할 사람이 없는 상황에서 아이비리그의 인문계 학위는 적어도 내게 최소한의 존재 여건을 보장해줄 것이다. 그러나 동시에, 강경한 목소리를 내는 일선의 교수들은 프리프로페셔널리즘(향후 직업에 관련된 요소를 교육에 미리 포함시키는 것—옮긴이)을 이민자의 자식들이나 재정 보조를 받는 학생들이 불러온 재앙으로 인식했다. 전 학장은 심지어 나와 같은 사람들에 관한 책도 쓴 바가 있었다. 그 제목을 생각할 때마다 등골이 서늘했다. 제목은 다름 아닌 『영혼 없는 우수성』이었다.

21장
아무도 내게 무언가 해줄 의무는 없었다

겨울방학 동안, 나는 레오를 따라 그의 부모님을 만나러 갔다. 골동품으로 가득한 아름다운 집에 살고 있는 온화한 어른들이었다. 그는 부모님을 부를 때 그들이 플라톤적인 부모의 이상향이라는 듯 소유대명사 없이 "엄마"와 "아빠"라고 불렀다. 나도 그들을 그렇게 부르는 상상을 해보았다. 그런 후에 나는 가을 학기 학점을 받고 울었다. 밤샘을 불사하고 보낸 한 학기 끝에 CS50에서 하찮은 B+를, 미적분학에서 처참한 B를, 그리고 교정문으로 무시무시한 A-를 받았다. 레오는 A학점 하나가 평생의 소득에서 1만 달러 가치가 있다고 말했지만 위로가 되지 않았다.

나는 머릿속으로 불에 탄 백 달러 지폐로 가득 찬 덤

프트럭을 그려보았다. 레오는 내가 슬퍼하는 이유가 단지 GPA 때문만은 아닐 거라며 나를 추궁했고 결국 나는 우리 관계에 대한 불안감이 있음을 인정했다. 우리는 크리스마스 아침에 거의 헤어질 뻔했으나, 헤어지면 나는 갈 곳이 없었다. 그는 내가 케임브리지 여자애들과 잘 어울릴 수 있도록 무릎까지 오는 검정 부츠를 사주었고, 남은 방학 기간에 나를 멕시코로 데리고 갔다. 그곳에서 그는 칸쿤 남부에서 몇 시간 떨어진 조용한 소도시에 나를 남겨두고 떠나겠다고 협박했다.

캠퍼스에 돌아오자 숙소를 둘러싼 히스테리가 한창 극에 달하고 있었다. 모든 신입생들은 상급생 하우스로 함께 이사할 블로킹 집단(하버드의 소규모 사회 구성 단위)을 꾸려야 했다. 나와 함께 살고 싶다는 사람이 아무도 없을까 봐 겁이 났다. 레오와의 말다툼, 그리고 그와의 의무적인 스카이프, 그리고 그가 나를 다루는 방식에 대해 괴로워하며 보낸 시간 때문에 친구를 사귀기가 어려웠다. 나는 친구들에게 어떻게 메시지를 보내야 하는지도 잘 몰랐다. 하지만 놀랍게도 세 명의 친구로부터 초대를 받았다. 나는 선택할 수 있는 사치를 누리면서, 결정을 내리는 데 오락가락을 반복했다.

완전히 새로운 2학년 생활을 꿈꿨다. 모두가 그렇듯, 찰스 강변에 살고 싶었다. 이상적으로는 특별한 자금 지원이 있고 누텔라가 구비되어 있는 엘리엇 하우스에서 살고 싶었다. 마침내 나는 평생 갈 친구들과 한 집에서 살면서, 바깥이 아닌 중심에 머무르게 될 터였다. 그들과 연례 봄 축제 전에 페라리에 타서 포즈를 취하는 모습을 상상해보았다.

나는 몇몇 포드 멤버들과 살기로 합의했다. 신청서 마감이 있는 날 밤, 내 블록메이트가 될 친구가 욕실로 들어가는 것을 보았다.

"헤이!" 나는 그녀에게 신청서를 냈냐고 물어보았다.

"응." 그녀는 욕실 선반을 열었다. 나는 기다렸다. "그런데 네 이름은 거기 없어."

"뭐라고?"

"내가 메시지 보냈잖아."

"난 못 받았어." 블로킹 집단에서 제외되었다면 내가 기억을 하지 못할 리 없었다.

"존에게 물어봤었는데 존이 거절해서 너를 초대한 거야. 그런데 그가 마음을 바꿨거든. 우리도 정말 너랑 살고 싶지만 그에게 물어본 게 먼저였으니까, 이래야 공정하지."

초대는 그런 식으로 하는 게 아니야, 라고 생각했지만 나에게 화를 낼 권리는 없었다. 어떻게 다 순조롭게 굴러갈 거라고 생각했던 걸까?

"유키 아니면 아나스타샤가 너와 함께 살고 싶어 할 거야." 그녀는 밝은 미소를 지었다.

"제발 화내지 마. 우린 널 사랑해."

이 와중에 "우린 널 사랑해"에 내 마음이 녹는다는 사실이 싫었다. 당연히 포드 멤버들은 케네디나 뭐 그런 사람과 블록을 하고 싶었을 것이다. 하지만 왜 솔직하게 말하지 않는 걸까? 친구들은 사교적인 우아함을 잃지 않았기 때문에 그들이 나를 좋아하는지 아니면 내가 뭔가 잘못했는지 알 수가 없었다. 원하는 것을 얻기 위해 사람들 눈치를 살피며 살아왔는데도, 그 불투명함이 나를 궁지로 몰았다. 홀메이트는 팔을 뻗어 타월을 집으며 욕실에서 나왔다. 그녀와 포옹할 때, 그녀의 목덜미에서 향수 냄새를 맡았다. 그녀는 과장된 몸짓으로 내 뺨에 키스했다. 마음을 다잡아야 했다. 나는 그런 달콤한 말, 아무런 의미 없는 몸짓에 너무 약했다.

내가 아는 모든 이들에게 메시지를 보내는 동안에도 그녀와 포옹할 때의 온기가 남아 있었다. 모든 블로킹 집단이 다 차 있었다. 결국 나는 철새 신세가 될 위험을 피하기 위해 잘 모르는 아무 여자애와 블로킹 집단이 되기로 했는데, 15분간 그녀와 이야기를 나눈 후 결코 서로 친구가 될 수 없으리라는 것을 깨달았다.

독점적인 제도는 배타적인 제도라는 것을 배우고 있었다. 좀 더 빨리 깨닫지 못한 자신을 책망했다. 너무나 오랫동안 이런 것—소속 클럽 문구가 새겨진 우스운 모자를 쓴 유명인의 자식들과 함께 학교에 다니는 것—을 원했다. 다만 거기 끼지 못하는 사람이 되었을 때 어떤 기분이 들지는 미처 생각하지 못했다.

블로킹으로 진땀을 흘린 다음 날 아침, 레오로부터 장

문의 메시지를 받고 잠에서 깼다. 아무리 좋은 여자친구가 되려고 노력해도 늘 같은 일로 열흘에 한 번씩은 그를 화나게 했다. 언제나 어떻게든 실수가 일어났다. 공부를 하느라 그의 메시지를 놓치고, 캠퍼스 내 일자리를 찾다가 그에게 무시당한 기분이 들게 하고, 함께하는 마라톤 훈련을 자주 빼먹고, 그는 보카 버거(크래프트 하인즈의 채식 버거—옮긴이)를 좋아하는데 나는 비건 식단을 그만두고 싶어 하고.

이번에는 내가 쓴 글이 문제였다. 〈크림슨 매거진〉의 봄 콤프에서 과대평가된 행동들에 관한 블로그 포스트를 작성했었다. 나는 인기 있는 버킷리스트 항목인 '와이드너 도서관 서고에서 섹스하기'를 넣었다. 레오가 왔을 때 우크라이나 문학 섹션에서 시도해보았다가 콘크리트 바닥이 얼음장같이 차가워서 그만두었었다. 그는 나의 유머를 자신의 성적 능력에 대한 비난으로 해석했다.

메시지에 이어서 최근에 내가 저지른 실수들에 대한 1천2백 자가 넘는 8페이지 분량의 메일을 받았다. 나는 그에게 사랑받는다는 느낌을 주지 못했다. 내 스카이프는 화질이 나빴다. (내가 제때 운영체계를 업그레이드하지 않은 탓이다.) 우리는 아직 스리섬을 하지 않았다. (내 홈메이트 중 한 명을 데려와 만취하게 하기는 그리 어렵지 않았을 테지만 말이다—그는 사후 피임약이 필요했던 친구가 어떻겠냐는 악마 같은 제안을 했다). *나는 네가 한 말을 지켰으면 좋겠어.* 그가 썼다. *뭔가 계획하지 않은 것을 하려는 건 나에게 거짓말이*

나 다름없어.

그의 반응은 극단적이었지만 나는 스스로를 방어하는 법을 배우지 못했다. 책임을 지고 사과하는 법만 배웠다. "미안해"라는 말이 자동으로 흘러나왔다. 새벽 2시 반에 알람을 맞춰서 태평양 표준시로 그가 편한 시간에 스카이프로 나를 비난할 수 있게 했다. 그는 당분간 나와 대화하기 힘들 것 같다고 했다. 그래서 언제가 될지 모르겠지만 그의 연락을 참을성 있게 기다리며 1분마다 메일을 확인했다.

레오와 싸우면 주로 엄마에게 상담을 했다. 그와 만난 지 두 달이 채 지나지 않아 처음 말다툼을 했을 때, 엄마는 "상황을 좋게 바로잡을 수 있는 일에 마음을 열어두라"라고 했다. (나는 상황을 좋게 바로잡을 수 있는 일이 레오에게 무엇을 의미하는지—나에게 아침 10시에 커다란 잔에 보드카를 따라주고 내가 전부 마시는 모습 지켜보기—말하지 않았다. 엄마가 술과 혼전 섹스를 얼마나 반대하는지 알고 있기 때문이다.) 거리 때문에 그와 거의 헤어질 뻔했을 때도 엄마는 나를 말렸다. *서로 사랑한다면 3천 마일이 대수야?* 엄마는 레오와 싸우고 내가 힘들어하는 게 그만큼 내가 그를 아끼기 때문이고, 그도 그렇게 화를 내는 것이 그만큼 나를 사랑하기 때문이라고 말했다. 엄마는 내가 그와 결혼하길 바랐다.

나는 암묵적으로, 그러나 확실하게 배웠다. 내게 필요한 것을 줄 수 있는 사람들은 그들이 원하는 대로 나를 다룰 수 있다. 경계를 내가 정했다면 차에서 자게 되는 것도 다 내 탓인 것이다.

　나는 레오를 사랑한다. 그가 나를 안으면 엄마와 한 침대를 쓴 이후로 느껴보지 못한 안전한 느낌이 들었다. 다시는 그런 기분을 느낄 수 없을 줄 알았다. 아네트를 제외하면, 그는 생일과 크리스마스에 내게 선물을 주는 유일한 사람이었다. 시험 전에는 콤파르테 트러플버섯과 러시 샴푸로 채워진 택배를 보냈다. 그가 술을 너무 많이 먹어서 내가 숙취에 시달리고 있으면 타깃에서 기숙사 침대에 둘 폭신폭신한 이불을 사주었다. 무미건조한 기숙사 방에서 이 선물들이 유일한 위안이 되었다. 다투던 중에 내가 마음을 보여주려고 캘리포니아까지 날아갔을 때, 그는 나를 산타모니카 부두에 데려갔고 함께 대관람차를 타고서 비건 아이스크림을 먹었다.

　그는 잘생기고 카리스마가 있었기에—전 학생회장—그가 내게 호감을 표현했을 때 나는 세상에서 가장 소중한 사람이 된 기분이었다. 그는 강의를 신청만 하면 안 되고 교수에게 메일도 써야 한다는 것을 가르쳐주기도 했다. 그 조언 덕분에 안 그랬으면 수강할 수 없었을 강의에 들어갈 수 있었다. 운전면허가 정지되고 아무도 내게 어떻게 해야 하는지 알려주지 않을 때, 레오는 그의 "아내"를 위해 신속하게 상황을 해결해주었다. 그는 내 과거도 알았고 엄마가 내 삶에 침범하는 것을 잘 헤쳐 나갈 수 있게 도와주었다. 우리는 서로에게 끊임없이 메시지를 보냈다. 정상 부모가 없는 상태에서, 그는 내 일상에 관심을 가지는 유일한 사람이었다.

레오는 만약 내가 하버드생이 아니었더라면 나와 데이트하지 않았을 거라고 했다. 하버드는 내 성실함을 증명해주기에, 그의 애정은 열심히 노력해서 소중하게 사랑을 받고 싶었던 내 마음속 깊은 바람을 이뤄주는 것 같았다. 데이브와 잰과 또 다른 사람들은 인생에 중요한 것은 성공이 아니라 사람과의 관계와 사랑이라고 말했다. 하버드에서 발버둥치면 칠수록 그 말에 더더욱 공감했다.

그해, 나는 생각지도 못한 일을 해냈다. 바로 정신과 치료를 받은 것이다. 접수 직원이 내게 물었다. "무슨 상담을 하러 오셨나요?"

"음⋯." 할 말이 너무 많았지만 아무것도 말하지 않았다는 게 문제라면 문제였다. 내가 어정쩡하게 대답한 후, 접수 직원은 나에게 자기 파괴적인 행동의 목록을 읽어주었다. 그녀는 내게 최근에 폭음을 하거나, 자해를 하거나, 어떤 약을 남용하거나, 자살을 생각하거나, 그럴 계획을 세운 적이 있는지 물었다. "아니요." 나는 절제한 스스로를 뿌듯하게 생각하며 각각의 항목에 그렇게 대답했다. (레오는 내가 5파운드 이상 살이 빠지거나 다시 자해를 하면 나와 헤어지겠다고 협박함으로써 나를 도와주었다.)

예전에 그 모든 일에 빠져 있었다고 고백할 생각은 들지 않았다. 그런 나쁜 짓을 했다고 고백하는 것이 하버드 입

466

학에 방해가 되는 요인이었으니, 학교에서 나를 쫓아낼 이유가 되기에도 충분할 것 같았다. 공식적으로 자퇴를 시키는 것은 불가능하지만 학교는 언제나 학생들을 비자발적인 정신건강 병가로 집으로 돌려보냈다. 쫓겨난다면 나는 어디로 가야 하는가? 이미 너무 많은 것을 말한 것은 아닌지—단지 진료 예약을 한 것만으로도—두려운 마음에 숨을 죽였다.

그런데 접수 직원은 정신건강 서비스센터에서 치료를 받기에는 부적격이라며 시간 관리 훈련소의 전화번호를 알려주었다. 예일에 들어가기에는 너무 아프다는 말을 들었는데, 지금 하버드에서는 치료하기에는 너무 멀쩡하다는 것이었다. 치료를 거부당한 것은 나에게 더는 치료가 필요 없다는 의미라서 한편으로는 기쁘기도 했다.

하지만 뿌듯함은 오래 가지 않았다. 내가 아는 이들 중 상담을 받으러 건강 서비스센터에 간 모두가 재낵스 처방을 받았다는 것이다. 센터에서 애초에 치료를 제공할 생각이 없는 것은 아닐까 의문을 갖게 되었다. 그러다 마침내 어머니가 학기 중에 돌아가신 후 센터에서 도움을 받았다는 사람을 만났다. 처음에는 그녀도 거부당했지만 의사를 배정해줄 때까지 자리를 떠나지 않았다고 한다. 다음 날에도 대기실에서 진을 친 끝에 치료사를 만날 수 있었다.

극단적인 예이긴 하지만, 하버드가 제공하는 기회는 쉽게 얻을 수 있는 게 아니라는 점을 보여주는 듯했다. 행동하고, 붙잡고, 요구해야 기회를 얻을 수 있었다. 그러나 지원서에서 너무나 많은 것을 생략한 탓에, 학교 측에 내 상처를 치료해달라고 주장할 권리가 없다고 느꼈다. 아무도 내게 무언가 해줄 의무는 없었다. 엄마도, 레오도, 친구들도, 하버드도.

비가 내려 매스 애비뉴 위를 덮은 회색 눈더미가 녹을 즈음, 다시 레오와 갈등을 겪으면서 공황 증상이 시작됐다. 곧 여름을 맞아 기숙사 문이 닫힐 것이다. 레오의 로프트가 내가 갈 수 있는 유일한 곳이었지만 내 의구심은 점점 커져 갔다. 이제 내가 정신을 잃을 때까지 술을 마시는 것이 우리 관계의 전제 조건이 된 듯했다. 내 몸을 사용하고 나면 그는 종종 나를 혼자 두었고, 나는 몇 시간 후 그 상태 그대로 깨어났다. 토사물에 질식하거나 죽을까 봐 무서웠다.

그에게 이야기를 꺼내자 그는 내가 과민 반응을 하고 있다고 말했다. 마침내, 그는 "칭찬할 만한"—내가 화가 나지 않았더라면 인상 깊었을 단어—염려가 아니더라도 내가 염려하는 점을 고려하기로 약속했다. 봄방학 동안, 그는 내가 울음을 터뜨릴 때까지 때려도 되는지 묻고 내 얼굴 위로 눈물이 흘러내린 후에도 한참 동안 나를 때렸다. 그 후 멍든 눈에 대해 말을 꺼내자 그는 다정하게 말했다. "더 세게 때릴 수도 있었어."

레오와 헤어지고 싶다면 가능한 빨리 해야 했다. 하지만 정말 확신이 없었다. 레오가 무엇을 하든 항상 정당화할

468

만한 이유가 있었다. 그가 내가 원하면 멈추겠다고 한 후 나를 때렸을 때, 그는 내가 안전어를 말하지 않았다는 사실을 지적했다. 내가 정신을 잃기 전까지 맞기로 동의한 건 아니라고 하자, 그는 남자친구로서 항상 암묵적인 동의를 받은 것이라고 주장했다. 그가 나를 때리기 시작한 후 생긴 두통과 목이 졸릴 때의 위험에 대해 걱정하자 이런 게 BDSM이라는 말을 되풀이하면서 은근히 내가 너무 미성숙해서 이해하지 못하는 거라고 화살을 돌렸다. 이건 내가 어릴 때부터 방임과 성폭력을 겪어 나보다 나이가 많은 남자를 만나게 되었다는 설명보다도 비논리적이었다.

친구들은 내 상황에 도움을 주기에는 경험이 부족해 보였다. 어느 날 밤, 나는 빅토리아의 방문을 두드렸다. 그녀는 나를 이불 속으로 기어들어가게 해주었다. "장거리 연애는 참 힘들어." 그녀는 내 머리에 키스하며 나를 달랬다. 모든 17, 18, 19살 친구들이 그녀와 같은 감정을 보여줬다. 제인이 나를 도와줬으면 좋겠다고 생각했지만 우리는 멀어지고 있었고, 그녀는 겉으로는 잘 되어가는 것처럼 보이는 내 연애를 부러워했다.

기숙사 감독관과 만나려고 했지만 좀처럼 시간이 맞지 않았다. 건강 서비스센터에서 준 번호로 전화를 걸었고 학습 상담국의 교육학 박사와 상담을 시작했다. 하지만 내가 원했던 명쾌한 해답을 주지는 않았다. 작문 수업 시간에 남자친구에 관한 에세이를 쓴 후, 교수님의 집무실에 찾아가 개인적인 조언을 구했다. 그는 널찍한 나무 책상 위로 팔짱을 끼고는 어떤 조언도 해주기를 거절했다. 껄끄러운 문제라서 학교 내의 누구도 나를 도울 수 없음을 받아들였다. 이 기관, 저 기관을 전전했지만 모두 나를 도와줄 여력이 없음을 확인하고 나니, 320억 달러에 이르는 하버드의 기부금이 다 무슨 소용인가 싶어졌다.

나는 미셸에게까지 연락을 했다. 그녀에게 다시 페이스북 친구 요청과 메시지를 보냈다. 레오에 대해서는 언급하지 않고 먼저 사과를 했다. *지난 10년간 겪은 모든 고통에 대해 미안해요. 언제나 그래왔듯이 아빠를 사랑해요.* 그녀는 내 친구 요청을 수락했지만 답장은 하지 않았다.

풀밭이 파릇파릇해졌다. 나는 하버드 야드를 바라보며 라몬트 도서관의 희귀본 서가에 앉아 있었다. 공부가 되지 않았다. 그래서 피부 아래 깊숙이 새겨진 뜨겁고 끈적끈적한 감정을 태워버리려 밖으로 나가 운동을 했다. 레오가 나에게 달리기를 권했던 것이 고맙게 여겨졌다. 그것은 조용히 내 속을 비워낼 수 있는, 운동이 되는 건전한 취미였다.

어느 날 오후, 나는 달리기 파트너를 찾는 단체 메일을 받았다. 에이미—내가 중도 하차하기 전에 파이낸셜 애널리스트 클럽에서 내 콤프를 이끌었던—의 이름을 확인하고 그녀의 달리기 파트너가 되기로 했다. 보트 하우스를 지나쳐 달리면서 에이미가 물었다. "얘, 너도 양성애자니?"

"뭐라고?" 그렇게 공개적으로 양성애자냐고 물은 것이 놀라웠다. 인터라켄에서는 내가 게이일 수도 있겠다고 느꼈지만 양성애는 여전히 수치스럽게 느껴져서 생각조차 할 수 없었다. 나는 샬럿의 존재 자체를 덮으려고 노력했고 여자에게 끌리지만 그렇지 않은 척하려 애썼다. "어떻게 알아?" 내가 물었다. "네 머리를 보고." 에이미가 말했다. "한눈에 알 수 있었어." 하지만 그녀는 아무렇지도 않은 듯했다. 우리가 격렬한 운동을 좋아하고 중서부 출신이라는 공통점이 있는 것과는 차원이 다른 일이었다.

"그래서 이번 여름에 뭘 할 계획이야?" 나는 그녀 뒤를 따르며 숨을 헐떡거렸다. "아이 뱅킹에서 일할 거야?" 투자은행가가 무슨 일을 하는지 잘 몰랐지만 그래도 문장에 약어를 사용하는 게 좋았다.

"아니, 페이스북에서 인턴으로 일할 거야." "페이스북?" 나는 마음이 확 끌렸다. "응, 나는 컴퓨터공학 전공이거든." 그녀에게 하고 싶은 질문이 많아져서 조금만 속도를 늦추고 싶었다. "그럼 전부터 코딩을 할 줄 알았어?"

"아니." 그녀가 어깨를 으쓱했다. "그냥 1학년 때 CS50 수업을 들었어. 너도 그거 들었어?" 나는 고개를 끄덕이며 그녀가 리드하는 대로 찰스 강 산책로로 발길을 옮겼다. "그럼 너도 할 수 있어!" 에이미는 설명하기 시작했다. 매년 가을, 회사들은 기술 분야의 여성들을 위한 대규모 컨퍼런스를 열고 거기서 면접도 이루어진다. 페이스북도 거기서 인턴

471

십을 제안했다.

"하지만 나는 학점이 좋지 않아." 에이미가 고개를 으쓱했다. "그건 아무도 상관 안 해." 우리는 하버드 학생이기 때문에 큰 회사들은 모두 우리를 고용하고 싶어 했다. 에이미의 말에 따르면, 컴퓨터공학을 전공한다면 나도 제안을 받을 수 있을 것이다. 그저 『코딩 인터뷰 완전 분석』을 사서 문제만 풀어보면 된다고 했다. 그녀는 친절하고 도움을 주려 했다. "어차피 우리가 교실에서 당장 쓸모 있는 것을 배우지는 않잖아." 그 말이 나를 안심시켰다.

에이미와 달리기를 한 후 며칠 동안 그녀의 말이 계속 머릿속에서 떠나지 않았다. 내가 페이스북 같은 회사의 인턴십을 따낼 수 있을 거라는 그녀의 확신에 찬 말이 믿기지 않았다. 그녀는 고등학교 졸업생 대표였고, 육상팀 주장이었으며, 생리가 멈출 정도로 체지방이 낮았다.

반면 나는 CS50의 후속 수업 대신 그보다 쉬워 보이는 강의들을 들었고, 그마저도 학점이 그리 좋지 않았다. 하지만 그녀가 알려준 기회는 레오가 나를 방해하고 있다는 사실을 분명히 보여주었다. 비록 그가 나를 학대하고 있다고 확신할 수 없어도, 그를 떠나야 할 명분이 없어도, 나는 그를 행복하게 해주느라 세상에서 가장 소중한 자원인 하버드에서의 내 시간을 낭비하고 있었다.

진로지도실로 가서 올해 여름 한국에서의 인턴십 프로

그램에 지원했다. 그것은 아직 신청이 가능하고 재정 지원도 받는 유일한 인턴십이었다. 대기자 명단에 오르자 레오가 가르쳐준 대로 설득력 있는 후속 메일도 보냈다.

시간 관리 상담사에게 레오와 헤어지려 한다고 말하고, 헤어지기 힘든 현실적인 문제들이 있는 것도 사실이라고 상담했다. 그녀가 무슨 문제들이냐고 묻지 않아서 안심이 되었다. "그 문제에 관해 의논할 사람들이 있나요?" 그녀가 물었다. "네." 블로킹 집단에 끼워주지 않은 친구들을 떠올리며 대답했다. 상담사는 내게 행운을 빌어주었다.

마음의 준비를 하고 레오에게 스카이프를 했다. 하지만 그의 얼굴을 보자마자 의심이 고개를 들었다. 한국에서 인턴십을 한다 해도 가기 전과 후 몇 주 동안 머물 곳이 필요하다. 내 신용카드는 4백 달러가 한도여서 큰 지출을 할 때에는 레오의 신용카드를 썼고 레오는 내가 돈을 갚을 수 있도록 나에게 외주 작업을 맡겼다. 현실적으로 홈메이트 혹은 CS50 수업 때 함께 공부한 몰몬교도들에게 도움을 요청하지는 못할 것이다. 하버드는 가족이 있는 학생들에게 적합한 운영 체제를 가지고 있고 나에게 가장 가족에 가까운 존재는 레오였다. 만약 내가 그를 떠났다가 다시 돌아간다면, 그는 분명 나에게 벌을 줄 것이다.

나를 쳐다보는 눈에서 그가 내 마음을 알아챘음을 느낄 수 있었다. 아무 말도 못한 채 입술을 벌렸다가 닫았다. 내가 겁이 났을 때 나타나는 소위 미심쩍은 표정에 그의 눈썹이 짜증스럽게 뒤틀렸다. 이런 표정은 다른 것과는 비교할 수 없을 정도로 그의 짜증을 돋웠다.

"왜 그래?" 그가 말했다. "말해봐."

"아니, 아니, 아니. 아무 일도 없어." 나는 말했다. "다 괜찮은데." 그러나 그는 내 말을 믿지 않았다. 대화가 끝날 즈음에는 학기 말까지 그와의 관계를 유예하는 쪽으로 마음이 기울었다.

그해 여름, 한국에서는 체육관이 나의 유일한 분출구였다. 7월 4일, 나는 트랙 한가운데의 인조 잔디에 등을 대고 누워 있었다. 서울의 광고판 사이로 쾌청한 하늘을 바라보며, 내가 얼마나 미네소타를 떠나기를 갈망해왔던가 생각했다. 이제 세상의 모든 곳이 낯설게 느껴졌다.

부다페스트에서 폭행이 있은 지 거의 2년이 지났다. 나는 그 강간범이 어디 있을지 궁금했다. 어떤 면에서는 그를 대면하고 싶었다. 그는 대학이 나를 구원해주리라 믿고 있던 시절의 내 모습을 마지막으로 본 사람이었다. 내 남자친구도 그때의 나는 모른다.

레오가 나를 만나러 왔을 때, 그는 이 도시에서 빛이 났다. 우리는 커플 티셔츠를 샀다. 내 룸메이트는 그가 우리와 함께 방을 쓰면서 내 트윈 베드에서 자는 것을 허락해주었다. 우리는 다른 학생들과 함께 어울렸다. 그날 밤 세 번째 클럽에서 술을 마신 후 모든 것이 흐릿해졌다.

깨어났을 때 레오가 내 안으로 들어오고 있었다. 방 안을 둘러보니 룸메이트가 5피트 떨어진 그녀의 침대에 누워 있었다. "그만 해." 나는 작은 소리로 씨근거렸다. 다시 그만하라고 씩씩거릴 때, 그는 해버렸다.

우리는 길거리로 나가서 이야기를 했다. 나는 염색물을 빼려고 세탁세제로 머리를 감았었다. 할 수 있는 데까지 최대한 밝은 금발로 염색을 했던 터였다. 미용사가 보라색이 남은 머리카락들을 모두 잘라냈지만, 가슴 위로 팔짱을 낀 채 차창에 비친 내 모습을 보니 아직도 분홍색이 얼굴에 드리워져 있었다.

"룸메이트를 깨울 뻔했어." 평소처럼 레오는 내가 깨어 있었더라도 섹스를 했을 테니 내가 의식이 없을 때 하는 것도 괜찮다고 주장할 수 있겠지만, 나는 룸메이트가 있을 때라면 절대 동의하지 않았을 것이다.

"깰 것 같지 않았어."

"그걸 어떻게 알아?" 우리가 서 있는 골목에 새벽빛이 밝아왔다. 비둘기들이 배수로의 포장지를 쪼아댔다.

"그냥 그래 보였어."

"그걸 어떻게 아냐고?" 나는 고개를 흔들며 말했다. 그러다 우리는 방으로 돌아왔다. 그는 벽을 바라보고 누웠고 나는 그와 최대한 멀리 떨어져서 매트리스 끄트머리에 누웠다.

아침에 그는 그날 바로 캘리포니아로 돌아가겠다고 말

했다. 우리는 끝이라는 것이다. 나는 학교가 시작하기 전까지 남은 한 달에 대해 생각했다. 집에서 지내게 해줄 만한 친구가 별로 없었다. 아네트는 다시 휴가를 떠날 것이다. 또 홈리스가 되어야 하나? 학교에 전화해서 빌어야 하나? 레오와 나는 베이징으로 여행을 갔다가 LA로 돌아올 예정이었다. 모든 게 예정대로 되었더라도, 여름이 지날 때까지 계좌에 10달러도 채 가지고 있지 않았다.

"가지 마." 나는 그에게 말했다. "떠나지 마." 마음 한 구석에서는 다 내 잘못은 아니라는 것을 알고 있었지만—레오, 부다페스트, 고등학교—그냥 그렇다고 하는 게 훨씬 쉬웠다. 사람들이 다 내 탓이라고 해도 변명할 말이 있을까? 아무것도 없었다. 그렇게 우겨봐야 혼자가 될 뿐이었다. 적어도 내가 망친 거라고 생각하면 다음에는 더 잘해야겠다고 희망을 가질 여지가 있었다.

나는 레오에게 좋은 여자친구가 되기 위해 더욱더 노력하겠다고 약속했다.

22장
나는 대체 어떤 사람인가?
누가 그것을 결정하는가?

2학년이 되고 나서는 레오와 헤어지려는 노력을 그만
두었다. 그가 내게 상처를 입히긴 했지만, 이미 너무 많이 다
쳐서 그가 필요했다. 상황이 바뀌지 않는 한 그를 떠날 방법
이 없었다. 함께 강의 카탈로그를 살펴보고 그와 에이미가
추천한 수업을 고르는 등, 오히려 그에게 더 많은 도움을
청했다. 나의 복종을 느꼈다는 듯이 그도 고삐를 좀 늦추었
다. 그 덕분에 일주일에 여덟 시간씩 과제를 할 시간이 생겨
서 좋았다.

수업 첫째 날, 컴퓨터시스템 교수님이 수업을 함께할
파트너를 정하라고 공지했다. 어떤 바보가 나와 하겠다고
할까 싶어 당혹스러웠다. 강당에서 나와 발걸음을 옮기는데
누군가 내 이름을 부르는 소리가 들렸다. 포츠하이머 하우

스 환영회에서 만났던 여자애가 손을 흔들고 있었다. 나처럼 에리카 역시 쿼드되어(하버드의 기숙사들 중 쿼드 하우스는 상대적으로 캠퍼스 중심에서 떨어져 있어, 이 하우스에 배정되는 것을 '쿼드된다'라고 말하며 기피하는 경향이 있음——옮긴이) 강으로부터 1마일 이상 떨어진 곳에 배정을 받았다. 아마도 그런 상대적인 고립이라는 공통점으로 동질감이 있었던 것 같다. "나랑 파트너 할래?" 곧 우리는 타이핑을 누가 할지 아웅다웅하며 새벽 4시까지 함께 깨어 있게 되었다.

에리카도 나처럼 섭식장애가 있었고, 보딩스쿨에서 여자애와 데이트를 했으며, 현재 열 살 많은 남자 선배와 사귀고 있었다. 하지만 나와 달리 에리카는 학업 성적이 좋았다. 수업에 들어오는 모두가 그녀를 '질문 많은 애'로 알고 있었다. 강의의 뉘앙스가 모호할 때마다 그녀는 손을 공중에서 흔들었고, 강사는 결국 말을 멈추고 앞 내용으로 돌아갔고 백 명의 학생들이 그녀를 위한 맞춤 설명을 들어야 했다.

에리카와 가상 메모리를 실행하지 않을 때는 경제학과 통계학 사무실에서 진을 쳤다. 밤이면 밤마다 쿼드 식당에는 늘 눈에 익은 사람들이 와서 차가운 커피를 마셨다. 기술 강의실에서 여자들은 소수였지만, 우리는 도움을 청하기 위해 줄을 선 다수에 해당했다. 우리는 젠더와 절망 말고도 모두 수입이 좋은 일자리가 필요하다는 공통점이 있었다.

한 번은 새벽 2시에 40시간이 걸리는 문제를 풀다가 에리카에게 제안했다. "졸음을 쫓으려면 스타 점프를 해야 해." 미래에 로즈 장학생이 될 내 친구가 나에게 시선을 던졌다. "스타 점프가 뭐야?"

"위로 점프하면서 불가사리처럼 팔과 다리를 쫙 벌리는 거야." 나는 일어나서 직접 시범을 보였다. "한번 해봐. 재밌어." 함께 공부하던 여자애들이 시험 삼아 일어나서는 식당 안에서 총총 뛰었다. 몇 분 후, 나의 격려에 힘입어 모두 몸을 공중으로 띄웠다.

내가 가장 좋아하는 강의는 '통계110: 확률의 이해'였다. 통계를 전공하는 일은 없겠지만 그 분야의 전제에 끌렸다. 진실은 존재하고 우리가 결코 그것을 찾을 수 없더라도 충분히 노력하면 가까이 도달할 수 있다는 것. 조 블리츠스타인 교수는 키 큰 테디베어처럼 친근감 있게 어색했다. 그는 "끝에서 두 번째"라는 단어를 자유롭게 사용하는 습관으로 깊은 인상을 주었다.

강의는 논증을 바탕으로 했는데, 나는 논증을 써본 적이 없었다. 당연히 중간고사에서 C를 받았고, 당연히 좌절했다. 하지만 다음 수업에서 블리츠스타인 교수는 우리에게 "구제"를 약속했다. 만약 우리가 기말고사에서 더 높은 점수를 받으면 이전 시험 점수는 무시하겠다는 것이었다.

나는 즉각 행동에 나섰다. 과학센터 도서관에서 연습문제, 이전 중간고사, 이전 기말고사를 검토 자료 하나까지 모두 인쇄했다. 프린터는 토너 냄새가 나는 따뜻한 종이들을 토해냈다. 종이에 베여 따끔거리는 손가락으로 자료들을 주구장창 들여다보았다. 세부적인 것들을 모두 이해할 때까지 문제들을 반복해서 풀어보면 만회할 수 있으리라.

이 중간고사에 대한 이야기만이 아니었다. 하버드에서의 첫 1년 전체를 만회하고 싶었다. 코드 컴파일링에서 느끼는 스릴과는 별개로, 따분하다고 느낀 수업은 대부분 나쁜 학점을 받았다. 대학 교육이 약속한 방식으로, 또한 내가 변하고 싶었던 대로 나 자신을 변화시키는 법을 별로 배우지 못했다. 앞으로 보낼 3년도 수면 부족으로 충혈된 눈으로 과제에 허덕이면서, 그런 식으로 흘러갈 위험이 짙어 보였다. 나는 A를 받아야 했다.

추수감사절 휴일을 함께 보내기 위해 레오를 만나러 갔을 때, 기말고사를 4주 앞두고 그에게 말했다. "통계110 공부를 하루에 여섯 시간씩 할 거야." 그는 내 어깨에 손을 얹었다. "그걸로는 부족해." 그가 말했다. "열 시간씩 해." 그는 내가 정한 시간을 채울 때까지 잠을 자게 두지 않았다. 그 순간 나는 그를 최고로 사랑했다.

나는 거의 매일 교수에게 메일을 보냈다. 수백 명의 수강생이 있고 온라인으로 듣는 수천 명의 학생들이 있음에도 그는 신속하게 답장을 해주었고 내가 말한 모든 내용을 자세히 기억했다. 그것이 내가 혼자라고 느끼지 않은 유일한 시간이었다. 캠퍼스에 돌아온 다음에는 해가 뜨기 전에 일어나 헤드폰으로 〈호두까기 인형〉을 되풀이해서 들으면서 공부를 계속했다. 밖에서는 눈이 내리고 있었다. 내 자리에는 머그잔과 포장지 색깔(빨강, 오렌지, 초록)별로 맛이 다른 차가 담긴 카페테리아 쟁반이 쌓였다.

날이 갈수록 나는 허물을 벗는 기분이었다. 딸꾹질이 쉬이 멎지 않는 날이 있었다. 어느 날 아침에는 눈 밑에 시커먼 그늘이 생긴 채 잠에서 깼다. 처절하게 고군분투하면서, 데이브와 잰이 전력을 다한 내 노력에 대해 뭐라고 할지 생각했다. 그들은 분명 왜 그렇게 좋은 학점에 집착하느냐고 물을 것이고, 그럴 시간에 내가 탐색해야 할 다른 것을 회피하고 있다고 말했을 것이다. 그들은 내가 〈프린스턴 리뷰〉를 통해 대수를 배웠을 테니 우선 통계110을 듣지 말라고 했을 것이다. 어른들은 항상 어린 사람들에게 스스로 어떤 사람인지에 대해 생각하고 거기서부터 인생의 큰 결정을 내리라고 말한다. 하지만 나는 대체 어떤 사람인가? 누가 그것을 결정하는가?

기말고사 날, 강당에 걸어 들어가 행운을 위해 푸시업을 백 번(거의 무릎으로) 했다. 몇 분마다 한 번씩, 같이 시험을 치르는 학생들에게 폐를 끼치며 딸꾹질을 했다.

몇 시간 후, 서로에게 행복한 추수감사절을 빌어주는 메일 스레드에서 교수님이 나에게 메일을 보냈다. *기말고사 성적표가 게시됐다는 것을 알려주려고요. 그리고 에미의 점수가 평균보다 훨씬 높다는 사실도 함께!* 내 기쁨의 비명이 포츠하이머 식당에 울려 퍼졌다. 하버드에서 처음으로 A를 받았다.

전공을 정해야 할 때가 오자 나는 고뇌에 빠졌다. 레오
는 LA의 은행에서 일할 수 있도록 경제학을 선택하라고 조
언했다. 경제학이 건실한 선택이라는 것은 알고 있었다. 경
제학은 내가 원하기로 레오에게 맹세한 삶, 그러니까 캘리포
니아 남부에서 우리가 다시 함께하는 삶을 가져다줄 것이다
(그는 절대 이사 갈 생각이 없다고 했다).

하지만 나는 주변에서 공학의 현재를 확인했다. 강사진
은 페이스북 로고가 스티치된 배낭을 메고 다녔다. 나의 우
상 렉시 로스는 소매에 기술 인턴이 새겨진 구글 후디를 입
었다. 내가 그런 것을 입으면 사람들이 나를 어떻게 볼지 상
상해보았다. 하버드에 합격했을 때 느끼고 싶었던, 바로 그
선망과 질투가 섞인 시선을. "내가 구글에서 일하면 어떨 것
같아?" 세계 최고의 직장을 떠올리며(가장 큰 이유는 스웨트
셔츠) 레오에게 물었다. "좀 비현실적인 것 같아." 나도 동의
했다.

내 학점은 B+이었다. 공격적인 학점 인플레이션이 덜한
학교에서는 C- 정도일 것이다. 대부분의 대학에서라면 부족
한 학생을 솎아내는 강의에서 통과하지 못했을 터였다. 하
지만 하버드에서 기술 과목은 비교적 포용적이었다. 컴퓨터
공학 클럽에서 여자들은 콤프를 하지도 않았다. 나는 문 아
래로 플레이아데스 모임의 초대장을 받을 일이 절대 없을 테

지만, 죽도록 공부해서 기술 분야에 들어서면 상상도 못했던 부를 누릴 수 있을지도 모른다. 한 학기에 두 번만 빨면 될 정도로 공짜 티셔츠가 넘쳐날 수도 있고, 몇 년은 끊임없이 새로운 해산물을 먹어볼 수도 있다. 꿈이 반드시 현실적일 필요는 없다. 그저 계속 버텨낼 한 가닥 희망이 되고 헤쳐나갈 힘을 주는 환상이 되면 그만이다.

나는 컴퓨터공학을 선택했다.

그 소식을 들은 엄마는 이렇게 대답했다. "선택할 수 있는 과목이 얼마나 많고 네가 가진 재능이 얼마나 많은데 대체 컴퓨터공학의 어디가 좋다는 거니?" 나는 꼭 문전박대를 당한 기분이었다. 엄마는 한창 제2의 사춘기를 겪으며 인생 코치가 되기 위해 공부하는 중이었다. 그해 여름, 엄마는 하버드 서머스쿨 고고학 코스를 수강하고 있었다. 그해 가을에는 양쯔강 삼각주의 크루즈에 타 있었다. 그 주에 엄마는 450달러를 빌려달라고 했다. 그때 마침 하버드에서 수표를 받아서 돈이 있었다. 나는 아무것도 묻지 않고 엄마에게 돈을 빌려주었다. 이제 내가 엄마를 경제적으로 부양해야 한다는 걸 이미 알고 있었다. 친구들이 잠시 자기 태업(혹은 최소한 문학 강의)에 빠져 있을 때조차 나에게는 없는 자유에 대해서, 내가 얼마나 책임감을 가져야 하는지에 대해서 잘 인식하고 있었다.

그해 여름, 3학년이 시작되기 전에 캘리포니아 남부의

야후에서 인턴십을 했다. 레오의 친구가 나를 추천했다. 면접에서 내가 하고 있는 일을 잘 아는 척했고 어쨌든 인턴십을 따냈다. 관련된 수업 네 과목을 듣고 2학년을 마친 후 회사에 갔을 때 사람들의 환영에 깜짝 놀랐다. 최근에 마리사메이어가 회사의 수장이 되었고 점심을 무료로 제공하여 큰호응을 받고 있었다. 상사는 나를 한번 쳐다보더니—내 머리는 이제야 어깨까지 길었고 분홍색이 아닌 금발이었다—감탄했다. "대표님과 정말 똑 닮았네요!" 그녀는 심지어 본사로 당일치기 여행까지 준비해서 나에게 CEO와 셀카를 찍을 기회를 주었다. 그녀는 진심을 담아 말했다. "당신은 미래의 마리사예요."

상사는 항상 나에게 아주 잘하고 있다고 말했다. 그렇지 않다는 것을 나도 알고 있었는데도 말이다. 나는 내가 무엇을 하고 있는지도 몰랐는데, 나중에야 그것이 소프트웨어 엔지니어링 분야에서는 일반적이라는 것을 알았다. 하지만일단 내가 받는 호감은 하버드가 주는 혜택이 무엇인지를 극명하게 보여주었다. 하버드는 나를 성공한 사람처럼 보이게 했다. 나는 주위 사람들의 자기도 모르는 버릇과 습관을 몸에 익힌 데다, 보기 좋은 고른 치아(적어도 윗니)를 가지고 있었다. 과거에 사람들이 나를 그렇게 지극정성으로 도와준 것은 가난한 나를 보면서도 미래의 부유해진 나를 기대했기 때문인지 궁금해졌다.

한편, 나는 레오와 함께 살고 있었다. 그는 내가 잘 때 내 안으로 밀고 들어와 찢어질 듯한 아픔을 주었다. 우리가 사귀던 초기에, 내가 술을 먹지 않은 상태에서 관계를 하려니 발기가 되지 않아 힘들어 한 적이 있었다. 그때 나는 기본적으로 언제든지 섹스를 해도 좋다고 말했다. 늘 편안하게 시도해도 괜찮다는 의미로 한 말이었는데, 그는 그 말을 문자 그대로 받아들였다. 2년이 지난 후, 그는 언제나 그때 내가 한 말을 상기시키며 한번 뱉은 말은 돌이킬 수 없다는 듯이 굴었다.

나는 밤중에 그가 내 안에 삽입하는 것을 멈추게 할 방법이 없었다. 사람들은 그런 상황을 피하는 것이 쉽다는 반응을 보였지만 내게는 그렇지 않았다. 기숙사는 문을 닫았고 엄마 집은 어느 때보다도 최악인 상황에서 레오와의 관계는 나를 고립시켰고 내가 또래들과 서로 의지하는 관계를 맺는 것을 방해했고 그렇다고 아파트를 구하려면 가진 돈을 몽땅 털어야 했다. 그래서 나는 그대로 있었다. 출근하기 전에 달렸고 퇴근 후에는 근력 운동을 하며 힘을 길렀다. 시티 버스로 90분 걸리는 통근 시간에는 한쪽 무릎에는 『코딩 인터뷰 완전 분석』을, 다른 한쪽 무릎에는 노트를 올려놓은 채 면접을 준비했다.

스스로 생계를 꾸리기가 힘든 상황에서도, 왜 예술과 글쓰기에 대한 사랑을 외면하고 실용적인 것을 공부하고 있냐는 비판적인 목소리가 이따금씩 머릿속에서 불쑥 들려왔다. 하지만 아무리 지쳐도 매일 책을 펴고 펜을 들고서 정해진 페이지까지 공부를 계속했다. 나는 내게 무엇이 필요한지 알았다. 줄곧 알고 있었다. 그리고 그렇게 하는 동안에는 본연의 나 자신으로 돌아간 기분을 느꼈다.

나는 인턴 관리자의 신임에 매달렸고, 그해 10월 그레이스 호퍼 컴퓨팅 분야 여성 기념 학회 행사에 참석했을 때 언제든 돌아와도 좋다는 그녀의 약속에 매달렸다. 사흘간의 파티와 무료 기념품 증정식과 인터뷰가 진행되기 전에 경영자들의 기조연설을 보기 위해 거의 5천 명의 대학생과 엔지니어들이 강당을 꽉 채웠다. "이건 무슨 소몰이 같네." 나는 친구에게 속삭였다. "우리가 소들이고."

그레이스 호퍼 학회의 메시지는 전적으로 "우리는 당신을 원합니다"였다. 컨벤션 센터 연회장은 축구장 일곱 개를 합친 규모였다. 채용 담당자들은 여성용 티셔츠, 보온병, 노트북 스티커를 나누어주며 돌아다녔다. 부스에서는 무료로 매니큐어와 안마 의자 서비스를 제공했다. 링크드인은 전문 사진사가 찍어주는 프로필 사진을 후원했다. 소위 '파이프라인 문제'로 전체 엔지니어 중 여성의 비율은 불과 16퍼센트 정도에 지나지 않았다. 파이프라인 문제란, 여자들은 STEM(과학, 기술, 공학, 수학 융합교육)을 공부하고 싶어 하지 않거나, 충분히 강하지 않거나, 영어에서 A를 받는 대신 수학에서 B를 받는 것을 지나치게 두려워하여 우수한 여성 과학 인력이 부족하다는 것이다.

내가 두려움 없는 소수에 속한다는 의미이므로 이 이론이 마음에 들었다. 나는 채용 조건에 의문을 제기하는 사람이 아니다. 그보다는 주어지는 보상에 관심이 있었다. 좋은 호텔 방, 식비가 미리 충전된 카드와 함께 컨퍼런스에 참석할 수 있는 장학금을 받았다. 나는 페이스북과 면접이 예정되어 있었다. 그리고 어느 오후 커리어 박람회에서 코딩 챌린지에 참가했는데 채용 담당자가 내 이름을 불렀다.

"우승자는 에미 닛펠드입니다."

"뭐라고?" 나는 고개를 돌리며 소리를 질렀다. "좋았어!" 나는 공중에 주먹을 들어 올리며 환호했다. 그 대회가 별것 아니라는 것은 알고 있었지만—단지 두 학생을 물리친 것뿐이었다—무언가에서 우승한다는 것은 예전의 나로 돌아간 듯한 기분을 안겨주었다.

채용 담당자에게 상품인 배낭을 받았다. 네모난 회사 로고가 새겨진 회색 배낭이었다. 카펫이 깔린 바닥에 앉아서 위탁가정 이후로 어디에나 가지고 다녔던 내 분홍과 보라색 배낭에 들어 있던 물건들을 다 새 가방에 옮겨 담은 후, 오래된 가방은 쓰레기통에 넣었다.

연회장의 반대편 끝에 설치된 축제 천막에서 진행되는 페이스북 인턴십 면접에서, 새로운 배낭을 메고 일부러 성큼성큼 걸었다. 인터뷰 담당자는 내게 화이트보드용 마커를 건넸고 나는 작은 화이트보드 위에 답을 적으면서 이진 트리의 균형을 잡는 법을 설명했다. 다음 날, 다시 가서 또 다른 문제를 풀었다. 그날 밤, 나는 다른 후보들과 파티에 초대를 받았다. 레오는 알 수 없을 테니 베이컨으로 감싼 가리비를 먹어본 다음, 연달아 열세 개를 먹었다.

다음 날, 페이스북 채용 담당자가 나에게 파란색 폴더를 주면서 말했다. "축하합니다."

순간 컨벤션 센터의 소음이 하나도 들리지 않았다. 월 6천2백달러—상상할 수 없는 금액—에 더하여 주택, 왕복 항공료, 그리고 자전거와 잠금장치 구입비까지 받게 될 문서를 손에 쥔 사람은 내가 유일했다.

여기 내 손에 증거가 있다. 내가 잘 살아나갈 수 있다는 증거. 지난 7년간의 불확실함을 떨쳐내듯이 깊은 숨을 내쉬고, 원래부터 내 것이었다는 듯이 방금 찾아온 새로운 내 삶을 들이마셨다.

레오는 페이스북, 혹은 그 이후 구글에서 받은 더 매력적인 제안에 탐탁해하지 않았다. 그래도 나는 한 스타트업과의 면접을 위해 샌프란시스코로 날아갔고 레오는 비행기 편으로 나를 보러 왔다. 우리는 교외에 있는 레오 친구네 손님 방에서 지냈다. 면접을 망친 다음 날 이른 아침, 레오와 나는 헤어졌다. 내가 막 21살이 되었던 시기였다. 우리는 2년 반을 함께했다. 우리는 둘 다 울었고 서로 안았다. 레오는 언제까지나 나를 사랑할 것이며 언제든 도움이 필요하면 연락하라고 말했다.

아침 식사를 한 후, 그가 내게 물었다. "우버 부를 거야?"

"내 비행기는 밤 9시 반 이후인데." 그가 내 어깨에 손을 얹었다. "너는 이제 가야지." 숨도 쉬지 않고, 전에도 수없이 그랬던 것처럼 옷가지와 과제를 배낭에 쑤셔 넣었다. 레오가 문을 열어주었다. 그가 나를 내보내자 이별의 무게가 나를 짓눌렀다. 단순히 떠나기까지 열두 시간이 남은 게 아니었다. 나는 갈 곳이 없었다. 목적지 없이 차에 올라탔다.

역사에서 내가 아는 모든 이에게 메시지를 보냈고 깨어 있는 한 친구와 연락이 닿았다. 친구는 내게 그녀의 소파에서 하루를 보내도 된다고 했다. 그녀 집에서 오전을 보내다가 오후에는 다시 운동화 끈을 묶고 친구 집을 나와 고속도로를 건너 빈 건물 주차장을 통과해 만으로 향했다. 지도에는 미네소타의 호수처럼 파란 물이 있었다. 하지만 모든 것이 갈색이었다. 물은 그을린 흙빛이었고 해초 비린내가 진동했다. 손을 무릎에 얹고 공기를 들이마셨다.

사방에서 외로움이 나를 죄여왔다. 나는 생각했다. *나를 사랑하는 사람이 있었는데, 내가 그걸 포기한 거야. 무엇을 위해서? 실리콘밸리를 위해서?* 아무 감흥도 없는 풍경을 쏘아보았다. 내가 혼자가 된 것은 야심이 너무 큰 내 탓인 것만 같았다. 공항에서 그와 헤어진 것에 대해 이야기하려고 엄마에게 전화를 걸었다.

"그는 로즈 장학생 아니었니?" 엄마가 물었다.

"그런 셈이지." 내가 대답했다.

"다시 전화해서 잘 풀어봐." 엄마는 우리 관계에 대해서 자세히 알지 못했지만 항상 원만하게 잘 지내라고 말했다. 엄마는 필요하다면 레오에게 다시 받아달라고 빌라고 말했다. "아니, 난 그럴 수 없어." 내가 대답했다. 어떤 면에서는 엄마와도 헤어지는 것처럼 느껴졌다. 전화를 끊고 나서 휴대전화 전원을 끄고 또다시 경솔한 전화를 걸지 않기 위해 가방 맨 아래에 깊숙이 파묻었다.

23장
나를 위한 자리를 개척한 여자들을 위해서

이별 후, 매일 아침 무너진 기분으로 잠에서 깨어났다. 메시지를 주고받을 사람이 하나도 생각나지 않았다. 나에게 잘 잤냐고 묻거나, 시험이 있으면 과제를 했냐고 묻는 사람이 아무도 없었다. 내 기분을 나아지게 하는 것은 스니커즈 끈을 졸라매고 프레시 폰드 주위를 달리는 것뿐이었다. 발이 아플 때까지 달렸고 그 아픔을 떨쳐버리는 유일한 길은 다시 달리는 것이었다.

두려운 마음으로 시작한 3학년의 첫째 날, 나는 웰드 보트하우스로 가봤다. 2년 동안, 챙 넓은 모자를 쓴 군살 없는 사람들로 가득한 찰스 강을 따라 늘씬한 보트들이 미끄러져 가는 광경을 지켜보았다. 누구라도 지원할 수 있다고 들었지만 늘 그 '누구'에 나는 포함되지 않는다고 여겨왔다.

조정은 훌륭한 가정교육, 돈, 그리고 상반신의 힘 등 나에게 없는 모든 것들로 이루어진 완벽한 사립학교의 스포츠였다. 그러나 지금 나는 경량급 팀에 합류하고 싶었다. 그러면 15파운드를 줄여야 하니까 레이크빌 시절 몸무게로 돌아갈 터였다. 나는 깨지고, 변형되고, 바뀌어, 균형 잡힌 몸으로 거듭나고 싶었다. 스스로 채찍질하는 것보다 누군가 더 혹독하게 나를 채찍질해주기를 열망했다.

하지만 첫째 날, 래드클리프 초심자들의 코치는 스무 명의 신입생, 한 명의 2학년, 그리고 나를 1마일 구간으로 보냈다. 우리는 처음 몇 주 동안 우현과 좌현을 배웠고 4만 달러짜리 보트를 어떤 것에도 부딪히지 않고 물 위로 띄우는 것부터 연습했다(그렇게 값비싼 배에 공짜로 타는 것은, 엄마의 말버릇대로면 "세기의 거래!"였다).

코치는 하버드가 여학생을 받아들이기 훨씬 전에 조직된 팀에 대해 전해오는 이야기를 들려주었다. 남자팀 코치는 사실 여성들이 조정을 하는 것을 막으려 했었다고 한다. 그 이후로 래드클리프의 크루들은 하버드의 이름을 배척했다. 나는 대표팀이 강을 선회하는 모습을 부러운 시선으로 바라보았다.

코치가 워크온(사전에 선발되거나 장학금을 받지 않고 운동을 하려고 팀에 들어온 선수—옮긴이)들을 교내 달리기 경주에 내보냈을 때, 나를 증명해 보이고 싶다는 억눌린 욕망이 폭발하기 일보 직전이었다. 나는 승산이 있는 싸움이라고 생각했다. 트랙 대표팀과 크로스컨트리 팀은 경주에 나올 수 없었고 가장 잘 뛰는 레크리에이션 주자는 부상을 당한 상태였다. 심판이 출발을 외쳤을 때 나는 주저 없이 뛰어나갔다. 내 앞에 어떤 포니테일도 눈에 띄지 않았다. 반 마일을 남겨두고, 윅스 풋브리지를 건너며 나는 완전히 홀가분한 마음이었다.

그러다가 나는 뒤에 따라붙는 존재를 느꼈다. 어쨌든 여자라는 걸 알 수 있었다. 만약 내가 뒤를 돌아본다면 경쟁자가 나를 앞지를 것이다. 나는 앞만 보고 달렸다. 결승선에 점점 가까워지면서 내 다리가 슬로모션처럼 움직였다. 심판이 주자들의 순위를 결정하는, 번호가 표시된 색인 카드를 배포하고 있었다. 만약 경쟁자가 앞서 나가려 하면 그녀를 팔꿈치로 방해하리라 마음먹었다. 필요하다면 그녀를 솔저 필드 로드로 밀어버릴 참이었다.

마지막 한 발에, 경쟁자가 앞으로 움직이는 것을 느꼈다. 나는 카드를 향해 돌진했고 앞으로 점프해서 바닥에 착지했다. 아무도 내 손에서 낚아채가지 못하게 카드를 가슴 가까이에 움켜쥐고 있었다.

나는 이겼다. 적어도 내 그림자는 앞섰다.

이윽고 위를 올려다보니, 스타 조정 선수 메리 카맥이 서 있었다. "야, 에미!" 그녀가 조금도 숨이 찬 기색 없이 웃으며 말했다. "너 막판에 정말 속도를 확 올리더라!" 메리가 손을 내밀어 나를 끌어올리고는 저녁 일정이 있는지 물어보

앉다. 그녀는 내가 그녀를 거의 죽일 기세였는데도 괘념치
않는 듯했다.

추수감사절이 가까워오는데 아무 데도 갈 곳이 없으니
또 마음이 무너졌다. 레오에게 데이브와 잰에게서 들은 말
을 그대로 따라서 내 가치관이 모두 혼란에 빠졌다는 편지
를 보냈다. 하버드의 사다리를 오르는 공허한 문화에 영향
을 받아 사랑보다 성공을 택하고서 후회하고 있다는 내용이
었다. 레오는 임시적으로, 내가 편지에서 나를 일류 회사의
인턴십으로 이끌어 길을 잃게 했다고 비난한 에이미와 다시
는 이야기하지 않는다는 조건하에, 나를 다시 받아주었다.
　휴일을 맞아 캘리포니아로 돌아왔을 때, 레오의 로프
트에 있는 커다란 빈백 의자에 그와 나란히 누워 있는데 레
오가 청혼을 했다. 그는 내가 하버드를 중퇴하고 캘리포니
아에 있는 학교로 편입하기를 바랐다.
　날카로운 아픔이 가슴의 통증으로 바뀌었다. 하버드
의 오로지 성공지향적인 헛소리에 때때로 실망하기는 했지
만 이제야 소속감을 느끼는 곳을 찾았는데 그것을 포기해
야 한다는 뜻이었다. "난 그럴 수 없어." 그렇게 끝이 났다.
나는 캠퍼스로 다시 돌아왔다. 몇 주 후, 내 겨울방학 계획
은 수포로 돌아갔고 나는 다시 그에게 돌아가 몸을 허락하
는 것으로 머물 곳을 얻었다. 눈물이 귓가에 고였다. 하지만
적어도 이제는 그를 그리워하지 않으리라는 것을 알게 되었

다. 혼자일 때가 나았으니까.

감사하게도 래드클리프 크루의 겨울 훈련에 함께 갈 수 있게 되어 레오와 LA를 일찍 떠날 수 있었다. 놀랍게도 나는 꽤 괜찮은 선수라 경량급이 아닌 헤비급 노를 저었고 대표팀에도 합류할 수 있었다(초심자들의 코치는 나에게 10파운드를 늘려서 "크고 강한 여자"로서의 잠재력을 채워보라고 격려했다). 매너티들이 가득한 작은 만 위로 플로리다의 태양이 떠올랐다. 우리가 고속도로 교량 아래로 미끄러져 나갈 때 분홍색 하늘이 우리의 배가 지나간 자리에 비쳤다. 숨을 들이쉬면서, 우리는 밀고 나가고 선회하고 노의 날로 날갯짓을 했다.

나는 내가 무엇을 하고 있는지도 몰랐다. 그래서 매 회 움직일 때마다 이것은 헝거 게임이고 실수라도 하면 죽는다는 심정으로 임했다. 온통 고통스러운 운동을 하면서 사립학교 선발선수보다 내가 더 많은 벌을 받을 거라고 생각했다. 내 손은 물집이 생기고 찢어졌다. 그 굳은살이 그동안 생채기가 난 내 마음을 굳혀주기라도 할 것처럼 오히려 상처를 즐겼다.

지금까지 벌이라면 질리도록 받아봤지만 정작 제대로 코치를 받아본 적은 없었다. 모두 내 마음대로 결정하면서, 탁월하기 위해서는 자신을 파괴해야 한다고 여겼다. 신참 조정 선수인 나는 자꾸만 노를 헛저었고 물에 걸리게 했다. 코

치가 메가폰을 잡을 때면 움찔하고 놀랐다. 하지만 내게 손
목을 평평하게 유지하라고 하거나 몸을 꼿꼿이 세우라고
("에미, 가슴을 뽐내보라고!") 수없이 지시하면서도, 코치들은
못된 말을 하는 법이 없었다.

　　노를 너무 형편없이 저어서 보트에서 쫓겨날 것이 분명
하다고 생각한 어느 날, 한 팀원이 바람을 지적했다. 보트가
내 밑에서 흔들리고 물이 뱃전 위로 찰랑거릴 때, 처음으로
나는 아무리 우리가 완벽하게 노를 저어도 인간의 통제 밖
에 있는 힘이 있음을 본능적으로 느꼈다.

　　팀 안에 있으면 보살핌을 받는 기분이 들었다. 우리가
끼니를 놓칠 때마다 헤드 코치는 우리에게 식당에 포장된 음
식을 요청하라고 세 번씩 이야기해주었다. 우리는 무릎까지
오는 나이키 파카—최초의 내 따뜻한 외투—를 지급받았
다. 이런 행동 하나하나에 나는 코치들을 좋아하게 되었다.

　　찰스 강의 얼음이 녹았을 때, 나는 4인승 보트에 올라
코리라는 이름의 여자에게 코칭을 받고 있었다. "잘하고 있
어요, 래드클리프." 우리의 흰색과 검정색으로 된 노가 수면
을 가를 때 그녀가 외쳤다. 모든 격려가 내 마음을 녹였다.
영감을 주는 그녀의 말들을 외웠다. 쏟아지는 빗속에서, 코
리는 마이크에 대고 우리에게 머릿속으로 이렇게 되뇌어보
라고 말했다. "나는 강적이다. 나는 이 스포츠를 사랑한다."
번개가 우리 위로 떨어졌을 때 그녀는 휴대폰을 꺼내 사진을
찍었다.

난생처음으로 처벌은 변화를 일으키는 최선의, 혹은 유일한 방법이 아님을 확인했다. 처음부터 사람들을 내치거나 배제해서 그들이 부족하다고 느끼게 만드는 것은 얄팍한 방법이었다. 값진 방법은 그들의 성공을 믿어주고 이끌어내는 것이다.

조정은 신체를 인지하는 집중 훈련이다. 이제껏 나는 내 몸에 대해 생각해볼 기회가 없었다. 내 가족은 운동을 하지 않았다. 섭식장애 때문에 거주치료소에서 체육관에 가면 나는 다른 아이들이 기구를 사용하여 운동을 할 동안 나무 자세로 서 있었다. 내 피부에 대해서도 감을 잡지 못했다. 운영진이 내 행동을 엄격히 통제했지만, 어떤 행동이 어떤 느낌을 유발하는지 배우지 못했다.

대학에서 종종 내 자기 파괴적인 충동 때문에 우연히 필요한 기술을 배우게 되었다. 홀30Whole30이라 불리는, 당시 유행하던 식단을 시도하면서 하루에 다이어트 콜라를 여섯 캔씩 마시던 습관이 만성 두통을 일으켰다는 것을 알게 되었다. 오랫동안 내 주식이었던 콩은 수년간 나를 괴롭혀온 위장 문제의 원인이었다. 음식과 나 사이의 역기능적인 관계는 심리보다는 신체에서 비롯되었는지도 모르겠다는 생각이 들었다.

청소년기 내내 나는 힘든 상황에 나를 맞춰야 했지만, 사실은 내가 극도로 민감하다는 것을 알아가기 시작했다.

밤샘 공부를 중단하고 수면을 최우선으로 삼기로 결심했을 때, 나는 다섯 시간도, 심지어 여덟 시간도 아닌 아홉 시간의 수면이 필요한 사람이라는 것을 알게 되었다. 평소의 패턴에서 벗어나 이틀간 제대로 잠을 자지 못하자 어딘가에서 *죽고 싶어, 죽고 싶어,* 라고 외치는 목소리가 들려왔다. 지난 10년간 지속된 마음속의 외침은 적어도 부분적으로는 수면 부족이 불러온 비명이었다.

선수권 대회에 참가하는 선수로서, 기량 면에서 내가 원하는 만큼 중요한 존재가 될 수 있었다. 팀원들의 크고 강건한 신체가 나에게 위안을 주었다. 배꼽 아래 지방이 있는 것은 완전히 정상이었다. 모두가 뱃살이 있었다. 레깅스와 팀 스웨트 셔츠를 입고서 보트로 가서 달걀 여섯 개와 잉글리시 머핀 두 개를 먹었다. 수없는 자기부정의 나날 끝에 이런 것은 이루 말할 수 없는 즐거움이었다.

예일팀과의 경기 전날 밤, 우리 팀은 선장 격인 콕스의 호텔 방에 모였다. 코리가 경주 계획을 설명하고 우리에게 잠자기 전 이야기를 들려주었다. "푹 자둬." 그녀는 비어 있는 침대 발치를 두드리며 말했다.

다음 날, 나는 지시 받은 대로 오전 4시 45분에 일어났다. 모든 것이 떨렸다. 이게 현실이라니 믿을 수 없었다. 나는 유니폼과, 빌린 오클리 선글라스와, 바이저를 착용한 대표팀 선수였다. 출발선에서 심판이 "예일, 래드클리프"라고 외쳤고, 우리 팀을 호명하는 소리에 긴장감이 몰려왔다.

심판의 호각이 울렸다. 우리 팀의 콕스인 매케나가 출발 스트로크를 외쳐서 속도를 높였고, 그다음 우리는 날아가고 있었다. 첫 5백 미터는 한순간에 지나갔다. 하지만 중간 지점에 이르러 폐, 팔, 목이 불타는 것 같았다. 내쉬는 숨보다 더 빨리 공기를 들이마셨다. 심장마비가 올 것만 같았다. 4분 이상을 더 갈 수 없었다. 불가능했다.

그때 매케나가 래드클리프의 분발을 외쳤고, 그 말에 두 번 더 스트로크를 할 수 있었고, 거기서 다시 두 번 더 할 수 있었다. 하버드가 아니라, 내가 꿈꿔왔으나 뭔가 결핍을 느꼈던 그곳이 아니라, 래드클리프, 과거에는 배척받았지만 자신들을 위한, 그리고 이제는 나를 위한 자리를 개척한 여자들을 위해서.

7백 미터가 남은 시점에 눈에 보이는 것은 터널 끝의 한 줄기 빛이 무너지고 있는 모습이었다. 콕스의 목소리에 의지했다. "에바를 위해 다섯 스트로크." 그녀가 말했다. 에바, 나는 에바를 사랑했다. 더 이상 버틸 수 없었지만 에바 덕분에 버텼다. "에미". 그녀가 말했고, 나는 그들을 실망시킬 수 없었다. "젠". 버스에서 내 자리를 맡아준 친구 젠. "마우라." 내 기술 부족으로 보트가 좌우로 흔들리는데도 균형을 유지한 바우 포지션. 각자의 이름에 담긴 따스함이 내 눈가를 뜨겁게 했다. 나는 감상적이고 충동적인 내 일면을 억누르면서 오랫동안 자급자족의 제단에 나를 희생하며 살아왔다. 그러나 초심자 코치가 말한 것처럼 "때로는 감정이 경주에서 이긴다."

"코리를 위해 다섯 스트로크." 매케나가 말했고, 우리의 보트는 앞으로 나아갔다.

그리고 우리는 이제 마지막 5백 미터 구간에 있었다. 90초도 안 되는 시간만 버티면 죽어도 상관없었다. 매케나의 목소리가 철썩대는 물소리와 외치는 소리를 뚫고 나왔다. "예일이 우리보다 두 자리 앞에 있어." 그녀가 말했다. "우리가 먼저 전력질주해야 해. 지금 가자. 기다리지 마." 그녀는 마지막 40스트로크를 세기 시작했다. "우리가 움직이고 있어!" 그녀가 소리쳤다. "나한테 자리를 줘!" 1인치 앞에 에바의 등과 흐릿한 형상이 있을 뿐, 아무것도 안 보였다. "여덟, 아홉, 저어!"

결승선을 지난 후, 고개를 무릎까지 떨어뜨렸다가 흔들면서 들어올렸다. 몇 분이 지난 다음 눈을 떴다. 시야가 또렷해지기까지 시간이 걸렸다. 굳은살 박인 손바닥과 유니폼 단을 쳐다보았다. 그 밑으로 그을린 피부 위에 하얀 흉터가 드러나 있었다. 내 사두고근도(그렇다, 나는 사두고근이 있었다). "우리가 이겼어!" 매케나가 외쳤다.

여전히 내 손을 들여다보면서 나는 울기 시작했다. 고통을 겪을 수 있는 것과 고통을 겪은 후 다시 일어서는 일 사이에는 차이가 있었고, 나는 마치 내가 그렇게 일어선 것만 같았고, 혹은 그렇게 일어설 수 있을 것 같은 기분이 들었다.

에바가 나를 톡톡 두드리고는 안아주었다. 몸을 뻗어 젠에게 그대로 해주었다. 코리가 물가에서 우리에게 손을 흔들었다.

24장
새로운 세계의 지형

3학년을 마친 여름, 구글 인턴으로 일하게 된 첫날, 나는 방정식으로 가득한 화이트보드 앞에서 미소 짓고 있었다. 보안 카드용 사진을 위해 포즈를 취한 뒤, 머리 위에 프로펠러가 달린, "누글러"라고 적힌 모자를 썼다. 그런 다음 2014년 인턴의 일원임을 나타내는 배낭—열 개 남짓의 작은 주머니가 달려 있고 흰색으로 회사명이 새겨진 네이비 블루 파타고니아—을 받았다. 그것을 무릎 위에 얹어 놓았다. 가방은 방수제 냄새를 풍겼고 내가 이곳 직원이라는 소속감—내가 그토록 오랫동안 공부한 이유—을 주었다.

인턴십 매니저가 가슴털이 보일 정도로 푹 파인 브이넥 티셔츠와 왁스진을 입고서 나를 데리러 왔다. 그는 나를 한 줄로 서 있는 원색 자전거들 쪽으로 안내했고, 우리는 자전거를 타고 야생 잔디가 자라난 구글 사무 단지를 지났다. 작년 여름에 본 영화 〈인턴십〉의 예고편에 들어온 기분이었다. 마침내 사옥에 도착했을 때, 매니저는 ID 카드로 나를 먼저 안으로 들어가게 했다. "혹시 목마르세요?" 그는 카페 한쪽에서 음료를 만들고 있는 바리스타를 가리키며 말했다. 그 뒤로는 피자 오븐, 생선 코너, 그리고 두 줄로 샐러드 바가 있었다. 나는 우주 한가운데 도착한 것이다.

"매일 여기서 식사하시나요?"

"아니요. 여기는 그렇게 좋은 카페는 아니에요." 그는 매주 월요일마다 일주일간 훈연한 브리스킷을 제공하는 바비큐 코너를 선호했다. 수공예 접시에 초밥과 홈메이드 파스타를 내주는 키친 싱크도 애용했다. 건물 내에는 아침, 점심, 저녁을 제공하는 스물네 개의 카페테리아가 있었고, 이와는 별개로 아몬드, 말린 해초, 다양한 종류의 탄산수가 구비된 미니 키친이 곳곳에 마련되어 있었다. 이 모두가 우리의 보상에 포함되어 있었다. 사내에는 병원과 마사지숍과 자전거 수리 서비스를 제공하는 밴과 미용실도 있었다. 이렇게 세세한 부분까지 신경 써주다니, 이제껏 아무도 나를 위해 해주지 않았던 이런 배려가 나는 사랑으로 느껴졌다.

이어서 몇 주가 지나는 사이, 나는 생각했던 것보다도 훨씬 더 소프트웨어 엔지니어링을 즐기게 되었다. 내 배경이 대다수 사람들과 다를까 봐 염려했는데, 동료들 대부분이 10대 때 외국에서 시험을 치고 진로를 정한 사람들이었다.

코딩에 열정적인 사람은 많지 않았다. 엔지니어링은 최고의 직업이었다. 이런 사실은 "네가 사랑하는 일을 하라"는 목소리를 무시하고 실용적인 학문을 전공한 데 대한 죄의식을 덜어주었다.

업무는 표준화 시험을 위해 공부할 때처럼 고도의 집중력을 요구했다. 그래서 일을 하다가 어떤 때에는 밖으로 나가 주차장에서 소리를 지르고 싶었다. 그런가 하면 하루 종일 두뇌를 자극하는 직업을 가지고 있다는 점에서 세상에서 가장 운 좋은 인간이라는 기분이 들 때도 있었다.

내 관심사는 온통 목표와 성취에 대한 약속이 있는, 이 반짝이는 새로운 세계였다. 구글은 모든 것을 아우르는 기관으로 친밀하게 느껴졌다. 오전 7시 15분 셔틀을 타고 회사에 왔다가 해 질 녘에 집으로 돌아왔다. 만약 내가 정규직 직원이 된다면 내 인생은 학교에서 각각 등급을 매기듯 전반과 후반으로 나누어질 것이다. 나는 사다리를 타고 레벨 3에서 레벨 4에서 레벨 5로 올라가고, 주식 상여를 긁어모으게 될 터였다. 여기서 무엇을 더 원해야 할지는 몰랐다.

그해 여름, 하버드 컴퓨터공학 여성 이사회에 들어간 이후 나는 계속 바빴다. 후원 담당자로서 기업들에 전화를 해서 현금 후원을 부탁했고, 그 후원금을 5백 명 규모의 컨퍼런스를 개최하는 데 사용했다. 이것이 부자들의 소일거리라는 것을 배웠다. 그들은 다른 이사회에 소속되어 여러 가지

일을 조직했다. 하버드에서 우리는 이런 것을 미리 연습하는 셈이었다.

룸메이트에게 초대를 받았을 때를 제외하고는 밖에 나가지 않았다. 6월의 어느 금요일, 운동을 생략하고 하버드에서 에이미와 함께 살았던 친구인 렌과 저녁을 먹으러 갔다. 식당을 나설 때, 그녀가 친구의 아파트에서 함께 술을 마시자고 말했다. "나는 술 안 마셔." 그녀에게 말했다.

"그럼 물을 마셔."

"조정 훈련 때문에 일찍 일어나야 해."

렌이 그녀의 전화기를 확인했다. "지금 8시야. 내 친구 집은 바로 뒤에 있어." 결국 가기로 했다.

물 한 잔을 앞에 놓고 거실에 앉아 있는데 한 남자가 흰쌀밥이 담긴 접시를 들고서 주방에서 나왔다. "바이런!" 집주인이 외쳤다. 남자는 놀란 듯 멈춰 섰다. 그는 헝클어진 금발에 아주 마른 체형을 가지고 있었다. 그의 룸메이트가 그에게 장난스레 말했다. "집주인으로서 우리 손님들에게 친절하게 인사 좀 해."

바이런은 순순히 그 말에 따라 내 옆에 앉았다. "내 식사는 좀 양해해주세요." 그가 말했다. "방금 자전거를 330마일 타고 왔거든요."

"정말요? 얼마나 걸렸나요?"

"아침 6시에 타기 시작했어요."

우리는 렌과 그녀의 친구, 이후에 온 다른 손님들을 신경 쓰지 않고 운동에 대한 이야기를 나눴다. 바이런은 하버드에 다녔고, 컴퓨터공학 전공으로 1년 전에 졸업한 사람이었다. 그는 혼자 자전거를 타면서 여가 시간을 보냈다.

그는 나에게 어디 출신이냐고 물었다. "보딩스쿨에 다녔어요." 나는 자동적으로 그렇게 말하고 덧붙였다. "하지만 미네소타에서 자랐어요."

"저는 버지니아 출신이에요." 그가 말했다. "하지만 시골 지역은 아니고요."

나는 눈을 가늘게 떴다. "그럼 혹시 그 고등학교 나오신 건가요? 미국 최고의 공립학교?"

"토머스 제퍼슨." 그가 수줍게 말했다. "어떻게 알았어요?"

"누구나 알죠." 나는 자신에게 뿌듯함을 느꼈다. 새로운 세계의 지형을 잘 배워가고 있었다. "버지니아의 시골 지역은 아니라니…. 미국에서 제일 부유한 카운티를 너무 축소해서 말씀하시네요."

거의 10시가 되었을 때 그가 일어나며 말했다. "괜찮으시다면 이만 일어날게요. 이제 잘 시간이라서요."

버널 힐로 올라와 우리의 임대 주택으로 가는데 렌이 나를 놀렸다. "그가 너에게 단단히 빠졌더라." 나는 눈을 굴렸다. "난 바빠서 그럴 시간 없어."

하지만 그날 밤, 잠자리에 누워 있자니 누군가에게 안기고 싶은 마음에 등이 시려 왔다. 스스로를 책망했다. *넌 괜*

참아야 해. 넌 혼자 있는 게 괜찮아야 해. 누군가를 원하는 것은 평생에 걸친 학대를 다시 내 삶에 끌어들이는 것처럼 느껴졌다. 유일한 해결책은 끊임없는 활동으로 나 자신을 방어하는 것이었다.

여름 내내, 계속 바이런을 마주쳤다. 어느 날 저녁, 내 주방에서 에이프런을 두르고 룸메이트들에게 상냥하게 양파 다지는 법을 설명하고 있는 그를 보았다. 렌이 요리를 해달라며 그들을 초대한 것이다. 몇 주일 후, 나는 렌을 따라 스타트업을 하는 남자들의 콘도에서 열리는 파티에 갔다. 검정 티셔츠를 입은 남자들의 물결 속에, 바이런의 금발머리가 군중들 위로 솟아 있었다.

"안녕하세요!" 내가 말했다. 놀랍게도 그를 만나니 기뻤다. 렌은 다른 사람들과 이야기를 하러 가고 없었다. 나는 거기 있는 사람들과는 아무런 공통점이 없었다. 바이런에게 맥주를 마시겠냐고 물었다.

"알다시피 음주는 운동에서 회복되는 걸 방해하지요." 나를 꾸짖는 것은 아니었지만, 그렇다고 농담을 하는 것도 아니었다.

나는 빨간 컵에 물을 두 잔 따라 왔다. 오후 9시에 바이런은 자러 가야 한다며 우버를 불렀다. "같이 타도 될까요?" 내가 물었다.

우리는 먼저 그의 집으로 갔다. "당신 주소를 입력해드릴까요?" 그가 물었다.

"아니요, 괜찮아요. 그냥 여기서 내릴게요."

그의 문 앞에 서서 바이런이 말했다. "음, 만나서 반가웠어요."

"저도요." 나는 정확히 무엇 때문인지 모르겠지만 조금 실망하면서 돌아섰다.

"잠깐만요. 전화번호를 물어봐도 될까요?"

"그럼요." 나도 모르게 미소를 지으며 그에게 번호를 주었다. 거리를 터벅터벅 걸었다. 집에 도착하기도 전에 인도가 계단으로 바뀌었다. 전화기가 울렸고 그 온기가 내 몸에 전해졌다. 그 모든 문제에도 불구하고, 이제 친구들과 장래 계획과 어쩌면 데이트까지도, 정상적으로 되어 가고 있었다.

나는 우버 비용의 절반을 송금하기 위해 휴대전화의 잠금을 해제했다.

여름이 반쯤 지났을 무렵, 매니저가 내게 말했다. "다시 오라는 제안을 못 받더라도 놀라지 마세요." 우리를 둘러싼 컨퍼런스 룸이 순간 뒤로 물러나는 기분이었다. 정규직 자리가 그냥 주어지지 않는다는 것은 알고 있었지만—면접을 치러야 하고 고용위원회의 평가를 거쳐야 한다—상사의 경고는 가장 기본적인 요건인 그의 찬성표를 받지 못할 수도 있다는 의미로 해석되었다.

나는 멍하니 주차장으로 걸어갔다. 야외 체육관과 실험

적인 커피연구소와 모래 발리볼 구장을 지났다. 갓 구운 쿠키가 있는 또 다른 건물로 들어갔다. 음료수로 가득 찬 냉장고에 비친 내 모습을 응시했다. 그리고 탄산수 병, 큐브 형태의 칠면조 가슴살이 가득 든 플라스틱 컵, 단 음료수를 고르는 것을 줄이기 위해 불투명한 패널로 가려진 맨 아랫칸의 다이어트 콜라캔을 손으로 훑어보았다.

마치 에덴에서 추방이라도 당하는 기분이 들었다. 만약 여기서 일자리를 얻게 된다면 구글은 가족 같은 곳, 집 같은 곳이 되리라. 내게 결핍된 모든 것이 그곳에서는 가능할 것 같았고, 칸막이 어딘가에 내 진짜 부모의 오류를 상쇄해줄 수 있는 대리 부모가 있을 것 같았다.

하버드와 마찬가지로, 이곳은 이런 식의 마법 같은 생각을 불러일으켰다. 하지만 하버드와는 달리 수십 년을 머물 수도 있는 곳이었다. 여기까지 와서 이 모든 것을 잃게 되는 것이 두려웠다. 두 팔에 아드레날린이 뜨겁게 용솟음쳤다. 이를 악물고서 무엇을 감수해서라도 반드시 정규직 제안을 받고야 말겠다고 다짐했다.

어쩌면 그 모든 것을 경험하고 난 다음이니까, 사람들은 내가 상황을 좀 더 객관적으로 보고 다른 일자리도 있다고 스스로를 다독이기를 기대할지도 몰랐다. 하지만 나는 그럴 수 없었다. 구글에 대한 희망은 예전에 대학에 대해 품었던 희망만큼이나 높았다. 새로이 열린 삶에서는 사소한 문제들도 너무 중요하게 여겨졌다.

컴퓨터공학 여성 컨퍼런스를 조직하면서는 밤마다 점심 도시락에 대한 공포증에 시달리기 시작했다. 새벽 2시에 어둠 속에서 식은땀에 젖어 참석자들이 파네라의 터키 샌드위치를 받지 못하게 되는 사태가 발생하는 공포에 휩싸여 잠에서 깼다.

예전의 습관이 내 신경계에 그대로 새겨져 있었다. 모든 것이 죽느냐 사느냐의 문제로 다가왔다. 사람들은 이제 과거와는 상황이 달라졌다고 말하겠지만, 그렇게 오래된 이야기는 아니다. 불과 6개월 전만 해도 나는 겨울방학에 전 남자친구의 아래에 누워 있었다. 내 몸과 머리는 내 상황이 바뀌는 것처럼 빨리 변하지 못했다.

과호흡을 하지 않으려 노력하면서 비어 있는 여자 화장실로 들어갔다. 나에게 필요한 전부는 안정된 삶에 대한 위협을 걷어내는 것이었고, 나는 두 배로 노력을 기울여야 했다.

한 달 후, 인턴 프로젝트를 제출한 후, 드디어 바이런으로부터 달리기를 함께하자는 메시지를 받았다. "좋아요." 그날 아침 이미 세 시간의 조정 훈련으로 사두고근이 비명을 지르고 있었지만, 메시지에는 공허한 일요일 오후에 이제 할 일이 생겼다고 썼다.

그의 아파트 앞에서 바이런을 만났다. 그는 이마 중간에 앞머리를 내리고 있었고 고등학교 크로스컨트리 팀의 하얀 메시 티셔츠를 입고 있었다.

"오늘 9마일을 가려고 했는데 종아리가 아파서 그것보다는 짧게 갈 것 같아요." 그가 내게 말했다. 침을 꿀꺽 삼키고 그를 따라 언덕을 올라 카스트로까지 갔다.

마켓 스트리트에서 우리는 신호등 앞에 멈춰 섰다. 그가 나를 바라보았다. 조정을 하고 바로 온 터라 레깅스 대신 반바지를 입고 있었다. "다리에 그건 뭐예요?"

"흉터요."

"어쩌다 생긴 거예요?"

"내가 내 손으로 그렇게 했어요."

"오, 유감이네요." 바이런은 그의 실수에 곤란한 표정을 지었다. 그는 다시 뛰기 시작했다.

"괜찮아요." 우리는 잠시 말이 없었다. 그러다 그가 나를 트윈 픽스로 이끌었다. 안개 때문에 나는 존재하는지도 몰랐던 산이었다.

그의 집으로 돌아올 때까지 우리는 거의 14마일을 달렸다. 룸메이트가 와서 함께 스테이크를 먹고 와인을 마셨다. 바이런과 나는 각자 한 잔을 마셨고 아주 약간 어지러움을 느꼈다. 운동 후 회복에 지장이 있을 정도는 아니었다.

우리는 화요일과 목요일에 퇴근 후 다시 달렸다. 내 집 앞에 도착했을 때, 바이런은 나를 포옹하고 황급히 작별 인사를 했다. 그의 몸은 마치 자전거처럼 가볍고 뻣뻣했다. 내가 조금만 건드려도 넘어질 것 같았다.

나는 욕조를 찬물로 채우고 냉장고에 있던 모든 얼음

을 부었다.

"바이런은 어떤 사람이야?" 나는 그가 나를 빙 둘러가는 길로 산에 데려갔었다고 설명하며 렌에게 물었다.

"나를 죽이려는 줄 알았다니까."

"너에게 좋은 인상을 심어주려는 거야. 너를 좋아하는 게 분명해."

"휴, 난 모르겠어." 나는 계획이 있었다. 대학원에 가거나 아니면 실리콘밸리에서 정규직 일자리를 얻을 것이다. 다시 사랑에 빠진다면 그건 모든 걸 마쳤을 때일 것이고, 그러니까 30대 중반은 되어야 할 것이다.

나는 얼음 욕조에 들어가 조정 기술에 관한 책을 읽을 참이었다. 그러나 집중이 잘 되지 않았다. 바이런의 파란 눈동자, 그의 하트 모양 얼굴, 그의 진지함에 대해 생각했다. 심지어 그의 낡은 티셔츠도 매력적으로 느껴졌다. 그 마른 두 팔이 나를 감싸 안으면 얼마나 좋은 느낌일지를 상상하면서, 욕조 한쪽에 부딪히며 짤그랑거리는 얼음 조각처럼 녹아내리는 나 자신을 느꼈다.

다음 날 아침, 나는 바이런을 생각하며 잠에서 깼다. 우리는 주말에 자전거를 타기로 되어 있었는데 그때까지가 너무 멀게 느껴졌다. 24시간 안에 상황이 얼마나 바뀔지, 혹은 그가 과연 한발 더 다가오려 할지 어떻게 알겠는가? 삶은 그런 식으로 움직이는 법이 없었다. 게다가 이제 인턴십을 마치고 하버드에서 4학년을 시작하기까지 나에게는 2주밖에 남아 있지 않았다.

　나는 바이런에게 메시지를 보내 오늘 밤 우리 집으로 놀러오라고 말했다. 그가 초인종을 눌렀을 때, 나는 자전거를 세워두고서 땀을 흘리고 있는 그를 보았다. 그는 다가와 내 얼굴을 두 손으로 잡고 내게 키스했다.

　함께 내 방으로 올라왔다. 나는 이미 마음의 준비가 되었다고 생각했다. 바이런이 어떻게 해도 나에게 상처를 줄 겨를 없이, 빨리 해버리면 될 것이라 여겼다.

　"잠깐만."

　우리는 나란히 누웠다. 그가 내 다리의 흉터를 손으로 쓰다듬었다.

　바이런의 손이 내 얼굴을 어루만질 때, 나는 눈물이 솟아나서 고개를 돌렸다. 그가 나를 만지는 손길은 우리의 배경이 너무나 다른 데도 불구하고 그가 나를 소중히 여긴다는 느낌을 주었다. 만약 내가 그와 정말 데이트할 기회가 있었더라면, 그에게 먼저 마음을 보이거나 그를 내 침대로 데려감으로써 망쳐버렸을 게 분명했다.

　"질문 하나 해도 될까요?" 그가 물었다.

　나는 눈에서 나온 물기를 닦았다. 그리고 평정을 되찾고는 몸을 돌렸다.

　"이제까지 들은 칭찬 중에서 제일 큰 칭찬이 뭐였어요?"

　나는 잠시 생각해보았다. 나는 야후에서 인턴으로 일할 때 사람들이 나를 "미래의 마리사 메이어"라고 불렀던 일에 대해 이야기했다. "아마도 둘 다 금발이라서 그런 것 같아요."

나는 이 남자를 사랑한다, 라고 생각했다. 그리고 곧바로 스스로를 바로잡았다. 누군가를 사랑하기에는 너무 일렀다. 만약 그에게 마음을 준다면, 그것은 광범위한 관찰과 시험을 거친 후에만 가능한 일일 터였다.

다락방에서 창을 통해 하늘이 밝게 빛나기에 바이런에게 수면안대를 주었다. 다음 날, 우리는 늦잠을 잤다. 나 혼자였다면 있을 수 없는 일이었다. "푸드 트럭 페스티벌이 있어요." 내가 말했다. 집을 나서자마자 바이런이 내 손을 잡았다. 나는 놀랐다. 누가 우리를 볼지도 모르는데 걱정되지 않는 걸까? 남들이 우리 사이를 진지하게 볼 수도 있는데? 하지만 나는 그가 손깍지를 낄 때 가만히 있었다.

축제에서 그는 가격이 모두 터무니없다고 말했다. 우리는 크레페 하나를 반으로 잘라 나누어 먹었다.

그 주, 단 한 번 함께한 후, 우리는 매일 밤을 서로에게 질문을 하면서 보냈다. 바이런의 가까이에 있고 싶었지만 그에게서 떨어져 있는 느낌이 들었다. 나는 내가 만났던 거의 모든 이들에게 이런 감정을 느꼈는데, 내 과거가 남들과의 연결을 불가능하게 하고 삶의 평범한 즐거움을 누리지 못하게 하는 것 같았다. "나에게 비밀 하나만 말해봐." 내가 그에게 물었다. 나는 그의 턱을 두 손으로 감쌌다.

그는 만약 그의 어머니와 할아버지가 동문이 아니었다면 하버드에 들어가지 못했을 것이라고 부끄러워 했다. 왜인지도 모른 채 이미 외로웠던 그의 어린 시절에, 그는 위안이 필요할 때마다 솜이 든 동물 인형에 의지했다. "나는 어디에 속해 있다는 느낌을 받은 적이 없어." 그가 말했다. "꼭 다른 사람들은 다 할 줄 아는데 나는 모르는 언어가 있는 것 같아."

　　"나는 좀 이상해." 그가 이어서 말했고, 나는 그가 정상성의 완벽한 본보기이자, 혜택받은 백인 남자의 전형으로 보였기 때문에 웃었다. 하지만 우리들의 세상에서는 구성원들과 정말 조금만 다르게 행동해도 쉽게 아웃사이더가 되었다. 바이런은 나보다 더 말랐고, 가슴이 부드럽고 편평했으며 사이클 속도를 2퍼센트 빨라지게 한다는 이유로 다리를 면도했다. 그는 온라인 체스를 하고, 제2차 세계대전에 관한 책을 읽고, 마녀에 관한 TV 프로그램을 보면서 여가 시간을 보냈다.

　　"나는 당신의 이상한 면이 좋아."

　　그는 내 가슴에 파고들었다. 이제 그가 내게 비밀을 물어볼 것이라 예상하며 입술을 깨물었다. 그런데 막상 그가 질문하자 저절로 입에서 말이 흘러나왔다. 엄마와 껄끄러운 사이라는 것과 지난 10년간 또 다른 부모를 한 번도 만난 적이 없다고 말했다. 전 남자친구가 나를 나쁘게 다루었다는 것과 10대 시절에 호스텔에 있던 남자가 나에게 해를 가했다는 것도 말했다.

나는 바이런에게서 고개를 돌렸다. 그는 내 어깨 뒤에
턱을 기댔다. 그것이 너무 달콤했다. 내가 지나치게 많은 얘
기를 했고 지나치게 많은 치부를 드러내는 바람에 이것이 우
리가 나누는 마지막 비밀이 되는 것은 아닐까 두려웠기 때문
에 더욱더 달콤하게 느껴졌다.

"그래서 지금은 내가 어떤 사람 같아?" 나는 물었다. 만
약 그가 나를 거절할 거라면 더 정들기 전에 지금 바로 거절
하기를 바랐다.

"전에는 널 많이 존경했는데, 지금은 그것보다 더 너를
존경해."

나는 몸을 돌려 그에게 키스했다. 바이런이 내게 좋은
사람이며, 남보다 우위에 있었던 적이 없는 내 인생에서 한
가지는 가질 수 있을 것이라고 기꺼이 믿어보기로 했다. 나
자신을 믿을 수는 없었지만 내가 충분히 노력을 기울인다면
희망을 지킬 수 있었다.

여름이 끝나갈 무렵, 렌이 나를 요세미티로 초대했다.
그녀의 전 남자친구와 브라운대를 중퇴함으로써 10만 달러
를 받은(그리고 2년 후 억만장자가 된) 틸 펠로우(페이팔의 공
동창업자인 피터 틸이 설립한 장학금 프로그램인 틸 펠로우십에
뽑힌 사람—옮긴이)와 함께였다.

하이킹을 하는 동안 나는 계속 휴대전화로 바이런에게
서 온 메시지를 확인했는데, 그러다가 그가 내 래드클리프

캐주얼 모자를 쓰고 자기 사진을 찍어서 보냈을 때 휴대전화를 떨어뜨려 화면을 깨뜨리고 말았다. "너 사랑에 빠졌구나!" 렌이 우리를 맺어준 것에 흡족한 표정으로 말했다.

우리는 초저녁에 시에라 네바다를 통해 돌아가고 있었다. 조수석에 앉은 렌이 수단에서 소년병으로 전쟁에 동원되었던 사람에 대한 책 내용을 요약했다. "이 책을 읽으니 궁금해진 게 있어. 그런 사람이 정상적인 삶을 살아온 사람과 사귀는 게 가능할까?"

"그거 참 좋은 질문인 걸." 렌의 전 남자친구가 한바탕 철학적인 토론을 벌일 기세로 말했다.

나는 당혹스러웠다. 그 질문은 나에게 이론적인 것이 아니었다. 이런 논쟁은 나의 고립을 부각시킬 뿐이었다. 내가 위탁가정과 치료센터에 있었다는 사실을 알고 있는 조정팀의 친구 한 명을 제외하면, 친구 중 아무도 내 성장 배경을 알지 못했다. 차 안의 다른 사람들은 우리 모두가 비극의 관찰자일 뿐 결코 그 당사자일 리는 없다고 가정하고 있었다.

"나는 분명히 가능하다고 생각해." 나는 스스로에게 확신을 심어주면서 말했다. 만약 불가능하다면, 내가 설 자리는 어디 있을까?

나는 특히나 소년병과 비교해서, 내가 고난에 대해 어떤 일가견이 있다고 주장할 생각은 없었다. 나는 너무 부끄러웠다. 게다가 렌이나 틸 펠로우의 의견이 내 생각만큼이나 유효하다고 생각했다. 그래서 이렇게 말했다. "누구나 자기 나름의 어려움을 겪으니까." 1학년이 되기 바로 직전에 아버지가 돌아가신 조정 팀메이트에 대해서, 그리고 퇴행성 질환에 걸려 30살이 되면 휠체어를 타게 될 운명인 한 운동선수 출신 상속녀에 대해서 이야기했다.

이야기를 꺼내지는 않았지만 감리교 병원에서 만났던 여자애들에 대해서도 생각했다. 그들은 저마다의 문제를 가지고 있었지만 그때 그들을 이해하지 못했기 때문에 그들의 문제를 결코 심각하게 받아들이지 않았었다.

사람은 결코 손상되지 않는다고, 어떤 상처도 복구될 수 있다고, 그래서 궁극적으로 충분히 노력하면, 나도 정신적으로 렌처럼 될 수 있다고 믿어야만 했다. 완벽하지만은 않지만 울고 있는 그녀 위로 누군가 사정을 한 경험 따위는 없는 렌처럼 말이다. "음, 난 동의하지 않아." 렌이 대답했다. "그게 가능할 것 같지 않아. 만약 네가 그런 일을 겪었다면 어떨 것 같아? 그걸 누가 이해해줄 수 있을까?"

"누군가를 사랑한다고 해서 그 사람의 전부를 이해할 필요는 없어." 내가 대답했다. 차 안의 누구도 동의하지 않았다.

대화는 래리 엘리슨의 요트 이야기로 넘어갔지만, 나는 렌의 질문에 대해 계속 생각했다. 그 질문은 내 초기 성년기를 정의하는 것이었다. 온갖 일들을 겪은 내가 정상일 수 있을까? 정말 누군가를 사랑할 수 있을까? 바이런처럼 정상적인 사람이 나를 사랑할 수 있을까? 누군가가 나를 이해하려면 내 과거에 대해 얼마만큼 알아야 할까? 그리고 만약 그 대답이 거의 아무것도 모르기를 바라는 내 마음과는 다르다면, 나는 그런 이야기를 어떻게 공유할 수 있을까?

25장
기쁨을 누리려면 나쁜 일들은 잊어야 한다

    캠퍼스로 돌아와서, 나는 구글의 연락을 기다렸다. 40여 개 기업에 이력서를 보내고, 열 번 이상의 1차 면접을 보고, 그만큼 많이 떨어지면서, 안절부절 못하며 보낸 6주 동안 정규직 일자리 제안을 받을 수 있을지 알 수 없었다.

    페이스북 인터뷰 담당자로부터 "당신이 무엇을 코딩하는지 모르겠지만, 그건 자바가 아니에요"라는 조언을 듣고서 울고 있을 때, 전화기가 다시 울렸다. 정규직 자리를 얻었음을 알려주는 구글의 채용 담당자였다. "정말 다행이다." 가쁜 숨을 쉬었다. "정말 다행이야." 나는 의료보험과 치과 치료와 401(k) 퇴직 연금—성인의 안정된 삶을 정의하는 모든 것들—과 함께, 여섯 자리 숫자의 수입을 벌어들이게 될 것이다.

곧장 바이런에게 스카이프를 했다. 내가 샌프란시스코를 떠나올 때 우리는 아무 약속도 하지 않았지만, 우리는 매일 연락을 했고 그는 이미 나를 만나러 오기도 했었다. 나는 내 목덜미에 그의 벨벳 펭귄을 두고 잠을 잤다. 바이런은 우리가 같은 도시에 살 수 있을지도 모른다는 기대로 내 취직 소식에 매우 기뻐했다.

"응, 하지만 나는 대학원에 갈지도 몰라." 나는 그가 나를 통제하려 하는지 시험해보며 말했다. 내 동기들은 옥스포드와 케임브리지로 몰려가고 있었다. 나는 연못을 건너다니고, 돈 따위는 신경 쓰지 않으며, 계속 조정을 하는 사치를 누리는 상상을 즐겼다. 하지만 마음 깊은 곳에서는 더 이상 떠돌아다니는 삶을 원하지 않았다. 나는 집을 갖고 싶었다. 벽에는 장식품이 걸려 있고, 장롱 깊숙이 여행가방이 들어 있고, 내가 잠시 떠날 때에도 처분하지 않을 가구가 있는 집을.

그 욕망은 너무나 본질적이고 위험한 것이어서, 거기에 문제의 소지가 조금이라도 나타나면 바이런과 헤어지겠다고 스스로에게 맹세하면서 어느 정도 거리를 두고 있었다. 우리가 오래도록 함께할 가능성은 지극히 낮다고 스스로에게 끊임없이 상기시켰다. 하지만 그런 생각도 내 우편함에서 그의 손편지를 발견할 때의 기쁨을 반감시키지 못했고, 나의 좋은 소식을 그와 나눌 때의 설렘을 줄이지 않았다. 나는 우리의 펭귄을 카메라 앞에 들고 날개를 펄럭거렸다. 그도 나와 함께 행복해했다.

　10월, 구글과의 계약 날짜가 다가옴에 따라, 나는 매일 내가 고용 기준을 통과했다는 데 감사의 기도를 드렸다. 특히나 내가 간신히 통과한 듯했기 때문에 감사의 마음은 더 컸다. 구글은 내게 연간 13만 달러를 제안했다. 22살의 나이에 그것은 꽤 높은 금액이었지만, 내 또래들 중에는 그 두 배를 벌어들이는 이들도 있었다. 나는 너무나 살아보고 싶었던 뉴욕에서 내가 할 일이 있을지 물어보았는데, 뉴욕 사무실에는 나보다 더 막강한 후보들이 이미 내정되어 있음을 알았다. 10월 말까지 그 이외의 제안을 받지 못했다.

　구글과 계약을 하기 전날 밤, 야후로부터 메일을 받았다. 야후는 몇 주 전 내 이력서를 분실했었다고 말했다. 채용 담당자는 캘리포니아로 면접을 보러온다면 일자리를 보장하겠다고 말했다. 나는 다음 날 야후로 날아갔다. 그 주말에 구글은 학교에서 졸업하자마자 야후가 제시한 금액에 맞추어 연간 20만 달러를 주겠다고 했다. 그것은 엄마가 버는 금액의 여섯 배 이상이었다.

　나는 마냥 황홀하기보다는 충격을 받았다. 연봉이 크게 달라지자 오래도록 나를 떠나지 않는 피해망상이 도졌다. 한 번이라도 삐끗했다간 내 미래가 완전히 뒤집어질 수 있다는 불안감이었다. 파국화 사고(가장 최악의 상황이 올 것이라고 생각하는 인지적 왜곡 현상—옮긴이)는 아니었다. 승자

독식의 세상에서 현실은 최상위와 차상위 간의 차이가 수십만 달러라는 것을 의미했다. 구글에서 인상된 보상을 받으면 세금을 제하더라도 근무 첫 해에만 10만 달러를 모을 수 있을 것이고 내 인생에서 처음으로 안전망을 구축할 수 있을 터였다.

그럼에도 불구하고, 한편으로 나는, 내 인생의 수많은 다른 버전에서 앞으로 얼마나 걸릴지 아무도 모르는 나날을 빚을 갚기 위해 아등바등하며 살았을 내 모습을 생각하지 않을 수 없었다. 성인이 됨에 따라, 내 주위의 세상은 전보다 더 가혹해졌다. 연금의 부족분을 충당하기 위해 엄마는 최저 임금을 겨우 넘기는 봉급을 받으며 번화가 쇼핑몰에서 일했다. 엄마는 셔터를 내린 블루밍데일에서 의류 수납대 옆에 늘어선 접이식 탁자와 의자들 사이에서 형광등 불빛 아래 표준화 시험지를 채점하는 일을 했다. 엄마의 세 번째 직업은 그녀가 경멸하는 여성의 개인 간병인으로 일하는 것이었다. 내가 자라는 동안 엄마가 조합에서 일하지 않았다면, 엄마는 내 어린 시절 내내 그런 일들을 하면서 생계를 유지했을 수도 있었다.

만약 내가 대학에 입학하고 졸업해서 수입이 높은 커리어로 나아가지 못한다면, 나 역시도 임시직을 전전했을 가능성이 높았다. 사진 캠프에서 만났던 앤서니는 내가 알던 사람들 중에서 누구보다도 잘 살아가고 있었다. 전액 장학금을 받고 대학과 대학원을 나온 후, 베이징의 한 신문사에서 일하고 있었다. 하지만 페이스북으로 거주치료소에서 만났던 사람들을 찾아보니 그들은 싱글맘이거나, 미용사로, 또는 의료업계에서 저임금을 받으며 일하고 있었다. 우리가 겪은 일들을 감안하면 그들은 잘해나가고 있었지만 아주 근소한 차이만 있을 뿐 다들 힘들게 살고 있는 듯했다. 거주치료소에 있었던 다른 아이들이 감옥에 갔다는 소식도 들었다. 그중 어떤 남자애는 자다가 사망했다(처방약의 부작용일 가능성이 크다)고 한다. 하버드는 내 인생을 바꾸어놓았다. 하지만 내가 아슬아슬하게 피한 운명이 여전히 나를 괴롭혔다.

구글과 계약을 마치자 나는 존재론적 불안에도 불구하고 여유로운 대학 생활을 할 수 있었다. 취직에 대한 걱정이 없으니 수강하는 강의 목록에는 삶의 의미, 엄마들의 전쟁, 초콜릿이 포함되었다. 벽돌 건물에서 대학원생들과 자유란 환상인가에 관한 토론을 벌이며 시간을 보냈다.

팀메이트와 한데 모여서 식사를 했다. 젖은 머리의 선수들은 왔다 갔다 하면서 몇 시간에 걸쳐 아침 식사를 했다. 나는 장기자랑 대회에 나가서 조정에서 연줄 같은 것은 작용하지 않는다는 코리의 5분간의 연설을 말 그대로 흉내 내면서 내가 제일 잘하는 골룸 표정을 지어 보였다. 이 사회에서 받아들여졌다는 느낌을 받자, 목소리가 커졌고 자신감이 생겼고 활발해졌다.

어느 봄날 아침, 락커룸에서 보트 승조원 중 한 아이가 말했다. "나는 항상 내가 아이비에 다니게 될 줄 알았어."

"말도 안 돼." 내가 대답했다.

그녀가 어깨를 으쓱했다. "다트머스가 안정권이었지."

우리와 가까운 락커에 있던 아이들도 공감의 표시로 고개를 끄덕였다. 나는 충격을 받아 입이 벌어졌다. 팀메이트 중 다수가 명문 예비학교를 다녔던 레거시(동문이나 기부자 자녀)라는 사실이 이제 그리 놀라운 일은 아니지만 어쩔 수 없었다. 나에게는 무모했던 꿈이 그들에게는 당연한 운명이었다.

그들은 손에 닿지 않는 꿈을 실현하는 것이 어떤 것인지 알 길이 없을 것이다. 나무들이 한껏 꽃을 피우고 있는 하버드 야드에서 나는 놀란 입을 다물지 못한 채 벽돌 건물의 불빛을 바라보며 걸었다. 내 동기들은 그들이 얼마나 운이 좋은지 감사하는 마음을 가질 수 있을까? 그날 아침, 고난이 나를 담금질했고 모든 좋은 것들을 더 좋게 만들었다는 생각이 들었다. 그것에 감사했다.

나의 행운이 허점을 찔렀을 때, 그제야 기분이 나아졌다. 나는 언제나 이런 식으로 끝없이 아둔할 정도로 감사해야 마땅했다. 거의 죽을 뻔한 위기를 겪고는 새롭게 다시 태어나서 멋진 삶을 일궈나가는 사람들처럼, 나도 놀라움을 그대로 간직하고 영원히 누려야 한다. 하지만 노력하지 않아도 저절로 그렇게 되는 것은 아니었다. 그런 기쁨을 느끼려면 나쁜 일들은 잊어야 했다. 나는 모든 일들이 더 좋은 미래를 위한 것이었고 지금 내 현실은 그야말로 가능한 한 최고의 결과라고 생각하기로 했다.

나는 내가 적응해냈다는 데 감사함을 느꼈다. 전화상에서 사용하는 특별한 목소리를 가진 하버드 사람이 되었다. 캠퍼스는(명목상 다양화에 대한 자유로운 각성이라는 표면 아래) 끔찍하게 인종차별적일 수 있었다는 점에서 나에게 더 유리했다. 상대적으로 불우한 백인 여자아이로 학교에 입학했고 이제 부유한 백인 여자로서 졸업을 앞두고 있었다. 부유한 환경에서 자란 내 동기들은 가려진 내 정체를 알아채겠지만, 나머지 세상 사람들에게 나는 완벽했다. 하버드라는 곳, 그리고 거기 입성하겠다는 나의 목표가 나를 어떻게 변화시켰는가에 대해서는 지워버리고, 하버드에서 좋은 점만 취할 수 있기를 바랐다.

나는 졸업식에 참석할 수 없었다. 래드클리프 크루가 전국 선수권대회에 다시 나가게 되었고, 나도 출전하기 때문이었다. 엄마는 조정 경기에 나가지 말고 졸업식에 가면 안 되냐며 사정했고, 사촌에게 부탁해 내게 후회할 것이라는 메일도 보내게 했지만 나는 강경했다.

마지막으로 엄마가 나를 만나려고 시도한 것은 인디애나에서 경기를 하던 때였다. 나는 오지 말라고 빌었지만, 엄마는 막무가내로 열 시간 동안 차를 몰고 오겠다고 버텼다.

엄마를 말리지 못한다는 것에 무력감을 느끼면서, 엄마를 만나고 싶지 않은 이유를 어떻게 설명해야 할지 몰라 코치의 호텔방에서 울었다. 결국 엄마는 오지 않았지만, 그날 내 성적은 엉망이었다.

나는 오히려 졸업식이라는 번거로운 형식을 생략할 수 있어 감사했다. 내 하버드 졸업장이 자신의 가장 큰 성취라고 장황하게 늘어놓는 엄마 옆에 서서 학사모와 가운 차림으로 포즈를 취하며 사진을 찍고 싶지 않았다. 게다가 동기들이 졸업선물로 받은 까르띠에 탱크 프랑세즈 시계를 차고, 온갖 치장 아래 하얀 드레스를 입고서 아빠에게 뽀뽀하는 모습을 보기는 더 싫었다. 나는 행사에 절반만 참석하고 기다렸다가 마지막에 짐을 싸러 갔다. 캘리포니아로 가져갈 물건들을 상자 두 개에 전부 담았다.

경주를 마친 후, 나는 팀메이트와 코치 들을 두 팔로 꼭 안았다. 우리는 보트를 해체하여 트레일러에 실었다. 바이런이 렌터카 열쇠를 가지고 나를 기다리고 있었다. 그는 새로운 인생을 시작할 샌프란시스코로 나를 데리고 갈 참이었다.

3주 전 어머니의 날에, 공휴일이면 으레 그랬듯 에드나 할머니에게 전화를 걸었다. 보통 그녀는 5분이 지나면 전화를 끊고 싶어 했다. 하지만 이번에는 항상 하는 질문들—"이제 졸업을 하는 거니?" "직업은 구했어?" "수입은 얼마야?" "남자친구는 있니?" "그는 몇 살이야?"—을 끝내고 다시 처음으로 돌아가 같은 질문을 되풀이했다. 할머니는 내 대답을 기억하지 못했다. 97살인 할머니는 죽음에 다가가고 있었다. 그 사실이 주는 슬픔 탓에 그녀가 듣고 싶어 하는 대답을 또다시 들려주는 기쁨이 무색해졌다. 모든 질문은 다 같은 의미를 담고 있었다. *너는 잘 지내니?*

그리고 그 모든 질문에 대한 내 대답은 같았다. *저는 지금 잘 지내요.*

나가는 말

이것이 내 최선의 시나리오

결혼을 한 지 3개월이 지난 어느 날, 나는 반지를 만지작거리며 창문 없는 방에 앉아 있었다. 맨해튼의 진료실은 내가 어릴 적에 본 진료실보다도 작고 어두웠지만 정신과 의사는 값비싼 의자에 앉아 있었다.

"수면에 어려움을 겪고 있나요?" 그녀가 물었다. 부기 박사는 퍼프 소매가 달린 랩드레스에 작은 리본이 달린 살바토레 페라가모 단화를 신고 있었다.

의자 가장자리를 붙잡으며 고개를 끄덕였다.

"얼마나 자주 그러세요?"

"매일 밤이요." 쉰 목소리로 대답했다.

그녀는 외상 후 스트레스 장애 증상들의 검사 항목을 확인했다. *죄의식, 수치심, 공포를 느낀 적이 있습니까? 네,*

네, 네. 나에게 일어난 일이 다른 사람들에게는 일어나지 않을 일이라고 생각했습니까? 나는 눈물을 참으며 고개를 끄덕였다.

"화가 나나요?" 나는 고개를 저었다. 상황이 달라졌을 수도 있다고 생각하지 않기 때문에 화가 난 적은 없었다. 분노는 더 나은 대안이 있다고 생각할 때 일어나지만, 내 인생은 최선의 시나리오가 아닐까? 그런 체념을 받아들임이라 지칭했다.

그러나 나는 심히 불안정했다. 바이런이 나와의 관계에서 수많은 시험에 통과했음에도—내가 구글의 뉴욕 사무실로 근무지를 옮겼을 때 나를 위해 대륙을 횡단해서 이사하는 등—그가 내 메시지에 바로 대답하지 않을 때마다 그에게 무슨 일이 생겼다고 확신하며 공황 상태에 빠졌다.

결혼 후, 나는 그가 이혼하자고 할까 봐 두려웠다. 밤에는 쫓기고, 납치되고, 감금되고, 혹은 돈을 벌기 위해 수많은 남자들과 섹스를 해야 하는 악몽을 꾸었다. 바이런과 나는 둘 다 정규직 소프트웨어 엔지니어로 일하고 있는데도, 우리가 살고 있는 엘리베이터 없는 4층 스튜디오의 샤워실이 팔꿈치를 올리지 못할 정도로 너무 좁아서 사무실에서 머리를 감아야 한다고 주장하면서 돈을 쓰는 것을 불안해했다. 나는 단 15분도 느긋하게 있지 못했다.

나는 외출을 하면 사고가 나는 것, 소송을 당하는 것, 바이런이 나를 떠나는 것, 이 세 가지와 연관되는 일들이 일어날 것 같다는 생각을 지울 수 없었다. 친구들은 내가 미쳤다고 생각했지만 그들에게는 가족이 있었다.

이런 나의 불안이 일반적인 거라고 생각하는 척했지만 2018년 봄, 엄마가 부다페스트에서 보낸 메일에 내가 그토록 잊으려 했던 세세한 내용이 담겨 있는 것을 확인하고는 무너져버렸다. 당시 미투 운동이 절정에 달해 있었고 내가 상사의 성희롱을 자세히 서술한 인사 보고서를 구글에 막 제출했던 때였다. 성폭력에 대한 헤드라인만 보아도 피부가 화끈거리고 가슴이 조여왔다.

그런 기분을 떨쳐버리는 유일한 방법은 운동뿐이라서, 급기야 나는 하루에 세 시간씩 운동을 하게 되었다. 그 메일을 발견한 지 몇 주 후, 상담사가 바이런과 나에게 물었다. "서로 이야기할 때 불편하게 느껴지는 주제가 있습니까?" "아니요." 바이런이 그의 운동화로 내 발을 건드리며 말했다. 나는 눈물을 터뜨렸다.

하지만 자원이 갖춰져 있어도 도움을 구하는 것은 쉽지 않았다. 나는 상담사들이 두려웠다. 뉴욕에서 처음 심리상담사를 찾았을 때, 나는 내 취약함과 수치심을 모두 견뎌내야 했던 호스텔에서의 그날 밤에서부터 시작해서 내 인생에 대해 이야기를 하려는 마음에 가득 차 있었다. 하지만 심리상담사는 나를 저지했다. "그러면 다시 트라우마를 불러올 뿐이에요." 그 이야기는 내가 더 이상 마음이 동요되지 않을, 5년이나 10년이 지났을 때 하는 것이 좋겠다고 제안했다.

"절 이해하지 못하시네요." 내가 말했다. "나에게는 5년 이나 10년의 여유가 없어요." 내가 말을 꺼내려 할 때마다 그 녀는 반감을 보이며 움찔했다.

바이런도 어떻게 반응해야 할지 알지 못했다. 나는 무 표정한 얼굴로 기억을 지울 수 없다고 말했다. 그러면 그는 다른 표정은 지을 줄 모르는 것처럼 미소를 떠었다. "그런 말을 들으면 어떤 감정이 들어?" 나는 그가 슬픔이나 분노 나 공포, 아니면 심지어 역겨움까지도 표출해주기를 바라며 그에게 물었다. 그러면 그는 로봇 같은 목소리로 대답했다. "아무것도."

나는 내가 해야 할 일을 하면서 앞으로 나아가려 노력 했지만, 그림자와도 같은 과거는 줄어들기는커녕 점점 더 크게 부풀어 올랐다. 도움을 구하지 않으면 금방이든 서서 히든, 내가 나를 죽이게 되리라는 것을 알았다. 결혼 서약 때문에 자살을 하지 못한다는 생각이 들어 바이런과 결혼한 자신을 저주했다. 그동안 꽤 훌륭한 회복탄력성과 독립성을 길러왔기에, 지금의 이런 상태는 도덕적 실패처럼 여겨졌다.

절망에서 벗어나고자 잔인하리만치 고통스럽고 지난 한 노출 치료를 받기로 결심했다. 내 인생에서 최악의 순간 들을 거듭 되풀이해서 돌이켜보고 그것을 하나의 응집된 서 사로 구축해서 마침내 거기서 벗어남으로써 현재를 공포로 물들이기를 멈추는 일이었다.

"이런 사건에 대해 생각하는 데 얼마만큼의 시간을 쓰고 있나요?" 부기 박사는 부유한 여자의 측은함이 뒤섞인 표정으로 펜을 손에 잡은 채 물었다.

나는 구석에서 백색소음이 나는 기계가 돌아가고 있는 벽면을 응시했다.

"75퍼센트 정도?"

정신적으로 아프다는 사실에 대한 자각은 나를 황폐하게 했다. 내 일생에 걸쳐 아프다는 것은 종종 나쁘다는 것과 한데 묶였기 때문이다. 대학을 졸업하고 몇 년이 지난 후, 내 청소년기의 문서들을 찾아내고 사람들을 인터뷰하기 시작했을 때 이 증거를 곳곳에서 확인했다.

246페이지에 달하는 감리교 병원의 의료 기록은 주장과 부인 말고는 말을 별로 하지 않는, 정신병적이며 살인을 저지르기 쉬운 성향의 14세의 여자애에 관한 서술로 점철되어 있었다. 우즈 박사에게 나에 대해 기억나는 것을 묻자, 그녀는 이렇게 대답했다. "너는 조종을 하고 거짓말을 잘했지." (내가 움찔하자, 그녀는 허허 웃으며 덧붙였다. "그건 당연한 거야. 10대들은 다 그래.")

그녀의 진료실에서 우즈 박사와 마주 앉아서, 지금은 "좋은" 상태라는 데 자부심을 느꼈지만, 그것은 오로지 내가 변했기 때문임을 알고 있었다. 나의 정신과 기록에서 내 외모에 대한 광범위한 언급을 발견했다. 우즈 박사에게 왜 그렇게 내 머리카락에 대해 많이 적어 놓았는지 물었다. "그게 일종의 정신과적인 사항인가요?"

"그건 상식적인 사항이지. 누구라도 오늘 네 모습과 파
란 머리 여자아이의 모습을 비교하면 완전히 다른 사람이라
고 생각할걸."

하지만 나는 같은 사람이에요, 라고 생각했다. 그런 다
음 나는 우즈 박사의 타이밍이 적절하지 않음을 인지했다.
고등학교 때 내 머리는 늘 금발이었다. 하버드에 갈 준비를
하고 있을 때 딱 한 번 밝은색으로 염색을 했을 뿐이었다.

우즈 박사는 내 새로운 삶에 대해서 듣고 싶어 했고, 나
는 나와 비슷한 배경을 가진 많은 성인들이 안정을 찾지 못
하는 가운데, 그녀의 환자 중 하나가 그것을 극복해냈다는
만족감을 줄 수 있어서 기뻤다. 그녀는 무엇보다 내가 기업
에 입사한 것과 한 남자와 부부가 되었다는 사실에 기뻐하
는 기색이었다. 비록 구글과 바이런을 사랑하기는 했지만,
그들에게 나를 맞춰야 한다는 압박은 파괴적으로 느껴졌
다. 나는 글을 쓰고 싶어지는 마음에 죄의식을 느꼈고 여성
에게 끌린다는 사실에 수치심을 느꼈다.

몇 주 전 잰에게 전화를 했을 때, 그녀는 내 성 정체성
에 대해 회상했다. "너는 참 단호했어." 잰이 웃으며 말했
다. "넌 항상 네가 여자를 좋아한다고 확신했지!" 잰의 의견
에 전적으로 동의하는 것은 아니었지만, 기존의 규범에 순응
하지 않은 것은 역시 부정적인 결과를 불러일으켰다. 나이가
들면서 나는 퀴어적인 외양—남성용 청바지, 스포츠 브라,

534

그리고 버켄스탁—이 부다페스트에서의 공격을 부른 것은 아닌가 하는 두려움을 느꼈다. 나는 사소한 일로 질책당하거나 비난을 받을까 두려워했고, 누군가 나에게 해를 가할까 걱정하며 살았다. 나의 부유한 백인 밀레니얼의 페르소나는 하나의 갑옷이었다.

우즈 박사가 내게 기대를 심어주긴 했지만 어쨌든 그녀는 가장 강력한 내 편 중 한 사람이었다. 나를 치료할 때 가장 힘든 점은 무엇이었냐는 질문에, 그녀는 이렇게 대답했다. "네가 유럽에서 돌아왔을 때가 가장 힘들었어." 그 대답은 내 허를 찔렀다. 나는 그녀가 내가 저지른 행동에 대해 언급하며 성격상의 결함에 대해 이야기할 것이라고 예상했었다. 아무 말도 없이 6년이 흘렀으니 나는 모두가 그 사건을 잊었으리라 짐작했다. 하지만 우즈 박사는 기억하고 있었고 염려하고 있었다.

20분 후, 그녀는 내게 말했다. "너는 성적으로 문란했어."

"내가요?" 내가 물었다.

우즈 박사는 특정한 사건을 기억할 수는 없다고 말했다. "하지만 그건 분명해. 네가 그런 얘기를 한 적이 있었어."

내가 용기를 내어 바이런에게 그 얘기를 하자, 그는 고개를 절레절레 흔들며 말했다. "와, 방금 그녀에 대한 모든 존경심이 사라졌어."

"아니야." 나는 내 옛 정신과 의사를 두둔하려고 했다. 하지만 순간 스스로에게 물었다. 어린 시절의 나에 대해 수치심을 느꼈을 때 어쩌면 나는 어른들이 나를 바라보던 렌즈를 통해 스스로를 들여다보고 있지 않느냐고 말이다. 사실 내가 방어해야 할 대상은 그들이 아니라 바로 나 자신이었다.

조사를 하면 할수록, 나는 내 청소년기에 대해 내가 아는 것이 얼마나 빈약한지를 절감하게 되었다. 10대 시절에는 그저 남들이 말하는 대로만 스스로를 이해하고 있었는데 사실은 많은 정보가 나에게 차단되어 있었다. 모든 사실—그리고 이해를 위한 전반적인 맥락—을 알지 못한 채 남들의 말만 듣고 모든 것이 내 책임이라고 생각했다.

미셸이 멀리 떠난 후, 내가 무엇을 잘못했길래 그녀가 멀어진 것인지 궁금했다. 고등학교 때, 그녀는 내가 그녀와 대화하거나 만나기를 거부했다고 말했다. 당시 나는 어린아이였고 그녀가 진실을 흐리고 있었음에도 나는 우리가 계속 멀어지게 된 책임이 나에게 있다고 느꼈다.

20대 중반이 되어서야 가정법원 기록을 보고서 내가 6학년 때 미셸을 만나러 갈 계획이었음을 알게 되었다. 대륙을 횡단하는 장거리 여행을 떠나기 직전, 그녀의 변호사가 미셸이 한창 정신건강이 안 좋아서 나를 만나기까지 시간이 필요하다고 주장했다. 11살짜리 딸에게 자살을 감시하는 임무를 맡기는 대신, 판사는 내 여행을 완전히 무효화하고 미셸에게는 앞으로 연락을 하기 전에 중재를 받으라고 명령했다. 엄마는 어른들이 나를 보호하기 위해 내린 결정이라고 설명해주는 대신, 미셸이 나를 더는 사랑하지 않기 때문에 연락을 하지 않는다고 믿게 했다.

법원 기록을 통해 나는 부모의 이혼 후 첫 번째 치료에서부터 내 치료 못지않게 엄마가 받은 진단과 향후 치료에 대한 우려가 높았다는 것을 확인했다. 의료진은 엄마가 아프다는 것을 알았지만, 엄마보다는 나에게 처방을 내리는 것을 택했다. 우리의 생활 여건에 대한 서술을 찾았을 때, 나는 왜 아무도 조사를 나오지 않았을까 궁금했다. 잉그리드가 처음 우리 집 문 앞에 나타난 지 10년이 지난 후, 그녀는 내가 그때 자신을 집 안으로 들이지 않아서 다행이었다고 말했다. 그녀는 아동 보호기관이 나를 데려가지 않으리라는 것을 알고 있었다. "가뜩이나 나쁜 상황을 더 악화시킬 수 있었지."

망가진 아동복지 제도의 가장 나쁜 점은 아무도 그 제도를 이용하지 않으려 한다는 점이다. 대부분 유색 인종인 어떤 가족들은 가난하기 때문에 아이들을 떠나보내는 반면, 우리 집처럼 외부의 개입이 필요한 어떤 가족들은 도움을 받지 않는다. 한참 후에, 아네트는 그녀가 최소한 한 번 이상 학대 보고서를 제출했다고 말했다. 기관에서는 내가 위험에 임박해 있지 않으므로 그들이 할 수 있는 것이 아무것도 없다고 했다고 한다. 그녀가 아는 한, 아무 조치도 취해지지 않았다.

대신 나는 내 부모에게 문제가 있어서가 아니라 내게

문제가 있어서 사회복지사가 배정된 것이라는 말을 들었다. 거주치료소에 구금된 것은 내 행동이 가져온 결과였다. 그러나 조사를 통해, 애초에 잉그리드가 계획한 것은 사실 위탁 가정이었음을 알게 되었다. 보호팀, 엄마, 그리고 내가 만나서 치료를 위해 위탁가정에 가기로 합의한 후에, 나는 알 수 없는 이유로 기록상에 "후보자 아님"으로 표시되었다. 아마도 잉그리드가 적합한 가정을 찾지 못했기 때문일 것이다. 나중에야 거주치료소가 종종 아무도 원하지 않는 청소년을 위한 방도 운영한다는 것을 알았다.

우리에게 책임을 받아들이라고 강조했던 지도는 완전히 비과학적이었다. 10대는 권위에 반항하고, 순응하기를 거부하고, 돌발 행동과 실수를 하는 것이 정상이다. 보통 10대에게 치유는 성장을 통해 이루어진다. 그러나 시설에서의 생활은, 아이들이 심각한 학대를 피할 만큼 운이 좋을 경우, 넓은 세상에 나갔을 때 그들에게 해로운 방식으로 아이들을 변화시킨다.

나는 최근 한 14살 여자아이가 거주치료소 교실에 근무하던 한 운영진에게 강간을 당했다는 사실을 알게 되었다. 뉴스에 따르면, 아이들이 말썽을 일으키기를 기다리기라도 하듯이 10대들에게 집중된 보안 카메라는 정작 어른이 그 아이를 공격할 때에는 작동하지 않았다. 경찰은 강간범의 정액이 묻은 티슈가 들어 있는 음료수 병을 발견했다. 나는 그 애가 증거를 제시하지 못했어도 그들이 과연 피해자의 말을 믿었을지 의문이 들었다.

그런 한편, 내가 나에게 일어난 강간을 사고, 벌, 혹은 내 정신이 건강하지 못해서 일어난 일이라고 생각하지 않기로 하자, 그것은 피할 수 없었던 운명이 되었다. 나는 어린 나이에 너무 오랫동안 혼자 지냈고, 누구든 나에게 해를 가할 수 있는 상황이었다. 데이브와 잰과 함께 살면서는 하버드에 갈 수 없었고, 내가 갈 학교는 결코 타협할 수 없었다. 잉그리드는 그들의 집 외에 갈 수 있는 다른 가정은 없다고 말했다. 따라서 나는 동유럽의 그 남자가 나를 암캐라고 부르고 그의 물건을 삼키게 한 그날 밤을 피할 수 없는 운명이었다. 또 다른 남자에게는 당하지 않았고 그들의 손에 죽지도 않았으니 슬프지만 운이 좋았다.

그리고 나는 아네트가 나를 집에 들이려 했으나 엄격한 규칙 때문에 포기했다는 것을 알게 되었다. 엄마는 아마 내가 어느 나라에 있는지 몰랐을 테지만, 위탁 부모는 규정상 아이를 그들의 시야에서 벗어나는 곳에 둘 수 없었다. 따라서 아네트가 나를 데리고 있으려면 일을 그만두어야 했다. 이 사실을 알고 처음에는 마음이 무너졌고, 그런 다음에는 당시에 딱히 뾰족한 수는 없었을 것이라는 확신이 들었다.

얼마 후, 그때 오빠도 나를 데려가려고 했었다고 말했다. 그와 그의 아내는 어린 두 아들과 함께 내 첫 번째 고등학교의 길 건너편에 살았고 여분의 방이 있었다. 내가 위탁 가정으로 간다는 이야기를 들었을 때, 그들은 엄마에게 전화해서 나를 낯선 사람들과 살게 해서는 안 된다고 말했다. 그러자 엄마는 그들을 유령 취급했다. 그러다 다시 엄마에게 소식을 들었을 때에 나는 이미 레이크빌에 가 있었다.

이 이야기를 듣고 나는 엄마에 대한 분노로 활활 타올랐다. 엄마는 내가 안정적인 집에서, 한 가족 내에서, 조카들과 알고 지내며 살 수 있었던 기회를 빼앗았다. 하지만 그것은 엄마의 잘못만은 아니었다. 내 일에 관여한 모든 사람들이 나에게 2마일도 채 안 되는 거리에 오빠가 살고 있다는 사실을 알고 있었으니 말이다. 그는 나를 "시스"라고 부르며 상냥하게 대했다. 그런데 아무도 그에게 연락을 취하지 않았다. 연방 정부와 주 정부에는 아이들이 가능한 한 친척과 함께 살아야 한다는 법이 있지만, 그런 명령은 자주 무시되었다.

아무도 나와 다른 가족 구성원과의 관계를 지지하지 않았다. 심지어 나는 거주치료소에서 오빠에게 전화를 하는 것도 허용되지 않았다. 나중에 그곳에서 나왔을 때는 오빠에게 연락을 취하기가 겁이 났다. 자주 연락을 하지 않다 보니 대화는 피상적이었고, 공공장소에서 조카들과 만날 계획을 세우는 정도가 보통이었다. 그들이 나를 미쳤다고 생각할까 봐 걱정이 되었다.

한참이 지난 후에 올케에게서 내가 부다페스트에서 돌아왔을 때, 엄마가 내가 "잠재적 테러리스트로 구금되었다가 국무부에 의해 송환되었다"라고 설명했다는 사실을 알게 되었다. 그 말에 나는 실소를 터뜨렸지만, 그들은 엄마의 말을 정말로 믿었다고 했다. 그것도 8년 동안이나.

2019년, 헤너핀 카운티는 2011년부터 연방 위탁가정에 있거나 학대 고소의 주체인 아동을 대신하여 연방 집단 소송을 처리했다. 나는 내 건에 무슨 일이 벌어졌는지 끝내 알 수 없을 터였다. 내 거주치료소 기록은 내가 26살 때, 자료를 요청해야겠다고 생각한 시기에 파기되었다. 전문 변호사의 도움에도 불구하고, 위탁가정 파일에는 접근할 수 없었다. 그러나 소송 혐의는 소름 끼치도록 익숙했다. 학대와 방임에 대한 보고를 조사하지 않음, 서비스를 제공하지 않음, 아동을 지나치게 제한적인 시설에 배치함, 그리고 아동을 보호하거나 가족을 돕는 데 개입이 충분한 조치가 아닐 경우에 자발적인 개입을 실시함.

그 소송에 대해 알게 되었을 때, 나는 부러움과 당혹감을 느꼈다. 고소인은 그들이 더 나은 대우를 받아야 한다는 것을 어떻게 알았을까? 제도에 결함이 있다는 것을 누가 그들에게 이야기해주었을까? 나는 그들에게 질투를 느꼈다. 누군가 내게 솔직하게 말해주었더라면 얼마나 좋았을까 하는 마음이 절실했기 때문이다. "네 엄마는 문제가 있고 너를 돌볼 수 없어"라고 말해주고, 선택할 수 있는 대안이 얼마 없다는 것을 시인하고, 그 어떤 경우에도, 거주치료소에서건 부다페스트에서건 남자친구의 손에 의해서건 내가 벌을 받는 것은 부당하다고 분명히 말해주는 사람이 내게 있었더라면.

하지만 나는 오히려 엄마를 기쁘게 해주려고 애썼다. 노출 치료를 받고 얼마 후, 엄마에게 감리교 병원에서 보낸 시간에서부터 시작해서 무슨 일이 있었는지에 대해 물었다. 엄마의 관점에서 본 그때는 단순했다. "나는 네가 나를 나쁜 엄마로 만들려고 그 모든 일을 벌였다고 생각해."

나는 엄마와의 관계를 회복하려고 부단히 노력했다. 그것이야말로 내가 진정한 성공을 이루기 위해 필요한 일이라고 믿었기 때문이다. 대학 시절에 나는 "유대감 깊은 파트너"(나의 간담을 서늘하게 한 용어)인 엄마를 위해 일주일간의 "두뇌 기술" 세미나 참석을 심각하게 고민하면서 엄마와 화해하려고 노력했다. 세미나는 무슨 종교 모임처럼 보였다. 어디 도망갈 곳도 없는 일리노이 전원 지역에서 열린다는 점에서 더욱 그렇게 느껴졌지만 위험을 감수할 마음이 있었다. 우리가 서로의 존재 안에서 즐거움을 찾는 방법을 배울 수만 있다면 우리 사이에서도 어떤 연대감을 찾을 수 있으리라는 희망이 있었기 때문이다.

그러나 결론적으로 그 세미나는 바이런의 조부모를 만나러 루마니아에 가는 일정과 겹쳐버렸다. 내가 갈 수 없다고 말하자 엄마는 마음이 상했다. 그도 그럴 것이 엄마는 벌써 우리 둘의 참가비용을 지불한 뒤였기 때문이다.

대학을 졸업한 지 1년 만에, 나는 바이런을 데리고 엄마를 만나러 갔다. 헤어지려 할 즈음, 엄마는 트렁크를 뒤져서 벨벳 아기 펭귄을 꺼냈다. 헝클어진 털에 군데군데 쥐오줌 얼룩이 있었다. 엄마는 눈동자를 빛내며 그 인형을 손바닥에 올려놓았다. 그 선물은 참 뭉클했다. 엄마는 바이런이 나에게 펭귄 솜인형을 주었다는 것을 기억했고, 타깃에 가서 나를 생각했고, 우리와 만나기까지 몇 달 동안 나를 위해 그것을 간직하고 있었던 것이다. 하지만 한편으로 그 방치되고 불결한 작은 새를 보니 속이 메스꺼웠다. 건강한 사람이라면 누구도 그것을 자기 집에 들이지 않을 것이다.

나는 렌터카 안에서 울었다. 다음 날, 나는 엄마에게 그녀가 가장 좋아하는 이케아 레스토랑에서 브런치를 먹자고 했고, 고등학교 2학년이 되기 전 여름을 기억하냐고 물었다. 엄마가 말했다. "너 그때 캠프에 갔잖니."

나는 기름진 머리와 타는 듯한 상처를 붕대로 가린 다리를 하고서 다리 위에 서 있던 내 모습이 눈앞에 선했다. "다른 것도 기억나?"

엄마는 링고베리 소다를 한 모금 마셨다 "아니, 그때 너는 거의 여름 내내 캠프에 있었던 것 같아."

나는 스웨덴 미트볼을 작은 조각으로 썰고 있는 엄마를 유심히 살폈다. 하지만 엄마의 얼굴에는 거짓말을 하고 있고 있다는 기미가 전혀 없었다. 나는 미쳐버릴 것만 같았다. *어떻게 딸을 쉼터에서 데리고 나와 집 뒤뜰에 방수포를 깔고 잔 것을 잊어버릴 수가 있는 거야?*

그 후 2년 동안, 우리는 내가 본격적으로 치료를 시작하기 전까지 과거에 대해 이야기한 적이 없었다. 어느 날 용기를 내서 엄마에게 전화를 걸어 내 끔찍한 유럽 여행을 기억하고 있는지 물었을 때, 나는 엄마가 예의 명랑한 목소리로 그때 재미있게 배낭여행을 다니지 않았냐고 할 것이라 예상했다.

하지만 엄마는 이렇게 말했다. "아, 그 소름 끼치는 상황."

"소름 끼치는 상황?"

"그 소름 끼치는, 소름 *끼치는* 상황 말이야."

엄마를 재촉하자 내가 술을 마시고 있었다면서, 이렇게 말했다. "그놈이 널 강제로 삼키게 하고 제압했잖아."

그 자세한 설명이 나를 놀라게 했다. 엄마는 알고 있었다. 그건 정말로 일어난 일이었다. 스스로 인식하지 못했지만, 나는 8년 동안 엄마가 내 경험을 확인해주기를 기다리고 있었다. 엄마의 인정 없이는 아무것도 존재하지 않았던 것처럼 느껴졌다.

그 대화를 통해 우리 두 사람의 관점 어딘가에 진실이 놓여 있고, 10대 시절에 대해서 우리 둘 다 수긍할 수 있는 기억이 있다는 믿음을 재확인했다. 그 뒤로 몇 주 후, 엄마에게 전화를 걸어 감리교 병원에 대해 물어보았다. 하지만 내가 생생하게 기억하는 일들을 엄마는 부정했다. 엄마는 감리교 병원에서 치료도 없었고, 내 가슴에 대한 말도 안 했다며, 기록이 틀렸고 엄마 말이 맞다고 주장했다. 내가 부다페스트 얘기를 다시 꺼내자, 엄마는 내가 두 남자와 술을 마셨다고 말하며 강제적인 힘이 있었다는 것을 부정했다. 지난번에 강간범이 내게 강제로 삼키게 했다고 말하지 않았느냐고 하자, 엄마는 대답했다. "난 그렇게 말한 적 없어." 엄마는 거의 화가 난 것 같았다. "그건 전혀 그런 일이 아니야. 너도 동의한 거야. 그러다가 그가 거칠어지니까 넌 그게 싫었던 거지."

나는 엄마의 말이 내가 머릿속에 가지고 있던 최악의 생각과 일치한다는 것을 감지했다. 수년간, 나는 내가 그 폭력을 자초했다고—내가 남자의 불결한 음경을 목구멍 깊숙이 넣기로 합의했고, 그가 내 입안에 먼저 사정한 다음 내 옷에 사정하도록 유도했다고—모두가 믿을까 봐 두려웠다. 하지만 나는 모두가 그렇게 생각하는 것이 두려웠던 것일까 아니면 그저 엄마가 그럴까 봐 두려웠던 것일까?

나는 어떻게 해야 하나? 알고 싶었다. 당신의 엄마가 당신이 강간에 합의했다가 그냥 그게 싫어졌던 거라고 말한다면 당신은 어떻게 해야 할까?

뉴욕에서 첫 심리상담사는 나에게는 공감이 필요하다고 말했다. "그런 일이 딸에게 일어났다는 이야기를 듣는 것은 트라우마였을 겁니다." 그녀는 엄마 세대의 침묵과 수치심의 규범은 도전받을 것이 아니라 존중받아야 한다는 뉘앙스로 말했다. 노출 치료사마저 내가 술을 마시고 있었다는 엄마의 주장, 그리고 내가 합의했지만 그게 싫어졌을 뿐이라는 엄마의 말에 정당성을 부여하려 했다. "때때로 사람들은 자기가 더 나은 감정을 느낄 수 있는 방향으로 말하지만 그 말이 꼭 의도한 대로 나오지는 않지요."

"나는 여기서 그 말이 해당된다고는 생각하지 않아요." 내가 대답했다.

이 상황이 어떻게 보일지 알고 있었다. 나는 확연히 드러나는 이두박근이 있고 〈뉴욕타임스〉에 결혼 소식 기사가 실린 구글러였다. 내 엄마는 가난하고 아픈 여자였다. 그녀는 수년간 집에서 샤워를 한 적이 없었다. 양말 네 짝을 바닥에 깔아 놓고 잠을 잤고 난방도 없었다. 알 수 없는 위장병으로 야채를 먹지 못하게 되었다. 엄마는 계속 차 안에서 자다가 계속해서 사고에 연루되어 나중에는 보험 회사에서 엄마를 거부했다. 원하던 직업을 얻었지만 제 시간에 일어나지 못해서 몇 달 만에 해고당했다. 아무도 엄마가 교묘한 조종을 할 수 있을 것이라 믿지 않았다. 엄마는 자기가 말한 것도 정확히 인지하지 못하는 경우가 대부분이었다.

그리고 엄마는 내게 남은 유일한 부모였다. 대학 시절, 나는 미셸과 만나려고 노력했지만 그녀는 불가능하다고 말했다. 에드나 할머니가 돌아가신 후, 나는 애도를 표했고 어머니의 날 카드를 보냈다. 미셸로부터는 아무런 답이 없었다. 이것이 우리의 유일한 상호 작용이었지만, 나는 한창 약혼을 진행하고 있을 때 그녀를 결혼식에 초대하려고 연락을 취했다. 그녀는 대답했다. "축하해." 수없이 많은 연락을 시도하고 좌절을 겪은 후라서, 나는 그게 마지막이 될 것이라는 느낌을 받았다.

"너는 정말 너희 엄마의 삶을 더 힘들게 만들고 싶어?" 내가 엄마에게 온건하게 대립하고, 엄마의 저장강박이 나에게 어떤 영향을 미쳤는지, 그리고 엄마의 말이 내게 어떤 감정을 불러일으켰는지(치료에서 배운 대로 "나"로 시작하는 문장을 이용해서) 말하겠다고 하자 아네트가 물었다. "과거는 그냥 과거로 남겨둬."

하지만 나에게 그것은 단지 과거가 아니었다. 내 상태가 악화될수록 엄마의 말은 나를 집요하게 괴롭혔다. 나는 오래전에 엄마가 했다가 취소한 말에 해묵은 원한을 품고 있는 게 아니었다. 엄마는 여전히 내가 강간에 합의했다고 말하고 있었다. 엄마가 내게 1천 개의 봉헌초가 필요한지 물어보려고 메시지를 보낼 때마다, 나는 엄마가 이런 값싼 방법으로 나에게 상처를 준다는 것을 알고서 마음이 내려앉았다.

아네트의 만류에도 불구하고, 나는 엄마에게 내 감정을 말하기로 결심했다. 결혼한 지 6개월 만에 미니애폴리스로 날아와 미리 연습을 했던 대로 엄마에게 말했다. "엄마의 저장강박이 우리의 관계에 큰 걸림돌이 되어 왔어." 그리고 곧바로 덧붙였다. "그리고 그게 병이라는 걸 알아."

"음, 병원에서는 그걸 진단 매뉴얼에 넣어서 돈을 청구하려는 거야." 엄마가 시작했다. 나는 엄마가 자신이 아프다는 걸 부인하리라 예상했다. 그것이 장애의 한 부분이었다. 엄마는 의사들이 자신을 붙잡으러 나섰던 것이고 나는 모르는 사람들에게 "내 분노를 표출하려고" 위탁가정에 갔던 것뿐이라고 주장했다. 나는 그것도 각오하고 있었다.

나는 메일함에서 찾은 메일 이야기도 꺼냈다. 엄마가 내게 상처를 주었던 메일들이었다.

"음, 너는 술을 마시고 있었잖아." 엄마는 호스텔에서 남자들에게서 내가 술을 받았다고 주장하며 말했다. 엄마는 이것을 사실에 대한 검증—나는 술을 마셨는가, 안 마셨는가?—으로 만들었다. 중요한 문제가 아니라는 것을 알면서도 내가 예전 메일과 일기를 뒤져서 조사하느라 6개월을 소비한 질문이었다.

"나는 그게 왜 중요한지 모르겠어."

"음, 넌 앞으로 다가올 일에 마음을 단단히 먹으려고 독한 술을 마셨다고 했어." 엄마는 내게 책임을 돌린 것을 부인했지만, 내가 "기꺼이 참여했다"고 말했다. 엄마는 내가 비난받았다고 느낀 것이 유감이라고 말하고는 내가 주방에서 "달콤하고 부드럽게" 오럴 섹스를 하기를 기대했던 것이라고 말했다.

대화하는 내내 나는 엄마에게 애원했다. 엄마는 왜 나를 책임에서 자유롭게 해줄 수 없는 거냐고, 비난은 당연히 그 강간범이 받아야 하는 게 아니냐고. 그는 지구 반대편에 있는 이름도, 얼굴도 모르는 낯선 사람이고, 딸을 먹이로 삼은 괴물이었다. 그런데도 엄마는 계속해서 내가 술을 마셨다는 것을 강조하고, 내가 필사적으로 저항하지 않았다는 사실을 기정

사실화하고, 내가 사실상 동의했다는 생각을 굽히지 않았다. 이 성인 남자가 한 행동, 혹은 그 범죄에 일종의 의식의 요소 (완벽하게 포르노에서 따온 대사 등)가 있었다는 것은 따지지 않고, 오로지 술을 마시고(혹은 마시지 않고), 순순히 응하기로 하고, 입을 벌리는 등의 내가 한 행동만 따졌다.

그런 식으로 이야기는 늘 똑같이 흘러갔다. 외부에서 어떤 영향을 받았는지는 무시하고, 오직 나의 행동만 문제 삼는 패턴. 그 많은 시간이 흐른 후에도, 내가 여전히 치료사에게 강간에 대해서 "선한 사람, 도덕적인 사람은 그런 일이 생기기 전에 죽을 것이라고" 말하는 것은 놀라운 일이 아니다. 물론 엄마는 나를 책임에서 자유로워지게 하지 않을 것이다. 만약 이것이 내 잘못이 아니라면, 다른 것들도 내 잘못이 아닐 수 있으니까 말이다. 그것은 우리 둘 다 믿고 있고 한때 내가 그 누구보다도 동의했던 생각, 즉, 내가 내 운명의 주인이며 모든 것을 통제하는 주체라는 생각에 상충되기 때문이다.

대학을 졸업한 후 몇 년이 지난 즈음, 그릿grit의 복음이 큰 선풍을 일으키는 것을 보고 나는 당혹스러웠다. TED 강연에서, 심리학자인 앤절라 더크워스는 위기에 처한 젊은이들에게 정신적 강인함이 필요하다고 역설했다. 그녀의 관점에서 볼 때 그릿은 음식, 주거지, 안전보다도 중요했다. 다른 사람들도 공감하는 것 같았다. 2015년, 미시간주 플린트에서 수질오염을 은폐한 사실이 드러났을 때 행동과학자들이 그 도시에 모여들었다. 납 중독의 영향에 맞서기 위해서는 산모 건강 관리, 소아 영양, 그리고 유아기 교육을 위한 자금 마련과 같은 비현실적인 노력이 요구되었다. 한편, 〈뉴요커〉는 많은 가정이 안전한 식수를 확보하기도 전에 행동과학자들이 아이들에게 성장의 사고방식을 가르칠 방법을 알아내기 위해 현장에 있었다고 보고했다.

이런 신조는 젊은이들의 이익을 위한 것이다. 사회의 지속적인 문제들—빈곤, 인종차별, 폭력—은 다루기 힘들다. 불평등 같은 문제들은 점점 악화되고 있다. 미국처럼 잘 사는 나라에서도 모든 젊은이가 공정한 기회를 가질 희망은 없어 보인다. 나는 그릿을 강조하는 것이 그런 문제들을 외면하는 방식으로 보였다. 아직 어려서 목소리를 낼 수 없는 아이들에게 그들 자신의 문제에 대한 책임을 지우는 것이다. 그들이 얼마나 잘못된 상황에 처했는지, 얼마나 피해를 예방할 역량이 있는지는 중요하지 않았다. 그들이 할 일은 손해를 억제하고 모든 피해를 흡수함으로써 폭발력을 줄이는 것이었다.

명백한 모욕이 사회의 분노를 들끓게 할 때—불법 이민자 아동들이 가족으로부터 격리되어 텐트촌, 개조된 월마트에 구금된 예처럼—나는 무감각한 자신을 발견했다. *어쩌면 그게 더 나을 수도 있지*, 라고 생각했다. *어쩌면 역경이 그들을 더 강하게 만들어줄 거야.* "어떤 나쁜 것도 좋은 결과를 불러올 수 있다"는 신조가 나에게 깊숙이 주입되어서 이런 극단적인 상황에도 적용되는 듯했다. 나는 내 안에 내면화된 논리에 몸서리를 쳤다.

회복탄력성에 대한 떠들썩한 찬양이 내 인간성을 갉아먹었다. 회복탄력성은 거대하고 깊은 공감능력 상실 위에 구축되었다. 아무리 고통이 크더라도 생산성을 가져오는 한 고통은 지워진다. 그리고 생산적이지 않을 때—몇 개월간 매일 밤 몇 시간씩 울 때, 사람들이 나를 제치고 나아가는 걸 보고 내가 비명 지를 때, 내 집에서 배우자와 있을 때조차 편안하지 않을 때—나는 실패한 기분이 들었다. 바이런에게 나는 더 살 필요가 없을 것 같다고, 내가 없으면 세상이 나아질 것 같다고 말했다. "도대체 내 인생에서 내가 한 게 뭐지?" 그는 내가 자선 사업을 벌이지 않았다고 놀렸다. 나는 이것을 심각한 비판으로 받아들였다.

나는 욕실 세면대에서 흐느낄 것이 아니라 하버드 야드에서 미소를 짓고 있어야 했다. 나에게 주어진 모든 것에 행복하고 감사해야 했다. 나는 외상 후 스트레스 장애가 아니라 외상 후 성장의 본보기가 되어야 했다. 사람들이 내게 "그건 그만한 가치가 있었나요?"—아이비리그 졸업장이 내가 겪은 부당한 대우를 모두 상쇄해주었는가?—라고 물을 때, 명쾌하게 "네"라고 대답해야 했다. 하버드가 아니었다면 내가 살았을 수도 있는 모든 다른 삶—투옥, 중독, 치명적 폭력—이 밝은 안도감 속에 내 성공을 더 빛나게 해야 했다.

그러나 이런 다른 삶은 내 마음을 무겁게 했다. 내가 피해간 어마어마한 학자금 대출로 인해 나의 세대가 부모 세대보다 빈곤하다는 사실은 내 기분을 바닥으로 떨어뜨렸다. 내가 만약 흑인이나 라틴계였다면 정신건강 제도가 아니라 사법 제도에 편입될 수도 있었다는 의심은 나에게 아무 위안도 주지 않았다. 내가 열심히 노력했다는 사실이 나를 달래주지도 않았다. 돌이켜보면, 내 청소년기는 내 형편에 살 수 있는 모든 복권을 다 산 기분이 들었다.

내가 극복과 회복탄력성으로 향해 가려 발버둥치는 만큼, 20대를 보내는 사이 사회도 환영할 만한 방향으로 변화했다. 미투 운동으로 부다페스트에서 있었던 일에 대한 내 인식은 엄마만이 아닌 다른 사람들과도 나눌 수 있는 이야기가 되었다. 리얼리티 TV쇼 덕분에 사람들은 "저장강박"이라고 하면 엄마가 단지 물건을 많이 가지고 있을 것으로만 여기지 않게 되었다. Z세대는 "퀴어"라는 말—내가 이성애자가 아니라는 것을 알았을 때 필요했던 꼬리표—을 포용했고 자기 몸 긍정주의의 시대를 열었다. 성전환을 둘러싼 문화적 인식은 폭발적으로 높아졌고, 그 용어는 내가 자랄 때 사용하던 "성 변화", "트랜스섹슈얼", "성 재배치 수술"보다 훨씬 더 자연스러운 말이 되었다. 미셸에 대한 이야기를 할 때 더는 사람들에게 구구절절 설명할 필요가 없었다. 수년간, 나는 미셸에 대한 이야기를 꺼내지 않았었다. 과거에 그녀에 대해 설명하다가 저지른 말실수가 부끄럽기도 하고, 사람들이 그녀가 준 고통 때문에 내가 그녀의 성전환을 비난한다고 생각하는 것을 원하지 않았기 때문이다. 언제나 나는 만약에 내가 10년만 늦게 태어났더라면 상황이 어떻게 달라졌을지가 궁금하다.

그런 한편, 운동가들이 이뤄낸 진보는 반트랜스 법안의 도전을 받았다. 반트랜스 법안은 특히 감시하고 통제하기가 보다 쉬운 아이들을 대상으로 삼았다. 텍사스는 젠더 긍정 의료를 학대로 수사하기 시작했다. 플로리다는 "생물학적 성에 불응하는" 정체성을 학교가 부모에게 의무적으로 공개하도록 하는 법안을 발의했다. 이러한 조치를 옹호하는 사람들은 그것을 "친권"의 문제로 바라보면서 또다시 아이들의 필요보다 어른의 우선권을 우위에 둔다. 이런 법은 우리 사회에서 가장 취약한 존재를 문화 전쟁의 볼모로 삼으며 아동을 보호하기 위한 제도 자체를 무기화한다.

트랜스젠더 차별의 결과는 심각하다. 2015년 미국 트랜스젠더 설문조사에서 트랜스젠더 미국인의 40퍼센트가 자살을 시도해본 적이 있다고 응답했는데, 이는 일반 미국인에 비해 거의 열 배나 높은 비율이었다. 트랜스젠더 미국인의 거의 3분의 1이 홈리스 상태를 경험했고, 거의 절반에 달하는 이들이 최소 한 번 이상의 성폭력을 겪었다고 보고했다. 내 경험 중에서 가장 충격적인 일들 다수가 인식의 전환뿐 아니라 보호를 필요로 하는 트랜스젠더 아이들에게는 일반적인 일인 셈이다.

20대 중반에 괴로움을 겪으면서, 이것이 "생존자의 죄책감"인지 궁금했다. 생존자의 죄책감은 다른 이들은 빠져나오지 못한 상황에서 살아남은 사람이 끊임없이 "왜 하필 나였을까?"라고 질문하며 느끼는 자책감이다. 하지만 점점 더 불공평해지는 세상을 마주하면 할수록, 내 고통은 점점 더 "사유하는 사람의 죄책감"으로 여겨졌다. 나는 사회와 타협한 내가 역겨웠다. '나를 포함해서 어떤 사람들은 재능이 탁월하기 때문에 지금 현상이 유지되는 것도 그렇게 나쁘지는 않다'라며 웃는 것이 제도권에서 나에게 부여된 역할이다.

엄마의 저장강박이 나에게 피해를 끼쳤다고 말한 후, 앞으로는 내가 먼저 엄마에게 연락하지 않겠다고 다짐했다. 이제 엄마에게 주도권을 넘겨주고 모든 것이 다 괜찮은 척하며 살고 싶지 않았다. 하지만 4개월 후 어머니의 날에 그 다짐을 깨고 말았다. 엄마는 메시지를 다시 보내기 시작했지만, 내가 자랑스럽다거나 나를 사랑한다는 말은 하지 않았다. 나는 다시 엄마의 사랑을 받고 싶어서 아이처럼 아파했다.

우리가 이야기를 한 지 10개월이 지났을 무렵, 내가 막 27살이 된 후에 엄마는 내게 이렇게 메시지를 보냈다. *지금 뉴욕은 기온이 8도에 하늘에는 별이 가득해.* 엄마는 별 이모지도 덧붙였다. 엄마의 상냥한 말에 나는 하늘을 바라보며 더 나은 인생—엄마가 이제까지와는 다르게 나를 대하는

―에 대한 희망을 품었다.

전화를 걸고 있을 때 바이런이 나를 안았다. 신호가 갈 때마다 끊고 싶은 마음이 들었지만 그러면 더 힘들어지기만 할 것 같았다. 엄마는 하비라비 상점으로 걸어가면서 전화를 받았다. 나는 훌쩍거리면서 엄마가 내게 상처를 주었던 일들을 부정하고 그 강간을 내 탓으로 돌리는 동안에는 우리 관계가 정상적일 수 없다고 말했다.

"그 뭐라고?" 그녀가 물었다.

"그 성폭력."

"오." 엄마 뒤에서 금전 등록기 소리가 들렸다. 나는 엄마가 사과하고, 내 마음을 이해하고, 내가 어릴 적부터 줄곧 해온 말이 무슨 말인지 깨닫기를 기대했다. 엄마는 한숨을 쉬었다. "너는 파도 파도 '내 탓이오'를 외치는 우물 같구나. 내가 그건 네 잘못이 아니라고 생각한다는 걸 너에게 납득시키려면 무슨 말을 해야 할지 모르겠어."

"'그건 네 잘못이 아니야'라고 말하면 돼."

엄마는 그 말을 하지 않을 터였다. 엄마가 산 물건들의 바코드 찍는 소리가 삑, 삑 들려왔다. 네 번, 다섯 번, 여섯 번. 나는 내가 해야 할 말을 잘 했음을 알았다.

나는 "사랑해"라고 거듭해서 말했다. 내가 한 모든 "사랑해"가 하나에 15분짜리 대화로 압축되어야 한다는 듯이 말이다. 엄마는 무슨 일이 일어나고 있는지 납득한 것 같지 않았다. 아마 내가 생리 전이라고 생각할 터였다.

내가 엄마에게 다시는 전화하지 말라고 분명히 말하자, 엄마가 말했다. "얘, 저장강박은 네 책임이 아니야. *내 가슴에 구멍이 뻥 뚫린 것 말고는.* 그리고 난 그 폭행을 네 탓이라고 생각하지 않아."

내 가슴에 구멍이 뻥 뚫린 것 말고는. 여기서 도대체 부모는 누구인가? 누구의 가슴에 구멍이 뚫렸다는 것인가? 그리고 "난 네 탓이라고 생각하지 않아"는 "그건 네 잘못이 아니야"와는 현격한 차이가 있었다.

"사랑해." 나는 한 번 더 말했다. 속눈썹이 눈물에 엉겨붙었다. "잘 있어." 나는 손을 떨면서 전화를 끊으려고 버튼을 눌렀다.

엄마 없는 내 인생이 결단나기를 기다렸다. 남은 평생토록 나를 괴롭힐 내 안의 빈틈이 열리기를 기대했다. 그러나 나는 이미 엄마의 부재를 경험해왔음을 알았다. 엄마가 나에 대한 사랑과 믿음을 거두고—그것이 사실인 만큼—그것을 무기로 사용했을 때 나는 이미 너무나 고통받았다.

때때로 나는 내가 무엇을 성취하는지와 상관없이 나를 사랑하는 부모가 있었으면 좋겠다고 생각하며 침대에 누워 아파했다. 나는 엄마 특유의 말버릇—일을 끝내고 나서 "나랏일은 이걸로 충분해!"라고 말하는 방식—과 엄마의 관대함과 강인함, 엄마가 남다른 사람인 것, 나쁜 상황에서 최선을 이끌어내고 자신의 장애를 떠나 자신만의 행복을 빚어내는 사람인 것을 생각한다.

하지만 엄마가 나를 대했던 방식은 하나도 그립지 않다.

노출 치료사는 내 치료의 목적이 일어난 일을 받아들이는 것이라고 말했다. 마지막 단계를 겪고 만약 나중에 슬픔이 찾아온다면 그것을 감각이 아니라 그저 현실을 인정하는 계기로 받아들이는 것이다. 그렇게 하기 위해, 나는 일관된 이야기로 정리할 수 있을 때까지 모든 실마리(촉각, 후각, 미각, 사고, 신체 감각)를 구석구석 뒤졌다. 그것이 내가 20대의 7년을 들여 이 책을 쓰는 동안 품었던 한결 같은 목표였다.

그 과정에서 가장 큰 부분은 나를 강간한 부다페스트의 그 남자를 추적하는 것이었다. 사람들은 나에게 모르는 일은 덮어두어야 한다고 말했지만, 여러 해 그는 내 이름을 아는데 나는 모른다는 사실이 끔찍했다. 그 호스텔은 이후 문을 닫았고 소유주를 찾는 것도 불가능했다. 형사의 도움을 받아, 과연 그의 얼굴을 내가 알아볼 수 있을까 생각하면서 시내에서 촬영된 사진과 온라인에 올라온 사진 수백 장을 살펴보았다.

몇 주가 지난 후, 그를 찾을 가망이 희미해질 때 형사가 인스타그램으로 전에 호스텔에서 일했던 한 직원을 찾아냈다. 그녀는 내가 찍었는지 기억나지 않는 사진에서 그 강간범을 알아보았다. 그는 나를 공격했을 당시 42살 혹은 43살이었고 세르비아인이 아니었다. 전쟁 중에 자랐다는 것도 거짓말이었다.

가장 소름 끼치는 것은 사진에 나타난 시간 기록이었다. 사진은 내가 물건을 가지러 호스텔에 들어간 지 최소한 두 시간 후에 찍힌 것이었다. 나의 기억에는 없는 시간이었다. 종합해보면, 이런 사실들은 그날 벌어진 일이 엄마가 말한 이야기 그리고 내가 알고 있는 이야기와는 사뭇 다르다는 것을 보여주었다. 나는 인간의 선의를 믿고 싶고 그 상황을 축소하고 싶은 마음이 간절했던 나머지 그가 한 행동을 정당화했다. 그러나 인간에 대해 알면 알수록, 인간성의 선한 측면을 믿는다는 건 악한 측면도 있다는 것을 인정하는 것임을 점점 더 깨닫게 되었다.

이번 조사에서 슬프고 화가 나는 일들로는 별로 놀라지 않았지만, 사람들의 친절은 거듭해서 나에게 충격을 주었다. 제인에게 전화를 해서 부다페스트에서 나에게 벌어진 일을 알고 있었느냐고 물으니, 그녀가 대답했다. "세상에, 에미. 그때 알았어야 했는데." 그녀는 맹세코 자신에게 화를 내도 괜찮다고 말했다. 하지만 나는 화가 나지 않았다. 당시 우리는 서로 다른 제약을 받는 10대들이었다. 대화를 나눈 후 우리는 이야기를 멈췄던 데서부터 다시 페이스북 메시지를 주고받기 시작했다.

내게 친절하지만은 않았던 사람들도 내 삶을 좀 더 좋은 쪽으로 변화시켰다. 어릴 때 잉그리드는 인터라켄에 다니고 싶은 꿈이 있었기 때문에 나를 열렬히 응원해주었다. 하버드 사람들과 함께 지내면 지낼수록, 내게 그들의 문을 열어주었던 데이비드와 잰을 더 존경하게 되었다. 나중에 그들과 다시 대화하게 될 때까지, 그들은 다른 많은 아이들에게도 위탁가정을 제공하고 부모가 되어주었다. 데이브는 내게 그들과 함께 지내던 시간이 어땠냐고 물었다. 솔직한 대답을 원하는 듯했다. "중요한 시간이었어요." 나는 진심으로 그렇게 대답했다.

나는 아네트와 새로운 공감대를 형성했고 내 조카들 중에서 가장 나이가 많은 조카가 다시 내 삶에 등장했을 때 그와의 살짝 벌어진 간극을 완전히 인정했다. 조카는 19살의 커뮤니티 칼리지 학생으로, 나의 엄마가 그의 아버지에게 많은 영향을 미쳤다는 것을 처음으로 알아가고 있었고 독립을 준비하고 있었다.

나는 조카가 걱정되었다. 그와 이야기할 때마다 잠을 제대로 이루지 못했다. 그는 나보다는 나은 환경에서 자랐지만, 그의 인생에 닥칠 온갖 일들이 염려가 되었다. 조카는 학사 학위를 따게 될까? 취업을 하면 의료 보험 혜택을 받을 수 있을까? 혹시 다치거나 정신건강 문제가 생기면 어떻게 하지? 아네트도 나에 대해서 그런 걱정들을 해주었다. 그녀가 없었다면 나는 결코 잘해 나가지 못했을 것이다.

내가 조사한 정보 하나하나가 모두 과거의 나에 관한 실마리를 제공해주었다. 그것은 내가 믿고 있던 이야기, 나의 정신적 문제의 발단이 된 이야기와는 별개의 서사를 엮는 데 도움이 되었다. 어두운 바닥에 가라앉아 있을 때, 예전에 만났던 부다페스트 대사관의 댄으로부터 예상하지 못한 메일을 받았다. 한 달 전, 나는 그에게 메일을 보냈고 "저는 제 임기를 다 채웠습니다…"로 시작되는 알림을 받았다. 알림에는 그 메일 주소가 이제 확인되지 않을 것이라는 내용이 있었다.

물론 저는 당신을 기억하고 있습니다. 그는 그렇게 썼다. *제가 어떻게 잊겠어요?* 그는 내가 대사관으로 들어선 순간 뭔가 심각한 일이 생겼다는 것을 알 수 있었다고 했다. 그는 내가 그때 가진 게 별로 없다는 것도 느꼈다고 말했다. 그날에 대한 그의 설명이 너무나 선명해서 나는 벽에 걸려 있던 오바마 대통령과 클린턴 국무장관의 사진 액자까지 떠올릴 수 있었다. 그의 목격담은 내가 그렇게도 찾아내려고 안간힘을 써 온 것이었기에 실로 소중한 선물이었다.

말이 되는지 모르겠지만, 나는 당신이 초췌했지만 부서지지는 않은 모습이었던 것을 기억합니다. 당신이 스스로 삶을 구원할 방법을 찾을 것이라는 느낌을 받았지요.

나의 구원받은 삶. 나는 놀라움 속에 생각했다.

성인이 되고 나서 줄곧 내가 겪은 모든 일을 통해 최선을 끌어내려고 몸부림쳤다. 내 삶을 만회하려는 간절함 속에 보냈다. 행복한 엔딩에 도달하는 것이 그 모든 고통을 좋은 이야기로 승화시키는 유일한 길이라고 믿었다. 나는 비극을 승리의 이야기로 반전시켜야 했다. 그렇지 않으면 영원히 부서지든가, 아니면 동정을 받을 뿐일 테니까. 하지만 그의 메일은 또 다른 선택지를 귀띔해주었다. 나는 흔들릴 수 있고, 변화할 수도 있다는 것.

그 이해를 바탕으로 나는 스스로를 지탱할 발판을 만들었다. 28살이 되던 해, 나의 보험 회사는 심리 치료와 침술, 그리고 만성 신체 통증을 치료하기 위한 척추 지압과 물리 치료에 5만 달러의 비용을 지급했다. 죄책감 없이, 나는 사람들에게 뒤에서 누군가 다가오면 비명을 지르겠다고 말했다. 잠들지 못할 때면 바이런은 나에게 이불을 잘 덮어주었고 벨벳 펭귄을 건네주며 장난꾸러기 새들로 북적이는 가족 이야기를 들려주었다.

과거를 만회하려는 실현 불가능한 과업으로 인생을 낭비하기보다 현재를 사는 삶을 추구하기로 했다. 난생처음으로 사소한 것들에서 내가 운이 좋다고 느꼈다. 아침에 내 침대에서 잠을 깨고, 아침을 먹고, 내 일을 할 수 있다는 것. 그럴싸한 목표를 달성하는 것은 이제 내게 중요하지 않다. 불가능하고 희박해 보였던, 내가 살아있다는 것 자체가 행복이기 때문이다.

나는 시간이 흐르는 것에 감사하게 되었다. 과거로부터 지금으로 나를 데려온 삶의 커다란 사건들 하나하나가 감사하다. 나의 결혼, 아파트 장만, 이직, 새로 바꾼 아기 펭귄, 그리고 언젠가 생길 우리의 아이. 여러 가지로 부족할 것임을 알지만, 그 아이를 위해서라면 맹세코 같은 실수를 범하지 않으리라.

내 집의 벽에는 늘 어린 시절의 나를 떠올리게 하는 포스터가 붙어 있다. 비행기 한 대가 달 앞을 가로지르고, 한 여자아이가 창밖의 도시를 응시하고 있는 그림이다. 그 그림을 볼 때마다, 그간의 여정에서 터득한 것들을 바탕으로 스스로 평화를 찾을 수 있는 지금의 성년기로 나를 데려다준 어린 날의 자신에게 감사의 기도를 보낸다.

저자의 말

    이 책의 주요한 원천은 기억이다. 인터뷰, 메일, 일기, 의료 기록 등의 도움을 받았다. 대화 내용은 내 기억과 입수 가능한 문서를 참고하여 재구성되었다. 일부 이름은 변경했고 신원 파악이 가능한 특정한 사항들은 생략했다. 이는 당시 미성년자였던 사람들의 사생활을 보호하기 위함이다.

옮긴이 이유진

이화여자대학교 불어불문학과를 졸업하고 같은 대학교 통번역대학원에서 번역학 석사 학위를 받았다. 〈코리아타임스〉 주최 현대한국문학번역상(2008)을 수상한 바 있으며, 전문 번역가로 활동하면서 저자와 독자 사이의 즐거운 소통을 이어가고 있다. 옮긴 책으로 캐서린 메이의 『인챈트먼트』, 『우리의 인생이 겨울을 지날 때』, 『걸을 때마다 조금씩 내가 된다』를 비롯해 『조율하는 나날들』, 『섹스하는 삶』, 『공격성, 인간의 재능』, 『엄마는 내가 죽었으면 좋겠다고 말했다』, 『우리가 밤에 본 것들』, 『누가 아메리칸 드림을 훔쳐갔는가』 등이 있다.

슬픔의 파도에서 절망의 춤을

초판 1쇄 인쇄 2023년 10월 16일
초판 1쇄 발행 2023년 10월 25일

지은이 에미 닛펠드
옮긴이 이유진
펴낸이 이승현

출판1 본부장 한수미
컬처 팀장 박혜미
편집 박인애
디자인 이민영

펴낸곳 ㈜위즈덤하우스 **출판등록** 2000년 5월 23일 제13-1071호
주소 서울특별시 마포구 양화로 19 합정오피스빌딩 17층
전화 02) 2179-5600 **홈페이지** www.wisdomhouse.co.kr

ISBN 979-11-6812-824-8 03840